大北谣

雪人 著

新世界出版社
NEW WORLD PRESS

图书在版编目（CIP）数据

大北谣 / 雪人著. -- 北京：新世界出版社，2018.12（2019.7 重印）
ISBN 978-7-5104-6606-9

Ⅰ. ①大… Ⅱ. ①雪… Ⅲ. ①长篇小说–中国–当代 Ⅳ. ① I247.5

中国版本图书馆 CIP 数据核字 (2018) 第 221410 号

大北谣

作　　者：雪　人
责任编辑：房　阳
责任校对：宣　慧
责任印制：王宝根　苏爱玲
出版发行：新世界出版社
社　址：北京西城区百万庄大街 24 号 (100037)
发行部：(010)6899 5968　(010)6899 8705（传真）
总编室：(010)6899 5424　(010)6832 6679（传真）
http://www.nwp.cn
http://www.nwp.com.cn
版权部：+8610 6899 6306
版权部电子信箱：nwpcd@sina.com
印　刷：天津中印联印务有限公司
经　销：新华书店
开　本：710mm×1000mm　1/16
字　数：500 千字　印张：26.25
版　次：2018 年 12 月第 1 版　2019 年 7 月第 2 次印刷
书　号：ISBN 978-7-5104-6606-9
定　价：49.80 元

目录

第一章
追梦

广西到长沙

一列火车宛然如蛇，向北疾驰。

干瘦的秦可，在火车咣当咣当声中北上赶考。

终点站：湖南长沙。赶考目标：首都北京，中央工艺美术学院，大名鼎鼎的“中工”。

那时从奶奶的广西到爷爷的长沙，真漫长。

十几个小时把人咣当得浑身发痒，秦可困乏的头如同火鸡，软绵绵快要垂到地上去。

头上的广播传来某歌星掏心掏肺又甜得叫人纠结的歌声——“夏天夏天悄悄过去留下‘小咪咪’，压心底压心底不能告诉你……喔……给我一个粉红的回忆！”

秦可没有小秘密，因此“小咪咪”更符合他的想象。本来嘛，你有权展开丰富狂野的联想，来满足你个人的精神世界，尤其是在要死要活的长途火车上。

20 世纪 90 年代初，走南闯北的长途列车收录了最经典的老歌，唱一路，一直唱到你撕心裂肺、欲哭无泪。不信你穿越一个，回去试试。

这火车一路坐来，耳朵里还不时灌进中央人民广播电台的新闻联播；如果火车不主动播，知识分子会自觉地准点播放。那时候，知识分子们政治觉悟高，都随身携带袖珍收音机，随时随地关心国家、天下大事。

再不关心新闻，这一路上的广播轰炸也能让你长进不少。真是风起云涌的时代，形势一片大好。

车厢挤得像臭鱼罐头，画画的涮笔桶被秦可的猴尖屁股坐裂。

得，就让一切博弈从这只无辜的涮笔桶开始吧。

猪血汤

正值梅雨季节，雨丝绵绵如针脚，细细地缝合天和地。

在阴雨肆虐的考场——长沙大学内，天天水泄不通，挤满各路英雄好汉。

很多考生没钱住店，就在路边屋檐下蹲成一排过夜。啃点儿干冷馒头，喝点儿地沟水，纯属正常。

这帮“盲流”每晚靠在土墙上，揽着星河灿烂的夜空想入非非，做的全是高中状元的大梦，嘴角流着快乐的哈喇子。更有甚者，给卖猪血汤的小贩画头像，换取一碗猪血汤充饥。猪血汤喝多了会打嗝，满嘴猪大肠味。

喝了猪血汤，“盲流”们夜里沿沟撒尿，早上再喝沟水，用沟水洗脸。沟里有多少尿的成分，没人计较。

即使喝了尿能考上中工也值了，尿是啥？不就是一泡代谢终产物的水溶液嘛！

人穷志不短。即便衣衫褴褛，也要逆流搏击，拥抱这改变命运的一刻。跪着走，也要走进中工校园。

1992 年，中工每个专业只向全国招 13 名本科生，长沙是西南五省区唯一的考场。

全国共设有三大考场，此刻正有无数满怀梦想的高中生，乌泱泱涌进考场。后来进校才知道，全国 6600 多名考生，中工只录取了 103 人。除了日后意外亡故的几位同学，92 级只有 90 多人顺利毕业。

眼下，成败就看此一搏了！

成功概率虽然渺茫，秦可仍忍不住幻想：进了中工，就能从此摆脱爹妈无休止的争吵，让老妈和老哥的白眼见鬼去吧！在这俩人眼里我永远是怪胎。

亲人，可以是让你自卑又甩不掉的包袱。

很多人认为教育就是批评，就是要残酷打压对方，让对方戒骄戒躁，是亲人就要修理对方，打是疼骂是爱。其实那是让人非常苦闷的事情，最后给你削得全都一个样子，类似那帮整容美人，做基础表情都困难。

本来外面的风霜雨雪就多，亲人间，为何不能多一点鼓励和扶持？老妈老哥人不笨，为何不明白这一点？家人嘲笑秦可的时候，他不说话没表情，其实心中特愤恨。

这种愤恨，在秦可年幼的心灵播下一颗种子：我一定要让你们这帮俗人见识到我的厉害。

反正秦可早就看明白了，心里想什么不用真说出来，嘴上装个拉锁最好。不让说真话也没啥了不起，严谨的教育早培养出来了，阳奉阴违谁不会？

美术考试

在长沙大学考场，熙熙攘攘的考生们面临紧张的初试、复试和终试。

每试后必发榜，榜上有名才能继续。落榜者？对不起，请收拾家当趁早滚蛋。

因此考生们事先都按照各大美院的考试时间做好部署，中工考场失利？马上就拎着画夹、水桶等家当丁零当啷跑去另一赶趟的考场。

甚至有人先进中工考场考 10 分钟，感觉不好即刻换考场，迟到 15 分钟后就不让进考场了。这样做是为了保证有的放矢，以便收获最好战果，毕竟一年才高考一次，还有该死的年龄限制。

初试考素描，复试考色彩，终试考专业设计，如此一轮轮严格淘汰。竞争激烈，气氛凝重。

进入初试考场了，秦可拿着准考证一对座位——真是时运不济呀，座位整个处于昏暗大角落里，而且真人模特的皮肤糙黑，只能看清楚他 90 度正侧面的一条亮线。这整个一倒霉的大掉角，95% 面貌都看不清，咋画啊！

监考老帅开始大声宣读：“1992 年，北京中央工艺美术学院，初试考题是——

两小时素描人头像，加15分钟模特全身速写，再加15分钟考生自己的手部动作速写，总共两个半小时。现在掐表，考试开始！”

秦可感到自己那颗小心脏“咚咚咚”马上要跳出胸膛，拼命警告自己：不能乱，深呼吸，深呼吸。在这种天不肯帮我的情况下，只能自己帮自己了。

但一想到“天时地利人和”，自己刚上阵就失掉头两个成功的先决条件，难免有几分丧气。

他闭上眼，几下深呼吸，生生把一个劲儿往上蹿的丧气压下去，用膝盖把画夹子夹稳，按平日的练习，靠经验把看不见的细节交代出来。

他用炭笔和橡皮一再强调正侧面那条线的亮部，把人物形象画得夸张些，好转移评卷老师对画面黑白强烈反差的挑剔和纠缠。

边画着，他脑中边浮现出凡·高那幅著名的《吃土豆的人》，尤其是那个苦难农民的夸张侧面。找到了名家的参考版本后，他心定了一点。

考完，秦可连内裤都被汗湿了。画画真是体力活，尤其这种刁难人的人生大考，跟秀才上京赶考没啥两样。

发榜复试时，秦可根本挤不进人群看榜，情急之下跑去门卫处抢了条小板凳搭脚。地上的青苔却很不帮忙，让他“吧唧”一下，结结实实摔了个狗吃屎。

“‘面条’！‘面条’！咱俩高中了！”老乡覃钟从人群中挤出来，在秦可肩上狠狠来了一下。

“激动成这样？”秦可虽然兴奋，心里也早做好了铩羽而归的准备。考不上我就年年考，直到考上，他想。

复试是考色彩，秦可坐在地上，把画板放脚面上等入场。那画板“笃笃”抖得手都压不住，原来是紧张得两腿在抖，引起共振。这就是古书中著名的“两股战战”了吧？

进入考场，主考官打开发自北京的试题宣读——“想象水粉静物画：水果静物组合，以白布和日光为基调。三小时必须结束，考试开始——！”

这考场连个苹果都买不起吗？想象的画面，光影容易不对啊，又得全靠平时练习的数量和记忆了。

这小差一开，秦可心里更打鼓了，只好先努力使自己镇静，安慰自己：嗨，默画嘛，整体画面色调可以自由主观调控，也好也好。其实他头脑一片空白，手止不住地抖，都不知自己在画什么。

三个小时马上到了，秦可用米白色给苹果点高光。他顿笔一使劲，小股灰色脏水居然从画笔根部涌出来，还偏要流过刚点好的高光。由于他太紧张手在抖，涮笔桶又已经被他坐裂漏水，画笔没涮干净。坏了坏了，考试只剩最后两分钟！秦可手忙脚乱，从兜里抖抖地翻出擦过鼻涕的手纸，又抖抖地吸干高光上的脏水，重新点高光。正在忙乱中，就听到一声劈头盖脸的爆喝："停——笔！"

他赶紧扔掉笔，偷偷用手指头蘸点干燥的白色水粉往高光上蹭了蹭，可怎么也盖不住那杀千刀的污水渍。

完了完了，秦可无奈地回望了一眼脏兮兮凹下去的苹果，心脏一阵痉挛。

可发二榜时，老天居然开了眼——秦可和覃钟都过了复试，顺利进入专业设计考试!

秦可报考陶瓷设计专业，因为对古典陶瓷情有独钟。而覃钟考了工业造型设计，他誓要光大祖国的汽车和飞机造型。

这会儿，榜上有名的幸运儿开始疯狂尖叫，场面混乱。来自五湖四海的英雄豪杰，纷纷握手约定明年中工见。

经历了熬死人不偿命的黑色七月高考，就秦可一个人进了中工。长沙的好汉约定落空，那是 1992 年 9 月。

第二章
初入中工

中工

站在大北窑光华路和东三环交叉的东南角，东三环中路 34 号，秦可长舒一口气，这就是伟大的中工！

多少人，为这座玉兰花和潇湘竹环绕的校园竞折腰。

人抱火炬的中工标志，就镶嵌在教学楼顶，神秘莫测，烁烁生辉。校门右侧是苍劲的行书“中央工艺美术学院”，八个银字气势如虹，让秦可心中顿升豪气万丈。

这就是著名的中工呵……

按名单，秦可去找八人铺位的宿舍。由于 92 级的陶瓷班男生正好是奇数，秦可便成为那个被塞进装雕班宿舍的奇人。等他在下铺找到自己大名时，却发现铺位早被一卷毛大汉占据。

大汉盘腿正坐，唾沫星子横飞，吐槽他考学的艰辛。介绍后得知，此生乃陕西人陈君峰，还是个学服装设计的。后来发现他天生一头大花自来卷，洗后跟疯子没两样，大家叫他“疯子”。

“疯子”边站起来把铺还给秦可，边咬牙切齿，一阵狂喷：“……我愣是站了 28 个小时到北京考场，浑身上下挂满行李，行李架全塞满了人。半道上憋得打开车窗‘放水’，因为厕所和过道都被占了。当时零下 15 度哇兄弟们，尿都成了冰柱子！好不易赶到京城，俩腿肿成了象腿！”

“你那算个啥！俺们那火车路过河北才逗呢！两边儿来了卖饭的，被堵住了，先把饭箱子传过去，卖饭大嫂就跟走梅花桩一样样儿的，从人群头顶穿越。”大高个是东北人雷鸣，因为大嗓门、少白头，人称“雷神爷”。

“你们那都不叫事儿！牛哥我考了五年，车厢所有能藏人的地儿我全睡过。最牛的是买不起票，检票员第一趟抓人时，没票的跟小鸡崽子一样四处乱窜。我一看，不灵！厕所被占，车顶又爬不上去，急中生智，我隐身人群中！查票的就过去了，哈哈哈！”装绘班的牛毅插话，大家叫他“牛魔王”，他那著名的贱笑同后来被周星驰表现银幕上的如出一辙。

“往事不堪回首哇！”装潢班的小宝连连摇头。叫他小宝，乃因他哥是89级的“保长”，他自然成了“小保（宝）”。

这帮人全是北方大汉，一个个壮如广西水牛，说话还带着“儿儿”的卷舌。

刘抱山是山东人，号称“毛孩”，只因体毛旺盛。后来英语课上，他愣把“cowboy”（牛仔）给念成“catboy”（猫男），就更“毛孩”了。

“为啥画画的人都喜欢扮痞子？说话一股子匪气，没个正形？就是扮野、装酷呗，在江湖上混久了，个个想当大侠。有创意的人，都满脑子稀奇古怪。各种搞怪和反叛，算是这帮人奇思妙想的灵感迸发吧。美院里怪人多，不怪不成才。总之，一句话高度概括：这帮人不作，不活得夸张一点，艺术之花会迅速枯萎。”秦可边嘀咕边走出宿舍。身后传来崔健震耳欲聋的歌声：“地下的脚在走，身边的水在流，可是你总是笑我一无所有……”

此时，女生宿舍里也一片沸腾。

来自河北的小红果在嚷嚷：“考学太恐怖啦！我以78斤的小身板扛着20多斤行李和一个4开的画板，还有一只水桶，若干破画笔和流汤的颜料盒，稀里哗啦地从北服考完素描，再赶往大北窑考中工。迟到5分钟不让进考场，我哇哇大哭……一把鼻涕一把泪，哭功超一流，结果老师愣是让我考了。要不，咱都成不了同学啊！”

“考完我虚汗出了一身，衣服都湿透啦，饿得要死，只好在门口吃了笼包子，那可是我两天唯一的一顿饱饭，兜里最后剩下7块钱，吃完还剩2块……无限迷茫啊，乡亲们！”山西来的同学控诉道，后来大家称她为“奶牛”。

在美院这种地方，没有名号是混不下去的，说明人家记不住你是老几。江湖嘛，不问出处可以，没了名号还怎么闯江湖啊？

陨落的神童

入学典礼盛大庄严，女院长特意强调：“今日我校全体人数正好是 888，包括教职工。让我们以热烈的掌声，欢迎新同学！”

噼里啪啦一阵热烈的掌声过后，时间就很难熬了。

从小到大，开学典礼总是特别漫长，你得学会忍受，不同头衔的人轮流说着类同的话。论资排辈他们一个个全得发言，大家都得学会理解包容。

院长不老，但大家都叫她“老太太”。开会时，她喜欢把右胳膊往左使劲挥舞。从力学的角度来考虑，这是非常霸气和反自然的，也很“革命”。

她们那个年代应该就是那状态吧，从她挥手的力度，能体现出她的决心。她一定要把她们那代人的革命精神贯彻发扬到中工，代代相传。其实很矛盾，有人叫她“老太太”，有人叫她“院长大大”，秦可比较喜欢换着叫，有新鲜感。

在让人昏昏欲睡的讲话中，秦可想起了风雨同路但被中工拒之门外的老友覃钟，不由一声叹息“覃老夫子”要是进来了该多好哇……这是唯一不完美的地方。

覃钟太背，同时考了浙江美院、鲁迅美院、西安美院和中工，全部落选。这对在广西早就小有名气的“神童”来说，是灭顶之灾。

覃钟从小在美术教师老爸的培养下，10 岁就考上了广西艺术学院的“神童班”，受到几位著名画家的青睐，成为家乡一颗耀眼的童星。

天有不测风云，几年后“神童班”解散，覃钟只好进了普通高中，成为高中画室的遥遥领先者，但文化课落后了几万丈。很显然，早早成为天之骄子的覃钟，人生之路走到大学落榜前，过于顺利了。

覃钟比秦可大一届，见过大世面，算是秦可的精神导师。秦可一直跟着覃钟画画，长了很多见识。

退学

受到覃钟的影响，秦可在广西干过最出格的事，就是主动请求从广西艺术学院退学。

本来1991年他已经入学军训，但看了一圈，发现自己连选修油画的自由都没有！而且清规戒律那么多，他就产生了退学的想法，立志次年报考中央工艺美术学院。

主要是，秦可内心深处一直想走出广西，越远越好，不想再听父母无休止的争吵和他俩逐年升级的打打闹闹。

从懂事开始，每年清明他都给祖宗们烧香磕头，祈求他们保佑他远走高飞。眼下退学再考去北京是最好的机会，这种机会转眼即逝，不抓住可能会后悔一辈子。

是啊，外面的世界很精彩也很无奈，但到底有多精彩多无奈？你要亲眼见识了才知道。最关键的是，每次做出决定，秦可都想确保，在每一个关键时刻做出离自己梦想最近的选择，日后无怨无悔，至少自己尽了力。

于是，秦可在南宁独自策划退学，心情复杂，跑去南湖发呆了一整天，最后给父母写了一封长信，力陈个人理想，争取他们的支持。信中他郑重强调：我自己的前途自己负责。不管你们是否来接我，军训完毕我即刻卷铺盖走人。

秦可到教务处申请退学时，老师们纷纷问他退学的原因，他只简单答道："我想明年考中工。"有老师当场喝彩："好，有志气！"有老师认为他不知好歹，而当时的班主任有点被秦可的孤注一掷给吓坏了。

亲戚们刚敲锣打鼓送走秦可，听说他非要退学，都纷纷跑去他家劝阻，"广西艺术学院是多少人梦寐以求的地方啊，别当傻蛋！"

后来，老妈来到位于南湖边的广西艺院接他回家，秦可背着被子拎着水壶脸盆从宿舍一路"丁零当啷"走出校园时，遭遇了众多疑惑不解的目光，他自己心里却豪情万丈。因为他要决定自己的人生，他的人生由他做主。同时，他也有点怕，今年已夸下了海口，众所周知，万一明年考不上中工，得是多大的笑柄？

但一转念，他又想：这说明我只能成功不能失败，这是最好的动力。考十年我也非考上中工不可，别无选择。

就这样，秦可拍拍屁股，离开了广西艺术学院。

周围的人，有人支持秦可顽固不化地追梦，但大部分人耻笑他是痴人说梦。也是，堂堂的中工啊！那可是“皇家”美院，你区区一个广西北海的“放牛娃”，谁认识你？谁在乎你的存在？

次年考中工，果然一波三折……历经九九八十一难，秦可这头犟牛才考取了中工。

首先，层层严格筛选的美术考试惊心动魄。美术考试终于通过后，中工发给秦可参加高考的通知书，从北京发到广西北海市，居然被家乡学校教导处的某主任疑为广告（因为信封太摩登），慷慨扔进了垃圾筐，让秦可差点错过了高考。

高考完后，中工居然又没有在南宁招生办找到秦可的档案，秦老爹只好亲自从北海跑到南宁去“监督”相关部门给他儿子抛档案。再然后，中工校园发榜了，秦可已经打听到自己金榜题名，但死活愣没收到中工发到广西的录取通知书！

一连串曲折离奇，更让秦可确信，广西非久留之地。所以他离开家乡的心情是轻松的，正如飞鸟出笼，从此海阔天空任翱翔。

当初秦可耍脾气退学的事上了市里报纸，上面深刻批评了他父母的教育问题。等秦可考上中工后，本地报纸又大大夸赞他父母教育有方。除了神经“短路”，秦可想不出更好的理由来解释这种现象。

据说，秦可在南宁的恩师周度其，一直把他退学的故事当作励志教材，讲给历届学生听，成为江湖上考美院的传奇故事。可惜后来恩师英年早逝，患癌症辞世。

等秦可真的考上了北京中央工艺美术学院，老爹才跟他交了底——原来为慎重起见，老爹居然拿着儿子要求退学的家信，跑去征求北海市本地专家的意见。

结果家乡文化局局长和教育局局长读完信后，统一表态：“看这孩子的信很有想法，让他回来吧，他一定还能考上美院，就信了他吧，有困难我们帮你解决。”

原来老爹竟然如此这般地狡猾老到，自己的退学居然还得到了重量级人物的支持，秦可服了。

金榜题名

秦可去北京入学时，覃钟没来送别，听说他受刺激太大，谁也不肯见。他老爹把家里所有窗口都封上了，怕他跳楼。

当时全国各地偶有落榜者跳楼的悲剧发生，金榜题名太重要了，上大学几乎是出人头地的唯一途径。

秦可的老爹也比较夸张，亲手接到中工第二遍重发给秦可的录取通知书后，他一个人躲进了楼梯间里默默垂泪。

他可能欣慰于儿子终于证明了自己，也可能感慨于儿子替当爹的在某种程度上实现了人生的至高理想，毕竟秦老爹自己能写能画，是当地出名的才子。个中隐情，只有秦老爹自己知道了。

秦可想抱住老爹说声多谢，但说不出口。如果老爹没同意他从广西艺院退学，自己不会有今天。

老爹是市医院的院长，一生做到最大的官，就是市政府工资改革办公室主任兼党委书记。他是老党员，年轻时居然和恩来同志的老照片有几分神似。

秦可 9 岁时，秦老爹见儿子老爱在墙上地上乱画，便把他送去学画。更为他到处寻名师，最后找到了中央美院国画系毕业的林光虹老师，秦可总算是拜了师正规学画，林光虹老师还固执地从不收学费。

在少年宫学画时，秦可粗心大意，把厚厚几本大砖头暑假作业全弄丢了，开学后交不上作业，急得绝食。老爹于是发动全家四口人连夜帮他补好厚厚几大本。

多年后，远隔重洋，秦可终于在电话那头对老爹说出一句：“事业上您有多成功我不知道，但作为父亲，您很成功。您对我的栽培，我终生感激！”

很多时候，对家人的感恩和爱，还是要说出来。家人对固执的“追梦人”，还要多支持多鼓励。要相信奇迹，自己都不信，更无法创造奇迹。

噩梦的焦点

说是进了大名鼎鼎的中工，其实头顶还悬着几把利剑。

入学三个月后，要进行甄别大考，考砸了要被退回原地；入学半年内考试不合格者会被退回原地；入学两年半后，以一次性考试进行分流，劣等者，提前以大专文凭毕业！

甄别和分流，在今后的人生中，成了秦可噩梦的焦点。他经常梦见自己被甄别，回到广西边陲小城，忍受老妈老哥的看低，永无出头之日。

当时从美院退学次年又报考美院是不合规的，一旦被校方查明，入学资格肯定被取消，秦可特别怕被查出来。

大学四年里，他一直在担心东窗事发。毕业后，这担忧造成的后遗症也一直阴魂不散，时常让他噩梦连连。

就这样，秦可两股战战，进入了中工为期一年半的基础部学习。一年半后要经过全级统一考试，才能进系学习专业。两年半后要通过分流考试，才能确认是本科还是专科，尽管大学录取通知单上分明写着本科。

也就是说，秦可在一年半后才能正式进入陶瓷系，专攻陶瓷艺术设计。

如果大二下学期的分流考试没通过，那只能再继续学习一年后，在大三结束时以专科文凭毕业。

基础部的功能，是让学生们的绘画基本功更上一层楼，进一步学习美学理论，以加深对美术和艺术的认知。比如素描、色彩、艺术理论和美术史，并结合德智体全面发展。

目前院里有九大专业科系：装潢（平面包装）设计，装饰雕塑设计（装雕），装饰绘画设计（装绘），环境艺术设计（环艺），服装设计，染织设计，陶瓷设计，工业造型设计（工业）和工艺美术史论（史论）。

第三章
军训

军训前奏

进校四周后的十月，全部新生将被拉往涿州某空军飞行学院，进行军训。

军装刚发下，环艺班长张晖便迫不及待领着弟兄们——“邱帮主”邱建钢、“酒神”邓宇和“崔长腿”崔笑声等人，全副武装，操着正步去逛了一圈秀水市场。

娇滴滴的女生们穿上军服，一个个英姿飒爽，纷纷从男生跟前走过。看得男生们心痒痒，哪个都好哇！可人家压根儿正眼都没瞅男生群。

1992 年的涿州是个河北的小地方，满眼萧瑟，要啥没啥，能买到最奢侈的就是红皮小香肠。

同学们被安置在 20 世纪 50 年代的老房子里，四面漏风。

在抖抖索索的夜里，男生营房最流行讲“野段子”——尤其是小宝他们装潢班。包括自费和委培生在内，16 名糙男，雄性激素过剩。

秦可经常和小宝混，也跑去听。他经常听得半懂不懂，不过看大家笑得口水喷老远，也只好跟着傻乐，否则被笑的就是他了。

这边女生营里，流行鬼怪大仙，讲到激情处“吱哩哇啦”的尖叫声此起彼伏，常招来教导员的训斥。工业班的野牛们最缺德，大半夜点个蜡烛去女生营，摸到窗户底下等着吓人。

没想到“咿呀”一声，窗户自己开了，窗棂上浮现服装班女生李峥嵘那张惨白脸！

野牛们顿时魂飞魄散，手里的蜡烛飞到半空中，两腿生风，落荒而逃。

李峥嵘同学那张大白脸，白得可真不一般，能把白墙给比下去。一天洗澡，大家坦诚相见，发现她跟白瓷砖墙融为了一体。浴室里蒸汽腾腾，猛一看只有黑发飘在空中，还以为撞上了千年女鬼。

当初军训大卡车刚把女生卸下来时，飞行学院的家属们——大小媳妇儿纷纷拥来围观李峥嵘的大白脸，问她一天抹多少遍雪花膏。

等卡车上跳下来雪白丰满的李路时，家属们又一阵惊叹“哎哟哟，杨贵妃”，丢开峥嵘，没她啥事了。这帮人集体观赏李路，艳羡不已。部队家属大都是乡下人，喜欢雪白丰满的女生。

李路一向是服装班的大姐大，爱照顾人，日后嫁给了麻秆儿瘦的蒋智南老师，结成完美的互补同盟，一起做甜蜜的事业，结出了甜蜜的果儿。

裸奔

1992 年涿州飞行学院的深秋，那叫一个透心凉！对生长于亚热带的秦可来说，真是秋叶婆娑，人哆嗦。

可北方大汉们不畏严寒，为了表达艺术家的桀骜不驯，发生了傍晚的集体裸奔事件。

男生营房里，“贵州老表”许泉苦苦哀求扒他衣服的崔笑声：“我不行的，我脂肪不够厚呀！”

“崔长腿” 才不管，三下五除二把许泉扒成光猪往外推。效率高得不行，杠杠的军人素质。崔笑声这厮，平时神经比较大条。他的思维宁可打结，就不爱拐弯。

本来嘛，在军营里就得全体一致，怎么可能大家脱你不脱？简直岂有此理。

秦可看在眼里，铭记在心。只能默默哀叹：咬牙上了！不就光个腚嘛，又不用死。

于是便发生了这一幕奇观：暮色苍茫的白桦林中，一帮大小爷儿们，疯狂裸奔。边跑边扯开嗓子怒吼：“一——二——三——四！敬礼！向左看——齐！向前——

看！”工业班的周海广领头吼着口号。

周海广那小子理个刺猬板寸，专带头干坏事。

是海广兄领头，给他们“野牛工业班”全班改名，名字后一律加“鞭”：海鞭，松鞭，陆鞭……各种鞭，应有尽有。装潢班也就跟着起出各式各样不堪入耳的绰号。

一时间，两个班的糙男们简直一起变了态，也难怪，这两个班的女生凤毛麟角。

秦可一直认为，白桦林裸奔事件，是工艺美院92级糙男艺术家们，对清规戒律发出的第一声怒吼。

其实打心眼儿里，糙男们都特愿意让女生们瞜一眼自己的胴体，但一声叹息——！男女营房隔得太远。

忆苦思甜

更可怕的是军训伙食，小米汤里老有扫把枝，不知是吃好还是吐好。

教导员教导大家：“咱是新时代的天之骄子，今天来之不易，咱到军队来不是享福，是忆苦思甜！”

这次军训加上广西艺术学院那次军训，秦可被忆苦思甜折磨了两次。

在这忆苦思甜的当口上，又发生了“斗辣椒事件”。

一天晚饭时，秦可刚走进食堂门口就被辣烟呛了出去。大家捂着口鼻纷纷往外跑，仿佛遭遇了瓦斯毒气。只有饿坏的狼人，才雷打不动，结果端上来的是一脸盆没炒熟的青红小辣椒。

自恃有种的“贵州老表”许泉和东北人“雷神爷”雷鸣饥不择食，一声咋呼，开吃！没别的菜，吃着吃着成了打擂台，两位好汉各自拿一馒头，抡开膀子斗吃辣椒。围观的同学在门外大喊加油，人声鼎沸，一浪比一浪高。

最后贵州人被东北人吃跑了，雷鸣旗开得胜，不愧是“雷神爷”，果然神也。

饥饿，同样折磨着女生们。就连深圳来的权贵小姐梁捷，做梦都惦记从未吃过的猪手。据说她爷爷是高官，不知是真是假。

梁捷是服装班的辣菜花，说话有时能呛死人。这种人往往因家境太好，不知天高地厚，班人称她“凉菜花”，“菜花”就一芦柴棒，老吃不饱。

但深圳妞特有心眼，晚饭时她偷偷多拿一个馒头，用手绢勒紧，藏到肥大的军裤里偷运出食堂，然后再偷偷掖枕头底下。夜深人静，肚子咕咕叫时，她才鬼鬼祟祟一点点抠着馒头往嘴里送。

偷吃了几夜馒头，风平浪静。这一晚“菜花”正嚼得爽，突然从下铺伸出一只小黑手：“分我点儿！”音量还特大，是下铺的湖南“假小子”熊怡。

看对方没反应，熊怡探出头，两眼贼亮贼亮瞪着“菜花”，活像老熊遇见蜂蜜，嘴里催促：“你快点儿！”

“嚯！吃人家的，你还不嘴短？”“菜花”直翻白眼。

紧急集合

军训最让人抓狂的就是半夜紧急集合，各种洋相层出不穷，秦可也不例外。

号称陶瓷班颜值最高的“小鲜肉”秦可，在紧急集合的梦醒时分，竟把裤腰带和床把手系一块儿了！翻身下床时吊在半空中，有如仙女下凡。

幸亏周旻和陈翔合力在下面托住了他。这么一耽误，袜子愣是来不及穿啦！

急中生智，秦可站到队伍里，用脚趾头一个劲儿把秋裤勾到脚面充当袜子。旁边的周旻也赶紧如法炮制，这俩成功蒙混过关，相视会心一笑。

正因为秦可在军训中动作出了名的斯文，又细皮嫩肉，同屋人开始管他叫“秦大少爷”。

女生营房里也乱成一锅粥，服装班的利婵带了纠结的丝棉被，怎么叠也成不了该死的方块！

等好歹把被子弄出个形状，正匆匆弯腰系鞋带时，却被慌不择路的上铺李峥嵘“咣当”坐头上一下。

利婵到了2016年还想索赔，她认定就因为“大白饼子”李峥嵘那大南瓜落顶的一咣当，自己从此再没长个儿！李峥嵘当时心里也窝了一肚子无名火。前一天晚上利婵给大家看手相，拍着李峥嵘的手掌心直笑，说她将来三十好几都嫁不出去，还会婚变——这像人话吗？

总之，种种洋相，最经典的是“原子屁”。

一晚，紧急集合正点名，突然在队伍中间散开了一个怪圈，直径足足有三米，无人敢近，连十米以外的女生们都开始捂鼻子扇风。

后来据考证，是“海鞭”周海广同学创作的“原子屁”，算是他的早期行为艺术吧，日后他成了国画界名人。

最糗的是“金子事件”，涉及装潢班的“主席”薛英武。叫他主席，是因为他老说“嘿，帮主席把榨菜捡起来哎！”

某天，薛主席趴在小树林练习打靶，厚厚的落叶隐隐传来阵阵恶臭。

当时趴在他身边的小宝竖起“狗鼻子”猛一通乱嗅，警觉地问道：“哎主席，你身上什么怪味儿？臭烘烘的！”

俩人埋头互嗅，再深入扒开落叶一看，简直不敢相信自己的眼睛——黄澄澄如金子的新鲜粪便！无奈主席的前胸已经和“金子”亲密接触，被批准立马跑步回屋洗澡更衣。

彩虹师

军训营长叫林国威，林营长确实威武。一次怒了，罚女生班在雨水坑里走正步，因为女生班走正步时躲水坑。

就这样，几十个娇弱姑娘“哗哗”地苦着脸跺水，除了皮带，自乳下尽湿。有趣的是，湿的痕迹好像与她们身高并无关系，无数小水珠飞溅，映着雨后的秋日，升起一轮小小的彩虹……

多年后，秦可在悉尼读美国战史，看到“彩虹师”这词儿，眼前突然冒出当年这几十个操正步跺水的女生来。

军训中，很多人被罚过跑圈、站在雨中背军营条例，还有被罚紧急集合以及被剥夺正常时间吃饭的权利，等等。日子真难熬啊，再熬下去，大少爷我就只剩骨头架子了……秦大少爷在心底哀号。

经历了几次半夜紧急集合的互助，秦可和周旻渐渐惺惺相惜起来，碰巧他俩在校内也是同屋。江西南昌人周旻是装雕班的，男生们叫他“周帅”，女生们叫他“小黎明”。

周帅是级里出众的“帅锅”（帅哥），头发微卷，剑眉星目，水瓶座特有的潇洒倜傥。

秦可倒觉着真黎明有点儿小家子气，而自己这位下铺“小黎明周帅”高大俊朗，气宇轩昂，比真黎明还有魅力。

秦可喜欢接近周旻的原因，当然不是“帅帅联合”。

一个广西人，一个江西人，从地图上看虽不近，但从考区上看俩人同区，感觉上自然亲近许多。

毕竟当年西南五省区包括海南，才考上十来个人，这些人难免成为抱团的“海派”，和长江以北的“北派”不同。从吃饭就能看出来，“海派”爱吃米饭，“北派”爱吃馒头。

“北派”里还有土生土长的京油子们，叫“京派”，他们行为豪爽说话不吝，自称“老炮”，偶尔控制不住自己的优越感，从门缝里把人瞧扁。

一个风和日丽的周末，难得不用操练，周旻挎上相机，拉秦可跟他去给美女们拍照。秦可扭捏了半天，还是没胆儿去。

从周旻嘴里得知，那几位女神是北京姑娘——“蚊子”文雨和“一枝花”高瑕等人。秦可看第一眼就知道，这些姑娘都是难攀的高枝儿，便自觉地直接放弃了。

“雷神爷”主动当了护花使者，带着“小太妹”梁捷和利婵去跟老乡买家常酱猪手和小香肠，算是改善生活。

本来秦可想跟着去，可人“雷神”也没说邀请他同行，主动报名会让人起疑，拉倒吧。于是他和小宝、“主席”他们窝在营房里斗了一天地主。

好不容易熬到军训结束的全级操练赛，许多人已经被训成了顺拐，不然就是前后左右错乱。

随着一声“向右——转”！ 秦可眼睁睁看着张晖和蒋慧两张脸撞车！

蒋慧那厮挺着一张疲惫的僵尸脸，满脸死气，突然伸长舌头舔干裂的嘴唇。要是张晖也同时伸舌头，这这这……后果不堪设想啊！秦可忍不住“噗——”一声笑喷了。

这以身试法招来了“出列”的爆喝，秦可被罚站了整整大半天，饥肠辘辘，前胸贴后背，全身尽湿。

正因为军训的严厉，军训结束时发生了比较不地道的事儿。

黑牡丹被退

军训圆满结束，整个年级被几辆军用卡车拉走。

一路上大家军装严整，扎小皮带，握拳高唱“雄赳赳，气昂昂！跨过鸭绿江！保和平，卫祖国，就是保家乡！……”简直神气得不行。

唱着唱着，周旻开始感慨：“唉呀呀，军训掉了层皮，也认识了好多妹妹。‘小不点儿’还认俺当了哥哥呢！这一回校，好日子都过完啦，军训结束，大江东去呀！”

“‘小不点儿’是谁？”秦可不解，拧着眉头望向周帅。

“‘小不点儿’就是史论班的温照呀！你看你，成天把自己闷屋里，闷坏啦！”周旻笑道。

“我看你成了大野蜂，整天嗡啊嗡，采蜜花丛中！”秦可学着《红楼梦》中薛蟠的腔调，横了周帅一眼，难掩羡慕忌妒恨。

坐俩人旁边的张晖歌唱得贼起劲儿，秦可和周旻想继续斗嘴都嫌费力，这个不可救药的“神经小兵”。

当时飞行学院有位教导员随车来京，正是给大家训得特凶狠的那位。当晚教导员夜宿男生楼，正碰上宿管科查夜。不知谁出了阴损的一招，让教导员钻床底下躲，结果被宿管科的胖科长无情地揪了出来。

后来大家都特内疚，觉得没保护好教导员。看来糙男们有意无意把军训中吃的苦，都一股脑儿发泄到无辜的教导员身上了。

这事没消停，又传来“有人被劝退”的风声。闹了半天，被校方劝退的，竟是秦可他们陶瓷班的“黑牡丹”！

“黑牡丹”这绰号还是秦可给她起的，那姑娘有着少见的纯天然巧克力皮肤，如咖啡奶般嫩滑。

班里人对她的印象都极好，她模样别致性情温柔，又弹得一手好吉他，太可惜了！

原来，军训结束后大体检时“黑牡丹”被检出怀有身孕，校方发出了劝退通知。她父母慌忙从蜀中赶来，哭倒在院长大大的家门口……传言沸沸扬扬，校园内一时人心大乱。

可怜山沟沟里飞出的凤凰，好不容易过五关斩六将考进中工，多少艰辛难以估算，却因为罪过的青春荷尔蒙，大学梦碎，遗恨京城。“黑牡丹”离开京城时，陶瓷全班同学紧急集合，跑去送她，却发现伊人不见了。

过后才听班里“阿黄”黄东强说，她独自攀上了京广大厦的第 20 层——正好是她的年龄层，要跳楼，闹得不可开交。最后被大厦保安拦下来，由她父母亲自押送，回了家乡四川。

不知“黑牡丹”如今是否尚好？人生有没有因此而沉落？

为抚平“黑牡丹”退学的震撼，狡猾可喜的“满脸牙”姜书记代表学院，给 92 级全体同学一个说法：“该同学严重违反了教委的大学生规则，校方也是莫（没）办法，胳膊拧不过大腿嘛，同学们要安心学习，身正不怕影儿歪哈！”

这突发事件如同一只烧红的烙铁，深深烙在了 92 级同学们的稚嫩心头。

都是些二十挂零，花蕊绽放的男女，但校内“炒饭”绝对犯规。大家都得夹紧尾巴做人，男女宿舍分楼隔离绝缘，派专人守门看护，男生再也别想混进女生楼。

从此，女生宿舍楼下，总传来某男生唤某女生名字的喊声。那声声悠扬的呼唤，让高墙后的男女鲜活起来，给严肃紧张的校园平添了几缕颜色。

多年后，爱总结生活的小宝评论道：该谈恋爱时不让咱谈，毕业了又让咱结婚，结果咱 92 级同学一个个离婚有如井喷。

第四章
白洋淀

“鬼子”进村

白洋淀如镜的湖面暖风袭来，芦苇纵横，一行白鹭上青天。

大清早，一行人乘小火轮“突突突”开进淀子的时候，真有点儿“鬼子进村”的意境。秦可从没经历过这阵仗，无比兴奋。电影里看过北方著名的鬼子进村，但他没亲眼见过，这回算是见识啦。

领队的是基础部色彩最出众的两位老师——画油彩的李牧和画水彩的蒋智南。还有基础部的邱柏平老师，专门辅导素描。整个年级的人背着画夹子，风尘仆仆来到风光旖旎的白洋淀写生，这无疑是军训后最好的抚慰。

其实学院本来不赞成学生下乡写生，怕毛头小伙们扰民滋事，劳民伤财。某位领导发话了——写生嘛！只要有情怀，在哪儿不能写写画画？干脆让各班老师带着学生，就近在学校周围，小至大北窑大到朝阳区画一画街景民房得了。

但那年的北京很帮忙，刮了有史以来最大的沙尘暴。同学们的画板画纸被“妖风”刮得满天飞，一张街景素描刚画一半就被风刮跑了。

色彩写生刚上颜色，便蒙上了沙尘，而且转眼就干，画面一片灰蒙蒙。于是什么素描哇色彩呀，所有的户外写生作业一律成了扯淡。

黄沙满天的北京街头，老师们带着学生们跟牵羊似的，举步维艰。于是基础部的老师明目张胆地不干了，这才促成了师生们的白洋淀之行。

师生们落脚在淀子边的招待所里，每天早出晚归都坐船。到岸就找地方写生，隔几天换一个地方画，头三天集中画素描，之后再画色彩。

毒日下，蒋智南老师挥汗如雨，布置任务：大家分散作业，找到一处能感动自己的景色，用所学到的素描技巧去捕捉去表达去抒情。

必须要体现自己独特的审美——比如画一头牛、一块石头、一处水洼，你想表达什么？选择什么表现手法？你是用线描去表达玲珑，还是用黑白灰色块去突出朦胧的瞬间光影？

大家领命出发，自带简单的午餐和水瓶，背着沉重的画夹和工具，选择景物开工。

女神男神

秦可放眼望去，整个闷热、充斥苇草味的村落呈现了新风景。

绿荫下，装雕班的林胜煌对一头大公马产生了感觉。公马甩尾赶苍蝇， 却赶不走吸附下体的球状大绿苍蝇，因而恼羞成怒。煌煌抱着他那超大号画夹子猛画了一阵，隔老远就能看到，他笔下那匹公马正在龇牙咧嘴。

煌煌同学似乎对动物头和人头情有独钟，所以画完全身和背景后，他总爱再画特写：捕捉头部和表情的瞬间变化，这可能是他的自我养成训练吧，追求准确、传神地描绘生动的形象。

他在考上装雕专业之前，已经对泥塑、木雕有了一定的经验，他的家族是专业做妈祖庙彩塑神像的民间艺术世家。

煌煌同学来自福建，但卷眉大眼、咬肌发达，被强烈怀疑其祖先与匈奴人有关。据说他也上过大学才考进中工的，但不至于像秦可那样，是退学重考的吧？这事儿过于敏感，可不敢瞎打听。

村舍下，三三两两坐着服装班和染织班的女生们。

听师兄们说，历届美女都集中在染织和服装，看来不假。自己心目中的那一位会出于染服系吗？秦可不由暗生好奇。

据说“蚊子”文雨是海外归来的“ABC”，见过普通人没见过的世面，背景牛牛的，所以备受众人追捧。追她的男生那叫一个乌泱泱，比刚才围着林胜煌的苍蝇还多，还有外校拼血书、马路求爱的男生，比较惊悚。

“蚊子”同学确实长得端庄秀丽，但块头好大，一看就是吃牛奶面包加牛肉长大的。就算喜欢她青春洋溢、健康秀美的模样，但体量上的差别，还是让秦可对这一位望而生怯。

秦可长得姑娘般秀气，高个女孩让他有威胁感。反正只看一眼，秦可便知道“蚊子”绝不是他那盘菜。万花丛中，“一枝花”高瑕长相最出众，形似当年电影《大桥下面》的龚雪，气质如兰。

这么美一枝花，理应追求者甚众，但碍于高老爹的厉害，全级的糙男们都怕怕地，不敢对“一枝花”下手。因为她爹是学院里的书记，高书记的工笔画厉害，女儿也管得严，防男生跟防贼似的。

秦可他们陶瓷班第一课就是跟高书记去天坛画了一整天线描芍药和菊花，高书记画的观音菩萨也很棒。

“蚊子”和“一枝花”都不用想了。

梁捷这朵菜花嘛，模样不赖，也够瘦，人可是一点也不文弱，而且是来自深圳的官小姐，怎可能是省油的灯？据说她家世深不可测，人更难捉摸，所以也绝不是秦可的菜。

往前走，秦可看见芦苇丛中蹲着埋头苦画的马珂，他人高马大，甩着一头齐耳长发，戴着文气的圆眼镜。虽同在陶瓷班，但秦可跟他不熟。

马珂腼腆寡言，总是来去匆匆，是有来头的“富二代”。没想到多年后，眼前愤青变成了牛制片人。

村边，环艺班的赖亚楠正聚精会神画着飞檐彩壁，她是“于大虾”的女朋友。据说这俩高中就恋上了，两人在一块儿考了几年才考进来，进校门后俩人一直形影不离。能双双对对考进中工，简直是奇迹！秦可叹服。

大家喜欢叫赖亚楠“小赖子”，其实她人不赖，话不多，模样也俏。校园里，总见她一根竹筷把头发挽起，行色匆匆，做事专注，跟谁都没有是非纠葛，形似女强人。秦可没看走眼，日后，事实印证了他的判断。

可能是一物降一物吧，“小赖子”的男朋友偏偏是文质彬彬的“于大虾”于洪权。

他是美女云集的染织班班长，叫他“于大虾”，可能是他够大侠，也可能是他腼腆，动辄满脸虾色。总之“于大虾”同学德智体貌全面发展。

92级有六大“男神”：“大少爷”秦可、“小黎明”周旻、“玉面书生”齐越、“男宝”杜宝南、“虎子”潘虎，还有“于大虾”于洪权。

那年代，流行小白脸。威猛型的张晖和陈翔等京城老炮，一概排不上号，整得这俩“老炮”很无奈。

把“于大虾”排名最后，是因为他早非自由身了，他是“已被消费产品”。而其他男神都还在货架上摆着，炙手可热。

“于大虾”是女生们公认的“光夫”三浦友和，那模样像到了几可乱真的地步。就连某位教色彩的女老师，上课也老爱单点他回答问题，直勾勾地盯着这枚“大虾”手舞足蹈，陶醉不已。

而且最让人服气的是，除了赖亚楠，“大虾”绝不看其他女生半眼，从此赢得了江湖口碑。

秦可接着往前走，水边写生的一男一女挨得好近，难道彼此看对眼啦？男生是云南彝族汉子杨国胜，女生是北京女孩张晶莹。

张家老爹是甘肃省博物馆的馆长，张家本是京城土生土长的书香门第，但因为全家支边去了甘肃。后来张家把张晶莹的户口迁回北京。

张晶莹双眸清亮，眼白发蓝，肌肤胜雪，一看就是娇滴滴的大小姐，不好惹。

杨国胜据说是杨家将的后代，因此比较爷们，沉默寡言，画画时善于捕捉山水神韵。后来他牛哄哄拿了一堆奖，成了著名画家、某边陲美术学院院长和美协的领头羊。

当年在水边，却看得秦可无言暗叹——呜呼，这俩要成，还不得委屈杨爷倒插门？但生活总喜欢惊你一下子，这俩人的结局就是例证，此乃后话啦。

眼前这对预备情侣肩并肩，让秦可羡慕不已，脑海忽地蹦出一张秀洁的脸庞。然而半条村都走完了，遍寻不见佳人。

这一路走来，前后对比，秦大少爷心中那个丽影渐渐浮出水面，她应该是服装班的……利婵同学。她有一双秀丽的凤眼，面带桃花，乌黑的长睫毛或低垂或翻起，自带一番惹人怜爱的忧思。

“利”这个姓氏极少见，目前只听过演员利智和利婵。

也许是情人眼里出西施吧。反正在秦大少眼里，利婵和利智有点儿异曲同工：大眼高鼻樱桃小口，最相似之处可能是那无敌的女性魅力吧？利婵同学怎么也得是D杯吧？ 秦可一阵暗笑，浮想联翩。

烈日炎炎下，他继续漫步村庄，有意寻找意中人。其实他也不愿草草动笔，务必慎重选择，毕竟这是他第一次观摩北方村庄，充满了新鲜元素。

秦可走过一户人家，忽见同班的张剑兵正急匆匆叩击老乡家的院门，敲了半天门也没反应。

剑兵同学一回头看见秦可，笑得尴尬：“我想进老乡家写生，里头肯定有好玩意儿！”

忽听“吱呀”一声，开门的是一位老奶奶。见到张剑兵，老人家扑通一下坐到地上，喃喃自语：“俺家啥都没了，真的没了呀！”这情景把俩人给搞蒙了。

秦可定睛看了看张剑兵，见他满头满脸野性难驯的样子，人本身长得已经够“摇滚”，穿的还是军用服装批发店买来的大兵服“绿狗皮”。关键是那双武力十足的军靴“铁蹄”， 所以就把老太太给惊住了。

过后，秦可才充分明白老太太所说“没有了”是啥意思。原来，装雕班的京油子陈翔和吴昊他们早来“扫荡”过了，都穿着跟张晖一样的军服军靴，连蒙带骗，借走老乡家的花瓶和家什去写生。

林胜煌等人还大肆花钱买走了老乡家有特色的瓶瓶罐罐，破茶碗也没放过。

经过这次“扫荡”，成就了陈翔“老炮翔子”的名号。

此后挨家淘宝、收买民间瓷器的事儿几乎天天发生，真正是“鬼子”进了白洋淀啊！难怪学院领导害怕这帮浑小子们下乡扰民。

惊艳

秦可再往前走，是一望无垠、波光粼粼的水面。农家船上排排坐着黑白两色鱼鹰，大小鱼鹰纷纷“扑楞楞”跃入水中捕鱼。

冷不丁地，湖面传来清脆妙曼的歌声“微山湖喂……”一叶小舟正荡开水汪汪的绿苇丛，芦花飘拂，野鸭惊飞！

小船上有两位眉目如画的姑娘，梳两条齐肩小辫儿的李峥嵘在船头划船，短发的大眼姑娘利婵坐在船中央。

——这不正是自己寻寻觅觅的小利同学吗？秦可一颗心怦怦乱跳，手脚顿时不知往哪儿搁才好。

两位美女穿越芦花而来，就见到水边嘴巴呈O形的秦可，利婵显然也被吓了一跳，歌声戛然而止。

一直等船拐到了湖中心，利婵才又亮开了嗓子：“微山湖喂——金光闪耀，片片白帆好像云儿飘，是谁又在弹响土琵琶？听春风吹来一片歌谣，哎——嗨哟——！哎嗨呀依儿哟！俺铁道游击队为国为民立下大功劳，嗨哟！”

歌美人美，惊艳！秦可暗叹。小利同学不会是上错大学了吧？她完全有资格成为红歌星啊！

这时他才幡然醒悟，眼前可不正是自己一路寻寻觅觅的最佳画面？他赶紧摘下背后的画夹子，动手开画。

一边画着，他还忍不住一边想：这划船的李峥嵘嘛，蛮可爱，一副邻家女孩的憨纯样子，但她似乎更像个女汉子，跟文静的自己不搭调。还是利婵同学最富有女性魅力，至少是本少爷我的菜……秦可嘴角漾起了一丝顽皮笑容。

小宝落水

正当暖风甜歌熏得秦可醉时，发生了小宝落水事件。

这天晌午，毒日最炙热时，水面泛起朵朵白花花的涟漪。

小宝正在水边休息，饿坏了，赶紧掏出面包大嚼，一时嘴里塞得满满当当。

这时水面上飘过来两条船，见是同班的邹文斗在撑船，小宝心发痒，当即跳上泊岸的另一艘船，以船头为支点，奋力向文斗的船上蹦去。

谁想一使劲人就“嗖”地出去了，开弓没有回头箭，他重心后移，一脚踩空。只听见“哗啦–扑通”，水面上激起几层浪花，小宝整个人栽进了浑浊的水中！

入水后，小宝的第一意识是迅速踩到湖底，再借力往上游，但很快便发现这显然是个无底深渊！

一瞬间，所有恐怖电影的声音漫过耳背，他万分后悔以前总逃游泳课以至于变成了旱鸭子。水太脏而且有水压，没法吐出嘴里的面包呼救，小宝只好让身子随波向上纵跃，两手在水面玩命乱舞。

那边撑船的邹文斗愣了几秒，赶快加速把船撑过去，无奈小宝挣扎的波涛反倒把船推远。

说时迟那时快，一条壮汉“飙飙飙”从水面飞过，有如雄鹰掠水夺食，飞快地把小宝拽出水面，好险！救人的大侠，是小宝班里的自己人“老井”，身手麻利异于常人。“老井”其实叫老景，只因长得特像“老谋子”的电影《老井》里的男主角，得名“老井”。

此时，船上的人都围住了湿淋淋的“落汤鸡”小宝，关切地问道：“没事吧？”

可怜小宝一时说不出话来，任凭全身水“哗啦啦”往下淌了好一会儿，这才把满嘴面包渣子哇哇吐了出来。

“你为啥不喊呢？”文斗把一蓝大褂裹在小宝身上。

“我嘴里塞满了被水泡发的面包团，喊不出来嘛！”小宝满脸冤屈。

得亏天热，到下午收兵之前，湿衣服都晾干了。其实小宝落水处离河岸不远，但河水却很深。据老乡说，那是为了好走船，河汊都深挖过，比淀子中心水还深。

极品茅坑

小宝落水的同时和之后，又有其他班的数名好汉落水，但他们水性奇好，有惊无险。除了偶尔有人落水外，白洋淀的“上山下乡”生活真真不要太滋润了！

如果不是因为当地极有特色的厕所，恐怕大家都“乐不思京”了。秦可在白洋淀印象最深的，莫过于那村里的公厕。全世界找不出比这更有特色的厕所了，用砖头茅草围一圈就是名副其实的“茅坑”。

茅坑里随意扔着一堆芦苇秆，大小随意、气质粗犷，随便刮但没法擦……人一踏进茅坑，即被森森的绿头苍蝇“嗡”地推了出来，其实人进得去也没地方下脚，泥地上是多层次的丰富色彩和强烈的味道……

老乡们还教导大伙儿说，“同学们，要知道节约啊，芦苇秆晒干后甩甩，下次再用。”

最神的是“雷神”，他每次如厕总抱着心爱的随身听，不用听都知道，他那随身听通常放着同一首歌，走到哪儿唱到哪儿。

就是郑智化那首著名的《水手》——“苦涩的沙吹痛脸庞的感觉，像父亲的责骂母亲的哭泣永远难忘记。年少的我喜欢一个人在海边，卷起裤管光着脚丫踩在沙滩上。总是幻想海洋的尽头有另一个世界，总是以为勇敢的水手是真正的男儿，总是一副弱不禁风孬种的样子，在受人欺负的时候总是听见水手说，他说风雨中这点痛算什么，擦干泪不要怕，至少我们还有梦。他说风雨中这点痛算什么，擦干泪，不要问为什么！”

老雷同学这首心爱的如厕歌儿既雷人又应景，更唱出了 1992 年大学生之英雄本色。那时首都的好多男女宿舍都不约而同地传出这首歌，连校园里黑漆漆的窗户仿佛都跃跃欲试、雄心万丈。

白洋淀的奇观除了茅坑本身和有《水手》陪伴如厕的“雷神”外，还有老乡们的家。

秦可进到老乡家写生时发现，有的人家是真的一穷二白啊，屋里只有裂开的土炕和一口缸，厨房是屋外头搭的芦苇棚，天热还可以当睡房。

连着好几天，秦可跟着装绘班“牛魔王”牛毅和工业班的贵州人许泉挨家串门，因为这俩巨搞笑，常常搞得他喷饭。

许泉边画边摇头长叹：“唉——连我这个破落户都有窗帘床帘，这儿一概没有！”

“牛魔王”抢白他：“您那也叫床帘？挂的是裤衩吧？而且还都没洗，骚烘烘的！”

“你有种跟我打一架，甭瞎咧咧！”许泉明显不满。

“牛魔王”不搭茬，大大咧咧转换话题：“哎哥们，看见有人落水了吗？我一听热血沸腾，以为有好戏看，结果等我们赶到现场时，湿身的全没啦！太失望了，“老井”下手太快！俺们装绘猛男全无用武之地，忒烦淫（人）。”

许泉马上兴奋地咂嘴：“咚咚锵！ 还有人掉水里？我咋错过了一部好莱坞大片？啧啧！”

“您那会儿正忙着泡‘柴火妞’呐，哪管同学的湿身，哼！”“牛魔王”牙尖嘴利。

“胡扯，我那是助人为乐！ 当时我和齐越一不小心偶遇‘柴火妞儿’，她正独坐岸边，巧笑倩静，老齐当即被爱神啊——一箭射中心窝窝，魂儿都丢了，可自己又没种，一个劲儿指使我替他递话搭桥！”许泉边夸张地捂住心窝，边急赤白脸地为自己分辩。

服装班的董雁飞，据说酷似某游击队电影里烧柴火的小妞，被戏称为“柴火妞”。其实人家董雁飞长相甜美，皮肤白净，离乡下的柴火妞儿差远了，倒有点当年《山菊花》中倪萍那劲儿。

秦可爆笑。这俩，用广西土话形容就是“搅屎棍”。俩人个头差不多，老爱互相抬杠，经常上演相声。他俩后来还被拉去客串了一部电影。

秦可常常暗自庆幸考进了中工，因为这帮人真的豪爽又热烈，自己天天和这帮家伙厮磨得穷开心。

混久了，秦可的广西口音慢慢也开始带“儿”音了，一张嘴就管许泉叫“虚穷儿”。还动不动就说：“俺们都是锅们儿（哥们儿）！”结果招来一顿顿爆笑。

秦可脸皮薄，不喜欢被笑话，于是干脆换了伴儿，跟“雷神爷”混去了。雷鸣那家伙有地痞相，没人敢惹，肯定能罩着他。

那天俩人在村里边走边画速写，慢慢招来了一群白洋淀的儿童。雷鸣没想到自己能成为白洋淀一景，被当地儿童围观。

“为啥光看我捏（呢）？ 我有那么傻吗？”老雷抬头问。

秦可侧耳细听，听见孩儿们窃窃私语：“他头发是背（白）的，还有几根黑溜溜的咧，你数数！”

白洋淀的儿童们一路跟着“雷神”数下去，直到太阳落山。

“锦衣夜睡”

女生们最臭美，一帮人围着老乡疯狂抢购白洋淀民间的红底大花布，拿来做裙子，甚至内裤和胸罩。

据说染服的众女神们常常挑灯夜缝，缝到凌晨三点才“锦衣夜睡”。第二天劲儿劲儿地穿出去写生，一整天美得合不拢嘴。其实谁也没看见，大红花花都缝了贴身内衣，只有自己才知道，还美得屁颠屁颠儿的。

服装班那屋，利婵在给自己缝大红花花肚兜。

“哇，性感的肚兜不是给将来的娃儿穿的吧？”“凉菜花”走近利婵，嘴里嚼着孜然五香牛肉干，这玩意只有她吃得起。

全世界就数她爱说风凉话，利婵心里不老乐意，但碍于情面，还是把手里的活儿往前凑了凑，说：“瞅瞅咱这针脚，绵密吧？”

“厉害，比我强多了！我最讨厌绣花，我情愿在上面一剪刀剪几个洞，再缝上贴花图案。总感觉绣花搞不好，就土了吧唧的！”“凉菜花”没眼力见地信口雌黄。

利婵趁她不注意给了个大白眼，窗边的老熊看见了虎牙一龇，跟利婵相视而笑。是，穷人的孩子早当家，她大小姐“凉菜花”自然用不着绣花。

花肚兜用不了两宿就绣完了，翠蓝荷叶衬着粉嫩的荷花，上面飞一只绿蜻蜓，红艳艳的土布料子，乡土气息迎面扑来！利婵抓着肚兜，很得意地在身上比来比去，又嫌不过瘾，把衣服脱掉，直接穿上肚兜。再把灯关掉，点上朦胧烛光。她仿照时装模特，在屋里走来走去，臭美嘚瑟。

“小利你这是要干吗？肚兜秀啊？”全屋一片哗然。

“我看这灯一关，气氛暧昧，有点点三级意味哈！”

……

“我呸，你们这帮低级趣味的小娘儿们，闭嘴！”利婵急眼。

“哈哈哈——！”屋里其余七女齐声浪笑。

带着悲愤的心情，小利洗洗就早早睡了，没再多说话。屋里的人照样没心没肺地瞎说八道，她一山西大妞算老几，谁会体会她的心情？没有人。

白洋淀的写生是在玩水枪中结束的，自然又是工业班野牛们的创意。

野牛们霸占了整整两条船，许泉和周海广等几个家伙各持一把水枪，开战！水柱子射出老远，临近船上无人幸免，一阵哭爹喊娘中，野外写生圆满结束。

老师们看学生们画得辛苦，作业又超水准，也就满脸菊花皱，静坐船头观战啦。

回到旅馆后，为了庆贺写生的成功，更多人加入了打水仗队伍。一开始用小水枪，后来改用大压力水枪，都不过瘾，最后直接拿脸盆往被窝里泼，整个儿升级成泼水节了。

白洋淀写生，完全达到了既严肃又活泼的水准。

第五章
宿舍文化

江湖郎中

从白洋淀写生回来后，大家都累劈了，个个晒成了熊猫（戴墨镜的）和乌鸦（不戴墨镜的）。

秦可躺在床上，两手抄到后脑勺后，闭目养神。突然，宿舍楼道里传来一阵急促的碎步，然后“砰”撞进来一人。

秦可睁眼一看，是装雕班的吴昊，他正捂着脑袋，嘴里骂骂咧咧：“打那帮讨厌的红庙痞子！”原来他在后门小饭馆遭遇地头蛇，跟人打架打破了头。

吴昊是个摇滚青年，经常爱在宿舍打鼓，大家就叫他“鼓手”，也有人爱叫他“吴耗子”。

秦可赶紧跳下床，拿出自己的云南白药，细心地把吴昊伤口边的头发剪去，再敷药。仔细看了一眼，妈呀！伤口寸许，皮开肉绽，红白相间。

“你这头皮比较松，上些药能愈合结疤，放松点儿。”秦可毕竟是在医院长大的，好歹算半个江湖郎中。

黑灯舞会

在白洋淀经历了跟女生稍有互动的野外写生后，男生们开始有点蠢蠢欲动。正好这时甄别大考刚过，都想稍稍松口气。于是几个班长们策划了联谊舞会，给狼和野牛们找点儿下手的机会。

甭管糙男们平时在宿舍里如何骚动，如狼似虎，可真到了女生面前，就都不敢动了。舞会一开始便尴尬万分，男女分两边傻坐着。

以往上学光知道考试了，学校什么都教了，愣是没教男女该如何正常交往。在传统教育下长大的“70 后”大学生，遭遇 20 世纪 90 年代全面开放的尴尬，和异性交往，只能靠个人天赋和上天垂怜了。

为了让大家放开点，“邱帮主”代表学生会，放了电影《红高粱》那首著名的《妹妹你大胆地往前走》，企图用火辣辣的撩人歌词激励大家勇敢点儿，昂首抬步往前走。

“妹妹你大胆地往前走呀！往前走，莫回呀头——”在豪放粗犷、爷们的歌声中，秦可瞄了好几眼角落里的利婵同学，掐了自己手心好几把。可愣是腿脚发软不听使唤，只好坐在原地出虚汗。

不知哪个机灵鬼突然把灯灭剩一盏，好多了。

白惨惨的灯光让人感觉自己太赤裸裸啦，有贼心没贼胆，可半晌还是没人动，于是灯管又被红纸包上，仍然没人动……干脆关灯点蜡！

还不行？悲惨呀！等蜡烛被某位急中生智者挪到桌子底下时，几位班长只好先把自己扔出去，抛砖引玉。

工业班长“松鞭”李松月当即“嚯”地站了起来，跑去邀请服装班的“蚊子”文雨共舞；环艺班长张晖也主动去拉张晶莹，这两对终于羞答答地舞起来，其他人就坐那儿巴巴地看，包括已经成双成对的“小赖子”和“于大虾”。

这第一场黑灯舞会开到最后，公然变成了老鹰捉小鸡——“蚊子”被“松鞭”紧紧抓住，整晚不撒手。工业班的野牛们一个个趁机伸手搭在松月背后，手搭肩搭了一串，跟着他俩瞎转。“蚊子”被一队大小猛男扯着乱转，转得头昏眼花，疲惫的脸上挂着无奈的笑。

多年后重温此情此景，女生们纷纷自责：那时太傻，后悔！男生们集体思过：满满一田玫瑰呀！有花不折太罪过！

全级性质的黑灯舞会后来还组织过一次，结果人还没开动，保卫科的人就闻讯而来进行干涉。

从此，各班的黑灯舞会被迫转入地下。这个校园里发生的一切事情，秦可瞪大眼睛看，半好奇半懵懂。

每次早操时，他总爱眺望铁笼子操场内的服装班方向，其实看不清利婵同学的表情，单单望着她凹凸有致的倩影，便心满意足了。

至于校园里的面对面偶遇，机缘不多。也许有过那么几次擦肩而过，但每次秦可都在关键时刻低头看脚尖了，根本不敢跟意中人对视一下或者打声招呼。

秦可觉着这中工校园十足一个大舞台，你的一举一动，全在聚光灯下，丢不起人的。

进校后的基础部专业课，无非就是各种写生，秦可一开始干劲十足，画着画着就有点儿疲怠了。这没完没了地练画功，对将来的陶瓷设计到底有啥好处呢？此乃我国美术设计的高等院校，全校师生在画画方面很使劲，但在设计方面，秦可感觉暂时没学到新东西。

可这是中央级别的“皇家”美院，方向路子必须是正确的，跟着走绝对没错，何必患得患失？秦可告诫自己。同时心里总有点迫不及待，想尽快学到更多新东西，长更多见识。

这学期，同学们作为新生，一上来难免绷紧神经，写生时各种竞技疲劳后，确实产生了更多诉求。这种诉求在校内得不到满足，很多人就转向校外了。比如跑到中央美院等其他兄弟院校去侦察，参加外校的艺术讲座和活动，经常跑出去看各种国际设计的展览。

这是首都，又正值国门大尺度开放，各种奇葩大师、行为艺术纷纷涌入，大大满足了同学们的好奇心。很多人跑着跑着，心就野了，黑灯舞会已经算不了啥。秦可喜欢跟着小宝去看各种展览，他不用操心。

小宝总是事先侦察好情况，列张表，把各种展览都排好了，到时间就拽上秦可走人。这倒省事，非常符合秦可的公子哥风格。

治疗洁癖

首次联谊舞会的失败，刺激了糙男们的神经。工业班野牛们搞来了望远镜，使劲儿瞭望女生宿舍。

这宝贝来自于六大男神之一“男宝”杜宝南，他是大庆人。大庆人民离俄罗斯近，男宝就有本事搞来了老俄那牛哄哄的 40× 军用望远镜。

于是，清早和傍晚，一帮糙男异常踊跃，争抢练习操作军用望远镜，专瞄女生寝室窗户。

张晖和翔子这俩老炮，铺位正好霸占了视觉最棒的瞭望角度。

晚上，正当他俩要头顶头亲密入眠时，总跑来一堆猥琐的师兄，争先恐后地吊在俩老炮的床架上“练习使用望远镜”，这帮“侦察小分队”痴迷地瞭望女生宿舍，后来演变成单筒双筒望远镜同时上。

无奈女生们反侦察能力忒强，宿舍早晚都拉着厚帘子！

小宝那时有洁癖，巨烦别人踩他的床，他三令五申，大家必须脱鞋脱裤子才能沾他的床。小宝这毛病便招来“雷神”、老景使坏，用口径 0.18mm 的描图针管笔在他床单上画了几根毛毛，活灵活现。可惜白搭了好画功，小宝压根儿没反应。

其实老景没少给小宝的床单画毛毛，“雷神”负责把风，老景拿针管笔趴小宝床边吭哧那几根毛。

他俩的宏伟计划是：每天加几根毛，等有一天小宝回到床上，发现自己掉进了毛毛堆里，哈哈！或者有女生来他屋里找人，见到小宝的床单还以为他……嘻嘻，那样更精彩，没准还能替小宝治疗洁癖的坏毛病呐。

谁想到阴谋没得逞，因为小宝换床单太勤啦！忒不给面子。不过呢，这倒为老景增加了练手的机会，一不小心，日后给自个儿养成了写实主义的大博士，闹剧变喜剧。

后来瞭望女生彻底没戏了，体毛也懒得画了，大家无聊得茶余饭后打起了麻将。搓麻，从此成了男生宿舍文化的主心骨。

迷上搓麻前，全体糙男们最痴迷看电视，某些“有产阶级”自带了微型电视，“无产阶级”便扎堆到“有产阶级”屋里看电视。有产无产者相处融洽，浑然一体。

每次大家看得正欢，晚 11 点准时熄灯断电，扫兴而归， 哄叫一声钻被窝了，没人关电视。早上来电，电视突然自动开了，大家被巨声吵醒，但全缩在被窝里，专等别人起来关。

这种坏习惯促成了每天早晨出操的自动闹钟：雄壮的《拉德斯基进行曲》把糙男们从酣梦中震醒，活活糟蹋了老约翰·施特劳斯这首世界名曲。

搓麻

迷上搓麻后，糙男们在满楼道开喊“一缺三嘞——”发展壮大到“三缺一嘞——！”

于是，搓麻以“野火烧不尽，春风吹又生”之势，疯狂蔓延。最后开始赢各种东西，包括鸡爪子和软饮料。

宿舍里的现象看得秦可傻了眼，最后愣没能“出淤泥而不染”。

一个周末的晚上，“海鞭”周海广输饮料输红了眼，已经快 11 点了，他一溜小跑狂奔去小卖部买饮料，因为快关门了。

出门前，大家怂恿“海鞭”多买些，纷纷保证以双倍价钱从他这儿购买，以便玩通宵。于是他从小卖部搬了好几箱饮料上楼，一次性提前消费花了一周的生活费，打算大赚一笔。结果等他“吭哧吭哧”把箱子搬上楼，牌局早散伙了！

可怜苦命人“海鞭”，就这样竹篮打水一场空——非但没赚着钱，生活费也没了，饮料更被哄抢一空！

有天晚上搓了一夜麻，把正睡觉的装潢班老实人李毅崴折腾得心烦意乱。

第二天，大家作鸟兽散，服装班的“疯子”陈君峰爬上床睡觉。两眼浮肿的李毅崴开始报复，从上铺往地上扔饭盆，结果引发了“疯子”的拳脚……种种状况此起彼伏。

不过“疯子”后来脚心被人抹过好几次“黑妹牙膏”，他睡得死沉根本零感觉，李毅崴终于给解了气。

发展到最后，806 室成了 92 级全体糙男的棋牌室。晚上烟雾腾腾挤满专业人士，上桌的个个得把衣服脱掉裸搓，输了换人，后边有的是排队候搓的裸男。搞得文静的秦可和李毅崴天天晚上不知如何进屋睡觉，尤其是某些人还一边抠脚丫搓泥花儿，一边搓麻。

最恐怖的是经常得摆两桌开搓，每位选手背后总站一两名观众摸牌，经常自己还没轮上摸就和了。

搓麻的电线是从六楼留学生屋里拉电上来的，有效避免了 11 点停电的麻烦。从此往后，糙男们见了肤色各异的留学生，就当自己哥们儿啦！

搓麻的祸害显而易见，早操时间起不来，“终极搓麻男”个个挂着缺觉的水亮眼泡儿，鲜肉先衰。

终于，装雕班的“毛孩”刘抱山有一天忍无可忍，把整副麻将从八楼窗户推了出去：“我再也不玩麻将啦！”结果半夜被某神秘男捡了回来，差三张，成了纪念品。

当“酒神”遇到“女神”

夏日炎炎，搓麻产生了无良副产品——裸男。

天热，加上搓麻大呼小叫汗流浃背，裸男比比皆是，直接引发了“当‘酒神’遇到‘女神’”的传奇故事。

话说那年那月那日，平时老闷在宿舍里喝酒的“酒神”邓宇刚洗完澡，哼着小曲“踢踢踏踏”漫步楼道里。突然，从拐弯处闪出一“女神”！邓宇愣住了，还好，手里有盆，赶紧扣上！可惜盆太小人太丰满……只好“抱盆鼠窜”跑进了 WC（厕所）！

屋里众人先听见“女神”清脆的尖叫“啊呀——”！伴随“酒神”沉闷的牛哼“呜呀——”！然后各宿舍里有人伸出头观看，就演变成了“欧耶——”！

“酒神”被惊着了，再也不肯展示丰满胴体。他过度担心自己这处男之身，从此不再值钱。

相反，“海鞭”周海广却被评选为“年度最频繁裸男”。受到鼓舞，骚动的糙男们有了盼头，经常洗澡，频繁全裸在楼道里穿梭。

洗澡时，糙男们喜欢高唱：“路边的野花——你随便采！不采白不采呀——采了也白采”！甚至有人圆了下半截儿：“记住我的Q记住我的P，记住有人永远在等待，我在等待你找我，千万记得来——来找我！”

日后也有女生感叹：“早知道男生宿舍疯狂上演裸体秀，咱就多去转几圈！”

不凡的“女神”

晨曦穿透长窗，清晨的校园格外清新妩媚。

女生宿舍502室，某悬挂的床帘外，露出一白花花的小屁屁。床前围观的人越聚越多，站那儿欣赏了半天，睡美人却浑然不觉。

小屁屁镶着金色的光晕，如同一幅名画，在盛夏的晨曦阳光下娇艳欲滴。大家正观赏得忘我，突然，一只蚊子很不识趣地飞落到上面，亲吻玉雕粉琢的嫩肉。

忽听“啪”一声脆响，白屁屁上干脆利索地落下了几个鲜红的手掌印！不止一人路见不平，出手救美。

可怜的蚊子立马被拍扁。床帘里边伸出一只小手，胡噜着屁屁上的红手印，一阵娇骂声从502室传出，划过寂静的校园清晨……

这宿舍里，每天早上当闹钟闹醒大家的是“饭饭”。她喜欢早起朗诵英语，晚上要折腾到一两点才睡，每天总是精力充沛得让人难以置信。

“饭饭”本应是“凡凡”，她大名叫赵亦凡，装绘系的系花。

“饭饭”在宿舍里对自己没有任何隐瞒，向来语不惊人死不休。总喜欢把自己的私生活日记摊开，摆桌面上，想让同屋人有意无意看到。

“饭饭”人蛮好，从不跟人闹矛盾，就是不易妥协，我行我素，恃才傲物。无论她怎么调侃自己，都没人敢小瞧她。因为她脑力过人，实在聪明伶俐，凡事过目不忘，一学就会。

"饭饭"是校园里比较傲的美女，据说来自天津的书香门第，向来是学霸，门门功课第一。长相气质有点像新加坡歌手许美静，五官精巧秀美。尤其是一双凤眼，加上能言善辩的一张利嘴，整个人泼辣风流。

"饭饭"在那个年代里，是一朵奇葩。

那时全中国正值传统与开放角力，东西方文化发生猛烈的冲撞和较量。但不凡的凡凡，早已经从思想上行动上，是个特立独行的"外国人"了。多年后，大家再看"饭饭"，才充分了解她的特质和个性。但在20世纪90年代初期，没人能理解她和她的种种古怪言行。

"饭饭"最不可思议的怪行里，还包括把同屋人的东西藏起来，都是些不值钱的零碎儿。比如口红、带蕾丝的胸罩，等等。屋里人三天两头老丢东西，觉着很是诡异。

一天，趁"饭饭"不在，好事者翻看她的床铺，打开垫子时大惊失色——所有失窃的物品如噩梦一般，都整整齐齐码叠在"饭饭"的床板上，有如私人博物馆！可一走脑子，"饭饭"美女天天睡在这些东西上面，她也不用，偷来干吗呢？大家百思不得其解。

每当有男生来找女生，守门老太都扯开嗓子眼在楼底下河东狮吼一番。

"饭饭"同班的李永安和史论班的张晶莹比较多人找，而且全是帅哥。好嘛，老太太只要一喊"张晶莹——李永安——有人找！"立马引来"饭饭"一阵莫名的激动和慌乱。

她亢奋地从自己床上蹦到地上，抢答："我来我来，我替你们去！你俩慢慢下床穿鞋啊！"话音未落，马上一溜烟接洽别人的帅哥去了，鞋都没穿。屋里那俩被找的人，都没来得及反应呢……

男女生宿舍内，每个屋都有极品，因为每个人生长环境和历程都不一样，总有人在成长过程中受到极端的影响，我们每个人都深深受到原生家庭和环境的作用。是花草，总免不了受风雨的摧残；经风雨，便会落下痕迹。

女生宿舍还有个猛料，据说每隔一段时间506室灯一灭，就会传来利婵同学的尖叫声，准是她又买新胸罩了。每次她还老爱表现，转来转去地让人评价："好不好看？要不要试试？”结果“试胸罩”直接被简化成“试胸”。

却不知哪位女生成了男生的卧底，出去爆料后，利婵同学“奶牛”的声名远播。大家都怀疑大白脸子李峥嵘就是那个卧底，但苦无证据，因为她那时还没住校。

总之，利婵从此在男生嘴里就变成了“特级奶牛”。这一直是506疑案，悬而未决。

利婵同学还特在乎她的“婵”字，因为老被写成“蝉”，这让她无比抓狂。

某天午夜，她在宿舍的小黑板上郑重写下：我是婵不是蝉！蝉=知了，婵=婵娟，美女是也，切记！

次日小黑板上出现了跟帖：婵娟=古代鳄鱼，欧耶。

利婵守了几天几夜，也没抓住是谁写的，只好空悲切。

与军靴共眠

女生的时髦装备同样来自军工服装批发店，也是人人一双军靴，宝贝着呢！每次写生回来都猛打鞋油，恨不得抱着自己的军靴睡觉。

女生宿舍里，卧谈会是常开的。聊各奇葩同学，再骂骂某装相的老师。

由于卧谈会频繁，上早操便成了女生宿舍里最头痛的事，众美女经常比赛谁最后几分几秒才爬起来。

“凉菜花”梁捷和“假小子”熊怡最痛恨早操，然而不上早操是要被狂扣分的，分扣多了没法毕业，后果严重得没法儿承受。但“凉菜花”和老熊这俩懒蛋够胆互相打掩护，一三五你上操给对方划到，二四对调过来。

染服宿舍里最常见的景观，就是冬天窝一起织毛活，不知谁的围巾永远也织不完，边织边讲鬼怪故事。

一次讲到关键处，“石头”石静杰正好浑身湿漉漉披头散发走进来，穿一身屎黄睡袍，瞪着俩布满血丝的大眼，吓得大家嗷一嗓子抱头鼠窜。石头是染织班宿舍的室长，一直是个笑容好脾气好的大姐大，经常扮演护花使者。

一天半夜，号称“鼠小强”的徐小蕾同学从上铺爬下来，把“石头”晃醒，说想去厕所，有点害怕。

“石头”仗义随她出行，刚到楼道，突然一小灰球从对面贴地飞奔而来。小蔷惊喊一声“耗子！”马上“嗖”一下躲到“石头”身后，吓得那叫一个屁滚尿流。

当时小耗子和俩大活人都定格了，一动不动，人鼠胶着僵持了好一会儿。后来耗子一看，这俩妹妹真没劲，就主动先跑了。那个跑掉的小耗子，才堪称真正的鼠小强。

染织班宿舍最友爱也最团结，是公认的快乐宿舍，三个女人一台戏的尴尬在这儿完全看不见。众姐妹一起大谈自己的梦想，讨论艺术和设计，还有师生间每日都上演的轻喜剧，每天都夜聊到凌晨一点。

这屋里谁过生日，室友都会记得准备蛋糕，给寿星以最大程度的惊喜。这群野丫头躲门后给寿星拍完蛋糕后，还要追着互舔脸上的蛋糕渣，不然造成浪费多不值当啊！

每个宿舍或六人或八人朝夕相处，相互不适应甚至闹不和之事，时有发生。

很多年后回望，大家才领悟到：在狭小空间内和多人同时相处，其实是磨炼人性格的最好途径，把心放宽一点，路就更宽。

真实的谎言

男女宿舍只入住外地生，北京生想住校必须得申请，有空床位了才能住进来，家不够远还不能住校。

秦可班里的“假吴奇隆”秦昊从大一就开始申请宿舍，一直到了大四才给批下来，等得黄花菜都凉了。这哥们儿只好在教室休息，四年如一日吃煎饼加豆浆。吃完煎饼俩手往头上一抹，正好保持吴奇隆的大背头。

班里的海晨也是同种状况，她天天中午在教室眼看秦昊吃煎饼加豆浆，都要替他崩溃了，可人秦昊自个儿吃得挺高兴。

染织班“一枝花”高瑕和班里的徐小蔷同学，一开始也是因为没宿舍，每天午饭后只能在桌上趴一会儿。“一枝花”她爹高书记讲原则，根本不帮女儿的忙。

后来小蔷同学再也没法忍受，去跟学校哭诉，说她住在遥远的大红门，实际她家就住在不够远的三里屯。等陶瓷班的“黑牡丹”退学了，小蔷才成功住进了女宿舍，高瑕也跟着溜了进去蹭床睡。

可没想到小蔷同学太不争气，没住多久就被人举报，轰了出来。这姐儿俩，只能又趴在教室睡午觉了。

小蔷是晚熟的女生，都大学一年级了，老懵懵懂懂，搞不清男女生之间的状况，也听不懂人家的“潜台词”。因此，尽管她颜值较高，私下里却被叫作“鼠小强”。

“鼠小强”这些与生俱来的特质，导致了她校园恋情受挫，此乃后话。

那时候，校园恋情受挫的，大有人在。秦可自己，也是典型中的典型。

至尊门神

男生宿舍楼和女生宿舍楼，分别日夜被“凶神”大爷和“恶煞”大妈监守着，这两人俗称工艺美院的“至尊门神”。

男生楼里，“凶神”大爷派他老伴儿进屋扫地，里边常有男生裸睡。“凶神”大爷的老伴儿一大早趁男生没醒时，就进屋很认真地打扫半天。后来被“凶神”大爷当场抓住，发配回家，从此永不录用。其实那老太人不错，记忆力超强，才几天就能叫出八楼每屋糙男们的大名。

“凶神”大爷超讲原则，而且乡音浓重，叫人接电话时，大家常搞不懂他到底在叫谁。

有一回，他叫装雕班的许凌涵听电话，在楼道里直着脖子狂吼了半天“机灵孩儿——！”喊了足足五分钟，没人听懂他在喊谁，都不理他。不过“机灵孩儿”这名号，从此稳稳地长在了许凌涵的头上。

还有一回，留校生杨东江有急事，跑到男生宿舍要用电话。“凶神”大爷一把抢过电话怒斥道："哼！以为我不知道你？你早就不是学生了，只有学生才能用这电话！"

杨东江苦苦哀求半天，结果惹得大爷抱着电话跳脚大骂："我就不让你打！亏你还留校呢，滚！"

每逢周日早上，男生宿舍楼道里总响起"凶神"大爷无比尖锐的声音："漆窗俩（起床啦）！管杯找俩！（换被罩啦）"

后来好多人无聊时经常在楼道里学他，制造混乱，就数环艺小子"于霸霸"学得最惟妙惟肖。

男生宿舍原来还有个门神叫"维纳斯"，"维纳斯"是独臂。他以前是食堂的大师傅，在一次不幸的事故中，压面机把他的一只胳膊给压没了，后来他就去男生宿舍看门，老厉害了。

犀利门神一向是工艺美院的良好传统，震慑力十足。女生宿舍的门神自然也不例外。

看管女生宿舍的"恶煞"大妈总是满脸愠怒，叫电话时吼得整幢楼都在咆哮。她一喊，女生们就对眼轻叹："黄河又在咆哮了。"

"恶煞"大妈其实早已过了更年期，但她不仅咆哮，还爱摆各种臭脸，甚至摔电话。不然就找理由趁大家午睡时，进屋厉声训斥谁，大施淫威，弄得女侠们想冲上去抽她。

最让人由衷感叹的，是女生宿舍那道扎在楼梯上的奇葩隔断，那一个屁足以崩倒的三合板隔断，居然神奇地挡住了多少龙虎豹和野牛哇！

其实满校园的好男好女都比较纳闷，三合板隔断实践了男女授受不亲，难道全因为仰仗了"恶煞"大妈狮吼的庇护吗？

大妈但凡见了男生要上楼，立马冲出门，抡圆了拳头赶人。都说她是拿大剪刀看门的，不是所有男生都能来随便找人。

很多男生找人她不给通报或者延误，搞得男生们不愿上楼，情愿在楼底下窗户边乱喊一气。总之，那道三合板隔断就是女生楼的贞节牌坊，"恶煞"大妈功不可没。

最受看门大爷大妈们待见的，就是工业班的足球名将"松鞭"李松月，大爷大妈们一般对他有求必应。

因为"松鞭"嘴巴实在太甜，让大爷大妈充分感受到自己堪比他的亲爹娘。这就为日后他往女生宿舍送鸡汤铺了路，那恐怕是"松鞭"一生中的流金岁月啊！

“松鞭”后来自己不打自招了：只要是年龄比他稍大的女士，他统统尊称为“姐”或“姨”；只要是在教室见面的“姐”和“姨”，一律尊为“老师”。

秦可经常感叹自己没有这种哄人的能力，更没有表白的勇气。每次看着利婵同学挺着傲人的胸脯，大眼睛眨巴眨巴地走上女生宿舍楼，他总想送她一程，至少打声招呼啥的，但始终只是空想。

秦大少知道，尽管自己的小模样不输分，但一张嘴跑出来的广西普通话，夹杂不适当的卷舌音，比较吓人。

得，歇菜吧，趁早别自取其辱了。

第六章
填饱肚子

食堂血拼

雾霭沉沉的校园里，暮色苍茫。谭咏麟绵绵情深的《水中花》在婉约地飘荡，开饭了。

秦可、张晖和小宝拿着饭盆冲食堂走去，一路上人群川流不停，成群结队地涌向食堂。

晦暗的食堂里，墙面崩裂，一束昏暗的光线隐约投射在油腻脏滑的地砖上。

秦可每天都是带着课后催命的饥饿，混进人群，排着长队打饭。好不容易熬到打饭小窗口，分到少得可怜的饭菜，满怀庆幸地离开。

此时人头涌动的食堂中心，队列忽然炸开了锅。

秦可探头一看，正见一壮硕女生拿着饭盆往另一女生头上猛劈下去，呱唧，就像劈瓜一样，流血了！妈呀，秦可第一次知道饭盆可以是凶暴的杀人利器！

据说是因为排队抢饭打了起来，原来斯文的女生为了一顿饭也可以如此彪悍。似乎许多学校打架斗殴事件都发生在食堂，看来在工艺美院，人和鸟同为食亡。

“哎哎，这揍人的不是咱班赵非吗？一对一单打的话，男人都打不过她！”小宝咂舌。但一对一的打斗迅速升级为群殴，很多人被卷进了洪流，保卫科的也闻讯赶到。

“这饭没法吃了。走，北门小饭馆吃去！”小宝偏偏头，仨人往外撤。

张晖把他那大锅型饭盆倒扣到头上，不甘心地说：“别介，瞅瞅俺们班穆永春在整啥好吃的，蹭饭去！永春那厮根本不沾食堂，他用电炉子在教室里做吃的。”

“好像都叫他‘厨神爷’吧？”小宝问。

“对头，‘厨神’的课桌里放着满满当当的四川调料。那厮能把挂面做得鲜美无比，老远闻到就哈喇子三尺长！走，哥带你们见识见识去！”张晖舔舔嘴唇，夸赞道。

“我看咱干脆自己摆摊卖盒饭得了，这食堂的饭真没法吃！哪回我吃的饭里没蟑螂，我都得烧高香！”连文静的秦可也忍不住愤愤道。

秦可记得有次自己站了半天才打到饭，饥饿难耐，坐在脏兮兮的圆桌前狼吞虎咽吃起来。

吃得太急，“嘣”一下咬到一颗大沙砾，顿时牙疼出汗。下意识地细细检查饭盒，除了沙砾，一只蟑螂正趴在饭里，天真无邪地望着他！

盛怒之下，他冲向打饭小窗，但窗口已关闭。他只好用手猛拍玻璃，想讨个说法。不经意间，玻璃被他拍出了几道裂缝，惹恼了食堂的大师傅，抄起擀面杖要冲出来跟他撕拼。

当时亏得同级的哥们劝架解围，不了了之；否则小不忍则乱大谋，秦可很可能因“破坏公共财产”被开除或记过，根本不用再担心人家揭发他退学重考的不法身份了。

事后，秦可又后怕了好久，发誓一定要夹紧尾巴做人。无论多么不能忍耐的事情，都要把“不可能”转化为“可能”。在中央级别的校园里，不夹紧尾巴，完全是自取灭亡。食堂里也不全是暴力，友爱事件也时有发生。

一次，秦可在食堂吃着吃着就开始胃疼，可能是饭粒太干硬。小宝看见了，赶紧上前给他按摩，按摩完确实好了。再看新买的大白背心，上面全是小宝的泥色大手印。

食不果腹

这会儿，秦可跟着张晖跑到环艺班教室侦察一番。果然，四川汉子穆永春正在窗边做麻辣豆腐，里边还搁了些碎肉渣碎豆角，那个香！

提到食堂血拼抢饭，“厨神”听得直摇头，顺手多下了些碎挂面，招呼他们仨一起吃。那天秦可心满意足地吃了顿家常菜，别提多美啦！

晚上回到宿舍，聊起食堂，糙男们纷纷吐槽，一时像是控诉大会。

“疯子”边把湿毛巾抡得呼呼响，边嚷嚷：“上周五简直就是我的蟑螂日，早上刚从耳朵里揪出一只死蟑螂，早饭又在粥里发现另一只蟑螂。端着碗去找打粥的师傅，他接过碗淡定倒掉，从脏桶里又打了粥给我，屁也没多放一个！这还没完，晚饭又在馒头里抠出第三只蟑螂。天哪，别人的生活里充满阳光，咱生活里充满蟑螂，还从早到晚！”

“你至少没吃嘴里。我那天在食堂吃饭，咬了一口馒头发现里边有截黑乎乎的东西，仔细一看，是一只苍蝇的下半身……下半身啊乡亲们！我想了想，把下半身放到旁边，继续吃。反正打饭点儿都过了，不吃难道还饿死呀？那苍蝇的上半身绝对是进我肚子了！”小宝哀叹道。

“雷神”也跟着咋呼：“小心变成蝇人啊小宝！哎我说，有没有人注意到？膳食科科长那个肥啊！”

“哥几个，教你们一窍门！”环艺班的“邱帮主”腾一下从上铺坐起来，一览众山小，像个江湖老油条。他大名叫邱建钢，但大家都叫他“邱帮主”，他江湖经验丰富，也是京油子。

“啥鬼窍门？你就甭卖关子了，有药快吃，有屁快放啊！”张晖拿手掌当风扇，开始不耐烦。

“邱帮主”捋捋没有胡子的上唇，嘿嘿一笑，大声教诲道：“小的们，想吃饱？就得小饭盆换成小脸盆，用小脸盆吃饭倍儿爽！瞅见‘松鞭’那盆没？多巨呀！那巨无霸饭盆根本进不了食堂窗口，他不排队就直接闯厨房打饭。师傅问，你咋进来了？他厚着脸皮答——我盆儿忒大进不了窗。师傅还真给他打了满满一大盆！所以我发现，食堂的潜规则就是饭盆越大，给的越多，您还真别不好意思！”

“邱帮主”本来是学生会领袖，因为给糙男们谋福利放毛片，结果被逮住下放食堂，去负责分饭。“发配充军”食堂期间，他却因祸得福用小脸盆吃饭，才一个月就胖成了球。

“哎晖哥，你们班‘厨神’忒神了！自个儿做饭，还满柜子各种作料，几片破豆腐也能做得贼好吃。说实话，我以前有点惧永春，老觉着他像传说中的江湖骗子。”秦可吧唧着嘴，回味“永春记”那满嘴留香的肉末豆腐。

“永春特内秀，他何止菜做得好，手也特巧。他用0号图板改良了教室的壁柜，变成一小蜗居，偶尔偷偷把93级的小师妹骗进去。神吧？”张晖得意。

“邱帮主”补充道：“最神的是被逮住！一天晚上碰上俺们张系妈巡班，发现了厨神的蜗居，好奇走过去，揭开了上面的盖子——哇！一对‘狗男女’正紧紧抱成团，如同惊恐无助的小鹿！系妈当时就气炸了，下令拆房。”

“‘厨神’真乃神人也！好吧，道歉我对永春同学旷日持久的误会！”秦可说完，拿起书本，把俩不幸路过的蟑螂打扁。

最近也不知咋的了，整个工艺美院简直成了蟑螂窝。

小样儿的，简直缺修理，小心爷爷饿急了眼，吃了你们全家！秦可冲蟑螂的尸体龇牙咧嘴。

“妈泥”是关键

女生们虽然饭量没男生大，但也经常饿肚子。

“假小子”熊怡老喊饿：“真是的，每月生活费200块。又不能像北京生回家吃小灶，我从来就没吃饱过！”

喊着喊着，老熊连200块都拿不到了。她远在湖南的爹妈双双下岗，没办法再给她邮寄生活费了，老熊只好凄凄惨惨戚戚地管高年级的老乡要活儿干。

每当女生们晚上饿得睡不着，又没东西吃时，只好磨嘴皮子，借争论不休，吃唾沫星子解饿。经常一拨人挑起一个话题，进行争论，争得脸红脖子粗，再咕咚咕咚牛饮水，咽着唾沫星子进入梦乡。

女生们个个是“杨门女将”。在食堂排队时，即便看见一只只肥硕的老鼠在厨房爬来爬去，照样脸不改色心不跳地打饭，吃嘛嘛香。饭里有蟑螂苍蝇？扔出去，接着吃。

“小样儿的，想从姑奶奶我嘴里夺口粮？没门儿！”这成了老熊的口头禅。

服装班的两位巨瘦人士都不白，男有黝黑的“陆耗子”陆浩，女有皮肤蜜色的“凉菜花”梁捷。

班里人要求派他俩为“难民”代表，现身说法，跑到院长室伸出芦柴棒胳膊，一探院长大大的同情心。

在派出“难民”代表之前，校园里却突然冒出了小炒餐厅和对外开放的留学生餐厅，环境和菜式都来了个翻天覆地，但价格要比大锅饭贵两到三倍！这种情况下，校园后门临街的盒饭档和小炒摊儿又应运而生。

如何才能获得这些人类美食？另一个东西又浮出水面成为急需品：“妈泥”（Money 钱）！

服装班的八人女生宿舍里，利婵止不住暗暗羡慕梁捷，甚至熊怡。

老熊是乐天派，无忧无虑，虽然出身工人阶级家庭，但并没让她觉得自己应该低人一等，她很自信也很健康。钱少她就少花，没啥大不了，天又不会塌下来。

老熊对“菜花”那一堆香奈儿口红和古驰香水完全没想法，也看不懂她的 LV 提包和皮箱。

老熊的女生男相，让她连买化妆品的钱都省了，至于衣服，买不买无所谓。混到男孩堆里打打球，出出汗，就能让她贼开心。“面包总会有的，怕啥！”这是老熊的座右铭。“等我把精湛的裁缝手艺学到手，就上街挣大钱。”这是她的志向。老熊惯把服装设计称为“裁缝”，她真觉得自己要把过硬的专业技术学到手，养活自己和父母。

又是那句俗话——穷人的孩子早当家，有啥可纠结的？再纠结，就是小姐心丫头命，心比天高命比纸薄啦！

利婵狠狠地掐了一把大腿，警告自己：从现在开始，少羡慕别人，人比人气死人，先把自己做好。咱也想想辙，去搞点儿“妈泥”，把自个儿这小日子过亮堂了。

款爷

一时间，挣钱成了“难民”们的唯一出路。

秦可所在的陶瓷班，基本没机会画图换钱，只好贴着张晖，晖哥肯定有辙。

说到挣钱，环艺的小子们还真有两把刷子。

那时环艺系在七楼，电梯门“啪”一开，正好面对三个大橱窗，里面陈列着系里最优秀的室内装饰效果图。社会上有人来找高手画效果图，基本就看这三个橱窗里的优秀学生作业，按那上面的“大师签名”找人。

于是晖哥拉上班里的“邱帮主”“崔长腿”和“于霸霸”，课后天天练手，暗自发狠，争取作品打进这三个橱窗！假以时日，哥几个的效果图作业果然轮番挤进了橱窗，成为大款们的备选对象。

“于霸霸”大名叫于历战，不见得历经多少血战，有多霸气。他只有一个毛病：爱养鱼，大鱼小鱼都养，见一条养一条。其实应该叫他“鱼爸爸”，可大伙儿觉着那名号太便宜他了，不能让他随便提前当爸爸。

“鱼爸爸”最特殊的本事不是养鱼，而是口技绝活儿。

一次，系妈上外地出差了，晖哥和“酒神”几个觉着终于放羊了，在班里跟皮猴似的上蹿下跳，快活得不得了，还把音乐放得震天响，让唐朝乐队哥几个在楼里开吼。刹那间，教室里山崩海啸，天昏地暗，人人跟着音乐高喊“回到唐朝”。

突然，传来“砰砰砰”激烈的敲门声，一嗓子比唐朝更高分贝的上海普通话隔门嚷嚷道：“你们阻撒（做啥）？以为我不在，要翻天啊啦？”

——乖乖，是系妈——系妈咋提前回来啦？ 屋里的人瞬间变色。晖哥眼疾手快，赶紧冲过去把摇滚掐了，大家乖乖坐好，想上厕所的也赶紧约束下半身。

过了半晌，不声不响地从门后探出半个卷毛头来，优雅问道：“咋样？本爸爸厉害吧？”居然是冒牌货“于霸霸”，哪有什么系妈？简直太可气了，哥几个“咣咣”冲了上去，实行打击报复。

不管怎样，这次“鱼爸爸”画的图管用了，鱼儿终于上钩啦！

来买图的都是“大鱼”（款爷）或者包工头，腋下夹个包，手里拿块砖头大哥大，全部拿现金说话！厚厚几叠钞票，砸脑袋上都能给人砸成弱智。几乎每周都有人来买图，所以晖哥就让大家轮流值日接活儿，他自己是砍价的主力。

活儿侃下来后，马上分工，开始流水作业。有裱纸的，有画透视的，有拷贝的，有上色的，有精工细雕局部刻画的……再从杂志上把比例合适的摩登小人剪下来，贴上效果图，以增加真实感，最后装裱——齐活儿！

这么一张 4 开效果图，按买主不同要求标价 1500~10000 元不等，鸟瞰图每张 10000 元，哥几个平分。如果活儿不停，每月收入累加起来，年底真能买辆捷达汽车了，小汽车呀，那可是好玩意儿。那会儿有几个大学生能开上汽车？

秦可老跑去看晖哥他们画图，后来也找上了活儿干。他画图的特点是色彩明艳干净，加上这几个环艺小子的专业水准，那叫一个“捞钱没商量”。

于是，秦可终于能够理直气壮地通知家里不用寄生活费了，秦老爹还特纳闷，秦可解释了半天老爹才听明白。虽然能挣钱了，但秦可不贪，顾着学习。他内心深处还是惧怕当年退学之事东窗事发，想在成绩上保证遥遥领先，让学院即使发现真相，也舍不得开除他。

秦可心里门儿清，这种想法未免幼稚、一厢情愿，但有目标总是好的。

在别的班因干活“分赃不均”起纷争时，秦可和张晖这哥几个忙得没时间打架。慢慢地，有赚就有积累。秦可也不用时时去抢活干，按他不为五斗米折腰的少爷脾性，总熬到快成破落户时，才参与环艺班的“刨私活”。

而晖哥、“邱帮主”和“酒神”几个变成了画图狂人。到大三下半年时，他们已经拿画图的钱，凑份子开了个小饭馆，取名“满堂红”，生意还不错，还真搞了辆小汽车。

晖哥算是够意思，他从装潢系的宿老师那儿捞来个大活，搞了一次跨年级跨专业的“大活儿”，拉着大堆师兄师弟师妹去怀柔做了趟工程。当时大家都说，晖哥接棒了工艺美院传统的经营意识，将来肯定当大老板。

活儿是一新商场的整个一条龙美工，晖哥居然还兼职当司机，干了大半个月，大家边玩边挣钱，干得很开心。

那次集体干大活，工业班的牛人“海鞭”周海广成了手刻汉字机，他直接用即时贴徒手刻汉字，根本不起稿，最后贴上去，还倍儿棒。

黑色高丽画

秦可注意到，利婵所在的服装班正联合染织班一起临摹高丽画。染服女孩子多，比较阴柔，适合画这种画。

92 级很多骚男这会儿都借着搭班子画图挣钱的大好机会，去跟各班各系女生搭讪拉关系。这种不正之风，引得角落里静观的闷骚男，纷纷蠢蠢欲动起来。

秦可大受启发，本来想借干私活为由头，去近距离接触小利同学，但苦于秦可的陶瓷专业跟服装根本不搭界，没有任何交集。

秦大少老记得进校前，老爹的千叮万嘱：“别过早谈恋爱。学好本领，媳妇就找上门来啦，要留到最后，最后那个才最好！”老爹是过来人，他说的准没错。谨记老爹的教诲，秦可时刻提醒自己，要沉住气。反正自己周围成双成对的同学也不多，着嘛急呀?

秦可 19 岁考进中工，十足一个小鲜肉，对男女之情所知甚少，也不太懂世俗人情。他老觉着自己是旁观者，在旁边看热闹挺好，虽然心中难免羡慕吃过猪肉的人，但其实也只有看猪跑的勇气。

眼下满校园都在画所谓的“高丽画”，那是 20 世纪 60 年代毕业于中工的旅美画家丁绍光创立的一种流行画，画在由棉和茧织造的柔美高丽纸上而得名，被业界誉为 “云南画派”。

高丽画一概是美女艳景，色泽瑰丽和美，用金笔勾线、填色，再在背面刷黑，托裱。画面对比浓烈，显得富丽堂皇，又有一丝东方的神秘感。

丁大师在 20 世纪 70 年代为首都人民大会堂制作了大型壁画， 在 1990 年日本艺术世博会上，被选入自 14 世纪以来世界百名艺术大师排行榜，名列第 29 位，是唯一入选的华人艺术家。

秦可考上中工那年，丁前辈以 220 万港元售出个人原创作品《白夜》，创当时中国在世画家作品售价之最高纪录。

整个 20 世纪 90 年代，丁大师享誉国际，红到发紫，为中工全校师生带来了无限荣光。因此，这会儿的中工校园里，到处都是热汗淋漓、穿着裤头赤膊上阵的“冒牌货丁大师”，实在可以理解。

照秦可的个人感受，丁大师无非就是借鉴了古代壁画尤其是敦煌壁画的造型和色彩，融合了现代装饰元素，再注入人们追求和谐的美好愿望，创立了“高丽画”。

他的成功更带动了中国一帮人向艺术商品化进军的步伐，尤其是直接影响到了美院的老师们的个人创作方向和教学要义。

当时有画商收购这种画，同学们就都拼命地画了一堆又一堆，简直“洛阳纸贵”，最后看到高丽纸和金粉就要吐。画到最后都不知转了多少手，经过层层盘剥，收画价格一路狂跌到 50 元一张。

这个价格，秦可是听“于大虾” 于洪权说的，他是发活的上家之一。大伙听说有 100 到 200 元的收价，便找他要说法。

“于大虾”只有两手一摊万般无奈的份儿：“没辙，我这是高年级发下来的活儿，不然我也没饭吃喽！”

据说发活的 91 级师兄们，第一手货是卖给美国画商，价格 500 元一张，真敢要呀。黑色高丽画，真够黑的。

大北窑漫画组

等黑麻麻的高丽画没人收了，染服的男女又画起了儿童图书，或者蔡志忠漫画的高仿版本。

“疯子”陈君峰和“耗子”陆浩跟着一位早已混迹社会的闲散师兄，在大北窑租了个憋屈的小平房，狂画蔡志忠漫画。秦可也报名参加，因为听“疯子”说，利婵偶尔会去那儿凑热闹。

为了能与小利同学短兵相接，秦可放着晖哥的肥活儿不干，一猛子扎进了大北窑漫画组。

零下15度，大北窑那小破平房还没暖气，哥几个冻得跟贼似的，牙床上下打架。秦可跟着“疯子”和“耗子”，每天放学后去那儿画漫画，每天画到凌晨，睡两个小时后再赶回学校上早操，边做操边睡觉。

没有被子，这哥仨就穿着军大衣挤到一起瑟瑟发抖，腿上盖着从宿舍偷出来的毯子。屋里唯一的取暖工具，就是个小蜂窝煤炉。这些军大衣还是请他们画图的师兄搞来的，穿上军大衣让秦可有反叛的快感，因为自己的老爹老妈对军绿色有点过敏，据说那是“‘文革’后遗症”。

秦可不是不爱自己爹娘，可他俩实在太喜欢吵架了。连军大衣到底是橄榄绿还是狗屎绿都能吵上好几架，19年听下来，让人不胜其烦。

反正每年清明节，秦可都给祖宗们磕响头，尤其让阿公保佑他远走高飞，不要留在父母身边。他这个心愿后来得以达成，到达很远很远的大洋彼岸，但失落感也是显然的，不过那是后话了。

当年在大北窑画漫画，秦可严重缺觉，而且南方人的筋骨顶不住严寒，他撑过半个月就蔫蔫地撤了。反正跟那儿待着只见过利婵两回，而且每次她都和那个师兄同行，这让秦可产生极端不妙的感觉。

后来“疯子”和“耗子”硬撑了一个多月，画完六本临摹蔡志忠漫画的小书，每晚吃方便面吃到人浮肿，结果还没拿到工钱。服装班挣钱不容易，最后“疯子”和“耗子”只能参加各种服装大赛拿奖金。

而代替他们仨遭罪的，换成了史论系的班长祝杰和他的弟兄们，据说他们后来被逼得在大雪之夜，怀里揣着菜刀去要工钱，惨痛无比。

也是这一次之后，秦可听“疯子”说，利婵确实是跟那位闲散师兄——叫战彬的家伙好上了。战彬文质彬彬的，戴了副树脂无框眼镜，身材高大。原来小利妹妹喜欢这种书生类型？秦可忍不住意外。

今夜月色似水，玉兰花的花骨朵在月影里铁骨铮铮。秦可心中那一丝惆怅在清冷的月光下，显得微弱单薄。

他可不是个拖泥带水的人，他直面现实，他要成为实用主义者，天涯何处无芳草？

面对 20 世纪 90 年代鲜活的市场经济和改革开放，不是实用主义者就没法活吧?

秦可也知道自己悟性高，但行动上是慢热的保守派，确实是比较“面条”。毕竟从青苹果到红苹果，要一个不短的成熟过程呢。

于是，在“难民”们终于填饱肚子的时候，秦可也默默地在心里告别了小利同学。

就让她那忽闪忽闪的长睫毛，变成蝴蝶飞走吧——秦可告诫自己，嘴里哼着《水手》“他说风雨中这点痛算什么，擦干泪，不要问为什么”朝宿舍大步走去。

虽然他少不更事，但这点子骨气还是有的。

第七章
神人大仙

小不点儿

秦可掰指头算算，入校才一年不到，但中工校园里的神人大仙实在是比比皆是，目不暇接。天天紧张的学习有奇人趣闻伴随，时间过得特别快。

熄灯前，大家最喜欢交流各班怪人奇事，秦可也终于有幸见识了周旻那著名的干妹妹“小不点儿”温照。

一天午后，在宿舍楼道里，秦可看见个子很小的女生跟周帅说话，很密切的样子。他侧耳偷听，只听见小女生说：“‘饭饭’想借你的齐秦 CD，你就借给她吧！”说完一溜烟跑了。

“喂，又有新妹妹找你？怎么就没有妹妹找我啊？”秦可笑周旻，其实不得不佩服他勾女的本领。

周旻冲女生的背影一努嘴：“这还真是妹妹，千真万确。我跟你说过军训时认了干妹妹，喏，她就是‘小不点儿’。”

“‘饭饭’又是谁？真是吃饭的饭？”秦可很好奇。

“噫，大名鼎鼎的‘饭饭’你都不知道？我真服了你。‘饭饭’乃装绘班的才女啊，才貌双全。”周旻惊讶地瞪视秦可，好像看着天外来客。

秦可对周帅的各位妹妹产生好奇，可能是因为自己处于所谓的“空窗期”吧，反正利婵已经跟那个战师兄形影不离了。自己一时半会儿没特别值得惦记的人，这种感觉有点孤独，甚至有点不健康。

可有什么办法呢？自己天生就是这温暾慢热、温水煮青蛙的性格，也不如周旻眼神儿那么毒。校园里飘过一件裙子，他周帅就能记住人家的小腿多么娇美，然后把穿裙子的主儿打听得一清二楚，再逮住机会，让人家自投罗网。

其实换了是秦可，压根不会去认什么干妹妹，尤其是像“小不点儿”温照这种妹妹。

周帅自己的说法却顶天立地：“人家主动要认我当哥哥，我不能劈头盖脸就说不吧？人家那是一片好意呀，说明对我是信任和高看一眼哪！我怎可以冷酷无情？这可都是同学，抬头不见低头见。”

唉，人跟人真的很不同哟。秦可真闹不明白，周旻这干妹妹到底有啥好？

温照走路摇头晃脑，总感觉像个要摔还不倒的不倒翁，梳俩麻花辫子，个子特小，白白的脸如唐朝美女。但因为长得可爱，温照军训时认了一堆所谓的干哥哥。群众的评价倒挺一致——“小不点儿”乍一看真讨人喜欢，但只可远观不可近视焉！

可惜她那堆“神事儿”积累久了，引得班里的祝杰同学发毒誓：“就算天下只剩下温照这个女人，我祝某宁可当和尚也不找她当媳妇儿！”

祝杰这家伙一向跟个秀才似的，居然发出如此毒誓。“小不点儿”真是惨了点儿，引起了秦可强烈的同情。

但仔细一琢磨，“小不点儿”显然有她的独到手段，有本事认下“小黎明”周帅做干哥哥，引得全校不知多少好女羡慕忌妒，还公然被周帅昵称为“小膏药”，无疑是在拉仇恨。

周旻叫她“小膏药”，是因为觉得她很黏人，但又不忍心推开她。而且她总有很多稀奇古怪的问题，等着周帅解答。无形中让周帅觉得自己在干妹妹心目中，不仅帅而且能量大，那种感觉简直太好了。

晚上宿舍里聊起来，大伙儿的资料极为丰富，让秦可听得一惊一乍。听起来，“小不点儿”温照确是神人一个！

据说小姑娘每次倒水都会倒一桌子，喜欢把校徽别在鞋上，还爱穿着衣服在水房“冲凉”。上体育课跳健美操时，她那一系列奇葩动作，能让人惊掉下巴。

上专业课时，她总是乒乒乓乓制造各种噪声，直到大家都回头看她，她才一副大梦初醒的样子，吐吐舌头，消停下来。

“小不点儿”吃完饭不爱刷饭盒，就让剩菜闷在盒里恣意长绿毛。工业班的公主“贝贝”柳和勋住她下铺，每次过完周末回宿舍一进屋都要被熏晕过去。

“贝贝”不在时，“小不点儿”爱把换下的脏袜子、汗内衣，加上买回来没洗的毛桃和毛栗子统统揉成一团，扔在“贝贝”的绣花枕头上。

可怜“贝贝”忍耐了四年，只敢在梦里修理过“小不点儿”一次。

“小不点儿”没朋友，见人不打招呼，唯一能让她打招呼的人是染织班的石静杰，可能因为她满脸慈祥笑容的缘故吧。

每次看到石静杰，温照就边后退走着，边挥手喊道：“喂，石头！”但仅此而已。“小不点儿”唯一能交流的人就是周帅，但他也不明白这副小膏药到底是怎么一回事儿。

据说“小不点儿”最神的一事儿是：大家刚入校，她突然盯着同班张晶莹说——“我觉得你和装潢班长杨国胜是两口子。”当时张晶莹懒得理她，觉得她信口雌黄。因为那时“奇男”老杨成天撺掇她们班美女去黑灯舞会，而张晶莹太老实，俩人根本不是一路人。

可是多年后，张晶莹和杨国胜果然同结连理，美满幸福。夫妇俩幡然醒悟：难道“小不点儿”是大仙？当这两口子满怀感恩，想找“小不点儿”时，却没了她的踪影。

据说“小不点儿”毕业后分配去了北大图书馆，后来“干尸脸”蒋慧又在故宫看见她当导游。

然而现在满世界人都要找她时，却找不到了。

多年后，秦可回望，才顿悟了：每个个体都背负着一个他人无法完全理解的灵魂，每个灵魂都有阴暗面，正如月之阴晴圆缺。有的圆缺源自基因，有的源自成长环境……只能多多去理解包容。

大家都是人，同样赤条条来赤条条去，谁又比谁天生高贵多少，能享有终生免疫的特权呢？

挖骨女侠

天外有天，跟周帅班里的李先飞相比，他那干妹妹“小膏药” 算不了啥。

装雕班的奇女子李先飞为了彻底了解人体，半夜跑去枪毙人犯的乱坟岗挖头骨。她把头骨上的腐肉煮煮刮掉，进行头骨写生。还给头骨戴上墨镜叼支烟，摆造型！

据说光那头骨眼窝里的蛆虫，李先飞就拿手抠了半天。后来，先飞同学的行径被当护士的老妈训斥，被罚跪在头骨前给无名人士烧香认错。因此，这头骨现在还搁先飞家里，享受着祖先般的待遇。

秦可当时却听得毛骨悚然。他老爹是医院院长，当年学素描时，他只敢去老爹的医院偷头骨模型出来画，这自己挖和煮嘛……想想就已经阴风阵阵。

其实女生502屋里，尽是些“生猛海鲜”：“挖骨女侠”李先飞，军靴军服叼雪茄的“粪（愤）青”贾静茹，满头麻花小辫儿配藏族长裙和松石的“永安里” 李永安。

还有在食堂把饭盆扣人头上的“飞女”赵非，她还老记错女生的洗澡时间，数次勇闯男浴室引起骚乱。当然，再加上天不怕地不怕的“饭饭”，真是够一锅了。这帮猛女都跟纯美术有渊源，美院附中毕业，童子功杠杠硬，全是当画家和雕塑家的好材料。但平日里，她们生猛的特立独行令人侧目。

李先飞同学入学时，把自己挖骨的历史问题一交代，同屋猛女们听了，眼前不由自主浮现出挖坟拆骨的画面，都惊悚了好久。后来女生们要说鬼故事，就把先飞这个段子绘声绘色地情景再现，作为序幕前奏。

“二李”李先飞和李永安臭味相投，经常在502屋里偷偷喝小酒。二位女侠惯把床帘一拉，花生米带一瓶二锅头，开喝！

502还是著名的蟑螂老鼠窝。一次史论系的妹妹一觉睡醒，就跟老鼠对上了眼，她刚大喊一声“老鼠进被窝啦！”众女侠一听，立马争先扑到床上和鼠群肉搏。

这屋里还老有人点蜡夜读，引起老鼠群袭，鼠辈也嫌人类骚扰它们美好的私生活呀。结果夜读之人为了灭鼠掀翻蜡烛，把被子给烧着了，502 集体半夜起床救火灭鼠，只有李先飞躲在墙角里直跳脚。

说来也怪，奇女子就是直线思维，从不拐弯。她不怕半夜挖坟拆骨煮骷髅，但却不杀生，谈鼠色变。没料到日后自己嫁了个老公还属鼠，这辈子铁定被老鼠吃定了。

至尊神人

说到神人大仙，张晖他们环艺班的王磊才是至尊神人。

王磊那厮，乃中央美院附中毕业的学霸，美院附中当时变态地难考，没有超一流的童子功绝考不上。

王磊绘画基本功相当了得，素描、色彩和速写都超棒。每次下乡写生，他的水粉画都棒极了，造型能力也极强，作业每每超水平发挥。别人交的是作业，王磊交的是艺术品，班里没几人能与之比肩。

王磊身上有三件宝贝从不离身：乒乓球拍、饭盒 、牙刷，睡觉也得带着。除了上学，去到哪儿都只做三件事——打球、吃饭、刷牙。一年四季，循环不息。

他吃饭特别慢，每口要咀嚼好多遍，他说这样对身体好，每次吃完饭马上刷牙，不厌其烦。这家伙怪就怪在，虽然勤刷牙，却懒得修边幅。多年后，当王磊出现在张晖的婚礼上时，居然穿戴得整整齐齐，连新衣的价格标签都没剪下来。从没见过王磊穿得如此整齐！当时张晖被感动得老泪纵横。

平时王磊只要一有空，就不停地飞速摆动自己的右臂，做挥拍动作，不停地做，没见他做过别的动作。

他总背一个黄色双肩包，露出画图用的丁字尺，像一行走江湖的剑客。背包上就挂着他那三件生死不离的宝贝：牙缸，吃饭用的塑料饭盒，永远不换的一次性筷子。他走路一颠一颠地左右晃荡，牙缸、筷子便随着他“丁零当啷”一路走来……

一次，校园里有长跑比赛，大家都去给班里的“崔长腿”加油去了。

王磊不去，但极度兴奋，不断地站起又坐下，进行“实况转播”，嘴里欢叫：“看哪！

领先的是 92 环艺‘崔长腿’！ 92 环艺‘崔长腿’！看哪——崔同学冲线了！鲜花！掌声！笑声！”

这阵仗，把班里做作业的哥几个全看傻了。

王磊爱看书，阅读量之大令人瞠目。全工艺美院借书最多最勤的就是王磊，他借的第一本书是庄则栋写的《乒乓球》。他看书快借书频，又爱较真儿，学校的图书管理员都比较烦他。

有一次，王磊找一本什么偏门书，不好找，他反复让图书管理员找。女管理员怒了，直接把书扔到他脸上，王磊就站那儿让她扔。王磊不好斗，但谁也别跟他辩论，根本辩不过。

据说王磊自小被老爹送到少年宫学画，他老爹是出版社的编辑，长年累月看稿子，把眼睛看坏了，因此望子成龙，老打儿子，手边有啥就冲儿子身上招呼啥。

一次，王磊在少年宫遇见邻居家的孩子，便问人家：“你爸多久打你一次？”回答说：“一礼拜吧！”王磊面露羡慕，说：“嗯，你比我幸福多了……”

王磊最爱钻研，天天研究打球攻略。但真打起球来他并非那么容易得第一，毕竟高手在民间啊……他体育选修了篮球，投篮考试他神奇地得了满分。罚球线连罚五球，球球全中！没有其他人能全中，连中五球太难啦！

投篮考试前，王磊日夜苦练，考试那天他也不停地反复练习，如临大敌。他就是这样一个人，很钻。

开考时，只见他每一投都扎稳马步，瞄啊瞄，球不轻易出手，出手就中！到第五投时，围观的老师同学已鸦雀无声——唰，投篮入网！全场掌声雷动。连出身北京男篮二队的体育老师“大史”，都起身鼓掌，大声喝彩……

王磊还是很多人的法语大救星，跟别人不同，他主动申请进了法语班。别人是英语分数低，被迫无奈进的法语班。这孩子学习能力超强，只要是学习方面的事，不学自通。

分流时法语考试最严格，为防止作弊，考场桌子上事先贴了人名，这可坏事了！咋办？翔子和邹文斗几个差生，法语考试不抄，绝对完蛋！哥几个一商量，早早溜进考场，偷梁换柱地把桌上的名字调换了一下，以王磊为领头，人字形排开落座。

老炮翔子哥当主力一传，斜眼看王磊试卷上的答案，迅速写好往右挪答卷，文斗斜眼看翔子答案形成二传。就这样一传二、二传三地默契配合，经过惊险的斗智斗勇，欧耶！最后所有人法语都过了关。

得益于王磊，这帮“法语达人”没一个被分流成大专生，但哥几个的斜眼病持续了半个月之久！

王磊无疑是个奇才，但成长过程一直被硬性定型，造就了他的“神”。好比把花草固定在特定容器内生长，根枝最后被迫长成了容器的形状。这种成长过程就是人为地、强制性地，对成长进行固定成型。这种强制，多数会令人产生压迫感。很可能是这种压抑，最后让王磊放下画笔，消失在茫茫人海中。

听了王磊的故事，秦可深深感受到：很多家长和老师在教育孩子时，根本没考虑孩子的自尊心和承受能力。他们那套东西能用在自己身上吗？如果不能，为什么非要强制性地施行到孩子们身上？

神奇的舌头

照晖哥的描绘，环艺班的“厨神”穆永春，也是神人一个。

秦可一直难忘厨神做的麻婆豆腐，每次想起来都是齿颊生香。永春刚进校，就挨屋打听：“这屋有四川人吗？”他很重视老乡之间互相抱团，这是情商高的表现，但同时，他也有情商极其不稳定的时候。

比如，曾经好几回，永春兄不知给哪个甲方画图挣钱，画面只有豆腐块大小，貌似内容涉及性暴露和性暴力。图案上那一个个小人儿比蚂蚁小，还全都毛发齐全，喜怒哀乐呢！为干这活儿，永春藏头藏尾，神秘兮兮……弄得全班人都觉得他给变态画图。

据“于大虾”爆料，每次他路过环艺班，都习惯性地扫一眼坐最后排的穆永春。只要永春卷着舌头，就知道他肯定接了大活儿。

永春多才多艺，不仅有很多不同凡响的见解和识别百味的好鼻子，还有一根巨神奇的舌头。他画画时，神奇舌头探出来舔人中。画得起劲时，舌头直接舔到鼻孔，眼镜滑落鼻翼，活像个贪吃的宝宝，萌翻了。

最神奇的是，他感冒时也直接伸舌头代替手纸，看得大家直起鸡皮疙瘩。估计他鼻子下面那方净土，才是全身最干净的地方！

据说，永春课桌柜子存着几十罐调味瓶。做好面条后，就打开柜子，吃一口掏出一瓶子放一种调味料。吃到最后，桌面上几十个调味瓶全齐了。他对口味讲究到，要每口面条都不一样，也可能是在试验最佳配方。

“厨神”美名远播，导致 91 级服装系一位豪爽师姐直接在校园里堵住他，问他愿不愿处朋友。

江湖脚王

很多人知道崔长腿有双飞毛腿，但有一利就有一弊呀，老天爷绝不让你十全十美。其实，班里人还暗地里送他个名号，叫“江湖脚王”。

“江湖脚王”崔长腿也是出身于高贵的美院附中，憨厚中透着狡诈，平时一双乌贼眼滴溜溜转个不停。他天生一双“巨无霸”大脚，而且奇臭无比。在白洋淀写生时，他一脚下水，鱼就直接漂了上来。搞不懂鱼宝宝是被脚王的大脚砸晕了？还是被熏晕了？

染织班的邓晋津，也江湖留名，大家叫他“金精”。邓老爹乃京城著名艺术评论家和美编，教了儿子不少绝活儿。

“金精”向来是玩牌高手，象棋水平绝对超一流。别人玩牌下棋就图个高兴；“金精”不是，每玩必求技艺精湛、炉火纯青。他那双手，完全像被点了金一样，后来赢到大家都想灭了他。

“金精”的生活水平比一般人高，桌上老摆一大罐雀巢咖啡。

有天晚上，“于大虾”和崔长腿好奇，打开了那罐咖啡，顿时异香绕梁！那年月，咖啡啥玩意儿谁知道呀！

没经住诱惑，这俩左一杯右一杯贪嘴，瞬间喝掉了大半罐咖啡，结果第二天老于和老崔同时旷课。“于大虾”更是一整宿没睡，两股战战，虚汗连连，还以为是病了。

后来，偷喝咖啡造成后遗症，害得“于大虾”和“崔长腿”现在天天都要喝它，简直成了 pain in the ass（令人憎恨的事），后患无穷。不喝就浑身不得劲儿，看来“歪果仁”（外国人）整的玩意儿就是毒性大，让你先上瘾，然后叫你欲罢不能。

宿舍夜聊，向来是神人大仙的猛料最多。

“咱工艺美院历来出神人大仙。听说之前有过三位大仙师兄：一位长发过膝，发梢可当画画的笔刷，刷到哪里哪里亮，买笔的钱就此省了。另一位耳朵上老别管毛笔，见到白墙立马停步题字。还有一位脚上永远穿一双不同的鞋，一只是球鞋，另一只必须是拖鞋或皮鞋，称之为行为艺术！”

啥事儿经晖哥一渲染，准活灵活现，不信都不行。

“哎呀呀，神人大仙俱往矣，数风流人物，还看今朝。碎叫（睡觉）！”小宝喊了一句，宿舍正好自动熄灯。

第八章
你侬我侬

玉兰含苞

校园操场旁的小径上，秦可踽踽独行，早春暖阳洒在他身上，给他全身镀上了毛茸茸的光晕。

路边的几株玉兰花含苞待放，冰清玉洁。这时的校园看起来像一幅莫奈的油画，朦胧而颜色丰富，带着湿漉漉的清亮露珠儿和青草味道。

今天周末，校园冷清。北京生回家了，外地生都恋在被窝里睡懒觉，很少有人像秦可起得这么早。

一个瘦削的女孩迎面走来，脸庞有点苍白，嘴唇是玉兰花瓣那样的浅粉色。秦可等她走过去，才敢回头看人家，好一番徐徐回味。这姑娘体态纤秀如弱柳，五官清秀立体，没化妆，浑身上下自有一种清水出芙蓉的风流。

周末在这条小道上，秦可已经见过她好几次了，她从不化妆，但她的那种眼神，很容易让秦可大老远就把她从人群中剥离出来，因为她整个人在人群中呈游离状态。

她走路时的姿态勇往直前、目不斜视，但又分明把自己置身事外的神情，让秦可产生深深的同类感。似乎红尘中她一人独行，纷纷扰扰的世俗喧嚣与她无关，她不沉醉不纠缠，她知道自己是谁，要到哪里去。路边风景虽然花哨，只是风景而已，她看得真切。这景况，又让秦可隐隐佩服和向往。

秦可每次经过校园中心那片白杨树环绕的人操场时，总觉得这是个围着铁丝网的动物园，同学们都在里面，只有他自己在外面。现在他发现了一个同在铁丝网外面的她，心中不禁一阵雀跃悸动。

两个专注于自我世界中的踽踽独行者，在春寒料峭的校园小道狭路相逢，这很符合秦可对爱情的美妙想象。其实秦可相信，即便仅仅从外形上来说，人总是喜欢同一种类型的，至少他秦大少是这样。

这位偶尔狭路相逢的神秘女孩身材娇小，前额饱满，俏丽而微微上翘的大眼睛有两排齐刷刷的黑长睫毛，两片花瓣一样的浅粉色嘴唇紧紧抿着。

伊人早已走远，秦大少爷却仍然陶醉在丽人行中。

虽然秦可也觉得自己对女孩子前额的要求有点儿古怪，但这一点要求非常清楚，也许是来自对前世情人的特殊记忆？秦可低头数着石头，嘴角含笑，差点撞到对面的来人身上。

“哎‘秦大少爷’，起这么早？食堂那帮孙子看人不多，都关门了，一起到大北窑吃去啊？”来人是周旻。

周旻从不叫秦可“小广西”，喜欢叫他“秦大少爷”。后来大家也慢慢跟着周旻叫开了，让秦可甩掉了广西的红土气息。

秦可浓眉大眼，细皮嫩肉，文静儒雅，家庭条件又不错，确实担得起“秦大少爷”这个名号。

俩人边闲聊边往大北窑的小吃店走去，那儿有家小笼包不错，还有油饼泡豆浆，天津煎饼果子。

“咦，你喜欢刚才路过的女孩呀？她可是酒吧的。”周旻单刀直入，让秦可吃惊之余，又生赞许。

“我……你，你咋知道的？”秦可一阵迟疑，但还是鼓足勇气问出了口。

周旻把声音调低，说：“其实吧，我是亲眼所见，不过咱可别吱声，这事儿传出去不得了。”

“你亲眼看见的？你去……找小姐？”秦可问完，赶紧低头瞄脚尖。

“我才没去找小姐，我去找一江西老乡，他在那儿打工，我有急事找他，就直接跑进他正服务的包厢。正好瞧见这姑娘坐在包厢里头，穿件白裙子，特熟练地给客人点烟。”周旻不紧不慢，急死谁。

周帅总是很淡定，在秦可眼中，这位江西老表真是“淡定哥”。

“她也认出你了？”秦可慌忙问道，似乎有点紧张。

“那我不知道，可我看清了，她是91级的何碧蓝，新疆美女。”

“后来呢？”秦可追问。

“后来我就问我老乡，这是客人还是打工的？我老乡就说她是酒吧的服务员，大家叫她阿碧。咱可别声张啊，学校知道了不得了。估计是家里穷得没办法吧，所以才干那事儿。”周旻再三叮嘱。

那事儿？秦可很想确认：那事儿，是否真的就是“那事儿”？可又问不出口，听周帅这大喇喇的口吻，好像没啥大不了的。回头问晖哥算了，他啥都懂。

“对了，你们陶瓷班下周到哪儿写生？俺们装雕班跟染织班去十三陵，染织美女多，哈哈！雕爷们跟众美女出去写生，那就是一帮家丁保护千金小姐呀！”周郎意气风发，满面春风。

也是，跟染织班或者服装班的美女们一起到野外写生，简直就是一头栽进花丛中呀！秦可忍不住艳羡。

“我还真不知道，好像是……装绘班吧？”秦可确实记不清了，反正不是利婵她们服装班。至于91级的何碧蓝，那就更没可能产生交集啦，唉！

“哈？你们跟那几个穿军靴抽雪茄的‘生猛海鲜’出去呀？乖乖，她们更像是你们的保镖！”周帅做了个擦汗的动作。

“你们班不还囊括了刨坟煮头骨的李先飞和愤青贾静茹呢吗？”秦可反嘲。

“对，是够猛。只要她不来刨我家的祖坟，都好啊！”周帅儒雅地笑笑，露出白牙和酒窝。

桃花满天

悲惨的古北口长城写生，老老实实用一句话来总结：满脸风沙，嘴啃泥。秦可他们陶瓷班和装绘班一起，天天画长城，晚上睡老乡家的大炕。

最刺激的事，无非是在老乡家窗台上发现蜕落的三公分（即3厘米）蛇皮，没啦。两班人规规矩矩，没半丁点儿桃色事件，天天如枯燥无味的白开水，真没劲。

写生回来后，秦可听说别的班在写生过程中男女眉目传情，桃花满天飞。

其实秦可早就知道，从白洋淀回来后，工业班的齐越和服装班的董雁飞已经开始“走动”了。

“玉面书生”齐越本来是91级的，但因为病休一年，就调到了92级。据说他家很有钱，齐越随便一件秋装夹克就是上千元的货色，更别提他那辆酷毙了的山地变速自行车，原装的美国进口！

齐越本人性格沉稳，一表人才，但经常很神秘，有点让人摸不透。他喜欢上“柴火妞儿”董雁飞，秦可完全理解，董雁飞虽然不是校园里被追的大热门，但整个人看起来是一枝独秀的雏菊，别有韵味。

美院的女生们，大多太有个性，好似难以驾驭的奔腾野马。董雁飞却像个柔美的大家闺秀、护士小姐。在一众军靴雪茄、牛气哄哄的女生中，亭亭玉立着一位温温婉婉、能疗伤痛的护士小姐，那感觉，可想而知。

董美眉一双温情脉脉的杏核眼，双眸是柔媚的栗子色，衬着清秀的柳叶眉，正如路边不与群芳斗艳的野菊花，娇羞而独自精彩。秦可对她“柴火妞儿”的名号并不赞同，她比柴火妞儿好得太多，眉宇间的不自信反倒让她难得。

董妹妹外表虽似林妹妹，没准里面藏着个薛宝钗，是难得的外柔内刚呢。其实真正敢下功夫去追女生的糙男并不多，就算追，也是一窝蜂去追固定那一两个人。这就好比玩球，一堆人追着一个球疯跑，分明还是小屁孩的玩法。

糙男们追来追去无非就是家世好的北京女孩……在秦可看来，那几个女孩子都很傲，自我感觉太良好。

傲女孩儿们好比热门旅游点，人多垃圾多，秦可不想去。他相信某处有默默无闻的风景独好，他就去那儿。

也许秦可还带着高中生的心态，跟女孩说话都脸红，主动追女孩？那更是不要不要的。表面上，秦可特别安分，虽然怀揣一颗不安分的心，但各种狂想最后都能被自己消化掉，不给谁添乱添堵，这样多安全。

周旻却和秦可不一样，周帅完全处在风口浪尖上。宿舍里电话最频、最多人找的就是周帅。本校的女生们横跨几个年级，高矮胖瘦，反正一律都是找周帅的。周旻简直一时风头无两，整得所有糙男们心猿意马，恨得牙痒痒。

据“鼓手”吴昊爆料，全是写生惹的祸。这次写生回来后，周帅就莫名其妙地成“唐僧”了，各方“妖精”都想吃他的肉!

装雕班跟染织班去了十三陵，“鼓手”带着女孩儿们去村里写生，晚上在荒郊坟地里迷路了。“鼓手”就站在个巨大的坟头上喊——“冤魂们哪，都出来吧！”他鬼哭狼嚎地折腾好半天，声音传出好远，四周漆黑一片，令人毛骨悚然。

可惜染织班那些女生有种得很，愣没往“鼓手”身上扑。他只好总结自己的失败：全怪没有大块胸肌！男人一定要有胸肌，有了胸肌女孩子才会关注你！为了练出胸肌，“鼓手”天天拼命敲打他的架子鼓。

搞得同屋的人都数落他：“每天拿个破鼓没完没了地瞎敲，干点儿别的不行吗？”

“鼓手”就急啦啦地跟人翻白眼，甩一句：“这是摇滚！懂吗？土鳖！”

其实“鼓手”失算就在两个字——体贴。事后他终于查清楚，是谁把姑娘们一个个骗走了，正是周帅。周旻非常妥帖地照顾着女同学们，帮她们背画夹子，反正他背一个是背，背十个也是背。

每逢女同学们饿了，他会把自己的干粮统统贡献出来，宁肯自己挨饿，也不能饿着如花似玉的女同学。最神的是，周帅还带了一台很专业的相机，随时给大家拍照留影，而且摄影技术高超，搞得姑娘们统统五体投地。

水瓶座的周帅是博爱的，对每个姑娘都温情，姑娘们自然乐意围绕在他身旁，他又慷慨大方，姑娘们自然不会白吃他白用他的。他有什么需要，姑娘们也愿回报，伸出仁爱之手。

全怪那次写生，周帅不仅赢得众美女的好感，还居然拉着染织班“一枝花”高瑕的手，穿山越岭，做她的贴身护花使者。

这情景，简直看得装雕班全体雕爷们气血翻涌。

搞对象

另一段艳闻发生在香山植物园，据说是在服装班和工业班之间。

这两个班是搭档，到香山一起画静物画风景。回来后要根据众多写生，完成图案和基础造型的作业。

带队的是庞丽媛老师，一到植物园，庞老师就吩咐同学们："趁日光好，大家各自找个对象，赶紧画吧。"其实庞老师的意思是"找个要绘画的景观对象"，但野牛们一根筋地理解为"搞对象"，因为大家等这句话等得已经太久啦!

于是野牛们便光明正大地，冲向自己心仪的姑娘，邀请人家当自己搭档，一起写生。

"松鞭"李松月赶紧一个箭步冲上前去，几乎是拦截了"蚊子"文雨的去路，一边甜丝丝地邀请她跟自己搭档，一边转身冲班里人挤眉弄眼做鬼脸，表示要下手了。

那天，没找到搭档的野牛们用凶残来发泄，看到果子摘果子，看到虫子逮虫子。甚至有野蛮同学抓住刺猬、蜘蛛、蛇宝宝们折腾一番，连小小蜗牛也没放过。结果被园里的管理员抓住，狠狠批评教育了一顿，有人还被严重罚款。

但这次植物园写生最大的收获就是，不少同学找到了自己的"黄金搭档"。

以往工业班的野牛们最爱玩"排排坐，分果果"的游戏——围坐在校园人行道边的矮栏杆上，看各色女生由远及近，逐一进行点评遐想。现在眼看栏杆上的野牛们一天天少了下去，看来工业班的老传统很难维持到底了。

日后李松月总结了宝贵经验：恋爱是课堂，凡是接地气的男女，上大学就得谈场轰轰烈烈的恋爱，让你在一生的赶路当中留下美好的回忆。无论你是从大一、大二，还是大三、大四开始，重要的是，你要开始。

现在大家终于开始啦!

遍地牛粪鲜花艳

宿舍里，张晖在吐槽：“咱92美女这么多，可还没等咱仔细盘算呢，就都有‘牛粪’了，哪有机会下手啊！”

跑来串门的“假吴奇隆”秦昊插嘴：“晖哥，先行动再思考，比较符合现代时尚。”这“假吴奇隆”，就算他不吃油饼，大背头也贼亮。

翔子接茬儿：“嗷嗷！不是自个儿的地，就都算牛粪了是吧？”

“假吴奇隆”继续扮秀才：“遍地牛粪鲜花艳，不敢轻易做浪蝶！”

“你尽管满嘴喷粪，你都不行动，光赖床上唉声叹气是莫（没）用滴（的）！”翔子故意激张晖，这俩老炮有时爱互相挤对。

“其实吧，心里老惦记着这美女那美女，见面刚想搭讪，就见后面一队牛粪护花呼啦啦涌了上来！拼体力吧，学校会处分，拼脑力吧，自己又没有那些贱到家的想法，你说咋办？”张晖直叹气。

“假吴奇隆”秦昊抛出一句经典名言：“插牛粪上才不会枯萎，插花瓶里，很快凋谢。如果说你是鲜花，牛都不敢拉屎了！教你一招，积极操办黑灯舞会。这会儿，机会可比刚入学那会儿成熟！”

“快甭提了，俺们班女生实在太少，16条狼3只半羊哪儿够吃啊？那半只是小赖子——女儿身，男人心！天天手里捏把美工刀，跟小李飞刀有一拼。于是，‘酒神’第一个眼睛疲劳了，然后就是俺！哎，选错专业的惆怅啊！”张晖接着叹气。

大伙儿一看晖哥今儿多愁善感，尽玩颓废和呻吟，也就没劲儿劝他了。

正好许泉来串门，翔子问他：“哎，你家松月真的勾搭上服装班的‘蚊子’同学啦？”

“那是！俺们家‘松鞭’一贯的战术就是死磨硬泡，早晚能给你泡开。其实这俩早在第一次黑灯舞会时就勾搭上了，得手后他老显摆了，成天龇着门牙乐。”许泉答道。

许泉接着还主动爆料：“那天‘松鞭’对我说——泉，昨儿下午我带‘蚊子’

去秀水开撮。一家新开的日本餐厅，我俩撮了二百多块，愣没吃饱！没敢再点了，只好走回校门口吃快餐，狼吞虎咽了两份盒饭才饱哇！”

牛毅不知从哪儿蹦进来，神神道道：“‘松鞭’和‘蚊子’海拔高，高度优先！体质强！火力壮！速度快！”

“‘牛魔王’，瞎叨叨啥？牛说的话，人都听不懂，忘了吃药了吧？赶紧吃去！”许泉推牛毅，这俩又要“二人转”啦。

“牛魔王”转头逗周旻：“别介，我有事找周帅呢。哎我说周帅，您到底有几个好妹妹呀？分我一个中不中啊？”

“我没几个好妹妹呀，不都同学嘛，友好往来，维护安定团结。”周帅一脸无辜地打哈哈，然后赶紧脚底抹油开溜，他就是条泥鳅。秦可见状，靠床上哈哈大笑。

“牛魔王”其实特倾心于一位姓史的染织班妹妹，但每次都却步不前。

别人问他，他就纠结：“我姓牛，她姓史——牛屎！你说这事儿我能干吗？”后来大家干脆叫他“牛屎哥”。

“你还真别说，‘松鞭’和‘蚊子’俩人确实蛮配的，海拔确实都比较高。记得以前看《动物世界》，解说员说强健高大的公山羊头上长着巨大的角，才能得到最健康的母山羊！这就是动物繁殖的奥妙。”小宝总结道。

小宝最近快成博士啦，他逮啥研究啥。从宿舍里的蟑螂老鼠到同学老师们，都能够孜孜不倦地进行研究。

关键是，他往往还能得出某种科学性结论，一个字——牛，秦可服气得很。

暗恋

暗恋“蚊子”同学的人里边，装雕班的老炮翔子最是一往情深，一直默默地在这棵树上吊死，死不悔改。

秦可有次见文雨跟着松月来男生宿舍，落落大方，穿简单的白衬衫配牛仔裤，拿一大绿苹果边走边吃。翔子特没出息，赶紧跑去躲了起来，不敢跟暗恋的人打照面。

糙男们的原则就是，已经名花有主的人，不能看更不能碰。翔子实诚，不会装，把自己摆在了明面上。连稚嫩的秦大少爷，装功都比老炮翔子强多了。

关于松雨之恋，众说纷纭。啥周末电影啦，玫瑰攻势啦，鸡汤攻势啦。秦可暗叹，这些攻势自己半招也不会。

据说松月追到文雨其实特简单。从香山植物园回来后，松月便约“蚊子”同学看电影，第一天得到的只是白眼和“没空” 。第二天他接着问同样问题，对方还是继续“没空”。结果他连续好多天只问同样问题，风雨不改，雷打不动。最后“蚊子”实在受不了“松鞭”的穷追猛打，只好跟他去破紫光影院看了场破电影。

那之后每逢周五，松月都请文雨看电影，每周坚持奉上一朵玫瑰花。文雨得了小感冒或者来例假，松月更是把鸡汤送入女生宿舍，体贴入微。他是体育健将，叱咤校园球场之余又成熟幽默，使大块头的“蚊子”在他身旁显得小鸟依人，“蚊子”就心甘情愿地从了他。

这一对儿高头大马的绝配，迅速成为校园里人人艳羡和关注的黄金搭档，很多人梦想着依葫芦画瓢。

雷凡初识

接下来，就连“雷神”雷鸣，也开始了轰轰烈烈的恋爱，对象居然是装绘班的不凡才女赵亦凡，真是惊掉了多少人的眼镜。

而“雷神”搭上“饭饭”，老景竟然是红娘。

大二期末英语考试特别难，老景怕考不过，担心最后积分影响分流，找了学霸“饭饭”做辅导，顺便带上了“雷神”。“雷神”只听了两次辅导就撂挑子了，因为完全听不懂跟不上，但就此结识了才女“饭饭”。

临放寒假前，春运忙，很难买到火车票，“雷神”帮“饭饭”在哈尔滨驻北京办事处搞了张卧铺票。那是民政部下面一个办证机构，老雷家在里头有熟人。

送走“饭饭”后，晚上大家在宿舍里闲聊，“雷神”毫不迟疑分享了“凡凡这姑娘不错”的想法。

老景这家伙动手能力强，迅速下手，撺掇小宝替“雷神”写情书。宿舍里，糙男们都把小宝当万金油和小秘书用，反正他啥都懂，啥都精通。

老景先从结论写起，在纸上来了一句霸气的——“Let's（让我们）搞对象吧！”便招呼小宝接着铺上了两千多字儿洋洋洒洒的论证过程。老雷自己再接过来抄了一遍，把这俩写的烧包动词全换成文雅名词，就寄给了“饭饭”。

直到快开学，“雷神”才收到“饭饭”的来信，说同意处朋友。

小宝虽然主刀了“雷神”的情书，但他遇事爱较真儿，当即发表了几句谬论：“‘饭饭’虽聪明风流，满腹经纶，不过也霸气‘侧漏’。而老雷你却骨子里传统，又认真执着，你俩咬合不上。”

“雷神”想都没想，来了一句：“哥们儿，您那柏拉图爱情我搞不来，您的深度分析我也不懂，俺就让她收编了！”

“雷神”确实没想清楚自己要什么。

再说“雷神”这厮，爱根据自己的主观喜好去判断人和事，略带执着和悲观。他还是个典型的北方汉子，很率性，爱面子。他也爱思考，很多思辨具有高度；大多时间很幽默，偶尔也沉个脸以生猛的言语发泄负面情绪。

很多人不看好雷凡恋，认为凡凡会让“雷神”的一腔热情错付。因为女方骨子里孤傲，烂桃花较多。她曾经惹得好几位男同学大蜜蜂似的同时“嗡嗡”围着她转，包括史论班长祝秀才，可最后全都不了了之。

瞅瞅，群众的眼睛真是一片白花花的贼亮！你不知道，那是因为群众懒得跟你说，惹急了肯定闹乱子。

但“雷神”自认为神通广大，爱上了，就有点儿不管不顾。总之，“雷神”和“饭饭”这一对就这么“搞上了”。搞上以后，出格的“饭饭”周末时总爱很早就跑来偷袭，男生们还没起床呐，都被她堵在了被窝里。

许泉不客气地嚷嚷道：“雷公，赶紧让你媳妇儿出去，我们好起床，我裤头都没穿呢！”

老雷还没顾上搭话，“饭饭”嘴一扁头一偏，大声将了许泉一军：“哼，又不是没见过。赶紧起吧，就当我不存在好啦！”

“饭饭”就这么任性，她不在乎别人怎么看她，她才不想装。她坚信，只要自己够优秀，站得正，任人评说。

是，出生在那样的好家庭，她“饭饭”绝不用看人脸色行事，习惯了大大方方暴露真性情。但她这种潇洒率真，让她日后吃了大亏。

黄金搭档

各个班级到了现在，好像有点儿分不清谁跟谁了，都在你侬我侬。

92级的“黄金搭档”有“于大虾”和“小赖子”、“松鞭”和“蚊子”、齐越和董雁飞，还有“雷神”和“饭饭”。这些神仙眷侣出双入对，穿梭在校园中，成为一道道亮丽活泼的风景。

至于秦大少爷和同屋的老炮翔子，这俩是最后的暗恋武士，独树一帜。老炮躲在柜子里暗恋“蚊子”，女方有没有爱人，似乎无伤大雅，他照样一如既往地恋着她。

而秦可每夜靠枕头上，都时不时默默想一下那位神秘的91级师姐何碧蓝——她还好吗？她那个坐台工作辛苦吗？有什么我可以帮到她的呢？如果她真那么穷，是不是我可以多画几张环艺效果图，把钱给她？可是如果她不要，岂不恶心人？

在校园里，秦可还时不时能看到利婵同学和那位师兄，他尽量不看这一对儿，他尽量踩着点去偶遇何碧蓝。也许因为何碧蓝是个在外边打工的人，她的时间表比较规律，秦可总是能踩对她的一些点。

比如走到校门口的公交车站，有时能见到她上车或者下车。其实秦可也不想怎么样，他只想远远多看她几眼，仅此而已。

当然了，他最好能帮助她，让她不至于因为穷而被“逼良为娼”，但那应该是奢望。因此在天黑人少时，他到车站等她，跟在她身后，远距离地默默护送她回到女生宿舍楼下，算是护花使者了。

同为帅哥，秦可不像周旻那样懂得经营自己。周帅在自身条件好的基础上，把自己打造成独一无二的92级头牌男神。

周帅很早就知道怎样健身，把关键的肌肉练得棒棒的。洗头用专门的香波和配套的护发素，擦皮鞋用金鸡牌鞋油，身上总不忘用香皂和古龙水，冬天还搽雪花膏。

当糙男们穿着三角裤狂练青蛙肌时，周帅就挨屋用浑厚的男中音指点江山：“你，‘疯子’，要把大腿再练练，曲线出来了才会显得腿长，更迷人！”或者“‘鼓手’，把哑铃往两边多拉伸，这样胸肌才好看！”

唉——没办法，在其他糙男还流鼻涕的时候，周帅已经懂得怎样更帅，关键是他最会哄女孩子高兴。但最让人奇怪的也是周帅，他要么潇洒一人，要么深陷花丛中，大家开始有点搞不清状况。姑娘们不找他时，似乎他学习也很用功，完全不急着去找哪位姑娘。

大家越来越看不懂，周帅下的是什么棋。是不是他在慢慢挑选呢？又或者他想同时拥有很多好妹妹，这样他永远有妹妹？他不会比贾宝玉还贾宝玉吧？

甭管周帅要干啥吧，反正他懂得如何让自己更帅更迷人，也懂得让女孩子一拨拨前仆后继地向他靠拢。甚至能把泡妞上升为一整套理论，他就是 92 级糙男之中罕有的无敌大情圣一个，不服不行。

夜谈桃花

女生宿舍里，也在夜谈桃花。工艺美院的女生大多牛哄哄地男性化，所以情事也称“桃花”。

利婵虽然在跟师兄战彬走动，但她也有诉求：“你说这些男生有什么用啊？‘白富美’不敢追，‘黑矮丑’没胃口追，大家闺秀没胆追，小家碧玉还看不上……哼，闹了半天，反正一个追我的都没有，没劲！”

“哎哟哟，你说你是不是忒贪心了？战师兄待你不薄哇，咋还老想着让别人追你？再说你喜欢谁，就下手呗，这拎不清的，自寻烦恼。”对面铺的“凉菜花”梁捷正坐在上铺，晃荡着两条光腿，坐着说话不腰疼，一张利嘴不饶人。

利婵动了动嘴皮子，又闭上了。她不想去招惹这朵辣菜花，每次想让着她点儿吧，嘿，她还来劲了！跟她较真，只能自己抓狂，太亏。

世间就有这种人，觉着真理永远站在她那边，哼，自大狂，趁早甭理她！反正跟她辩起来自个儿吃亏。有时利婵辩不过这“凉菜花”，只想干脆一闭眼跳进黄河完事。

“小利你是胆儿不够肥，不敢下手吧？”假小子熊怡一针见血。

利婵撇嘴：“唉，我这颗可怜的小心脏哪，我特怕被拒。哎，你们记得上次咱老校友回校唱歌？我满怀虔诚，跑到后台献花膜拜，结果他傲慢极了，在我的小心脏上狠狠地划下一刀。其实他有啥了不起？来来回回就那一句。什么呀，没灵气！”

“我的妈呀！人家很可能无意怠慢了你一下下，你就要打击谩骂，啧啧！”“凉菜花”只顾说风凉话。

“哎我说小利啊，你是过敏了点儿，出来混嘛，心脏一定要强壮，必须的。”老熊伸出胳膊做大力士，展示二两青蛙肌。

利婵叹气：“甭提了，我从小地方来，本来在村儿里混得还不错。可到了这儿一看，哇！美女遍地都是。我从此失落，找不着北啦！”

这句话，狠狠戳中了旁边坐着的“柴火妞儿”董雁飞，她对利婵的话感同身受。但她在宿舍里从不喜欢随便发言，她本来就不是话匣子，话匣子让她感觉轻浮。再说了，说出的话好比泼出去的水，想收都收不回来，作壁上观最安全。

况且班里一些自以为家境好的北京生，向来打心眼里瞧不起外地生。尤其对那些偏远地方来的，更是爱答不理，根本不讲同学情谊。就冲这一点，她董雁飞也要有朝一日让这些势利小人后悔。

为掩饰自己的尴尬，董雁飞站起来倒水喝。宿管科给屋里每个人都发了暖水瓶，早晚自己下楼到食堂打开水。

老熊却无所谓地加入议论：“还真别说，那帮糙男就知道围着几个北京女孩转，真是狗眼看人低。”

“没错。战彬那天给我剪了头，结果上课时‘蚊子’笑我：这下不用担心有人看上你了——我真有那么差劲儿吗？”利婵露出一张哭脸。

“哎哟我的天，你也忒夸张了吧？‘蚊子’开玩笑呢，她说话就那样，神经大条。反正我不需要有人追，如果我非谁不可，那就冲上去把他搞定，说一堆废话管啥用？”

这朵辣菜花，说话不管人死活啊？“菜花”当然可以不屑了，她那男友是 90 级的师兄，把她宝贝得跟什么似的，她哪知道没人疼的滋味啊？岂有此理！利婵顿时恨得牙痒痒。

“菜花”的出身使她不用去讨好任何人，即便她情商零分也不用怕没饭吃，她那厉害的爹和爷爷自会替她摆平一切。

坦白说，“菜花”人不坏，就是嘴巴犀利了点儿，很多东西被她一针见血地戳破，让利婵彻底没了心情。只能怪自己小心脏太脆弱吧！出身好的小姐命可真好，说话底气都足；再加上长相不赖，有几分灵气，更不知天高地厚了。

今夜躺在不够暖和的床上，利婵又难以入眠。

说实在的，战彬有什么好？战彬除了一张甜嘴，啥也没有。要才要貌要家世，战彬要啥没啥，他整个儿就一跑江湖的皮包公司！自打遇到战彬，他便天天狂追滥缠。25页纸的情书，生生把利婵夸得天上没有，地上无双，20岁的利婵哪见过这个？

再说因为身材原因，利婵在校园里备受冷落，没人追。男生们只喜欢琼瑶小说里的嫩鸡仔身材！没办法，收到战彬洋洋洒洒的情书后，利婵就沦陷了。瞅瞅，这都是琼瑶阿姨的贡献，不赖她赖谁？

俩人好上后，战彬便怂恿利婵，使唤她班里的“疯子”和“耗子”画了一个多月蔡志忠漫画，愣没给人结钱，挺孙子！

还有陶瓷班那个秦可，幸亏半道跑了，不然抱怨战彬的人又多了一个，自己要跟着丢人……对了，秦可那“小帅锅（哥）”不错，总笑眯眯的，文质彬彬很有风度；又细皮嫩肉，长得跟唐僧似的，嘻嘻。

不过长成这样的，一般都是少爷，而且他看着那么嫩，估计连女孩子的手都没拉过吧？唉，纯情的青苹果哟，看着流流口水就算啦……自己都已经是战彬的人了，甭管校园里的青苹果红苹果烂苹果，咱是一概没福分消受了，趁早死了这条心吧。

躺在黑暗中，利婵为自己和战彬的前景忧虑，只好临时拽出一个养眼的帅哥秦可，以慰芳心。

街头智慧

这一阵子，校园里男女生都深受恋爱风潮的影响。

大家都在想，大学四年的光阴转眼飞逝，如果不抓紧时间谈一场恋爱，那真白上这大学了！

“鼓手”吴昊终于从练腱子肉和练打鼓中反应过来，他现在天天和班里的“王小狼”王小朗在一块儿，去给考美院的妹妹们辅导素描。

除了辅导素描，吴昊为了扩大战果，还教另外一帮妹妹打网球，借纠正妹妹们的姿势，还可以贴近她们，近距离接触。

这两拨妹妹团里，吴昊分别相中了俩姑娘。其中一位是大长腿长头发的陈姑娘，很健美，老戴一墨镜，走起路来一颠一颠的，那个风骚！另一位是小脸红扑扑的大眼睛美女，挺水灵，好像叫季芳。

吴昊摩拳擦掌，准备下手啦，可没想到让崔笑声那大长腿抢先了一步。嘿，就是那个外语考试不让他抄的瘦子，真是冤家路窄啊！再想回头找那健美的陈美女，也已经被同班兄弟“王小狼”霸占，什么运气嘛，郁闷！

“‘崔长腿’和‘王小狼’，你们俩良心被狗吃了！”——吴昊在心里发着狠。

恋爱受挫的，大有人在。更有像秦可和翔子这种逍遥幻想派，心安理得地幻想，没有任何实际行动。

缺乏行动，或行动失利者，往往捶胸自问：考场上得意的我们，为啥不懂得如何跟女生交往？想想以前的学校，都教了我们些啥？天天除了读书、做作业和考试，还教了什么能适应社会的实际常识和技能吗？

“反正学校没正经教过咱，也没鼓励过咱，如何进行男女互动，怎么谈恋爱，如何甄别适合自己的爱人。相反，看你有点儿爱的萌芽马上给你扼杀在摇篮中。咱这帮傻帽儿一直跟着教科书走，书本把咱淬炼得纯粹。咱是那群在大学课堂上狂啃书本，下课后不会建设自我，只好试图自我安慰的人。哈哈！”日后回顾，老炮翔子自嘲道。

“我们这帮一根筋的单纯分子已经很万幸，幸亏进入社会后学了很多散养的街头智慧，才终于在激烈的对垒竞争中自己学会了做人，不然我们死定了。”

——此乃多年后小宝总结的经验，当然每个人的经验有所不同，完全取决于个人的社会阅历。

酒吧服务员

时光飞逝，转眼大二下半年了。这天秦可刚一脚踏进宿舍，就听到张晖的大嗓门。

“哎——就那91级的美女，被开了！记得不‘雷神’？上次咱俩在电梯里抽烟，前面一漂亮妞儿，穿着白色的紧绷仔裤，随手跟屁兜里掏出打火机给咱点烟来着？我当时就觉着，她好像电影里的美女蛇女特务。没想到她还真有猫腻，瞅瞅咱这眼神，神——了！”晖哥最能侃。

每次晖哥的“小广播”一开，立马围拢一堆人，大家七嘴八舌。互动多的时候，插嘴都插不进，听也听不清。

“你说的不会是91级服装班的何碧蓝吧？她真的是那个呀？被开了？可惜呀！”牛魔王直摇头。

“什么何必烂？谁啊？那个是哪个呀？哎，死疯牛！”许泉看牛毅不搭话，自己又在一边插不上话，干着急。

秦可却敏感地竖起了耳朵，他们在说何碧蓝？何碧蓝怎么啦？这么一想，这句话就不由自主蹦出了口，而且还带着一股恐慌：“何碧蓝怎么啦？”

根本没人关注他在问什么，人家已经开聊别的话题啦。只有周旻注意到了秦可的失态，向他挤过来。

“你不知道啊？何碧蓝被开除了，好像是被宿管科查出来的，可怜！”周旻叹惜道。

秦可只觉得心在下沉，心脏变得很重，不胜负荷。

自己昨天还想着，要不要晚上到车站看看她什么时候下班，能不能陪她一下，不然一姑娘家走夜路多不安全呐，自己远远跟着就行，绝不会上去打扰她……

现在看来，这些想法好傻啊！你保护得了谁？

学院很快便正式宣布了：染服系三年级的新疆女生何碧蓝，因为被发现去做酒吧服务员，情节严重，查明后被立刻开除，永不再录取。

秦可愤愤地想：情节严重？能有多严重？不可以让她先辞职再记处分吗？大三了，打工上学、双管齐下必然是有原因的，不问青红皂白就一气儿开除，是否简单粗暴了一点？从新疆辛辛苦苦考进首都名牌大学，不值得有第二次机会吗？

这些问题搞得秦可很闹心，他跑出宿舍，绕着学校的大鸟笼操场，走了一圈又一圈。他替何碧蓝抱不平，但是渺小的一个他，又能做什么呢？他只是个大学二年级还没进系的愣头青，不谙世事的大男孩，太嫩。

秦可被自己折腾得身心疲惫，忽然看见操场边的石阶上，独坐着一大高个儿。有个伴儿也好，他走了过去。

走近才看清，那是同屋的老炮翔子，他正拿块泥巴捏泥人，地上躺着他巨大的画夹子。装雕班的翔子和林胜煌都爱用超大号画夹子，有大师风范。

“画夹子咋这么巨啊？”秦可上前打招呼。

“大人背大夹呗！”翔子抬头呵呵乐，一副憨厚样儿。还别说，他真有几分骆驼祥子那感觉。

“我们下个月采风被取消了，你们上哪儿？”秦可想起被取消的课目，更无精打采。

“那太不幸啦，兄弟！但肯定能给你们找补回来。我们这趟出去采风挺久的，去敦煌，刺激吧？这帮雕爷们全美坏啦，正收拾行装呢！”翔子哈哈乐。

虽算不上是玩得最好的哥们儿，但秦可总觉着翔子跟自己有共通点，可能是那股子默默暗恋别人的执着劲儿吧。

“暗恋”这俩字，此时在心里重重地打了秦可一下，有如一记毫不留情的大耳刮子。他打算把今晚随便作废了事，兹以纪念又一短命的暗恋。但过了今晚，明天又是新的一天，一定要振作起来。

——“Tomorrow is another day.（明天又是新的一天。）”，这是《飘》里女主人公斯嘉丽的名言，信这句话的人都想得开。一般水瓶座的人拥有这样重新开始的智慧，平复自愈能力超群。秦可也是水瓶座，但秦可的水瓶似乎和周帅的水瓶不一样，秦可的水瓶根本不风流，只是平复能力超一流。

第九章
摸金校尉

老炮爱刀

火车咣当咣当在飞驰，老炮翔子挨着车窗向外看，正琢磨，怎么能把林胜煌那把祖传雕塑刀搞到手。

那柄刀，镔铁打造，刃长30公分，做雕塑时，下刀利落。最牛的是，借助这把刀，煌煌能把泥弄得像塑料，有型有款。就为这个，翔子真和他暗暗较了几回劲儿，在专业上，这俩都是不服输的主儿。

这次装雕班在“西北王董大”董书兵的带领下，去敦煌采风写生。董大很年轻，不像老师反像师兄，据说他家在西安很“罩得住”。翔子他们大一时，董师兄读大四，师生年纪差不多，很容易就混成了哥们儿。

当时只要手持中央工艺美院的介绍信下乡，就威风八面，各个单位给予照顾和免费，真牛!

这次装雕班的研究课题是：古代佛像美术研究和采风。

装饰雕塑这个专业，就算你将来只是为城市设计个现代雕塑杵那儿，也必须学会分辨出各朝代的佛像造型和服饰风格。北魏、北齐、隋唐、五代十国、宋、元，我国不同朝代的雕塑风格各异，受时代和宗教的影响深远。所以一定要去实地考察采风，才能充分领略个中真谛。

班里的林胜煌出身于塑像世家，从小学二年级开始，他便跟随祖父学习塑像祖传技艺。林家的风格融合了北宋造像气质、明代何朝宗的“行云流水”衣纹着装特征，形成南派体系。从 20 世纪 70 年代后期开始，林家垄断了福建全省的寺庙工程。至今已发展成跨越大江南北的全国性家族企业，创造了无数栩栩如生的塑像。林家的家族代表作有福建湄洲妈祖庙、河南嵩山少林寺、湖北当阳玉泉寺等，遍及全国。日后，林胜煌正是带着他那把祖传的雕塑刀，在日本大放异彩。

煌煌这厮，对中国传统美术抱有几近疯狂的兴趣。上次全班去北京荣宝斋，他居然一气儿买下了几千元的中国美术全集——从殷商到民国时期，而其他同学都在沿街看美女。

此时此刻，老炮翔子瞪着俩牛眼，光盯着煌煌了，心想：且等他睡着便把刀顺过来使两天，岂不稀松平常？但煌煌和弟兄们这一路上吃吃喝喝，加上董老师和同学们年纪相仿、意气相投，半斤猪头肉一瓶老白干，猜拳行令，好不快活！哪有半点儿睡意？

眼下这光景，真应验了系主任那句话：“你们班是老的不老，小的不小，唉，不像话！”

这次采风的路线是敦煌石窟—麦积山石窟—西安—山西天龙山石窟。

翔子对敦煌充满感情，因为他那著名的外曾祖父罗振玉，是敦煌学研究的奠基人。罗振玉乃清朝学部参事，1924 年奉溥仪之召，入值南书房，是王国维的老师。罗振玉也是中国金石学家，在甲骨文和敦煌写卷研究上做出了杰出贡献。

也就是说，老炮翔子现在正是追随当年他外曾祖父的足迹，去研究敦煌。

敦煌驴打滚

装雕班只有两位女侠：那位“刨坟煮头骨”的奇女子李先飞和成天穿军靴抽雪茄的“粪（愤）青”贾静茹。其余十位均为糙男，称“雕爷”。

这帮人来自天南海北，个个身怀绝技。加上人少，又八成是男的，所以出去写生都是跑单帮。院长大大担心他们和别班出去，只会折花裹乱。都是些半大小子，正处于荷尔蒙最旺盛时期，一出门便如脱缰野马，没法儿管。

这天，一行人到达敦煌市区时，正逢“鼓手”吴昊生日，“雕爷”中吴昊最小，1973年处女座。当下大伙儿决定大庆一把，吃！喝！最少喝了一斤汾酒，蛋糕拍过，仍不尽兴，决定蹦迪去。

当晚出租车巨少无比，好不容易拦下一夏利，喝得昏沉沉的几条大汉一齐往车里挤，司机大哥吓得差点给这帮小子下跪！

等大汉们去到敦煌市区最豪华的“MIX” 迪厅，却人少没气氛，舞曲不入流，跳不起来。

“机灵孩儿”许凌涵一阵诡笑，从兜里摸出他称为“MJ米高积逊”（迈克尔·杰克逊）的磁带。

刹那间，敦煌“MIX”迪厅变成了中工的黑灯舞会！

大伙儿玩命跳，“鼓手”滚地上跳。全体都喝多啦，个个快跳成脱衣舞男了……

正当“鼓手”疯狂地驴打滚时，“机灵孩儿”鬼叫起来：“哥们快撤，董师兄和当地人结梁子啦！”

舞池里正有一浓妆本地丽人跟着“鼓手”实习劈叉，扭姿可嘉，眼看很快要贴上来了。“鼓手”再不甘，也只好恋恋不舍地从地上爬起来，撒丫子往外跑。

翔子自己往董师兄那边跑，让“鼓手”和“毛孩”刘抱山到街对面搬砖头，等着接应。

“鼓手”和“毛孩”没找到砖头，只好溜进了街边小卖部，里面成箱的啤酒堆成小山那么高。“毛孩”点根烟，深深吸了一口，说：“守这儿，有战况咱就拿瓶子冲进去砸场子救人！”

俩人对视了一下，准备随时投入战斗。没过多久，翔子跑了过来，说董师兄那边和平解决了……

等“鼓手”酒醒时，人已经躺在旅馆床上，只记得，自己这个生日快乐激情得很！

“鼓手”后来才听说，当时董师兄有意无意惹了本地一姑娘，那姑娘正好是某混混的“压寨夫人”，于是混混们都跑来维护“老大的夫人”。

当时董师兄旁边的“雕爷”们立感不妙，灌下的“猫尿”在一瞬间蒸发殆尽，酒全醒了。因此翔子高瞻远瞩，赶紧让“鼓手”和“毛孩”先出去，盘算着如果里面的兄弟被围了，“鼓手”和“毛孩”可以冲进去救人，要不自己人全被围在里面，可就没救兵了！

然后翔子带着里面剩下的“雕爷”们演起来，硬充大流氓。他们直接过去找混混的头儿，先贫嘴套近乎，再瞎聊拉关系。没想到一阵不要脸的瞎混，最后居然顺利撤离，过后想想还有些尿意。

老炮扮痞子，那次就是最高水准啦，假痞子还居然蒙过了真混混。

“北京杂种”

进入月牙泉沙漠后，大家完全被四周的美景所震撼。师生们马不停蹄地选景、拍照、画画，忙得不可开交。

每天晚上，董师兄都把大家当天的作品拿出来讲评，布置次日的任务。

次日的采风焦点是以寺庙为中心的地带。林胜煌被一阵悦耳的诵经声吸引，急急扛着相机闯进了寺中。

入寺后，眼前金碧辉煌香烟缭绕的景象，使煌煌心中激情澎湃。他毫不迟疑，举起相机“咔嚓咔嚓”连拍数张，大胆走近各具特色的红衣喇嘛们，抢拍特写镜头。

忽然，诵经声小了下去，几个红衣喇嘛挡在了煌煌的镜头前面。煌煌想解释，但双方听不懂彼此的话，喇嘛们越聚越多，集体把他往外推。寺院外面的“雕爷”们见煌煌被扔了出来，便过去帮忙，由于语言不通，越说越乱。一激动，双方互相推搡起来。

最后“雕爷”们因为满身挂着相机和画夹子，寡不敌众，抱头鼠窜。红衣喇嘛们因为诵经被侵扰，以为对方有恶意，因此不肯罢休，乘胜追击出一公里之余。边追边猛扔石头和木棍，一路“哗哗”地像下冰雹。

“雕爷”们只好把吃奶的劲头全数拿出来跑路，有人连画夹子都跑丢了。

喇嘛们个个体型剽悍，有几个手持打狗的铁链条，上面绑着足足15公分的方铁，像套马索一样向“雕爷”们抛将过来。“雕爷”们回头瞄一眼便腿肚子发颤，全身瘫软。

“机灵孩儿”许凌涵，1米82的汉子甩开大长腿，浑身筛糠。心里直打鼓：完了完了，今天肯定折这儿了！黄沙埋骨哇……

林胜煌也跑到了极限，他向来是校园短跑冠军，但已经跑得汗湿几层衣服，连滚带爬。

翔子和“毛孩”正站在远处用相机观望，只见黄沙滚滚而来，一堆人球从月牙泉一高沙丘上滚落下来！领头的煌煌，直接是180度翻滚下来，折到沙丘下，哇哇直吐。这正是所谓的“鸣沙山”，据说要从山顶滑下来才能听见沙鸣。这帮人从夕阳斜照的山顶滚落，头朝下，满口沙；没听见沙鸣，只有耳鸣。

翔子和“毛孩”以为他们在玩野战游戏，乐得直不起腰来。后来才得知，这几个全凭飞毛腿逃出生天，因为红衣喇嘛集体辩经相当庄严，绝不允许被打搅。被打搅了，完全有权施行反侵扰。

在敦煌回甘肃兰州的火车上，大伙儿满头满脸都是沙尘，活像莫高窟里爬出来的泥人。

董师兄在火车上来回折腾了半天，终于在一厕所逮着一能拧出自来水的水槽，让糙男们轮流裸着半身洗了回澡。大伙儿这才搓下满身黄泥，换回了人样儿。

“毛孩”诡计多端，上车就找列车长要卧铺，展露病态，博取同情。

列车长看到这帮散兵游勇，咧嘴直乐：“我知道北京拍了个电影，叫《北京杂种》，是不是你们演的？”

“雕爷”们再皮厚，也被列车长感动了，赶紧报上实情。结果世界就这么小，列车长居然是院长大大的亲戚！当下便爽快地把这帮“北京杂种”带进了列车员休息室。

到了列车员休息室，又有意外收获——那儿一女列车员实在太沉鱼落雁啦！

这可馋得他们哈喇子流了一地，纷纷觍着脸，争着和美女列车员睡同一个区，照着要拐带人家私奔的节奏，还抢着给人留了呼机号。

直到他们回到北京后，还常在宿舍里无耻地斗嘴：“后悔呀，火车上展开猛烈攻势就好啦！说不定将来我就是她娃儿的亲爹呀……”

“呸，我才是亲爹……”

“啊呸呸，全都不要脸，我最像她未来娃儿的亲爹！”

下刀雨

火车上比较惊悚的一幕，是周帅捣鼓出来的。

在火车进入兰州车站前，大家知道要安检包包，于是纷纷跑到厕所，把买的藏刀隐匿到身上各个角落，包括胳肢窝和裤衩。

藏好后，周旻正往上铺爬时，一弯腰，十多把刀子瞬间全部掉了下来，一阵刀雨，带鞘的和没鞘的。

下铺的老炮和“鼓手”短暂惊愕后，闪电般扑将上去，把恐怖现场保护了起来。这俩打扫战场之迅速堪称一流，附近的列车员们根本没反应过来。

周旻自己悬在半空中，傻了眼。

坐稳后，老炮一撸袖子，朗声说道：“周帅，下刀雨你真得谢我。换了是蔫坏的‘王小狼’，他一定会大喊车警，配合警察大声质问——咋回事？为啥带一堆刀子？想谋害谁？统统给我拖走！”

“绝对的，‘王小狼’那厮肯定一脸无辜，还趁机要求换到软卧包厢。”“鼓手”坏笑着附和道。趁王小朗同学不在跟前，老炮和“鼓手”使劲毁他。“雕爷”们平常互相挤对取乐是常事，一个个都能在言语间“毁人不倦”。

火车徐徐开进站，终于进城了，兰州可是大都市呀！

在沙堆黄土里摸爬滚打了那么多天，他们冲进饭馆胡吃海塞自助餐。几轮扫荡后，老板被吃得肉疼，贴出警示：珍惜粮食，请勿浪费，违者罚款 20 元！

20 元算个啥，继续胡吃海塞！那叫一个吃，吃到老板心惊胆战，一个劲儿换警示——禁止浪费！拒绝牛饮！

吃完，他们又都呼啦啦跑到甘肃市场上，一气儿狂买，卷回了一堆杂七杂八。

后经检验，林胜煌买的松石和唐卡 100% 是假货。翔子买的威猛刀抽了几下，刀柄就飞了。但翔子眼毒，只买了两把刀，其中一把是藏民从身上解下卖给他的，真正的藏刀，贼结实。

最可气的是“毛孩”刘抱山，鬼鬼祟祟跑去某神秘小街里买了高达一米的泥虎头。全靠老炮和煌煌帮他搬上火车，累得跟孙子似的，差点儿没误了火车，好悬！

摸金校尉

经历了迪厅群殴和被喇嘛追打后，“雕爷”们小心了许多。但你不招事，事儿还偏偏找上你。

在甘肃市场上，翔子和董师兄被俩本地人盯上了，问能不能跟他们走一趟。

当时俩人脑袋一热，就上了本地人的车，在哪哪都生疏的路上玩命绕弯兜圈，最后总算在一山包上停了下来。

本地人摸出一对黑色的石狮子，说是唐朝的，张嘴要两万块。他俩看走了眼，把翔子师生俩当古董贩子了。

董师兄仔细看了看，东西确实好！便问可否给些钱拍下照片当资料用，对方就是不松口，非要缠着俩人买下。董师兄只好说：“私自贩卖文物是犯法的，你懂不？”人家连头都没抬：“你管不着，不要不行！”

整得师生俩都急了，只好把兜里的东西全凑一起：3000 块人民币和一套尼康 FM2 的相机。翔子霸气地说道：“就这么多了，都给你们，狮子我们要定了！”人家连头都没抬：“不行，别讨价还价！”

董师兄再把手表从腕上撸下来，摞在上面，还是不行。

其实俩人也是应景式的好奇，真要贩卖文物，那可是犯法的，这点子觉悟还是有的。谈崩了，但那俩本地人却不甘心失败，后来跟了翔子和董师兄一路。

玩归玩，这师生二人此行无收获，一直贼心不死。

导致后来到了西安凤翔，二人结伴在深夜潜入荒村看古董。那次历险，就跟所谓的盗墓电影差不多，都是在黑漆漆雾蒙蒙的夜晚，卖家开着不打灯的没牌照吉普车，鬼鬼祟祟。

由村人领头，深一脚浅一脚地走过坑坑洼洼的野地，去敲开必须对暗号的门。

走进幽灵一样的人家，点着蜡烛，看一堆堆出土的东西。

师生二人其实就为了长见识，认认书本上都看不到的文物，犯法的事儿断断做不得。这点子觉悟都没有，不成土匪啦？

当晚后半夜，俩人还在伸手不见五指的夜里，被领进了一个大墓。烛光下人脸变形，空气浑浊，诡异阴森，不得不引颈探向脚下深深的大坑……翔子脑子里只有一个字：怵！

这应该就是秦穆公大墓吧？但翔子光紧张了，根本没敢问。毕竟此时人在一线，如果话不对，命就不对了。

看来摸金校尉这营生，绝非孬种干的。自己平常也就耍耍嘴皮子过干瘾，摸金？可别把自个儿给摸没了，这玩意儿哪儿能真干呀！老炮一边寻思着，一边头皮发麻。

接下来的行程，董师兄安排大家去甘肃博物馆，连带参观馆长收集的歌舞彩陶和奇异瓷器。

由于甘肃博物馆的馆长正好是史论班张晶莹她家老爷子，张晶莹就在学校里遥控了一把，派她妹子前去跟装雕班接头。

于是，张晶莹妹子去到兰州招待所，直接问看门的：“有没有一群北京来的大学生住这儿？”

看门大爷爽快答曰：“没啥大学生，要民工就有一堆。”

酷裤哥

到了刘家峡水库，这帮人又饿又乏，如同散兵游勇进了村，走哪儿“埋汰”（祸害）到哪儿。

大半夜，这帮“土匪们”偷跑上街吃烤串，腰间挂着之前买的假刀壮胆。吃着吃着，整条街上的混混们全被吓得逃光了。

吴昊这捣蛋鬼忍不住饿，从寺庙里伸出街的枝丫上撸了俩半生不熟的石榴，差点惹恼了和尚们。

著名的炳灵寺因修复不让参观，只能在山下朝圣。“机灵孩儿”忍不住好奇，翻开一块石头，底下全是密密麻麻的蜈蚣。

正好有华侨寻根团拜祭先祖，穿一色儿屎黄长袍，胸抱牌位，面朝大山虔诚大哭。侨胞的哭声响彻山谷，很是震撼。

不知是否哭声显灵，那之后炳灵寺地区持续下雨，山上开始掉石头，人群不能靠近。大家上麦积山时，前面几十米处就有大石掉落。

荒山野岭中，考察完麦积山石窟时，“雕爷”们已经有好几天没找着地方洗澡了。满身臭汗，画夹子都被汗浸湿了。最后找到小树林中一条野水沟，大家分头洗，反正水没有人脏。

进了西安后，“雕爷”们成群结队先到碑林，再出来逛古玩店。古玩店老板仔细观察着这帮人，“雕爷”们赶紧充行家，装模作样。老板问：“你们从哪里来？”

翔子答：“从敦煌过来。”老板疑惑道：“你们……不会是走着来的吧？”

翔子迅速瞄了一眼老板身后的镜子，简直在瞬间崩溃。

镜中人活像个要饭的，一裤腿高一裤腿低，而且那条宽口仔裤已经被汗水湿透了，一迈步就粘在大腿上。头发乱得赛鸡窝，胡子拉碴，好似满脸挂满芝麻糊……这真是我吗？翔子身心一阵虚弱。

身上这条肥大牛仔裤是翔子的最爱，特棒的水洗布，色正有味道，他习惯上身配牛仔服，袖口不扣。翔子在学校上课总爱穿这身，人又巨，手里再拎个大铝饭盒，那叫一个酷。

日后翔子才明白，这身打扮险些耽误了自己的终身大事，因为大部分女生始终把翔哥认作男生楼里的水暖工。

满怀绅士情怀的翔子，因坚持了自己酷裤的风格，被誉为“酷裤哥，一裤到底”。

翔子望着镜中人直摇头，想起军训那会儿，自己好歹换了条军裤。

天龙山遇险

过了西安后，董师兄带着翔子、“王小狼”和“鼓手”一拨前往大同。煌煌一拨开进了太原，去研究天龙山石窟雕塑。

天龙山这一拨里有煌煌、周帅、“机灵孩儿”和“女侠”李先飞、贾静茹。大家计划先参观晋祠，结果到了那儿全是工地，开挖得沟沟壑壑，晋祠的宋代彩塑根本没得看。

煌煌不甘心，劝大家继续往前走，唐代的天龙山石窟就在晋祠后面，应该很近。一行人就不知深浅地上路了，对即将到来的险情没有一点准备，艰难跋涉了半天，路越来越陡。找来找去完全迷失了方向，谁也搞不清传说中的天龙山石窟到底在哪儿，无奈只有原路返回。

上山容易，下山难，下午终于到了山腰处的一个庙里。大家都累劈了，就剩下张嘴喘气的劲儿，只好停下休整。

从庙里出来已近傍晚，一路走去，天越来越暗。贾静茹不敢看周围，只盯着脚下的路，这样能产生点错觉，似乎路还是亮的。

直到天黑了，才看到一个小村庄，庄子破败不堪。大家都觉得能走到城里，野店最好别逗留，于是坚持继续走。

谁知这一路走下去，却是永无尽头！

天越来越黑，山路越来越险峻，只能一路摸黑下山。山峰与险路交叉，峰回路转处墓堆横生，新墓上插着灵幡，杆上飘的白布“啵啵”作响。正觉恐怖，山谷里突然传来“嗷呜——嗷呜”的狼嚎，让人毛骨悚然。

路开始变窄，贾静茹侧头一看，身旁一步外就是万丈深渊！她赶紧抓住李先飞的手往路中央挪，如果不小心一脚踩空，人就会无声无息坠落悬崖。

朔风吹起，狼群轮番长鸣恸哭。山谷里回荡着一声声尖利的震音，夹杂着凄厉的风声，有如鬼哭。路边连绵不绝的坟堆间，磷火跳闪，仿佛正引领众人迈向地狱……

这时大家已经水米不进地在路上断断续续走了十个小时，心悸加饥饿，又严重缺水，简直口吐白沫。

贾静茹和李先飞终于双腿麻木，脚疼得一步也挪不动了，三位“雕爷”也是气喘如牛，只好停在路边歇脚。

众人在路边等了半天，已经清楚身陷险境，凶多吉少。大家慢慢围拢相互取暖，男生试图安慰女生。

周旻把背包翻了个底朝天，只抖出一包疑似饼干的“铁饼”，可以砸死人。他自己饿得眼冒金星，也只好把饼尽数共享。但因为水瓶全空了，大家都不敢多吃，只把饼干含在嘴里泡成糊糊，再往下咽。

早上要是多带点馒头该多好——周旻直后悔自己眼光短浅。

五个人抬头仰望浩瀚夜空，在绝望中祈祷天龙山的神灵相助。

一路上，煌煌脑海中放着小电影。全是天龙山北齐、唐代石窟中那些被战争炸毁的佛像和被砍头盗走的佛头……种种惨状似乎警示着，不该闯进这背负流血历史的峡谷深处，来探究真相。

煌煌开始自责自己早上的提议，在没有任何地图资料的情况下，贸然把大家领入绝境，此刻只有默默祈祷。

感觉经过了几万年的等待，远远有微弱的车灯照过来！

大家赶紧全体起立，使尽全身最后一点力气呼唤，招手示停。只见幽灵般黑乎乎的一辆车开过来，慢慢停稳。走近一看，是辆货车——确切地说，是辆拉煤的大卡车。黑黝黝的车顶很高，煤堆好像随时能倾泻而下。

司机是位好心人，他招呼大家上车。但很快，司机大哥也看出了问题——车里根本容不下这五个人，咋办？

驾驶室只能坐仨人，俩女生丁零当啷爬进去后就满了。再塞进大家的画夹子和相机，尤其是周帅那超大超重的相机，驾驶室已经没有一点空地了。

司机跳下车，紧了紧后车斗的闸门，然后招呼三位“雕爷”：“小伙子们，上去吧。”语调平静得很，似乎司空见惯。

三位“雕爷”看着面前小山一样高的煤堆、没有车顶篷只有粗陋支架的车顶，倒吸了一口凉气。别无选择，只好依次跳上车，抓住支架，勉强顶着煤堆站稳。

仨人各自跨坐在煤堆上，扒住角落支架，姿势尴尬，重心失衡。司机喊声“抓稳喽——出发”，车子就“哐哐哐”呼啸着向山下冲去。

周旻扒在车斗尾端，被煤堆挤到角落，一路颠簸得头皮和牙龈发麻。眼看车灯照出去根本看不到路，只知道右边就是漆黑的悬崖，风呜呜地从两耳刮过，辣辣刺痛。

车就这么一路蹦蹦跳跳地往下冲，拐弯时惯性很大。

周旻俩手死命扣紧冰冷的铁杆，感觉自己随时有可能被甩出车，掉进深涧。煌煌和“机灵孩儿”抓住车头的铁杆，上下牙齿被颠得“咯咯”响，脑袋震得发木。

最后这哥儿仨都已经抓不住了，只能完全紧贴在堆得冒尖的煤堆顶上，双手抓牢一蓬绳子，大字形趴在上面，一动也不敢动。一个接一个，就像大雁南飞的阵形，屁股和肚子被顶到最高。

周旻用脚尖使劲勾住车斗里的半条麻绳，任凭树枝在身上撸头横扫。从深谷里折射的车灯判断，山涧纵深有几百米。

驾驶室里，俩女侠紧紧抱着几部相机，似乎这比自己的生命更珍贵，因为里面记录了好几天的采风所得。

司机大哥的第一句话就是：“你们胆子也忒大了，这么黑也敢走山路？连山里人晚上都不敢出来，有狼群。狼不认人，带狗都没用！”

一句话整得贾静茹和李先飞俩女侠都没法言语。

司机大哥紧接着说：“亏得你们是学生，不然大黑天的，这种地方我绝不停车开门。你们是一帮人，基本没人敢拉。瞧你们这模样，也就跟我儿子一般大，你们老师呢？我可舍不得大黑天把自己娃儿送来喂狼！”

俩女侠被这番话感动了……人间真情啊……可惜不能嫁给人家，只能聊表感激之情。

下车后，三位“雕爷”那脸子真叫好看。贾静茹和李先飞一刹那都被惊住了，不是说蹲在车顶吗？怎么个个都啃了满嘴煤渣子？三张黑脸上，三双大眼直愣愣瞪视前方，那一刻贾静茹只能想到两个字——“僵尸”！经过生死考验，三男两女抱头抹泪。

这一路上，对周旻来说，好比上刀山下火海。之后数天还腰酸腿疼，回想起天龙山遇险，多少有点儿后怕。如果不是那位好心的司机大哥，后果不堪设想……这是难忘的一夜，人性和生命的脆弱暴露无遗。

第十章 闹鬼又“闹萌”

倩女游魂

经历了天龙山险情，周旻整个人更沉稳更淡定了。

梦里，他有时重回天龙山煤车：几条黑色的汉子，嘴里咬紧绳索，头发眉毛向后翻飞……车每一拐弯，驾驶室里便尖叫连连，而车顶就飞起一串“风筝人”，子弹飞的节奏。

回来后，他在宿舍里向大家做了详细的汇报，把秦大少爷整个儿听傻了。

翔子居然愤愤不平：“天龙山那么惊险刺激，没赶上，郁闷。”

“要是加上您老人家，还有您那条肥厚酷裤，车顶就不够位置啦！哥几个真要扔那儿了，半年一年都不定能找回来。司机大哥亲口说的，天龙山整个儿就没开发。”周周旻劫后余生，得意起来。

“哎哟喂，我一定不能让哥几个冒这种险哪，哥哥我能想出更好的辙来，没准还能发现宝藏啥的！”翔子坏笑，这个有名无实的“摸金校尉”，显然没过够瘾。

张晖揭露黑暗真相：“你有什么辙，只会马后炮！”

“你说你们这帮小子，还真有神灵护佑，不然——哼哼，会死得很难看哪！”毛孩说道。

“说到神灵，我还真怀疑，我从天龙山带回来了一位……”周周旻欲言又止。

“听这龌龊男吓唬人！”张晖使激将法，他最烦人家讲故事就讲一半。

“不蒙人，真真儿的。回来的第二天，下午我正躺这儿半梦半醒，突然飘进来一人，白发白衫像是老太太，可脸上没褶子。她闪进门，就问我齐越去哪儿了？我告诉她齐越是工业班的，住隔壁808屋。她点点头，一晃不见了。后来问齐越，他说压根没人找他。”周帅还是那么淡定。

“龟娃儿！鸡皮疙瘩全竖起来了，你小子还真能编！你咋知道她是神灵不是人？”张晖不服。

“我亲眼所见：她的脸正对我的脸，我当时躺着，先看到她的背影。她飘进来，白衫下没有脚，只看到有水印子，一路滴了出去。”周帅解释道。

“反正不是你在天龙山迷住了某倩女游魂，把她给招来喽；就是齐越这小子在外边欠了一屁股风流债，你俩风流小子，自作孽，不可活哟！”“毛孩”下定论道。

全屋人唯恐天下不乱，都跟着起哄。后来齐越出了事，大家又想到这夜周旻的描绘，联想丰富到不敢睡宿舍。

张晖这会儿却嫌不够惊悚，给大家添料：“窗户失踪的怪事儿，听说了吧？去年冬天一觉醒来，809屋里的窗玻璃整扇没了一块，8楼啊，一点声儿都不露，说没就没了！‘雷神’他们几个犯懒，挡了块画板照睡不误，问题是隔几天又没了一块，窗帘飘到外头，小风嗖嗖的，谁都没听着响儿！老雷、老景吓唬大家说：隔天醒来，发现崔笑声不见了，过两天‘邱帮主’和‘酒神’又无声消失，每天少一个。”

屋里静悄悄的，糙男们都伸直脖子瞪圆了眼仔细听着。

晖哥舔舔嘴唇，继续说：“老雷、老景这俩难兄难弟把自己也给吓着了，根本没敢睡，可结果还是着了！半夜，‘雷神’突然惊醒，黑暗中惊现一黑影站在宿舍中间，正开始挨铺摸。最后才轮到老雷，这顿摸呀，老雷没法儿躲，赶紧递了个枕头过去。黑影一把搂住枕头，来到窗边推开画板，把枕头扔了出去！嘴里叨叨：今儿这袋真轻，下班嘞！借着床前明月光，老雷一看——不得了，不是倩女幽魂，是他上铺的‘厨神’，穆——永——春！”

大家爆笑，搁谁都知道，这肯定又是老雷“雷忽悠”的原创。他早就从“雷神”降级为“雷忽悠”了。

“哎哎——别忘了还有电梯失速的事儿，从十楼到一楼，才15秒！宿舍的电梯，我基本不坐。”翔子补充道，声音有点抖。

“中工有鬼啊！”周帅怪叫一声，钻进了被窝。

幸运电梯

张晖完全没想到，男生宿舍那个倒霉电梯对自己此生的意义。

这天，他拎着两瓶汽水进了电梯，里边有一女孩，他没在意，大大咧咧往里一站，摁了电梯就上楼。

可没多久，电梯却突然发出刮擦的声音，刚上一半就不够力了，而且灯开始哗哗乱闪，很刺眼。电梯居然在半空中抛锚了，真见鬼，难怪翔子都不敢坐这破电梯。

张晖伸手摁电梯的开门键，电梯又“突突”几下往下滑，灯灭了。他没防备，身体失衡，只听见两瓶汽水丁零当啷砸在电梯里。

在晖哥两手乱舞时，一只温热的软手抓住了他，顺着那只手的牵引，他才重新稳稳倚在电梯内扶栏上。电梯停电灯亮，对面女孩一点儿没有大惊小怪，更没有尖叫，张晖不禁暗自佩服。

正愣神，女孩说：“赶紧摁那个红色警铃吧，估计是没戏了。”一口纯正京腔，还撇嘴乐，真行，张晖进校以来还没见过这么皮实的女孩。

她是谁？看着眼熟却叫不上大名。张晖让大脑倒带回放，突然回想起大一时黑灯舞会，一直坐在门边的文静姑娘，满眼迷离地看着大家……

摁了半天红色警铃，才有专业人士扒开电梯，把这俩给拉了出来。张晖出来后一低头，才发现自己裤管都被汽水整湿了。再一瞥眼，看见女孩白光光的嫩腿被汽水瓶碎片剐破了，正流血哪，可她好像根本没发现。

“哎你——你的腿！”张晖向那女孩警示。

女孩低头一看，才微微“哟”了一声。

“赶紧跟我到医务室去吧，正好在男生宿舍第一层。”张晖陪着女孩进了医务室。

只是皮外伤，张晖松了口气，不然自己不得狠狠地赔偿人家一把？

“对了，你刚才上楼找谁？我可以帮你给找下来，这样你就不用拖着伤腿上去了，电梯一时半会儿修不好呢！”张晖觉得这是自己的义务。

“我找我们班‘疯子’，我俩搭档参加一服装大赛。本来我想打电话的，结果楼底下电话坏了，你们男生楼怎么逮什么坏什么呀！”女孩张嘴乐。

“哦好，那我上去叫‘疯子’下来找你啊，你叫——李峥——？”

“嵘！李峥嵘。”

“好的好的，等着啊！今儿这事儿特抱歉，那啥——我咋赔你啊？瞧把你这腿都整伤了，真不好意思！”

“没事儿没事儿，不赖你。回头万一我拉壮丁扛大包，你再出卖苦力吧！”女孩又呵呵一乐，甩了甩两根麻花辫子，笑眼眯眯，又萌又淘。

“断背山”和“闹萌”

最近，男生宿舍里除了搞笑的“闹鬼”，还开始闹恋爱。闹恋爱，最先是从“断背山”开始的。

一次周旻因为有江西老乡来访，把自己的床暂时让给了老乡，跑到隔壁齐越床上睡。

因为齐越是北京人，周末回家了。结果等凌晨周旻睡得迷迷糊糊时，齐越却正好回来了，不明就里，懒得开灯就躺床上去了。

等睁眼时，一堆大老爷们正零距离围观齐帅和周帅。两位帅哥顿时“嗖”地坐起来面面相觑，真是跳进黄河也洗不清啦，这可是纯属冤枉的“断背山”啊！

好嘛，“断背山”不管真假，打开了闸门，男生宿舍刹不住闸了。女生开始公然来访，恋爱的小鸟们关在宿舍内卿卿我我。

其实，那时大家正恨不得有人先开个头。这之后，真正的闹恋爱才正式拉开帷幕，糙男们干脆尊称为“闹萌”。

只有煌煌一人特纯洁，他不懂“闹萌”的含义，跑去问老炮：“翔子哥，这‘闹萌’，是春天万物萌芽的意思吗？俩人合力‘闹萌’？”

老炮竖起大拇指：“悟性好！你小子就继续装傻扮纯洁吧！一个人能闹恋爱

吗？”坐旁边的秦可脸“唰”就红了，他大概能猜出“闹萌”是啥，不用问谁，毕竟是在医院宿舍长大的。

从此，八楼的走廊里，时常飘起姑娘们的香味和声音，尤其是董雁飞清脆甜润的笑声，时常回荡在男生宿舍的楼道里。她天生丽质，体格风骚。老远从走路袅袅婷婷的姿势，就能知道是雁飞来了，齐越总是美美地跟在后边。

发展到最后，有人居然从门上锁孔眼里偷窥谈恋爱的人儿。“海鞭”周海广更过分，买了套对讲机用来偷听。

一个对讲机藏进 808 屋的抽屉里，开关打开；另一个放到 807 屋的床底下，全体单身的“疯牛”们趴到 807 屋偷听。807 屋装不下的人，只好跑 809 屋潜伏去了。一会儿齐越就带着某人回 808 屋了，该干吗还干吗，全然不知左邻右舍已经埋伏着满满两屋子“窃听人员”。

“疯牛”们边听边捂嘴乐，还时不时对“海鞭”竖起拇指“你真牛”！

茶余饭后，糙男们更免不了添油加醋，夸张到了极致。“哎哎，听见没？天边一声春雷，这边地面微微发震，床上书架的书哗哗一本本往下掉！”“海鞭”手舞足蹈。

“虚穷儿”许泉直挠头：“哥几个看见没？ 808 铁床都咣折好几节啦！”

牛魔王边揉脖子边怨声载道：“我刚想回 808，一推门反锁着，想着去 809 等会儿。推开门，哇——809 的弟兄们全拿着碗贴墙上，正听得欢呢，孙子们一个个跟壁虎似的全趴在墙上，那情形，比动物世界还要震撼！我抢不到碗，只好把耳朵贴墙上听。瞅瞅，把我给听成了歪脖子树，剧痛无比呀！”

“‘虚穷儿’，你小子落枕的毛病，也这么来的吧？”“海鞭”冲许泉龇牙。

“不用问，绝对是偷听老齐落下的。‘海鞭’，你小子要不把这段给录下来，你都对不起老齐！”“牛魔王”歪着脖子，还耍嘴皮子。

随着女生们此起彼伏的造访，小宝产生了逃离男生宿舍、搬出去住的想法。他有洁癖且作息有规律，与如今宿舍里闹恋爱的环境格格不入。不过据他自己说，是要安安静静学电脑和外语。

说归说，小宝后来拖了好长一段时间，才真正搬出了男生宿舍。

恶之花

女生宿舍因为管得严，有守门老太“恶煞”的河东狮吼，宿舍内绝不可能发生“闹萌”。要闹，只能出去闹。

于是，个别女生的床，从大二下学期开始就经常空着。六人或八人的宿舍里，基本上总有那么一两位缺席的。“恶煞”时不时带着宿管科的人来查夜，但没用的，大家会互相掩护。

到大二放暑假时，连最没人追的女生，都有“闹萌”的机会。

闹恋爱闹出的恶之花，是生理课上没进行强调的，冠冕堂皇的各类文化课，自然不会教你这些，文不对题嘛。所谓“恶之花”，是连父母都耻于谈论的编外话题，而 80% 女生都没在父母身边。

一时间，“中招的”女生们惊慌失措，大有犯罪感。谁天生不会应付节育和流产，谁倒霉。

其实这时 92 级的大部分人都已经 22 到 25 岁了，因为考美院竞争太激烈，往往一考数年才能考上。19 到 20 岁就一次考上的人，只占 10% 不到。

虽然女生宿舍的大红门仍然紧闭，“恶煞”照样凶猛，但真没必要夜夜带着宿管科查夜了。大家都是成年人了，要学会对自己负责。但恶之花所结出的恶果，是很多人没有预料到的。

利婵迅速成为夜不归宿的女生之一，她隔三岔五溜到大北窑那个小破平房里，和战彬过小日子。

那种初恋感觉，被追的甜蜜很快过去。利婵经常得在四处漏风的小平房里，手忙脚乱地做饭和收拾屋子，等待出去侃活儿的战彬回来。

战彬是工业设计专业毕业的，但毕业后很难找到对口工作，而且他非常眼红市面上那些暴发户，总想走捷径，一夜致富。为了把自己磨砺成奸猾的商人，他经常跑到小庄农贸市场跟人砍价，削尖脑袋要把一块钱一斤的香蕉和大梨砍到五毛钱一斤，异想天开。

每天睡觉前，战彬都要把利婵侃晕，在她面前把自己塑造成某天会一发冲天的成功人士。他根本没注意到，其实利婵对那些虚无的东西不感兴趣。

其实利婵很在意一个人的诚信和担当。她家里一直教她做人要纯洁、诚恳待人。

比方说，上次战彬让利婵找同学“疯子”和“耗子”画漫画的事。因为他是第一次做小生意，缺乏经验，最后没能给同学们付款，利婵可以谅解他。

但那之后他又重蹈覆辙搞了几次，遭殃的是史论系的祝杰和他的秀才弟兄们。战彬不但没给够同学们工钱，还讹了书商一大笔钱，结果被书商告上法庭！

可由于战彬没有单位，利婵被迫替他负了连带责任。结果开庭时，他又不知道藏到哪儿去了！整件事搞得特别恶心，最后弄得利婵在学校几乎身败名裂，还差点儿被开除。

此刻利婵躺在小屋的硬炕上，辗转反侧睡不着，看着战彬熟睡的脸，感觉他很陌生，真想拿起书包立马走人。

其实这个想法不是一次两次了，而且每次秦可的笑脸总伴随着这种想法，出现在她的脑海里。如果秦可代表纯洁，战彬只能代表污浊。

但不知为什么，每次挣扎时，利婵觉得既然已失贞于战彬，如何有脸面对纯情的秦可？她觉得自己配不上。这滋味如同喝完了酸枣汁后，舌尖和喉头里残留着那股酸溜溜腻歪歪的滋味，一时半会儿咽不下去，又很缠人。

尤其是眼下，利婵发现自己竟“有喜”了，简直是晴天霹雳！

不贞不洁

坐在医院里，利婵的两腿有点抖。

她一颗小心脏也在抖：这医院长椅咋这么透心凉啊？暖气管是不是堵啦？啥时候护士才叫我啊？

她眼见自己的膝盖止不住地抖，真恨自己不争气，更恨战彬临阵脱逃没来陪她。

昨晚她求他今儿陪同来医院，毕竟自己怀了他的种，俩人在京城又都无亲无故。

战彬却一再强调，他今早有个大活儿务必得侃下来，不然俩人的生活都成问题。利婵明知对方是有意推脱，却一丝办法没有。

她再一次感到，自己是一只待宰的羔羊，任人宰割。虽然她清醒地意识到自己的处境，但无力去抗争，更没有人站在身边来捍卫她。

有时候，她明明知道战彬是找借口或者撒谎，却总希望自己能感动他、同化他。

利婵爹妈都是虔诚的基督教徒，他们的信仰多多少少影响了利婵。虽然没有人在家里宣讲教义，但基督教的信仰会影响人的言行，对幼年的她有着潜移默化的作用。

原生家庭对人的影响和作用是深远的，人们如果早日认清这一点，就能早日认识成长后的自己。从而对一些不适合自己的情结和诉求，进行梳理和扶正。

在医院的这一刻，让利婵对自己下了“不贞不洁”的定义，自己不值得什么更好的男人了，因为自己已经不再贞洁。既然已经对战彬以身相许，为了保持贞洁，就要和他走到底。自己非婚堕胎，是罪过，要赎罪。

这想法如同一株毒草，在此后一直影响着利婵。她似乎总有赎罪和献身的潜在观念，以至于差点把自己的终身幸福都献了出去。

终于听到护士喊自己的名字了，利婵条件反射似的“唰” 一下站起来，她已经准备好了，反正这一关肯定躲不过，只能硬着头皮上。

利婵上次来诊断时，就用了假名和假年龄。她发育得早，挺直腰杆非把自己说成 25 岁是完全没问题的。上次检查之后，医生说因为胚胎才刚成形，用药流就能解决掉，她今天是专门来实行药流的。

吃完药后，疼痛一阵接一阵剧烈袭来。利婵躺在简易的钢丝床上不住地翻滚，以头抵着膝盖，强迫自己相信这只不过是一场特别恶劣的例假。

痛到有坠落感时，血终于雪崩一样哗哗往下流。她终于感觉到，有一团暖乎乎的东西，剥离了自己的身体……接着就是昏天黑地，晕眩想吐。

在钢丝床上躺了老半天，利婵才终于支撑着走出医院，打了辆便宜面的，回到大北窑的小平房。屋里冷冰冰的，战彬不陪同她去医院，在家里给烧壶热水也不错啊，但是眼前什么也没有。

利婵努力平复心中的失落和酸楚，战彬不去，也是为了避免尴尬吧？疼得龇牙咧嘴的，还能有什么美感？少了美感，爱会变质，爱变了质，就没法坚贞下去一直白头到老……

她胡思乱想着，躺在又冷又硬的炕上，在小腹一阵阵刺痛中半梦半醒，心里气愤难平。

白马王子

不常住宿舍的，还有“柴火妞儿”董雁飞。

她有时跟齐越去他宿舍，趁没人的时候亲热；有时跟他回家，堂而皇之地留宿过夜。

齐越家的条件确实不错，他家居然住在什刹海的胡同里，而且是个保存完好的独立小四合院，听说是齐家祖传下来的。小四合院曾经被没收，后来又还给了齐家，从这儿去恭王府花园并不远。

齐家的祖上，似乎挺神秘，应该是王公贵胄……但这个人家自己不说，绝不方便乱打听，雁飞懂得分寸。

齐越父母都是官员，蛮和气的。家里还有个专门负责做饭洗衣的阿姨，都叫她裴姨。裴姨的手艺很棒，做的饭菜很合雁飞的口味。南方菜北方菜裴姨都能做，雁飞最爱吃她做的上海红烧狮子头还有川菜。

齐越在这院子里有间独立的厢房，他管自己那屋叫“东边儿”，管父母那屋叫“北边儿”。

在院子的“东边儿”，齐越和雁飞完全可以自由自在。但他说父母曾几次提醒他注意身体和学习，不能一味沉溺于恋爱，毕竟还是学生。所以他不好太明目张胆老带雁飞回家，一般是节假日。

齐越说，先在大北窑租个民房，平常俩人可以住那儿，周末再回父母家。等熬过这两年，一毕业俩人就马上结婚，那之后就名正言顺住家里了。或者父母给小两口买套新房子，俩人享有独立的二人世界。

董雁飞确实对这些美好生活无限向往，以前她削尖脑袋要考上北京这所大学，为的不就是这些吗？难道真愿意一辈子窝在河南那个小乡镇，步父母后尘一辈子当穷教书匠？

但在读大学时就能遇上家世不错的齐越，是董雁飞事先没想到的。

她性格不张扬，是个喜欢躲在角落里默默使劲的女孩儿。她有理想有追求，想用自己的实力，某天达到一个高度，扬眉吐气。

但命运往往给你做出神奇的安排，忽然从天上掉下一个公子哥齐越，一切便柳暗花明又一村了！

雁飞刚进校时蛮闹心的，自己原来在河南的穷乡僻壤里是又标致又高傲的三好学生，非常出众。但来到首都进中工后，既拿不到第一名又没有很多人乌泱泱追在后头，顿感失落彷徨——凭着自己这单薄的小身子骨，何时才能出人头地，飞上枝头当凤凰？

幸亏齐越及时出现，他真是个名副其实的白马王子，人品好，又知道疼人。

而且凭着齐越的家世，自己留京肯定不成问题，再把父母从河南接来京城，从此摆脱那个别扭的小地方，指日可待。

这可比自己原来想象的容易多了！想着美好似锦的前程，董雁飞不禁笑靥如花。

眼馋病

男生宿舍的闹恋爱大大刺激了大多数单身糙男，寻寻觅觅，觅不到芳草的人开始犯红眼病。

晖哥、“酒神”邓宇和“邱帮主”邱建钢属于眼馋病的重症患者。正好环艺班和“盘丝洞”染织班仅仅一墙之隔，天天后门开着。一会儿是“盘丝洞”的“一枝花”高瑕走过，一会儿又是预备女神徐小蔷经过。搞得环艺班男生全跑去坐后两排，天天盯着后门看，在法语大考后再度成了斜眼男。

好景不长，两个月后，后门就只有班里的女强人“小赖子”进出了。因为进系学专业后，各系就离开基础部搬迁进了本系的楼层，环艺班被迫离开了“盘丝洞”，也就失掉了好眼福。

“邱帮主”于是把目标转移到了“北服”——北京服装学院，在那儿有更多芳草。比如芳芳、笑笑、圆圆、环环等等。从此，“邱帮主”便无情撂下了往日的铁哥们“酒神”和晖哥。

很多糙男都这样，慢慢从原来的哥们群中脱离出来，在友好往来中进了女儿国，完成了从男孩到男人的转变。

某天周末的中午，“酒神”正在教室最后一排，俩腿叉高在门框上纳凉打盹儿。正好“小赖子”穿个小短裙从后门进教室，被“酒神”那四仰八叉的姿势搞得愣了一下。

就在“小赖子”愣神的工夫，“酒神”借势迅速把头一低，瞅了眼小短裙，随即嘴里叫了一声“妈呀！”

晖哥以为他肚子疼，跑过去，关切地问道：“咋了咋了？”

“酒神”两眼发痴，满脸迷茫，好像惊厥了。“小赖子”却一路尖叫着跑了。

没过一会儿，“于大虾”撸着胳膊气哼哼地闯进来，大声喝问：“谁掀我媳妇裙子了——啊？！”

“酒神”早就脚底抹油，逃之夭夭了。老于满脸通红，愤怒加无奈中又有点无聊和得意，那是他的媳妇儿呀！

后来全班男生一直追问“酒神”，“到底裙下藏有啥宝贝嘛？”结果邓宇那厮打死也不肯说。再问急眼了，就冲晖哥吼一嗓子：“你小子积点阴德好不好？1000米长跑测验还是我拖着你才跑完，累得跟孙子似的！”

晖哥小广播

男生宿舍里，刚吃完饭，又是“晖哥小广播”的时间段了。

“你还别说哈，最近你们这帮小子‘闹萌’闹的，我看是筋疲力尽！家庭条件好的还能补补，家庭条件不好的就惨了，最后扶墙，墙走人不走哇！”晖哥永远精力旺盛，眉飞色舞。

“我好像闻到了一股醋味儿，哈哈。”“雷神”暧昧地笑道。

“我没说你，你没事儿，你家饭饭不是白骨精，吸不走你的精华。瞅瞅‘徐骡子’带回那北影的美女，身高 1 米 78，据说那腿长的呀——嘿，整宿一条腿摸不到头，真长啊！”晖哥面露红光，无限向往。

“哼，不稀罕个儿高的，那电线杆子不更高？你搂着睡去呀。最喜欢俺们家凡凡那样的，不高不矮，不胖不瘦，正好！”“雷神”美滋滋地说。

“去去去，你个媳妇迷！专馋我们这帮没媳妇的，不懂事儿！”晖哥啐他。

“虚穷儿”许泉插嘴：“我看服装班那两根香菜就不用这么麻烦。你看人‘疯子’和‘耗子’，一个个翘着兰花指，戴着顶针，手腕上还系朵花，走路基本夹着腿，人个个是东方不败。”

“‘虚穷儿’，俺们手上戴那叫针插，不是花儿！”“疯子”在门口听见了，赶紧辩驳。

“哟，‘疯子’哥，正夸您嘞！上次您给我补裤子，那一道道的明线车工，啧啧——真棒！”许泉赶紧转移话题，冲“疯子”竖起拇指。

“那是，服装班手工一流的全是男生。你没见陆耗子上绣花课时眼波流转的范儿，那才是货真价实的东方不败呢。”“疯子”捂嘴乐。

“蹦嚓嚓，这工艺美院阴盛阳衰啊！你们没见装雕班那俩女侠搬泥吧？穿跨栏背心，油画笔把头发一卷，怀里抱着几十斤重雕塑泥，臂膀全是精瘦的肌肉，咱这二两蛙肉根本没法比！”晖哥竖起肱二头肌。

两根香菜

其实自从电梯事故以来，张晖一直没忘记服装班的李峥嵘，但因为她是北京生又不住校，所以很少见到她。

有时他想找借口上服装班找找“疯子”和“耗子”，顺便探探李峥嵘吧，又觉得自己这种想法很可耻。

直到有一天，他不得不上服装班去管“疯子”要回德国进口的红环针管笔，那整套笔，“疯子”都借用两星期了，自己描图也要用。

还没进到教室，就听到了笑声，张晖侧耳仔细分辨，似乎还真是李峥嵘！他一阵暗喜，加快了脚步。

推开门，他立马惊住了，“疯子”和“耗子”——服装班那两根香菜儿，正被女生们四仰八叉地“墩地”呢！还就数李峥嵘玩得疯，她拿着一根唇膏往“耗子”嘴上抹。

“陆耗子”皮肤黝黑贼亮，嘴唇丰厚，堪比《东成西就》里面欧阳锋那两根香肠嘴。当下他一阵乱扭企图挣扎脱逃，无奈四肢早被女生们牢牢钳住，强摁在石板地砖上。

乖乖，这都啥玩法？这帮野孩子真没人管啊？张晖进退维艰，有点尴尬，正好李峥嵘一抬头看见了他，躲也没地方躲了。

“嘿，干苦力的来了！”李峥嵘冲他挥挥手里的口红，算是打招呼。

“你们这干啥呢？我没穿越吧？”张晖笑问。

“好汉好汉，快来救命啊！哥几个今儿要被‘盘丝洞妖精们’整死在这儿啦！”“疯子”赶紧抬头大叫。女孩们看到别班人来，赶紧陆续放下“墩地”受罚的俩男生，都跑回自己座位了。

“你俩咋得罪姑娘们了？”张晖问道，很好奇。

“我俩只不过论证了服装史上和现实生活中，手工和设计超一流的全是男设计师，这帮‘妖精’就作乱造反啦！”“疯子”从地上爬起来，拍拍灰尘提裤子。

就冲食堂那伙食，这俩的瘦屁股肯定被墩得火辣火辣的，张晖暗笑。这会儿正好是饭点儿，“盘丝洞的妖精们”都拿着饭盆往外走，李峥嵘也一样。

等张晖跟“疯子”说明了来意，“疯子”突然冲门外喊道：“哎，峥峥，先别走！你拿了晖哥一最细的针管笔，你得还给他。”

李峥嵘抱着饭盆跑回来：“晖哥是吧？可不可以下午再用一下您的针管笔，下课后给您送教室去？”

张晖没想到这么美的机会就跟馅饼似的，真的“呼啦”一声落在了头上，乐呵呵地直点头。

这天下课后，李峥嵘真的连人带笔来教室找他。张晖趁机以上次她腿受伤的事儿为名头，请她去后门小饭馆一起吃了顿饭，别提多美了。

人体模特

校园里这时很多失序的怪现象，都可以算在青春荷尔蒙的账上，和男生宿舍的闹恋爱可能有着某种神秘关联。

比如，画人体写生时男生们集体流鼻血，引起模特集体罢工事件。这牵头惹事的，自然又是工业班的野牛们。

“海鞭”周海广是第一个开始流鼻血的，当时全班正在玻璃天棚的素描楼顶层，上人体写生课。老师讲解后，大家就找好角度开画，除了“唰唰”的炭笔声，万籁俱静。这是神圣庄严的时刻，也是92级首次对着全裸人体写生。

阳光从玻璃屋顶透射下来，照在女模特又嫩又白的肌肤上，滑如凝脂的表皮下，蓝紫色的血管清晰可见，仿佛能感受到热血沸腾的青春在金色阳光下跳动。

“海鞭”正聚精会神地画着人体，突然间，鼻血哗啦啦奔流倾泻，洒到了画纸、画夹和水泥地上，引起了小小恐慌。他旁边的“男宝”杜宝南顺便来了一句：“热血青年，一个月来一次哈！”

说者无意，听者有心。听完这话，台上正襟危坐的女模特急眼了。等搬动老师去劝，老师那嘴比学生的还不灵光，说辞不够动听，年轻女模特拂袖而去。

巧得很，隔壁装潢班小宝也在流鼻血，那是他第一次正式画全身女体写生。不过小宝解释说，是暖气太热的缘故。这本来没事儿，但老景却无意把人体模特给弄哭了。

老景看小宝流鼻血，想都没想就来了一句：“你身体太好！闹恋爱闹的吧？”女模特儿听到某些敏感字眼，已经面露不快。

接着休息时，老景想坐一下模特坐的椅子，女模不让他坐，说别弄脏了。

老景说了句不该说的话……女模就哭了……后来老师亲自出马让道歉，老景连连向女模特鞠躬道歉，状如老虾米。

这两件事儿经过后台的添油加醋，火上浇油，女模便发动男模进行了规模空前的集体大罢工。最后学院勒令：所有学生在进行人体写生课时，不得主动与模特们交谈，要充分尊重模特们，全体检讨，郑重道歉！

从此，明目张胆的宿舍闹恋爱便也在这次事件后转入了隐蔽。大三进系后，恋爱的人们靠着勤工俭学，都在校外租个小房子，偷偷过他们的小日子了。

当然也有个别同学和人体模特互动得比较好，比如“鼓手”吴昊。

雕塑专业的素描课和人体写生多，一学期有一半是模特写生课，因为了解人体的结构对雕塑家很关键。

上完课，吴昊就给模特额外再支付点“小时费”，为他单摆姿势画油画，就这么跟一女模特混得半熟。

某天吴昊在九路车上巧遇那女模特，下车时，她问吴昊为何跟着她？吴昊解释说自己家就住附近，女模特指指旁边一私人医院，说：“这是我们家开的。”

吴昊马上得寸进尺，问道：“你家开医院的？太牛了！能帮我弄点假条吗？”

女模特说：“成，等我几分钟。”

没一会儿工夫，她拿来一整本儿假条单！章都是刚盖的，流着红油。交给吴昊时嘱咐了一句：“可千万别让咱这片的人知道，我当美院的人体模特！”

吴昊脑子立马“嗡”地一声响，心想原来是做君子交易，只好鸡啄米似的狂点头。

那沓空白假条单后来让好几位“雕爷”受益，但大家慎之又慎，不到万不得已，绝不使用。

为了不被抓住，“雕爷”们变着法儿，在空白假条单上轮番填写各种狂草、行书、小楷等等，把自己当医生。后来有高年级师兄因为画了逼真的月票被告发开除，“雕爷”们才不敢再越雷池一步。

毕业时，吴昊收拾行李时又把它翻了出来。乖乖，还剩个二十来张空白假条单，基本没怎么用。

第十一章
血的洗礼

惊鸿一瞥

又是沙尘暴。

秦可始终记得沙尘暴时昏黄的天空和教学楼里发蓝的灯光。这幕景象，在记忆中一直和谢小怜紧密相连。

那天，秦可想趁周末好好赶英语，快要分流考试了。刚抱着书进了教学楼电梯，徐徐闭合的电梯门后，却突然传来一串银铃般好听的声音：“请等一下！”

秦可赶紧伸手去拦，电梯门徐徐开启——门后是位娇喘吁吁的美少女，胸膛急剧起伏。她一头乌黑的长发倾泻直下，衬着圆而黑亮的双眸，嘴唇丰润潮红。

少女明眸善睐，冲秦可嫣然一笑：“谢谢您！”小巧的鼻尖上，几颗俏皮的雀斑跟她的笑靥一起荡漾。

她的黑发围着一圈紫色发带，衬着紫色连衣裙。裙子宽松，走动时小蛮腰若隐若现，整个人好像贵族学校的女神！清纯，又有故事。

秦可看呆了……这是谁？怎么以前从未见过？他像是被闪电击中，呆呆地杵在电梯的一角。

那紫衣姑娘是何时消失的，秦可已经恍惚。等电梯门再打开时，面前是周帅和老蒋两张老脸！周旻和装潢班的蒋慧早在长沙考场就称兄道弟了，考进来后自然成了死党。

“哈，秦大少爷，相约不如偶遇。要不要跟我们去北电玩？那边今晚放奥斯卡内部影片哦，平常看不到的。”周旻怂恿道。

——北京电影学院？好远啊！这一去，就啥也干不成了。这俩以前不老泡北服嘛，怎么又改成北电啦？秦可心存疑问，但又不方便问出口。于是嘴里迟疑道：“玩？我得复习啊。分流大考啦，你俩还玩得动？”

“那怕啥，抄小条儿谁不会？我们啥时候都玩得动！”蒋慧嘻嘻哈哈，很放松的样子。

唉，秦可真心佩服这俩没心没肺的家伙，自己真做不到。虽然很多时候也想放纵一下，但真的不会。

见劝不动秦可，周旻就跟蒋慧下楼了。临走，周旻还回头冲秦可做了个“OK”的手势，调皮地眨眨眼。

整个下午和晚上，秦可一边复习，眼前一边浮现出刚才紫衣女孩的甜笑……如同魅影，赶都赶不走。

分流考试科目很多，外语考试特别刁钻，连各种野史也要来瞎捣乱。大家管艺术科目叫正史，与艺术无关的旁杂科目叫野史。

革命史考试，大家都抄了小条，夹带进考场，可偏偏监考老师是著名的“猛回头”。

老太太假装无事往前走一小段，等大家纷纷掏出小条急抄时，老太太突然怒目圆睁来个猛回头，一抓抓一串。

最奇妙的是，“猛回头”有选择性地抓人，看谁不顺眼就抓谁。帅哥丑女，基本不用担心。秦可分明是被“猛回头”撞了个现行，但居然没被扭送出考场，不免暗喜——看来自己真是大帅哥一个哈。

外语考试就别提了，英语试卷居然是北大英语系教授出的！这到底想干吗？

结果就文雨等几个英语特好的同学及格了，80% 的学生都要补考。可能算是英语老师对大家的适当发泄，上课时她经常被气结。

学院失策，聘了过于明媚的英语老师，长得比电影演员还好看，简直活色生香。一上英语课，前面几排就挤满了大大小小的糙男，对着“艳儿老师”狂流哈喇子。

一次“艳儿老师”真被看急眼了，直接拍黑板震怒：“看黑板，别看我！”结果众男大呼小叫道：“‘艳儿老师’，您比黑板好看！”英语老师顿时脸色发青。

这只是“艳儿老师”变脸的开场白。重点在于，同学们的英语水平实在太不一致，简直没法儿教哇，经常把老师给当场急哭。

艺术院校的外语教育，其实特奇葩。

学英语，老师说公鸡是“cock”。等外教来校交流，人家外教对“cock”严重鄙视，说该词今天已经引申成了“男妓”，甚至特指男性“那玩意儿”。

学法语，老师教：见面问好应该说“色驴”。后来法国的外教说：他们问好时说“波嚅”。

小宝他们班的邹文斗觉着学法语太痛苦了，学了半天，文斗来来回回只会同一句：“盖了裆非地了，一了飞爆。”后来文斗去西班牙留学，成了“当代装置艺术大师”，不知法语是否有所长进。

不过张晖呢，就特爱学法语。虽然他法语考试全靠抄袭小宝和神人王磊的卷子，可等成绩公布，张晖却总比小宝分数高，给小宝气得够呛。

其实张晖也不明白自己是咋抄的，所以他的个人经验是：会学不如会抄！多年后晖哥去法国巴黎出差，居然能用法语跟当地出租司机聊一路，把同行的领导和同事们都给震翻了。

分流考试前，大家爱玩碟仙儿。小宝他们班的于山多次虔诚地问询碟仙儿：“碟仙儿碟仙儿，我英语能及格吗？”碟仙多次指向：能。于山乐坏了，就没复习，结果直接挂了。

整个年级学习外语，分成英语班、法语班和日语班。这分班按照考进来时，个人的英语分数来决定，高考英语成绩 30 分以上，方可进入英语班。低于 30 分的，只能自选进日语班或法语班。

艺术院校的高考录取分数线和普通院校不一样，而且数学分是不算的，只要不是零分就行。因为美术人才有其特殊性，往往这边脑过于发达，那边脑就有点萎缩，比如英语和数学。在这方面，国家还是很体贴的。

秦可高考时英语考了 79 分的高分，自然分进了英语班。可这次是大二下学期的分流考试呀，刁钻古怪的语法一大堆，80% 的同学都没过，秦可又怎能幸免？

平常成绩不错的人，也会担心被分流，因为分流只根据一次考试成绩来定夺。怕就怕马有失蹄、人有失手呀。万一考试总分排名在全级排倒数的话，就只能在系里学一年专业，然后以大专文凭草草地“被毕业”。

大家都是本科考进校的，谁甘心最后拿个丢脸的大专文凭？反正到目前为止，秦可不及格的只有英语，其他科目成绩还没下来。

有可能就是那位神秘的紫衣女孩，扰乱了秦可的心境，没能好好复习英语，所以考试没过关？太有可能了，就赖她好了。

血牛

彩霞满天，残阳如血。

杜宝南在宿舍练拉力器。拉着拉着，一手没搂住，一个犀牛望月，灯管顿时“啪”地碎了一地，屋里一片漆黑。

“‘男宝’！我作业还没弄完呢！”许泉骂道，扑过来掐宝南的脖子，俩人一边对掐一边傻乐呵。

宝南这家伙是大庆油田来的“高富帅”，经常爱玩修修补补的歪招。一次他用 502 粘呼机的卡子，结果把电池后盖同时粘住了，打不开，废了。那可是个时髦罕见的蓝色汉显 BP 机呐。

宝南的上铺是特能造的“海鞭”周海广，“海鞭”经常喝大了就“哇哇”往下吐。宝南见证了“飞流直下三千尺”的厉害，简直怕了他。而且海广还经常吐他一鞋，愣把宝南的阿迪达斯给吐成耐克，把他给心疼坏了。

于是宝南又花五百多元大钞买了双阿迪达斯，每次从外面回来都先跑进水房，用一把精致的牙刷把鞋底刷干净。再把新鞋放在床边，谁动跟谁急。

由于每天晚上瞻仰那双阿迪达斯鞋底，后来宝南认为旅游鞋最漂亮的地方就是鞋底，今天看来具有很牛的前瞻性。多年后，他设计的汽车款型都非常花哨，且具有强烈的运动感，尤其是轮胎。

有一阵子，别人买什么宝南也跟着买什么，而且必须一模一样，尤其喜欢学习许泉。许泉最喜欢穿的就是格子衬衫，配各种彩色裤子和花哨的运动鞋。

结果可想而知，杜宝南和许泉穿得一模一样，俩人如花样男模般穿梭于校园，弄得大家眼花缭乱。连老师都被迷惑了，经常盯着他们中的一人，质疑道：“刚才你不是交完作业了吗？怎么又交？”

已经接近大二结束，杜宝南的拉力器练得更勤了，得把腱子肉练出来，穿衣服才好看呢。现在练好肌肉，等毕业走入社会，才有个男子汉的标准样儿嘛。

“哎‘男宝’，你练腱子肉跟分流有关吗？想把肥油都练没了，好逃避献血呀？”许泉问。

宝南鄙夷不懈：“瞎掰吧你，这跟献血有啥关系？”

“啧啧，太有关系了！体重不超 90 斤的男生不用献血。不过呢，无偿献血能给分流加分儿。”“雷神”解释道。

宝南一脸茫然：“啊？无偿献血还有这种附加值呀？我咋不知道？”

“你不知道的多啦，血的洗礼呀，哥们儿！”许泉冲“男宝”龇牙。

秦可也听说了，最近大家议论纷纷，到处都能听到：“分流本来就恶心，无偿献血更恶心！”

“只有无偿献血才能加分，搞得成绩差的争先恐后无偿献血，跟无头苍蝇似的！”

“无偿献血是从咱们级才开始的，以前学生献血都是有偿。”

秦可暗想：分流就分流吧，还发动所谓无偿献血。无偿献血本身是光荣的，但一旦和分流搞到一块儿，便是强制性的，违背它本来的崇高意义。而对那些成绩差的落后生来说，无偿献血并非万能，如果成绩太差，结果可能既被分流又被献血。提倡这种做法的人，让学生觉着用心险恶，叫人齿冷。

可能学院本来是想给差生网开一面，没想到这一层。

很多事情就是这样，本来没有恶意，但结果却由不得你啦！学生心目中，也是有纲有线的，大家都长着脑子，群众的眼睛永远是雪亮的。

献血经过全院动员后，立马开始。分为无偿献血和义务献血，就是得分和得钱的区别。

秦可知道自己晕血，但没办法，他选择了无偿献血。既是荣誉，也为分流积分吧，于是双眼一闭，伸出了血液充沛的胳膊。过程很简单，但后果很严重。

完事后，秦可就躺在旁边的板凳上休息，眼睛都没敢睁开。

只听见旁边有女生“嘻嘻”在笑话他，从声音来判断，应该是贝贝和“菜花”、利婵几个。他就更不敢睁眼了，只好把脸侧过去，藏起自己的真面目。据说“菜花”

才76斤，比猴重不了多少，当然不用献血，还有贝贝。体重不超过80斤的女生，一律不用献血，所以她们就跑来看热闹。

“一枝花”高瑕和“鼠小强”徐小蔷在献血前，拼命要报名义务献血，因为她俩爱脸红，觉着自己血太多。

染织的女生们不知吃错了什么药，献完血都特兴奋。很多人义务献血，拿到那几百元大钞和一周的假期，简直是high翻了（快乐极了）。

“太美啦！足足一个月不用出早操，还带免体育课，这血献得好值哦！”

“整整一周长假，玩疯了，哈哈！”

“难怪保卫科科长隔段时间就要献血，我懂啦。”

女生们关于义务献血的各种赞美不绝于耳，秦可干脆躺在长凳上洗耳恭听。这次献血让大家印象深刻，过后好久，在宿舍里都是热门话题。

“哎秦少，你们先头部队还行哈，后来无偿献血者太多，就开始抓阄了。”周旻说。

“咱年级不错啦，都知道把名额让给有分流危险的同学。不像某年级，曾有个别人为保全自己，丧心病狂写匿名信告发同班同学，就为抢到献血名额好加分。”张晖爆料。

“唉，林子大了什么鸟都有，这就是十足的人性。不过能为献血大打出手，有够奇葩。”小宝感慨。

林胜煌突然狡猾一笑：“头回量的时候，我没过关，居然不用献血，当时乐死我了！”

翔子揭发他：“煌煌这只狡猾的狐狸，以为耍小聪明能逃脱献血厄运，结果系主任宣布了：无故不献血的不予毕业，煌煌赶紧每天扑到东单、西单，狂找献血车。终于有一天捧回了大红本本（无偿献血证书）。”

“我也献了，才领了一百块啊，还不够我吃一顿。同样是献血，为啥别人拿的钱比我的多？”杜宝南很困惑。

“那是人瞅您细皮嫩肉，怕您血不够，嘻嘻！”许泉埋汰他。

秦可附和道：“没错，护士小姐心疼你呗，没舍得真抽，所以只好凑合给了你点儿鼓励奖。”

“鼓手”蹦了出来，嚷嚷：“不止一百块吧？我献完血之后休息一周，感觉极度亢奋！早上打篮球，中午踢足球，晚上去蹦迪。一个场子蹦完接另一场子，直蹦到凌晨三四点，这不太正常吧？”

“抽血的针管没准有残留的兴奋剂，打给你了，哈哈！”“毛孩”颠颠儿乐。

“献血头天晚上狂吃肥肉，多喝水，奔着不达标去了。结果第二天一早坐上血站的车，血还是那么肥美！立马被抽走了200cc，拿了170元。”“鼓手”自爆真相。

晖哥插话：“当时我一看，这帮孙子跟群血牛似的，按cc拿钱！于是我也乖乖地伸出了白嫩的胳膊。”

小宝学舌：“我当时目睹‘雷神爷’献血，血稠得出不来，医生拽着胳膊往下撸，吓得我腿都软了！”

“牛屎哥”也跑来跟着瞎起哄：“献血后，我跟泉哥相互搀扶，爬楼回的宿舍，壮烈呀！”

许泉呛他：“壮烈啥？浑身发软，脚步发飘。我跟海广一起献的，那厮壮如牛，完事后活蹦乱跳，血管还好找得很。我那管子不好找，护士小姐把我胳膊当大白藕了，两边轮流找血管，硬生生给扎了三回！”

“献之前，哥们狂喝可乐，结果也没蒙混过关，郁闷。”“海鞭”感叹道。

“知道不，咱年级是头一批无偿献血。除了大兵哥，就咱这帮血牛，最无偿了。”

“小子们哎，有点儿觉悟好不好？让你无偿是瞧得起你，小样儿！”就数‘雷神’觉悟最高。

分流

经过这场血的洗礼，大家又重新认识了很多东西。分流的恐怖气氛更是如流感般，具有传染性，人人自危。

被分流的同学，在大二下学期考完试后，即被张榜宣布为分流对象。之后只准跟着本班在系学习一年，大三结束时，以大专文凭离校。这种夹着尾巴灰溜溜的情状，可想而知，对自尊心的打击，也显而易见。被分流后，你永远低人一等。

最可怕的是，还要跟班再学习一年！就是说，你被宣布分流后，还得天天觍着脸出现在众人面前，承认自己是全级最差的学生。这得有多好的心理素质啊？自尊心的亏损实在大发了。

以什么标准来分流呢？就是以各科一次性的考试，作为标准。另一个标准就是无偿献血，还有旷课的次数。

分流考试和无偿献血，让所有人都感觉残酷起来。一时间，校园内外怨声载道。

“万恶的分流和无偿献血，粗暴无人性。”

“被分流后，还得强颜欢笑再上一年，太残酷了。”

“这见血的分流都谁发明的呀？咱年级不会是第一拨被削的吧？”

“哪儿能啊！咱校从 89 级就开始执行分流了。”

“分流主要是忒不人道，不大讲理。咱每个人都是按照本科考进来的，从 6600 多名考生中择优录取，最后才招了 103 人，太不容易了！都是拼得头破血流才考进来的，就这么对待咱？”

“再想不通，你也得想通喽，这是院里的决定，完全是为了学生的质量。”

“提高学生质量有很多种方式。随便某人一个决定，一次分数，改变很多人一生的命运，这叫不负责任。”

“何止不负责任，可以说是简单粗暴。”

“分流？小菜一碟了。你们知道新招进来的家具班吗？考学时都照着本科考，录取通知书上也说是本科，可进校后就变成大专班啦。闻所未闻吧？”小宝真是什么都知道。

在惶惶不可终日的漫长等待后，分流的“黑”名单终于出炉，就张贴在校园最显眼的公告栏上。众目睽睽下，让分流的差生们无地自容、遁地乏术。现形吧你们一个个，从此成为过街老鼠吧，让你们不长进！

史论系因为招生本来就少，再分流就没人了，所以没给史论学生进行分流。史论系的兄弟姐妹们，这才大松了一口气，可怜白白出了好几身冷汗。

其他系就没那么幸运了，基本每班都有一名同学被分流，概率约为全年级的 10%，共 10 名同学。多数是因为考试成绩是本班最后一名。个别虽然不是最后一名，却因为犯了校规，也被分流。

比如某班一男生，大晚上从天安门徒步回校的路上，捡到一无人认领的自行车，被疑为小偷。天安门离校远，他错过了最后一趟公交车，所以从地上扶起自行车，正犹豫着是否该骑上车时，却被城管人员喊住。

也怨这同学太实诚，把那点儿想法都说了。所以校保卫处就直接把他定为小偷，思想道德败坏，直接分流。

分流期间，性质严重的是另一男同学。他平常喜欢捣鼓照相机，家庭条件非常好，但偏偏去别的宿舍串门时顺了别人的相机。没想到这相机还是坏的，得拿去修，但这是进口相机，维修地点是固定的。相机主人很清楚这一点，便向保卫处提供了维修地点。结果这位同学被抓了个现行，马上开除学籍，无法按分流程序走。

最冤枉的是服装班被分流的女生，平常成绩不差，偏偏分流考试考砸了，也被分流。但日后她成为知名艺术家，作品经常参加国内、国际巡回展览，大大争了口气，成为分流最讽刺的一笔。

染织班被分流的也是女生，她从公告栏的分流名单上看到自己名字后，就买了一大瓶老白干，坐在宿舍里闷着头喝了整整一天。后来她在社会上也做出了好成绩，还被公派到美国留学。

大部分被分流的同学被迫提前走入社会，非常打拼和奋发图强，努力地证明自己，很多人因此出息了，倒也可能是被分流刺激出来的额外成果。

但自尊心的创伤很难抚平，二十年后，被分流的人仍念念不忘自己是被分流的，有羞愧心，和本科同学始终不互动，校庆也基本不露面。

对分流的影响，当年大家是众说纷纭。

“其实有啥？我们史论系连基础部都不入。至于大专大本，若干年后，江湖上谁还在意？正所谓英雄不问出处，又不评职称，少受一年摧残未必不是幸事。”

“话不能这么说。就凭一次考试成绩下如此重锤评定，多少缺乏公允哪！”

“真的，多年后谁管分不分流啊？但被分流的人才二十挂零，就要背着沉重的心理包袱走上社会，未免狠了点儿，明明揍（就）是一种摧残。”

“只能说，中工的教育从来不算艺术院校！”

“就算被分流，也要穿上别人的鞋走自己的路，让别人找鞋去吧！”

……

多年后，大家才整明白，才顿悟和释然——当年的纠结和挣扎多是浮云。

那几年对秦可来说是喜忧参半，有珍贵回忆，沉重也挥之不去。最大的幻灭来自于价值观，之后要花很多年琢磨这个事，一点点重拾初心。

没办法，很多事情都只能愿赌服输。因为人做不了自己的先知，只有经过了，才体会到，才懂得。

雷凡冷战

“哎翔子哥，你好久没踢球了吧？”张晖歪在宿舍床上问。

“自打狂献了几百 cc 的鲜血，下半身软绵绵的，哪还有劲儿！”翔子倒抽一口气，扮虚弱。

“不带这么娇嫩的吧？献血都明日黄花了，您老还下半身瘫痪。”小宝笑。

“赶明儿我跟你们踢球去，叫上‘松鞭’，哥几个再显雄风哈！”“雷神”趴在门框上秀肌肉，他没事就爱来串门。

“记得叫上我们班铁门张剑兵啊！用‘假吴奇隆’的话来形容就是：张铁门扑高空球要先倒地，扑地滚球也要先鱼跃，绝对敬业。”秦可模仿着班里“假吴奇隆”秦昊的腔调。

“没错，张铁门守门没得说！前锋嘛，贵州的杨阳最牛，那是真正的国脚水准哪！”

“杨阳？没听说过呀，颜值不高所以我没记住？”翔子展露老炮本色。

“你搞基呀？那是 93 级的师弟。”“雷神”怒了。

“再叫上俺们班老皮呗？他球踢得不错。”翔子强调。

“老皮？谁啊？”秦可纳闷。

“嘿，俺们班布隆迪的贵族啊，黑‘雕爷’皮埃尔是也！”翔子说。

第二天，“雷神”果然跟着翔子一帮人踢球去了。最近他总有空跟大家一起玩，他跟“饭饭”有点处于冷战状态。

这俩人吧，秦可一直看在眼里。陪这段恋情一路走来，秦可总记着小宝当初帮“雷神”给“饭饭”写情书时，那一番语重心长的话，不由暗暗佩服小宝，自己也算偷偷跟着学了几招。

当时小宝说得很直接："'饭饭'虽聪明风流，满腹经纶，不过也霸气'侧漏'。而老雷你却骨子里传统，又认真执着，你俩咬合不上。"

"雷神"嘻嘻哈哈回了一句："哥们，您那柏拉图爱情我搞不来，您的深度分析我也不懂，俺就让她收编了！"

"饭饭"个性很强，专业在装绘系里特别拔尖，甚至英语和很多理论课都是全年级第一。出类拔萃的人，往往难免恃才而骄，行为乖张。

而"雷神"则比较传统，俩人在一些事情上很难时时达成共识。好在"雷神"懂得怜香惜玉，所以平常多惯着"饭饭"，经常把"俺家凡凡"和"听我家领导的"挂在嘴边。惯着惯着，可能就把她给惯坏了。

其实自古以来，连智者都说过——唯小人与女人难养也。可见女人是绝不能骄纵的，惯坏了就是给自个儿找麻烦添乱添堵。于是，这俩磨合一段时间后，开始频频吵架。严重时，吵得宿舍楼的糙男们都睡不好觉。

周旻私下里跟秦可嘀咕："秦少，你说'雷神'跟'饭饭'是怎么回事？'雷神'对'饭饭'绝对好，我可以作证。只是到底有啥吵头？既不买房子，又不生娃儿，更不跟婆婆住一块儿。不会是听不懂对方的方言，鸡同鸭讲吧？"

秦可想了想，反问："周帅，你问我呀？如果人是猴变的，那估计是母猴对公猴前途未卜的不安全感吧？"

"嗨，你得学着点儿，恋爱的海底针，咱要捡到啊！"周帅嫌秦大少爷不上道。

"人家'饭饭'绝对有性格，有自我，可'雷神'只看重传统的标准。传统标准就是一个相对固定的框框，可'饭饭'是不能被框起来的呀。"秦大少跟牙膏似的，被周帅一挤，又挤出点儿东西来，其实他是捡了小宝的话。

"莫（没）办法，东北人哄媳妇的话天津人听来虚伪。可天津人要的，东北人又觉得作。"周旻总结道。

就算大家看这一对儿看得提心吊胆，但爱情还真不讲道理。你说断就断吗？你说不爱就能一拍两散？爱情有那么简单，就没这么多狗血电视剧可看了。

有时致命吸引的一对儿，命中注定要打打杀杀过日子，互相磨。实在想不明白就赖上辈子吧，全怪你自己上辈子没把她给埋好喽，野狗把她刨出来，惹来别的臭小子又给她埋了一回。

结果她就领最后那臭小子的情，忘了你。

爱情这东西

价值观的不同，真的很要命。

在一些大事情上，“雷神”很希望恋爱对象能配合自己，遵循原则。毕竟这世上要没有规矩方圆，不整个儿乱套了吗，媳妇儿要翻天还了得？

但偏偏这些所谓的原则，对凡凡这种思想不受局限的人来说，统统是狗屁，没必要。急了还给“雷神”回敬一句：“亏您还是搞艺术的人，缺乏特立独行，哪来创造力？没有创造力的人和民族，是最可怕的！”

从理论上，“雷神”老辩不过凡凡，只好不理她。不理她吧，她又不肯先低下高贵的头颅。你不去找她，她绝不来找你，这真让“雷神”憋屈。

熬不过去了，“雷神”只好主动去跟她和好。时间久了，多少有点儿累。老雷偶尔也自嘲：“咱这大老爷儿们，还老得穿高跟鞋，走不动啦，得脱下高跟鞋歇会儿！”

总之，这俩一会儿爱得死去活来，一会儿冷战。反正来来回回各种折腾，也掰不了，大家都习惯了。

雷凡冷战，老炮翔子就乐：“嘿嘿，雷公，你俩准掰不了，你就吊死在‘饭饭’这棵树上得了，跟我异曲同工。”也许出于某种难言的羡慕忌妒恨，老炮冷不丁喜欢把“雷神”的尊称有意无意降格成“雷公”或者“手雷”。

“雷神”没好气地回敬老炮：“谁跟你异曲同工？你吊的那棵树理过你吗？”

被一通抢白，老炮灰头土脸。也是，自个儿“那棵树”文雨跟李松月好着呢……

每次“松鞭”踢球，“蚊子”都当啦啦队。踢完球，“松鞭”也不嫌累，老爱背着“蚊子”绕着操场一圈圈跑，她在他背上哈哈大笑，全校都听见啦！

后来很多人效仿他俩。“耗子”背着“疯子”满操场乱跑，颠得“疯子”要吐，“耗子”还不肯撒手。

陶瓷班“张铁门”张剑兵背着马珂狂奔一气儿，俩人个头一般高，马珂俩大长腿拖在泥地上，拉出两溜黄烟。

秦可和阿黄同学每次只好眼巴巴看着，脑子不转弯，没想过要互相背，可能觉着丢不起这人。

也是，大老爷们儿又背又抱的，啥毛病啊?

主要是那会儿女生稀缺，只能男生互相背着，体会一下猪八戒背媳妇的美好滋味。

不然看着校园内耳鬓厮磨的一对对，强忍心中翻腾的羡慕忌妒恨，那感觉！简直不要做人了。

这好几年下来，老炮跟“蚊子”同学统共说过三句话。

第一句，人家问：“上哪儿呀？”——老炮答：“食堂。”

第二句，人家再问：“吃了吗？”—— 老炮答：“没吃。”

第三句，“松月呢？”—— “不知道。”

悲惨呀，是时候该放弃“蚊子”这棵树了，老炮直挠头。

本来嘛，生活中的蚊子，一瞬间就被拍子打着了。可感情中的这个“蚊子”，翔子只能眼巴巴看着她飞呀飞，飞入别人怀中，而且只跟着那人飞。

这光景，忒惨烈。

卤煮火烧

最近因为有法国来的外教，学生会就组织了去天安门观看升旗仪式。

这天清晨，能早起的学生都参加了，尤其是学法语的同学，都想逮住机会和法国外教练练口语。张晖和小宝等法语班的同学都去了，李峥嵘也从家里赶了过来。

看完升旗仪式后，很多人都簇拥着外教游故宫去了。剩下张晖和李峥嵘这俩老北京无所事事，大眼瞪小眼儿。故宫对老北京人来说，太熟了，不如随意走走。两人同时有这种想法，就搭伴往前走。

“我饿得前胸贴后背，你呢？要不要来碗卤煮火烧？”张晖问李峥嵘。

“我也饿得肚子咕咕叫，你对这一片还挺熟哈。”李峥嵘一脸慵懒。

张晖豪迈地一仰脖子：“那是，我上中工前一直在天安门附近的劳动人民文化宫画画，混了五年哪！”

“是吗，难怪！我以前在中央美院的考前班画画。”

张晖吃惊道：“这么巧？本人也在美院地下室的考前班待过！你再想想，你来过我们班没有？”

峥嵘跳起来：“肯定有！那会儿都爱瞎窜，美其名曰切磋，我说看您面善呐。”

“嘿——世界真小哈！看来咱算老相识了。”晖哥又开始自来熟。某些女生让他有亲切感，不生分自然就打开了话匣子，李峥嵘看来就属于这类女生。

“大千世界，既大又小，真是无奇不有。”峥嵘笑道，眼眯起来，十足一洋娃娃样。

“哎，你们服装，进系了都学啥玩意儿？好玩吧？”坐在小铺子里等火烧上桌，张晖的好奇心顺着桌腿儿往上爬。

“甭提啦，净是些古代服装服饰，没劲得很，陈芝麻烂谷子！”李峥嵘嘟起肉肉的粉嘴唇。

“老牌教授们想法可能保守了一些，这不来了个法国外教嘛，赶紧趁机跟人多学着点儿呀！”

“就我那两句屁屁法语？趁早歇菜吧！”李峥嵘甩着麻花辫子直乐。

“今儿来的好像都是法语班同学吧？除了你们班那位深圳官小姐 。”

“哦，你说‘菜花’同学呀？她是英语班的，好像也想学法语，真贪。”

“嘿，没看出来，她还挺有追求。像她这种官小姐，其实都不用学，生来就是让人伺候的主儿。”

“可不嘛，她是大小姐，她的师兄男友老鞍前马后伺候着她。”

“真行，没准儿是她高官老爹安插的保镖呢！你还真别说，那个布隆迪来的王子巴斯卡尔，听说他们班真的安插了照顾他的使臣，成天跟他屁股后头！哎对了，布隆迪还有个贵族，是翔子他们装雕班的，叫皮埃尔。”

“哟，这些黑同学不都长得差不多嘛，我可记不住谁是谁。”李峥嵘露出大马哈的模样来。

刚出炉的卤煮火烧上桌了，皮脆酥香肉嫩，配上老火炖的杂碎汤，撒一把香菜和芝麻，爽！

张晖顺着刚才的话题：“说实在的，俺有点儿怕‘菜花’这类官家女孩纸（子），万一没给人伺候好，小命不保啊。”

“其实‘菜花’除了穿的用的比咱老百姓好点儿，其他也没啥。啊对，说话底气比较足，火气大了点儿。”

“还没啥？听说她有一次趁着几天小假的空当，立马坐飞机到巴黎购物，这揍（就）是区别呀！”

“哦对对！出身不一样就是不在同一起跑线上嘛！哎我说，你咋知道得比我还多？”李峥嵘咂舌。

“男生宿舍夜聊，就是最好的校园新闻报道，哈哈！”张晖不好意思地缩缩脖子，偷乐起来，没准这会子又想起什么说不出口的趣事了。

“你一说我倒想起来了，没错，‘菜花’那些名牌包包和香水、化妆品，都是直接从巴黎买的！我要有个好爸爸，直接就去巴黎最顶尖儿的时装学院了，还跟这块儿挂着干吗！”

“那人家也得注意影响，您瞅着吧，迟早她得出国。”

“我也想出国。你呢？”峥嵘晃着俩麻花辫子，紧握小拳头。

“我还是比较依恋祖国母亲的，出国旅游没问题，多挣点儿出去见见世面，这是肯定的！”张晖点头。

“哎，说到法国。这老法外教说了，可以邀请我们上大使馆看法国的获奖电影呢！”

“我咋没听说？”

“给我们班上课时说的。这样，等他通知地点、时间的时候，我抄给你呀！”

“行嘞，就这么说定喽，可别给我放鸽子啊！”张晖一拍手，结账。

“中，放心吧，绝不白白享用您这卤煮火烧。”李峥嵘眨巴着眼睛。

这俩一人一口京腔加调侃，当下越说越对味儿，越聊越亲，简直相见恨晚。吃完火烧，俩人对彼此的称呼简化成了“峥峥”和“晖哥”。

碰巧就是缘分

自打上次在电梯巧遇紫衣女孩，秦可难忘那惊鸿一瞥，但之后再没谋面。

也许她是教职工子女？也许她是社会上人员？应该不是自己的师姐师妹，秦可只能做出这样的判断。即便人家是同校生，又怎样呢？肯定是跟自己八竿子打不着的人，只能当一道亮丽的风景，坐一边暗自观赏仰慕罢了。

分流尘埃落定后，校园又恢复了往日的秩序。但这时大家好像都有点慵懒，可能是前一段时间精神过于紧绷的缘故吧，一张一弛是自然规律。

无聊时，秦可喜欢坐着公交车四处逛一逛。看看历史建筑和展览，转转潘家园古玩市场，充分体会首都北京的风土人情。

估计自己毕业后很难留京，多半是回广西，所以抓紧时间多看看吧。

这时候，很多同学都已经双双对对，找个逛街的伴儿已经很难。

许泉和杜宝南周末时常一起外出，但这俩工业“野牛”，喜欢看车展和飞机模型啥的，跟自己兴趣不相投。

本来老一起的周旻是越跑越远了。首先是十三陵写生后变成花神，成天陶醉在花丛中，然后就是经常跟蒋慧去泡北京各大艺术院校。

从兴趣上讲，小宝倒是跟秦可比较合拍，所以他爱和小宝搭伴外出。

小宝爱琢磨身边各种事儿，但也一门心思读书，是好好学习天天向上的楷模，花边新闻少到零。最出格的地方可能就是爱动脑筋，睁开双眼观察，用自个儿的脑瓜子思考。

小宝读书多，知识渊博得成了“博士”。秦可在宿舍里不用查百科全书，有问题直接问小宝，他都知道。

这个周末很不巧，连小宝也不知跑哪儿去了，秦可只好自己出去瞎逛。

从雍和宫和鼓楼一路过去，游了什刹海和恭王府，窜了后海胡同，又跑去逛团城，再从中山公园拐回来。总之就把二环内城的精华大致遛了遛，相当过瘾。

后海有很多藏匿在胡同里的小吃，散发着爆肚、卤煮、灌肠的老北京味道，秦可在那儿吃完卤煮火烧和烧卖，才优哉游哉往回走。秦大少爷特别钟情王府花园和民居纵横交错的市井风情，把之媲美于《清明上河图》。

市井图景又同古老的钟鼓楼遥相呼应，堪称北京最富魅力的地段。尤其是从鼓楼大街穿入什刹海，驻足银锭桥，西山隐约可见，颇有烟波浩渺之感。

品味着眼皮底下的古都，秦可发现，自己竟不知不觉爱上了这片皇城，顿时有点惊喜，有点惶恐。这时候秦大少对命运仍有点懵懂，但已经初步领教到命运那翻云覆雨的巨手。他隐隐感觉到，未来藏着不可知的玄机。你以为自己脚踏实地努力耕耘，就能把未来攥手心儿里啦？非也，其实是未来攥着你。

神游了一整天，秦大少回到大北窑时，已经暮色苍茫，好不容易才从公交车上挤下来。

跳下车时感到身后一阵骚乱，有人要下车又挤不下来，在光华路这一站下车的多半是同校同窗。于是秦可便回头，上去把着车门，帮那人把门口扒开一些。要下车的人抱着一堆面料包裹，把脸都挡住了。

等秦可把对方安全接下车一看，正是那位朝思暮想的紫衣姑娘！

她今天穿了一身水蓝色长衣和蓝色牛仔裤，扎着马尾，神清气爽。

看见秦可不请自来地帮忙，她露出了一个灿烂的笑容，甜甜的酒窝让人觉得亲切起来。

“谢谢你呵，又是你帮忙，真是大救星。”姑娘落落大方，有如春风拂面。

秦可不知该说什么好，满脸通红，小声说道：“没事没事，应该的。”

见她手里挎着大包，秦可就继续帮她抱着几大卷面料，往宿舍区一路走去。他很想问对方的名字，但又不知怎样唐突开口。正好姑娘问道：“你是新生吗？哪年级哪专业的？”

“哦，不新了，马上要升大三。我是陶瓷系的，叫秦可。”报完之后，他又想起什么，讷讷问道：“你呢？”

“我是服装系的谢小怜，大四。让你帮忙，真不好意思，谢谢啊！”

“不用谢，正好赶巧了。”他平淡地说，心里却像壶烧沸的开水。

帮谢小伶把布料抱上女生楼再下楼，正好看到周旻在底下花池上呆坐着。

“这么巧？你在等谁？”秦可有点惊喜。

周旻调皮一笑：“不是巧，我是故意在等你！刚才看到你陪大美女进去了，所以跟这坐等。”

“故意在等我？你有事儿找我？”秦可疑惑地问。

“我的事儿很八卦——你怎么悄无声息就搭上了91级服装系的系花？太劲爆啦！明儿可以上头条了。”

“哪有的事！我们碰巧同一辆车回到校门口，看到这位师姐东西多，我就帮她拿。你都想哪儿去啦！”秦可手一摆，觉得可笑，谣言都这么来的吧？

“碰巧就是缘分哪！哎，她是叫谢小伶吧？赶紧回屋给她写情书吧，她肯定记得你。”

“我的妈呀，情书是我最不能接受的方式，不但庸俗而且失败率奇高。对方可能看都不看，直接扔垃圾桶。”

“你有更好的高招儿？”周旻笑问。

“我向来顺其自然。”秦可淡定地说，满脸超然洒脱。

“难怪你要变成老夫子，老处男。”周旻手点着秦可直摇头，一副恨铁不成钢的样子。

“少管我。管好自己的好妹妹们吧。”秦可突然想起来。

周旻浅浅一笑，说：“噢，妹妹太多，顾不过来呀。”秦可没把他这话当真，周帅向来爱开玩笑，搞不清他哪句是真哪句是假。

其实秦大少爷远没有那么淡定，这天晚上他失眠了。他躺在被窝里，满脑子都是谢小伶的音容笑貌，嘴角一直挂着甜笑。他不停地回味周帅那句“碰巧就是缘分”，心里充满着期待，活像一只鼓满了风的帆船。

谁说不是呢？如果俩人不是有缘，怎会那么凑巧？前后两次邂逅都非常富有戏剧性，戏剧性的恋情，都有着非同凡响的序幕。

但猛然间，被开除的何碧蓝又跳进秦可脑海。是呵，又是91级服装系，多么让人心碎的服装系！这次又会闹出什么幺蛾子？

想起何碧蓝走后，心里留下的空洞，秦可一阵头皮发麻。这分明是他另一半清醒的脑瓜子，在警醒他。

后来也是周旻告诉秦可，自打 91 级服装系的何碧蓝被开除后，谢小怜便成为唯一的班花系花，上升为众目睽睽中耀眼的明星。

第十二章 荆棘鸟之恋

紫衣仙子

终于大三了。

进入了高年级，各系高手都甩出花花肠子，开始较真，教室和图书馆人头涌动。

各专业自打进系后，就连称呼都改了，装雕班正名为“装雕系”，以此类推。

大三，即意味着不能再靠吃老本了。以往个人素描和色彩等绘画功底再好，但专业成绩不好，实习和毕业也都会有问题，直接影响就业。所以要想顺利毕业，真正找到金饭碗，还得拿出真功夫来钻研专业课。一时间，大家学习专业的热情空前高涨。

被这股潮流推动，秦可开始经常泡图书馆看陶瓷的专业书 。

其实有个小秘密，谢小怜也喜欢泡图书馆，而且常坐在靠窗的角落。她总是一袭紫衣仙气飘飘，非常养眼，从此秦可落寞的眼神也算是有了着落。听说谢小怜相当用功，打算毕业后考研究生，然后留校任教。这些个人想法和志向，也是靠周帅替秦可曲折打听到的。

秦大少一听这决定，觉着谢小怜简直太英明了！这样她毕业后，自己还能在校园里见到她的倩影。

虽然从不敢去惊动她，但每次踱进图书馆，远远看见紫衣仙子的婀娜身姿映照在窗边，秦可就像喝了蜜。他不知道如何解释自己的心态，反正让他上去跟小怜搭讪，他是绝对不干的。

他安于这种温温文文的仰慕，刚刚好，又安全又不闹心。就好比静静观赏一幅含义隽永的图画，沉浸在画的美境中，又仿佛面对幽幽荷塘月色，何必去吹皱一池春水？

围在小怜身边的野蜂浪蝶自然多，秦可觉得跟自己没太大关系。再说人谢小怜都正襟危坐，自己干啥要抓狂？说好不抓狂，可当听到谢小怜是院里某系主任的“准儿媳”时，秦可还是眼前一阵发黑。

原来长相脱俗的谢小怜，其实内心未能免俗？其实又有多少人能免俗呢？留校，留京，那都是对 20 世纪 90 年代大学生们最大的诱惑。只有留在首都北京，你才能与时代共进，成为领导潮流的弄潮儿。

普天下，没有艺术家不想做弄潮儿。

处子之忧

董雁飞坐在大北窑一处楼房内，边品咖啡边看闲书，纯正的雀巢咖啡，香浓不腻人。

她喜欢把大半杯鲜牛奶加热，然后往里兑咖啡，再加一小块冰晶糖，细品由苦到甜的极致，棒极了。

她优雅地、美美地抿了口咖啡，眯眼欣赏窗外灿烂的阳光，生活真美好！大三啦，可恶的分流终于被抛诸脑后，又可以放慢脚步，享受一下生活。这种美好的滋味，值得像咖啡那样，慢慢品尝。

自从齐越租了这间房，他们终于不用挤到宿舍去，或盼着节假日跟他回家了。雁飞觉着在这儿煲个汤啥的，等着齐越回来喝，特别温馨。晚上俩人相依偎，或恬静或激情，都特别有安全感。

自打有了这处爱巢，齐越就把电视机和洗衣机都往这儿搬，跟甜蜜小家没啥区别。以前他申请到住校宿舍时，衣服都是攒起来等周末带回家洗的，反正都是裴姨的活儿，现在则被他的准媳妇儿董雁飞全权处置了。

物质的丰富，随同柴米油盐，使得这一对儿过得特别滋润。但滋润的日子过久了，绷着的那股劲儿也就松散下来，彼此的神秘感在一天天减少。

一天晚上，齐越翻来翻去睡不着，把雁飞给折腾醒了，只好问他："有压力？还是有不开心的事？"

齐越答得简单短促："没有。"

"真没有？"

说是没有，可他还是继续长吁短叹。最后没扛住雁飞的追问，冷不丁突然甩出来一句："你跟我说真话，人家说的是真的吗？我不是你的第一个？"

雁飞觉得自己全身的血腾地往脸上涌，她坐了起来，柔声细语："人家是谁？你干吗要听人家乱说？"

"你就说句实话，不行吗？我原以为自己是你的头一个……你不说真话，不是在骗人吗？"齐越声音高了起来。

"你就是因为这个，才跟我在一起吗？你自己从来没问过，怎么能怪我？这都什么年代了，你还非要……？"雁飞情绪激愤得胸脯急促起伏。

"对男人就是特别重要，如果你不是，你就应该坦白相告，别蒙人。"

"我现在就可以坦白告诉你，你不是我头一个！要处女是吧？对不起，我不是！"雁飞觉得自己没法再待下去了，猛地从床上弹跳起来，飞快收拾好书包和衣服，马上回学校宿舍。

齐越居然一言不发，就躺在床上，背对着她。她走出门，用力地摔门，他也没追出来。

一个小时前还特别温馨的爱巢，此刻正在自己模糊的泪眼中渐行渐远，直至消失。董雁飞拭干眼泪，往宿舍走去。她决定，如果齐越不忏悔认错，自己绝不主动回到那间出租屋。

谁能没有过去？当年事发也并非她完全自愿。

当时在大北窑考前班，人头涌动，都是人才，美女如云，想额外得到美院老师的看重和辅导，谈何容易？

有一天机会却突然来了，美院的男老师辅导她画到很晚，最后离开熄灯时，防不胜防，一把将她搂入怀中。雁飞当时才 18 岁，完全没经历过这些，一下全蒙了！

那位老师年轻潇洒，对她一向和蔼亲善。黑暗中，他万般温柔，极度热血，花季少女的她，完全失去抵抗能力。事后她其实有点怕再回到同一间教室，怕看到同一张椅子。就是在考前班那张颜色斑驳的破旧椅子上，她董雁飞一夜之间从少女成长为女人。

雁飞知道怪不得那位老师，自己对他，分明是喜欢的；只是对突如其来的成年人之事，没有任何精神上的准备。虽然私下里幻想过多次，但从没想过在仓促中就那样发生，有几分狼狈或者不甘，有隐隐约约的失落和钝痛。

事后她和那位男老师秘密来往过一段时间，他还喜欢画她，一边画她一边爱她。很有可能当时考前班的学生们目睹他俩一起离开的片段，或者直接看见她出入男老师的单身宿舍，于是传出了风言风语。

等她进校时，男老师已经去了加拿大，从此杳无音讯。实在没想到，往事太不随风，糟事儿还是在三年后传进了正牌男友的耳朵……

雁飞自己完全没想过，要对齐越的过往刨根问底。就算有谣言，她也会装作没听见，这不是每个有情人都应该具备的素质吗？为什么他齐越偏偏做不到呢？他是不是太公子哥儿了？这恰好证明，俩人太门不当户不对？

整整一晚上，董雁飞思前想后，有点后悔自己的冲动。但他到底有多爱自己，就让他用行动来证明吧。末了，她又执拗地想。

荆棘鸟

这一晚，图书馆里人很少，但秦可照常在长窗边发现了紫衣仙子的美好身影，他落座在她斜对面。

看了一会儿陶瓷方面的专业书，他有点累，就找了本闲书翻看。

刚看了两页，对面忽然传来一个清脆的声音："你看的是什么书？"

秦可以为是幻听，但还是抬头看了看，却见紫衣仙子正对他微笑；又看看左右，确实没别人。于是赶紧从容答道："《百年孤独》，你呢？"

“《荆棘鸟》，你看过吗？”

“没有。”

“应该看看，写得特好。”

秦可点点头，他有点受宠若惊，她主动跟他说话，91级服装系的系花完全记得他！秦可正不知该怎么办，图书馆开始往外赶人，要关门了，这可真帮了大忙。

秦可于是自然地冲紫衣仙子谢小怜走过去，要看她桌上的《荆棘鸟》，这样正好等她一起走出图书馆。于是，俩人便理所当然地并肩走出图书馆，走到了校园的鹅卵石小径上。

两人双双穿过竹影婆娑的潇湘竹林时，秦可还是不能相信，此情此景是真的。他很想掐掐自己的大腿，因为实在怀疑这是南柯一梦。

接下来，秦可更不能相信自己的耳朵，身旁的谢小怜突然问道：“我饿了，要不要一起到街边吃夜宵？”

“哦……啊，好，我去。”秦可心脏一阵狂跳，他话说得略显粗短，人倒显得从容淡定。

俩人走出校门，在街边一爿面馆坐下，都要了炸酱面。这时才晚上9点不到，秦可想起来今天是周五，所以图书馆8点就关门了。可是有男朋友的人，为啥周五晚上会眷恋图书馆？他心里在琢磨。转念又想：可能凑巧人家今晚不约会吧。正好机缘巧合，于我有利，何必多问？

谢小怜又开口了：“读了《荆棘鸟》这本书，我相信人的所谓命运，可能就是这么一回事：你越喜欢一种情调，它就越会在你的生命里发生。你觉得呢？”显然她还沉浸在小说的故事情节中。

秦可又猛点头，其实他没有听懂她在说什么，也许她在重温《荆棘鸟》的故事，而他根本没读过。

“我不太懂小说这种东西，觉得只是作者个人的表达。如果我钻进书里，就是去了解作者本人。每部小说可能都是自传，作者在借别人说出自己想说的话，又在主导编排着故事。如果我太沉迷于故事，岂非中了作者的圈套？”秦可不懂得卖弄自己，老老实实怎么想怎么说。

“哈，你看着是个小弟弟，说的话却很富含哲理！”谢小怜惊讶了，她双眼圆睁的样子可爱极了，像只毛茸茸的波斯猫，眼睛又圆又大又萌。

“我看起来真那么小？我都快 23 了。”秦可有点不甘，他知道自己稚嫩，但不愿被心仪的姑娘当成小弟弟。

“哦，我都快 25 了。嗯，你果然没有那么小，只是看着显小而已，我以为你才 20。是我看走了眼，对不起呀！”谢小怜伸伸舌头，很快就道歉， 这和其他美女很不一样。

秦可虽然没有很多单独和姑娘相处的经验，但记得高中的漂亮女生们都很傲气。

而且最近来男生宿舍那些“家属”们，也多少都有点矜持和高贵，不是准媳妇就是准公主的做派。

秦可不知如何形容谢小怜，她活灵活现，毫不做作，举手投足有她自己独特的味道……总之，哪哪都好！

可惜，这短暂的机缘巧合太快就结束，秦可没有说任何不适当的话，最后在女生宿舍楼下和谢小怜道别，如此而已。上床睡觉时秦可很后悔，自己为什么没有问小怜一句：“明天要不要一起去美术馆看展览？”

但他转念又想：不行不行，太露骨！应该问——“还能一起宵夜吗？”也不行，这个听着怎么那么猥琐？

拉倒拉倒，不问最好，毕竟人家是系主任的准儿媳，少自作多情。能多看两眼，聊两句，已经非常出格，知足吧，秦可告诫自己。

中秋良辰

此后的几天，齐越没有任何行动，学校里也没见人影，董雁飞有点意识到事情的严重性。

想主动传呼他吧，又拉不下脸，可竖起耳朵听了半天楼道里的破电话，也没人叫她。事情搞到了这步田地，有点进退两难。

怎么收场？雁飞盘算着，打算再死撑两天，两天后正好是中秋节。如果俩人还不和好，自己就只能孤凄凄过中秋，反正来不及回河南跟爹妈过节。不如学宝玉算了，芙蓉花下焚香拜月……猛然间，她记起那是宝玉祭晴雯，感觉很不吉利，打了个激灵。

这两天过得实在漫长。整整两天里，雁飞的脑海中不断回放俩人交往以来的温馨画面，各种细节。

其实，齐越有什么让自己挑剔的？连齐越当官儿的爹妈，对自己都极细致。记得去年生日时，恰逢工业班下乡写生，自己在京城。齐越居然在乡下跑大老远，去给老爹打电话，让爹妈替他自己给女友庆祝生日。

雁飞生日那天，齐越老爹派车来学校接她，到家里给她过生日。

裴姨做了满满一桌菜，还有奶油蛋糕，齐老爹那么大一个官儿，居然替儿子向儿子的女友祝寿！齐妈妈还亲自送她一个绿玉镯子，等于提前认了她这个儿媳妇。

自己有什么不知足的呢？雁飞越想，越觉得自己太矫情，完全是小地方来的，心眼儿太窄！

她擦擦眼泪，打算下楼呼叫齐越。正下床找拖鞋时，就听到楼底下传来洪亮的叫声："董雁飞——！"是齐越，齐越在宿舍窗底下呼唤她！

她赶紧三步并一步，跑到窗前，把头伸出去冲他招手："哎——这就来！"

见面还是有点尴尬，毕竟那晚雁飞在那种场面逃离，又隔了小一周不见，俩人话也少了。

"走，上我家北边儿吃饭去？"齐越甩甩头，没多看她，可能也有点不好意思吧。

"嗯。"雁飞乖巧地点点头，不敢多言。但听齐越把爹妈那儿仍称为"北边儿"，知道一切没变。一块石头终于落地，大大松了一口气，嘴角也浮起惯常的甜笑。

这一夜月色皎洁，月亮又大又圆，是非常圆满的中秋节。

俩人在齐越的"东边儿"又和好如初，齐越半字不再提初贞的话题，只是在她耳根轻叹："我死也离不开你……"

又泡回到了蜜罐里，甜蜜蜜的雁飞很知足。熬完这一年半载，自己就可以正式嫁入齐家了，想想都觉得幸福，雁飞经常在梦中笑醒。

香消玉殒

时间过得飞快，转眼马上又要放寒假了。

自打上次宵夜后，秦可没再有那样机缘巧合的幸福，和谢小怜肩并肩了。

几次在校园里擦肩而过，她都是行色匆匆，冲秦可嫣然点头一笑。图书馆里也少了小怜的踪迹，她开始神秘起来。

秦可其实非常后悔，宵夜那晚没有多问一句话，如果再有机会，不容错过。

这样的机会很快就来了。

一个周日的晚上，秦可因为出门看了几个展览，又顺道去了北海和团城，回来已经很晚了。他路过校门口的小公园时，意外看见有熟悉的紫衣倩影在徘徊，便拐了进去。

月光下，只见小怜眉头紧蹙，一个人走来走去，好像很烦躁不安。这让秦可奇怪又担心，难道她在等什么人？

“你好——是谢小怜同学吗？”秦可恐怕突然出现，吓着对方，人未现身先出声。

小怜回头看着他，不说话。她长发散乱，眼窝深陷，楚楚可怜，人如其名。

秦可走过去，关切地问道：“你没事吧，谢小怜？”

她摇摇头，坐到石凳上，可能觉得凉，又把书包垫上去再坐。秦可坐到她身边，再问：“那你是在等人吗？”

“我没等人，也没人等我。我在宿舍里待不住，不想影响大家，才到这儿来的。”小怜回答，抬头看天。

“你是不是有什么难事？跟我说说，也许会好一些？”秦可觉得她脸色不对劲，主动试探道。

“做人就是这么难，你说有什么办法？说出来，又能改变什么？”她注视秦可，大眼空蒙，枯槁的脸失去了往日的光彩，眉目间多了一丝幽怨惆怅。

秦可实在想象不出，几个月怎么能完全改变一个人，到底发生了什么事情？他很想知道，但若对方不愿倾诉，实在也不能强逼人家说。

“我就是……很累很烦！坐不住，睡不着，很困扰。好像别人逼你做什么事情，你不情愿，但又不得不做。你必须逼自己爬过一个长满荆棘的管道，痛，还得爬。想大叫，却突然失声。想哭，泪腺却不再工作。”小怜边说，边不自觉地四肢抖动。

秦可关切地问：“怎么会这样呢？是什么事情导致这样呢？”

“很多，很多事情会导致。我不想说话，就这么坐会儿行吗？”

看着她可怜巴巴、愁肠百结的样子，秦可觉得一阵揪心，但因为自身缺乏经验，实在不知道怎样安慰对方。只好默默点了点头，陪她静坐。

这样寡淡地坐了没多久，越来越冷。虽然没下雪，但寒风似剪刀，嗖嗖一直往耳朵脖子里钻，也让人不好受。

实在扛不住了，俩人只能往校园走去。

秦可把小怜送到女生宿舍楼下，最后关照了一句：“想开点吧，没有什么事情是过不去的。”然后就告别了。

这种情况下，他根本没法再问出那一句：“还有见面的机会吗？我能来找你吗？”

从此，俩人没再见面。当时秦可一点预感都没有，但谁能对生离死别有预感呢？

寒假回来后，第一颗炸弹毫无预兆地在校园炸响，那就是谢小怜的死讯。

校方没有正式宣告，也没有默哀，可能觉得自杀太敏感，怕影响不好吧。好端端的一个人，只能这么无声无息地消失，比落叶更无声，如春花过早地从枝头悄然凋谢，只是人间常见的一景而已。

只有坊间在传：91级服装系的系花谢小怜，因被纨绔子弟玩弄后抛弃受到刺激，导致失常。寒假期间从家乡的9楼纵身一跃，香消玉殒。

秦可简直不能相信自己的耳朵！他瘫坐在床上，脑子一片空白。

宿舍里，教室里，走到哪儿都能听见议论纷纷。

“据说是快开学了才跳楼的，真是可怜呐……”

“太可惜了！那么优秀的一个大美女，咋想不开呢？”

“听说咱校某系主任的宝贝儿子突然甩了她，移情别恋，找那个龟儿子偿命！”

“唉，小怜呀小怜，这名儿已经在诉说不幸，只能叫人空怜惜了！”

……秦可逃不掉，躲不开，只好天天耳鸣。

秦可后来专门找到谢小怜的云南老乡，证实了传言。老乡说，小怜还留下了几句话：我是一只荆棘鸟，我来人世就为了最后的绝唱。我从此不再长大，不用担心芳华老去，我将永远青春永远美丽。

据说这几句话就写在中工的信笺上面，字迹非常工整，没有一丝凌乱或者匆忙。而且她着装也很好，一套全新的水蓝色衣裙，是她给自己做的，最后还没忘记系上水蓝色的发带。

一连好多天，秦可如同行尸走肉，不停地强迫自己，千万不要回想小公园里最后一次见到谢小怜的情景。

因为他越想，就越觉得自己担有不可推卸的责任。如果那晚他能好好开导小怜，她就不至于跳楼了。

为什么自己那么迟钝，那么笨？此时，终于体会到小怜所描绘的那种欲哭无泪的感受，他憋得特别难受，想喊又喊不出来。

正当秦可被自己逼得走投无路时，第二个重磅炸弹爆炸——齐越因救人牺牲了自己。

和谢小怜的死讯不同，校方这次郑重宣布：92级工业系的齐越同学，寒假期间在秦皇岛因救人而献出了年轻的生命，成为年轻人的楷模！号召全体师生，向英雄致以崇高敬礼，默哀三分钟。

同样是人，人和人的命可以很不同，因此死也会分出贵贱。

风雨料峭，肆虐着整个校园。滚滚天雷哀鸣着呼啸而过，天地骤然变脸，周围一片肃杀。

孤雁

董雁飞几乎整个寒假都和齐越黏在一起。离开学只差那么几天了，齐越在秦皇岛安家的发小极力邀他去聚聚。

本来他要女友一起去，但雁飞想趁机回家转转看看父母。毕竟自己是家里的独生女，春节不回家，已经太不像话。而且俩人一直黏在一起，有点儿太过了。

那晚雁飞和父母话别，已经收拾好行装要返校了，她正纳闷怎么齐越这家伙一直没打电话来，电话就响了。看到是齐越家的电话号码，雁飞飞快抄起电话，开口就想嗔怒；却意外听到齐妈妈在那边泣不成声——“你快来吧，齐越不好啦……”

几天前分开时，人仍生龙活虎；再见面时，他却浑身冰冷躺在了太平间，面色青紫。董雁飞感到一阵晕眩，天便塌了下来，她瘫倒在地，不省人事。

等她醒来时，身上挂着吊瓶，透明的溶液正一滴滴输进体内。她清醒了，却无法相信和接受已发生的一切。

齐越怎么可能这么脆弱？活生生的一个人，打算共度此生的人，就这么没了？生和死，根本来不及告别，天理何在？她把自己整个人埋进被褥里哀号，她使尽一切力量，想让死神听见她对这不公正的怒怨，她要死神把爱人还给她……

可叹这世间生死，哪有道理可讲？就算真有死神，估计他也得做好本职工作，方能保住饭碗。

生命的无常，十足小人做派，专挑你毫无防备时跑出来恐吓你。总会想着法子让你认识到，你完全没有掌控权，让你生出畏惧心。在这个无常的宇宙中心，你只是飘荡的微尘。

那之后，董雁飞一直病恹恹的，不是发热就是发冷。医生说，那是她身体抵抗悲伤的自然反应。过度悲伤的剧烈反应，使她完全错过了爱人齐越的葬礼和追悼会。她一直昏昏沉沉，睡了醒，醒了睡。

朦胧中，似乎齐越爹妈来病床旁看过她，但她睁不开眼。她知道，睁开眼就不得不面对残酷的现实，两老的旁边，儿子已经没了……自己的清醒，让大家情何以堪？

董雁飞一直睡着，直到一天太阳把她晒醒，已经是阳光明媚的五月了。雁飞这才想到，齐越总爱在五月天带她到北海划船，去颐和园看花海。齐越说，五月的北京最美……齐越……齐越，她的万千思绪，从此停留在这个名字上。

等董雁飞回到校园时，已经是五月中旬。柳絮翻飞，燕雀啾啁，她最爱的玉兰花早已开过了。

很不习惯地独自走在校园中，食堂里，雁飞深深意识到，自己要习惯这种孤单了。还有那时不时飞过来的一片片充满同情怜悯的灼人目光，自己也得照单全收。

雁飞的爹妈亲自陪着女儿回学校，从出租屋里和齐越的“东边儿”把女儿的私人物品交接过来，怕她睹物思人。

不管家人做多少工作，雁飞脸上的甜笑还是消失了。她的话越来越少，她像一株开得正艳但缺水的芙蓉，迅速失去活力。从此校园里，很多人不忍目睹董雁飞孤独地来去，也不忍去惊动她的忧思，她真的成了一只孤雁。

对雁飞来说，她只想留在昨天的美好里，因为齐越住在昨天。她痛恨一切推着她往明天去的人，她情愿梦游。

荆棘鸟的绝唱

绞尽脑汁，秦可仍想不明白，难道人要自杀，真那么简单洒脱吗？

他无法想象，谢小怜穿上为自己做好的漂亮衣服，打开窗往下跳……再不得已，也得想想父母，和未竟的理想事业吧？人都是眷恋生的呀，尽管生活再不如意。

如果早能认识到，生活的本来面目就是难如意的，又何必希望过多，以至于失望而无路可退？退一步海阔天空啊！

多年后，秦可终于明白了谢小怜的死因——应该是感情不顺的打击，加上留校留京的压力和抑郁症叠加在一起的后果。从小花园最后见她那晚，她对他的描述里分析，她当时明显患有抑郁症。但在那个时候，恐怕还没有人真正认识到抑郁症的症状和严重危害，抑郁症还没有得到足够重视，真正作为病症来进行治疗。

抑郁，在很多情况下，就是一个人做了自己特别不愿做的事，或者屈从了不喜欢的价值观，产生不良生理反应，身体的激素分泌变差，变得越来越无能为力。于是成天消沉懒惰，悲观失望，甚至自杀。

其实抑郁症虽然棘手，但抑郁的人血红蛋白含氧量低，按程度的轻重进行有规律的身体锻炼，按摩和服药，完全可以改善；并不是非轻生不可，主要是那时还没人清楚认识到抑郁症，因此没法对症下药。

而从谢小怜轻生的决绝和有准备的情况来看，应该不是瞬间的冲动。也就是说，她当时已经饱受抑郁症的煎熬。自杀的想法，已经出现不止一次。

谢小怜的遗言，总让秦可想起当初她建议他看的那本小说《荆棘鸟》。她香消玉殒后很多年，他一直没敢碰那本书，直到有一天他释怀了，才终于找到了《荆棘鸟》。翻开书，序言上赫然写道——

有一个传说，说的是有那么一只鸟儿，它一生只唱一次，那歌声比世上一切生灵的歌声都更优美动听。从离开巢窝的那一刻起，它就在寻找着荆棘树，直到如愿以偿，才歇息下来。然后，它把自己的身体扎进最长最尖的刺上，在那蛮荒的枝条之间放开了歌喉。在奄奄一息的时刻，它超脱了自身的痛苦，而那歌声竟然使云雀和夜莺都黯然失色。这是一曲无比美好的歌，曲终而命竭。那一刻，整个世界都在静静地聆听，上帝也在苍穹中微笑。因为最美好的东西，只能用深痛巨创来换取。

秦可动容，但他实在不能苟同最后那句话。他决定：人生最美好的东西，不能只用深痛巨创来换取。

碎梦

利婵坐在大北窑的小平房里，面前堆着一叠服装设计专业参考书，但是她没有一点心思去看。

两位校友同时亡故，让她感叹生命的无理取闹。既然生命如此无理，想做点什么就去做吧。

比如说，自己和战彬根本就不是一路人，干脆趁早分手吧。自己不是非要依赖谁，趁现在还年轻。跟他分手以后自己应该做什么呢？好像少了点儿感情寄托。

虽然考上中工不容易，但其实利婵对自己的专业根本不上心。在基础部时，那些绘画课让她兴趣寥寥。进系后学服装设计嘛，也觉得自己兴趣达不到“沸点”。

看到同窗们都热情高涨地参加各类服装大赛，自己也想跟上，但刚潦草涂鸦出了一个构思，马达就没动力了。这些构思连自己的法眼都过不了，它们就是一坨狗屎！

利婵随手乱翻参考书，书撒了一地。唉，天天得过且过，真不是个事儿。她确信，自己最感兴趣又做得最好的事还是唱歌，唱起歌来什么烦心事都忘记了。唱歌的天赋在幼年已充分显露，从小学到中学到大学，她是每一所学校里著名的歌星。她嗓子的先天条件非常好，很多同学都说她考错了大学。

但利婵自己很清楚，今年已经23岁，马上要24岁了，这时退学再去考音乐学院已经超龄。想自己深造吧，去找谁当老师呢？家里要钱没钱，要势没势，什么人都不认识，趁早别做白日梦了。

利婵出生在山西的小村，原先家里是靠挣工分来生活的。后来招工，老爹才进了农业银行分行，那是县里最小的银行的分行。老妈托关系当了托儿所阿姨，虽然很有爱心，但光靠家里那点子工资拉扯大四个孩子，对他们来说并不容易。

那种地方，那个时候，谁知道音乐学院是啥子玩意儿？有时她放学到家扯开嗓门唱两句，马上会被大人呵斥："吵什么吵，烦死了！"

出生在那种环境里，哪有机会见识过好东西？等真正来到大都市见了世面，知道自己选错了路，已经晚了，再好的东西，也已经没有资格去追求了。

正如眼下，莫名其妙跟战彬好成了两口子，连娃都有了又打掉。自己已经不贞不洁，没有资格再去追求更好的男人，更好的生活了。想起这一连串将错就错，利婵更闹心了。

她越想越沮丧，最后下定决心，不管怎样，试一试分手吧。

分手

晚上俩人吃过饭，气氛祥和，利婵开不了口。一直磨蹭到熄灯睡觉，她终于鼓足勇气，跟战彬提出分手。

战彬惊愕得下巴差点耷拉到饭桌上，大声质问："为啥？！咱俩孩子都有过了，我对你不够好吗？"

他不问还好，这一问，利婵便激愤起来："你那叫对我好？打胎都是我一个人去的！你但凡在意我，就不会让我一个人独自去面对！我看见那医院里都双双对对的，除了我一个人孤苦伶仃，叫天天不灵叫地地不应！" 她觉得自己再不说出来，简直过不去这坎了。

“哎——你这人咋不讲理啊？不是早跟你说过，那天要侃个大活儿嘛，现在又来怪我？什么毛病！”战彬不耐烦。

“你那是找借口！能推就推，这么不负责任，你还算是个男人吗？是你的胎儿你的女人呀，你还真狠得下心让我一个人去啊！再说我多少次让你用安全套，你愣是不愿意，不怨你我怨谁？”利婵开始抹眼泪。

“这么个破事儿，你天天旧话重提，烦不烦哪？这事儿怪我都怪了八百遍了，你还有完没完？”战彬开始瞪眼，真急了。

“破事儿？我一个好好的黄花大闺女交到你手里，你就这么对我？你摸摸自己的良心！”利婵嗓门也大起来。

“今儿是怎么啦？吃枪药了你？我明儿还得出去找活儿干呢，你别不让我睡觉！”战彬转过身去，拉上被子。

利婵也知道这样纠缠没意思，但她气不过，只想大吵一架然后分手，因为分手理由说起来太繁复；而且无论利婵说什么，怎么说，战彬肯定能给一条条掰开，为自己辩护。利婵领教过他的口才，自动认输，不想浪费时间。

于是她赶紧也转过身去，扯过另一条被子盖上；顺便把闹钟调到早上五点整，天一亮就走人，不用和冤家打照面，这一夜，利婵就在生闷气和半梦半醒中迷瞪过去。

次日清早闹钟一响，她赶紧给摁掉，蹑手蹑脚起来。快速把自己的东西拾掇成两个大包，一个双肩背着，另一个手里拎着。

她偷偷开门溜掉，其实心里感觉是在发足狂奔而去。

复合

回到宿舍，利婵把东西往床上一放，躺下歇息一会儿，正好赶上早操。

这一整天，课程和作业繁重，利婵因为没睡好有点头昏眼花。下午赶完作业，赶紧回宿舍眯了会儿眼。等一睁眼时，已经华灯初上，早就错过食堂的晚饭了。

看来只好到对面小卖部买点熟食对付一顿，反正那儿的食品很丰富：酱肘子，鸭肝鸭翅，孜然牛肉，朝鲜小菜，大白馒头……琳琅满目。没有战彬，她也能过得很好，至少没那么闹心。

利婵一边琢磨着要吃点啥，一边晕乎乎地走出校门。突然，一条高大的黑影冲上来堵住了她，校门口昏黄的灯光映照出一张人脸，是战彬！

“小婵，你吃了吗？一起去吃吧？”战彬的动作吓人，但口气很温和。

利婵不想屈服，一边向后躲避一边回答：“不用了，你自己吃吧。”掉头转身便跑，速度快得让自己吃惊。

跑回宿舍，只能管“菜花”她们借方便面吃。最后东借西凑了两包方便面，加上老熊的湖南豆豉酱，利婵吃得蛮香，但心里确实被战彬的疯狂举动吓了一跳。

“你咋回来啦？今儿不回家？”老熊问道。

“那不是我的家！”利婵没好气地答道。

“这你还看不出来呀？肯定跟战师兄吵架了吧？”“菜花”在一旁啃猪蹄，猪蹄那么大，还塞不住她的嘴。

“你说我们吵架我们就吵架啊？我俩好着哪！”利婵回敬“菜花”。她不想说实话，分手不是什么光彩的事情。

“瞧你这一天愁眉不展的样子，你俩好？我才不信。”“菜花”撇嘴，继续啃猪蹄。

“哎呀，咱一家人不说两家话，有什么不开心的，直接说实话嘛，躲着藏着叫个什么事儿！”老熊劝说。

“行，算‘菜花’有经验，我俩不好啦，拜拜了！”利婵一甩头发，豁出去了。

“啊？吵架也不用马上分手吧？”“菜花”手一滑，猪蹄掉到桌上。

“不会吧？你俩都好了三年了，说分就分哪？”老熊也很吃惊。

利婵只好把战彬的卑劣行径细说一遍，省略了流产那段，只是强调了自己特看不上对方的人品。

“这位战师兄也真是的，确实不太地道，漫画那事儿我听‘疯子’和‘耗子’说了。确实处理不妥，唉！”老熊帮腔。

“可能他有他的苦衷吧？要不再好好把话说开，毕竟都一起三年了。他肯定有优点很吸引你，你才跟他好这么久，对吧？一般吵架后，俩人最好分开几天，来个冷静期，观察后再客观评估。”“菜花”分享自己的经验。

利婵对“菜花”的说法不置可否，她是铁了心要分手，因此不想解释太多，卷入无谓的争论。这一夜她也没觉着伤心难受，反倒有一种超脱放松感，如释重负，原来分手的感觉真不错。

没想到第二天到食堂打饭时，战彬已经早一步等在了食堂门口！

他笑了笑，好像什么也没发生似的，从书包里变出一整只油纸包好的肥嫩烤鸡，说：“给，你最爱的八珍烤鸡，都是你的，还有刚出炉的芝麻酱香火烧，拿着！”

虽然香气扑鼻，利婵却下意识地觉着不能要，于是使劲往回推。俩人在食堂门口推来推去，利婵觉得很现眼，下意识地暗想：秦可小“帅锅”千万别这节骨眼上来食堂啊！

最后可能是被这突如其来的古怪想法所震慑，只好乖乖地把烤鸡和烧饼放到饭盆里，回头往宿舍走。

战彬跟在后面，送她到宿舍门口，友好地挥手再见。利婵没有任何表示，因为她明白战彬的意图。

虽然心里有点烦，但被关怀的感觉还是美好的吧……利婵一个人坐在桌前，看着那只烤鸡。

愣了一会儿，她伸手把俩鸡腿先撕下来，放到“菜花”和老熊的桌上，算是还她俩的一份人情。然后开始把鸡肉撕下来就烧饼，大口大口吃起来，还是很香的！

最后她越吃越香，吃完了又几乎生出一种感激来。而这种感激，应该是属于战彬的吧？利婵自己也搞不清楚。

当利婵第三次在学校被战彬堵上的时候，她已经有点“爱谁谁”的念头了。

对方的理由非常有说服力：“小婵，咱好歹也好了三年，吃顿分手饭不过分吧？”然后两眼发红地看着她，看得她恨不能就地刨个坑立马钻进去。利婵只好像头小绵羊一样，乖乖地被战彬牵走了，他带她来到了大北窑的家常菜小饭馆。

两人静静地吃着，战彬的眼泪却一滴滴飞溅到好饭好菜上。利婵一句话不说，他于是越哭场面越恢宏，擦眼泪的餐巾纸在他面前堆了老高，全饭馆的人都在好奇地看这出百年难遇的苦情戏，以为是在拍电视剧呢。

还有啥可说的呐，这顿分手饭吃完，分手成了复合。

在跟着战彬往大北窑小平房走的时候，利婵那个恨呀，暗暗恼恨自己不争气，真想狠命扇自个儿。可想想自己毕竟早已是他的人了，这是不争的事实。在他没要自己之前，自己更无人问津，唉！还是认命吧。

其实这时候利婵感觉自己身体很不妙，明显中气不足，而且例假很吓人，跟雪崩似的总没完没了。

因为上次药物流产后的第三天，她就得参加体育长跑 1000 米考试，总不能跟老师说实话吧？又不好随便撒谎，只好老老实实硬着头皮去跑，跑完后吐了半天，整个小腹发冷发痛。

很可能因此落下了病根，导致她后来越来越严重的妇科病，大学几年里身体都不好。如果有人严重警醒她，恶之花能结出淋漓不净的恶之果，她才不会如此鲁莽无知，做出祸害自己终生的蠢事。

第十三章 光华路矬人队 vs“嫩巴”

摸高

校园里谈恋爱的人们越谈越热，纷纷离群索居。

那些死活找不着恋爱的糙男“困难户”和“钉子户”们，也得抱起团来，找个地方发泄多余的精力。尤其是小宝他们装潢系男生多，又爱打篮球，有时天冷懒得出去了，就在教室里练习摸高。

装潢系教室的房梁比较高，大家把桌子推开，形成长长的助跑通道。十几个糙男排好队，伸出手指头在地上弄脏，轮到自己的时候就一阵发力助跑，到房梁下再高高跳起，伸手去够，看谁在梁上留的手印最高。

久而久之这个梁就被摸得很脏，戏称“抹黑”。无聊之时，“抹黑”高手也光荣。

有一天，地上正好湿滑，却没人在意。于山跑得猛跳得高，落地时正好落在湿滑地带，身子便横着飞了出去，重重地摔了打破纪录的一跤，差点儿没把他门牙给磕碎。

打那以后，每次于山跑到那个“尿点”就有心理障碍，不敢摸高了。

于是糙男们换了新玩法，把教室后墙上储藏间的门打开，和紧闭的教室后门形成一个小三角空间，然后狠命往里头扣篮，看谁得分多。日扣夜扣，那门很快就支离破碎了，墙还被扣了个大洞。

系主任发现后发出严重警告，如果有份扣篮的男生不主动认错并停止“罪行”，马上被分流。糙男们乖乖写检讨认错，并把墙和门修补好。

“嫩巴”

摸高和扣篮都玩不成了，小宝他们班晚上只好上电视房看乔丹的公牛队，过过干瘾。

这一来，就带动了众多糙男，疯狂迷上了 NBA。还给 NBA 起了个北京话昵称，叫“Nen（发平声）”，最后演绎成“嫩巴”。

一堆人刚下课，就频频互递暗号：“今儿 Nen（嫩）巴 Nen（嫩）巴？”——意思是说“今儿晚上，到电视房看乔丹的公牛队打球去？”

“野牛”们对 NBA 的疯迷，最后导致自己正式组队，进行专业训练和比赛，并拉上从北京男篮队出来的“篮球巨人”大史老师当教练。队长是小宝，因为他最“矬”。

大家给这支篮球队冠名为“矬人队”。

糙男们越干越正式，还颠儿颠儿跑去雅宝路买了统一的队服，再用丙烯颜料在上面草书“Shotgun, short man（砂枪，矬人）”——重点强调人虽矮矬，但威力好比砂枪，整句口号还意外地押韵。

就此，中工 92 级篮球队“光华路矬人队”正式成立。

校园篮球队成立后，队员们疯狂练球技，心中都有一个狂妄的心愿：要练得跟“嫩巴”一样棒，“光华路矬人队”一定要有“嫩巴”的勇气和斗志，咱输个头但绝不输球。

从此往后，小宝他们嘴里的“嫩巴”变成了“打篮球”的专称，也成为他们要和 NBA 媲美的励志昵称。

要打球了，就问：“哥儿几个，今儿 Nen 一场去吧！”或说“嫩巴去喽！”

秦可向来缺乏灌篮高手的细胞，但看小宝是主力队员，就跟着凑热闹，当忠实的粉丝和啦啦队。

小宝玩篮球玩得高兴，但回到宿舍经常套着 short man 的队员服揽镜自照，盯半天，猛然吐出一句：“整半天，我真的是矬人队最矬的一位，挥不去的郁闷啊！”

光华路矬人队

光华路矬人队以装潢系男生为主，但征战全年级后，迅速拉拢了各系的拼命三郎。

顿时，除了本来的“五虎上将”文斗、于山、“奇男”杨国胜等人，矬人队一时人才济济。

矬人队经常在校内自己组赛，最先在装潢系内比赛夺冠，然后挑战装绘系男生，装绘系的徐骡子很厉害！装潢班龇牙咧嘴使出疯牛蛮牛劲儿，才勉强取胜。

装潢系险胜的秘密武器是文斗的三分球和“奇男”的铁墙后卫。

文斗打球花哨，各种动作都会做。他打起篮球来很飘忽，像“铁掌水上漂”，飞来飞去的。人家和他打球一般不敢硬碰，怕给自己碰坏了。

陶瓷系马珂是灌篮高手，喊得也欢，但出去打比赛就歇菜了。因为他运球翻腕儿严重，总被吹犯规。“雷神”也是队里的主力，一次他和马珂去电影学院打比赛的下半场，一开场没反应过来，无比牛地给自己的篮投了一个！

然后大家再接再厉，又参加了“八大艺术院校篮球联赛”，那是在中央美院里打的比赛。

虽然最后矬人队打输了，但却在本校掀起了篮球热，不少平日孤傲的女神们，都纷纷踊跃加入了篮球队。

于是，矬人队成为有史以来混合了五朵金花的男女联队。女生们个头也不用论高矮，有个头高的文雨，有中等个头的熊怡，更有精致的“小豌豆”贝贝柳和勋。

最难得的是，篮球队居然把“一枝花”高瑕给招来了。

现在好了，糙男们天天看着女神们英姿勃发地跟自己抢球和投篮，简直无比养眼啊！篮球场边的糙男越聚越多，成为校园一景。

男女联队的“光华路矬人队”，照样代表中工去其他艺术院校打比赛，有胜有负。矬人队开始建立战绩，但没想到后来引发的斗殴事件，直接影响了整个队的生存。

午夜急诊

一个深秋的傍晚，矬人队在篮球场打得正欢，边上观战的一名30多岁男子主动上场参赛。

抢球的过程中，那社会青年有些不良习惯和动作引起大家反感，整得彼此有点较劲儿。那人又率先挑衅，用胳膊肘撞了老景。

老景和文斗等人一时气血翻涌，合力把招人烦的“社会青年”好一阵乱踹，推到了铁丝网墙上。

场边观战的“董大”董师兄见状，赶紧跑过来劝架，边劝边发急：“你们疯啦？这是老谭的儿子，打不得呀！”

老小子们打红了眼，一时没刹住车。混战中，老景的手指不知被谁给狠狠咣了一脚，顿时痛得蹲了下去。

小宝头脑还算清醒，心想，这下完蛋了，打的可是老谭的儿子，还有活路吗？正寻思着，忽听有人大声喝止，定睛一看，正是体育组的头儿老谭，这下炸锅啦！

谭老师平时习惯横眉冷对千夫指，要求同学们德智体全面发展。他权限也大，全级人的出勤率乃至分流、拿学位，全都掌握在他一人手里。

每天全校起得最早的就是他，围着铁笼子狂奔数十圈。就连跑步也横眉竖目，寒风中迎面撞上他，能吓死谁。老谭早起一为锻炼身体，二为每天早操进行点名。三次缺操算一节旷课，十二节旷课给处分，十三节旷课意味着分流。再多，就别想毕业拿学位了。

看到老谭突然跳出来，大家懊悔万分，事先不知那“社会青年”竟然是老谭的儿子，不然哪敢太岁头上动土？

出乎大家意料，平常威猛吓人的老谭跑过来后，没管自己的儿子，倒是先看老景，着急地问：“你这手还能动吗？我看赶紧上医院吧！”然后撂下自己儿子不管，跑到大门口给老景拦了辆面的。

小宝和文斗陪着老景去医院，这时天已全黑了。

仨人赶往最近的朝阳医院，值班的是实习医生，摸索了半晌才诊断老景为指骨断裂。

然后他才慌张地嚷嚷：“不行，你这手指必须得打管状石膏，我们这儿弄不了。你们得赶紧去骨科最好的积水潭医院！”

等仨人赶到最好的骨科医院，场面看起来恐怖又血腥。医院楼道里排号的伤者痛得哀号呻吟，刚送来的急诊是位年轻女子，人已经痛晕过去，陪同的人抱着她被绞肉机给绞碎的右手，一路鲜血喷溅，护士们手忙脚乱。

跟这些急诊相比，老景的一节指骨真是小菜了。倒霉催的老景，忍痛忍了好几个小时，才轮到他看医生。

医生也着急地说：“今晚病人太多，我实在找不到帮手了！你俩，帮我使劲摁住他的手不让动，不然这指骨接不好。”

小宝和文斗俩人使上吃奶的劲儿给老景死死摁住，丝毫不敢放松。最后接完骨把石膏打好，已经半夜三更了。

老景在白洋淀时把落水的小宝拎了上来，这回小宝算是报了恩。这之后，老景那根手指头算是落下了毛病，没法儿打篮球了。

矬人队最红火的高峰时期，忠实粉丝“机灵孩儿”许凌涵曾专门为矬人队办过报纸，就叫《嫩巴》，自写自画，主要是报道“光华路矬人队”的趣事和战绩。

自打老景手指不灵光后，打击了士气，球队老输，《嫩巴》只好停刊了。

矬人队输得最多的球赛，就是和本院高年级师兄们的比赛，89 级装潢的灌篮高手尹立军太牛了，还有叫吴金平的师兄也棘手得很。只要有这两位高手出场，矬人队必败无疑。

输球越来越多，加上斗殴事件，令矬人队从此走下坡路，一蹶不振。最后顺应潮流，改组加入了 92 级足球队。

一决雌雄

足球队里有“松鞭”和老炮这俩超级院脚，都是霸道前锋。

老炮翔子不但踢足球，打起篮球来堪称“罗德曼”，只抢篮板，不投篮。而且为了法语及格，翔子还被“至尊神人”王磊逼得陪练打乒乓，无意中把乒乓球的基本功也练得贼扎实。

“松鞭”是紧逼型进攻，斗锋芒斗体力，爆发力好，喜欢爆射。而翔子很有技巧和后劲，就算再踢不动，也被誉为“射门神器”。

让女生们意外的是，男神“于大虾”人帅，球技也相当帅，关键是球踢得聪明又儒雅，一般能保证稳、准、狠。

但每当强敌入侵时，必须搬动93级的“龙卷风”杨阳，贵州来的球员。有这几位猛将在，“光华路矬人队”必赢。

秦可保持他的大少爷风度，既不参加篮球队也不参加足球队，只当典型的啦啦队。因为足球队里有他们陶瓷系的勇将：朝鲜人老金和张剑兵。

朝鲜人老金体力超好，每场必上，场场冲在前。张剑兵则是高大威猛的守门员，一头齐肩长发，扑球时有如睡狮猛醒，被封为“铁门”。

用班里“假吴奇隆”秦昊的话来形容，更是锦上添花：“张铁门威武！扑高空球要先倒地，扑地滚球也要先鱼跃。”总之他上下翻飞，不闲着。

足球队还有一位国际人士，正是翔子嘴里的“黑雕爷老皮”皮埃尔，老皮也够勇猛。他来自布隆迪共和国，是非洲东部一个内陆国家。赛场上，常见老皮满头螺丝钻似的黑卷发直立飘飞，踢了半个好球，马上龇着白牙乐。

经过改组的“光华路矬人队”，发挥了强强组合的优势，最终在校内举行的“八大院校足球比赛”上大获全胜，终于雪耻。那场精彩的决赛吸引了全校师生。

关键时刻，只见“松鞭”脚一歪开个角球，疵了；翔子赶紧一个鱼跃，以头球得分，帅呆了！

最后一个罚点球时，全场都屏住了呼吸。只见球飘飞进门，张剑兵高大的身影跃起，“砰”一声，巨牛的扑球！全场掌声雷动。

《嫩巴》虽已停刊，但主编“机灵孩儿”为《嫩巴》画上漂亮的句号——下苦功做了一座踢球的彩塑，以纪念“光华路矬人队”这次空前绝后的光荣。

许凌涵还给自己剃了个足球头，以表对矬人队的忠诚。

说起“机灵孩儿”，也是一神人。他找了个中央戏剧学院的女朋友，于是老跑去中戏陪人家上表演课，学得特卖劲，还大胆地屡屡在人家课上即兴表演。

结果弄假成真，中戏的老师把“机灵孩儿”当成了得意门生，还建议他考研留校。

而中工的老师却在最后一堂课时才惊觉，拍案而起：“你是谁？怎么以前从没见过你？”

兴趣小组

为了狠抓体育，老谭搞了很妙的一招——兴趣小组。

即：不参加篮球队或足球队的男生女生，必须加入自己感兴趣的兴趣小组，有组织有纪律地进行锻炼。

在老谭的指示下，各项体育兴趣小组应运而生。有排球队、网球队、滑冰队、女子健美操队和男子体操队，居然还有武术队。

这段时间秦可很沉静，似乎干啥也提不起太多兴趣。谢小怜的过早凋零，让他开始思考人生的意义。

在中工校园这个大舞台上，到目前为止，秦可看到的就是你方演罢我登场。

梦里，他常看见谢小怜徘徊在他宿舍的窗前，蓝色的脸无比刺眼。

为此，秦可曾偷偷跑到那片他俩曾漫步的潇湘竹林里，在竹林尽头的围墙下烧香悼念小怜，以告慰亡灵。

秦可完全是糊里糊涂地被周旻和蒋慧拉去武术队的，等扎马步扎得头昏眼花时，即刻想退队。

教武术的老师腿短个子小，是名女老师，她的口头禅就是“哎哟喂，太缺乏说服力！”那老师娃娃脸，嗓音尖锐，因此得名“娃哈哈”，据说她还开了天眼。

秦可不信她瞎扯，练气功能真正打通小周天的都少有人在，谈何开天眼?

“娃哈哈”一上来就明显偏爱周帅，手把手去纠正他的动作，对别人比较凶悍。

后来因为周帅本人不配合，老缺课，还没跟她去玉渊潭公园晨练，她从此放弃了周帅，转而把秦可作为了特选苗子，弄得秦可心中暗暗叫苦！

老蒋在旁边看出了门道，老一边正儿八经扎马步，一边冲秦可挤眉弄眼，搞得秦可哭笑不得。

武术队练得还蛮像那么回事儿，什么长拳、棍术、太极，一起上。

秦可和老蒋跟着“娃哈哈”半蹲着，练习陈氏太极二十四式，练得腰酸腿疼，整个人要废掉。

两掌之间要时时端着个排球大小的空气球，不能快、不能使劲；同时还得狠命夹紧腹臀，美其名曰气沉丹田。

而所谓棍术，就是一帮人在黄泥坑里拿半截破棍子对打，帅哥转眼变成了泥猴。没有刀剑的武术，让人觉得很不过瘾。“娃哈哈”不给大家伙发刀剑，怕伤及自己人。

练到最后，招式都变成了个人自由发挥，奇形怪状。好处即是随便提腿都能踢过肩膀，自感不凡。

身怀绝技

女生们大多数参加健美操和网球队，也有少数身怀绝技的参加武术队，比如染织班的“石头”石静杰。

石女侠一开始是练剑的，后来改练蛾眉刺了。

也许她有天赋，也许因为学过京剧，她招招式式都够意思。后来被选拔参加首都各高校的武术比赛，和打拳的91级服装系师兄冯海一道，代表中工参赛。

那天上台表演蛾眉刺之前，“石头”在后台把自己的服装、化妆检查再三，偏偏忘记了检查兵器。一上台，“石头”便来了个“飞身旋转蛾眉刺”亮相，可当蛾眉刺亮到自己面前时，却发现一个刺上挂着破穗子，另一个刺是倒折蔫着的，万分尴尬。

“石头”反应快，立马转入下一个动作，可转身有点急，差点摔一狗抢屎。

事后班里的男生都说，当时特想蹿上台跟“石头”过招，迅速一个扫堂腿便能给女侠放倒，从此江湖留名。

比赛前，学院派了两名武术指导，单给“石头”和冯海开小灶。

冯师兄练得那个卖力呀，无奈动作总不协调，有点牛头不搭马嘴！然而他极不协调又特较真那小样儿简直萌坏了，把旁边陪练的师生们笑得人仰马翻。

但赛场上，冯海却出人意表，和“石头”双双拿下了武术第三名。

后来冯师兄毕业后步入社会，迅速成为炙手可热的大名人、著名的时尚摄影家，一时风头无两，谁还敢笑他？引得“石头”疯狂地翻箱倒柜，搜出了冯师兄比赛时给她拍摄的定妆照，当珍品挂在宿舍墙头，夜夜瞻仰。

冯师兄平素爱给人化妆做造型，完后拍摄成时尚大片。如果找不到女生，他就挨个儿央求宿舍里的糙男们让他化妆造型。一个个画好脸装扮好，照出来比明星还要风华绝代，糙男们被冯大师挖掘出了自己都没发现的“天生丽质”，简直把自己下巴惊掉了大半截儿。

一次，当冯海得知“石头”老爹是剧团的“大衣箱”，便带上免费模特们一起跟着“石头”回唐山，找石老爹借戏装拍照。

不巧石老爹正好出差了，冯师兄辛苦策划了半天的时尚大片没拍成。过后却给石妈妈留下了难以磨灭的印象：“石头”哇，你工艺美院那帮师兄们还长身体呢，能吃下一头牛哇！

“石头”自小在京剧团耳濡目染，唱京剧有功底，于是唱京剧和玩蛾眉刺自然成了她的两大绝活儿。

由于才艺出众，“石头”和利婵，还有装潢系的男神“虎子”潘虎，三人代表学院参加“北京六大院校巡回演出”。

利婵和虎子唱流行歌曲，“石头”唱京剧样板戏里的李铁梅，穿着打补丁的花袄，脸上画得赛猴仙。在旁边候场的虎子被“石头”版本的李铁梅吓了一跳，反应过来后，哈哈大笑她土得掉渣的妆容。

“石头”被笑得心虚，只好狂给自己打气：李铁梅就得这样！然后不管三七二十一，握着铁拳蹦到台上，唱得有模有样，铁骨铮铮。

那晚，《让我们荡起双桨》的原唱刘慧芳也上台表演了。五十多岁的她，终场还跑到后台跟“石头”握手，激动地说：“你唱铁梅唱得简直太好了！”弄得“石头”一整晚心潮澎湃，简直开始后悔自己没去考中国京剧院。

“北京六大院校巡回演出”一共表演了好几次，利婵和虎子双双成了艺术院校的青春偶像。

利婵的成名曲是那首《篱笆墙的影子》，她声情并茂，歌声嘹亮缠绵，完全可以媲美毛阿敏的原唱。而虎子眉目俊秀，以一曲《你怎么舍得让我难过》成名。

巡回演出的节目还包括女子健美操。就是预备女神“鼠小强”徐小蔷、“大白饼子”李峥嵘和“小赖子”等人穿着健美裤，美美地踢腿扭胯，扭搭个没完。灯光下一走神，还以为穿越到了20世纪30年代的上海滩。

总之，这期间中工的文体活动是空前的成功和盛大，管你愿不愿意。

邻家女孩和中国好男儿

李峥嵘人在台上扭搭，一双眼睛却“滴溜溜”地来回扫描，寻找台下的张晖。

晖哥怎会让峥峥失望？他就坐在最前面的地上，正盘腿看着她，抿嘴乐呢。最近他俩越走越近了，俩人一起尽爱臭贫，互相攀比，看谁比谁更贫。

其实在贫嘴的表面，峥峥能感觉到晖哥的细心和体贴。他经常就她的服装设计作业发表谬论，事后一想，还都挺在理，符合审美兼有个性！最难得的是，他几次陪她逛街买衣服，帮她挑衣服并进行即兴的创意搭配。

等她把晖哥那些创意搭配穿出来，整个人真有焕然一新的感觉，突出了她原先没注意到的一些个人特点。比如晖哥的搭配里有“邻家女孩款”，有简洁的“稻草人款”配上可爱的小草帽，有“校园青春款”，等等。

简简单单的白衬衣、小碎花布裙和水磨背带仔裤，让峥峥穿出了自己的味道，在阳光下青春逼人。

晖哥的神来之笔，经常让学服装设计的峥峥感叹：他没上服装专业，可惜了！但转而想到他是环艺班最能挣钱的主儿，又很替他骄傲，人家那一张效果图就好几千块钱哪，可服装效果图有几个人抢着掏钱买呀？

跟晖哥上街，他总特大方，经常主动付款，搞得峥峥很不好意思。所以平时上课学针织，她就给他织围巾。

最近上蜡染扎染课，她学会后，买了俩大白背心分别做成蜡染和扎染送给了晖哥。把他给美得！恨不能天天穿着。

峥峥渐渐意识到，自己对晖哥恐怕是动了真格儿。本来嘛，放着如此高大俊朗、又投脾气的中国好男儿不动心，自己岂不成了傻痴愣？

包括峥峥所有的发小闺密们，一看晖哥给她搭配的衣服，都说：“他肯定特懂你，就他吧！”

这么说吧，晖哥特能宠人，谁不愿意受宠啊？管它是暂时的还是长期的呢！我李峥嵘向来是实用主义者，我要他要定了，谁也别想跟姑奶奶抢。

心里一边想着，峥峥一边在台上蹦跶，眼神儿可没闲着。她迅速瞟了几眼晖哥，嘴角笑意飞扬。

巴黎感言

体育运动还真挺管用的，每天把自己折腾得跟孙子似的，哪还有心思再想那么多？

秦可慢慢平静了下来，水瓶男的平复能力确实超群。

接下来，秦可这个帅瓶子顿悟到，自己不适宜马上投入恋爱，还是先学会健康地和女同学互动和沟通吧。这太有必要，不然人家对方要一个蛋糕，你只能给半张饼，你说咋办？彼此很尴尬，后果非常严重。

这天刚下雕塑课，周旻想多坐一会儿，把手里的头像再塑得完整一点，不然泥硬了又得大动手术。

突然，耳边传来轻轻的叩门声：“各位‘雕爷’在吗？小人可以进来吗？”

周旻伸头一看，居然是服装系的深圳女孩梁捷，这真是最想不到的来客。他不由得站起来，挥着手里的雕塑刀，招呼道：“进来吧！”

“就你一人呀？别人呢？”梁捷边走进来，边迟疑地东张西望。

“他们都走了，周末嘛。你要找谁？”周旻冲她笑笑。当年在大北窑的考前班他就见过她，印象深刻。

“我没故意要找谁。找你嘛，也行……不过那么多人乌泱泱一窝蜂涌去巴黎，我不信巴黎真有那么好。”梁捷似乎在自言自语，若无其事地看着周旻，又有点挑战的意味。

啊？周旻被她这一番话说得满头雾水，不知她要干啥。他猜她可能话里有话，含沙射影，但想了又想，还是不懂她到底唱的是哪一出。

他只好答道：“巴黎我没去过，不知道有没有那么好，不过很好奇。你来我们雕塑室找巴黎啊？”

“对啊。主要是我们服装系刚开了雕塑课，我半点儿门道都摸不着，所以想来找找灵感。如果我非常识趣地坐你旁边看，你不会嫌弃吧？”

周旻被对方一副强装无所谓的“可有可无”神情逗乐了，他也不信她说的巴黎指的就是雕塑室，但她话锋一转却能圆得很好。

“那要看你如何识趣啦。”周旻有意逗她，一个人正好有点闷。

“就是一不说话，二不打听。你雕你的，我看我的。”对方倒很笃定，似乎一上来就想设定游戏规则。

“说话和打听，不都一码子事儿嘛！”周旻觉得滑稽。

“不一样的，说话包括谈话在内，有互动的意思。打听嘛，完全使人处于被动，甚至有被盘问的感觉，总之会很讨厌。”梁捷黑眼亮晶晶，落落大方地看着他。

“嚯，还诸多讲究！”周旻笑笑，深看对方一眼。

她果然拉了个凳子，坐后面静静地看，真的不再说一句话。周旻竟然也能自在地继续做雕塑，并不觉得有任何不便，俩人不说话完全不尴尬，这倒有点奇怪。

好像女孩子围在周帅身边没有不说话的吧？周帅也不经常在有旁人的情况下，能完全投入地做作业。而此刻身后这人，算是半生半熟吧！她的男友是 90 级的师兄尚羽，俩人老出双入对的，她在大北窑上考前班时就那样。

哦，明白了！一定是因为对方名花有主，所以自己心如止水，肯定是。周帅做出判断后，把全部心思放到了手中的泥塑作业上。

高手在民间

第二天，周旻一觉睡醒便去找蒋慧，老蒋早没了人影，估计又跑到“女儿国”逍遥去了。

周旻不再往下想，往秦可那屋溜达。

那边屋里，只见李松月撺掇着“雷神”和小宝，要去溜冰。周旻正好没事，也不想继续雕塑了，就拉上秦可一块儿看他们溜冰去。

到了学校附近的冰场，“雷神”光坐那儿吃冰棍，吃了一根又一根。

大家都在看松月溜冰，他自个儿溜了一圈又一圈实在是没劲，跑过来拉大家陪溜。

周旻和秦可都是南方人，不想出洋相，光想着看了。小宝是河北人，上去溜了几圈，也不太流畅，摔了几跤。

“你不溜啊？这冰棍要吃到哪年呀？”松月停下来擦汗，开始挤对“雷神”。

“俺今儿主要来看您老溜冰，俺不会。”“雷神”继续伸出舌头舔冰棍。

“甭逗了！您这松花江上来的，居然不会溜冰？不能够吧？”松月还不死心。

“雷神”俩眼一瞪，说：“真不会，骗你是孙子！松花江咋的了？结冰时可以直接躺上面啊！”

说完，马上把冰棍哧溜一口吸进去，拍拍屁股站起来愤愤说道：“好，你不信？我去摔几个猴屁墩儿，瞅着！”

大家来不及反应，“雷神”便一跟头栽进了溜冰场。只见他在地上滚，摇摇晃晃站起来，马上要摔成狗抢屎，却又晃晃悠悠找回了平衡。眼看他在冰面上踉踉跄跄，各种狼狈搞怪，大伙儿笑成了一团。

体育达人李松月终于放了心，指着老雷哈哈大乐：“他不是装的，是真不会，白白住了这么多年松花江啊！”

话音刚落，只见“雷神”又继续往前踉跄了几步，突然开了窍，俩脚一分，跳到半空中转了个圈。大家正为他捏把汗，却见他稳稳落地，人没站好，马上又流水一样整个人滑抛出去。姿态之优美，让在场的人全部目瞪口呆。

接下来，“雷神”就是各种跳跃，各种花滑，顿时将全体糙男震翻。最后松月满场追着踢他屁股：“‘雷忽悠’！叫你连我都敢忽悠，找死呀！”

俩人在冰上追打，但松月速滑没老雷快，摔倒的花样也没他多。这场意外的冰上炫酷看得大家心满意足，兴高采烈，大大领略了啥叫“高手在民间”。

周一早晨，小宝的屁股因为溜冰被摔肿，爬都爬不起来上早操了。

翔子也不肯早起，躺在床上大发牢骚：“这美院都上成体院啦！哥们早上要出操，下课要练中长跑，吃完饭还要球赛，大史体育考试的时候真把咱当犯人一样。上次考1000米长跑，全靠文斗推着我跑才及格。考双杠时，得奔着吊死鬼的节奏，才在单杠上勉强及格的！”

“嘿，曲臂悬垂，挂90秒我考了100分，下来后，胳膊比腿都粗了！”小宝不知是得意还是委屈。

“甭废话啦，90年代大学生就得德智体全面发展！一二三——走你，起吧！”晖哥过去拽翔子起床。

第十四章
风花雪月

“菜花”不菜

晚上周旻躺床上无聊，不觉又想起梁捷逛到雕塑室扔给他那句关于巴黎的感叹，她到底是指什么呢?

当时她说，“我没故意要找谁。找你嘛，也行……不过那么多人乌泱泱一窝蜂涌去巴黎，我不信巴黎真有那么好。”

他来来回回琢磨了半天，突然开了窍——难道我正是她所指的“巴黎”？那她分明就是在说，“我没故意要找谁。找你嘛，也行……不过那么多人乌泱泱一窝蜂涌去找你，我不信你真有那么好。”

周旻当时听这话的时候，下意识地觉得她话里有话。看来她可能觉得追我的人太多，想趁机讽刺挖苦一下？哈哈，大概是这个意思，周旻不由自主地笑了。

仿佛听过她们班人叫她“凉菜花”，这昵称好逗——好你个“菜花”，居然含沙射影讽刺我，岂有此理！

可她们为啥叫她“菜花”？这绰号里肯定有好玩的典故。姑且算她是一朵清脆硌牙的菜花吧，不是 “烂菜花”就好，哈哈……周旻想得入神。

其实她蛮清秀，蜜色的皮肤，灵动的杏眼，转来转去显活泼，小而翘的鼻子，说起话来让人觉得有灵气。她干净利索，没有多余的修饰，还剪了个有点像王靖雯的短发。

周旻在大北窑考前班的时候，第一次见到梁捷，还把她错认为另一位同学。因为从侧后方的坐姿看，都是长黑头发，小翘鼻子，瘦削的双肩。在考前班时，梁捷留着一头长发，但不知为何进校后变成了短发。

短头发让她显得更清瘦，总之那个感觉是不一样的，女孩子换个发型简直连气质都变了。周旻还是更喜欢长发飘飘的女孩子，很女性，多几分柔媚。

当时考前班里长发飘飞的梁捷，倒让周旻感到几分神秘，还曾私下里偷偷留意过她。而且她成天跟 90 级师兄走在一起，很难不留意到她。

搞不清楚她那位高大粗犷的师兄男友怎么样了，毕业走了，没留京吧？周旻难免生出几分好奇来。

竹林赏雪

这天一大早就开始飘雪，打着旋儿往下落，浪漫得很。

周旻决定到校园里走走，再绕道去竹林里的小茶馆喝上一杯清茶，不然岂不辜负了这如画的良辰美景？

巧得很，昨晚还琢磨着梁捷的话，一进茶馆，就见伊人独坐屋角。

周旻点了茶，径直走过去问她："能坐你旁边吗？可以说话的那种，也包括打听。"

她惊讶地抬头，猛然记起那天看他雕塑时自己说过的话，笑了，冲周旻点点头。

"你喝的是什么茶？"周旻问。

"荔枝茉莉，你呢？"她姿态淡然，让人放松。

不知为什么，周旻喜欢感受她这种"可有可无"的神情。她好像无所谓，又似乎在专注于某个世界的角落，显得从容又雍容，这种感觉让他很放松。

这神情下似乎总藏着某种神秘的东西，引他去发掘。

"我真心无所谓啦，喝的是心情嘛，今天正适合饮茶赏雪。"周旻答道。

"好在志同道合的人不多，不然这小茶棚要被挤爆啦！我好想试试采集屋顶的积雪来烹茶。”她眼神飘忽。

“你很喜欢雪？我记得头一次见你，也是这样的雪天。当时你在红庙招待所门口玩雪，一个人。”周旻悠悠嘘出一口气，看它呵气成冰。

“真的？我怎么不记得？”对方有点吃惊，接着又来了一句，“那时我一定也在试图收集雪来泡茶，说是这么说，其实我根本不懂得欣赏茶，都是各种乱喝。”

“我不信，你肯定记得，只是不想承认，其实你蛮羞涩的。”周旻决定揭穿她，而且一脸淡定。

“我羞涩？这我还是第一次听说！”果然，她瞪大眼睛，从上到下打量着周旻，似乎第一天才认识。

“老规矩，信不信由你。”周旻品着热茶，浑身舒畅，说话也豪爽起来。

“你跟我的老规矩？难道我被洗脑啦？”梁捷愕然。

“哦，是我跟朋友们的老规矩。”看着她吃惊的样子，周旻想笑。

“咱俩是朋友吗？我怎么还是不信。”她看他，漆黑的双眼有如两潭深水，让人迷失。

“咱俩难道不是吗？你真是梁倔。”周旻仰头乐，露出洁白的牙齿和小酒窝。

他也搞不清楚为何要调侃她，可能想着要报她“巴黎感言”的一箭之仇。

“呃，你的好妹妹那么多，做你的朋友好有负担哪。”梁捷边喝茶边眼瞟四周。

看来她的“巴黎感言”正是那个意思——嫌自己好妹妹太多，被破解了！周旻确认。

“没事，我又不要你做我女朋友，普通朋友而已。我知道你有男朋友，他没留京吗？”

“你说尚羽啊？没有，直接打包回深圳了，他自己开公司拍广告，要做广告巨人。”

“你特崇拜佩服尚羽吧？”周旻想都没想来了这么一句，意识到自己唐突时，话已出口覆水难收。

“那是。他从头发到脚心都冒着才气的泡泡。”这“菜花”，倒是很喜欢大言不惭，她说完，漫不经心吹着碗里的茶叶。

周旻突然觉得，他对眼前人多了几分好奇，她直接，但她话里话外有某种东西又让你想琢磨琢磨到底咋回事。

她好像是本摊开的书，但你发现看不清楚这书页上的字，于是你难免想凑近一点，看个究竟。等看完了，恐怕你还得琢磨一下：真的是写的这样吗？还是她故意把自己写成这样？

“你是什么星座？”周旻脱口而出，说完又有点后悔。似乎男生不该问这个多少有点娘娘腔的问题，但他实在好奇，想证实自己的猜测。

“天蝎。你呢？”她望着他，瞪着圆溜溜的黑眼，连睫毛都露出好奇。

“水瓶。”周旻淡淡笑道，他又猜对了。

周旻听过很多关于瓶蝎的传奇和宿命，但此时不方便探讨，因为很明显，他和梁捷只能做朋友。

知己良朋，对瓶蝎真是理想的选择。据说瓶蝎之间故事特别多，似乎存在一种“磨劲”，称为“魔劲”可能也对，就是用两者之间的“魔劲”去互相磨。

不管梁捷怎么想，在走回宿舍的小径上，周旻分明咀嚼出了那种“魔劲”。

周旻知道自己很敏感，同时为得到这个新的红颜知己而有点兴奋。

大少爷救美

秦可他们系终于等来了上次没有野外写生的补偿，这次全班去唐山各陶瓷厂参观。

一路上本来心情激荡，但进厂参观以后才明白，这只是现代日常用的瓷碗生产线。流水线一路走去，千篇一律，很快就审美疲劳了。这跟想象中，面对面去鉴赏那些古香古韵的陶瓷精品，完全是两码子事儿嘛！

第一天看下来，秦可有点失望。除了班里的海晨兴致还高以外，大家都有点儿蔫蔫的，也可能是舟车劳顿吧。

傍晚，“阿黄”黄东强和“假吴奇隆”秦昊他们偷偷溜出宾馆，到小饭馆里喝小酒。回来时阿黄已经醉得七荤八素，其实才喝了一瓶半啤酒。趁醉，还给大家说了一堆支离破碎的笑话，算是弥补了一天的损失。

接下来的几天，吕晓庄教授带着大家连续看了好几个厂子，总共得有五个厂子吧。

吕教授是全国数一数二的釉料专家，唐山那些厂长一个个对她都毕恭毕敬的。

可惜啊，等看到好的东西一打听，竟然没有一件是销往国内和自己设计的。外销产品的质量在市面上根本见不到，质量和设计都是厂子里捂得最严的秘密。

数年后，秦可在英伦三岛和澳大利亚看到，中国的出口陶瓷占主导地位，百花齐放。

唐山的厂子看下来后，大家算是接触到切合日用生活的陶瓷制造，才真正对工艺美院陶瓷系有了归属感。

但这次唐山行，让秦可偶感风寒，且一直不好，咳嗽起来没完，最后校医建议他去朝阳医院。秦可在医院宿舍长大，见得最多的就是医院和医生了。他很不情愿地在朝阳医院长凳上坐了大半天，才终于看了医生拿到药。

走出医院时，他一错眼，便看见一姑娘捂着肚子，蹲在过道上。这门口没有长凳，她可能忍不住了。再仔细一瞧——噫，这不是服装系的小利同学吗？那个曾经让他六神无主的利婵。

当下秦可一颗心怦怦狂跳。看她那样子，真的很难受。他赶紧跑过去，关切地问："是利婵同学吗？你怎么啦？我扶你进去吧？"

利婵说不出话，只是双眉紧蹙，虚弱地点头。

他搀扶着她往里走，可没走几步她就得蹲下来。秦可一看，这离挂号处还远着哪，只好说："你疼得这么厉害，我背你吧。"没等她回答，他便背起她，往门诊部疾步走去。

利婵虽然疼得满头大汗，但心里还是清醒的。

她很意外此时此刻和秦可的狭路相逢，也很感激他的义举，但想到自己要挂的是妇科号，便一个劲儿催他："你快走吧，还得上课呢！"

"我下午真没课，今天我们班练习拉坯，是自由作业。我帮你挂号吧，你都走不动了。"秦可很诚恳。

利婵感到自己连迈腿都困难，就别说走路了，只好勉强点点头。当他听到利婵要挂妇科时，好像也没有震惊或者不自然，利婵心里稍微安稳一些。

医生检查和询问后，抛出冷冰冰的诊断："你这个有点儿麻烦啊，要做切片检查，不排除囊肿的可能啊！"

囊肿？这都什么词儿啊，真让人五雷轰顶……我才 24 岁，我不能囊肿啊我！利婵两眼发黑，如脚踩棉絮，整个人轻飘飘地一头栽到什么东西上面……心里只想说：秦可同学，你快走吧，这不是你该负的责任。

这句话盘旋在脑际很久很久，以至于她睁开眼马上急于吐出来。

说出了这句话，利婵完全清醒了，看见秦可居然还在旁边。他似乎被利婵说的话愣了一下，马上反应说：“刚才你晕倒了，医生说要住院观察，要找你家属。可我不知道怎么找你家属，只好暂时代替你家属同意了住院，你……不会介意吧？”

“哦，真是太不好意思了！这样，我的包——”她四处找，秦可把她的挎包递给她。

“喏，这儿有个电话号码，你能用医院电话帮我呼这个号吗？就留言说——利婵要死了，快来朝阳医院妇科，至少呼个三五遍！”

说完，她也觉得自己有点太情绪化，不好意思地补充道：“我怕家属不来，所以你要说得紧急一点，好吗？太谢谢你了秦可。呼完了你直接回学校吧，都大半天了！改天我再好好谢你啊！”

“没问题。我跟医生说了，他们得给你开病假条，我替你交给你们系。”

“见了同学，别说我在这个科啊！”利婵勉强伸头叮嘱。

“我知道了。那就……再见。”秦可简单明了，赶紧抄下战彬的呼机号，转身出去了。他也搞不懂自己到底在紧张什么。

直到深夜，战彬才出现，一脸迷惑。利婵都懒得跟他说，让他自己找医生去。

这一夜，他就因为传呼机上她那句留言“利婵要死了”跟她较真，教训她，不能搞这种“狼来了”。

“你要老这样，最后狼真来了，肯定没人救你！”眼看生死关头，他仍然振振有词，能言善辩。

看着战彬上下翻飞的两片薄嘴唇，利婵简直要醉倒，甚至想一把扯过被子闷住头，死了算了！真是听不得半句他的怪腔怪调了。

反正救我的人不是你，等到你来，早就成僵尸了！她在心里跟他各种暴力对抗，但实在没力气跟他吵，只好闭上眼睛睡觉。她心里非常后悔让秦可把战彬叫来，搞得心情更加烦乱。同时也为秦可老老实实遵照她的吩咐，去传呼战彬而感到一丝温暖。

住院观察两天后，切片检查的结果出来了，不是囊肿，而是上次药流有残留，形成了血肿。

医生把血肿清理完毕，开了消炎药，就可以出院了。前后只花了三天时间，利婵长出了一口气。如果真是囊肿或者肿瘤的话，这三年大学算是白上了，肯定得休学，然后导致退学。

走出医院时，利婵觉得风和日丽，一场虚惊！最重要的是，要好好谢谢大好人秦可。

泥塑屋的浪漫

正好是周末，最近战彬老到天津跟别人合作项目，利婵也懒得回大北窑那边了，其实冬天还是宿舍里暖气足。

而且都大三下学期了，宿舍就像敞开门的鸟笼，鸟儿都飞出去了。屋子里人很少蛮舒服的， 空气都清新自然啦。

利婵心里惦记着一定要感谢秦可，想请他吃饭，于是梳洗打扮一番，下了女生宿舍楼。

她本想去男生宿舍找这位“恩公”吧，又觉得太敏感太冒昧，而且不清楚他到底住哪一层哪个屋。算了，还是上陶瓷系教室碰碰运气吧，利婵逛上了教学楼。

陶瓷系教室里根本没有秦可的影子，只有一个姓黄的男生她认识，好像都叫他“阿黄”。据说是因为他人太直不愣登，一般笑话都被他说成了黄色笑话，所以得名“阿黄”。利婵觉得阿黄这俩字她叫不出口，像在呼唤某个宠物。

她只好怯生生地问：“哎——黄同学，请问秦可在哪儿你知道吗？” 阿黄倒是落落大方：“秦大少爷啊？好像是……跟周帅去他们雕塑室了吧，就楼底下那大平房，专做泥雕那屋。”

最后，利婵确实在泥雕室找到了秦可，他正跟周帅和翔子一起捏泥人，玩得高兴。

看到有别人在，利婵更不好意思了，就鬼鬼祟祟地在门口冲秦可招手。幸亏秦可一抬头看见了，他乖乖跑出门来问：“你好，有事儿吗？”

利婵有点尴尬，但既然都来了，而且这个人情必须得还，只好特别直接地说：“没啥大事儿，那个……想请你吃顿饭，聊表谢意。”

秦可听见她这么说，也扭捏起来，红着脸，不好意思地说："哦，那倒不用。"

两人正尴尬得不要不要的，背后忽然传来周帅的声音："哎秦可，今儿咱不是要烤肉吗？赶紧把歌星请进来吧！"一语惊醒梦中人，秦可赶紧把利婵让进屋。

一边正捏泥巴的翔子虽然没说话，动作似乎也笨拙起来，看着那么高大威猛的汉子还能这么腼腆，利婵觉得很好玩。也就周帅一个人表现得稍微正常些，可能他平常接触女孩子多，所以不怯场。

周帅见了利婵就说："来得早不如来得巧，我们正打算烤羊肉串呢，要不要帮我们生火呀？"

"生火？那可是我的强项啊！"利婵说干就干，她麻利地点着小土炉，把木段煨红成炭块。其他仨男生就往小棍子上穿羊肉和洋葱。

旁边几个小罐子盐、孜然和辣椒面都准备好了，码得很整齐。烤羊肉串其实不费劲，不一会儿，便满屋飘香。

几个人被羊肉的香味煽动得活泼起来。

翔子耸着鼻尖说："这要不要太香了？赶紧把窗户打开吧，别一会保卫科要来人了！"

"打开窗会有烟味香味飘出去，保卫科的人可都是'狗鼻子'呀！"周帅反对。

"窗开一小缝就行，保卫科那么远应该闻不到，我这边有办法把烟减少。"利婵果然很能干。

肉串烤得差不多的时候，周帅突然说："哎小利同学，你们班'菜花'在吗？要不要也叫上她？"

"我出来时她在水房洗衣服呢！行啊，我去叫'菜花'，人多热闹。再说'菜花'吃得不多，不会跟你们男生抢肉。"

"那啥，我去小卖部搞几瓶汽水和啤酒助兴，撸肉串没啤酒真不像话。"翔子边说边往外走。

"饮料顺便交给我吧，今儿我本来要请吃饭的，改成买饮料还替我省钱了呢。"利婵风风火火地走出门。

等她叫上"菜花"往小卖部走的时候，发现翔子已经扛了一箱饮料正从小卖部出来。

利婵惊讶道："噫，不是说我来买吗？"翔子咧嘴："不能让姑娘家买单，这是爷们儿的事儿！”然后扛着饮料转身就跑。

利婵和“菜花”跟着他往泥塑屋走去。

进门时，铁门比较窄，翔子抱着那箱饮料挤进去，只听“刺啦”一声，他的夹克上衣被钩破了。

进到屋里，翔子只好自嘲：“幸亏是剐了上衣，这要是剐烂裤子，爷这会儿得钻地缝里去了。”老炮终于挣脱了腼腆的桎梏，他突然爆发的坦率引得众人哈哈大笑。

“咱这正好有俩服装系的高才生，不怕！”周帅笑道。

“行嘞，把那上衣给我吧，晚上我给你缝好。”利婵很实在。

翔子一脸熊样，磨磨蹭蹭，最后还是把上衣给了利婵。窗户关上以后，这屋里特暖和。肉和啤酒一下肚，男男女女不再拘束，大家有说有笑，气氛融洽无比。

在这欢乐的气氛中，利婵顿悟到自己窝在大北窑平房里的时间太多了。老在那儿等战彬，伺候他，简直成了老妈子，失去很多大学集体生活的快乐。

她暗自决定，以后要多住校，多参加同学们的活动。还有一年就要毕业了，那之后想要常和同学们一起欢歌笑语，恐怕也难了，应该多珍惜大学时光。

这天晚上，利婵躲在床上给翔子缝补那件上衣，特意把床前的帘子放下来，生怕别人看到。她把床上小灯调得更亮些，这样针脚能缝补得绵密，她要在翔子衣服上炫一把服装专业人士的精湛手工。

她缝着翔子的衣服，闻到翔子身上的味道，那是一种雄性的、让人很有安全感的味道。翔子那么高大壮实，怀抱一定很温暖吧？

这么一想，利婵立马脸红了，觉得自己简直堪比荡妇。

那天晚上，翔子的衣服就放在她枕头旁边，翔子的味道和战彬的味道完全不一样！这让利婵产生了小小的罪恶感，这还是她头次给战彬以外的男人补衣服，并在这个男人的味道中入睡。

其实这是种复杂的感觉：有点甜蜜吧，又有点骚动和不安，更多的是内疚和犯罪感。闻着翔子身上的味道，这一晚上，利婵脑子里全是他的音容笑貌。

樱桃沟说红楼

受到泥塑屋烧烤的鼓舞，周旻撺掇“雷神”和张晖这俩大哥组织一次春游，去长城或者承德。

报名者踊跃：“雷神”“饭饭”两口子，晖哥和峥峥，秦大少拉了班里的阿黄，加上老炮、小利同学、“菜花”，还有“贝贝”柳和勋连同周帅，总共 11 人。除了两对情侣，其他男女参半，够热闹了。

大伙儿争论了半天地点，最后定为车程较短的西山，因长城和承德都远。西山以红叶著称，但植物园和樱桃沟是理想的踏青之地。还能凭吊曹雪芹故居，考察《红楼梦》的出处，这种风雅可真难得。

秦可算是半个红楼迷，却从未到过樱桃沟，而且想到能和利婵近距离接触，不禁喜上眉梢。

一行人踏着露珠出发，先逛植物园。这儿依山傍水，空气清新，正值春暖花开，玉兰和桃李竞艳。一阵风吹过，卷来漫天飘洒的花瓣雨，伴着阵阵花香……美不胜收，妙不可言。

据说离卧佛寺 1 公里处有个黄叶村，里头正白旗 39 号屋墙皮剥落后，裸露出了友人送给曹雪芹的诗。后经考证，此乃曹雪芹的西山旧居之一，曹大师在西山很多地方住过。

从此，一捧荒冢掩埋了的杰出文豪，才算有了凭吊处。

曹雪芹家里园子老大，却显凄清，勾起人对他平生潦倒的不平。门前三株歪脖老树，应了当地民谣：“门前古槐歪脖树，小桥溪水野芹麻。”

这只是四间旧瓦房，墙壁上留下众多咏叹调，全在惋惜曹公“生于末世运偏消”的悲剧。

秦可边看边叹：古今中外没变过，等人出名后都跑来凑热闹，有用吗？还不如在人家曹公和凡·高失意时，有人给点掌声，分一碗粥饭。可叹当年凡·高饿得前胸贴后背时，拿自己一幅画换个苹果都没戏，古今中外的人心，可见一斑。很多高人未成名时，拼老命地耕耘，世人又如何看待？等人出名再一窝蜂跑来，统统是势利小人。

从曹公故居出来，一路走去是峡谷，林木清秀。谷底有一蜿蜒小溪，流水潺潺，这就是樱桃沟。

走向神秘的樱桃沟，大家喋喋不休说红楼。

阿黄摇头晃脑地大声吟诵："秋色招人上古墩，西风瑟瑟敞平原。遥山千叠白云径，清磬一声黄叶村！"

"这啥诗啊？整得好风雅。""菜花"很好奇。

"曹雪芹老友敦敏的诗，红学家说这诗专吊曹公，其他人又不同意。"才女"饭饭"一向精通诗词。

"这帮知识分子就爱争，吃饱撑的。"李峥嵘扮鬼脸，她一贯离经叛道。

"阿黄，考考你，知道曹雪芹哪年死的吗？咋死的？""饭饭"公然向阿黄挑战。

"曹公逝于乾隆二十八年，即 1763 年。大除夕啊，连年都没过！就因为他的爱儿患病不治身亡，他深受打击，不到半年即含恨而终，可怜可叹！"阿黄文绉绉的，答得还算从容。

"饭饭"却穷追猛打："他留下何人？埋骨何方？"

"留下了曹寡妇呗！曹公即埋骨此地。"阿黄有点儿露怯了。

"人家叫李兰芳，书上说的芳卿。曹公嘛，被草草掩埋在正白旗的地藏沟。""饭饭"做出解答。

"太惨了，一代巨匠文豪哇……据说他在此住了十年，《红楼梦》深得西山的灵感。"又蹦出来个文学青年周帅。

"那个李兰芳，难不成就是林黛玉的原型吗？""贝贝"问道。

"他原配才是黛玉的原型吧？见过的人都说乃国色天香也！儿子也是原配生的。"阿黄答。

"错！曹公原配是宝钗的原型。而李兰芳是他青梅竹马的表妹，专门去江南找回来的；兰芳表妹是书中史湘云的原型。""饭饭"又进行修正。

"瞎掰。"阿黄反对。

"你才瞎掰！《红楼梦》原书中有多处点评，点评人笔名为脂砚斋，据考证，她就是曹公后娶的表妹李兰芳。她的点评透露出，脂砚斋即是李兰芳，李兰芳即是史湘云。”“饭饭”据理力争。

“哇，咱脚下的山水，正是曹公当年一脚脚踩过的呀！”“菜花”自顾自兴奋起来，对阿黄和“饭饭”的争论不以为意。

“对！他就是看到樱桃沟里的元宝石和穿石古柏，构思出了宝黛的木石前盟。樱桃沟出产黛石，以前女人用来画眉。那句‘西方有石名黛，可以画眉之墨’，就从这儿来的。”

阿黄大声说道，试图力挽狂澜。被“饭饭”一介女流压倒好没面子呀！他暗自心焦。

“阿黄你太厉害啦，活脱脱的红学家呀！我要找黛石！”“贝贝”拍手称快。她是一粒脆甜小豌豆，大家高兴她就高兴。

“说不定阿黄就是曹公投的胎呢，哈哈！”“雷神”揶揄道，他得配合他那强势的媳妇儿“饭饭”。

“曹公才不会投胎到陶瓷系呢，泥胎凡骨，哼！”“饭饭”声音尖利，还一扬头以示不服。

“我咋觉着你言语间有呦呦舞剑之声！”阿黄回击，他两手乱挥，试图舞出剑花来。

晖哥赶紧打圆场：“说不定曹公的灵魂正飘这儿来，听咱非议他呢。小的们，管住嘴，别说错话啊！”

“赶紧走到头，摸摸元宝石，给你镇邪降福！”“贝贝”也脆生生地息事宁人。

“我们中间有一人，应该来自红楼。”“菜花”眨眨眼，故作神秘。

“贝贝”马上兴奋地蹦起来：“哎，谁呀？捷子快说！”

“周帅前世最应该是贾宝玉。”“菜花”公开谜底，大家笑，周帅自己也乐颠颠的。

“正解。难怪周帅有那么好多妹妹，哪个都舍不得分给我们！”老炮给打上注解。

众人一路说说笑笑，却被眼前突现的美景震撼。樱桃沟一如其名，沟边樱桃树盈盈簇簇，含苞待放。一冽清泉飞流，把行人给美翻了。

沟涧高耸着上百年的水杉，林间薄雾弥漫。走在曲折小径上，呼吸古杉飘散的香气，错觉置身仙境中。

一行人终于到达了元宝石，果然奇。巨型条石倚坡横立，石两端上翘，好似元宝。一棵翠柏嵌入石缝中，把石劈开，这就是传奇的“石上柏”，石下还有鬼斧神工的天然山洞，美哉妙哉。

“曹雪芹当年正是坐在这儿，萌发了木石前盟的构思啊，同志们！”“饭饭”惊喜地叫道。

“天哪！这怪石头可真巨！高 7 米，宽 20 米哪，乖乖！”张晖边咂舌，边翻看手里的指南册，果然是环艺系的，尺寸概念好。

“据说，曾有仙人骑鹿来此。童颜鹤发、风骨不凡，自称空空道人。为占山洞，和从天台山来的疯和尚比试坐禅。这怪石、这一僧一道，似曾相识吧？”“饭饭”得意地环顾众人，今天她成导游了。

秦可和利婵这一路上特安静，似乎这成为他俩之间的默契。俩人走在队伍末尾，偶尔对望一眼，深眸浅笑。过樱桃沟时乱石交错，利婵差点摔倒，幸亏秦可及时拉了她一把，并主动替她背包。

翔子本来也想帮忙，可回头一看，利婵已经有人帮，就打住了。

太虚幻境

如画般美景让人销魂，大家决定找一避风处安营扎寨，今夜就梦游“太虚幻境”了。

“山中仙境一夜，人间已千年。别等咱出山，工艺美院已不复存在，再也回不去啦！”阿黄杞人忧天。

“饭饭”接茬：“那还不好？到处都是高科技，咱一脚踏进未来，留在这儿啦！说不定还能永生！”

“就怕到处是三角脸青蛙眼的外星人，见了咱以为是兽，啪啪给咱击毙喽！”阿黄声色并茂，搞得逼真。

“哎周帅，可惜你们班‘王小狼’今儿没来，他可以冒充外星人，以假乱真！”“贝贝”捂嘴乐。

“‘王小狼’那厮，来了给你生一堆小外星人，管咱叫舅，饭肯定有的吃。”翔子也咧嘴傻乐。

“阿黄，死倒不怕，就怕给咱关到动物园去展览，喂咱生肉和虫子！”“菜花”补充道。

阿黄赶紧拜地求饶：“周帅和秦大少颜值最高，星族动物园展览他俩得了，放过小的我吧！”

“动物园领导指示：阿黄这黄坷垃，直接拉到后山喂狗！”峥峥是重口味。

众人边贫边动手，“雷神”、晖哥和翔子摆出大哥架势，几下就搭好仨帐篷。雷凡和晖峥分住俩小帐篷，还各给搭配了一“灯泡”，其余 5 人住最大的军用帐篷。

之后，大家分头寻宝探险，“贝贝”惦记要找黛石，晖哥和峥峥俩好奇宝宝“噌”就消失没影儿了。秦可、利婵和翔子三人同行，不知哪儿逍遥去了。

“雷神”和“饭饭”一起，而阿黄要继续跟“饭饭”辩红楼，周帅和“菜花”俩文学青年要跟着听，于是这几人便凑成了一队。“雷神”交给本队的任务是：每人捡一把干枯枝以便生火。

再往深走就是沟底，怪石嶙峋，枯枝满地。穿行在杂草乱石间，要手脚并用，大家分组互助，玩得很过瘾。

入夜了，有点凉。雾气似烟似纱，缥缈神秘，亦梦亦幻。

“贝贝”笑嘻嘻地怂恿：“阿黄，来点儿精彩鬼故事呗？”

“呸呸，阴气太重，生火补点阳气再说！”阿黄哆哆嗦嗦地回应道，哈出一口“仙气”。

“雷神”和张晖把大家捡来的枯枝聚拢，生起小堆篝火。众人团团围坐，心里有小小忐忑，万一被守林人发现，估计会被集体扔出去并罚巨款。

“注意啊，吃完干粮要把自己制造的垃圾收好，放回包里。回头看到垃圾箱再扔，保护环境，人人有责。”“雷神”提要求，同样的话他已重复多遍。

“知道了，家长同志！”“饭饭”冲他噘嘴撒娇。

“媳妇儿，再给讲讲曹雪芹的故事呗，给这帮俗人醍醐灌顶！”“雷神”明白自己媳妇好这口。

“‘雷公’，你这媳妇迷！”黑暗中不知谁用腹语蹦出一句，估计不是阿黄就是晖哥。

“雷神”马上借机贱贱地凑到“饭饭”身边：“媳妇儿讲话，我最爱听！”“饭饭”嗔怒地推开他。

“哎，‘饭饭’，你说曹公是先写了《红楼梦》，后住进西山修改的呢？还是整部书就在西山构思写完的呢？”阿黄问，还装出洗耳恭听的样子。

“这是一直争论的话题，但西山肯定给了他诸多灵感。”“饭饭”答道。

“对了，我看过《香山传说》。那里边说呀，曹公喜欢和友人去法海寺。那儿山腰有甘香的泉水，他到那儿品泉煮茶。这让我想起《红楼梦》中，妙玉取泉水烹茶，款待宝玉那段儿。”“饭饭”又补充。

“这么说，《红楼梦》中的佛光禅意，估计是他从法海寺方丈那儿讨教的。我看过一文章，说60年代老舍到山脚下门头沟体验生活时，听当地父老乡亲说起，曹公曾出家法海寺。这和宝玉出家的情节也一样啊！”阿黄知道的真不比“饭饭”少。

“遥想当年，曹公在西山转悠，和友人访古村名刹，烹茶品酒，登山远眺。”“饭饭”在火光下闭眼遐想。

“他爱放风筝，那时叫扎燕。白旗营中的扎燕与众不同，屡屡夺魁，就是因为有扎燕高手曹雪芹！”

这俩红楼迷，如痴如醉交换心得，其他人都讲起了鬼怪灵异。

困得不行了，雷凡和晖峥这两对儿分别钻进了二人世界。搭配的两只“灯泡”阿黄和“贝贝”都不敢进去，只好挤进军用帐篷。

幸亏这俩人占地面积小，七人挤在一起还很暖和，周帅可美坏了，又栽倒花丛中。

三人行

次日下山时，众人路过明代被废弃的广泉寺。

广泉寺的废基，就在前北洋政府官僚的“周家花园”，旁边矗立一口“广泉古井”。

这“周家花园”的前身，又是明末清初名士孙承泽的别墅“退谷”。

历史在此交错，层层叠叠。可叹沧海桑田，如今只剩一口枯井，期间多少王侯将相，灰飞烟灭！秦可望着古井，怔怔发呆。

“喂周帅！周家花园哪，跟你家有关系吗？”“菜花”叉腰问道。

周旻挠头：“前世今生啊！是我太爷爷的太爷爷的太爷爷……”

“周帅你不是贾宝玉嘛，前世你肯定不姓周，哈哈！”“贝贝”笑声清脆。

大家路过卧佛寺时，发现里面有根铁管流出水来，发出好听的淙淙声。

“这肯定是老林山泉水，喝一口，滋阴壮阳十年少！”阿黄不由分说跑过去，捧起一口水要喝。

张晖伸手喝止：“别介！这绝对是自来水，哪来恁多山泉水呀，流了好多年早断流啦！”

“没错儿，您瞅瞅屋顶那蓄水池，都发绿发臭啦！”“雷神”手往上头指。

“喝吧喝吧，拉稀是必须的，黄金纪念品。”翔子裹乱。

“辞泉寻径去，叹息出高林！”“饭饭”却念念有词，撇下众人前行，手持树枝当拐杖。

秦可看利婵和“贝贝”把玩手中扁圆的黑石块，是否黛石？不得而知。

到游人多处，有小贩用戏服招揽生意，大家起哄雷凡和晖峥两对儿，去扮清帝和皇后。“饭饭”和峥峥都不肯就范，跑一边儿去了。推来推去，最后“雷神”和“贝贝”大大方方，穿上皇阿玛和格格的服装合了影。

这次踏青的好处，就是让平时专业没交集的一帮人熟络起来，樱桃沟的友谊此后持续了多年。这帮人也被自己戏称为“樱桃帮”，帮主自然是“雷神”，他最能忽悠人嘛！副帮主是老炮翔子，谁让他是皇城根底下的地主老财呢。

西山踏青和泥塑屋烧烤，无形中奠定了秦可、利婵和翔子 “三人行” 的基础，只是当时大家还没看出来。

苦菜花

从山上走回车站的路上，整支 11 人的队伍三三两两地拉开了距离，周旻和梁捷边走边瞎扯。

“哎梁佩，我很好奇，你们班人为什么叫你‘菜花’呀？”

“啊，想听这个典故呀？我坦白完你请我吃饭？”

“没问题啊，坦白从宽，抗拒从严。”

“你没注意到吗？我老爹给我取了个提手旁的捷字，人家都以为我是个男孩纸（子）啊！再想想，一般形容野兽才说捷呢，古文里捷就是狩猎的意思。”

周帅忍住笑，说：“对对，还是提手旁的！你以手叉地，才能走得快嘛！是否应该叫你走兽？”

“呃，你可真会聊天。我不叉地我叉你！”捷子张牙舞爪。

周帅温文故我，慢悠悠地说：“你先把名字的典故说了，再叉我好啦，随便叉。”

捷子开始了历史问题的交代：“我肯定是不喜欢自己的大名，才老寻思要改名儿。仿佛听说艰苦岁月里有个电影叫《苦菜花》，哇，我立马爱上‘菜花’这俩字，至少是个正经女孩名儿嘛。我想，春天田野里黄灿灿的菜花，美哉！以我七岁时的智慧，你懂的。于是我情不自禁，在所有作业本上写下心仪的新名字：梁菜花。”

这个典故听得周旻哈哈大笑，好个“梁菜花”！“那你们服装班同学怎么会知道呢？你自觉坦白的？”周旻问道。

“我一不小心泄露了。入学时大家刚混熟，全班边画边聊，正好老师发给我画的白描是菜花，真是醉了！我一激动，无意中脱口而出，之后就传开了，说实话的恶果呀。”

周帅还要刨根问底：“你当时怎么可能脱口而出呢？没听明白。”

“就是——啊？菜花！要我画自个儿呀？”

“嗯……想想同学们的名字，好像都是名词，动词很少。看来你老爹期望你与众不同，至少敏捷好动，哈哈！我还以为你才华多，所以被同学们封为‘菜花’呢！”说完，周帅又忍不住笑起来。

“才华我自问也有那么几两吧，只是太喜欢实验了，做事不专注。今儿东一榔头，明儿西一棒子，是一脱缰的野马。谁也不愿要野马，对吧？”捷子自嘲道。

“尚羽师兄愿意啊！连他也不能驾驭你吗？我看他没毕业时，天天把你抱在怀里，谁也别想接近。”

“没那么夸张吧？我发现你说话天马行空、毫无边际啊！”

“我是诗人。哎，我发现我是旻，你是捷——合起来就是敏捷呀！”周帅眼睛一亮。

“去，这叫啥狗屁诗！”

“不是，咱俩——”

“少跟我攀亲。”

“那我请你吃什么呢？”

“既然是给我的奖励，那我就有支配权对吧？”

“应该是。”

“这顿饭先存你这儿，我想吃再取。”说完，捷子就自个儿往前跑，扔下周旻一人落后头。

“呃，真是个怪人。”周旻摇头，哭笑不得。

但他不得不承认，他自问了解她，看来未必。

你永远不知道她下一步会做什么说什么，但这让她充满某种怪异又神秘的色彩，让人想进一步探究她。而周帅恰好喜欢钻研不可预知的人和事，他喜欢不断地去探求新鲜事物，对很容易被掌握和熟知的事情，很快就滋生厌倦。

周旻是位好奇宝宝，典型的水瓶哥哥。

硝烟再起

从西山回校的路上，“雷神”和“饭饭”赵亦凡又闹了点不愉快，但同行人多，“饭饭”不好甩脸。

起因嘛，就是徒步走路出了一身臭汗，凡凡脱了两件上衣。后来越来越热，她脱得就剩一件小背心儿，比较贴身的那种。

“雷神”快步赶到她身旁，用手肘捅捅她：“哎媳妇儿，穿得忒少了吧？”

“饭饭”疑惑地望向男友，不解其意。“咱至少得盖盖胸部吧，别让人笑话！”老雷冲“饭饭”胸部努努嘴。

“我这可是老正经的一件小背心儿啊！里边穿了胸罩的，我这不是热嘛！”“饭饭”不乐意。

“你看人家别人，都没像你这样。哎，你穿上点儿！”“雷神”挥手强调，开始皱眉。

“我怎么了我？那人家热也可以脱呀，脱成啥样子，那是人家自己的事儿，你管不着！”“饭饭”没好气地把长袖上衣搭到肩上。过了一会儿实在热，只好再把衣服拿开。老雷再冲她使眼色，她全当没看见，我行我素。

“雷神”没辙，心里有点儿嘀咕了，女孩子家嘛，出门检点是完全应该的。自己好心提醒，她干啥非要顶嘴？咱老雷家这媳妇儿，怎么非要这么拧巴呢？

于是上了大巴后，这俩都不说话。再说爬山越岭，这会儿都累了，不说话也纯属正常。

回到学校，赵亦凡连再见也不想单独跟老雷说，只冲大家挥挥手笑笑，转身就“噔噔”跑上宿舍楼了。她觉着自己没做错什么，干吗要摇尾乞怜？自己从不需要看人脸色行事。而且她特烦别人管她，凭谁都不行。

这边厢，“雷神”也别扭。本来大家高高兴兴，媳妇儿却非要扫兴，没事找事！可自己对她爱使小性子的习惯一点儿办法也没有，只有忍耐，等待它过去。

人都有优缺点，媳妇儿才学那么高，人又妖艳，总会有弱点。唉呀呀，总之一不小心，“饭饭”一抹脸，又变成“烦烦”啦！“雷神”虽然懂得宽慰自己，也难免被超出自己掌控的不稳定因素而郁闷。

在“雷神”和“饭饭”分别躺在各自宿舍里生闷气时，张晖和李峥嵘倒是快活得紧。

回城后，俩人直接上张晖在大北窑租的小工作室，东西往地上一扔，小睡了一会儿。张晖把床让给女士，自己睡沙发。

睡了特别滋润的一觉，养足精神后，张晖便带峥峥去附近最好的涮锅店吃涮羊肉。俩人胃口都好，吃了不少，还喝了啤酒；边喝边疯玩小游戏，包括街边酒友玩的猜码，不醉不归。

张晖那小工作室是租来和兄弟们画图挣钱的，里边囤了不少啤酒瓶子和烟头，峥峥见了，倒没有一般女孩子的大惊小怪。不批评，没看法，如此不拘小节让晖哥感觉浑身舒坦。

俩人这下喝高了，更没有收拾屋子，称兄道弟倒床上睡了。连被子都不用，晖哥直接充当了峥峥的被子。

张晖在酒醉中醒悟，李峥嵘就是最适合自己的那盘菜。她滋味无穷，是个不折不扣的女汉子。他搂紧了她，她从此成了这屋子的女主人。

第十五章 师林奇葩

短暂的青春

为赶作业错过了饭点，秦可和阿黄急匆匆赶到学校对面的超市买熟食。买完饭两人又心急火燎往回赶，晚自习要点名，不到算旷课，会有毕业危机。

“这破点名忒孙子，其他大学晚自习都自选，就咱校是强制性。迟到不但扣分，还总拿分流和毕不了业吓唬人。”阿黄抱怨道。

“没错，特二！搞得跟犯人似的。还要早起做操搞内务，把艺术生搞得跟理科生一样，这是要干吗？”秦可也心怀不满。

“每次我去中央美院看老乡，都特羡慕人家鼓励个性和创意的气氛。”阿黄甩了甩前额的长发，他留了个“郭富城头”，前发较长。

上了三年大学，中工跟秦可原来想象的不一样，大家经常被各种严苛管理压得喘不过气来。就连广西艺术学院，自由艺术氛围都比中工强。

“不是我瞎说啊，咱院里有啥艺术空气？全是体育和文史。体格要经过二万五千里长征，革命史也当作正课来学习考试，郁闷。”

俩人拎着熟食，边埋怨边站路旁等，车流快，等半天都过不了马路。自打东三环通车后，不但校门口美好的草坪被铲除，而且进校门增加了危险度，因为门口紧挨着车流汹涌的三环大马路。

“快点！再过 5 分钟要开始点名啦，现在跑还来得及！”阿黄眼看急驰过来的一辆车还有段距离，跃跃欲试，想用他的瘦腿跟汽车赌一把速度。

“哎——别冲！为晚自习赌命，太不值当啦！”秦可一把将阿黄拽了回来。

“哐当！咔——吱！” 突然，对面马路猛地传来尖锐的撞击声，然后是不祥的刹车声，但隔着东三环立交桥，看不清啥情况。

“对面大事不好啦？”阿黄面露疑惑。

“早跟你说别闯车流。”秦可皱眉。

等俩人过了马路对面，才看见人越来越多，真的出事了！

一辆东方牌重载大卡车歪斜在路边，车头被人围了好几圈，一片混乱。秦可下意识地往边上躲闪，阿黄却往人群里钻。

秦可在桥下等了一会儿，阿黄才钻出来，脸煞白，结结巴巴说道：“好恐怖啊……只剩，只剩两条腿！”秦可有晕血症，一把拽上阿黄往学校跑，阿黄的手冰凉沁骨。

赶回陶瓷系，点名老师居然不在，人也不全。

过了好一会儿，班里人才涌进来，大家议论纷纷，今天晚自习看来是作废了。

“哎，到底咋回事儿？难道是咱校的人被撞了？”秦可急急地回头问其他人。

“还真是咱的人，是94级环艺班女生，青岛美女。”班长王乐耕说道，一脸惊惶，嘴唇发黑。

海晨声音哆嗦：“她姐姐在楼下哭得那个凄惨……姐妹都是咱校的。”

“她一手扛画板，一手扶自行车，从桥底冲出，大卡车拐过来，把她脑袋都轧扁了！”王乐耕说得直白，两眼发愣。

“假吴奇隆”秦昊浓眉拧着悲悯，哀叹阵阵：“唉！都是晚自习点名惹的祸啊！她就是着急赶回来点名，穿红绿灯时被大卡车撞的。我去看了，只看见两条腿，其他地方都拿木糠堆上了，血腥啊……”

“她这么急匆匆，肯定为了赶晚自习的破点名，点不上是按旷课算的，又涉及该死的分流！”海晨说。

“破自习破点名太可恶啦！一条人命啊！”阿黄也愤愤不平。

“都怨那可恶的卡车，怎么能怪自习呢？领导的决定永远正确！”海晨边说边摔着笔，有点气咻咻。虽然不认识被撞的青岛女孩，她眼眶却红了。

几位女生都有点挂不住，满脸悲戚。阿黄望向秦可，面露感激之情。

如果刚才不是秦可拉住他，说不定此刻剩两条腿的会是自己……阿黄回想刚才自己亲眼看见的惨状，不禁打了个冷战。

这青岛女孩才进校几个月？为了赶晚自习，生命永远终止在学校门口。本来清规戒律多，校园生活就是苦中作乐，然而逝去的生命太可惜，再也难以为乐。这发生在眼底的悲剧，将是大家心中永远的痛，什么叫风华正茂啊……

秦可胡思乱想着，根本没了看书的心思。心里堵得发慌，此刻真想对空长鸣，变成一只自由鸟飞走。

青岛师妹出车祸后，学院终于决定，不再要求晚自习严格点名了。

别来纠缠我

车祸事件后，大家私下里乱议论，矛头集中在院长大大身上。

秦可觉得自己和院长没有近距离接触，也没上过她老人家的课，没有任何发言权，但形形色色的议论总是钻进他耳朵来。

自古以来，悠悠众口，就连封建统治者也捂不住，何况区区一所高校。

学生们对院长的印象都比较一致，认为她老人家学问是有的，法语是流畅的，人是和蔼贵气的。发生的一切倒霉事，也怪不着她，都是体制的规定，她只能执行。毕竟院长师从常书鸿、林徽因、雷圭元等名家，自幼随父在敦煌临摹壁画。艺术造诣和师德自然没得说，可是……一院之长，总会有个带头作用吧？

秦可老爹是小地方医院的头儿，上面交代的活儿他认为不人道，还会去死命争取，为员工鸣不平呢。

秦老爹虽然老说“太乖的孩子没奶吃”，但最后还是把儿子们教育成了乖孩子。

秦可时常觉得压抑，胸中一口气出不去，反叛在骨，烂在骨里，这就是正统教育的力量。

这天在宿舍里，秦可倒是听见“鼓手”吴昊在夸院长。

“原来我一听院长大大的名号就犯怵，直到我夜闯她家后，才知道她是个好人！学院有个奇葩规定，体育各项通过后要加一个维尔维克指数，我胸围105cm加体重

75kg 结果大于身高 174cm，属于不及格，将来会没学位，给我急成了热锅上的蚂蚁！赶紧直奔院长家，当时她正拿开水烫碗哪，听完我的说法一脸诧异。然后象征性地给俺补测了一下，就都过了。人挺慈祥的，真的！”吴昊摇头晃脑，嘚瑟得不行。

这一句下去，马上出现批判吴昊的各种声音。

“去，就你会拍马屁！”

“没错，给你个好就卖乖！”

“光冲男生宿舍电梯老被一遍遍粉刷，就怀疑某人有强迫症！电梯里画画，那叫涂鸦艺术，她到底懂不懂？”

“过激了哈，人那是爱干净不行啊？她是众高校唯一的女院长，这差使可不好当啊，大家体谅着点儿！”

“总之强调宿舍要特整洁那一条就特二，不让放画板画具呀，就更二！试问咱还是艺术院校吗？”

“没错，瞅瞅人家中央美院，乱得开心，乱得艺术！把艺术家都捆起来，还能创作吗？！”

“你懂啥！中央美院忒乱了，好家伙——到处是画板，吊着毯子，一片乌烟瘴气！”

……

隔壁屋突然传来窦唯高亢激越的歌声，掩盖了糙男们此起彼伏的滔滔议论。

“我不想再对你说些什么，现在是气愤的我。你已被你的虚伪完全淹没，变成讨厌的颜色！把你自己那份该做的工作，做得比别人出色，把你的态度变得让人能够接受，你我是平等你我……你别来纠缠我，你别让我难过，这是新的中国，我不想再多说……”

窦唯这一曲《别来纠缠我》，唱得大伙儿憋屈的心一阵畅快淋漓。

蓝颜知己

自打上次从樱桃沟回来后，秦可似乎和利婵同学取得了某种共识。他于是习惯在周末时，借口到服装系找“疯子”，其实只为看看小利同学在不在。

有时碰上她正在教室做作业，俩人也能小心翼翼地闲扯几句，甚至随众人一道到食堂吃饭，秦可觉得这样的周末时光简直充满了随意的惊喜。

没想到，这些举动很快就被人精周旻觉察了。

这个周六正当秦可在 92 级服装系的门外探头探脑时，有人从后面蒙住了他的双眼，粗声粗气喝道：“好啊秦少——今儿让我逮你个正着！”

凭周旻再怎么变声，秦可也能知道是他，周帅习惯用古龙水，一闻就知道是他。

秦可使劲把周旻的手掰开，转头看他：“我又没做亏心事，干吗怕你逮我？你又不是我亲爹！”

“嘘——！”周旻做了个噤声手势，又小声问道：“她在吗？”秦可装无辜：“谁啊？我找‘疯子’。”

“再装就没劲了啊！你再装我就喊了——小利妹妹！”

“喊呗，反正她不在。”秦可理直气壮。

俩人一推门，果然空无一人，连最勤奋的“疯子”都不在，这倒有点奇怪。

平常“疯子”不是在教室里疯狂地画服装效果图参加各类大赛，就是玩命学习拿奖学金，有时还临摹大师字画去卖；也许今天碰巧出去给人当家教了。

“走，今儿跟我约会算了，咱哥俩后门小饭馆吃鱼头汤去吧！”周旻做了个作揖的姿势，秦可只好乖乖跟他走。

俩人点了比较简单的几个菜：京酱肉丝、地三鲜和香椿摊黄菜。鱼头汤太红火，早被一抢而空了。

边吃饭，周帅边劝导秦少：“你知道人家小利是名花有主的人吧？要我说呀，你还不如去追‘贝贝’呢！她是工业系头儿的闺女。”

秦可打着哈哈："'贝贝'？她是蛮可爱的，可她和许泉走得挺密吧？他俩同在工业系，'贝贝'她老爹师父看徒弟会越看越顺眼。这柳老大嘛，我虽然很敬服，心里还是怕怕的，他万一要比专业招亲，我肯定过不了关。还是'虚穷'老弟容易近水楼台先得月呀！而且你觉得我真会追人吗？"

"秦大少爷，在追女孩子这方面，你可真是……唉，我都找不到合适的词来形容你。反正你就是一绝，哈哈！"

周旻这人说话总留余地，所以跟他交往蛮舒服的。他心细，点到为止，一般情况下不穷追猛打。

说完，周帅又产生了强烈的同情心，开始给秦大少爷支着儿："你开口叫女生跟你出去，能把你难为死啊？其实追女孩嘛，没你想象那么难，你得迈出这第一步。"

秦可苦着一张脸，请教周帅："说对了，可我偏偏迈不出这第一步嘛。对了，为什么总是我们男的迈第一步啊？"

周旻笑答："你难道不是中国男人？这是咱社会习俗啊！得，我估计你喜欢女追男。等着吧，你这样的小鲜肉，肯定有人来倒追你。"

"啊？这么说，我不会打一辈子打光棍吧？"秦可瘫软在椅子上。

"没那么惨。其实你叫女孩子跟你出去逛逛，挺简单的事，你得把借口找得漂漂亮亮，连你自个儿都信了。哎，服装系妹妹们正上手工课，你可以掏钱跟她们订制皮包，做个金主，这样就可以互动了嘛！"周旻挤挤眼。

"你咋知道人家正做皮包呢？"秦可问。

"哦，那个，小捷子说的。"周旻赶紧低头吃菜，不看秦可。

"小捷子？你是说服装班的'梁菜花'？啥时候又勾搭上深圳特权阶层了？你还说我，人家她更是名花有主啦！我说咱俩怎么会在服装系狭路相逢呢，明白啦！"秦可摇头，直瞪着周旻等他抬头。

"嗨，我这性质跟你不一样，我俩是普通朋友，做个朋友总可以的吧？人说的蓝颜知己，哈！"周旻继续埋头吃菜。

"鬼才信。瞅瞅你叫得那个肉麻，小捷子——"秦可学着周旻的口吻，周旻也不好意思地抿嘴乐。

"那我也跟小利子做个蓝颜知己呗！"秦可频频点头，露出诡秘笑容。周旻不理他，继续吃菜。

秦可腰杆儿硬起来，继续进攻：“哎周帅，你说这男女之间真能做所谓红颜蓝颜知己吗？我咋半信半疑啊？既然互相喜欢，早晚都会产生想拥有的肮脏念头，不信你去问小宝，他懂得多。”

周旻潇洒地灌了口啤酒，摇摇头：“小宝？你看小宝在谈恋爱了吗？他只会纸上谈兵，美其名曰柏拉图。”

“哎，说真的，你真想拆散人家两口子呀？90级那个师兄在校时，跟你的小捷子可是恩爱得很，再说啦，你拆得开人家吗？”秦可质疑。他跟周旻从来都是有话直说，废话全省略掉。

“我真没想着要拆人家，我反正相信男女之间可以是蓝颜知己、哥们儿，信不信由你。”周旻笑容顿失，好像有点儿被秦可的说法惊着了。

柳老大

第二天，秦可还真看到工业系的“贝贝”了，只不过擦肩而过的“贝贝”并不知秦可在观察她。

“贝贝”长得真可爱，是玲珑剔透的那种感觉。皮肤颜色有点像咖啡奶，很匀称，五官精致。怪不得张晖平常在宿舍提到“贝贝”，总念叨：“那个小咖啡豆，也是个惹人怜爱的小美女啊！”

“贝贝”在校园内不单单因为别致的外表招人，也因为她爹是鼎鼎有名的工业系的头儿柳老大，他是留学德国多年才回国执教的精英。

秦可知道，全校男生们都特羡慕柳先生英俊洒脱的德国范儿，太爷儿们了。

刚进校时见到柳先生，秦可还以为他是国外来的客座教授。因为他举手投足、言语间，都是西欧绅士加大师的风范，20世纪90年代国内很少见到这类教授，有，自然就是国宝级的了。

“贝贝”的长相颇得她爹的真传，但这父女二人性格各异。

除了上次一起去樱桃沟，秦可跟“贝贝”并不熟，在樱桃沟时他净关注利婵了。

张晖跟“贝贝”比较熟，大一时，“贝贝”总跟张晖他们班男生一起到环艺班里疯，因为环艺和工业本是同门嘛。

但说到环艺系和工业系，最黑色的幽默是，这俩系的系主任却不太对付。环艺的张系妈和工业的柳老大俩大头相互无视，气场相克，真真可惜。

比如说，环艺系的张系妈就老大不情愿让环艺小子们跟工业的“野牛”们混一块儿，可学生们自己乐意，她也没办法。偏偏历届环艺和工业的哥们儿就是好得要命，跟孪生兄弟似的，天天厮混一起切磋技艺，还分活儿干，既练手又挣钱。

说到头，著名的柳老大至少有三重身份：一、中国工业造型设计之父和工业系的系主任；二、全校男女生的共同男神；三、92级“小咖啡豆”“贝贝”同学的亲爹。

前两种身份他游刃有余，但为了事业，留给“贝贝”的时间就不多了。

他每天讲完课，做完硕士生和博士生辅导，回到家草草吃个饭打个盹儿，又得编教材写专业书忙到凌晨。他还经常带领学生参加国内外工业设计比赛，屡次获奖。时间永远不够用，恨不得分身有术。

张晖后来一不小心被“雷忽悠”忽悠考了研究生，第一门必修课就是老柳的《设计方法论》。一次做完作业已经很晚，发到柳先生邮箱后准备睡觉。一回头，却看见柳先生马上回了邮件，而且不是自动回复。晖哥傻眼了，看了看表，凌晨2点多了，柳先生明显还在工作。

第二天张晖准时到校，柳先生居然也准时开始点名，精神抖擞，穿戴搭配上从款式到色彩一丝不苟——米色风衣，香蕉黄修身衬衫配浅咖色裤子，脚上一双香蕉黄便鞋特别扎眼。

老爷子不但穿着搭配讲究色彩造型，引领大师风范，经常以亮丽饱满的苹果绿和樱桃红取胜。他声音也好听，讲课时不知迷倒多少痴情女生。每次他开设计课，本校生加上慕名而来的外校生，每节课都超过百人，小阶梯教室挤得水泄不通。

那天，柳先生洋洋洒洒的一套《设计方法论》，居然把晖哥给当堂讲哭了。因为以前他想不通的种种设计矛盾和通病，听完柳先生这一通解述后立马豁然开朗，药到病除，顿悟设计的方法妙招了！

抛开学术，柳先生的人格魅力代表了老一代中工的师德风范。

柳先生为人耿直坦诚， 从学识素养到为人到穿衣，都是男女学子的偶像男神。一头白发，一身儒装，一腔热情，一代宗师。

众人艳羡“贝贝”这个重量级老爸，可在女儿眼里，这么好一老师虽在身边，却顾不上自己的闺女。重量级老爸，即意味着他能分给家人的时间少得可怜。

而且女儿觉着老爸说话率真得能吓死人，太容易得罪人啦，将来找老公可千万不能以老爸为鉴！女儿还体会到，老爸最适合做的还是老师，他讲课总是激情饱满，一气呵成。但至于好爸爸嘛，实在是勉为其难。

这个老爸总被各种事务缠身，见女儿的时间太少，“贝贝”和老爸生活上交流不够、共同话题少。只有谈到和设计有关的话题，他才像打开的自来水，哗哗流淌。他的好学生到处都是，女儿嘛，只做他的贴心小棉袄足够了。

作为泰斗教授的女儿，“贝贝”在校园的日子很不好过。因为总有某老师向老爸打她的小报告，只能夹着尾巴做人，见了帅哥也不敢放胆看。上大北窑考前班时，“贝贝”和高瑕这俩职工子女爱跑到中工校园溜达，看各系帅哥，窃窃私语加偷乐。

估计是乐大发了，被金睛火眼的老爸侦查到了，晚上打电话找“贝贝”好一阵唠叨，弄得她脑袋嗡嗡响了整晚。唉，为啥 1991 年的中国还是封建社会啊？

最可怕的一幕，是和老爸一起坐学校电梯。当着“贝贝”身边一堆憋着各种表情的男女同学，老爸让她叫其他老师叔叔阿姨……要么当着男生们质疑“贝贝”：“你头发梳了吗？今天怎么穿成这个样子？你这裤子是女孩子穿的吗？怎么前面有拉锁的？”

我的妈妈呀！当着众人，“贝贝”简直恨不得立马跳电梯，残了也行啊。打那以后，“贝贝”远远看见老爸身影便赶紧各种躲闪。

当爹的却不知女儿心态，老远就亲热地叫：“‘贝贝’，是爸爸呀！”“贝贝”后来得到班里“雷神”等人的真传，隐身功夫越来越绝，在老爸认出她之前，早就一招“金蝉脱壳”溜掉了。

张系妈

既然说了工业系柳老大，就不能不说环境艺术系的张系妈。各位厉害的系主任中，这两位是同学们敬仰的大神。因为这两位大神最有个性，同时也是引进、融入西方现代设计的急先锋。

其他系主任大多给人以传统的感觉。尤其是秦可他们陶瓷系的老先生们，更是传统中的传统。还有史论系的奚静之先生，永远优雅美丽，温文尔雅，经典的大家闺秀风范，不太食人间烟火。

既然系里的头儿是灵魂人物，那么有什么样的头儿，就有什么样的学生。教育最高境界是身教，润物无声。

张系妈是名副其实的系妈，没有她，中工就没有“环境艺术设计”这个系。

张系妈芳名叫张绮曼，她 20 世纪 80 年代从日本东京艺术大学归国后，向我国高教部申请建立“中国环境艺术设计专业”。1988 年获正式批准，才在中国高校专业目录中增设了“环境艺术设计”专业，简称“环艺”。

张系妈不但专业牛，更是女强人、女汉子。只要一只脚迈进环艺系，立马能听到她具有穿透力的爽朗笑声。她一头红发，高大魁梧，走路风风火火，她个性十足，真是个想拍谁就拍谁的砖（专）家。她浑身是胆，说拍就拍，一人做事一人当。

弄得别系的小姑娘都不敢来环艺系找男生，李峥嵘每次来找张晖都特犯怵，就怕万一被系妈纠缠。

因为张系妈但凡在系里看见别系的女生，一定会逮住盘问，敢顶嘴？马上招来一通训。顿时，走廊里回响着充沛浑厚的上海女中音训导声，女生稚嫩的声音无力地抵抗着、抵抗着，直至被女中音完全淹没……

环艺的系妈气场足，环艺小子们自然任性，看到牛老师，不服气就上去辩，见到弱智学生装相就敢开骂。

张系妈教出的学生绝非唯唯诺诺、随大流消失在人群中的缩头乌龟。系妈又是有名的护犊子，她说自己学生可以，别人门儿都没有！当然，她对专业的严格要求，也是大家惧她的原因。

一次，张晖上系妈的课，搪塞说作业落家里了。可惜一眼被系妈识破，勒令小晖同学回家取作业去！其实作业他压根没画完，只好溜到宿舍画完了才敢回教室来。系妈没再批评，可把张晖吓得够呛，从此不敢再犯。

严厉归严厉，张系妈的课讲得好，确实有料，大家都服气。张晖把她的讲课内容都记成一沓沓笔记，编成室内装修专用的《张选》，多年来时时翻看参考，相当管用。

张系妈尤其重视学生的社会实践，毕竟要学以致用嘛。她亲自带着学生走出校门，开展专业调研，并深入参与了全国许多重大工程的设计与施工，为学生们积攒进入社会的宝贵经验，这一点无疑是遥遥领先其他各系的。

她从不反对同学们勤工俭学。进系后，系妈先把丑话摆到桌面上：“以后外面的工程你们可以接，但系里的事你们也要积极，若有困难，我会帮你们解决。”

因此，环艺系学生每月除了助学金外，系里还给发一份补助津贴。每人每月从500元到1000元不等，大家画装修效果图的小气泵从没停过。

那年月，最能学为所用的就是环艺系，加上市场好，不断有室内装修的活儿找到系里学生。好家伙！怪不得环艺学生肥得流油，陶瓷学生穷死。秦可一对比，大受刺激，整得他老往环艺系跑。

陶瓷系的老先生们都束之高阁，快成古董瓷瓶了。陶瓷系学生全都乖乖坐在教室里死读书，穷得连小炒盒饭都吃不起。

跟着晖哥干活，秦可不但挣了钱，学到真本领，还着实扬眉吐气了一把，过瘾。

老头子们

周日傍晚，秦可和周旻正往电视室走去，在楼下碰到了小宝。

“吃了没？”俩帅哥几乎异口同声地问小宝，这真是中国人打招呼的经典之作。

“吃撑了，老头子做的面条没得说。”小宝摸着肚子。

“老头子？哪个老头子给你做面条？”周旻的好奇心比秦可强多了。

“我恩师呀，我们装潢系尊他为老头子。下午在系里跟他聊得高兴，他拉我去家里边吃边聊，还让我看他的作品提意见呢。”小宝明明有点小小得意，又极力低调。

“哎呀呀——恩师的宠儿呀！哪位大师如此谦逊？”秦可羡慕。

“哎，八成想招你上门当女婿吧？”周旻诡笑。

“绝没可能。老头子是杠杠的老共产党员，他要避嫌的，连自个儿闺女考咱校都禁止。他老人家那铁原则，我的妈呀！不过其实他人蛮好的，不像传说那样。”小宝好一通解释。

周旻问：“你说的老头子，不会就是刘巨德老师吧？”小宝摇头：“不是刘巨德，别翻旧账。”

秦可却听得直皱眉：“刘巨德是大师呀，还是庞薰琹的徒弟呢！”

小宝说：“我最服的是，刘巨德不张扬，特朴素甚至腼腆。有一回礼堂开大会，他上台讲话，连自己名字都没想起来，引来全场哄笑，他自己也笑！是位做学问的大家。”

“老头子专业牛到啥程度？”秦可好奇地问，他对装潢系的老师们不是很了解。

“你们看啊——王府饭店和招商银行，咱国家各行各业的标志，全是老头子设计的。咱学院过去和现在的标志设计，乃至中国整整一代人的标志设计，都深受老头子的影响，就牛到这程度！”小宝傲然答道。

“老头子咋这么厉害呢？这大师和非大师的区别，到底在哪儿？”秦可又问。

“老头子名震江湖的设计，是以前全国优质产品上的金银奖章，奖章是印刷在产品上面的，记得吧？”

“有印象，挺立体挺抢眼的。”周帅先想起来了。

小宝分析道：“在那个年代，老头子就有办法把平面纸质奖章做成立体化，所以一标成名。大师是设计的原创者，独一无二；而非大师的作品是受到了别人杰作的影响。现如今，设计师的设计都是看参考书做出来的。”

“哦……那些从最原始的想法到最后的成品，都完全是自己想出来的，受到认可，又经得起时间的打磨，才能叫大师？那你也可以把参考书丢到一边嘛，完全自己来想来设计呗，咱们都可以。”秦可断言。

小宝眼一翻，痛苦地叹气：“我在试，但真的太难啦！因为咱设计师们都在看同样的资讯，眼界受到同样的局限。生活在同一理念里，很难不受别人想法和审美的影响，很难打破习惯的框框，真正地做到标新立异啊！”

周旻没正形，突然蹦出一句：“明白了，我们这帮俗人设计师因为吃的是同样的饭，于是拉出了同样的屁屁——就是设计成果！”

“嘿嘿，没错。近两年咱学院讲学的外国教授多了，还有国际展览也看多了，眼界比以前拓宽了好多，咱拉出来的屁屁也会越来越高级。”小宝说。

秦可平时就信服小宝的那套说法，因为他知道小宝会秉着公正之心，对事不对人。这是秦可最欣赏小宝的地方，小宝还善于独立思考，总结生活经验，是智者。秦可总觉得跟这小宝能学到东西，无论是对人还是对事。

本着小宝刚才说的大师标准，大家对认定老头子和刘巨德双双为大师这一点，完全没有异议。

学院里本领高强的一代宗师，肯定也不止这两位“老头子”，老头子们自然都身怀绝技，不然怎能闯荡江湖多年而屹立不倒?

刘巨德受业于庞薰琹、吴冠中两位艺术大师。庞、吴留学法国，主张中西结合。刘巨德受恩师的影响，也对中西绘画进行糅合，从中去探求个性化的新风格。

刘大师的个人艺术研究，就是把西方现代艺术和中国传统艺术进行充分的比较对照，在差异中找出共通性并加以应用，让现代艺术更有含蓄隽永的韵味，同时又简洁创新。

刘大师还提倡从民间艺术中汲取营养。这直接导致他但凡在街上看到技艺精湛的民间艺人，便惺惺相惜，热情请人家到自己家里去吃饭。即便是萍水相逢的剪纸艺人或者雕刻艺人，刘大师也觉着人家有过人之处，只想着要切磋学习一把。

中工校园里，刘巨德这样的大师确实有一批，虽然曾经被打压，但他们的艺术造诣和师德，为学生传颂。

宋大牛

当然，讲台上也有和传统大师们相反的新生代大师，同学们给统称为“新贵”，尤其是那些画儿卖得红火的江湖老油条。

秦可印象较深刻的，是一位绰号“宋大牛”的老师，据说是了不得的现代画家。

宋大牛年纪不大，但老爱坐着讲课，而且坐姿贼舒服，也不爱沾粉笔灰。他每次来上课都戴着超大钻戒和金灿灿的劳力士手表，袖子撸得老高，特意显摆；并扬言他是北京第七个买私家车的人，等等。完全是一奸商形象。

宋大牛从专业上是很奇怪的传承，本身环艺系毕业，又口口声声说自己是李苦禅的高徒，很早就专事绘画了。

他的画挺逗，说不出来叫啥风格，有点像日本的东山魁夷，但又更狂野更诡秘。比如他爱画月亮从烟雾缭绕的河谷底升上来，绿脸哪吒满眼喷火那种古怪画面，激烈又矛盾，张力打破宁静那种东西。

宋大牛老爱跟徒子徒孙们强调："艺术作品的好坏，只用货币和生活物质来衡量。"

反正他拽得不能再拽了，号召学生们向他学习，作品能卖好价钱才是好作品。艺术品应该完全商业化，如今是空前的商业时代，一切商品化。估计他是看前辈挣大钱红了眼，也要钻到钱眼里去。

等上了几节宋大牛的课后，大伙儿都喜欢互相估价："你这活儿值多少钱？能买大钻戒和劳力士吗？能买下北京的第十辆劳斯莱斯吗？"

后来秦可忍不住好奇心，背后打听过这位老师。结果还真证实了，宋大牛确是蛮厉害的现代非主流画家，多产又多金，果然牛，真不是吹的。

这门课上完后，陆续出现了别的年轻新贵，也是各种大神、挣钱狂和捞金迷。这让同学们陷入了传统和现代、艺术和金钱的断层裂谷，内心交战不已。

刘板刷

一般让人敬畏的老师，都得有料才压得住阵脚。基础部教绘画的刘永明老师，比较典型。

刘老师是当代绘画大师吴冠中的弟子，一手板刷用得是真好。他用宽板刷当画笔，但画面笔触生动，色彩丰富，变化无穷，非常了得。于是很多学生崇拜得五体投地，想跟他学，可怎么也学不来老刘那股帅劲儿，只好背后敬畏他为"刘板刷"。

刘板刷让同学们敬畏的另一点是他不苟言笑，老爱拉着一张斯文的长脸，背着手守候在教室门口。

有阵子，刘板刷带小宝他们装潢班到日坛公园写生。那几日沙尘遮天，狂风肆虐。

刘老师怕学生偷懒，回到教室后，马上集中点名，一对一进行评画讲解。

点完名，发现有两名同学缺席。刘老师责问：“班长呢？谁还没到，赶紧叫来！”气氛骤然紧张起来，班长“奇男”杨国胜左右为难，大气儿不敢吭。

忽然，只听“吱呀”一声，教室门开了。于山同学讪讪然溜了进来，跟个灰老鼠似的。

刘老师厉声喝道：“你怎么回事儿？这么晚才来？”

换了旁人肯定吓尿了，这可是大名鼎鼎的刘板刷在训话呀！偏偏于山这厮胆儿肥，加上平常就能言善辩，这时不慌不忙，装出一副可怜样儿，缩头缩脑回道：“报告老师，我住得远，申请了住校还没批呢，我也没辙。”

“你家住哪儿？”刘老师皱紧眉头，审视着这位似乎鼠头鼠脑的学生，谅他也不敢瞎说八道。

于山夹紧尾巴，殷勤答道：“北宫门，老师。”其实于山家在农展馆，离学校就几站地。当天他和“主席”薛英武挤一床睡午觉，贪恋暖被窝，才导致迟到落网。

刘老师一听“北宫门”，动容了：“北宫门可远啊！我姥姥家也住那儿，你家可真是太远了……”

令人称奇，一贯拉着长脸的刘老师，竟马上表达了深切的同情，狡猾的于山同学幸运地躲过了一劫。

刘老师对带动学生钻研绘画技巧是很讲究的，上次从白洋淀写生回来后，刘老师做了个非常奇葩的决定。

他要求第二天，全体装潢班同学到燕莎友谊商城写生，因为虽然大家在白洋淀显示了画乡野风光的实力，但现在要考验一下大家表现城市众生态的功力和底气。

他这个决定立马遭到其他老师的反对，但刘老师很坚持，认死理。

第二天一早，班里同学人人不想起床。那天老天爷还特长眼，北风再虐，天寒地冻，在外面画一会儿可能手就冻皴皮了。

同学们都求班长杨国胜：“‘奇男’！老天爷都不让咱画，您行行好，赶紧去跟刘板刷说说，今儿咱就甭画啦！”

“奇男”只好带着同学们的诉求，顶着北风来到燕莎，只见刘老师在寒风中稳如泰山。

一见杨国胜，刘老师就主动说：“班长同学，今儿天真不好，原计划取消，转告同学们都别来了！”

“奇男”一听，心花怒放，简直恨不得给刘老师作揖叩头了，于是连声道谢，关切地劝告：“刘老师您先回去吧，天冷。”

刘老师却很坚定地说：“不行。那位住北宫门的于山同学还不知道呢，我得等他，不然他白跑一趟太冤。”

“奇男”一听，缩着脖子赶紧跑了。因为他很清楚——于山？那家伙滋润得很，他此刻正挤在“主席”温暖如春的被窝里呢，他可一点儿都不冤！

枭

有些老师专业要求严格，不好糊弄过关，比如装雕班的老师们，因为装雕专业本身要求素描和雕刻功底过硬。

木雕课时，“鼓手”吴昊和“毛孩”刘抱山跑到某工厂弄来两根松木，松木软，好下刀。

吴昊雕好一鹰头的变形交了作业，老师是女的，人挺和蔼可亲，夸他整得不错。吴昊便屁颠儿屁颠儿，美滋滋地放学回家了。他成天画画打鼓，本专业一贯不好好弄，得到赞扬简直美上了天。

吴昊妄自狂傲了半天，结课时，周旻却致电在家打鼓的吴昊，说女老师让他再补交一作业。因为女老师觉着他雕的那个松木鹰头和男性生殖器比较雷同，形神不共美，离艺术品仍有好一段距离……

于是，那个著名的“松木生殖器”作业被残酷退回，“鼓手”自己给取名叫“枭”，后来跟他去了法国巴黎，还成为警醒他追求形神共美之艺术佳作的一杆标尺。

装雕班全体“雕爷”们素描水平最高，但素描老师还不满意，要求大家精益求精。

一次画人体，看见翔子不但画了裸体模特，把全班都画进了画面，很不爽，认为他分散精力，画而不精，并当场批他画得“不伦不类”，要求翔子必须把全班从画面上擦掉，集中突出画面主体对象。

翔子认为自己画得不错，也很自负，一时犯浑气不过，把素描老师叫出教室理论一番："我年纪跟您差不多，老画骨了，怎么画您就甭管了！您干您的，我干我的，我又不要高分，给我及格就行！"

结课时，那位老师无视翔子画技的精妙，真给打了个 60 分，一分不多一分不少，简直酷毙了。把翔子这管老炮给噎得哭笑不得，进退不是。

有些老师虽然自己专业牛，还特谦虚，蒋智南老师是代表。

他给装雕班上速写课时发现，这帮学生的素描水平不是一般的牛哇，惊叹之余，经常借学生作业带回家研习临摹。

那次装雕班好不易逮着机会，跟染织美女班去十三陵画速写，翔子心情那个激动啊，终于可以和神往已久的女神们朝夕相处啦！

可惜最后出发时，不知哪个混账小子愣把跟女神们会合的宝贵地点给抄错了。害得翔子和"王小狼"俩人骑车到了十三陵后，死活没找到大部队，绕了好几圈，鬼影都没见着一个。

这俩只好自掏腰包住进附近的"关怀养老"中心，晚上吃水煮牛肉喝小酒，白天到各陵去画画。破地方连个电话都没有，两人只好将错就错，一根筋驻扎下去。

整整七天哪，这俩汉子天天苦寻蒋老师带的大部队，一无所获。翔子和"王小狼"只好玩命儿画画。

写生结束返校后，蒋老师没怪他俩，还挑了他俩画的精品拿回家研习良久。

怪师

还有一些老师比较另类，习惯把客套话废话统统省略掉，颇有不吝之"大将"风度。

史论班长祝杰某天把早餐带进了电梯，正好碰见班主任在里面。于是祝秀才热情地招呼道："老师您吃早饭了吗？来个鸡蛋吧？"

结果班主任头摇得像拨浪鼓，毅然拒绝："我不要吃煮鸡蛋，屁味儿太浓。"

乖乖，真过瘾！可惜满满一电梯人都端着，被憋坏了。至今，祝杰一看到煮鸡蛋就想起班主任当年那句话，好精辟呀。

老师里也有武林高手，教平面构成的“张大侠”便是。

据说“张大侠”是大成拳真传第N代传人，经常在小竹林练功。他在染织班教课时亲自示范，跳上了同学的桌子，再原地干拔，直接跳到讲台上。

“疯子”有次去试“张大侠”的功夫，当时“大侠”让他抱臂站好，后面有人护腰。然后“大侠”的铁手往“疯子”肘部一搭，“疯子”就直接飞了出去，根本没来得及叫。

后来教师运动会都不让“张大侠”报名，就怕全部冠军都被他包下，其他老师太没面子。这飞檐走壁的“张大侠”，当时是中工校园内众多女生的偶像。

基础部教绘画的老师里，更容易出“怪师”，尤其是男老师。

女生们最嫌恶的男老师，便是兼教素描和色彩的“柠檬黄”。起这绰号，是因为他画色彩时惯用柠檬黄色。

柠檬黄老师每次给女生改画，必一手搭在女生肩膀上，或者趁机不小心碰一把女生的腿啊、手啊，弄得女生们一见他就浑身鸡皮疙瘩。

还有个搞摄影的老师叫“温胡子”，骗了利婵和董雁飞等染服系的美女去拍杂志照片，每人才发十块钱，过后连杂志带照片都没捞着。温胡子当时刚离婚，满腔热血洒到了摄影上。

最帅的老师，要数教平面构成的“洪帅锅”，女生们一阵兴奋后发现，他过于淡漠……令人惊讶的是，洪老师淡漠到娶了服装系的师姐！真是爆炸性新闻，师生恋最招人羡慕忌妒恨。

情景喜剧

相比之下，哲学老师倒很想得开。让人充分感受到哲学老师处世的高明，正所谓难得糊涂嘛。

在小阶梯教室上课，那小老头儿上来就郑重声明：“你们可以放开睡，但不可以打扰我讲课。”然后随机点学生回答问题，顺便考勤，这招确实高，哲学高人。

后来，也是这位老师苦苦哀求才女赵亦凡，去考北大哲学系研究生，真乃求贤若渴。因为“饭饭”文化课经常考满分，哲学课更是多年占据高分榜首。

“饭饭”当即问了一句:“读完哲学能让我干啥工作？”老师答:“像我一样育人。”

“饭饭”同学非常诚实，直截了当答道：“我不喜欢育人，也不喜欢育人的人。”当场把老师给噎得简直咽口水都嫌困难。

天生狂放不羁的未来艺术家们，对各种政史文化课是又怵又恨，尤其是知了齐鸣的闷热下午。于是乎，互相替换答到开始流行，同学们互相掩护，轮流旷课。

除了分班上的外语课外，一般文化课都是公开课。全级人在大教室上公开课，一百多号人，浑水摸鱼并不难。

一场师生较量，斗智斗勇，就此拉开帷幕。

刚开始，学生们频频得手，领先第一回合，但被老师们识破后奋起直追。因为那些替别人答到的鼠辈们，声音往往不够坚定，一犹豫即被捉。这也把老师们磨炼得越来越精明，每点一学生的名字都要细加分辨，反复确认。

但遇到人数多的公开课，再遇到心理素质特好的某位爷，替人答到声音洪亮又肯定，老师就败下阵来。

有些老师因口音或近视，点名时经常引起哄堂大笑。

比如：张晖念成“章回”，杨国胜变成“羊过剩”，徐小蔷还真成了“鼠小强”，龚勤茵变“龚殷勤”，吴昊、陆浩、秦昊分别是“五号”“六号”“七号”。

邹文斗的“斗”应该念成星斗的斗，却常被老师们念成斗争的斗。搞得文斗下课后一次次跟小宝抱怨：“你说说这帮老师，没文化真可怕。文斗这第三声和第四声完全俩概念，一个上天堂一个下地狱啊！”

本科班和专科班，还有不少名字相似的同学。赵彬和赵杉，这俩人经常把老师搞乱。还有梁佶、梁洁和梁捷，要把老师整疯。更有好几个完全重名的学生，分不清谁跟谁，真够闹心头痛的。

最有文化的老师，要数陶瓷系的陈书记，他从不念错名字。全部疑难字、相似音，统统迎刃而解，不服不行。

有一次，陈书记点到小宝班的李毅崴时，抬头说：“嗯，这可是个多音字，到底是念成威武的 wēi 呢，还是崴脚的 wǎi 呢？”

同学们想都没想，头歪向一边，齐声答道：“wǎi！”

在上课考勤跟思想严密挂钩的岁月里，点名成了一出出师生之间的情景喜剧。

专业课一般无人敢替答到，尤其是系主任和院长大人的课，那更得精神抖擞，不然就是作死。

有一回，染织班的“鼠小强”徐小蔷同学实在困得不行了，却碰巧下午第一节就是院长的课。她急中生智，急忙管班里唯一有咖啡的“金精”邓晋津要了两勺咖啡，直接倒嘴里干嚼。

“金精”笑她：“有没有这么困哪？也太不给院长面子了！”

干嚼完了咖啡，“鼠小强”同学还是担心睡着，赶紧又上厕所打来一大盆凉水，把双脚泡到凉水里。

然而生活就那么不遂人愿，咖啡和凉水都没有战胜瞌睡虫，小蔷同学最后还是当堂睡着了。幸亏院长大大那天心情好，没把她给拎起来示众。

如今小蔷自己在国外当了老师，最痛恨上课睡觉的学生。

梨花带雨

数来数去，就数秦可他们陶瓷系的“古老”古月老师最绝。

古老先生绝的不光是一手绝活儿，还有他那真性情。老爷子是当时全国仅存的画古彩瓷和粉彩瓷的双料专家，那一手勾线的铁笔功夫，啧啧，一个字：绝！

粉彩瓷素以粉润雅致，色彩柔和闻名于世。古彩瓷，在于色彩鲜明、对比强烈，线条刚健有力，具有浓厚的民间年画风格，中华民族气派突出。

画了一辈子古彩瓷和粉彩瓷，古老成了一位娇滴滴的大师，心宽体胖，平易近人。他的粉彩工笔，细致得很。而他自己的性格也正如花骨朵儿般娇嫩，每届都会被学生惹哭。

一次，古老卖了自己亲笔画的一瓷瓶给国际友人，拿了八万多元人民币，在那时算巨款了。可老爷子全数交了党费，自己一年四季穿件破袄，配黑布鞋。

上了古老先生的两周课后，秦可整出了一个海洋馆：从海鸥海豚到海星海参……

古老严禁自己学生画色情暴力和裸体，半裸也不行。

当时“阿黄”黄东强同学没会过意来，把高更画里的风流女子直接搬上了瓷盘。古老一看瓷盘上那裸肩和结实的乳房，差点儿昏厥过去。可幸经过古老一番苦口婆心的训导后，“阿黄”同学及时改正了画风。

最不受教的是苏西亚同学，太不体恤古老那一片苦心，大剌剌画了整个裸女，白花花的一片肉占据了整个大盘子。古老一看，简直背过气去……

苏西亚那厮，本来长得就像中东留学生，可据说是地道中国种，也可能祖上有中东血统？总之，带了点儿“歪果仁”血统的家伙都是天生犟种，坚持自我，看来绝对是遗传基因。

苏西亚做作业时，对个人理念非常执着。不管多少同学抱着一万颗同情心帮古老苦口婆心地劝说他，苏西亚硬是不肯给裸女画上衣服，犟得九头牛也拉不回来。

古老先生没辙，把笔一撂就开哭，哭得真哭得切，从梨花带雨到山洪暴发。同学们尴尬死了，从没遇过这种情况啊……

人定胜天

老师中，有很让人特别同情惋惜的例子，跟翔子处得最好的王晓飞老师就是其中之一，他是教字体课的老师。

每天上完课他都坐在翔子旁边，师生俩一起鉴赏书画篆刻和皮影，特别投缘。那时候有人来食堂门口卖陕西皮影，翔子一激动狂买了不少，拿到班上显摆。

最让翔子服气的是，王晓飞老师艺术造诣极高，总能从作品中去深刻品味每位艺术家的真性情。

“从字画绝对能分析出作者本人真我”，他说，并把自己的赏析跟翔子娓娓道来。

比如观赏“明四大家”之一，吴门画派的创始人沈周的字画，能看出此人非常幽默。因为他居然写了篇诗文，替好友征集胡子。除幽默有趣外，从画中还能看出沈周本人的宽广与丰富。

无论是粗犷的《庐山高》，还是秀美的《落花图并诗》，都透露着沈周独有的大气豁达与审美神韵。由于他不好仕途，寄情于山水和朴素生活，他的一幅幅动物画使他本人的童趣和本真跃然纸上！

又比如，看唐伯虎的画作，也能探究出他本人悲剧的性格。

从唐寅早中晚期的画作，能看出他人生的起伏跌宕。随着他人生际遇的不同，他的画和诗也是大起大落。证明他本人性情起伏不定，有点儿想不开；功名仕途心较重，总想光宗耀祖、出人头地，跟他仕途落魄后一度宣扬的出世精神相互矛盾。

晓飞老师随即总结道：“天真狂放、不谙世事的典型知识分子性格，使唐寅最终幻灭导致早逝。字画都能看出，他有一颗倔强而敏感的心。他既希望自己能看破红尘，却又偏偏离不开世间功名利禄的牵绊。”

借此，晓飞老师教导翔子：“做人一定要想得开，拿得起，放得下。”

翔子说自己坚信人定胜天，晓飞老师提醒他：“人定胜天的下一句，就是天定亦能胜人。”

翔子不解，晓飞老师进一步解释道：“古语中的定，本质上是指人的思想和行为，达到静和纯的境界状态，类似禅宗或佛学上说的禅定和入定状态。定，是作为处理人与天关系的方式方法而存在，而不是要表达必胜的信心，不能单从字面上理解。”

和晓飞老师闲聊，翔子受益匪浅，在认知上深受他的影响。感激之下，他便送给晓飞老师一套皮影作为留念。

后来却听闻，晓飞老师竟把自己挂在了自家楼下的广告牌上仙逝而去，如此惨烈的选择让翔子很难接受……每次看到皮影，总想起晓飞老师，唏嘘不已。

一时谣言满天飞，谣传晓飞老师由于和家人的生活价值观有严重分歧，思虑过度，得了抑郁症。据说是家庭观、价值观与社会现实的冲突造成的，也是改革开放后，传统和现代观念对接碰撞后产生的挑战，是必经的过程。

不管怎样，晓飞老师没迈过这个坎儿，实在令人扼腕痛惜。

好一段时间内，听着大家把晓飞老师的不幸传来传去，忍受着刺耳的“吊死”俩字，老炮翔子心里窝了一股无名火：这帮孙子就这德行，死是别人的事，只要不发生在自个儿身上，说得越不堪越有料！怀着这股子野火，翔子做了个怪异的梦。梦里一团迷雾伴着“梆梆”更鼓声，王老师向中工那扇古老大红门走去，转过头来缓缓回望，良久才长长叹息一声“你们好自为之吧 ......”转眼消失在了雕花红门后。

翔子醒来感觉特别扭，不断地在床上翻来覆去地“煎鱼”，想回到那梦中去，好跟恩师正式道别，却再也不能够了。

服装系有位神秘的老师，也是特例。

她不与人交谈，姓名无从得知，同学们称她“蓝大褂”老师。因为她总戴着严实的口罩，永远穿蓝大褂，干瘦得只剩下一杆儿影子，她见人容易惊恐闪避。她平时在成教楼保管资料，但办公室在服装系，顺带保管系里的资料和证书。

据说这位老师的父母都曾是学院的教授，“文革”中去世，她因此受了刺激。她躲着人，学生们也避着她。

一次，“疯子”陈君峰去系里领取留校作品收藏证书。他敲门后，发现“蓝大褂”老师只把门打开一道小缝儿，再小心翼翼地把“疯子”那些证书从门缝里递出来给他。

隔着门和口罩，“蓝大褂”老师却对“疯子”说了一句话：“我知道你，你成绩不错，前途无量，好好干。”

“疯子”顿时惊呆了，也莫名地感动。

第十六章 生命之舟

飞来横祸

星月朦胧，云如轻纱。

中工院里，男生宿舍一片灯火通明，天上人间在此时此刻显得美好祥和。

“饿死我了！今晚闹饥荒，翻到一坨吃的。上有外国字，看不懂，吃掉了。闹得这会儿精神矍铄，睡不着。”许泉两手插兜，晃悠悠又来串门。

“那肯定是你屋‘男宝’的巧克力。才9点不到，你就要睡觉，提前进入更年期啊？”周旻一向富有洞察力。

两人正臭贫着，楼道里传来一声大吼：“许泉儿——电话！”

许泉还站在原地，没反应过来。“泉哥，叫你呢！”秦可捅他。

“嘿，大晚上有人找我？真稀罕，最好是找我撮饭去！”许泉蒙蒙然，撅着腚跑了。过了一会儿，他又慌慌张张跑回来，满脸惊惶：“是我老乡，我老乡刘伟出车祸了！”

“这么大的事，你还不赶紧去呀？”周旻替他急。

“我屋没人，把钥匙搁你们屋，万一‘松鞭’带着‘蚊子’回来，没准管你们拿钥匙。”许泉扔下宿舍钥匙，匆匆忙忙跑了。

后来李松月果然来屋里拿钥匙，但许泉却一直没露面。秦可强烈预感到，他老乡那边应该大事不妙。次日下课，秦可溜达到许泉屋里，才看见他躺床上，睡得跟死猪似的。

“他才回来？”秦可指着许泉，问正翻汽车画册的杜宝南。

“对，他昨晚去医院给他老乡陪夜，一宿没睡呢，今儿都请假了。”杜宝南低声答道。

“哎，他那老乡——车祸没事儿吧？”

“还在抢救呢，听说特吓人……是我们工业系的人，老天保佑啊！”杜宝南双手合十。

那晚9点，许泉和杨阳赶到宣武区急救中心，看见他俩的老乡刘伟躺在医院走廊上，不省人事，呼吸微弱。

刘伟是91级工业系师兄，和许泉还有93级足球名将“龙卷风”杨阳同来自贵州，平时大家关系不错，放假也都是一起回贵阳的。

刘伟实习去了一个公司，跟一女司机开小面包车去近郊工厂，半道上出的事。

当时他问司机：“哎呀，你这车咋没空调哇？”女司机埋头查看，结果车“呼”一下直接撞树上了。刘伟头部撞到挡风玻璃上，陷入重度昏迷。女司机腿断了，但意识清醒。

中午出的事儿，折腾到医生诊断，已经晚六点钟了。通知到学院后，找了好几圈家长没找到，这才想起找老乡，于是通知到了许泉和杨阳。

许泉和杨阳又用医院电话往贵阳打，死活找不到刘伟的家人。医生说情况比较危急，把拍的X光片指给许泉和杨阳看：“瞧，这儿和这儿，正往颅内渗血。若不及时开颅，等最后颅内大出血人就没了，得赶紧拿主意！”

怎么办？开颅是大手术，必须得家人签字。可这远天远地、夜半三更，根本通知不到他家人，距事发已经10个小时，再等下去不得了……大家都非常焦急。

许泉这一晚上狂打了无数长途电话，最好的结果只能是让贵阳的熟人第二天一大早就去刘伟家，通知他父母。

沉吟再三，许泉开了口：“命系一线，无论如何不能眼巴巴看着人没了对吧？只能我们几个老乡给他签字啦！”许泉果敢地带头，代替家长，把字给刘伟签了。

签字的人都很清楚，手术不成功，要追究责任，这责任很可能是自己担负不起的。可眼下不签字进行手术，这个责任也没人愿意背负一辈子。

手术准备工作马上开始，许泉推着刘伟进出各个昏暗的检查室，给他剃头发，换衣服。刘伟整个人在深度昏迷中，什么都不知道，任由摆布。午夜时分，一切准备就绪，刘伟被推向手术室。

看着消失在幽暗通道尽头的刘伟，许泉满头汗，喉头发紧。他还能回来吗？还能活蹦乱跳吗？许泉不停地想着，太阳穴发涨，心乱如麻。

许泉和杨阳二人在医院长椅上心急如焚，熬到了凌晨三点多钟，手术室大门才终于开了。俩人一拥而上，围着双眼紧闭、没有生命活力的刘伟，焦急地追问："医生医生，他到底有没有后遗症啊？"

主刀医生大白口罩一拉，冲他俩瞪眼："后遗症？人能活就不错了，看他能否挺过来吧，还处于危险期呢！"

医生还说，手术就是在刘伟头顶开了一个口，颅内出血已经成功止住，接下来，就看他命够不够硬了……

紧接着，刘伟被推进了隔离病菌的单间，插满管子，只能隔着玻璃墙看他。

许泉和杨阳约好轮流给他当陪护，有个好歹能及时照应，一直到第二天，许泉才疲惫不堪地回到宿舍。

老炮受教

秦可没用周旻支的追女高招，老炮翔子却用了。

周六，翔子跟着周旻。陪同梁捷和利婵到大前门买真皮子。这俩"雕爷"的申请被批准，光荣当上了捷子和利婵手工皮包的"金主"。

"男宝"杜宝南也跟着去了，他实在很想要捷子给他做手工皮包，正好捷子欠了宝南一个人情。

之前她入围"法国巴黎国际时装大赛"，参赛服装配件使用了特殊材料，需要工业的手工活儿。宝南尽心尽力，一遍遍精心打磨那些配件，帮梁捷捧回了"全球高校优秀时装设计师"奖项，全中国可只有五名啊！

所以为了感谢杜宝南，捷子偶尔跟他有些互动，说白了就是互相帮点儿小忙。

周旻心里多少有些不情愿，这"男宝"跟着一起去，总觉着碍手碍脚、有竞争。

但周帅不习惯表露负面情绪，他是个情商智商两边高的家伙，展露的是幽默和谦逊，而且帅得一塌糊涂。

几个人这一路玩得很开心，说说笑笑、嘻嘻哈哈。买完东西还大撮了一顿大前门北京烤鸭，正宗得不行。

下午把皮子拿回来，利婵建议到大北窑她那平房去玩，顺便打枣，院里有两棵大枣树。她那里还有一些特棒的皮包款式，“金主们”可自挑一款定制，晚上再顺便包顿饺子。

这整整一天，节目真是丰富热闹。

这会子到了男生负责打枣，女生只管吃。梁捷坐炕沿上，大声赞叹：“哇，这枣儿要不要忒大个儿啦！”美滋滋地一口咬下去，突然“哇——”尖叫起来，大脆枣从手里飞了出去。

“虫！大肉虫！它白花花看着我哪！有眼睛有嘴，还在动！”她花容失色，惊慌失措。

“肉虫啃‘菜花’？我瞅瞅。”周旻听见“菜花”尖叫，跑进来找半天，没发现肉虫子。再定睛一看，大肉虫子正趴在她的袖口上，好在她慌得没看见。他赶紧冲利婵使个眼色，利婵也机灵，马上跟“菜花”说话转移她的注意力。这当口上，周旻迅速把肉虫子从她袖口上拨下来，一脚踩死，一切在两秒之间了无痕迹。

“菜花”终于放下心来接着吃枣，可枣子们跟她有仇。咬一口，都有肉虫子探出头来，秀自己那妖娆婀娜的身段……“菜花”的尖叫声此起彼伏，最后投降认输，干脆不吃了。

周旻偷偷挑了几个最大的霸王枣，背过身拿刀子切一半，看没虫子才递给她。

可能“菜花”怕得有点条件反射了，又不好浪费周帅的好意，只好硬着头皮囫囵吞枣，转头冲利婵眨眼做鬼脸，像是吃中药。

“男宝”更绝，他把“菜花”扔一地的问题枣子捡起来，把肉虫子们揪出来，集中到枣树下。底下垫好落叶，虫子们他一把火烧得“啪啪”作响，还发出一股子烧头发的怪味儿。

他自己欢呼雀跃，跑去叫“菜花”：“快来看哪！你看了就不怕了，不就是小破虫子吗，你看多脆弱，就这样噼里啪啦被烧得皮开肉绽！”

翔子被烟熏了一脸，抱头喊道：“‘男宝’你小子烧好了肉虫子自个儿吃啊，甭请我。”“菜花”跑去看，满脸菜色，捂着鼻子，表情痛苦。周旻站在她身边，夸张地嚷嚷：“还是你狠，好你个‘男宝’！”

利婵看在眼里，羡慕在心头，不知为什么联想到了自己，“菜花”真有福……要是我也能有护花使者该多好哇！唉，没办法，不哭的孩子没奶吃。碰上不对的主儿，哭死了也没奶吃。她想起了战彬，他有一阵子没回来了。

包饺子啦，人人动手，丰衣足食。翔子袖子一挽，和面擀皮子特溜，充分显示了大哥风范。就数周旻鬼主意多，爬到巷边一香椿树上摘来香椿嫩芽，正好和肉末做馅儿。他那眼睛真毒，不知啥时候早瞄上了香椿树！连老住户利婵都没想起来。

跟翔子一块儿干活，利婵又闻到了他身上那股味道，很爷们儿……一整天下来，翔子的张罗和配合，让他显得很像这个家里的男主人。本来自己家爷们儿就应该如此，有担当。可战彬呢，回到家就躺那儿跟大爷似的，等别人来伺候他。癞叽叽的，招人烦。

吃饱喝足，看皮包款式时，杜宝南简直挑花了眼，他想要的款式好多。

“菜花”只好撇嘴说：“得，我给你做俩，综合你中意的各款优点，变成你‘男宝’的专用范儿，行了吧？”

“男宝”被哄高兴了，周帅有点儿干瞪眼。

翔子选了最朴素大方的大挎包，简便实用，又容易做，正适合他从前门买的皮子。

“瞅瞅！我实惠吧？省皮省工还省钱，让小利同学多挣点儿，补贴家用。”翔子大剌剌地说。

真熨帖，真仗义。利婵听了老炮这番话，心里一片甜丝丝美滋滋。

周旻笑话翔子：“您这脸皮，嘿，比牛皮子还厚！”

那晚，翔子的气息刺激着利婵。人家走时，她差点儿拉住翔子，来一句：“你可以留下……”人走光后，利婵又清醒过来。幸亏这“情意绵绵掌”没打出去，不然……她被自己莫名其妙的想法羞红了脸。

送大家出门，利婵还是加了一句：“再来啊，下回来吃麻辣烫。”心里暗暗希望翔子再来，可又不想承认，一个劲儿要把这个“不合法”的愿望给压下去。战彬、战彬——他才是我的男人！利婵狠狠地捶自己。

回到宿舍，周旻跟秦可把这一天的遭遇说得天花乱坠，恨不得让秦大少爷吃后悔药。

末了，还把秦少拉一边压低声音：“利婵同学真不错。哥们儿，你都不知道你今儿错过了什么！我跟你全交底了，你愣不敢去张嘴申请，让翔子抢了先，哎哟喂！”

“嗨，我今儿跟小宝去看展览，还啃鸭脖子喝啤酒，那才过瘾哪！”秦可不愿意认输，而且他觉得不就输掉了一天嘛，根本小菜一碟。

“还有鸭脖子吗？咱俩再喝两盅？”周旻被诱惑了。

“早啃光啦。哎周帅——友情提醒哈，你老黏着菜花同学，早晚会出事儿的。”秦可的“儿”音已经说得相当地道。

生死之间

秦可、周旻和许泉肩并肩走出教学楼，边走边谈论刘师兄。

周旻急切地问许泉：“过危险期了吗？”

“医生说应该行，但现在还不知道会不会有后遗症。唉，招谁惹谁了你说！”许泉直摇头。

周旻用力踢着路边的碎石，念叨着：“真可怕，生命这玩意儿太无常。早上人好好地出了门，晚上可就不一定能一整片回家喽。”

“谁说不是呢，认识到这一点，咱更要好好珍惜生命。”秦可长叹了一口气。

许泉则显得心有余悸：“俺们工业系刘师兄和齐越的事儿，让大家一下看清了生命无常这回事，所以很多人遇事都想得开。刘师兄命大，我们班的齐越没那么幸运。‘玉面书生’齐越同学，那是多帅多棒一小伙儿呀！他最后一次跟我说话的音容笑貌，现在全在我脑里记得清清楚楚，可这人，说没就没了！”

秦可心里也在嘀咕：近两年校园里真是诸多不顺。先是谢小伶和齐越仙逝，然后是青岛师妹，现在刘师兄又出车祸，包括几位老师，都没得安生。这中工到底招谁惹谁了？大北窑历代是个烧窑的地儿，不是乱坟岗，咋那么晦气呢……但愿刘师兄能挺住。

气氛惨淡，仨人都恹恹地不想说话。

走到校园的十字路口，许泉奔向了图书馆。真难为他，这种心情还得学习。秦可想到电视房放松一下，正要拉周旻一起，却发现他被粘在了原地。顺着周帅的目光看过去，正前方走着服装系的梁捷。秦可暗笑一下，招呼都不用打，顾自走开了。

“哎——捷子！等等。”周旻快步赶上去。

梁捷回头，放慢脚步向后倒退，等周帅。

“听说了没？91级工业系刘师兄的事儿？”周旻问道。

“早听说了，还等到你来通知我。我都去看过他了，你没去？”

“他不认识我，我回头再随大拨一块儿去。你跟他熟啊？”

“当然了，他是尚羽的好兄弟嘛，他们都是工业系的。”

“对对，我咋忘了？这么说，尚羽师兄专门从深圳来看他？”

“是啊。刘师兄真可怜，头缠着巨大的纱布，不能说话，脸和头都肿得可怕！记得从前，他老给我带贵州牛肉干，我还管他叫牛尾哥呢，因为他老是牛和刘不分的……唉！给他捐款吧，这才是最实际的。”

“钱这时最管用了。真是天有不测风云，不知道老天爷给我安排了什么呢！”周帅脑袋耷拉到一边，又沮丧起来。

“只要好好做人，老天爷不会亏待你。”捷子也歪着脑袋看他。

“刘师兄人不好吗？齐越人不好吗？听说被车轧的青岛师妹人也很好。可人再好，也不知生命之舟要将人载向何方。”周旻双眉紧缩。

“嗯，你还很多愁善感，的确和贾宝玉有一拼。”捷子快人快语。

“难道你铁石心肠，对生死无动于衷？”周旻反问，剑眉上扬。

“铁石心肠说不上，只是觉得生死之事，我们凡人再操心也是白操心。感慨归感慨，最好认真过好每一天。刘师兄出事后，我一直替他祈祷，虽然我什么都不信。至少他现在过了危险期，能活下来，就感恩吧！”

“说的也是，我们这些俗人凡胎在生老病死面前，多么软弱无力，真没劲。”周旻手里摆弄着挎包带子。

“但从刘师兄身上，我也看到了生命的强壮，他在坚强地挺着。很多事情都带有阴阳两面，就像月亮的阴晴圆缺，还得要多看那阳面，自己给自己鼓气。凡事积极一点儿，你说呢？”

“你今儿怎么突然大彻大悟？而且还带有说教的味道。”周帅瞥了眼捷子，有点不屑。

“本来嘛，生活时不时给咱瞧瞧它的本色，就是让咱领会某些东西。被吓得屁滚尿流就中计啦！算了，看你情绪如此低落，给你讲个笑话吧，是昨晚听‘贝贝’说的。”

“你听着像个 60 岁的老姑妈。讲吧，我支着耳朵呢。”周帅分明有点儿不情愿。

“‘贝贝’姥姥家有个奇葩邻居，一个 30 出头的老男生，人挺好，心理年龄估计只有 18 岁，但老炮式的老北京传统思想却可媲美 70 岁大爷。老话说正月里不能剪头，不然死舅舅，于是他顶着一头乱草，愣坚持一个月没剪。‘贝贝’听后特想不通，因为那人压根儿没舅舅。”

俩人哈哈笑起来，死亡的阴影稍稍退远，没入黑夜。

趁着笑，周旻突然问道：“你给‘男宝’缝衣服啦？”自打上回做皮包开始，他就盯上了杜宝南那厮。

“对呀。不行吗？”捷子暗笑，心想：原来周帅也会酸哪？可惜，他好妹妹不要太多了点儿，别算上我。

“行倒是行，就是看着有点儿像大内总管。宝南爱穿红裤子和绿裤子，够青葱！今儿他特美，穿件心里美萝卜色大衣，翻出半截儿绸里子——哇，好艳丽的湖蓝色，还坦白交代说是你给缝的，正好又……”

看“菜花”正怒目而视着自己，周帅赶紧自觉闭嘴。

“我看你纯粹是羡慕，也有嫉妒的嫌疑。你早忘了，自己身上背这包还是我给做的呐。”捷子终于笑出声来。

周帅瞅瞅肩上的真皮挎包，也笑了。确实，这包简洁大方，让自己更有男人风范。他爱不释手，天天背着。

看对方乐了，他又犯贫：“能不嫉妒吗？都没人给我补衣服，苦命啊！”

捷子白了他一眼：“去——少来！你那么多好妹妹，从 92 级到 94 级绝对能找足红楼十二钗来给你补衣服，别找我。”

唐伯虎点秋香

所幸刘师兄身体棒，求生意识也强，他硬是挺了过来。

度过了危险期后，老师同学都奔去医院探望，工业系组织了集体捐款，一大笔款子体现了集体的温暖。

这事儿出了以后，刘伟实习的公司很够意思，按工伤算，掏了五万块手术费和营养费。后来刘伟妹妹来京照顾他，也是公司和学院筹资生活费，充分体现了社会主义国家的人道主义精神。

刘师兄出院后，疗养了很长时间才稍稍恢复，顺利毕业并回了贵阳。据说后来和贵州大学签下合同，当了老师。虽然晚婚晚育，生活还算和美，照样为人师表，为社会发光发热，可谓不幸中的万幸。

工业班由于许泉和刘师兄那层老乡关系，加上工业系师生本来就抱团，也主动捐了不少款。

自打上次樱桃沟吵架后，“雷神”和“饭饭”又和好了。这次和好，还得感谢“雷神”他爹。

雷老爷子到天津出差时，恰巧“饭饭”请假返家探望生病的母亲，又适逢“饭饭”生日。老爷子不问青红皂白，马上派送大花篮和水果等礼品到“饭饭”母亲的病房，并亲自替儿子给“饭饭”献上了生日鲜花。

为讨喜头，“饭饭”默认了，“饭饭”老妈于是得以和准亲家相见。

这时“饭饭”转念一想，其实老雷和家人对自己真是没得说，当下心里承认自己是矫情了点儿。于是接过雷老爷子递过来的大哥大，就和“雷神”通了话。等她返京时，“雷神”去接站，俩人马上手拉手，亲亲热热回到了学校。

雷老爷子并不知道自己误打误撞，充当了儿子的和事佬，但他生来就是一副热心肠。

20 世纪 90 年代初期，雷老爷子下海经商，发家致富。当时发了家的很多人，有人大方有人吝啬，雷老爷子是前者。他先是兴高采烈地给儿子往学校邮寄了大彩电，然后又买了小天鹅洗衣机推到儿子宿舍，放楼道里供全楼人用。

每次老爷子来京看儿子，都要住在最靠近儿子寝室窗户的光华路旅馆。少不了大包小包地往儿子宿舍塞好吃好用的，很多人都领了这份情。对未来的儿媳妇，雷老爹更是爱屋及乌。

自打得到双方家长的认可后，“雷神”和“饭饭”就更亲了。

校园里，老远就能听到“饭饭”娇滴滴地喊：“老雷——！”

“雷神”则拔开长腿迎过去，甜蜜蜜地回应：“凡凡——！”

接着是俩人向对方奔过去的经典慢镜头。

一众坐在冬青树栏杆上看风景的工业班“野牛”们即做呕吐状，完全复制了周星驰的《唐伯虎点秋香》。

冷战再冷战

怎奈好景不长，雷凡之间的“以和为贵”仅仅维持了仨月，又起风云，这次阵仗还来得更大一些。

主要是，这回涉及了“雷神”的面子问题。众目睽睽之下，“饭饭”和她某师兄共用一伞，雨夜浪漫归来，对方还将她送上了女生宿舍楼。此情此景，让“雷神”情何以堪？

一开始老雷没想急，做人总得有胸怀对吧，何况是面对自家这位才貌双全的美娇娘？但是面对“雷神”的疑问，“饭饭”非常霸气强硬，似乎世上的理儿全站在了自己这边。

“你一号称‘雷神’的大老爷儿们，就这么不信任自己的女友？”“饭饭”反过来质问老雷。

“雷神”被将了一军，平稳的心态有了些小动摇，问道：“你就不能先回答我的问题？你和那位师兄干吗去了？”

“我和师兄出去，也要请示您吗？”“饭饭”擤着鼻子，昨晚被雨淋，弱不禁风的她有点感冒了，但平时体贴的男友，此刻只关心其他没有任何意义的问题。

其实他若表示一下关怀，大度一点儿，俩人会快快乐乐地共进晚餐了，可他就非不。对方犟，“饭饭”就会反应过激，她知道自己的脾气，可就是控制不好。也可能是聪明在作怪，因为她知道对方分明特别在乎她，他不会把她怎么样的。

而“雷神”呢，其实一开始没真在意，无非应景似的随便一问。这可是自己媳妇儿呀，跟哪个野男人上哪去了，不得问一嗓子吗？如果这都不关心，那肯定对媳妇儿不在意啊！再说宿舍那帮骚男们，都跟着起哄呐。

为了表示在意，他就问了一句。可短短的一句，就惹恼了她，而且眼看越聊越僵。

这节骨眼上，“雷神”突然想起了小宝的警句：为了避免没必要的误会，最好坦诚一些。

有道理！于是老雷就坦诚了自己的想法。自个儿那点子小念头被坦诚了，虽然暂时缓解了僵局，但到底还是没躲过“饭饭”带着骨刺的一番回应。

“饭饭”认为，自己有交友的权利。作为男友，应该允许并尊重她的这种权利，而且要充分信任她，不要一听别人挑唆，马上屁颠屁颠跑来问她跟谁出去了，干什么去了。这让她感觉窒息，失去自由，成为笼中鸟。

“雷神”却认为，问一声自个儿媳妇，你跟谁上哪儿啦干啥去啦，是很正常的事，不是干涉自由，是直接的关心。再说了，交了男女朋友的人，自个儿肯定得自觉，不能说三更半夜跟异性出去招惹是非，谁有那么大气？谁那么大气谁是孙子。

俩人把各自的理由一一摆上桌面，发现咬合点对不上啊，急死谁！越急越谈不拢，自然不欢而散。

接下来的一段日子，俩人即使见了面也各自心有闷气；既然驴唇不对马嘴，还不如不见。

梁山好汉巴黎梦

张晖和李峥嵘正好相反，俩人在一起的日子很少争执，大部分时间在过逍遥日子。

这俩人性格都豪爽，经常称兄道弟，没有隔夜仇。即使拌嘴，也很快又笑闹滚打到一块儿去了。有点儿像《水浒》里的人物，大碗喝酒大口吃肉，喝醉了再一起大声骂娘。

这时候晖哥已经挣到手一辆桑塔纳小轿车了，成天接送着峥峥，上哪儿都特方便，让她乐不可支。晖哥还开了家餐馆，吃喝住行已经形成小款爷的派头。

最难能可贵的是，晖哥对峥峥的家人和朋友向来有求必应，让她特有面子。可以说，他把她宠得不成样子！而她乐呵呵地全盘接受。

李峥嵘虽然也参加一些时装大奖赛，但她非常有针对性。纯粹国内的，绝对不理它，只有涉及欧美，尤其是法国的大奖赛，才能引起她的兴趣。

在那次“法国巴黎国际大奖赛”中，全中国只有李峥嵘和班里梁捷双双摘取了世界级别的优秀设计师奖。她觉着这充分证明了自己的天赋和实力，决定把法语学好，为实现自己的梦想未雨绸缪。

在这一点上，晖哥显得善解人意，哪个小女孩没有梦想？如果自己有能力，就要帮助红颜知己实现梦想。他没想那么多。但凡他稍稍往下想一想，也许会避免日后许多麻烦。但谁是自己生活的先知呢？

这个时期的晖峥恋，是实际又虚幻的。当你拥有不少东西，已经从山沟爬到小山坡上，你已经沐浴春风，可以为目前的高度尽情陶醉一阵子了。凭什么不呢？

“有朝一日，我一定要上那个什么破艾斯魔夺，那可是全世界顶尖儿的时装学院！”峥峥两眼放光。

“艾斯魔夺？这名儿也忒魔障了吧？又破又魔障，是咱去的地儿吗？”晖哥乐。

“歪（外）国名叫 Esmod，你喜欢叫成‘爱死摩托’也行呀，晖哥哥！这学校出来的好鸟们，全上迪奥和圣罗兰拿高薪呀，我眼红！”峥峥娇嗔道。

“中，莫（没）问题呀！哥哥我一定全力支持你，把你捧红，让你成为中国的COCO香奈儿，全世界向您致敬！”峥峥身后是张晖笑哈哈的一张脸。

这些话，也许当时说出来很是应景，但对李峥嵘来说，这是承诺。晖哥既然一言九鼎，二十匹马都难追回。

在一些需要资助的时装设计大赛上，晖哥确是言出即行。资助峥峥参赛一场，无非是他画区区一张室内效果图就轻松搞定的事情，何乐而不为呢？只要她高兴。

峥峥不用像班里的“疯子”“耗子”和老熊那样，苦哈哈地去勤工俭学，自有晖哥这个挣钱机器做后盾，一切迎刃而解。晖哥是她的贵人，晖哥会为她开创美好的未来。

双方都强烈意识到这一点，从而意气风发，信心满满。但凡有经验的人，恐怕会多问一句：人心有满足的时候吗？尤其在名利面前？把目标设立在名利和虚荣肥皂泡上的恋情，能走多远？

没人想过这个问题，这会子也犯不着想。这会子嘛，大家都要尽量地潇洒挥霍青春，省得将来后悔。

力争上游和死水微澜

李峥嵘逍遥的时候，她班里不少人在使劲儿忙活，积极参加各种商业性时装大奖赛。

商业大赛往往比较费钱，但不用急，羊毛出在羊身上。在这方面，“疯子”陈君峰最鸡贼，也最出色。反正他总能找到给他赞助的服装公司，自己以该公司的名义参赛。得奖后，荣誉和衣服归公司，奖金归自己。

就这样，“疯子”屡中状元，丰厚的比赛奖金为生活增色不少，对踏上社会也信心十足，一箭双雕。后来在系里组织的“北欧皮草设计大赛”上，“疯子”还获得了银奖，金奖得主是“蚊子”同学。

文雨因此获得到丹麦领奖的机会，趁机路过了法国巴黎，别提多美啦！松月根不能跟着去。这次经历，使文雨看到了欧洲，也成为她日后赴欧发展的动力。

获银奖的“疯子”没机会游历欧洲，倍感失落。于是“蚊子”带“疯子”回家胡吃海塞，吃得“疯子”两眼直冒油，把失落全给找补了回来。

“菜花”自打“蒙妮莎时装大赛”和“巴黎国际大赛” 斩获两个优秀奖后，对参赛不再感冒。她作为班里最先参赛的第一人，对服装设计开始兴趣寥寥。仿佛有朝一日醒来突然问自己：这些服装设计，是谓艺术，但真正对人的内心世界能产生什么震撼和影响吗?

“菜花”后来一直在追问自己这个问题。她也明白，人对某些事情存疑，不一定能马上得到答案，但只要你不放弃思考，答案终有一日会浮出水面。

反倒是原先对服装毫无感觉的老熊，现在频频参赛，后劲十足。从“真维斯针织时装大奖赛” 到“兄弟杯大奖赛”，老熊都捞到了奖项，虽非大奖，但也是鼓励。

其实到了大三下学期，恨不得人人都在勤工俭学。

如果说大二的勤工俭学，是中工学生过早介入市场经济的体现，那么大三后的动机更积极。马上就要毕业了，出到社会上得有能力立足。这时候接活干，能进一步检验和提高个人专业技能，更好地与社会接轨。

在班里同学忙得热火朝天的时候，董雁飞什么比赛什么活动都没参加，根本提不起兴致，也觉得没必要。

自打齐越离开人世，董雁飞就一直生活在死水微澜中，做什么事都得过且过，成绩也一落千丈。生命的无常让董雁飞认识到什么叫无奈，这种无奈让她乏力，无奈和乏力的结果就是：爱谁谁吧，反正我无法主宰。

种种的种种，让她在无意义中试图挣扎出有意义来。耳边总有一个催促她的声音：想做什么就赶紧吧。

从大一到大二，总之在齐越消失之前，董雁飞是最较真的学生，相信耕耘才会获得丰收，但现在是怎么啦?

其实班人的忙碌和勤奋，雁飞看在眼里，有时也急在心头，但总提不起劲来。她感觉自己就像是一辆出了事故、马达被毁的汽车，停在路边，无人问津。本着对逝者齐越的尊重，校园里再不可能有人来追求她，她也不可能忘记齐越。

由于缺乏动力，雁飞不得不一次次回想，自己在河南小乡镇的生活，还有满怀期盼的双亲。他俩身体都不好，母亲有慢性心脏病，她无法想象母亲能悠悠等到70岁，等这个独生女儿出息了，才颐养天年。

但我能怎么办呢？能做些什么？奋起直追，靠自己的能力？……还有一年，我还来得及，雁飞每晚入睡时都这样安慰自己。

事实上，她常常抱着齐越的照片睡觉。齐越英俊暖心的模样和自己咸苦的眼泪，还有对俩人共度欢乐片段的回想，是她的安眠药和精神寄托。

圣母情结

服装系另一个不上心的人是利婵，不光是对专业没兴趣，她越来越感到自己入错了行当。

正所谓入错行如嫁错郎啊，可是她又不知道怎样去拨乱反正，没有门路，也没有机会翻身。在私人生活上，小利同样是处在无法翻身的水深火热中，而且无法自救。

最近，战彬又干了特别不是人的事儿，居然骗了利婵家五千多块钱，还没算上他骗其他亲友的钱。一想到他的种种劣迹，利婵就脑仁疼。

当时战彬瞒着利婵，跟她妈妈胡侃乱吹，说给家里装电话带分机，这样她们母女之间联系能更方便。战彬还一个劲儿对着利婵妈使激将法：“都啥年代了？谁家没座机电话，简直是吃不开兼不长进哪！”

利婵老妈听不得他那酸不溜丢的话，又看在是毛脚女婿的份儿上，只好痛快掏了钱。

拿到钱后，战彬却推三阻四，找一大堆弱智借口，说反正都跟电话局和邮局有关，跟他自己一毛钱关系没有，拖到最后不了了之。利婵妈打死都不肯相信，自己就是被未来女婿给这么忽悠了。

利婵气坏了，这臭小子也不想想，那是你未来的岳母啊！便宜是好占的吗？可战彬就是不管不顾地浑不吝。

利婵跟他吵，讨公道。可总也吵不赢他那该死的三寸不烂之舌，再加上战彬他老娘三番五次负荆请罪，只好大人不计小人过，放他一马。但利婵知道，这事儿没完，指不定啥时候又得爆发。

如果不是战彬老妈一次次替儿子求情，利婵也扛不住了。这个准婆婆，是利婵和战彬之间的黏合剂。

她对利婵这个准儿媳实在好得不行，各种保证和亲切关怀如滔滔江水，浩浩荡荡、绵绵不绝，真不是利婵这种毫无社会经验的软肠子能招架的。而且战妈妈口才一点不比儿子差，利婵特别听不得好话，只能甘拜下风。

怎么办？将就吧……什么是命？这就是。

三年的相处，利婵已经发现，自己的枕边人只长了张嘴， 会哄人，其实人特自私。上次明明是他拒绝用套才导致她“有喜”的，结果让她自己去流产落下病根不说，还怪她怨责他。

战彬老妈的劝解是一方面，另一方面也有利婵自己的原因。

自打上回因流产闹分手又复合后，有几次利婵都想分手，但一想到自己失了贞洁，立马又英雄气短。再加上对方一说好话，自己全身都酥软了。

虽然是 20 世纪 90 年代了，但利婵相信，在很多传统男人那儿，有些根深蒂固的东西无法改变。何况这社会还盛产传统男人，女人就是弱者，失了贞洁后的处境将会坎坷。而且利婵自己本身，就不喜欢自己的“不贞不洁”。换一个男人又能咋地？指不定更惨呢。

大部分只处过一个男友的姑娘，都有种“处女情结”的心态作祟吧，对第一个男友总是很纠结。

再说了，战彬有三件制胜法宝：一下跪，二痛哭，三装病。每次利婵提到分手，他就轮番表演，简直可以轻松拿到奥斯卡最佳表演的小金人了。

战彬心里门儿清，算盘打得啪啪响。因为他知道利婵的心软得跟棉花糖似的，一捏一个准儿，哪能招架得住他那几件法宝？

还有，他的绝招就是涕泪纵横，抱着她的腿痛哭失声，哽咽道：“小婵——离了你，哥活不成啦！今儿你走，明儿就来给我收尸吧……”

圣母情结一直在作怪，利婵走不出战彬的手心窝儿。

处女情结加上圣母情结，再加上莫名其妙、糊里又糊涂的一堆乱麻死结，搞得利婵跟自己斗争了两年，仍然跟战彬住在一起。他出去忙完了，就回到大北窑小平房来，这儿是他俩的家。

再闹也分不了，只好捆绑上天堂吧！利婵绝望地想。

捆绑上天堂

秦可自打上次让翔子占了先机后，就没逮着机会再和利婵单独相处，这让他比较郁闷。周末时他仍一如既往上她教室看一眼，可她总也不在，这真让他无计可施了。

他不可能在上课时跑去教室拦截人家，更不可能跑上女生宿舍找她，估计她也不住校。算了，还是等待合适的机遇吧，总会有的，秦可安慰自己。反正翔子也是一天到晚孤家寡人，没比自己好多少，秦可是看在眼里，笑在心里。

而利婵这边呢，其实是被锁死了。最近战彬做完了天津的项目，一直待在北京，她自然得天天回到大北窑的小平房。又过了一段时间，战妈妈来京看病，居然确诊为乳腺癌晚期，这事让利婵跑得腿都短了，眼睁睁看着她受折磨，利婵非常于心不忍，跑得就更勤了。

战彬是个独子，很早没了爹，这很可能是他没学会当个顶天立地男子汉的缘故，因为他没有现实榜样可以模拟参照。没成年时，很多事情全都依赖着母亲，而当妈的自然特心疼这个从小没爹的孩子，因此一直没再找对象，全心全意把儿子带大。

这次，战彬在天津挣回来的钱几乎全部投入来挽救母亲的生命，也算是尽孝心了。他与母亲的关系不是特别好，当妈的很清楚自己儿子的重大问题，但说了，管了，仍然没有成效，也真没辙了，很多孩子都如此。

战彬的种种逆行，常把自个儿老妈给气结气哭，而战彬自己还得意扬扬地跟利婵显摆，边说边觉着自己很特别，他相信自己不是凡人。因为伟人和天才，常有悖逆之事，这叫“天生我材必有用”。

战彬确实与众不同，最古怪的是他那对奇特掌纹。他从左手到右手都是断掌，普通人的手掌都是掌纹交错，可他特绝，左右手都只有一条线，而且这两条线是一模一样！民间说这种人是异端，还很可能是灾星。当时战彬邻里还有人开玩笑呢，说国外生了这种怪胎一般就扔了，搞不好祸国殃民。

祸国殃民的本领战彬不一定具备，但他绝对是祸妈殃媳妇的主儿。

这会子老妈病了，战彬更有好理由管亲戚朋友们借钱了，被他骗过的人不想理他，可病人总得探望啊。那么当着垂死的亲人，战彬开口借钱，人家根本没法拒绝。

于是他又用他的异端超凡能力，骗了不少钱，这种钱一般都不用还，人家也是掏钱买个心安嘛，本来他们孤儿寡母就不容易。

但是钱再多，却也挽救不了战妈妈，她的生命之舟终于驶到了尽头。

走之前，她干枯的手紧紧攥着利婵和儿子的手，一百个不放心。絮絮叨叨地反复叮嘱儿子：“儿呀——别犯浑呵，小婵是个好姑娘，心疼着点儿，好好过日子。”再转头，语重心长对利婵说：“小婵啊——有你我才放心呢！我就这么个宝贝儿子，没管教好，你看在我这个过气人的份儿上，担待着他点儿——啊？”

千不舍万不舍，战妈妈说完这番话，便溘然长逝。从老人合不拢的双眼和眼角斑斑的泪痕，利婵也能感受到准婆婆对儿子的一万个不放心……唉，可怜天下父母心啊！

战彬母亲的去世着实让利婵大大伤心了一场，但过后隐隐地，也有一丝丝怅惘伴着释然。现在连黏合剂都没有了，她和战彬之间还能剩下什么呢？利婵自己也拭目以待。

小宝捉贼

小宝虽念叨了无数次要搬出宿舍，总是风声大雨点小，但最终一件偶发事件，促使他神速地搬离了男生宿舍。

这天，正上着刘巨德老师的课。

也不知为啥，听着听着，小宝感觉浑身不得劲，想出去透透气，再找个地方躺一会儿。于是马上报告刘老师，说要回宿舍取颜料，刘老师一向体恤学生，没强加追问，马上点点头同意了。

等小宝回到宿舍门口时，发现锁开了，但因为整个人状态不佳，没有细想就悄然推门进了屋。

一进门，便猛然看见自己的床上多了样东西，是一红色装满工具的小包，觉着很奇怪。下意识地扭头一看门后，不得了！

门后立柜侧边、上下铺位的小梯上站着一人，正把头探进柜子里沉迷地翻东西。这人个子高，衣冠楚楚。

小宝赶紧喝问："嘿！你谁呀？"

对方"噌"一下缩脖子抬头，从小梯上跳下来，眼神有点慌乱，答道："哦，我是91级装潢系的薛军。"

小宝过了下脑子，说："薛军？91级装潢系没这人啊，我92级装潢系的。"

对方面露尴尬，但很有经验，嘴里边搪塞小宝边收拾工具包，说："那啥，我得赶紧走了兄弟！"

小宝马上反应过来，这厮肯定是贼！咋办？冲过去把坏人撂倒？闪念间，他突然瞥见贼手里攥着一把改锥！根据位置判断，自己处于劣势，因为贼正好在门后，自己的位置靠窗。

只要贼快速把半掩的门一关，扑上来给自己扎上几锥，绝对得心应手，神不知鬼不觉。

犹豫间，嘴里便缓缓说道："别走，你要是拿了我们的东西，得上保卫科走一趟。"

"别介小兄弟，出来混不容易啊！我一进去就得三年，家里还有80岁老母和年幼妹子呢！您就行行好，放我一马吧！"这哥们儿变脸也快，眼看要给小宝下跪，门却突然洞开，是扫地的阿姨，毛贼趁此机会飞快蹿出门去。

小宝愣了一下，赶紧追！电梯坏了，顺着楼梯往下追了三层楼根本没人影，意识到贼藏身楼层里了。又折回去，抄起楼道里的电话，给保卫科和系里秘书打了电话。保卫科很快派来了仨人，楼上楼下分头查找。

找了半天只找到一条线索，从六楼下来的师兄说，刚才楼道里确实有一陌生人，在找厕所。保卫科人连忙追进六楼厕所，发现旁边的洗衣房被反锁了，敲了半天一点儿动静都没有，只好再派人到楼底下守着，折腾了半天没有结果。

后来小宝班人听说抓小偷也跑来宿舍助阵。李毅崴说，他在教室里听到系秘嚷嚷有贼，跑到窗边看，真看到有一男子从男生楼窗户钻出来，顺着水管爬到女生宿舍那边了。虽离飞檐走壁还有一段距离，但速度也够快的！

小宝赶紧又通知了保卫科的人，但他们没在女生宿舍找到那个贼，只好不了了之。

事后林胜煌非常感谢小宝，那贼特有眼力，翻的正是全屋首富煌煌的柜子，柜子里有贵重的进口相机和祖传的雕塑工具等无价之宝。

说来也怪，本来刘巨德老师的课小宝最爱听，但鬼使神差地，他居然在上课时莫名其妙跑回了宿舍，真叫人想不通。

小宝还暗自检讨：自己太嫩，换作艺高胆大的老景，那贼估计得缺胳膊断腿了，没准这会儿正躺地上嗷嗷叫痛呢！主要是看贼有凶器，他又把自己说得那么可怜，一动恻隐之心就犹豫了一把。幸好这次没丢东西，而且半天的追逃应该也把贼吓得够呛，他至少有一段时间不敢再偷吧？

小偷事件加快了小宝搬出宿舍的速度，主要也是因为他买了台电脑，而宿舍不让放电脑，必须得租房了。

后来想起这事，小宝总感叹：咳，英雄真不是好当的！自己心太软，手不够黑。而且对方人高马大，万一制服不了对方反把自己折了进去，自己岂不成了大三时期非死即伤又一悲剧人物？生命之舟恐怕就提前到达终点了。

总之，小宝也感慨，自己有了一次这样的经历绝对是好事。不然一天到晚把头扎进书堆里，出到社会一片天真烂漫，连基本防范的心理都没有，肯定更惨。

山洞春秋

小宝租的那半拉房子也在大北窑，方便，但巨小无比，更像个山洞。

一推门，顶在门后的就是床，再带一床头小桌，完了。

洞里冬冷夏热，冬天时每天浑身冰冷僵硬地醒来，夏天时老得把脚泡在一盆子凉水里，不然要被热坏了。睡觉时感觉好几堵墙往自己身上压过来，有窒息感。但是为了学电脑学外语，小宝豁出去了。

这时很多人都在外面租民房住了，那些人多半是因为有女朋友，可三好学生小宝身边唯一的朋友就是这台新电脑了。还是他省吃俭用和勤工俭学攒钱买下的，得好好利用。

那时的电脑不仅巨而且慢，用矢量软件做个稍微有细节的图形就得等半天。

一次他做了个极其复杂的印第安人图像，电脑花了老半天进行渲染着色，让等得要睡着的小宝懊恼不已。之后还要把图形存档，再拿到买了打印机的同学那儿去打印出来，比如张晖那帮比较能挣钱的环艺小子们。

环艺小子们正是靠着画室内效果图，从大二一路打拼下来。如今这帮幸运小子不但租下了大屋子，设备齐全，还合伙儿开了个饭馆，晖哥甚至都开上小轿车啦！

唉，选错专业的尴尬呀！小宝时常暗叹。

还是要相信自己和知识合并后迸发的能量吧！小宝认识到电脑很快会变成做设计的主要工具，于是狂买了一堆工具书埋头攻克两大专业软件：处理图像的 Photoshop 和矢量软件 Illustrator。

某天，他抱着书在电梯里碰到系里老师，人家问他："同学，你看的啥书哇？"

"《轻轻松松学会 Photoshop》。"小宝答道。

"轻松吗？"老师认真地问。

这句话一出口，师生二人相视会心一笑，是苦笑。

有啥办法？迎头碰上了变革和腾飞的时代，你就得随时准备好迎接变化。用新知识新科技手段武装自己，不然就会被时代无情抛弃。

小宝虽准确认识到了这一点，但对一年后如何真正和社会接轨，还是感到惴惴不安。毕竟装潢系和别的系不一样，在校生和社会的接触不是太多，也可能是自己这几年光啃书本，忽略了能和社会挂钩的活动。

班里确实有人参加社会上商标比赛和投标的，比如说虎子，他在这方面很活跃。

至于班里其他人嘛，于山、文斗和杨国胜一直在设计叫"大圣"还是"猴哥"的汾酒包装，做得痛苦万分、淋漓不尽。

一番比较后小宝决定，还是先把心沉下去，让知识过滤沉淀，同时把电脑和英语学好。正如酿酒，没有沉淀发酵的过程，酒就不会香醇。下定决心不怕牺牲，坚持到底一定能迎接胜利。

小宝时不时对自己喊口号，窝在"山洞"里钻研的时间越来越多。期间，他有时也用电脑替班里人设计的 Logo（徽标）修图，算是挣了小钱又练了手，两不耽误。

第十七章
自由选择

元旦晚会

1996年的元旦悄然来临，没有任何烟花礼炮，但中央工艺美院的元旦晚会一年比一年精彩。

元旦气氛从中午发大红餐券时开始盘旋上升，新年第一顿午餐很丰盛：红烧肉、香酥鸡、软炸排骨、四喜丸子等。等全体师生吃饱喝足了，晚会晚七点在校园小礼堂内准点开演。

整台晚会相当喜庆热闹，节目比往年更丰富。

除了载歌载舞一片升平，还有相声，有名角的哑剧节目，更有正儿八经的交响乐团演出。

到最后压轴的“八百乘”乐队上台，又再把大家狠狠震撼了一把。“八百乘”的演出一如既往地精彩，除了鼓手吴昊的脸上稍微有点儿云山雾罩。

元旦晚会后，照例是每年必有的联谊舞会，在食堂二楼，由高瑕她爹高书记陪着院长上去给大家拜年。食堂的地板依旧惯性地湿滑油腻，舞曲在专业人士耳朵里不够带劲儿，先锋神人都懒得参加。

“樱桃帮”那几位全是“八百乘”的铁杆儿粉丝，散场后立马一窝蜂涌到了后台，撺掇着乐队把家伙往礼堂后台一扔，一堆人跑出大门口狂吃新疆烤串儿，抢灌啤酒，这才有了过年的疯劲儿。

灌下几口"猫尿"后，"雷神"极度亢奋，冲着东三环大桥狂喊："1996 你好哇！明年香港就回归啦——我都等不及啦！"

站在一边玩命撸串的翔子咕咚咚灌下一大口黄汤，大声赞道："哎哟喂，这年过得，真痛快！"

"这就痛快了？为了尽兴，同志们，不如上我那儿吃麻辣烫得了，饿了还可以摊黄菜和烙油饼饼！我有火锅底料，萝卜、土豆都现成的，光缺肉啦！"利婵提议道，正好战彬不在家，可以请同学们去闹一闹，图个喜庆。

"那敢情好啊！"大家欢呼雀跃，多余精力正愁没处发泄呢。

"咋缺肉啦？肉不正面对面瞅着你呢嘛！"翔子反应快，冲羊肉摊努努嘴，露出坏笑。

收到了老炮的暗示，"雷神"和晖哥凭着两张巧嘴，好说歹说对"吃瓜群众"进行众筹，然后再强买强卖，愣把卖羊肉串小伙子剩下的生肉串一气儿都给收购了。

肉串儿一下全买走，不打折又说不过去，搞得新疆小伙儿哭笑不得，最后也乐得拿现金提前收摊了。本来他得卖一整晚上，但很可能那是他的乐趣和夜生活。

在去往利婵那小平房的路上，"八百乘"和"樱桃帮"这两拨人嘴里都没闲着。

……

一直不吭气儿的"贝贝"道："新年呢，要不要听笑话？"

"要得要得，赶紧的！"许泉起哄。

"贝贝"笑嘻嘻道："我小时候体质差，我妈总熬汤给我喝，每次我都奋力反抗，她就劝我——乖，这是燕窝汤，喝了去百病，不然就得打针。等我长大后，一直想买这种燕窝回味一下，可这么多年没找到。直到一次偶然的机会，我喝了杯板蓝根。哇，我才知道这个味……原来就是我妈给我熬的燕窝汤啊！"

哈哈哈哈！大家都笑翻了。

终于，众人走到了利婵在大北窑的小平房，两拨人加起来总共十几个人，一下把这小房子给挤满了。人多力量大，正好方便分组合作，于是麻辣烫很快就吃到了嘴里。辣得那叫一个掏心掏肺！

翔子和晖哥又从背包里掏出好几瓶燕京啤酒，"八百乘"和"樱桃帮"众豪杰一醉方休。

晖哥段子多，接着给大家奉献笑话："那天我跟公交车上见一大叔特没素质，他居然脱了鞋抠脚，一股臭鱼味儿！站他旁边一大妈求他把鞋穿上，糙汉非但不穿，还爆粗口骂大妈。当车上众人怒斥糙汉时，大妈闷声不吭气儿，那糙汉又骂起了怒斥他的人，大妈还是不吭气儿……这时公交停站，就在车门打开的一刹那，大妈飞速捡起男子的臭鞋，夺门狂奔而去……看着大妈远去的高大背影，我真心赞叹，哇，大妈忒牛啦！”

十几号人疯笑，小屋内大呼小叫，互相劝酒。到了凌晨时分，喝得人仰马翻。

都是一帮没酒量的熊包蛋，喝酒对很多人来说无疑是初尝禁果，喝个半瓶一瓶立马全趴下了。喔耶！这年过得爽。

山洪暴发

第二天清早，秦可爬起来一看，众人皆醉我独醒，虽然屋里到处趴满人，但显然人数不对。他数了数，好些兄弟姐妹不见了，估计人家提前撤了，或者跑回自己附近的窝去了。

秦可觉着自己这副样子，睡眼惺忪，衣冠不整，不好意思面对利婵，而且她此刻显然睡得正香。怎么办？ 转了转脑筋，他采取了一贯的做法，悄悄地来悄悄地走。

正当他蹑手蹑脚、猫着腰去拉开门的时候，外面正好进来了一戴眼镜的高个儿，正是那位战师兄！不好，小利同学的家长回来了！秦可尴尬地问了声早，根本没敢寒暄，赶紧拔腿快步走掉了。

后来发生的事儿，让他很后悔自己没有好好地圆场。其实发生的事跟秦可有没有打圆场根本没关系，但他这个老好人就是喜欢揽责任。

利婵和战彬之间的“世界大战”总是要爆发的，冰冻三尺绝非一日之寒。不过要真是打起来也痛快了，就怕那淋漓不尽，今儿打一枪明儿放一炮的仗，拖死人。而且仗还打不出结果来，忒郁闷。

战彬进屋后看到的一幕自然是刺眼的，其实推开家门看到一个男人走出来，尤其那么帅的一张小白脸！已经让他全身血液“噌”一下涌到了头顶。

主要是利婵没有提前跟战彬打招呼，一回家就看见男男女女睡一屋，杯盘狼藉，这让他很不爽。利婵倒觉着战彬莫名其妙，本来大过年的，你不陪我非要出门；而且你走前说好后天才回家，怎么又突然跑回来查房?

可战彬呢，元旦还在外面跑，想做的事没成，人人都在过年的气氛多少也影响了他，于是提前回家了。

其实双方的想法都无可厚非，只是这两人之间的恩怨估计就等着这样一根导火索吧。所以很多表面看来风平浪静的关系很多是错觉，内在已经是破絮烂棉花，甚至包脓包血，至于哪一天被戳破则要看机会了。

秦可走后发生的事情可想而知。战彬先把利婵摇醒，俩人有一搭没一搭地说话，加上外面亮晃晃的太阳，大家纷纷醒来。一看小利的“家长”回来了，气氛有点尴尬，都不好意思地集体告别了。

客人散尽，山洪马上暴发，势不可当。

一个像犯了错误的小媳妇，赶紧扫地，收拾杯碗盘碟。另一个没好气儿地坐在一团乱糟糟之中抱怨:“你还真耐不住寂寞哈，我前脚刚走后脚立马来一堆狗男女！”

“你这人怎么回事儿？嘴巴放干净点行不行，什么狗男女？他们都是我的同学朋友，也是你的师弟师妹，你最好尊重点。”利婵积怨已久，那把火一点就着。

“尊重是自个儿挣来的，你们男男女女睡作一堆，还趁我不在家，不是狗男女又是什么？”

“亏你还是个受过教育的大学生呢，我跟你说不着！”

“我跟你更说不着了，你一天到晚光知道坐在家里，啥也不干。钱都是我出去挣，你不应该把家侍弄好，等我回来过年吗？反倒趁我不在家时风流快活，吆五喝六，什么人哪！”

利婵觉得他无理取闹，没准儿在外面受了气回家撒自己头上来，凭什么我老得是那头被宰的羔羊？她越想越撮火，把碟子往桌上一掼，大声质问：“你没在家这么多次，我都怎么风流快活了？我多少回招人来了？我敢吗我？”

战彬听得利婵这一声虎啸，露出少有的强悍，顿时有点骑虎难下，为了面子只好瞎嚷嚷：“你有没有过自己最清楚！指不定多少次了呢，哼，我把钱给你拿回家，叫我吃哑巴亏，我傻呀我？”

这话把利婵给气坏了。这几年来，自己都是掏心掏肺地跟他过日子，风雪交加都孤零零地守在这破屋里等他，他还要这么糟践人，真不是个东西！

再想起他种种不是人的恶行，她干脆把手中碟子一股脑儿全摔到地上，冲他大喊一声："好，说得好！我就是那不要脸的贱货，你马上给我滚！上个月房租是我妈结的账！"

战彬愣了几秒钟，也意识到自己有点儿过了，但正在气头上，转身摔门扬长而去。

老炮救急

整整一天，利婵窝在屋里，觉着特憋屈，昨夜过年的好心情急转直下。

可能因为昨晚吃得太辣，今天又一天没吃东西，利婵整个胃连带小腹开始胀痛起来。她不得不给自己灌了个热水袋，放在肚子上，又从抽屉里翻出些止痛片胡乱吞下去。

入夜时，止痛片已经失效，利婵痛得眼冒金星，腰都直不起来，而且这痛很像是上次秦可背她挂号住院的那一次。

后来痛得她满额头是汗，实在撑不住了，而且心中隐隐有不祥的预感。这可怎么办？再找秦可来背自己上医院？这个想法让她露出一丝苦笑。

她在包里翻了翻通讯本，上面有两三个女同学的号码，可都是弱小的女生，能帮上自己什么忙呢？偏偏这会儿又碰上元旦期间，真够倒霉的。

她翻了翻抽屉，找到一些现金，打算自己一步三挪腾、支撑着出门打个面的上朝阳医院去。

正在这时，她听到了呼机的响声，一听就不是自己的。顺着声音找去，在门后长凳上的一堆杂物里发现了呼机。是个男式呼机，而且一看就不是战彬的，肯定是昨晚某位男生不小心落下的。因为呼机响了多遍，她只好看了一眼，上面显示：老炮老炮，收到请回，急！

老炮？喔，原来这是翔子的呼机。唉，你急我更急啊……眉头一皱，突然想起来，其实自己有翔子的电话号码，当时给他做皮包时为了方便联系留下的。翻了翻通讯本，还真有。

利婵把东西拿好，弯腰掐着腹部一步步慢慢挪出去。小腹痛得要命，她一步三停留，好不容易才出到巷子边上，巷口有个小卖部，里面有公用电话。

利婵弯腰支在人家放电话的窗口上好一阵喘，漠视店老板投过来的异样目光，她看着通讯本拨了翔子留的号码，心里一阵突突狂跳。

电话那头，铃声似乎在某空旷处响了好一会儿——谢天谢地，翔子终于接了电话。利婵跟他说明了情况，有人急事找他。翔子很细心，从话筒里就听出了利婵有情况，利婵也顾不上客气了，便说了实话。

翔子问明地点，干脆利索地说道："别动，原地等我。我打一车来送你上医院，我在学校呢，很快过来！"没等她回话，他就把电话挂了。利婵确实动不了，只好听之任之。付了电话费后，她顺着墙根窝着蹲了下去，等救兵。

翔子给利婵留的其实正是宿舍的电话号码，因为昨晚喝高了，他早晨从利婵那儿出来直接回宿舍睡了一天觉，所以打宿舍电话正好能找到他，真是赶巧了。而且他在利婵那儿落下了呼机，他的呼机还没命狂叫，不然……

总之，一切的一切，都是巧合，巧合都凑到了一起，便是缘分。然而很多看来巧合的事，很可能是从量变到质变的必然。

人们很多时候回望，总爱说如果某件事怎样怎样，但有没有想过——其实没有如果，发生的一切是必然，所以后悔是没用的。回望可以总结经验，为下一步做好前瞻性准备，但边追忆往事边后悔，绝对是浪费时间和精力。

因为在那个时候的那个你，基于认识和经验，以及天时地利人和的局限，只能做出那样的决定和行动，有着某种历史局限性。然后再回望再总结的你，经验见识已经不一样，不再是当年当时的你，改变不了什么。

就这样，事情发生了某种戏剧性的变化，老炮翔子在一夜之间，成了利婵的主心骨。即便在回呼机的紧急传唤时，老炮也是掷地有声："哥们儿，我给你弄的彩塑得延后两天，眼下我得救急。"

送利婵同学上医院，此刻成了老炮最紧急的事情。

到了医院，因为人少，急诊室很快接纳了利婵。一通检查后，医生怀疑她是卵巢囊肿，她身边又没有亲人，真是孤苦伶仃，这令翔子产生了强烈的责任感和同情心。

他突然想起早上匆匆打照面的那位战师兄，据说他是她的男友，可怎么不管她呢？翔子考学好几年，比利婵这帮一年就考上的“嫩瓜”更有社会经验。

他大致过了下脑子，判断这俩八成是吵架了，因为早上他离开利婵家时，已经感觉到当时气氛相当不祥和，而且很可能和昨晚有关。这种情况下，加重了他对利婵的怜香惜玉之心。

医生错把翔子当成病人家属，跟他详细说明病情，等知道他不是家属时，一个劲儿怨道：“这不是开玩笑，这可是肿瘤！虽然良性恶性还未能确诊，但这有危及生命的可能，你得马上通知她的家人，最好有人陪护。”

翔子被医生的话吓了一跳，没想到利婵同学的病情如此严重。他倒不是不想找她家属，问题是利婵打过止痛针后睡着了，怎么找呢？

为了保险，翔子只好在病房的墙角眯一会儿。入院手续都帮她办妥了，只等她醒了再找她要家人的联系方式，另行通知吧。在考虑和处理这些问题时，翔子觉着都特自然，好像对方真是自己的家人。

想到这一点，翔子也挺坦然，万一她真没人管，自己愿意管。再怎么样，是自己同学，彼此算半个熟人，她还给他缝过衣服、做过皮包呢，有一份情意在。虽不是家人，也是朋友同学，能帮就帮，尤其是这种人命关天的时候。

翔子守在墙角里，半梦半醒了一夜，等到利婵醒来，便跟她转述了医生对通知家人的要求。他没敢把情况说得那么糟糕，毕竟还没确诊，这样一来，利婵没想着要通知山西的家人。

为了持重，翔子还是问了一句：“那个，你那朋友，他还在北京吗？要通知他吗？”

到了这会子，利婵只好说了实话：“我们昨儿大吵了一架，不知道他还愿不愿管我了，最后麻烦到你，真是太不好意思了！我把他的呼机号给你，你帮我呼他一下？呼完了你赶紧回家吧，谢谢你了。”

“真没事儿，应该的。这样，我帮你呼他，如果他不管你，我……我们同学会来管你，放心吧。”说完这句，翔子低着头，不好意思地接过利婵递过来的呼机号，出了病房，到医院值班室去打电话。

呼完了战彬，翔子到街对面买了俩肉夹馍和一网兜芦柑，又回到病房里。利婵虽然还在忍受着一阵阵袭来的闷痛，但真是饿得头昏眼花了，她满心感激地接过翔子递过来的馍，一口口吃起来。

翔子一看利婵咽得有点艰难，便又拎着热水壶去水房打了点开水，倒给她，他自然地做着这些，完全跟其他病人的家属一样。吃完馍，两人在等待战彬到来的空当里，有一句无一句地随意聊了起来。

“你俩吵架，是因为昨晚我们添乱了吧？”翔子柔声问道，拿了个芦柑开始剥。

“嗨，为了昨晚，还为了很多剪不断、理还乱的乱七八糟事儿。”病人的情绪很不稳定。

“对不住啊，我不该瞎问。”他把剥好的芦柑递给她。

“其实没啥，我俩——唉，故事又臭又长……对了，你谈过朋友吗？”利婵望着翔子。

“考学时算谈过半个吧，没成。”翔子头更低了，是不好意思，可也不想说瞎话。

“怎么算是半个呢？我没听明白。” 这场突如其来的病痛，似乎让利婵变得更直接。

“嗨，就是人家看上我时我没感觉，等我幡然醒悟时，人家又过劲儿啦，没谱的事儿。”翔子自我解嘲。

正当翔子感觉糗大发了的时候，护士过来通知去做检查，真是救星！翔子搀着利婵跟着护士去检查室。经过了昨晚，利婵没觉着别扭或者不好意思，全当是被战友搀扶着呗。

可当她闻到了翔子身上那股属于他的男人气息时，突然想起了自己给他缝衣服那晚，还有包饺子打枣那天，她有过留下翔子的念头……

没准战彬还真说对了，在心里我早不把他当回事儿了！利婵几乎是咬着牙暗自发狠。检查完回到病房，才见战彬走过来，他终于还是来了。

他来了自己就得走，翔子脑海闪过一丝怅然若失。

两个男人之间的战争

翔子把利婵交接给了战彬，以为可以拍拍衣袖不带走一片云彩，两清了呢。可谁想才过了两夜，自己越来越担心，总觉着要出事儿。

难耐这份心急火燎的担忧，他只好偷偷跑去病房。“瞜一眼，瞜一眼立马走人”，他警告自己。

可瞜了那一眼，他更郁闷。看来这位战师兄，可真不怎么样，他自己歪在椅子上呼呼大睡。这才傍晚 7 点哪，病人吃饭了吗？想要口水喝都难吧？

正好利婵一扭头看见了门口探头探脑的翔子，向他招了招手，翔子于是摸着脑门，腼腆地走了进去。

“那啥，我正好路过，寻思着不知你咋样了……瞅瞅，两手空空地来，真不懂事儿！”他摊摊手，尴尬地望着她笑，本来他确实没期望被她发现。

“客气啥，你来了就坐。对，正好帮我泡点儿菊花茶呗？你也一起喝点儿。”利婵一展难得的笑颜，勉强坐起来，靠着枕头。

“好嘞。”翔子轻快地答应道，忙起来。心想，幸亏我来了，不然等着师兄伺候人，真是想都别想。

利婵和翔子一起喝茶，但刚喝下不久，小腹又胀痛起来，翔子见状，赶紧跑去叫护士。

护士来后，对着病人劈头盖脸一通训斥：“你有囊肿，不能这种姿势窝着小腹，要躺下来静养，自觉点儿！”

“行行，麻烦您啦。我们知道了，您不用这么大声吧？”翔子忍不住表达了对护士的不满。心里愤愤想道：训斥病人算啥意思嘛，本来看护病人就是您的本职工作，不爱干回家待着去，甭跟这儿训斥人，给其他白衣天使丢人现眼。

护士大姐估计是被累着了，所以脾气大。她看到旁边睡得呼呼响的战彬，越发没好气地对翔子说：“出来一下，有话对你说。”

翔子得到了病人家属的待遇，乖乖跟着护士到病房外面的走廊里。

“我说，病房里睡觉那人是谁？”护士问到。

“那是病人家属啊。”翔子有点惴惴不安地答道。

“嗬，有他那样的家属吗？除了睡觉还是睡觉，你让他跟家睡去吧！”护士丝毫不掩饰脸上的鄙夷。

“那啥——我试试啊。”翔子抓耳挠腮地答应着，有点不适应这种新状况，但不得不承认，这护士脾气虽然不好，立场却跟他是一致的。

等翔子回到病房时，战彬正好睁开眼。翔子跟他打了声招呼，想起了护士的话，脑子一热，低声来了一句：“哥们儿，咱俩能到走廊上说句话吗？”

战彬有点惊讶，瞪了下满是血丝的红眼，便迷迷糊糊地跟着翔子到了走廊里。

两人刚站稳，翔子便说道：“不好意思啊战师兄，刚才护士大姐跟我说了，说您……那个……要是太困，建议您回家休息好再来。她们自个儿可能不好意思说，让我给您提个醒儿，没别的意思啊！”翔子尽量客气婉转，但话里也有骨头。

战彬一听，很不爽，大言不惭道：“不，我睡觉怎么啦？人累了乏了不都得睡觉吗？本来我就是来陪夜的。”他说得好像这是某项自己推托不了的苦差事。

“是，没错儿。可陪夜不好睡觉啊，来陪病人得照顾她，给她方便哪。刚才小利口渴得水都喝不上，您在睡觉，这就有点儿说不过去了吧？”翔子这番话说出了口，真是连自己都不敢相信。后悔也晚了，说出的话如同泼出去的水，伤了人也没法子收回啦。

“不，兄弟，你这话说得忒不客气了吧？你是她谁啊？”战彬可能没睡醒，说话也没讲究。

“我是他同学，看她有困难愿意帮忙的同学。对不起啊，我可能话说得不中听了啊，战师兄！”翔子赶紧往回找补，不能得理不饶人。

“我忙坏了，挣钱养家，这都是没法子的事儿嘛！”

“是是，理解，理解。那啥，护士大姐让我跟您说，我就直说了，对不住啊。”

“咳，谁让我活该倒霉呢！”战彬扶了扶无框眼镜。

“这样，如果您实在太忙了，有用得着的地方，我可以帮忙。”尽管知道不合适，翔子还是提了一句。

果然，战彬目光如电，扫了他一眼，说：“不用，心领了。”顿了顿，干脆来一句：“不送了啊，哥们儿。”

很明显，他在行使主人的权力，要送客了，看来这位师兄智商也不低。翔子只好打个哈哈，转身走了，走过病房前跟利婵匆匆挥手，算是道别。

糗是糗了点儿，但毕竟自己尽力了，回家应该睡得着了吧？翔子甩甩头，走上夜色阑珊、车水马龙的大街。

爱情童话

两个男人之间的对话，隔着墙，利婵听不太全，但也听了个大概。

当下，她心里很感激翔子为自己挺身而出，也明白翔子对自己有心，看来自己不是单相思，这感觉让她自信起来。但毕竟战彬才是自己的宿主——第一个男人，而且他能跑来看护，也算尽力和负责任。

然而接下来发生的事情，很快就让她认识到，自己又过于天真了，或者简直是彻头彻尾地错了。

战彬故伎重演，和他自己亲妈病危时一样，以利婵的病为借口，管她家人拿钱，而且狮子大张口。明明已经确认为良性，他非要夸大说是恶性肿瘤，已经生命垂危，弄得利婵妈和姐凑了钱急急忙忙从山西往北京赶。

这回利婵治病不仅花的完全是娘家人的钱，最糟心的是，战彬还随口散布谣言。他跟朋友们说起女友的病，都说是因为女友跟别人乱搞才染上的妇科病，他就怕别人联想到他，丢面子。

扯谎造谣也都罢了，可他居然还打着给她治病的幌子，四处去跟别人借钱，说是他掏的医药费。最后不还人家钱，让人家打到利婵父母家去要钱，干了很多不像人干的事情。

有天晚上，利婵疼了整整一晚，根本睡不着。她姐急得跟热锅上的蚂蚁一般团团转，一趟趟去找护士，每次都被骂了回来，说得等早上医生来了才能看。

就那样，家人一趟趟被骂还一趟趟去，让病人看到谁才是真正心疼她的人。战彬，他在旁边若无其事地呼呼大睡，呼噜打得山响。通过病重住院这件事情，利婵终于再一次认清了枕边人的嘴脸。

以前她觉着，无论战彬这人品德多差啊，再没钱啊，再没责任心不懂事啊，最起码他是那么那么爱她，非她不可。他是世界上唯一最爱她的那个人，痴迷执着，就独爱她这一款。所谓士为知己者死嘛，如果他是知己，确实可以为他死，但最后是什么呢？其实无非是自私。

战彬习惯了让利婵给他当垫背的，出事由她为他担当，他不懂得怎样去疼爱人，他需要一个妈。他唯一能干的就是那张嘴，确实能唬人。但甜言蜜语过后的累累伤痕，也确实触目惊心，这人真是够级别的垃圾男了。

躺在病床上，利婵睁大了眼睛看，等病治愈时，她收获了再清醒不过的脑子。一瞬间，她发现战彬所有的大旗，连那面向来最屹立不倒的“我爱你，我非你不可”的大旗都倒了，她真没有任何可图的了。

在她心中，这段爱情童话从此死亡。

于是出院后，她有意把自己私人物品一点点往宿舍挪，她要慢慢疏离战彬这个渣男，但不想引起“世界大战”。她要慢慢地、一点点小心翼翼地把自己深陷泥沼的双脚拔出来。正好毕业使她忙起来，多一些借口留在学校里。

晚饭时间，利婵正好在食堂碰到翔子，两人吃完饭，一起走回宿舍区，穿过校园一棵棵梧桐树，攀谈起来。

“真是吉人自有天相，你顺利出院了，祝贺一声！”翔子很高兴，指着梧桐树下的长椅，两人在长椅上坐了下来。

“谢谢你，我特感谢你的救急和关心，真的，我欠你一个人情，再做几个皮包都不够还的。”利婵似乎有点迫不及待，吐露出自己的感激之情。

翔子对这个客套说法有点小小失望，沉默片刻，选择单刀直入，他说：“说句老实话，我对你朋友在医院的做法有点不同意见，你们现在……他对你好点了吧？”

“嗨，我俩一直就那样，我好像都习惯了。”吐出这句话，利婵顿时有点心酸，平静了一下情绪，她决定一吐为快，不管是同学是朋友还是不相干的陌生人，不说简直不行了。于是终于把这四年来的冤屈，她和战彬之间的纠葛跟翔子说了，简直跟蹦豆子似的，一阵机关枪扫完，大大松了一口气。

“呼——故事好长啊，终于讲完了。你不会笑我吧？”利婵望向翔子，有点不安。

“这不可笑，这让人哭，是个悲剧。”翔子低头看地。

“哈，精彩的悲剧，还不用买票。”利婵仰头苦笑，透过宽大的枝丫能看到夜空，此刻夜空暗淡，没有星光。

“小利，我能问你句话吗？他这样对你，你不考虑考虑自己吗？”说出这么唐突的一句，翔子心里怦怦乱跳。管不了那么多了，都已经这样了。

“我知道他是烂人。可每回提分手他总祭出痛哭大旗，我一次又一次地屈服，搞得我都想扇自己啊！”

“得，下回分手叫上我，保证给您摆平。”翔子把手里的树枝折成小段，小断枝自手中纷纷落下。

“这……”利婵语结。

想了想，她又补充道：“其实吧，战彬倒不是故意害我，他不是那样的出发点，多次事件让我看到，他确实是有严重的人格缺陷。但当初他追我的时候，确实是真心的，而且是那种我想要的、极度疯狂的真心……所以打动了我，让我看到了他确实特钟情于我这款，尽管他糟事儿那么多。可实际生活中，你不知道，他尽爱闯祸，成天想着走捷径骗这儿诓那儿，人家不断找上门来，可闹心了……这一天到晚，头大着哪！”

“既然你已经拖了好几年，也认识到他不是合适的对象，就应该快刀斩乱麻。这么拖下去，影响身心健康不说，很可能把你自个儿赔进去。对不起啊，我话说得太直接。”翔子不好意思地直挠头。

“嗯，是。直接点儿好。”利婵多少有点言不由衷。每个人面对自己的挫败，都难免选择回避，不想正视。对利婵来说，自己跟错人看错人，真是很严重的败笔。

两人之间的谈话也许由于太突然，没持续多久。但这一晚上，可想而知，俩人都被这段故事而打搅，没睡好。

尤其是利婵，她整晚回忆前尘往事，思前想后，自己都理解不了自己。

这四年下来，桩桩件件糟事儿发生了那么多，一般正常的人，脑子没问题的人，遭遇了十分之一这样的事儿都跟他分了，自己为什么愣是没跟战彬分？

是因为自己心软，而且特别偏信他的甜言蜜语？没错，就是这样。战彬的种种痴狂和甜言蜜语，让她获得前所未有的心理满足，给了她很多童年就缺失的个人关注。

既然这是症结，那么必须要逼迫自己下狠心，并立刻采取行动。因为翔子说得很对，如果拖下去，自己就会再次心软，被糖衣炮弹摧毁。利婵暗暗再一次下决心。

这晚和翔子的谈话也让她再次认定，自己心里真的喜欢翔子那股爷们儿的劲儿，有担当，自己就需要这种男人。但一转念她又想，翔子虽对自己好，涉及技术层面，自己真的有能耐跟战彬分手吗？想想他妈妈才去世不久，再想想……唉，真是前世的冤家呀！

难道像刚才翔子提议那样，真要把翔子拴裤腰带上，去跟战彬谈分手？

这幅画面出现在利婵的脑海中，简直是……她蜷在宿舍被窝里，不由得笑出声来，头实在太大，需要点儿喜剧效果。

唉，想想“周星星”那张流泪的贱脸吧，不然连觉都没法儿睡了，利婵劝自己。

自由鸟

元旦那晚，周帅和捷子没在利婵的大北窑租屋里过夜，两人一路结伴走回学校。主要是没地方挤了，不然也爱凑热闹，人多暖和。

张晖和峥嵘、“雷神”和凡凡那两对自由鸟儿，早飞回了自己的小窝。

月色如画，树影婆娑，旻捷二人边走边闲聊。

“哎捷子，你相信祝某说的灵异事件吗？”周帅问。

“说实在的，我都不敢想这些。虽然我没亲眼见过，但有时能感觉到好像真有东西在后面跟着，尤其是晚上在水房洗脸的时候。”捷子把衣领拉到腮边，把脸缩了进去。

“那是因为你胆小，自己吓自己，哈哈！”周旻觉得她很滑稽。

“我宁可选择不信吧，最好别招惹这些东西。你呢？”

“嗯，真不好说。宇宙那么大，无奇不有。哎，你知道我在宿舍睡觉，见过一找齐越的老太太——”

“啊——别说别说！我真的害怕！万一宿舍就我一人，你还让不让我睡觉啦？”捷子捂住耳朵，尖叫起来。

周帅被她的叫声震蒙了两秒，只好转移话题：“行行，那说点儿正经的吧？”

“要多正经啊？”捷子歪头一乐。

周旻耸耸肩：“我都能接受，随便你要多正经都行。把我当闺密好啦！比如说，上次中秋节连带国庆节好几天假期，你男朋友看你来了？我看到校园里有好多亲人团聚的喜景。”

“跟你说实话吧，他没来看我，因为我俩吵架了。本来我可以飞回深圳，但改变主意啦。”

“啊，真的？你怎么跟没事儿人似的？”周旻露出几分惊讶。

“我又不是林黛玉，哪儿那么多眼泪。就算是分手了，哭也没用啊。”捷子耸耸肩，继续往前走。

“唉！羡慕你们这种人啊！随便飞来飞去，充分享有自由领空权，立马坐飞机去巴黎 Shopping（购物）也不过分。”

“啊？有时你说话真不知道是骂人还是夸人。什么你们我们？家庭只是皮囊而已啦。”捷子侧目。

周旻摊摊手，说：“家庭，出身，关系，简直太重要了，绝对实用。”

捷子语结，不知说什么回应才好，怔了半晌，才说：“好吧，我承认家庭很实用……那啥，换话题。”

“喂，已经换过一次话题啦。能说说你俩为啥吵架吗？作为闺密，没准儿我还能帮你分析分析。”

“还真没准儿，你是个贾宝玉嘛。嗯……其实是老问题啦。尚羽有个亲弟，他很关照他弟，俩人好得跟一个人似的，共享所有。每次去他家，都见他哥儿俩不是楼上楼下吐口水玩，就是抱在地上打滚，好像我是个多余的旁人。久而久之，我这颗小心脏有点儿受不了。”

捷子几乎像耳语那样低声说道，走到路边的长椅上，自顾自坐了下来。

“不会吧？这正好说明他跟他弟感情好，忠肝义胆。喂，你可不像小气的人啊！”周旻讶异道。

“可能这不是小气的问题，我希望二人世界有紧密的核心嘛，不喜欢有第三者分享。”

“那是他亲弟弟啊，又不是第三者，这不能一样吧？”周旻提出异议。

“如果你能时时感受到，他对这人的关怀比对你还多，你总要做点什么去引起他的额外注意，那这人就是第三者。难道不是吗？第三者不分男女和亲属，我觉得他弟就是横在我俩之间的第三者，反正我不爽。而且对他那位宝贝弟弟的某些作为，我实在不敢苟同，也担心尚羽会受他弟的影响，所谓近墨者黑嘛。”

“原来如此。我想尚羽夹在中间也不会好受，不过你这逻辑，不是我说啊，有点儿古怪。”周旻站着，低头看她。

“所以啊，我就不要他不好受了，既然彼此不好受，我就想放弃啦，这样大家都解脱。”她嘘出一口气。

“啊？你该先跟他谈谈啊！”

捷子斩钉截铁道：“这有谈的空间吗？人家兄弟手足情深，无法改变，是我自己容不下、看不惯，只好自己走开。我曾经常常被他的兄弟情深感动，但最后我还是要一个完整的鸡蛋，而不是切成两半的鸡蛋，或者三黄蛋。你懂的？”

“嗯，我开始有点明白你的诉求了。让我说啥好呢？找到那么疼你的人，合适的人，真的很不易，且行且珍惜吧。”

“一辈子还是很长的，何必拘泥于目前？”捷子直视周帅，眼带锐光，有点像小动物要拼了那感觉。

“你也需要感情的，尤其是女人！真爱不易，请三思。”周帅变得有点苦口婆心。

“女人怎么啦？就你们男的能自由闯天下，左拥右抱？这只是初恋嘛，不成熟，肯定是走不到头的，跟初恋过一辈子？我估计我不行。”说完又自顾自站起来往前走。

“看不出来呀捷子，你真有这么花？”对方的坦率让周旻小小吃了一惊，他也没有掩饰自己的惊讶。

“这不是花不花的问题，是因为我感情丰富，多元化。那你行吗？找了头一个就白头到老？一辈子很长的。”捷子这话似乎有点吓唬人的意味。

“说句实话，我真不知道。如果找到对的人，应该行吧。就算激情没了，培养了亲情，也是真挚深厚的感情啊。”周旻没有躲闪。

“那你认为什么感情才最真挚呢？”捷子停住脚步，追问道。不知不觉，两人已经走回到校园里长长的梧桐树林荫道上，梧桐树影在两人的身上脸上投下蓝黑的光影，恍如置身重墨山水画之中。

“我感觉自己需要特别亲密的一个人，彼此欣赏彼此信任，可以促膝谈心，又能打闹欢笑。既能互相依赖，又有各自的自由，毕竟我是水瓶座，热爱自由。”周旻抬头看树缝间漏出的月亮，一片云纱正丝丝缕缕地和月亮缠绵。

“要自由？你跟我一样贪心。中国式恋人之间，哪有自由？你理想中的自由，长啥样啊？”捷子质疑又好奇。她毕竟是那个常有机会出国周游的人，眼界开阔一些。

“我憧憬，自由是双方有自己的主见，不被勉强去接受包括信仰和一些习惯，俩人的信仰和习惯可以不同。自由当然也是信任，不是像我老爸那样全部把工资交给老婆。自由也是允许双方独处和开小差，总之包括很多方面。”周旻的目光露出深远的向往。

捷子只顾低头看着脚尖:“你的要求真的很高啊！我倒同意恋人别时时黏在一起，鸡毛蒜皮的事情一堆，烦都烦死啦。我也觉得恋人是可以有不同的信仰，但俩人能亲密肯定得有很多共同点，至少相信同一种价值观，在这一点上，绝对要门当户对。”

“这我也同意。算了，咱别跟这冷风中烧脑了，赶紧回去睡觉吧！过一段时间后，我相信你和尚羽师兄又会重修旧好的。人冲动时做决定，往往容易后悔。别太犟啊，梁倔同学。”周帅好心劝慰道。

一阵小风吹过，捷子拉紧大衣的领子，望望天看看地，但不看周帅。不知她是否听进了周帅的劝，也不知她到底在想什么，一副心不在焉的样子。

过了一会儿，她才突然侧头看着周帅，说：“你知道我想起啥来？赵传的《我是一只小小鸟》，哈！你我都梦想着做自由鸟，只可惜飞不高呀。”捷子从梧桐树影下走出来，向后倒退着，向女生宿舍走去，她一手插兜里，一手挥舞着，向周帅道晚安。

等周帅反应过来，捷子已经走远。他也走出梧桐树影，喃喃自语道：“哦，我还以为你装深沉呢，哈哈——我是一只小小小小鸟，想要飞，却总也飞不高……”

周帅哼唱起来，边伸手向捷子的背影挥手道别，边向男生宿舍走去。

文学青年

校园里的玉兰花又开了，一骨朵一骨朵地在枝头怒放，给人带来结结实实的希望。

最近一段时间，捷子老和“鼠小强”徐小蕾一起干私活挣钱。其实把这俩拉在一起的人是91级染织系的王小丁，大家叫他“钉儿”。

“钉儿”师兄人特好，老是笑眯眯的，把活儿介绍给师妹们也不拿中介费，“钉儿”是尚羽派来关照梁捷的。

正好徐小蔷以前画过同类的儿童画册，所以“钉儿”就让小蔷带着捷子一起干活，挣的钱平分。对捷子来说，虽然她不缺这份钱，但这是自己能力的体现，每次可以跟父母郑重声明“这可是我自个儿挣的钱”，感觉总是掷地有声。

以前考学的时候，尚羽曾经安排梁捷住到“钉儿”师兄家里。这是尚羽最典型的优点，他因为心宽仁善，江湖上号召力强，振臂一呼，人皆响应。

混着混着，捷子和小蔷混得贼亲。没事时，捷子爱跑去大专班宿舍找小蔷。小蔷虽然是染织系本科的学生，但她是北京生，曾为申请宿舍绞尽脑汁出尽洋相，后来大专班有人毕业了，小蔷才终于挤进了大专班的宿舍。

大三时，梁捷老失眠，睡不着就爱靠在床上胡乱写几笔随想，后来渐渐由随想展开想象，发展成小说。写着写着她有点上瘾，时常从学院图书馆借些经典文学来看，看看大师们如何码字。

比如《红楼梦》《百年孤独》《少年维特的烦恼》《稻草人》《悲惨世界》等等，还试图阅读名著的英文原版，只可惜看得半懂不懂。

捷子似乎对西方文学有某种特殊偏爱，也许因为西方文学中有自由飞翔的元素，这对她是种诱惑，她更喜欢这种不受局限、天马行空的描述和人物心理上的倾诉。中国经典小说似乎更遵循时间线，有自己严格的框架限制，更重视故事情节本身，对时代对多元文化的描述往往胜于对人心的剖析。

捷子本能地觉得，人和人心，才是一切的根源。

其实要追溯捷子爱码字的根源，估计和小时候姐姐对她的影响大有关系，捷子她姐读高中时担任校刊的编辑兼记者，笔头犀利。她平时爱订阅《小说月报》《当代》《译林》，姐姐读到佳作就推荐给妹妹，还强拉着妹妹一起讨论、写读后感。

可怜捷子那会儿才刚 15 岁，当看到王朔新发表的《橡皮人》头一句话“一切都是从我第一次遗精时开始的”，她压根搞不懂“遗精”是啥玩意儿，以为是做了噩梦。

但久而久之，可能姐姐无意中当了妹妹的文学青年启蒙人。后来在全市中学生作文竞赛上，姐妹俩双双夺冠，分别为高中组和初中组争得了作文比赛的金奖。

再后来，姐姐还带动妹妹往《深圳晚报》投稿，得了稿费都攒起来，买父母不肯给买的玩意儿。捷子第一次拿到稿费时，那种激动和成就感很难忘，大受鼓励后，她这写东西的爱好便保留了下来。

到了这会儿，捷子每写完一篇小说，都要风风火火地跑去找徐小蔷，迫不及待地给她念高潮部分，听得小蔷一愣一愣的。

小蔷总是穿着她心爱的小碎花衬衣，对捷子满脸期待。可能她在染织画花画多了，所以对小碎花情有独钟。捷子跟她描述任何奇思妙想，小蔷总是很在意，听得津津有味。

捷子知道，因为自己的家庭让大部分同学对她产生距离感，也没准儿很多人把她当异类或怪人看待。但小蔷从不随大流，她身上或许有一种未开窍的温柔和淡定，让捷子放心自在，所以她也不怕把自己的古怪想法透露给小蔷。

捷子喜欢把自己的香奈儿口红拿出来，给小蔷涂上，小蔷乖乖让她涂。那支叫“魅影”的粉紫色口红，最配她的紫色碎花衣，让小蔷更娇俏。

在徐小蔷眼里，捷子是个机灵活泼、充满激情和想法的人。她个性强，短发衬着大眼睛，一看就是文艺青年。捷子是个“蛀书虫”，每次小蔷去服装系宿舍找她，都见她抱着厚厚的小说。床头也是高高的一摞，她基本是抱着书睡觉的。

捷子以前老跟自己的师兄男朋友进出，他又高又壮，她小鸟依人，俩人从外形上相当登对。自打那位师兄毕业回了深圳之后，她在校园里就显得有点儿形单影只了。

正好徐小蔷是“无主之花”，也喜欢跟捷子瞎聊，听捷子充满激情地跟她朗读自己刚出炉的小说，和捷子一起干私活挣钱，总之大家扎堆厮混呗。

拱手相让

这天也是老调重弹，梁捷把这几天没睡着写的故事念给小蔷听。

“厉害！捷子您的才华论斤约哈，难怪人家叫你‘菜花’（才华）！”小蔷由衷地赞叹道。

“等着瞧，总有一天我要当作家，要写书。想想看，坐在水边看流水白云，写写画画，多爽！”

“嗯，听着像你干的事儿。写书和画画很不同吧？不过你倒可以又写又画插图。”小蔷也跟着兴奋起来。

“对啊，其实写书和画画真是异曲同工，虽然不是同一样东西，但都是表达嘛。同样是先构思主题，有一个大关系；然后选择适当方式去表达，突出主题。只不过画画的元素是色彩和构图，而写作的元素是跟着构思去码字儿，把故事写出画面感来，多好玩！”捷子显然陷入了自我陶醉。

这文艺范儿一上来，宿舍里似乎嫌人多了点，捷子拽着小蔷溜到校园里去散步，说悄悄话。

“哎我说，咱们92级的好男好女都双双对对了，你咋还形单影只？人家你侬我侬那会儿，你干吗去啦？”捷子毫不客气地问道，她知道“鼠小强”是个强人，有啥说啥。

“不干吗，我作壁上观呗，而且还不一定看得懂呐。”徐小蔷自嘲。

捷子却不依不饶，非要追查到底：“不信，快从实招来！”

“嗯……其实那会子，那啥，穆永春找我了。”小蔷脸红了。

“哈，环艺班的‘厨神’！那个怪人？我有点儿怕他，他那双电眼，我怕给我闪坏喽！哎我说，你俩——怎么勾搭上的？”捷子惊愕。

“大一后阶段的黑灯舞会上，他盯上了我这个“围观观众”，请我跳舞，我没敢下场。再后来嘛，他时不时跑来我们班串门儿，没进系之前我俩是隔壁班嘛。”小蔷回答。

“然后呢？”

“然后……我俩之间的互动只维持了半学期，过了寒假回来就分了。”

捷子忍不住追问：“为啥呢？分手总得有个理由吧？”

“嗯，他说我太单纯，啥都不会，我估计他觉着我太纯太蠢。”小蔷在潇湘竹林边停住脚步，低着头，长发挡住脸，穿球鞋的脚在地上蹭来蹭去。

“男生们不都要纯情的处女嘛，单纯怎么还招惹他啦？”捷子不解。

“我承认自己是晚熟，大一那时候我确实不给力，连接吻都接不利索，更别说其他的高难度动作。”小蔷脸又红了，羞答答的，头都抬不起来。

“哈哈哈——‘鼠小强’，你真行，I(我)服了you(你)！本姑娘高中就谈恋爱啦！”捷子笑得花枝乱颤。

“主要是吧，我跟‘厨神’想要的姑娘有距离，他喜欢熟女，以前几次都是姐弟恋。他说，最初以为我是那种很疯的妞儿，结果完全是张白纸！他好失望，觉着会把我带坏。然后说，等我发育好再跟我继续，回头找我。”

捷子瞪圆了双眼：“女朋友还可以这样预订啊？后来‘厨神’真找你啦？”

小蔷猛点头：“嗯嗯，大二下学期真来找我了。可惜我差不多发育成熟，好马不吃回头草了。他还找了几个同学做说客，可是长大的我，不再喜欢他那款啦，嘻嘻！”

“哈，没想到哇，你跟‘厨神’这点儿猫腻还挺另类！那你以前喜欢穆永春什么呢？”捷子忍不住好奇，刨根问底。

“唔……那个，大一时我觉着他好理智好酷哦。还喜欢他那双目光深邃的眼睛，电力足。还有啊，他老一个劲儿飘来飘去，跟个影子似的，经常没声儿就随时出现在身旁，让我惊喜，又琢磨不透！小时候最爱这琢磨不透的感觉，现在不啦，觉着好没安全感，完全不了解对方。”小蔷伸伸舌头，做出了深刻的自我检讨。

“哎哟，穆永春那电眼，我早看到了！一直怕他那双眼，看着好像拐带少女的江湖骗子，哈哈！”捷子自己笑得扭来扭去，乐不可支。

小蔷也笑道：“你看得好准，他就是拐带了我这个无知少女呀，可是又良心发现，把我给放喽，哈哈！”

“哎对了，穆永春号称‘厨神’，他有没有给你大做各种人间美味大餐啊？”捷子对这一点很好奇。

小蔷耸耸肩：“什么大餐！大一时他穷得只有一条仔裤，天天在教室做面条，麻婆豆腐里的肉末都得用豆豉代替。不过普通的面条到了他手里，确实能整得有滋有味儿。他喜欢自己做调料，一抽屉的瓶瓶罐罐，跟药房似的。他做饭再好吃，分手那番话也伤了我可怜的自尊心哪，我记得特清楚。”

“可恶，最后你没骂他？解解气呀！”

“骂啥？他是为我好，没害了我。说实在的，大一那会儿我真是根嫩黄瓜，青涩又脆弱，还不知道自己到底要什么，成天顶着个啥也不想的脑瓜子，确实没追求。可他穆永春考学前已经很有社会经验了，和我差距太大。唉捷子，这就是我的初恋自白了，特糗吧？让人家抱怨我晚熟，不解风情，啊——！”小蔷两手握拳，一脸抓狂。

“很正常，成熟的过程嘛。萝卜青菜，各有所爱，‘厨神’因为长期缺肉，估计是肉食动物，而你这朵清婉的小花自然会有人钟爱。哎，那你现在知道了吧？你喜欢谁？”捷子快人快语。

“啊，这个嘛——众姐妹喜欢的，我都喜欢，嘻嘻！”小蔷很直白。

“哦……偶（我）明白啦，你喜欢周帅？我跟他是哥们儿，替你引荐一把？”捷子笑道。

“多谢捷子姐姐，果然冰雪聪明，小妹这厢有礼啦！”小蔷嬉笑道。

说干就干，得空见到周旻，梁捷果然向他强力推荐徐小蔷。在捷子心目中，这俩算是最能跟自己说得上话的哥们儿姐们儿，没准儿这俩真能凑成一对绝配呢！她喜欢将生活戏剧化。

其实，小蔷心里有点儿底。因为以前周帅老有事没事跑到染织班，坐她旁边问东问西。一次挑起话头，就势端详着她的藏式银手链，特友好地问她：“你这手链好有特色呀，我能借来戴两天吗？”

那时当着班里其他同学的面，小蔷没敢搭理周帅，现在多少有点追悔莫及，那段时间估计他心情不好吧。

可惜啊，后来周帅没再跑来问过小蔷任何问题，真可谓“一失足成千古恨”。

再分手

一周之内，战彬就传呼了利婵无数遍，看来丑媳妇不得不见公婆，终于要摊牌了。逼得利婵在宿舍里练了又练，把分手的措辞和语调排练得无比委婉动听，才毅然上路。

这一路上，她虽然脚步坚定但身子困乏、大脑疲惫，真想把这一段给穿越过去。最好分手的整个过程没有“流血牺牲”，然后一觉睡醒后神清气爽，从此没有了分手和拉锯战的任何麻烦和后遗症。

对分手的郁闷和怕分手不被对方接受的煎熬，此后多少年，仍重复出现在利婵的记忆中。人的记忆真是可怕，总是记住一些不该记住的东西，而淡忘另一些不该忘的东西。

利婵不知道从校园到大北窑小平房那段路自己是怎么走过的，但她终于来到了冤家的面前。

怔怔地、木木地，利婵坚定地说出了那些背得滚瓜烂熟的话，脑子都不用过了，嘴皮子动就行了，一切恍如在做梦。

战彬反应特别快，没听完女友的分手告白，便拉着利婵的手“扑通”翻到床下，跪在地上使劲忏悔：“小婵，我知道我没照顾好你！你再给我一点儿时间，我一定加倍奉还！”

利婵很想说“你还不了，你没法儿还，我也不用你还，还我自由就行了”。但她就是说不出口，她不喜欢绝情。

此情此景，其实利婵自己早已预见到，真的跟自己想象的分毫不差。但是当一个人心已死，或者彻底清醒的时候，那种抗拒力和决心是非常骇人的。利婵脑子里只在重复着一个字：不，不不不，只有一连串“不”字。

因为她准备充分，来之前已经无数次给自己提醒。无论对方使用何种糖衣炮弹，巧舌如簧，她都不能听。在耳朵抗拒的同时，嘴里只能回答一个机械的“不”，致使她真像机器人那样喊了一堆“不”之后，狼狈夺门而逃。

在拔腿奔逃回宿舍的过程中，利婵也知道自己这样子很不成熟很荒诞很不伦不类。但是对付这种无赖、渣男，真的没有更好的办法，她太清楚了。

分手告白之后，利婵龟缩在宿舍里，上下课小跑着去，连打饭都不敢上食堂。接受上次分手在食堂被战彬拦截的教训，这次只能让老熊帮她捎饭。

战彬每天狂呼她数次，她不敢回，把呼机拨到静音，最后嫌烦又怕自己动摇，干脆连呼机都给关掉了。其实利婵只想好合好散，也是战彬把她逼到了这种绝情份儿上，换了是平静友好的分手，没准她还可以跟他做朋友。

所以说，生活中很多事情都是被迫的，不然可以处理得更理智更有尊严，给对方和自己留出回旋的余地，也念对方付出的一份感情。所以说，物极必反，被逼迫到墙角的人不得不进行反抗和自救。

躲了整整一个月，利婵确信自己终于自由了。

在这段时间，秦可在校园里经常见到利婵。但是，走在她身边的人，往往是翔子！难道真让周帅给说中了，自己错过了一步就错过一辈子？导致最后只能认输？

秦可开始感觉拎不清自己这颗心，好像总是患得患失。其实早在大一他就已经放弃利婵了，但是后来经历挫折，转了几圈又回到了原地。然而，天时地利人和，皆不利于我，若之奈何？

自打上次从元旦聚会回来，秦可就没机会单独见小利同学，据说她又生病住院了。想去医院看她一眼吧，可是同学之间又没人组织，自己没理由不好贸然跑去。元旦在她家聚会后的次日早上，跟她那男朋友打个照面已经够尴尬的了，再跑到医院简直是太过分，把人家战师兄的正牌男友身份往哪儿搁呀？

等利婵好不容易病好回学校了，又因好一段时间不见，彼此都有点生分，见了面不尴不尬的，都不知该说啥好。

更何况现在翔子又插了一杠子，唉……看来是我的跑不掉，不是我的，再怎么着也是自作多情，白费心思。

马上要进入毕业设计和实习了，儿女情长还是放一边吧。如果要跟别人去抢心仪的姑娘，不如歇菜。在这一点上，秦可素来很有骨气。

但周帅知道秦可的想法后，却持反对意见："有什么证据证明小利是翔子的？结了婚还可以离婚呐。这时候你不努力挺进一把，到时眼巴巴看翔子抱得美人归，你不后悔吗？"

"呃，这玩意儿，不是抢就能抢来的吧？"秦可很不以为然。

"谁说抢了？正常交往走动啊，你不去跟人家走动，即等于自动弃权。随着翔子的勤快走动，小利同学自然而然向他靠拢啦。大少爷，我给您鼓气，你得自个儿加油啊！"周帅一个劲儿煽风点火。

"你总是危言耸听，喜欢吓唬我。"

"要有危机意识啊，秦少！"周帅拍拍秦可的肩头，以示鼓励。

其实对比下来，翔子和秦可二人生长在军队大院和医院那种集体意识强的单调环境里，对追女孩子真是"不要不要的"，尽管心里一百个愿意，在实际生活中也英雄无用武之地。

翔子比秦可的优势，无非是在江湖上多混了几年，多考几年学难免多见识了一点人情世故，关键时刻，他还是能迈出关键的一步。

而在 1996 年的校园，多出这么一点点社会经验，迈出了关键的一步，足够了。

大打出手

秦可无条件接受了周帅的建议，努力去找机会和利婵互动。

其实小利同学真的非常友好，没有拒自己于千里之外。秦可于是总结出宝贵经验：只要男的勇敢地迈出了这叙旧的第一步，女的但凡有点感觉，都会给面子的。于是两人之前的友谊得以延续，这大大鼓舞了秦可。

秦大少爷之所以为“大少爷”，正是因为他脸皮薄。主要问题是，之前一次次，他觉得自己不是没有勇敢地迈出第一步，比如在樱桃沟，比如在医院果断背起小利同学，再比如去拉她参加“八百乘”乐队。

他确实曾经一次次迈出去了，可至今他和小利同学的关系没有什么实质性的进展，很大部分原因，是她本身已经“名花有主”，而她那男朋友还是校友和师兄。这他若是摆明了去追她，她迎合上来变了心，那真叫不要脸了，以后在校园里还怎么做人哪？

思前想后，这些明明暗暗的利害关系都成了秦大少爷追女的心理牵绊。其实又何止秦大少？多少受过传统教育的人，尤其大学生，在 20 世纪 90 年代开放的中后期，仍然墨守成规不敢越线的，大有人在。

但秦可现在眼睁睁看见翔子一杠子插了进来，小利同学又经常住校，恐怕真是她的私人生活起了变故，而自己反应没有翔子那个老炮快，这一步要是再不跟上，很可能会永远跟不上了。

被这种猜测推动着，秦可这天下了晚自习，便主动跑到服装系找利婵。他还故意在电梯前跟“疯子”臭贫了几句，等“疯子”下楼了，秦可才在楼道里等到利婵。

“哎小利，要不要一起到门口吃宵夜？”秦可有点期期艾艾，因此听起来有点不自然。

“宵夜呀？嗯……好啊！”她倒爽快地答应了。两人刚出电梯，她的呼机就“哔哔哔”疯响了起来。她看一眼，给摁了。

“要回电话吗？”秦可体贴地问道。

“啊，不用吧。”她答得有点犹豫。

之后呼机一直响个不停，万分执着和顽强。利婵看了好几眼，脸上渐渐现出不安。

“有急事儿？要不你先回个电话去？我等你。”秦可又说，他不愿耽误她的事。

“嗯，我这事儿恐怕电话里一时半会儿处理不完呢……要不我还是先去回一下，宵夜咱明晚再吃？”利婵满脸歉疚，略显尴尬，但很显然汉显呼机上的留言恐怕已经扰乱了她要跟秦可吃宵夜的心情。

“没问题，我把呼机号给你，有事通知一声更方便。”秦可匆匆写下自己的呼机号码，递给利婵。其实他早就想这样做了，一直等到现在才更为光明正大。

“好的，谢谢你，不好意思啊！”利婵扔下这句话后，没来得及多想，便往大门口跑去。秦可则带着一丝甜甜的胜利喜悦，往宿舍走去。改吃泡面吧，一个人懒得出去了。

利婵刚跑出学校门口就迎面碰上了翔子，真巧！翔子骑着大永久自行车，见到她，长腿往地上一撑，很潇洒。

“这么晚了，上哪儿呀？”翔子似乎随意问道。

“哦，那个——有急事要回大北窑租屋那边。”利婵犹豫着要不要讲实话。

翔子眼睛稍微往下看了一下，把车头摆正，这一瞬间动作，不知道为什么打动了她。可能是因为他似乎能猜到是什么事，但还是后退一步，给她时间，让她自己决定跟不跟他说实话，这是一种成熟男人的表现。

总之，她就觉得翔子瞬间那个眼睛下垂，同时摆车头的动作既含蓄又藏有温情。于是，她不由自主地和盘托出了：“嗯……战彬说病了，还恐吓说要自杀，狂呼我，让我务必过去一趟。”

“真的？可这会儿月黑风高的，你一人往那边走不安全吧？我陪你去得了，反正这会儿睡觉还早。”

“啊？那，方便吗？”一想到要面对战彬，利婵确实有点儿犯怵，因为很可能他又要故伎重演。

万一他扑上来痛哭跪求啊，哭天抹泪拿刀抹脖子啊啥的，不但这一个多月的努力前功尽弃，还很可能玉石俱焚，但自己不去的话，万一他出事了自己无法交代。反正他肯定少不了要纠缠，还是有个人陪着稳妥一些。

尤其是翔子，他已经知道战彬和自己的历史，他的为人，上次在医院里他跟战彬有过正面交锋的经验，不差多这一次了，有他在战彬好歹能收敛一点儿。想到这一点，她几乎马上做出了决定：今夜克敌制胜之人，非翔子莫属。

当着纯情稚嫩的秦可，利婵要全盘托出都嫌丢人，但对老大哥一样的翔子，却不同。

“只要你方便，我就方便。”翔子话音未落，已调转了大永久的车头。

“要走路还是我骑车带你？”翔子问道，眼睛看着水泥地面，估计是不好意思，骑车带她是相当亲密的举动。

“算了，也不远，走路吧。”利婵也觉着让翔子骑车带自己，会很不自然。

月朗星稀，两人在此关键时刻都在各自展开丰富的联想，不知小屋那边是什么样的惨状在等着他们去收拾，因此未免都有点紧张，话不多。两人甩开腿专注赶路，不多会儿便走到了那间小平房。

翔子把自行车推进小院支好，自觉地靠在院墙边守候。

利婵一推门，就见战彬盖着两层被子躺在炕上，好像在发抖。

“你怎么啦？发烧了？”利婵弯腰探了探他的额头，有点儿发热，但不是滚烫，判断他应该没事。

“小婵，你回来啦！没有你，我真的不行啊——！”战彬低声呼喊，语带悲戚。

好，苦情戏开始上演了。利婵站在炕边，无言地看战彬的高段位悲情表演，她刚一眨眼，他便哭成了长江黄河，鼻涕眼泪哗哗流了一脸一地。

“我陪你去医院吧？你不能这样撑着，会被烧坏的。”她生出一丝怜悯，柔声说道。

“我死也不上医院，上医院也治不好我，只有你——你能治好我！”

战彬哭得更起劲了，完全像个要妈要不着的小男孩。他的震天哭声惊动了院子里的翔子，他轻轻敲着门，问了一句：“屋里的，没事儿吧？”

听到别人的声音，战彬的声音马上低了下去，变成时断时续，压抑取代了放纵。

“啊——你进来吧。”利婵一看外人的介入能止住战彬任性的哭喊声，便招呼翔子进门。

随着“咿呀——”的一声，翔子推门进屋来。战彬赶紧用枕巾擦脸，看来他也觉着大哭有失尊严，尤其在别的男人面前。

“要去医院吗？哥们儿？”不知不觉地，翔子已经把上次称呼他的“战师兄”

改成了“哥们儿”。看来男人一哭二闹，真的马上掉价儿。

沉默，可怕的沉默，小屋里的三个人无比尴尬。

突然，平地起炸雷似的一声呵斥，打破了沉默：“谁是你哥们儿！你无缘无故半夜跑来我家，想干什么？”战彬由病猫转眼变成了猛虎。

“我们想帮你，没别的意思。”翔子平静地说道，他不想跟病猫计较。

“我们？你最好把自己摘出去，这儿没你什么事儿！她是我女朋友，你出去！”

“你们已经分手了，就尊重她的意愿吧！当然您要是有急事儿，我们可以帮忙。”

“我发现你这人没事特爱揽事上身！你以为你谁啊？”

“我说过了，我就是小利的同学，愿意帮忙。咱要不量量体温吧，不行得上医院。”翔子依然淡定地说道。

他还真不信了，战彬这个书生敢在他老炮跟前，欺负他的女同学。

一语惊醒梦中人，利婵赶紧去抽屉翻出体温计，把它递给战彬。

战彬被翔子这句话气着了，他把利婵伸过来的胳膊拨开，“呼”一掀被子，“腾”地翻身站在了炕前，伸胳膊冲翔子激动地嚷嚷：“你算什么东西？这是我和小婵之间的事儿！你管不着！”

利婵被战彬的嗓门和气势吓呆了，手脚不知往哪儿放才好。翔子一看对方开始抡胳膊甩拳头，赶紧把在战彬铁拳前的利婵一把拉到自己身后。这个动作更激化了矛盾，战彬就势推了一把翔子，翔子没站稳，往后一趔趄。

战彬得寸进尺，连着抡直胳膊把翔子推到屋门口，嘴里骂骂咧咧道：“你算老几啊？你就是个不要脸的京痞子！”

“你呢？你以为自个儿是好人？你就是个泼皮无赖！你绝对配不上小利！”翔子也急了，使蛮力把对方往回推了一把，骂了一句。话说到这个份上，而且已经动手，真成了俩公羚羊的角斗。

利婵怕出伤亡，赶紧从后面猛拉翔子的衣服，示意他撤退。翔子会意过来，转身拉了利婵往外跑，战彬抓起墙角的锅碗瓢盆冲他俩一股脑儿扔了过去。

俩人在一片“哗啦啦——乒乓乓！”的碗碟碎裂声中落荒而逃。跑出院门后，翔子才想起落下了自行车，跑出门了又跑回头，推了自行车迎头赶上利婵。二人夺路狂奔，颇有亡命鸳鸯的感觉。

看到大势已去，战彬从院门口拎起一把矮凳，往门外摔去，像头狂怒的狮子。

这下可好，完全撕破了脸。冷风一吹，利婵想起刚才那一幕，真后怕。这才发现早已出了一脖子冷汗，衣领都湿了！

“以后他再怎么传呼你，你都不能去，多危险哪！”翔子边推着自行车跑，气喘吁吁的，还没忘记劝告小利同学。

“太可怕了，他简直疯了，幸亏有你，不然后果不堪设想！”

“我看你真得远离他，那像是个能杀人放火的，痞子、孬种他一人全占了。”翔子不想客气了。

一路奔跑，两人大汗淋漓，回到学校附近才停下来，翔子一直把利婵送到女生宿舍楼门口才走。

回到506屋门口，利婵翻钥匙，包里掉出来一小纸条。她捡起来进屋细看，是今晚秦可留给自己的呼机号。

这夜躺在床上，利婵的脑海里不禁掠过秦可风姿俊朗的身影，本来好好的一个夜晚全让战彬给搅了。不然自己会跟秦帅哥去吃宵夜，花前月下，不知得有多浪漫……那薄薄的窗户纸不被挑破前的感觉，是最美的。

但是——唉！还是不合适吧？自己需要一副强壮的肩膀来依靠。今晚要是没有翔子，自己肯定脱不了身，非但脱不了身，很可能莫名其妙地被迫重陷泥潭。

现在看来很明显，自己的选择多了起来：秦可和翔子，俩人都很棒。利婵顿时感到既幸福又为难起来，无论选择哪一方，她都会失去另一方。

可这俩人她都喜欢，尤其惦记和秦可在一起那种恬静和安详，他那帅气儒雅又宽容的模样……但翔子强壮和宽广的男子汉胸膛，那股子有担当的爷们儿劲儿，也让她神往不已……

“我不要选，至少在上一段恋情还淋漓不净时，匆忙投向另一人是不明智的，我需要时间愈合，这俩人也应该明白。我先跟他们俩人都保持良好的同学关系，然后，再说吧……只要没人逼我，我不用仓促决定什么，其实最要小心的，反倒是战彬。”利婵这样对自己说，在黑暗中稍稍放宽一颗心，在甜蜜和痛苦的交织中沉沉睡去。

夜闯红磨坊

大四时，李峥嵘终于如愿以偿，进驻服装系的女生宿舍 506 室。

因为班里有一位同学被分流了，到大三结束时已经以大专文凭毕业走人，506 宿舍便空出一铺位来，峥峥趁机申请住校，搬了进来。

被分流的那位同学离开时，很是悲怆。全班人集合到女生宿舍楼下的花圃前，同她告别，眼泪都在眼眶里打转转。最后全班人把她送到校门口，一声“珍重”，从此不再相见。

二十年后，各人才从报纸新闻上得知这位同学的消息。她数年来埋头苦干，成了著名的装置艺术家，艺术展览遍布海内外。在为母校争光的同时，她也谨记自己当年是被分流了的“次等生”，因此从不出席全班人的聚会和校庆。

李峥嵘家不算太远，但特别向往住宿舍，因为走读上大学让她感觉跟读高中没啥两样。虽然她老上晖哥在大北窑的租屋去，但毕竟那是晖哥的工作室，主要租来跟环艺小子们干活用的，人多了毕竟不方便。

因此 506 宿舍才是峥峥最好的落脚点，屋里常住人口有“菜花”、老熊和董雁飞，利婵后来闹分手也搬了回来。隔壁染织班的“石头”和“鼠小强”她们老来串门，很热闹，气氛不错。

最重要的一点，离老妈远，她鞭长莫及，哈哈。想到这其中的奥妙，峥峥很快乐，自由真是太难得太美好啊！

一般周六周日时，峥峥被老妈传呼回家，平常她就在晖哥和学校中间来回窜，感觉真棒。现在她和晖哥那帮一起画图的哥们也混熟了，自打共同经过了那场所谓的历险，提前见识了一些日后见惯不怪的事情。

那次历险是在大四刚开学时的一个周五傍晚，可以稍稍放纵的时刻。那晚，跟晖哥和“邱帮主”还有“酒神”在他们开的饭馆吃完饭，沿着呼家楼，四个人向大北窑闲逛。

一路华灯初上，京城一派繁荣景象，改革开放到了这会儿，真是改出成绩来了。过去萧条的地方如今热闹非凡，不少人票子大把大把地捞，又大把大把地甩出去。晖哥、“酒神”这帮大四在校生，开的小饭馆和装修工作室也红红火火，这不都是沾了改革开放的光吗？

这是京城第N场暴雨之后，闷热难当。用晖哥原话来说，燥热的一天即将结束，无聊的人都跑出门口晾肚皮。

“都9月了，知了还如此卖力地呼喊着情人！”晖哥擦汗。

“秋老虎哇！”“酒神”说。

“我看‘邱帮主’那双望穿秋水的大眼，才更像老虎，虎视眈眈着京城繁华的霓虹灯！”

“嗨，不想这么快就回学校，这可是礼拜五啊，‘爬梯’（party，聚会）之夜。”“邱帮主”也跟着用大白T恤擦汗。

“要不要找个山洞探险去啊？”李峥嵘试探性地怂恿道，她也不想这点儿就回宿舍发呆，怪热的。

“问题是哪旮旮有山洞？咱几个花钱钻进去凉快凉快！”看来晖哥确实被热惨了，也被峥峥煽起野趣来。

“不如找个有空调的地儿，兑两瓶儿燕京冰啤，那才爽呢！”“酒神”的天性自然就是爱酒。

“你小子就知道灌‘猫尿’，有点儿出息行不？咱刚刚才吃完喝完。”帮主就是帮主，“邱帮主”一瓢凉水下去，立马把“酒神”给浇个透心凉。

走着走着，路边一个新的目标浮出了水面，是在京广大厦和国贸之间刚刚拔地而起一个铅笔头形的刚猛之物。

“这啥玩意儿啊？真难看！”峥峥龇牙咧嘴。

“我觉着好看，独树一帜，要不要进去瞜一眼？”“酒神”来劲了。

“瞜你个头哇，这场所，咱不能去。”晖哥直摇头。

“俺们90年代的大学生，弄潮儿，要带着年轻的眼光去看嘛！”“邱帮主”严肃地说。

“哟嗬——三票战胜一票，事实胜于雄辩！”峥峥雀跃起来。

经过一番讨价还价，架不住峥峥那镇压不下去的执着，晖哥最终决定进去瞜一眼，就一眼。

这一遭，晖哥算是初步领教了峥峥无比强烈的好奇心。得到了晖哥的首肯，那仨撒了欢儿往前奔。

晖哥正迈腿往宏伟的“大铅笔”走去，突然，背后传来一句上海普通话——“这么晚了，上哪哈呀？回学校吧！”怎么居然是系妈的声音？

晖哥腿僵在原地，头皮发麻，脖子梗梗地转过去，脑子里迅速地编，该如何解释？一回头，只见“于霸霸”正咧嘴冲他乐！好家伙，这厮的口技绝活屡试不爽，每次都白白着了他的道儿！

“你小子，再学系妈，小心你那根舌头！”晖哥实在不甘心，冲过去掐“于霸霸”的脖子。

峥峥在前头冲晖哥喊：“走不走啊？等您老人家哪！”晖哥只好松开“于霸霸”的脖子跑了，不管“于霸霸”在后面扯着嗓子使劲喊“哎——！哎——！”

事后“于霸霸”面对面揭发晖哥：“你们几个好青年肯定犯了不可弥补的错误，我知道那‘铅笔’里头藏有啥。”

再说什么都是马后炮，如果当时晖哥愿意捎上“于霸霸”，他不一定能坚持立场，不进那个门。

当时哥几个走到“大铅笔”下抬头一看，乖乖，体量真巨！墙面一水儿抛光大理石，金属镜面不锈钢门套和整齐的玻璃幕墙，闪烁着幽蓝神秘的光……好家伙，这不是给外星人建的航站楼吧？

在1995年，用这种材料就代表着富贵和豪气。加上塔尖的顶级造型，让环艺小子们着实倒吸了一口凉气，真是酷极啦！这要是我设计的，该多好哇！对眼前拔地而起的庞然大物，三位环艺系的专业人士发出了由衷感慨。

愸愸然，莫相知。经过零距离观察后，这一行四人才陆续飘进楼门。

只见大门后侧半遮半挡，停着一堆奔驰、宝马、奥迪。停车场和门口各站着几个固定哨岗还有流动岗，保安们穿着一式儿漂亮英武的制服，佩戴武装带和白手套。

乖乖，一看就是经过精心设计的套装，穿在精挑细选的人才身上！峥峥看在眼里，真想立马跑回校招班里的同学来研究一下，为啥人家的制服看上去如此威武神勇，让人敬畏？

在这阵仗的震慑下，晖哥充大头，领着跟班们昂首阔步，又摆出有闲人士的款儿，一步步进入主楼。第一步刚刚迈上台阶时，意外发生了。门后突然闪出来一位神气制服男，拦住去路：“对不起，你们几位找谁？”

晖哥转转脑子，现编，还装腔作势冒一口港商口音：“哈，那个——先生，我们约了人的。”

制服男皱眉，乜眼看他：“约了谁？”

想起门外的“于霸霸”，晖哥灵机一动：“于总监，珠海来的，他在二楼等我们。”

“那你们到门口等吧！”制服男挥挥手，有点不耐烦。

“我们不知道他是不是进去了，这样，行个方便呗？”晖哥反应快，从屁兜里摸出钱包，迅速递过去50元。50元够吃喜酒封礼钱的了。

制服男愣了半秒钟，马上明白了，神速把钱塞兜里，让开了道儿。四人这才避开拦路虎，接着往里走，眼见衣冠楚楚的绅士都往楼上走，于是便跟了上去。

到了二楼，面前马上豁然开朗，出现一个灯红酒绿的小小入口，绅士们毫不迟疑地走了进去，一看就是熟客。

这几个愣头青在好奇心的强烈支配下，硬着头皮跟人家后面往里蹿，到了门口又被拦住，要买票的！

晖哥摸出钱包，四人总共被宰了三千块，真真肉痛！乖乖，这里头到底藏了啥宝贝啥精密武器？西施还魂？时空穿梭？

四人持票陆续进了场，一片神秘、五颜六色的舞台上方有几个花里胡哨的字母“Le Moulin-Rouge”。座位后墙上挂满厚厚的大红丝绒帷幔，既窒息又刺激血管。

“酒神”兴奋过头， 两眼放光地大声嚷嚷：“早听说大北窑有个大铁塔，来自巴黎什么Le什么Mo-Ro，原来就是这儿呀！”晖哥赶紧凑过去，低声警告：“土包子，你能不能小声点儿呀？这地方学生不宜的。”

“我的妈妈呀，这难道是著名的法国Le Moulin-Rouge（红磨坊）？我的屁屁法语终于派上用场啦，哈哈。”峥峥瞪大眼睛，强压住内心的兴奋和激动。整个中工校园，有多少人能误打误撞闯进法国红磨坊？高仿也是高呀。

意识到这一点，四人赶紧乖乖坐好，不敢再弄出声响。四周音乐柔柔的，像温柔的按摩，让人耳膜舒坦，大家都在等着丝路花雨的开幕。服务生穿着大蓬蓬短裙，一步三扭，过来奉上了一整瓶香槟酒，说是赠送的。

——赠送？才刚被宰了三千块门票，一瓶香槟才多少钱？真好意思说！晖哥恨恨地想。

喝着香槟，靡靡之音突然换成了激越振奋人心的音乐，红磨坊真人秀表演开始啦！舞台旁边的红色巨型风车转动起来，烟雾徐徐喷涌，阵阵香风沁入心扉……

迷雾中，一众黑衣女郎扭扭嗒嗒走过来，舞台大灯转亮，女郎们大开大合的动作配合劲爆的音乐，统统把自己身上的黑衣黑裙“啪啪”扯下甩了出去，只剩下银闪闪的三点式！

中间领舞的妖艳白人美女只剩下半截胸衣，胸衣到大腿，下面是大长腿套着黑色渔网袜，她拿着银色雨伞，气场十足地跳起性感独舞来。

晖哥扫了一眼同伴，这仨人全都屏住气儿，显然是看傻了。晖哥不禁暗叹——哎哟喂，你们这帮小样儿的，就这点儿出息！

第二拨艳舞女郎也是一水儿国际面孔，凹凸有致，出来时用肉粉色鸵鸟毛挡住胸和臀，头插摇曳生姿的肉粉色鸵鸟毛，非常香艳。等犹抱琵琶半遮面的鸵鸟毛一点点挪走，又是三点式，胸前还缀有巨大的珠饰挂件。

聪明的红磨坊掏光了晖哥身上所有的钱，一整晚好几个小时全是没完没了的载歌载舞。

说实在的，最先几场确实是满眼震撼，心脏搏动过急，但过一会儿后，人就对这种大尺度的性感表演习惯麻木了。

看完表演一出门，四人七嘴八舌热烈争论。

“酒神”看来还在惊艳中，不断说道：“真长见识了！”

晖哥则比较现实：“白眼狼哎，俩小时就花掉了哥哥我三千多块大洋，恐怕是咱院长大大一个月的工资吧？”

“邱帮主”反驳道：“一个月？俩月的工资吧？农民工兄弟每月拿 300 元，玩命干才拿 600 元。”

“三千元给农民兄弟换成工资，绝对能过上有钱人的幸福时光了，让你们这帮小子一下就花没了，败家子！”晖哥拍着干瘪的钱包。

“晖哥，幸亏您钱带够了，不然精彩表演无缘得见，恐怕一辈子也看不上，红磨坊真心不错呀！”峥峥说，连带手舞足蹈地大声称赞：“这才叫都市嘛，灯红酒绿、歌舞升平有啥不好？嘿嘿！”

“我看你早被腐化了，赶紧带回家好好接受再教育。”晖哥批评峥峥。

峥峥不服气，反驳道："这表演多棒啊，这叫艺术，懂不？瞅瞅人家那身材还有服装和化妆，哪哪都那么棒！咱学院服装系的学生都应该来看，好好学学，不然咱设计出来那些东西土不啦叽的，肯定没人要。"

"舞蹈是真心不错，可惜有几段舞堪比无上装表演，改正这点就好了，哈哈！""邱帮主"大笑，也不知他是正话还是反话。

总之，这段历险事情不大，但对李峥嵘这个没走出社会的女大学生来说，是一种大世面。住校使她充分体会到自由和独立的美好滋味，使她骨子里的不羁和野性得到滋养。

而红磨坊午夜历险，是这个时期她向往自由不羁的高峰，为她性格的养成和今后选择的路推波助澜。

如果张晖当时当日能高瞻远瞩看到这一点，他打死也不会随她撒野，带她进去。正如"于霸霸"所说："你们几个好青年肯定犯了无法弥补的错误……"

很多事情，在默默发生的时候，你似乎无法去拒绝，你也绝想不到这事对你造成的影响。

讽刺的是，日后当真正的红磨坊和峥峥只隔一条街时，她却没兴趣看。

第十八章
天马行空

围城之旅

秦可本以为和利婵同学的交往从此会一帆风顺，没准还会突飞猛进呢！

但他想错了，因为毕业实习如期而至。跟别的系有所不同，陶瓷系学生向来都要分组下放到有陶瓷作坊的地方城市去，扎扎实实进行实习创作。

盼星星盼月亮，实习名单终于下来了。

秦可、张剑兵、马珂和“阿黄”黄东强，都给分到了陶瓷名都景德镇，还搭上一个女生海晨。这可真是油饼饼从天而降，一不小心砸在了头上！

全班人马被分成了好几拨，要到外地进行实习创作。

除了景德镇，有人去唐山，有人去威海，还有人去河北井陉和苏南的宜兴，宜兴的紫砂壶享誉中外。

真巧，班里著名的四大公子里有三位都分一块儿了——正是秦可、张剑兵和马珂。另一个公子是人称“假吴奇隆”兼“毒舌郎君”的秦昊，这次却落了单。

秦昊又深沉又低调，平时走路总歪着头，不歪不行——发胶太重。“吴奇隆”绝对不是好当的，假的更有难度。

班里人觉着这几位爷全都不适合在学校正经待着，所以给冠名为“四大公子”，这哥四个基本上很难同时出现在同一教室。

本来张剑兵是陶瓷班长，但因为大胆旷了系主任的课，班长就给换成了乖宝宝王乐耕。“张铁门”踢球时守门最牛，但旷课也最多。系主任的课连着上了四个星期，他竟敢脸儿都不露，简直忒不给面子啦，彻底把系主任给惹毛了。

马珂打篮球有大将风度，其实翘课也不算少，但他勇于认错，而且请假手续特齐全，系里拿他没辙。大四开学上了好几节课，马珂都没出现，眼看要被抓典型时，他突然现身。

老师脸一沉，责问道：“你怎么才来？”老马大声嚷嚷：“飞机都停飞了，我咋来？”大家绝倒。马珂人高马大，腰杆子粗，每次都理直气壮。

那时老马同志买一件万宝路风衣 1400 元，“阿黄”掐指一算，哇，是他自个儿整整一学期的生活费啊！

最让全班人羡慕忌妒恨的，还有张剑兵那让人念念不忘的马来西亚蟒蛇皮带和精致的银勺子。

实习安排尘埃落定后，秦可去跟利婵告别，俩人走在高大的梧桐树下，客客气气的。俩人终于在秦可出发前，把上次落下的那顿宵夜给补上了，气氛好得不行，于是约好回来再聚，秦大少爷才安心出发了。

出门前，周帅还调侃了一句：“要记得给小利每周飞鸽传书哦，不然万一她飞了……”然后冲翔子的铺位使眼色努嘴。

也许周帅是认真的，也许秦可真听了周帅的忠告，结果会很不同。可惜秦可平生最鄙夷的就是情书，那时他不懂情书的真正含义，所以洒脱地摇头笑笑，拎起行李走了，没把情书当回事儿。

秦可这拨人在景德镇实习和创作，真真不要太幸福了。

刚到达那晚，阿黄去公共浴池洗澡，顺手抄起一瓶精致洗液狂搓，搓半天都没效果，出来就跳脚抱怨：“什么东西，挤了贼多，愣没起沫沫！”

这话惹得海晨失声尖叫，原来那瓶东西是她的进口化妆品“植村秀”哇，阿黄哗啦啦往头上倒了三分之二，把海晨给心疼得肝儿疼！

洗完“植村秀”后，阿黄那著名的郭富城头变成了前所未有的奇形怪状，大家觉着比班里的韩国人老金更像老外。

秦可那晚被灌醉了，记忆短路，一直没搞懂为啥阿黄成了老外，这个典故成了谜。

统一洗白白后，大家一起出去吃饭，还喝了啤酒和老白干。

秦可太不胜酒力却又来酒不拒，豪爽得很，最后一杯酒灌下去，顿时喷了出来。

喷一桌后，自己无声息摸去外面找了个躺椅睡倒，大家到处找他，喊了半天都没人应声。直到离开饭馆时，众人才在路边把他捡回来，秦大少睡得那叫一个死沉。

后来大家去跟景德镇陶瓷学院的人联谊，人家看他们中工小子不服，叫板拼酒。秦可慷慨上阵，但喝着喝着又不见了，散场时阿黄跑到院门外，才把睡地上的秦少给拎了回去。

联谊过程中，海晨一位景德镇陶院的姐们儿还看上了马珂，后来老借口看海晨找上门去。害得老马同志一阵乱躲，一次差点儿没爬到床底下，非常狼狈。

那会儿天天有人请吃饭，都是景德镇当地的同行， 三天一大餐，两天一小聚。这帮人有时良心发现也惭愧，感觉自己就是顶着中工的牌子到地方去招摇撞骗，白吃白喝。

吃好喝好睡好，毕业创作才能出成绩，有劲头拿手里的泥来练铁砂掌。

这帮幸运的家伙真是太享受人生啦！秦大少爷最拽，那时候开始抽“555”香烟，直到现在还在抽三五。

除了吃喝拉风，这帮人还风花雪月了一把。

海晨那位陶瓷学院的姐们儿说：“瞧你们中工陶瓷，男女那皮肤都跟瓷似的细皮嫩肉，一个赛一个光滑细腻！”

就因为人家这句话，众人打算要对得起这张皮。于是空闲无聊时，排起了话剧。

马珂同学那时即显露了对戏剧的鉴赏能力，他拍板排钱钟书的《围城》。正好他和阿黄共享一间民居，是个土坯房，院里还有半堵子矮墙，挺有历史氛围。

剧中赵辛楣由马珂扮演，阿黄把头梳成中分出演方鸿渐；海晨和她那姐们儿涂脂抹粉，穿上旗袍，花枝招展。

演出成不成功再说，反正周围看戏的人把手都给拍红了，因此老马同志习惯把毕业实习称作“围城之旅”。

但是新鲜劲儿过后，老马和阿黄就对那间土坯房产生了退缩念头，毕竟这是沟下边的破板屋，四处漏风。

其他同学住得也不咋的，洗澡是个严重问题，因为此处习惯性地停水停电。洗澡都不敢多打肥皂，别正浑身冒泡泡呢，水断流啦！

最后两天，老马同志一算还剩钱，赶紧开了两个宾馆房间，这帮臭烘烘的家伙终于沐浴在热水下。

最招人爱的是那白花花的抽水马桶，哇，景德镇就是发达富足，别说打地铺，熬通宵都没问题。

关键在于，马桶是陶瓷产品，光洁细腻，而景德镇是陶瓷之乡，连马桶都是艺术品呐。阿黄越看越爱，爱不释手，只想抱着陶瓷马桶睡觉。

夜宿“胳肢窝”

相比之下，有人就凄凄惨惨戚戚了。

正当三大公子在景德镇吃香的喝辣的，最次也是面包夹孜然牛肉时，被遗留在后的那一位公子却蹲在井陉县的泥窑里吃糠咽菜、忆苦思甜，完全坠入水深火热之中！

这人，就是“假吴奇隆”加“毒舌郎君”秦昊。

大四下学期，“假吴奇隆”终于交上大运，顽强申请了四年的宿舍终于下来了！还以为苦日子从此结束，可也赖这事儿太顺了，实习马上跟他来了个大变脸。

“假吴奇隆”的实习让他变成了整年级最悲惨的一位，不信邪都不行。

其实，他本来可以申请去唐山的，但考虑到唐山曾经大震连着小震，地震这东西，震一次就够你受的。唐山小震很多，所以有人开玩笑说唐山人很多都晕车。这种情况下，秦昊只好勉强服从命令，奔往井陉。

井陉，是河北省石家庄市的一个县，那时真是穷得叮当响，虽然享有历史古城的好名声。

吕晓庄先生带队，去井陉大缸厂实习。秦昊、王乐耕、苏西亚和艺妮这拨感觉像是被拐卖的人口，惨不可言。一个字：饿。

饿呀饿，饿得眼冒金星，晚上全靠那点儿自备粮食——方便面和黑芝麻糊过夜，师生都恨不得把泥巴给吃了。一次饿急眼，差点把村里的老母鸡给偷吃了。后来还是因为觉悟高，没下得了黑手。

真是饿到皮包骨……人高马大、还芝麻开花节节高蹿个儿的秦昊，光靠吃几片菠菜叶子，就“嗬呀嗨呀”地在烤坯房赤膊拉坯。拉到后来实在没劲儿，只好省几分力气改成盘泥条。整整一缸泥，插来插去，整片指甲都磨掉了，伸出光秃秃的手指，比梅超风还要吓人！

可惜秦昊拉坯拉出来的满身肌肉，后来一改行，全跑到了肚子上。

最好的一次伙食，就是吃了一次豆腐。本来秦昊去这个井陉县就图近，还图个历史魅力，谁能想到有这么穷？

每周四，秦昊都要步行十几里去赶集。屁兜里装把勺，买一堆罐头和火腿肠，去看电影，边看边用勺挖来吃。

那地方一个月只放一部片子，秦昊看的还是个法国功夫片，一偏腿能踢死好几条猛汉那种。

有一回，秦昊买了根神棍火腿肠，有啤酒瓶粗细，吃了一半就吐了。以后再不敢吃了，从此也没见过那样的食物。

那时井陉大缸厂没有拉坯机，来实习的学生们必须等工人下班以后，再借用他们的刮坯机拉坯。大家轮流拉坯，每人一个晚上。

除了吃不饱，大缸厂的厕所算是一大陷阱，那就是一巨缸上面搭两块不固定的木板。如果平衡能力不好，可不敢踩上那两块板，万一失足栽进粪坑，绝对晚节不保。

据说历史上真有人在这种厕所上栽过，还是春秋时期的晋景公，堪称史上最雷人的死法。《左传》记得简洁有力：“将食，涨，如厕，陷而卒。”

一天深夜醒来，秦昊睡得迷迷瞪瞪，跑去这奇葩厕所。要踩上缸时才顿悟，上面已经蹲了个人！

“毒舌郎君”使劲辨半天，才认清蹲缸上那人是班里的苏西亚。苏西亚长得黑，没有星光灯光的暗黑厕所，根本看不到他。

还记得进校第一天报到，秦昊因为好奇，跑去看陶瓷班宿舍。

一进屋，苏西亚忽地从铺上坐起来，当时把秦昊搞蒙了：我进错地儿啦？难道这是留学生宿舍？寒暄过后才知，人家苏西亚是邯郸人，货真价实的中国种。

当时在井陉，唯一的集体娱乐就是秦昊拉二簧，王乐耕哼歌。哼着哼着，秦昊忍不住展开毒舌：“乐哥，您别哼了，哼啥都是河北民间小调。”

这句话惊着了旁边的苏西亚。乡下孩子太纯朴，一直觉得沉默寡言的北京人秦昊是好孩子，没想到……他长了根“毒舌”！

当事人王大叔倒不急，他这人没事就美滋滋的，仿佛总处于刚灌下二两黄汤的状态，飘飘欲仙。那二簧还是跟井陉大缸厂技术员借的，因为秦昊送给技术员一支自动铅笔，他从没见过，当下感激涕零。

井陉实习完后，大家发誓要找补一下，于是结伴去北戴河放松。

为了等日出，这伙人露宿在一个叫“胳肢（鸽子）窝”的地方，风如剪刀霜似剑，冻得上牙打下牙，一整晚“得得”直响。

王大叔带着河北乡音，给大家讲了一夜笑话，大家靠着取暖，心里感叹：笑死总比冻死好。

这拨倒霉孩子，整个实习从头到尾，反正没捞着好。

无缘

自打上次捷子把徐小蔷介绍给周帅后，他们一起逛了街看了电影。可惜老天爷不成全，正在这半熟不熟的节骨眼上，小蔷突然摔断了腿。

那天，小蔷跑去大北窑邮局领包裹——她邮购了一堆做毕业创作用的参考书。

可能是参考书有点儿多，两手抱着从二楼往一楼走时造成视线不佳，而且这是一旋转楼梯，上下修得很陡。下着楼，小蔷突然脚底踩空，四仰八叉摔了下去，整个人带书滚下楼梯。

她耳边只听到“喀”一声响，刚开始以为是崴脚了，但右腿迅速肿了，疼痛逐渐加剧，站都站不起来。

邮局的工作人员很有爱心，见状赶紧帮她打电话找家人，家人不在。小蔷脑里记着班长“于大虾”的呼机号，就让人传呼了“大虾”。

邮局人员看着她肿得老高的腿，承认：这魔鬼楼梯摔折好几个人了，设计角度有问题。小蔷一边疼，一边暗暗佩服他们勇于承担责任的高风亮节。

后来班长“于大虾”来了，把小蔷一路背回了女生宿舍。等家人来把她送到积水潭医院，才知道是骨折了。 腿骨折得卧床，打完石膏后整个腿沉甸甸的，小蔷只好直接回家静养去了。

这天周旻和捷子在食堂一起吃饭。捷子痛惜了半天好友的骨折，打算过段时间去探她。

“周帅，你要不要跟我一起去看小蔷？”

“我？我算哪门子亲戚呀？”

“毛脚女婿呀！”捷子哈哈乐，不怀好意。

“算了吧，我最怕见家长啦！”

“怕人爹妈嫌你长得太帅？”

“有点儿吧！”周帅咧嘴乐，露出俏皮的酒窝。

“说实话，你俩到底交往得咋样啊？”

“没咋样。逛了两回街，看过一次电影，您自个儿想象吧！”

“只要看对了眼，见一次就够了。”

“那天小蔷让我陪她上街买包包，国贸呀，乖乖。虽然只是同学，那样陪买包包也是好紧张……好紧张。”

“我的天，瞧你这点儿出息！”

两人收拾饭盒，闲步校园小径上。潇湘竹翠绿明媚，柳絮翻飞。

“别说我了，你的杜大帅哥呢？最近好像很少见他啊，不是你把人给藏起来了吧？”

“别逗了，人家大庆的帅哥找了大庆的美女，门当户对，你快别拉郎配啦！以后少把我和宝男扯一起啊，跟你没完。”捷子一张嘴不饶人。

“好吧，批准了。他既然找到了给他补衣服的人，以后我的衣服是不是可以求助于您了？赈一下灾嘛，有点儿同情心行不行？大家都是同学。”

“看情况吧，如果我在学校的话，义不容辞。可我马上要下厂实习了，估计大部分时间住在那边。”

“真的？你上哪儿实习呀？”周旻好奇，因为他们装雕根本没实习这回事。

“是一男装品牌。公司在海淀，厂子在京郊，我到时住哪边离学校都远，所以不一定老能回来。”

“哦，谁给你找的这么一地儿隐居？”周旻问道。

“尚羽呗，这公司老总是他的哥们儿田野。本来我爸说让在深圳找一地儿实习，跟家待着舒服嘛。可我不，我要跟社会亲密接触，真正的社会，哈！”捷子满脸兴奋。

周旻惊讶：“京痞子田野？他不91级工业系的师兄吗？咋改行干服装了？”

“很奇怪吗？现在多少人毕业后都下海了，服装更符合人民群众的需要呗。其实田野就一假京痞子，他装酷扮帅，其实人特好。”

“也是哈，我印象中田野老爱踢球了，是个自由人，前场和中场都在忙。也经常进球，不过总有踢歪的时候。还爱玩乌龙球，带球时爱整人，给人摔个大马趴自己嘎嘎乐！”

“哈哈，你这描述太形象啦！‘小田鼠’的球星嘴脸马上浮现眼前！”捷子笑弯了腰。

“可别告他是我说的啊，他会打我。”周帅尴尬。

“放心吧，他打不过我！”捷子还在笑。

“你把实习单位的老总叫‘小田鼠’？看来你们关系真不错，他肯定会罩着你。”周旻跟着笑。

“嗨，那都是尚羽的关系。你看，我的事情都是听他的，都是他一手安排。”捷子突然皱起眉头。

“那还不好？他做你的伞，护着你，替你遮风挡雨，多好的同志啊！”

“问题是，我感觉到某种控制，让我心不甘情不愿。”

“女人真难伺候，吹毛求疵。”周旻说完立马伸出双手做八卦掌，身子后退三步，摆出防御的架势。

“我要打你一定打得着，不用现在。”捷子咄咄逼人。

“行，算你狠。留得青山在，不怕没柴烧，哈哈！”周旻最懂得给自己解围，这是他的特长。

醉醺醺的裁缝

“我弄死你！信不信？”

捷子刚走近总经理办公室，就听见里头传来田野的叫嚣声。

嚯，“田鼠”哥哥这磨刀霍霍，要杀谁剐谁呀？她疑惑地在门外等了几秒钟，才敲门进去。

进屋后，见一黑糙壮汉憨笑着垂手站立，瘦削的田野坐在大班台后拧着眉头训人。

一见捷子，田野就皮笑肉不笑地打招呼：“哟，我妹来了，坐坐坐！”然后站起身，用嘴直接从烟盒里叼了根烟，被训的人赶紧屁颠屁颠给他恭敬点着。

刚喷出一口烟，他就冲旁边那人努努嘴：“去去去，让我跟我妹说会儿话。”

人家刚转身，他又招手道：“哎哎哎，回来！这我妹捷子，这二明，认识一下。”叫二明的家伙冲捷子乐，一口白牙，牙口不错。

“仔细着点儿，把我妹给伺候好了啊——不然老子抽你的筋扒你的皮！滚吧！”田野烦躁地冲二明挥挥手，嘴里吞云吐雾。

“哇，‘鼠哥’您好威风啊，吓着我了！”捷子笑。

“哎哟喂，你是不知道哇，这帮人既没文化又不长脑子。不骂他们，就不给你好好干活！”

“就是。小样儿的，直接拉到后山喂狗！消消气儿啊，然后请我吃饭，饿劈了。”捷子大剌剌往沙发背一靠。

“必须的呀！哥哥带你下海淀最好的馆子，把他们吃破产！”称哥哥的人贼眉鼠眼地笑，手里不停玩着一只雄鹰飞翔的 Zippo 打火机。

田野其人，颇有几分传奇色彩，虽爱冒充痞子流氓，仍不失狡猾可喜。

由于他常龇着两颗鼠牙乐，长得比较喜庆，又好呼朋唤友，大家就叫他“小田鼠”。其实他身长数尺，伟岸得很，而且烂桃花不多。不是不多，是压根儿就没有。

虽然“小田鼠”成天嘴里挂着“你哥我这么英俊潇洒，情商智商双高，咋能没媳妇儿呢！”其实他还真没有，他那是安慰自己，就跟阿 Q 似的。大家心领神会，也都不忍心揭穿他。

田野没有总经理的假模假式，经常披件军大衣，满嘴恶狠狠的“我抽你”。不过褪下京痞子的狼皮，其实人很仗义。

总之，能到他手下的公司实习，捷子感觉很幸福。

因为累活脏活都是别人干，一天到晚至少有俩跟班二明和焜仔开车陪她转，挑面料买辅料。

捷子只需要动口，跟班们负责动手。

识别面料的好坏、砍价、扛面料、开车等全由二明和焜仔负责，俩人跟伺候奶奶一样地伺候她。

面料和配件都选定了，就把东西拉到京郊的工厂，开始打版制作 。

打版是捷子比较犯怵的程序，因为虽然老师教了理论，也做了很多练习，但真正做时，必须根据不同的身材算出不同的放量；还得结合不同面料的缩水率，来估算各部位的放量数值，进行打版。

这一整套程序都需要丰富的实践经验，不然最后牛皮纸的版型看着是没问题，可衣服做出来却七扭八歪，根本穿不上身。

由于总经理出野的关系，厂子里的人特别照顾捷子。她刚站那看一会儿师傅怎么打版，人家就对她说："歇会儿去吧，去玩会儿吧！"完全把她当小孩子来哄。

等进入服装的下料、缝纫制作阶段，又有小工大工来伺候。捷子苦苦哀求了半天，人家才肯把剪刀递给她。等她剪完，人家还得再重剪一遍。

缝制成衣的时候也是，她在一边缝，做高级定制的杨子师傅在那边缝。缝出来一对比，同面料同版型，自己的做工确实没法和杨子师傅的比，差了何止十万八千里！

捷子只好一遍遍慢慢练习，杨子师傅都做完几套衣服了，她还在苦心吧啦地重复做着第一套，撑到最后连放弃的心都有了。手没练出来，酒量倒是练出来了，捷子天天醉醺醺地做衣服。

每次公司有活动，田总经理都得差人来接她，请她一起去各种饭局混吃混喝，跟人介绍说："这我妹啊！未来的头牌时装大师，赶紧拜山头。"

弄得人家轮番给捷子灌酒："失敬失敬！妹妹我敬您！见底儿啊！"人一陶醉，美酒佳酿全不嫌多，关键是：得领情。

等回到工厂后，师傅和工人们也要跟她轮番干杯，他们整的家常小菜堪称精绝，又连连劝酒，捷子只好接着一杯接一杯地干下去，反正待着没事干也是无聊。

衣服她反正是做不动了，看来只有设计的过程最过瘾，实打实做个打版师加裁缝，太没劲啦！跟工人有啥差别?

某天傍晚，捷子又被灌趴下了，女工把她扶回屋休息。不知过了多久，杨子师傅也醉醺醺地跑进来，不知真醉假醉，反正满脸通红，笑嘻嘻躺倒在她身边。

她虽醉，但仍有意识，死命踹杨子下床，他大叫："妹妹我不能走啊！"

眼看不敌，捷子就开咬，在对方给她做衣服的巧手上狠狠来了一口！

两人正扭打着，恰巧打版的林师傅进来拿东西看见了，大声呵斥杨子，杨子借着发酒疯还是不撒手。林师傅一看急了，从地上拖起根木柴就冲杨子大棒子打下去，揍得他嗷嗷怪叫，逃之夭夭。

那之后，杨子师傅好几天都没敢露面。

酒醒后，捷子也检讨，看来自己在厂子里跟大家太打成一片，玩得太疯了。反正活儿正收尾，她就收拾东西，拜别师傅们，回公司跟田老大打了招呼，提前回校了。

她一直没跟田野提这茬，提了，指不定"田鼠"哥哥真给人杨子师傅抽筋扒皮，至少得炒人鱿鱼。后来那五套男女组合的成衣系列，是由精通工艺的二明监工完成的。

二明和焜仔还开着小面的，专门把作品送到学校交给她。

照面时，二明笑嘻嘻地交代："俺们老大说了，你们老师要不给你第一名，他就跟他们急！"

就这样，"梁菜花"的毕业设计完满结束了。她盘算着，自己提前完成了任务，正好可以回家一趟，能马上见到尚羽，还能舒舒服服在家准备论文。

于是，她美滋滋地打电话订了机票，飞回深圳了。

前途未卜

这边厢，李峥嵘可没那么消停，她的毕业设计是在 ×× 时装集团，那是 20 世纪 90 年代首都比较牛的都市丽人品牌之一。

进了车间后，师傅们对缺乏经验、不懂溜须拍马的女大学生，是各种看不起瞧不上，嫌她碍手碍脚。

只有首席设计师柯未偶尔让她当当副手，学点儿东西。柯未那家伙瘦得跟个麻秆儿似的，不言不语埋头苦干。据说因为是个同性恋，大家视他为异端。但他设计的衣服好卖，也就成了他的饭票。

最神的是，鸡贼的老板把柯未设计的一些花里胡哨、丁零咣啷的大裙子大长衫通过关系销到了巴黎，据说引起了阿拉伯富婆的疯狂抢购。

此时的李峥嵘，正站在时装这个前途未卜的事业起跑线上，柯未自然成了她的偶像。

一次俩人都忙到很晚，听说柯未要去夜大上法语课，峥嵘很好奇，就问了一句：“您学法语，是为了要到巴黎去吗？”

“当然了，不然我学它干吗？只有巴黎，才是正经做服装事业的地方。只有到了巴黎，你才能站在舞台上，成为万人敬仰和名流追捧的顶级设计师！”柯未说完这句话，转身就走了。

他不会想到，自己随便喷出的一坨唾沫星子，会成为这小女生今后人生的目标。

衣服顺利做完，但那不是李峥嵘最大的收获。

从上次跟晖哥夜逛“大铅笔”里的红磨坊，到这次和柯未谈论的巴黎，都让“法国巴黎”四个字从此深深植根她的脑海。为了巴黎，她李峥嵘可以肝脑涂地，万死不辞。

“蚊子”文雨去的是顺美男装。做的男装是按照 1.8 米模特来打的版，岂料忘记了算缩水量，衣服做完只能找身高 1 米 75 的秦昊来凑合当男模。

秦昊穿上还不停地追问：“三围做得紧巴巴，您这是女装吗？瞅瞅这袖子，手往上一伸，袖子就堆到胳肢窝啦！”弄得“蚊子”好没面子，很是火大。

“毒舌郎君”还不知趣闭嘴，继续叨叨：“您做迷你裙，会变成泳装！”

“蚊子”同学翻了好多个大白眼，总算让“毒舌”看懂了，他才闭了嘴。

多年后，秦昊逛了“蚊子”同学的时装店，又忍不住嘴贱：“我知道你为啥做婚纱，因为够长，缩水也能卖。”

实习那会子，“蚊子”每天得早起，到三元桥坐班车去顺义工厂，工厂师傅对大学生确实是各种嫌弃。班主任也放羊了，根本没人管。

“蚊子”用一句话来总结：实习纯属放羊了，哪有老师管哪？真是叫天天不应，叫地地不灵，所以爱谁谁吧，尽力就好。

而利婵同学的毕业设计找不到公司进去，只好又让翔子当金主，给他做套时尚西服，算毕业设计。

翔子一拍大腿，做出英明决策：“我块头大，给我做套装忒费布费钱。我们屋现在住一瘦子祝某，用料少，你给他做得了！”

就这样，瘦子祝杰成了利婵的毕业作品专用模特，给做了一身潇洒花哨的西服。

这一身，祝大神一直穿了好多年，跟着他从北京辗转到重庆，再也找不着那么合身的西服。

多年来，每当大半夜怀旧时，祝某就把这身西服翻出来穿穿，被老婆骂为精神病。

拍卖行的碎催

至于“祝大神”祝杰的毕业实习，那就更神了。

祝杰的毕业实习在一家非常有名的拍卖行，姑且称之为“A 拍行”。

艺术品拍卖，在当时还是个新鲜事物。祝某进到 A 拍行一看：姥姥哎，好东西真多！还全是真货！

预展时，众多专家、名人大腕乌泱泱地涌进来，展厅里顿时一片珠光宝气。而祝某的工作，说好听点是拍模，实际上就是个“砍俺还补油”（Can I help you？我能帮你吗？）的碎催。

预展上，有个成化年间的青花九龙盘，直径一尺，色款俱佳，一看就是个官窑精品。引来了无数英雄竞折腰，绝对是这次拍卖的重推。

很快，一位港客引起了祝某的注意，因他连续三天都在专柜前转悠，哈喇子直流，一看就是条大鱼。

依祝某当时的见识，自是冲上去夸货好。

记得培训时，某大师曾教育他：在首都博物馆和法国吉美博物馆里，各藏一青花九龙盘，跟咱这个一模一样，吉美那件还有点残。同款盘子，存世件数不超过五个。

于是祝某初出茅庐不怕虎，一个箭步冲上前抓住港客攀谈起来，刚和港客交了点儿底，开始炫货，总监立马跳出来按住了他。总监非告诉人家，依他多年的经验，这件东西的真伪存疑，小心为妙。

当时祝某就蒙了，纳闷：卖东西哪有说自家东西不好的？王婆卖瓜还自卖自夸呢，这明显不正常啊……

可再转头瞅瞅总监那副真诚嘴脸，没准儿他是在玩“欲擒故纵”？路子还真够野的！祝某不由得暗暗佩服。

而港客摸着胡子，不住地点头：“偶（我）懂的，偶（我）懂的。”还顺便恭维了A拍行几句。

祝某佩服之余，也越发坚信，文物古玩行当里确有童叟无欺的品牌老店，而且就在自己跟前！不由又生出几分自豪感来。

可不管总监如何挑唆，港客仍在展柜前点头沉吟，眼睛牢牢粘在青花盘子上不动窝，总监的脸色开始发青。

开拍了，到青花盘子时，好戏才开场。

港客一副胸有成竹的样子，微笑着频频举牌。后排一皮肤暗黑，满脸凶光的胖子，则一边擦手腕上的大金表，一边跟着举。很快，价被抬到了六百万元人民币。“大金表”有点冒汗，开始用大砖头打电话，语速飞快。拍卖师则善解人意地放慢节奏，等着他。

全场就剩下港客和“大金表”还在举牌，其他英雄早就疲软了。竞争爬升到第五十轮的时候，香港人依旧微笑淡定，于是所有人的目光都落在了“大金表”身上。这种无形的压力让他面目狰狞起来，他吼了一句：“等会儿！”就拿着砖头电话，跑出了拍卖厅。满厅人都在等，片刻过去，“大金表”还没动静。

港客刚向拍卖师申诉，总监就飞奔过去，哈腰媚笑，全无之前儒雅之气。港客摆了摆手，像赶一只苍蝇，说：“偶（我）懂的！”就不愿再搭理总监。

“一千万！”一声吆喝，“大金表”冲回到拍卖厅门口，走了两步又补上一句：“再加，老子做了你！”顿时全场哗然。总监又冲过去按住“大金表”，在他耳边殷勤交流。

祝某这会子看出了道道，心想：这演技高啊，“大金表”不会是A拍行的托儿吧？这么个抬法，港客要是不应，岂不亏大发了？

“一千零五十万！”坚定而理性，是港客的声音，离“大金表”的出价不到十秒钟。

“去你的！”“大金表”的砖头电话划了个优雅的弧线，飞到了拍卖台前，保安马上冲出来，把“大金表”摁住架了出去。

噼里啪啦一阵掌声四起，既为这当日天价，也为这出掏钱还看不着的闹剧。拍卖师摇摇头，落了槌。总监赶紧拉上得胜凯旋的港客，匆匆出了拍卖厅。

演出结束，大团圆收场。

橘子洲头的盲流

长江浩浩荡荡奔向天际，橘子洲头的天空迷蒙阴沉。一行游民背着画夹子稀稀拉拉，边走边取景写生和摄影。

盲流们走走停停，饿了吃点儿，困了用长江水搓把脸，三五成群，群龙无首。

这是92级装潢系弟兄们喜剧性的毕业采风画面，16位好汉拖着4位娇滴滴的窈窕女子，没有老师。

这故事说来话长。小宝他们装潢系很奇葩，竟然没有毕业实习！

按理说，装潢专业应该很吃香，是国内哪哪都缺的人才。同学们完全可以给很多企业设计包装、海报，还有书籍装帧，等等，何至于沦落到毫无用武之地呀？

大家对系里无实习的决定诧异万分，百思不得其解。

系里被学生的唾沫星子搞得脸上也挂不住，最后拍板，由黄老师带队下乡到湘西写生。这个决定来得太突然，黄老师有点儿小情绪，忙乱中只给自己订了票，没顾上同学们。

同学们也自觉灰头土脸，知道老师带学生出去是件麻烦事儿，只好嘟嘟囔囔地主动跑去排队买票。

当时北京西站刚建好，班长“奇男”杨国胜带着于山和小宝去给大家买火车票。班里人心不齐，“奇男”嚷嚷过多少遍交钱买票，钱银还是短缺。最后这仨人给垫了钱，才把票给全班人买齐。

没想到等同学们的票搞定了，老师的票又出了差错。黄老师的票因为是电话里订的，没敲死，又得重订。那时候没网络订票，想想那蜗牛效率，还有售票处大妈凶巴巴的态度就恶心人。

没辙，老师和学生得分两批走。临行前，“奇男”才领到系里的开支费用和接待人的联系信息。第二天清晨，北京一列特快把这20人发往湖南长沙。

到达长沙后，“奇男”找到了联系人湖南出版社的欧阳先生，人家很热情，给同学们安排到橘子洲头渫湾镇住宿。

1996 年的长沙破破烂烂，但当地的小吃巨美味无比！橘子洲头最神奇的是，推个自行车驮一小气罐儿就开摊热卖的麻辣串儿，贼好吃！

全班 20 号人分成了几拨儿，有人专门跑去吃著名的臭豆腐，还有人去游岳麓山。弟兄们边玩边吃边画，爱画啥画啥，还没人管，爽！

这帮人在长沙街头穿街走巷儿，胡遛乱吃，成为盲流。20 人才花费 90 块钱，就大撮了一顿，肉、菜、汤，一应俱全。

全班磨磨蹭蹭左等右等，可黄老师死活不来，再等就成傻帽儿啦！大家决定自己买票去往写生目的地：吉首。去往吉首的火车是夜车，那种最老旧的绿皮车。

个头小的同学用报纸铺到车厢卧铺底下睡大觉，挤不进去的只好歪在硬座上打盹儿。每次停站，都有人从窗户往里爬，貌似是湘西“野匪”。

有个块头大的湘西老表，从外面把泥脚伸进窗来就猛踹了潘虎一脚，还耍横，嫌虎子碍着他爬窗，结果被小宝毫不留情一脚踹了下去。

次日一早五点，疲惫之师到达了吉首火车站，还要打摩的到汽车站再转车到凤凰。那是个有名的地儿——沱江上方悬挂的吊脚楼是一大特色，采风路线是到那儿去。

只可惜当地的少数民族很忌讳摄影镜头，见一群不伦不类的盲流纷纷用镜头瞄准他们，赶紧拔腿仓皇逃跑。还好，小宝的相机取景器可以从上往下看。他把相机随意挂脖子上，见了欣赏对象赶紧摁快门，好歹逮住了一些珍贵的人物风情。

黄老师还是没到，群龙无首，真让人烦躁，一行人再次流落街头。

大家商量后，由班里的湖南人肖丁找到当地文化馆，给人敬烟示好，文化馆的人于是给装潢弟兄们领去一个叫“儒龙庄”的农庄旅店。

正好店主也酷爱画画，兴致勃勃把大家领进自家院子。进了院子，首先映入眼帘的是中央美院大教授黄永玉手书的牌匾“儒龙庄”仨字，黄教授飞龙走凤的手迹下面，居然是店主给自己准备好的棺材，真是触目惊心！

他觉着那木头很珍贵，所以就跟艺术品一样陈列出来。同学们跟棺材住了几夜，一直苦哈哈等着黄老师。

盼呀盼，终于，亲爱的黄老师排除万难追了上来。一见大家，他脸上的不快一扫而光，因为厉害的老师终于被更厉害的学生给折服了！

大家汇报了一路上的英雄壮举，黄老师拍案赞道：“文明之师就是胜利之师！”

同学们也很骄傲，没给老师抹黑添堵，愣把自个儿照顾得棒棒的，还自觉地完成写生任务，佳作连连。

等第二天睡醒一觉，班长“奇男”一摸兜，忽然脸色发白，大惊失色，叫道：“亲娘哎，公款丢啦！”

大家帮他翻铺盖一顿狂找。小宝细细一算，不是丢钱，是“奇男”数学太糗，好几个款项被他算漏了，公款花没啦！难怪，艺术科学生的数学分数线才20分。

盲流们在凤凰待得那叫一个高兴。晚上跑去电影院，看李连杰、邱淑贞和张学友合演的《鼠胆龙威》，完后还到卡拉OK胡唱一把，过瘾！谁知一不小心把当地人给惊着了，因为当地人都不会唱这些港台流行歌曲。

当屡次拿下歌唱比赛大奖的“青春偶像”潘虎亮了一嗓子时，当地人完全被震翻了，纷纷热情洋溢地围着虎子追星：“你是歌星？给咱签个名儿吧！”

凤凰的美景都画遍了，还有富余时间。采风原计划是要先参观长沙的广告公司，再绕道到广州白马广告公司，因为大家很想认识一下拍“太阳神”广告的那班牛人。

可是意外发生了，长沙的广告公司的老总忒实在，跟同学们亲切吐槽了一堆装潢事业的阴暗面。

听完了，黄老师就不干了。他嘀咕着：完了完了，再拉队到广州，指不定白马广告公司再爆更多黑料，这会影响同学们的就业热情！于是改计划，提议转往张家界风景区。

张家界已经数日大雾，班里有人不愿去。但小胳膊拧不过粗大腿呀，大部队奔赴张家界，从当地找了个当摄影的导游。

大家豪气万丈爬上了天子山，正待一览众山小，没想到吱哩哇啦冲上来狂热迎接他们的，却是一堆大大小小的猴子们！不知为啥，猴哥们全看上了小宝，都一窝蜂跑来跟小宝抱头揽颈地合照，亲热得很。

李毅崴这小子身体比猴王还好，上蹿下跳，后来下山才发现他的耐克鞋被磨漏了底儿。

一天，半空中飘下了牛毛细雨，大家第一次见到穿蓑衣的老乡，追着人家猛画了一通，但地面太湿滑了，跟不上本地人步伐的同学只好放弃跟踪。而跟上的人，学蓑衣人进入竹林采蘑菇，没一会儿就被人给甩掉了。

正当大家抱怨“这啥鬼地方，屁也没有”时，小宝同学受到鼓励适时放了个小屁。

油滑的于山同学欢呼道："不对，有屁！"一众人在雨中大笑，简直无聊透顶。

野游了十天，最大的收获就是人人搞了顶跟锣鼓一样的巨大斗笠。

出了北京站，当16条好汉都背着锣鼓大斗笠挤进出租车时，的哥看他们的眼神儿都不对了——这帮是哪儿冒出来的农民老表？

回校后，系里要求大家就把写生、速写和摄影全部整理出来做毕业展览。小宝在滦湾镇买了几个当地造的粗糙小陶碗，也献宝一样拿出来展示了。

结果系里老师找他谈话："小同学呀，你这些小碗被杨副院长看中了，你能不能送给他？"

小宝琢磨：送就送，反正才几块钱。杨副院长研究陶瓷还是很有一套的，不定被他研究出啥名堂来呢。当初买时，小宝就注意到碗里有许多划痕，像是残品。

当他把小碗送到杨副院长办公室时，院长喜出望外，也解开了小宝心中的疑团。

原来当地人在烧制小碗前，用竹签儿在碗内使劲划痕，造成粗糙内壁。目的只有一个：用这些小碗来制作喂养婴儿的苹果泥和土豆泥，老祖先的智慧啊，不服不行！

小宝感叹道：很遗憾，没有去到改革的最前沿广州、深圳啥的，亲眼看看牛气的白马广告到底啥样。但也不亏，走这一遭儿，长了见识。而且长沙气候湿润，民风淳朴，湖南人民厨艺一流，尝遍了平生最好吃的野饭！

说到底，小宝他们不算最惨的。最没人要没人疼的是"雕爷"们，他们完全被遗忘在了校园的角落，一把鼻涕一把泪。

抓壮丁

白花花的刺眼阳光直射入806宿舍屋内，像一幅经年只留下水印的旧水彩，平添了几分寂寥和孤独。

整个8楼，92级男生几乎走光了，只剩下翔子、吴昊和周旻几位"雕爷"，对着空荡荡、乌蒙蒙的楼道互相吐槽。

"八百乘"乐队的人，大部分都出去实习了，吴昊只能品味着难熬的无聊和郁闷。

各系同学都利用实习机会，出去和社会亲密接触，但是装雕班却没有正儿八经的毕业实习，主要是因为接收单位太不好找。

吴昊暗暗盘算：尽管没实习，我这毕业作品还得好好弄，不能白白辜负了四年的辛苦学习。就是觉着有点儿闭门造车，无从做起。

“唉，没实习真没劲！”老炮靠在椅子上唉声叹气，长腿搁桌面上晃悠，乜斜双眼看窗外夕照。

“真心盼望到其他城市去实习呀！想想秦大少奔往景德镇一路上，得邂逅多少漂亮妹妹、发生多少艳遇啊！到了陶瓷古都景德镇，也是拽着北京来的牛气劲儿与纯朴年轻的女技师切磋，打情骂俏……咱‘雕爷’们亏大发喽！”吴昊长吁短叹。

老炮马上气哼哼地开炮：“你小子赶紧闭嘴，哪壶不开提哪壶！谁也甭来招惹我啊，正愁有气儿没地方撒呢！”

周旻不理他，把牢骚推向极致：“唉，我对染服陶的羡慕忌妒如滔滔江水滚滚而来！去祖国名城体验民俗风情，跟公款旅游没差别嘛！我都能想象会造成啥结果，陶瓷帅哥和工厂小妹厮混，染服美女们娇喘吁吁让男技师代劳，各种香艳画面，生动刺激。”

躺在上铺休养生息的林胜煌被搅得没法看书，只好把书一扔，加入吐槽：“哎，这帮从大城市去下乡的知青，此时此刻正享受着村里小芳的温情！随着陶瓷作坊里转盘的低速运转，陶瓷小弟和小芳姑娘双手交叠，一曲人鬼情未了音乐响起，陶瓷小弟醉倒在小芳的怀抱里。”

“煌煌你真恶心，以前没发现你这么骚！哎哟喂，我除了吃饭和杀蟑螂，不知干啥打发这么多时间。”老炮使劲把椅子往后仰，穷极无聊。

煌煌却冲周旻开炮：“怎么着啊周帅，你对实习如此恶意攻击，保卫科听见了要拘留你的。”

“那也是非法拘留吧？只要你煌煌不出卖我，谁也拷问不出来！”周帅只管耍嘴皮子，说话逻辑都不通。

这通牢骚发完之后，奇迹般地，翔子和煌煌被系里抓了壮丁，算是在校实习了。

活儿是系里从海南某工程学校接下来的一城市雕塑，翔子和煌煌的光荣任务，是替系里做该雕塑的放大工作。

由于是人体造型和放大，所以必须有经验的学生才能接手，而这俩正好对大型人体雕塑有过实践经验。

煌煌来自佛雕世家，从父亲手里学来的是代代相传、手把手教导的塑佛经验；翔子则是之前在工艺美校实践得来的经验。

于是，俩人马上响应了系领导的号召，成天泡在澡堂边的小工作室里，对海南工程展开了研究。其他同学就自己随意进入了毕业创作，要占用雕塑室。周帅、“鼓手”和“毛孩”等人，都沉迷在自己的毕业设计中。

小工作室是个年久失修，下雨漏水、刮风漏风的古董建筑，地面经常是湿滑泥泞。

工作时，两位“雕爷”跟民工没啥两样，自己亲手砸泥、和泥。装雕这活儿，是成天和泥搅水，跟泥水匠没啥分别。生活在泥浆的空间里，一天到晚灰头土脸，臭汗淋漓，没个人样儿。

一天台风降临，工作室的屋顶竟然被吹飞了！

雨水毫不客气海量灌进了屋里，把平时工作的空间浇成了水塘。但系里这项任务很紧，六米高的城市雕塑务必在两个星期内完成。还得以人体为基准，先焊接骨架，先是焊工活儿，然后当泥水匠。

翔子和煌煌这俩壮丁好不容易焊好骨架，赶紧上大泥，必须在一礼拜内准确完成形体的塑造，之后还要把所有的细节收拾好。可手里没有能用的人体模特，万一比例放大后不协调呢？系里也无法提供任何协助，咋办呢？

只好趁利婵来看他们做雕塑的空当，让她站在屋子中间，迎着大太阳站好，摆出和塑像一模一样的姿势，仔细进行观察。隔着她夏天的薄纱裙，能看见一些关键的、又不好把握的部位。

但很显然，利婵成熟丰满、曲线美好的胴体和他俩手里的作品产生了冲突。因为系里已经一再强调：千万不能走性感路线！要强调力度和坚韧，劳苦大众的力度要把握到位，筋骨毕露！

这俩泥水匠只好调整，把从利婵这个活体身上描摹来的曲线和细节进行拍扁和缩水榨干，简直是“二次出炉”，扼杀活生生的鲜活生命力，苦不堪言。

谢天谢地谢自己！最后雕塑准时完成，系里发给翔子和林胜煌每人五百元，算是辛苦费。

五百元呐，那会儿已经够让人眼红的啦，至于被系里“剥削”了多少钱就不得而知了。

这点子钱招来了好几位常驻食客，每次到饭点了，“毛孩”和“王小狼”等人准来拽着林胜煌请客。

老炮最鸡贼，五百元一到手，就以感谢利婵当模特为由，单请她去看电影下馆子。自己单身赴宴，纯属变相约会。

可怜老实巴交的煌煌，被“王小狼”像蚂蟥一样紧贴着蹭饭，吃完了五百元，只好自己再往里倒贴钱。

“王小狼”毫不愧疚，算准了煌煌这个富家子弟脸皮薄。这有钱人每次来回北京—福建都是坐飞机，每月都有丰厚的生活费。

“王小狼”谁呀？那是外星人，早替煌煌算了个门儿清。

当局者迷

翔子和煌煌忙得不可开交时，周旻也全身心投入到自己的毕业设计上。

画了一堆草图后，他决定做一座比较抽象的东西。费了老大劲，才找来一类似乌木的黑沉沉的木头，还有纹理。让系里老师看，老师判断，可能是乌木的变种。

本来想选黑檀木吧，可那东西好贵，而且周帅不喜欢有光泽的材质，就是这样阴阴沉沉、朴素自然才有风骨。

他按照草图开雕，这儿凿一洞那儿挖一眼的，过瘾！渐渐整出一无数孔洞、环环相扣的槁木浮云，还蛮像那么回事，给起个名字叫“前尘”。非常酷了，越看越爱。

雕累了，周帅便一个人跑到小竹林喝口茶，鹅卵石小径上散散步。独自风雅了半晌，也算优哉游哉，自得其乐。

一天，他正在后门等小炒盒饭，看见“鼠小强”和“石头”嘻嘻哈哈从校门口出来，站他后头排队。

之前周帅和小蔷出去过两次的，但由于她突然摔断了腿，回家休养去了，所以没得到机会真正发展。这种场合不方便多说，他只友好地冲小蔷招呼一声：“脚好了？”

小蔷脸红了，点点头：“嗯。”

周旻产生好奇，顺口问道：“不说染服陶三个专业都出去实习了吗？你们染织怎么没走？”

“走啊，我们就去了趟天津，回来了！”“石头”倒是快人快语，替旁边扭捏的小蔷答道。

然后俩人又嘻嘻哈哈地笑，连带扭来扭去，像两条美好的花虫子。

“怎么回事？刚发到天津，人就给你们退回来啦？”周帅容易被别人的情绪感染，也笑起来。

“唉，故事好长啊，吃完饭才有劲儿说呐。”“石头”笑，唇角展露俩可爱的浅浅酒窝。

周帅喜欢有酒窝的女孩子，觉着亲切可喜。当下也很好奇她们的天津奇闻，于是拿了自己的盒饭，站旁边等两位美女。

他既然等了，美女就得捎上他。盒饭好后，“石头”建议走到竹林里的石桌石凳一起用餐，周帅心花怒放。

因为整个年级都出去实习了，空荡荡的，难得有这俩美女陪伴，这几天正无聊之极呢。边吃，周旻边迫不及待地问道：“你俩肯定有好玩的，乐成那样，快说说！”

“我们班几个人一起做绗缝壁挂，所以我俩跟班里几个男生跑去天津采购小花棉布。一个个布店瞎逛，跑遍天津所有卖布的地方，结果车在回京路上抛锚了。”“石头”笑答。

“还差点儿被打劫！”小蔷没好气地接茬儿。

“嚯！这么惊险？没真抢吧？”周帅的嘴成了O形。

“那倒没有，但过程比较吓人。”小蔷噘嘴。

“石头”开始讲故事：“当时天黑了，要赶回学校，见一面包车喊北京北京，俺们就上了。没想到黑车拉着我们满城转，好容易等客拉满了，天已经漆黑。跑了一半，车抛锚了！京城遥不可及，午夜的郊区凄凉吓人，离最近的出口步行还有很远。司机开始喊男的下车，帮忙推车，好男儿都下去了，车里还有仨男的没挪窝。”

“那仨男的厚颜无耻直嚷嚷，说花钱是来坐车的，不推车也不下车。司机没办法，就自己跑去和其他男的费劲儿推车。”小蔷补充道。

“没错，我也动员车里那仨渣男。他们倒骂我，说姑娘你傻呀？当时我心中怒火在熊熊燃烧，强忍住要扇他们的手，跳下车加入了推车的队伍。”“石头”继续。

“车上只剩我一人，看着车里那仨自私渺小、不是东西的渣男。手里紧紧地抱紧几匹布，那可是公共财产！”

“最搞笑的是，司机跑上来试着开车，不知是车的故障还是故意玩帅，他开了车就跑！帮推车的人全追在车后哇哇叫，尤其是我们班几个男生跑得快，后来上车一看，满脸湿泥巴。哈哈！”“石头”开心大笑。

“我当时真以为司机跟那仨是一伙儿的，特怕！车疯开的时候，我吓得差点抱着布跳车啦！”小蔷摸着胸口。

三人一阵哈哈哈傻乐。

笑完，“石头”好奇地问周帅：“你们班呢？‘雕爷’们都怎么实习的？”

“雕爷，们放养，没实习，除了老炮和煌煌被系里抓了壮丁，其他人都直接进入毕业设计和论文。也好，愿意干啥就干啥！哎，我能不能看看你们做的壁挂？没准对我的毕业设计还有启发呢！”周帅提议道。

“没问题，走，跟我们看去啊！”“石头”特爽快，说完马上站了起来，没注意到小蔷还有几口饭没吃完。

“石头”的热情多少让小蔷有点儿尴尬，毕竟不管怎么说，周帅原本是自己的人哪……但只好顺口说道：“我还没吃完，你们先走吧！”

其实这话说出来分明是想试探周帅，他若有意，就应该等她。

没想到周帅也很直，马上站起来对“石头”说：“好啊，带我去看看，真的很好奇！”

小蔷立马后悔了，但又不好即刻放下身段去追俩人。只好眼巴巴看着他俩有说有笑消失在竹林的尽头，暗叹道：唉，林黛玉的心态真是要不得呀！

当看到占满整整一面墙的巨大壁挂时，周帅被震撼了：“哇，牛！这么多不同布料的拼接，太厉害了！”

“可不是嘛，做的时候可乱可烦了。每天除了剪布料，就是疯踩缝纫机，感觉自己跟旧社会缝纫女工一样！有时候布料接错了还得拆。制作时，教室里堆满了不同布料的小方块儿，眼晕脑乱。等缝合时，由于作品太巨，有时候自己被埋在里面，别人都找不到人在哪儿！”“石头”边说边捂嘴乐。

“买这件作品的人好划算呐，买一壁挂还带几个美女在里头！”周帅啧啧赞道，是发自内心的欣赏。

“石头”忍不住显摆：“没错儿，这毕业作品其实是系里老师帮我们从新加坡承接的活儿，有丰厚报酬呢！做的时候，我们几个经常为了细节吵得面红耳赤。老师跑过来劝：别吵啦，再吵就把自己缝作品里卖新加坡了！”

但这顿快乐午餐过后，却让“鼠小强”觉着周帅难免轻浮，有见一个爱一个之嫌。

本来自己骨折休养前，俩人是约会状态的。可能真是人走茶凉，现在他不再继续约她，却跟“石头”一见如故，岂有此理！

其实小蔷不知道，当初跟染织班到十三陵写生那会儿，周帅和“石头”就坐一起写生攀谈过，不算生人。

周帅呢，也觉着：咦，怎么小蔷回校了我竟然不知道，她为啥既没通知我也不来找我？看来是我对她吸引力不够，那我可别太上赶着了，以免自作多情。

平时周帅看着秦大少爷对利婵肉不拉叽的所谓进攻，都是皇帝不急太监急。可到了他自个儿，就没那么清醒了。所以说很多事，绝对是旁观者清，当局者迷。

其实这俩都计较太多了，而“石头”却是个干脆爽快的女子，敢爱敢恨。既然周徐俩人没谈朋友，那他就是个自由人，自己跟他开开玩笑有什么大不了的？

玩笑开多了，校园里关于“石头”和周帅的绯闻就传开了，况且毕业后俩人还在小松林有一合照，证据确凿。

难怪在真实生活里，史湘云最后得到了曹雪芹，富含哲理。

飞蛾扑火

董雁飞轻轻放下床前的花帘子，靠在床头。膝上放了本书，可怎么也看不进去，眉头越蹙越紧。

她真是愁大发了，在北京人生地不熟，实在找不到实习厂家。最后只剩下一种可能，就是像利婵那样在学校里找个男模或者女模，给他们做衣服。

可是这笔费用由谁赞助呢？全部自己掏？那可太冤了，况且自己根本没有闺密，找谁做去呀？

其实，她只要敢跑到工业系开口抓壮丁，“雷神”和许泉那帮人是绝对给面子的。但很显然，这个面子也是直接跟齐越挂钩，任何事情只要跟齐越挂钩，都会给她带来巨大的阴影和痛。

她要是找齐越的老爹出面帮忙，估计也是小菜一碟，但她很清楚，自己做不到。面对和逝去爱人面目相似的家长，她情何以堪？

董雁飞在脑海里使劲搜了一遍，一个人突然浮出水面，他就是学校里的欧阳老师。

欧阳老师以前给她们班上过雕塑课。他在课上从头到尾都对董雁飞另眼相看，当着所有班里人的面，夸她造型能力强、底气足。后来结课时，给了她全班最高分。还特别交代她，以后有什么困难尽管找他，他一定帮忙，并给她留了自己的汉显呼机号码。

此刻，董雁飞靠在床头不停地反复寻思，到底找不找欧阳老师？

小台灯下，她的黑睫毛闪得像只扑火飞蛾。她默默跟自己辩论：既然有这么一位长者，有能耐又愿意帮我，为什么不用一下呢？凭着自己的能力，能走多远？走不了那么远，不如死菜算了，问题是自己又不甘心死菜。

自己千辛万苦考上这个名牌大学，就是要走出山村混出个人样来。但是想想自己这三年半将近四年都干什么了？凭着微薄的一己之力，无论如何，爬着也走不完这条路哇……这是不可能完成的任务。

欧阳老师就不同，对他来说，这完全可能只是动动嘴皮子的事儿。毕竟他是北京本地人，有自己的关系网，又经营了多年。

可是世间哪来免费的午餐？反正饿了总得吃饭，而吃饭是要付钱的，她觉得她可以支付。

思前想后，打定了主意，她突然伸手把台灯掐灭，踢开被子，一把扯过被子盖过头顶。

次日下课后，董雁飞真的传呼了欧阳老师。澡堂旁边的公用电话排了长龙，她很多次想放弃，但有一种神秘的力量在后面顶着她的脊梁骨。

最终，董雁飞拨了那个从此改变自己命运的号码。

欧阳老师没让她失望，他很快回复了，而且在电话里非常热情地答应帮忙。

欧阳老师果不食言，三天后，他居然把电话打到女生宿舍来，告诉雁飞好消息：找到了接受她实习的飞龙集团，那可是很有名望和实力的外资公司，而且她马上就可以过去开始实习。

欧阳老师真乃贵人也！为了答谢他，董雁飞约了时间，买了些点心果子到他家去拜访。

夜深沉，欧阳老师家里空荡荡的，据说今天正搬家，因为他最近正式辞职下海了。老婆孩子先搬去了新居，他留守看东西顺便加班。

坐在沙发上，雁飞娇羞脆弱，说完了感谢的话，一时不知该说啥好了。

欧阳老师站起来给她拿泡好的茶，把茶杯小心翼翼地递到她手里，然后紧贴着她坐了下来。

突然，欧阳老师问道："小董啊，你考前班是跟白山那儿上的吧？他跟我是同届老友，白山在加拿大呢，他没忘记你，他托我向你问好！"

白山？！听到这个名字，董雁飞如雷轰顶，正是那位考前班辅导老师，让她从天真少女变成了女人！

她下意识地一颤，烫人的茶水差点儿洒到身上，幸亏反应快，及时叉开了大腿。最后有几滴还是洒在了腿上，雁飞不由得"哎哟"喊了一声。

在她惊愕的一瞬间，欧阳老师轻轻把手放在她孱弱的肩上以示抚慰，另一只手似是不经意地拨去雁飞大腿上的热水……她像个僵尸一样，不敢动。

欧阳老师赶紧跑去拿来毛巾，把雁飞腿上的茶渍擦干，转身又去拿来冰袋给她冷敷。欧阳老师的手一直贴在冰袋上，热切地看着她。

这一夜，董雁飞没再回宿舍。

尽管提前做了心理准备，但雁飞还是战战兢兢地过了这一夜。自打齐越离开这个世界，已经整整一年没有男人碰过她了。

她告诉自己，只把亲近她的任何男人当作齐越就好了。然而黑暗中，当齐越英俊的脸庞掠过脑海，还是让她肝胆俱裂。

那夜之后，董雁飞再回到女生宿舍，就更没话可说了。

上苍眷顾

董雁飞按欧阳老师给的地址和时间，找到了位于亚运村的飞龙集团。

公司的写字楼恢宏庞大，前台文员笑吟吟地查对她的预约时间，并把她带入董事长的秘书办公室。秘书说，董事长确实交代过，安排她来实习。

走出亚运村，董雁飞眉开眼笑。

据了解，其实飞龙集团是靠房地产开发牛起来的，但现在也涉猎服装和其他生意。听说万老板的道行特别深，神通广大，什么人都认识。

飞龙集团旗下的服装公司是专门做制服的。

因此董雁飞这次实习的任务变得非常明确：给该制服公司设计空姐和空中先生专用的制服，这简直太棒了！

雁飞暗自庆幸捞到这份美差，不仅毕业实习问题迎刃而解，也许还可以通过这次实习，建立自己的人脉，甚至在这家公司留下来呢！

一切皆有可能，生活又重新可爱起来 ，真是感谢上苍的眷顾。

让雁飞兴奋的还有一点：在班里，她这可是唯一的制服套装系列，会让她的毕业设计脱颖而出！

本来她已经感觉自己要奄奄一息，慢慢在沙滩上晒成干尸，但偶然得来的机会，让希望重新回到了自己身上。她又听到了鸟语，闻到了花香，花开的声音就算在夜间，她也听得到。世界由黑白变回彩色，充满活力。

跟班里其他女同学一样，开始实习不久后，董雁飞也被拉到公司的各种酒宴上应酬，作为人美才高的女大学生而秀宝，而且老总出现的次数越来越多。

混熟之后，万老总干脆把一套刚空出来的员工公寓钥匙交给她，如果她加班晚了不方便回校，便可暂时借住。据说那是飞龙集团去年新开发的楼盘，是亚运村的高档住宅区，住户以老外为主。

万老总往雁飞手掌心压下那把钥匙时，说：“小董呀，公寓是新的，里边缺什么就跟我说啊，辛苦了！”接过钥匙，她简直受宠若惊。

等董雁飞像一只出笼的鸟儿，飞到这套公寓门口的时候，她惊呆了。

这儿何止新，简直是豪华奢侈好不好？进了小区和门厅还有公寓内部，四处一看，这哪像中国，难道不是欧洲的豪宅吗？

把自己重重摔到席梦思床垫上，董雁飞心花怒放，简直不能相信这是真的，幸福和满足竟然可以随手拈来。

上星期自己还是个失魂落魄的灰姑娘，不知何去何从，现在算是迈出了第一步。这第一步走得太不容易，也太容易，很奇怪，那只是一条线而已。当你视死如归，你便迈过了那条线。那之后，天地开阔，你什么都不怕了。

公寓里设备齐全，连雀巢咖啡都是精装最大罐的那种。像回到了自己家一样，她优哉游哉地沐浴更衣，小口地品着咖啡……

注视着门外怒放的蓝色鸢尾花，落地窗外碧水池里两只正交颈的天鹅，她又开始笑话自己真是小家子气，见点儿好东西魂儿都出壳了，真没出息！

雁飞没独自逍遥多久，一天半夜，在豪华的公司酒会后，万老板便直接让司机把自己和她一起送回这处公寓来。

董雁飞心跳得好似要蹦出胸膛，但她不让自己露出一丝慌乱，走进门口时她提醒自己：你还有什么可以失去的？没有了。

这之后，雁飞在宿舍里几乎不再说话了，甚至可以整整一天不说话。她情愿把自己隔离开，她是一只涅槃的凤凰，何必要把自己放到鸡仔群中去？

鸡仔们不会懂得什么是苦难，来点儿风雨它们就叽叽喳喳乱跑乱叫。鸡仔们的世界只有那么一点点大，它们不会飞，跑不了太远，而凤凰的世界，却是一览众山小。

一只涅槃的凤凰有着不可抗拒的力量，因为她已经在烈火中淬炼出来。她的人生由自己来策划主宰，想要什么，便伸手擒来，这种感觉让她更为自信强壮。

区区几夜之间，董雁飞的生活发生了翻天覆地的变化。钱不再是问题，留校留京，更是某人一句话的事儿。

她感受到了从来没有过的力量和成就感，而这些，都是凭着自己的青春挣来的！

第十九章
命运在敲门

失恋

各系的实习创作告一段落，92 级将面临分配，命运强音的前奏响起。

等秦可兴致勃勃、风尘仆仆拎着特产和给利婵烧的瓷盘回到校园的时候，他不得不面对尴尬的一幕：利婵和翔子已经手拉手了。

尽管眼前这一幕残酷灼伤了他的双眼，他还是尽量从容地把景德镇的土特产拿出来，让同屋的“雕爷”们瓜分了。

然后亲手把那瓷盘子交到翔子手里，悲壮地祝福：“老炮，祝福你结束单身！”

那天晚上，他跑出去跟陶瓷的哥们还有“八百乘”乐队的同志们喝了个烂醉。第二天头疼欲裂，不管三七二十一，整整睡了一天。

周旻负责给秦大少打饭，可他什么也吃不进去。

周旻再给他倒了一缸子凉白开，看看左右没人，劝道：“算了，往前走吧。我知道特难受，我那会儿也是。你这个不算严重，幸亏伤口不深，简单清洗便可复原。”周帅把秦大少爷当病人，一副医生的口吻。

是，有些事情可以处理得很简单，但心里总会有余波未平，这就得看承受力了。

问题是，自己怎么那么没有桃花运？眼看四年的大学生活马上要结束，自己愣是没人疼没人爱！秦可窝在被子里愤愤不平。

熬到第三天，他又劝自己：其实还好，毕竟实习这段时间都是和自己班的哥们儿一起，习惯了好一段时间看不到利婵的生活，好像并没有那么糟糕。集体生活还是很快乐的，秦大少不断地重复安慰着自己。

秦可不在的日子里，利婵不是没做过激烈的思想斗争。她内心反复斗争：秦大少俊朗，温情脉脉，但是唉！还是不合适吧，女人的青春很快消逝，怎么可能把柴米油盐寄托在青春偶像、大少爷的身上呢？自己还是吃一堑长一智吧！不管怎么说，翔子厚实的爷们肩膀更可以依赖，而且他是世家子弟，他们家祖上积德荫蔽后人，怎么样也不至于穷困潦倒。

那时只有翔子在跟前，不表态也得表态了，错过这村可就没这店了。

秦可还那么嫩，他跟自己在一起感觉像一对童真姐弟，金童玉女不食人间烟火？太不真实了。俩人是注定走不到一起的……于是，利婵投入了翔子的怀抱。

如今面对景德镇归来的秦可，她也有歉疚和惆怅，但又能怎样呢？自己才刚逃出战彬的魔掌，需要一个强有力的保护伞。

又是周末，秦可答应了今天要给好几个人理发，这会儿正把工具摆到桌面上。

“嗬！行啊，秦大少啥时学会铰头（理发）了？”“雷忽悠”跑来串门儿。

“天生就会，被你说得跟砍头似的。砍头不要紧，只要主义真。”秦可一边讨论砍头一边儒雅地笑。

“我咋不知道捏（呢）？”“雷神”惊讶道。

“那你也没问呐。”秦可拿块粗布擦着剪刀，假笑。

阿黄晃了进来，大咧咧往秦可旁边的椅子一坐，说：“继续郭富城款！”

“哦，那个好剪，把饭碗直接扣脑门即可下剪子。”“雷神”教唆道。

“去，‘雷忽悠’！你还不赶紧找你媳妇去！”阿黄赶他。

“雷神”跑了，“毒舌君”秦昊又跑来添乱，三个陶瓷男一阵臭贫。

“好了没有哇？我脖子都僵死了！”阿黄开始在凳子上扭来扭去。

“再忍忍，忍忍，马上就好。”秦大少柔声细语。

“你都剪仨小时了！”阿黄抻脖子嚷嚷。

“你头骨比较复杂，形似恐龙。坐好，你再动，我剪子卡到耳朵啦！”秦可恐吓他。

“阿黄，您这头骨起伏不定，他得好一阵摸索。哎，没准把耳朵咔嚓削平，又发动一新种流行！”秦昊说，毒舌就是毒舌啊，谁都治不好。

“‘毒舌郎君’！先把你耳朵给咔嚓掉，我参考一下呗？”阿黄给气歪了鼻子。

劳燕分飞

梁捷从深圳回来的时候，班里只剩她一个人没做论文答辩，她没精打采地做完答辩，就算完事了。

大家都在为毕业找关系、找接收单位而奔忙，捷子是那个不用忙的人，她想去哪儿都没问题，因此极其无聊。

宿舍里根本没人，孤凄冷清。她毅然跑上男生楼，拉周旻到留学生餐厅吃晚饭。

“请我喝小酒吧！我跟尚羽散伙了。”捷子看着窗外的盆景芭蕉树，突然又来了一句：“你说这芭蕉树到底是真是假？北方怎能长出芭蕉树来？”

“别打岔。你俩真分啦？为啥？”周旻有点不安，手放哪儿都不合适。想劝，又不知从何劝起，毫无准备。

“真的。尚羽想让我回深圳，可我想留京，想周游世界。他说了些狠话，说我这人坏又不够坏，好又不够好，很可悲。我也大骂他凡事围着他那个弟弟转，变态，双方恼羞成怒。”

眼看她眼圈泛红，周旻心里一阵莫名紧张。

“哦……我是觉得，你俩说的都是气话。现在你还在气头上？”他问了句不合时宜的话。

“气话是积怨，冰冻三尺非一日之寒。你看他什么时候关心过我？你看他毕业之后有几次来看过我？每次打电话问他在干啥，总是说在忙他弟的事。他弟这他弟那，把我放哪儿了？他干脆跟他弟过得了！”捷子激动起来。

周旻赶紧息事宁人：“哎没事没事，想开点嘛。你是他媳妇，他弟不就是你弟了吗？”

“我干吗那么宽容？我不是他媳妇，我还没嫁给他呢。不喜欢的事情为什么非要装？我不要。”

“呃，那是因为你从来用不着为谁装，被惯出来的。”

她急躁起来："我就任性，就不管不顾，就为所欲为。"

"不是我说啊，小捷子你有点任性，就一点点，我听说太率性而为，会死得不好看。"周帅嘴里说着难听的话，脸上带着微笑，据说瓶蝎喜欢斗法，两者间的魔劲在使坏。

"死就死，来世再做人，下辈子又重新开始了，谁也不认识谁。所以这辈子想做什么就做吧。"她扬扬头，硬气得很。

"人也有很多种做法呀，比如大家都想做的那种。但我欣赏你够真实，够猛。"周旻觉得自己又说了第二句不合时宜的话。

"你还能折腾出更好的赞美词吗？"捷子扬脸从上到下俯视他。

"呃，晚上我给你写首赞美诗吧！"周帅低头。

"然后单膝跪地念给我听，像法国人那样？"她眯眼看他，好像在说，你作死啊？

"真贫，梁倔！"周帅赶紧虚晃一招太极。

"你管得着我吗？管好你自己得了！对了，你跟小蔷咋样了？是现在进行时还是一般将来时？"她要换主题了。

"我俩？早就是过去时了吧！自打她骨折休养，我都没办法去她家看她，人家爹妈看护得那么严实。"

"这都是借口吧？肯定是你心思不到位。难道你还旧情难忘？你不会是个食古不化的痴情郎吧？"捷子紧盯着周帅。蝎子就是蝎子，开始蜇人了。

一阵尴尬，周帅忙着遮掩："哪儿呀，我早就踏正步向前走啦！"

"那你倒走一个我看看呐！"捷子不依不饶。

"这不小蔷考研嘛，压根没工夫搭理我，所以我就孤家寡人了。"周帅手叉额头，不知是难堪还是不打自招。

"我说呢，这帮人都上哪儿去了，原来考研考疯了。"捷子恍然大悟，接着直摇头。

考研不是没闪过捷子的脑海，只是那么一闪，就被掐灭了。因为她明白自己是个不喜欢学校的人，总感觉一辈子闷学校里太枯燥太没劲。她想到外面的未知世界去探险，在校园和书本中埋头探索，根本不是她的个性，北京和上海也都满足不了她。

虽然论文被收进了全校历届《毕业生论文精选集》，又被系主任袁杰英多次鼓励考她的研究生，但捷子左右摇摆了一下下，又回归原位去了。

其实上大学前，捷子曾买过袁老师一批设计书，还按照书上的地址给袁老师写了信，但没有收到回信。那倒激发了捷子，她想：好吧，不给我回信，我一定要考上，去看看袁老师到底长啥样子。没想到，后来她得到袁老师很多辅导和鼓励。

可如今作为系主任的袁老师已进入半退休状态，服装系的事情都由刘副主任接管，而捷子跟他并不熟。刘老师是翩翩君子，随和友好，但在系里没有特别青睐她。

各方面的原因直接造成捷子最后打了退堂鼓，干脆对考研作壁上观了。大家紧张留校时，只有她在任性散漫。

徐小蔷和“石头”两人就大大不同，紧锣密鼓地发功考研。虽然总分达标，却因英语单科成绩不够，双双被刷下线来。

很多争留校名额的难兄难弟，都因为外语不过关被刷了下来。学院光卡一个外语分数，立马横扫千军，厉害。

煌煌考研也是系主任的属意，业务上他是系主任的得意门生。煌煌平时政治觉悟没得说，政治当然考了高分，唯独英语掉了链子！

之前他曾特意花钱到北大的英语培训班苦读，本来挺自信。无奈英语考试之前那天晚上，屋里突然有几位女生留宿，同屋某些好兄弟拉上床帘直接“闹萌”，把煌煌闹得一宿没睡。

第二天考英语，煌煌晕乎乎、懵懂懂地进了考场，最后考了个 39 分，可研究生的英语分数线是 50 分，煌煌只能望墙兴叹了。

风云骤变

在众多考研的姐妹纷纷落马时，却有人以绝对高分第一个被录取，这人就是不凡的才女凡凡，“雷神”的媳妇儿。

但是人的命真是很奇怪很不讲道理，明明你已经在某个轨道上流畅前行，命运依然可以像列车一样随时变轨出轨，把你甩出去。

正当老雷两口子忙着庆贺时，一纸匿名状纸，递上了行政楼。凡凡被拽下了状元的位置，狠狠摔在地上。

匿名状无情地揭发：赵亦凡在班里跋扈张扬、恃才傲物，平时招蜂引蝶，作风随便。若干名同学联名请求校领导取消她的研究生资格，否则不服气，要往上告。

校方权衡利弊，没办法，只好以思想品质不达标为由，取消了凡凡的研究生资格。瞬间风云骤变，令人目瞪口呆。

“雷神”知道自己媳妇儿平常比较爱表现，但品行也不至于低劣到被告状的境地呀，这不空口白牙、信口雌黄嘛！

其实“雷神”心里门儿清，自己媳妇儿人不坏，但肯定是平时太爱表现，才气外露，惹翻了一些看不惯她的人。一旦有机会，人家就想给她猛踩下去，并痛打落水狗，让她这辈子都要记住教训。

中国有句话，叫“会做人”，这仨字包含了很多游戏规则、行为准则。

如果你在中国，跟中国人混，又不想遵从哪怕尊重这些规则，那么很危险。万一你拿不住大顶，即会墙倒众人推。再者，枪打出头鸟。你要出头，千万要做好被瞄准射击的准备，还要想清楚，这样中弹倒下值不值得？

“会做人”，不但需要智商，更需要情商，光有智商实在太不够。很多疯子都是高智商，但却是生活的 loser（失败者）。

情商，即是与人交往的技巧，站在多角度看问题。至少跟别人说话交往时，能切换到对方的角度看事情，像广角相机那样。

情商，甚至是放下自己所有成见，能够想知道或者包容其他人的观点，能够理解别人的情绪，能够深刻理解“存在即合理”的智慧。会做人的人，都是人精。

凡凡虽然智力超群，却从没钻研过人的心思，这也和她的生长环境大有关系。

诚然，如果你自小的家庭环境允许你为所欲为，别人看你的脸色比你看别人的脸色多，那么你自然没有站在别人的角度看问题的习惯。少了这种习惯，便少了一种在社会上混的能力。

这种顺向生长环境造成的恶果就是，别人一直惯着你，于是你便一辈子喜欢惯着自己，一切以自己为中心。这就有点悲哀了，因为社会和地球的中心并不是你一个人，不管你愿不愿意。

一夜之间，凡凡消瘦得眼眶下陷，在宿舍抬不起头来。“雷神”心痛得要命，四处探听到底谁是告密者，想揍人。最后还真让他给查出来了，但凡凡却不愿意讨回公道，阻止了“雷公”愤怒的报复行动。

凡凡说："啥叫公道？世上没有公道这回事，只要认清了这一点，就什么都好办了，什么都能接受。"一夜之间，她仿佛大彻大悟，果然灵气足。

说归说，自命不凡的凡凡夜里开始失眠。一瞬间，她和班里人屋里人四年来的种种是非纠葛，如潮水般涌来，眼泪渐渐弥漫了她的视线。

她早就清楚是谁告的状，除了同班和同屋看她不顺眼的某几位冤家，还能有谁？告黑状并非第一次，她们简直告上了瘾。只是这一次，确确实实改变了她的人生轨迹，因此也特别无情。

凡凡万万没料到，平日里自己一些没肝没肺的话，说出来是过足了瘾，却被人记恨，最终被用在刀刃上。这等于是她引颈自戮，断送了自己的大好前程。

但最让凡凡想不通的是，不管她说过什么，那些话只关乎她自己，并未伤害别人，怎至于此？

最后，自己掏心窝子的那些私己话和日记，全被爆出去当笑话，甚至有男生背后说她怪话。慢慢地，凡凡才知道自己不招人待见。只能怪自己，傻不拉叽地信任每个身边人。走成今日这样，不是自己缺心少肺，又是什么呢？

赵亦凡泪眼婆娑，深受打击。她咬紧嘴唇，警告自己：哭最丢人了，赵家的女儿不能没种！她把湿透的脸深埋进枕头，却喊停不了愤怒的头脑。

这帮告黑状的孬种，她们最看不顺眼的，不就是我的好脸蛋、好身段和好成绩吗？学霸，一般注定只能是戴酒瓶底眼镜的恐龙女。

若你貌美如花，就不该再处处高人一等，更不该把这些东西晒到桌面上来。这个社会就是这样，哪个学院里的小社会都这样，所谓枪打出头鸟。你还有胆探出头来，你不活该吗？

枕头上有些粗大的线头很扎人，凡凡使劲把脸在上面来回蹭，直到痛彻心扉，也不想停。

清晨时，她在麻木中一点点衰弱下去，她不想再早起朗诵英语，不想上操，不想……

她悲哀地轻叹：原以为世界是一片欢歌笑语，但世界偏偏是这个阴险、防不胜防的样子。欢歌笑语是面具，谁看不懂谁是傻帽儿！

这以后，凡凡安静了，失去了笑容，私下里多了心事，不再频发豪言壮语。

"教训都是学来的"，这话多经典啊！有些话，她赵亦凡从此谁也不愿再分享。

她变得沉默，郁郁寡欢，她选择不再交流，拒绝信任。

而老嚷嚷着非要教训人的“雷神”呢？

他得强把这口恶气咽下肚，但不忍天天看伊人独憔悴。于是和两家家长磋商，集中资源，动用一切可用的关系，帮媳妇儿跑留京的事情。

老雷在中间跑到腿都短了，总算跑出点眉目来。为了媳妇儿那张如花的笑脸，他觉着值了。凭着两家人对各层关系的疏通和打点，凡凡的户口正式落入了北京。

毕业后，她被安排进了北京考古研究所，负责做资料档案研究整理，尤其是跟古典壁画有关的资料。虽然屈才了，但凡凡自己愿意远离人群和是非。再说她一直对考古感兴趣，经常挑灯夜读，研究这个古玉那个壁画的资料，入迷得不行。

有时夜深人静时，凡凡也会从书卷中抬起头来，顾影自怜，玩味班主任的临别赠言——“十年后，你再想今日的恶，已经不会再恶。因为历练是人生本真本义，是凤凰，就要做涅槃的凤凰。”

她禁不住问自己：我到底做错了什么？我向来光明磊落，伤害过谁得罪过谁？为啥大家就偏偏容不下真实的一个我？我只想做真实的自己而已，这个要求竟然过分？

为什么，无争的锋芒，会被某些人视作进攻她们的武器？这些人因而要对我大加杀伐？好吧，我不讨人喜欢，但一个人就要为讨人喜欢而活着吗？为什么一切必须虚假和伪善？

凡凡越想，越是觉着一塌糊涂，脑子一锅粥。

最后，她只好安慰自己：也许蝎子只适合横行于黑暗山洞中，偶尔海阔天空发发呆，应该尽量少和人接触，因为棱角峥嵘。

有一天，我会觅得一方净土，远离是非，与人无忧，一个人好好发发呆。在这世上安静无争，一笑泯恩仇。

凡凡在漆黑的夜里发出重誓，拿出了她的最佳解决方案。

四分五裂

毕业时，“山洞”的租期也到了，小宝不得不搬回到宿舍。

这才猛然惊觉，宿舍里原来的好哥们儿似乎和他有了某种隔阂，人家说笑话都是带典故的，自己已然听不懂了。你老不在，人家说话都直接越过你，当你不存在。

而且从孤零零的“山洞”一下子搬回人多嘈杂的八人宿舍，注意力难以集中，一时半会儿很难适应！过去同屋的好兄弟，现在反倒和史论系的祝杰更亲，好在祝某被自己挤到了隔壁屋，不然更郁闷。

最最郁闷的是，小宝考研不遂。家里父母双亲已经年迈，他们强烈要求小宝回到身边，那是河北的石头城。

万般无奈，小宝生生把自己从考研的队伍里拉了出来，好多年后想想还痛。

在大家都忙于找工作，削尖脑袋要留校留京的节骨眼上，“八百乘”乐队当然是四分五裂，面临解散了。

这对创始人吴昊来说，真是肝肠寸断的事儿，但他想通之后也就不纠结了。因为“八百乘”已经发光发热，这就足够了，世上难道还有什么不散的筵席吗?

再说了，自打大一无聊，开始在宿舍里打架子鼓，说实话，纯粹就是打着玩，炫酷玩帅，释放多余的荷尔蒙。真较劲儿把情绪放进去驾驭乐队？不灵！

人生本如此，旧的不去，新的不来。放开胸怀去迎接新的，没啥不好，毕业后的新生活还是让人满怀期待的。

在离开校园前，“八百乘”为大家做了最后一次表演。除了演出经典曲目，狂吼滥叫一番，最后利婵还献了首新歌《离不开你》。

这时大家都有点不管不顾了，人群全站了起来，把灯关掉，用自己手里的打火机点亮了毕业告别的气氛。

利婵更是没心没肺地献词:“谨以此歌，献给爱得神魂颠倒、失去自我、无法自拔、傻不拉叽、二乎乎的剃头挑子们！”

这歌又是毛阿敏的原唱，她的歌都适合利婵的声线和感情宣泄。利婵此时此刻在离别气氛的渲染下，唱得掏心掏肺真诚坦荡。

“我爱你小利！”黑压压的人群中传来浑厚的男中音。

“我也爱你！”利婵借势向下面做飞吻状。

老规矩，演唱结束后，樱桃帮又呼啦啦跑出去聚会。这次是涌进晖哥和“酒神”他们合开的餐馆，大吃大喝，感慨人生。喝高了，派人跑腿到街对面买来一堆大背心，穿上后，互相用麦克笔在身上签字留念。

醉后的狂草别提多写意了，想签在对方身体哪个部位都没问题。在活体上签字跟挠痒痒似的，受签的那人被挠得扭来扭去，像刚钓上来的大活鱼。

疯狂结束后是死一样的沉寂。“八百乘”乐队正式解散，樱桃帮约好次年聚会，大家纷纷离校。

利婵不可能甘心回山西，所以选择了当北漂，当然也是因为有老炮翔子当靠山。此后又是一番惊涛骇浪，有些人命里注定不平静。

至于翔子，他不用挖空心思。临毕业时他已经接了一票大活儿，就是给四川某机场做一超大金属壁画。

他事业爱情双丰收，正春风得意，就此信心满满走出校门，迅速融入大门外北京东三环的泱泱人流中。

灾难性的谢幕

乐极生悲，“八百乘”告别表演过后没几天，发生了斗殴事件。也可能是大家在校园竞争中积聚了某种压力，需要宣泄出来。

这是个月朗星稀的夜晚，正哀悼“八百乘”乐队的吴昊，狂打了一通鼓后，拉上祝杰和“疯子”外出觅食。

学校后门小饭馆里的鱼头汤挺好喝，而且这鱼头馆也是大家唯一吃得起的地方。可没想到，在那儿碰到了红庙那帮京痞子。

红庙有一帮人经常喜欢敲个锣打个鼓，跟“八百乘”比拼时谁都不服谁，曾几次捣乱乐队的排演，可能他们对“八百乘”的招人表演满肚子羡慕忌妒恨吧。

吴昊第一次在鱼头馆被开瓢，也是这帮人干的。

此刻正是仇人狭路相逢，分外眼红。小饭馆里只有六张小破桌子，本来就挤。对方有十来个人，仗着人多势众，开始挑衅生事。

双方一开始的语言挑衅很快变成斗嘴，接着又升级为谩骂和推搡。

混乱中，对方一醉哥们儿突然操起桌上的红星二锅头瓶子，“呱唧”，又砸在了吴昊头上，顿时鲜血喷溅！“鼓手”不幸二度被开瓢，被同一拨人。

“疯子”仗着胸肌练得好，从人群中把满头是血的吴昊拽出来，架着他就往学校跑。跑到宿舍，半个身子都被血染红了。

正好张晶莹和杨国胜在宿舍里，就把浑身是血的吴昊交给他俩送医院。自己又跑去找弟兄们，替昊哥报仇。

祝杰也紧跟着一路小跑，回来叫人。从学生会找到了老雷、老景、晖哥和“邱帮主”，这帮家伙正“蹦嚓嚓”在跳舞呢！“梁山好汉”们正为毕业憋着一口气，一听战况就炸了锅，十几条汉子呼啦啦冲往鱼头馆。

老雷、老景跑在最前面，上去就气势汹汹“噼里啪啦”一阵乱砸，可忙乱中一帮人还是被对方打散。老景一瞄自己兄弟频频挂彩，痞子们太专业太不惜命，赶紧抬腿狂踹出一条血路，回身大喊：“兄弟们，撤！”

祝杰在前面拿凳子和对方对打，瘦猴身板跳来蹿去、上纵下跃，很是灵活。

“疯子”捡了块砖头，给打祝杰那小子头上砸了一砖头，拽起祝杰就跑。这俩拔腿狂奔，只听见背后酒瓶子凳子“丁零当啷”一路砸将过来！

当时“毛孩”刘抱山正美美跟小卖部喝汽水。听了一耳朵自己人被打，就“啪”扔掉汽水，从小卖部旮旯里抢一大扫帚冲了出去。刚出门不过五十米，大部队就抱头鼠窜退回来了，说是敌人太过于凶残狡猾，快跑！

“毛孩”还没来得及反应，后面追兵已经“唰唰”闪到了跟前。“毛孩”同学立马调转扫帚，开始低头扫地，与对面冲过来的人擦肩而过。

后来听说那帮痞子追上来，把沿街的出租车顶都砸了！

是夜，朝阳医院急诊科里，张晶莹和杨国胜陪吴昊缝了好几针。“疯子”因为把对方也开了瓢，猫在宿舍里好几天没敢出去。

这场空前绝后的大群架，让糙男们绷紧的神经再度绷紧又放松，最后完全散了架，瘫倒在地。就像很多话剧到最后一幕的倒地谢幕，这完全是给自己的四年大学告终，画上了一灾难性的句号。

之后，大部队就一拨拨撤退了，92 级众大神纷纷各奔西东。

逃兵

情场失意的秦可，更像个逃兵，早在群架之前便匆匆忙忙逃离了校园。

在推推搡搡、熙熙攘攘皆为利往的 1996 年留京留校斗争中，秦可什么也没做。无为而治，成了他的个人信仰。

待在残酷斗争的环境中，会让他感觉很混乱。人心惶惶，他只想找个清静地方好好想想自己的未来，决定趁这个空当，自己把五大名窑跑一遍。这雄心壮志刚一出口，系里好几位教授便纷纷支着儿，让他去到哪儿找谁谁谁。

于是秦可领了一本中央工艺美院的信纸，让教授们写介绍信，去教务处盖了一堆公章。

这四年来，无论哪个系都有批老教授，全是各行权威，正好在秦可毕业时此起彼伏退下去，也算是赶上了。

刚拿到毕业证，他就揣上那叠各位大教授的介绍信，头也不回地提前离开了学校。

一路走去，还真神了。

秦可每到一地儿，人家每每刚听他提到某教授的大名，再一看介绍信上“中央”这了不得的抬头，都摆大桌面，拉他吃喝玩乐。关键是把好东西拿出来，陪他看各车间陈列室，那感觉就是——来了重要人物！

到河南汝州时，看到当地仿出了两只汝窑弦纹尊秘色瓷。一只还残了，提到另一只，厂长特骄傲，说送给某名人了。

离开汝州时，秦可很不幸，把证件和钱包丢了。

结果是当地汝窑专家们马上发动群众一通狂找，当天下午就收到一封信，里边是他的证件和钱包。信里还附一纸条，劝失主下次小心，不要给小偷可乘之机。

当时的社会，就那么单纯可爱。

第二十章
各奔西东

北漂

冒着白烟的酷热中，秦可挤进臭汗淋漓的南宁招贤市场。

街边小摊上，窦唯的歌声不识时务地穿透耳膜——“人潮人海中，有你有我，相遇相识相互琢磨。人潮人海中，是你是我，装作正派面带笑容。不必过分多说，自己清楚，你我到底想要做些什么……我无地自容。”

很巧，秦可在这儿碰到了以前广西艺术学院的画友和他的哥们儿，居然听到一条跟自己有关的小道消息：今年从中工本科毕业的广西生源，轻工部将发往南宁工艺美术厂。

老天，这说的不正是本少爷我吗？南宁工艺美术厂！秦可暗笑。这就是无为而治的严重后果，也没那么糟嘛！哈哈，至少没给发配到柳州铁路画黑板报。

他一边擦汗一边挤出人群，跑到路边摊大吃西瓜。每个西瓜都跟枕头那么大，比枕头还长。瓜大的好处就是汁水澎湃，咬一口，血红的瓜汁就溅了一胸膛，让他看起来像个伤兵。

呆望着热气蒸腾、川流不息的南宁民族大道，秦可想：其实小城市有小城市的好处，没那么多讲究。

小地方的老百姓，一年最大的盼头就是过年看看中央台的春节晚会乐和乐和；充分感受歌舞升平、国泰民安、无忧无虑的盛世繁荣。

有魄力的人都下海当个体户，个体户光荣啊，减轻国家负担而给国家 GDP 增值。不过如今个体户的名头好听多了，叫自由创业者。秦大少自问不像个创业者，但至少手握名牌大学的文凭，谋个职位总该可以吧？

于是，秦可终究没服从分配乖乖去南宁工艺美术厂报到。优哉游哉过完了半年漫长暑假后，他又揣着毕业证回到京城来。为了这个他已经深深痴迷、血脉相连的皇城古都，他勇敢地加入了“北漂一族”，父母反正也拧不过他。

回京后，他一头扎进了鼓楼西大街的大石桥胡同，这里边一处风雅的四合院有三间宽敞明亮的屋子，跟原来同屋的兄弟周帅又变回同屋，谁说人生不奇妙？原来秦大少的回归，也正是周帅的召唤。

这四合院的房东正是老炮翔子。老炮不愧是老炮，祖上给他留下了至少三处地方，狡兔三窟。这一处就是他最用不上的窟，老炮一不小心露了他地主的底。

小宝最终回到河北，进一家刊物当美编。临走时，“雷神”和老景都没法儿理解他。

老景没好气地连珠炮发问：“你回河北干哈呀？合着你小子来中工奋斗四年，就为了回去建设石头城呀？”

“雷神”更气，眼珠子都要甩桌上了，嚷嚷道：“你好歹电脑都买了，也学了，法语、英语书都啃烂了，愣闹着要回石头城？脑子进水了吧你啊？”

不顾好弟兄们的阻拦和劝告，小宝还是抱着他心爱的电脑，心一横，走人。本来嘛，人各有志，你们走你们的康庄大道，我走我的独木桥。你们一个个奔罗马、汉堡、巴塞罗那、巴黎、纽约和东京，那是你们的事儿，我只要我的石头城。

其实小宝不是不留恋同学们和京城，但是做人总得讲点儿良心和责任。爹妈的话怎可以不听？一把屎一把尿给你养大，供你读书，容易吗？可怜天下父母心哪！

带着某种失落和不甘，小宝回到了生养他的石头城。

相逢在花花世界

周旻其实也是完全意外，才辗转回到京城的。

毕业时装雕系的分配是零，系里只推荐了两位三好学生林胜煌和李先飞，其他人只能自谋职业。

正好周旻听说装潢系有一个双向选择的机会，是一家国营广告公司。说白了就是单位选个人，个人也可以选单位，一切面试后定夺。装潢系居然没人愿意去广州，周旻于是自告奋勇地飞去广州这家公司面试，面试后他等了很长时间也没消息。

当时周旻滞留在中工的男生宿舍，也是在等京城的另一个机会。等到校方都开始赶人了，广州的通知才下来，他就直奔广州了。广州那家国营广告公司管理很奇葩，要不没事干，要不把你忙得没时间上厕所。

正在他郁闷的时候，谁想到生活给了他一个出路，而给出路的人恰恰是捷子。

这两人自打毕业时留了电话，一直没联系过，没承想几个月后，竟然在广州一个工艺美术博览会上偶遇。

当时旻捷二人同时惊住，隔着一堆已经看不懂的艺术品，呆望着对方几秒钟才双双大叫起来："怎么是你啊？"

看完展会，俩人先泡大排档后泡洋酒吧，广州那花花世界也不是盖的，要多任性都能满足你，可劲儿造吧。

于是当时彷徨于"脚下的路正伸向何方"的周旻，跟昔日红颜知己大倒苦水。紧接着，周帅很快就被捷子的各种怪话刺激到了中枢神经。经不住她的蛊惑怂恿，屁颠颠跟着她回到了北京。

其实捷子也是满世界闲逛，正好到了广州。如果没巧遇周旻，很可能没想起来要找他，主要是她都不知道他人在广州。

没有这场偶遇，就不会有后面的一连串故事。

所以说人的命，确实受某些主观客观的因素和机缘所主宰，说成"天时地利人和"也不为过。

当时四处游荡的捷子正好也想念京城，听了周帅的就业经历，马上想拉他当个伴儿回京。再说了，不就一份工作嘛，也叫个事儿？既然他那么犯愁，让老爹在京城找个单位给他塞进去，完全是小菜一碟嘛！她当时直接跟周帅说了出来。

捷子没食言。很快，周旻就进了北京某国营广告公司，专门负责策展和做博览会，各种机关单位的保障都有。

这事儿秦可听了总觉着特神奇，很多人削尖脑袋都做不成的事情，某些人一句话或者挂一个电话就成了?

“别傻了，这算啥呀？不管怎么说，反正让我又回到了皇城根儿，老天长眼了！”周帅洒脱不改。

秦可很好奇：“捷子到底在干什么行当？”

“她打进中央电视台了，呵呵。”周帅笑得暧昧。

“啊？！她不会去当播音员吧？”秦可做鬼脸。

“她主做跟时尚有关的节目策划，好像干得热火朝天。说白了，摊上那么个厉害老爹，啥都能干。我看她也是一时好奇而已，估计纯属玩票。”

周帅耸耸肩，说得轻巧。

“有个好爹，果然比什么都强啊！”秦可叹了口气。

周帅摇着头，说：“啧啧，瞧你这酸不溜丢的，人生来就不平等，接受这一点，其他都迎刃而解啦。你工作有眉目了吗？要不跟捷子控诉一把？她挺够意思的。”

“对你周帅，她是够意思，对别人就不一定了，我跟她又没交情。”

周帅瞪眼，说：“那你不靠朋友，打算咋办？天天买一堆报纸，挨个儿翻哪？”

最后还是在周帅和捷子的关心下，秦可去了京城一个艺术品进出口公司，他主做陶瓷出口这一块，很对口。

捷子闲时过来找他们玩，有时自己开车，有时是司机接送。

翔子和利婵也偶尔过来，他俩住在相隔不算远的东四某一文明居所，听说这俩好事将近。

面对他俩，秦可的尴尬感消失了。主要是进单位后，很快，一位才貌双全的女同事便向他伸出了橄榄枝。秦大少爷有生以来，终于正式恋爱了，谢天谢地谢祖宗！

秦帅和周帅二人共一院子各占一屋，女朋友来时各过各的，没女人来时哥俩合着过。碰上捷子和翔子两口子来了，大家小聚一把，有同学偶尔路过歇脚，就大聚一场。

总之，人多时热闹一下倒是惬意，在某种程度上还保留着大学的集体生活，跟婴儿不愿离开襁褓是同样的道理。襁褓里多舒适多温暖，干吗要长大?

周帅似乎没啥固定女友，有时带些艳丽女子回来，花枝招展没几天又都不见了，总之生活不规律。

有一天，秦可忍不住问周帅：“你跟捷子，你俩不那啥，试试？”他始终对旻捷的关系怀着好奇。

“试啥？我俩是哥们儿，有什么话都直接说，太熟啦！”周帅摇头。

“鬼才信，我不信男女之间有天真傻痴的纯友谊。明明你喜欢她，她也喜欢你，你说你俩咋不肯承认呢？没劲！”秦可挑衅道。

“因为我俩都相信男女之间的纯洁友谊，我俩就非要证明给你们这帮俗人看。”

“你就为证明活着呀，你累不累啊？”秦大少明显不买账。

“不累，我享受得很。”周帅笑着，脸上一半火焰一半海水，白牙和酒窝在阳光下扎眼得很。

胡同串子

老炮翔子祖传的鼓楼西大街小院简直太好了。

这胡同名叫大石桥胡同，一进来是窄小的旧红门，门楣上有精美的石刻雕花。穿过幽暗凉爽的过道，眼前马上豁然开朗。

小院里有一株明媚的丁香花，还有个小小的葡萄架，院墙外有好几棵洋槐树。四五月时槐花香气阵阵飘进院，初夏更有那紫丁香馥郁满屋，夏末有酸酸甜甜的绿葡萄。生活真的不能够太好了！

秦大少和周帅俩人没事常歪在葡萄架下纳凉喝冰镇啤酒，大谈国家大事，小论单位奇人怪事。饿了就串胡同找特色小吃，好不逍遥，形似北京人说的“胡同串子”。

老炮祖上积德，而且他愿意把这院子平价租给老同学，真是够意思。这俩人享受着胡同文化，说起这一茬，就感激得涕泪横流。

旧鼓楼大街历来是个繁华地带，曾是北京最古老的商业区，因为处于皇城正后方，刚刚好是“后市”的重要组成部分。

此乃1271年元大都建立后，根据帝都必须“左祖右社，前朝后市”的原则构建的。

可以想象旧鼓楼大街，那时路两旁曾经商贾云集，人流熙攘。胡同里云集了权贵和功臣们的高宅大院，夹杂着普通百姓的素雅民居，相得益彰，互相衬托。

翔子的曾祖父是晚清帝师，奉溥仪命入驻南书房，在这儿有个院子不奇怪。

大石桥胡同旁边并排连着小石桥胡同，24号那幢神秘的幽深大宅子就是晚清洋务运动功臣盛宣怀的府邸，据说院里有奇花异草，可惜闲杂人等进不去。那院子据说曾经还是大太监安德海的家。不知收藏着多少文物古玩，稀世珍宝。

这一带算是正宗的皇城根儿，和地安门大街相接，交道口那边还有个保留完整的历史名巷南锣鼓巷，最富有老北京风情。

大街上有众多餐馆和小商铺，护国寺小吃、清真馆望德楼全在这里。周旻兴致来时，还抱着画夹子上那儿蹲着画上两笔素描，拍点风景人文大片啥的。

托改革开放的洪福，这些皇城根儿下的老巷子在历尽沧海桑田后再度焕发青春，商业味道越来越浓，从早到晚客流不息，游人如织。充分体现了《马可·波罗游记》中描述的“万贾云集，人文荟萃”的古都辉煌。

秦大少听说过，貌似《马可·波罗游记》根本是骗人的东西，马可那家伙压根儿没来过中国，游记里全是道听途说的段子。不过那也充分说明很多西洋人来过，并对北京留下难以磨灭的深刻印象，逢人便吹。这估计是最早靠嘴皮子吹泡泡的市场营销了，其实很牛。

在这种氛围下，秦大少和周帅俩人终日游走在胡同之中，那叫一个不亦乐乎。

这儿满街是强烈的烧烤油炸味，羊肉串儿、烤腰子、烤羊蝎子、烤大肠、炸糕……从早到晚都是小贩嘈杂的买卖吆喝声，穿插着刺耳的北京摇滚和民族乐曲，还有游客的喧闹声。各种声音谱成民间交响乐，不绝于耳。

花红柳绿、安详和谐的旧式胡同文化被林林总总的各色小吃店取代，朴实的帝都旧四合院格调日渐退出了市场经济的舞台，直到后来有能人把它们包装成精品酒店。

创意代替了传统，经过改良的胡同文化在今后几十年里，渐渐成为北京新时尚的地标。

这个阶段，对于刚毕业又落户京城的幸运儿秦帅和周帅，是快活难忘的一段好日子。多少年后，在大洋彼岸想起这儿都有一股乡愁，每次回京，都要一头扎进这儿来。

那时秦可自然也经常带着女友做胡同串子，但这段恋情虽然上手快却并不长久，只维持了短短半年，真是来去匆匆。原因很简单，女方出国了，去了美国洛杉矶。

在一次展览上，她被某外商看中，疯狂追求，最后闪电结婚了。

百年好合

一只大圆苹果在利婵的艳红嘴唇和翔哥的憨笑中滚来滚去。

这对新人憋红了脸，搞半天好不容易要咬住目标，苹果却突然被眼明手快的祝杰“噌”拎高了，俩人半开的嘴唇结结实实砸了个香香的么么哒。

人群一阵哄笑，祝杰假模假式唱道：“吉时已到，速速上床，闲杂人等，门口伺候——新郎新娘快入洞房！”

其实离洞房还早着呢，新郎新娘得先敬酒才对。

新郎身穿婆娑的长袍马褂，新娘一身合体的红色旗袍婀娜多姿，俩人满脸甜笑，轮桌敬酒。

中工92级的哥们儿姐们儿，“樱桃帮”和“八百乘”基本都来了，除了阿黄。人群中，全是这帮神人们一点正经没有的笑脸。

柔风吹皱了北海公园的一池碧水，风和日丽。著名的北海公园仿膳饭庄里，一片喜气洋洋。不光喜宴是清朝宫廷名菜，伺候客人的美女帅哥也一律全身名贵的宫廷旗装。席间莺莺燕燕，花红柳绿，觥筹交错。

北海仿膳饭庄乃1925年开业的超级老字号，这婚礼简直传统得一塌糊涂！

秦可坐在人群中笑意盈盈，他和周帅还有晖哥互相敬酒，喝到爽，很快便面红如关公。他心头忍不住暗叹：唉，她终于嫁了，新郎却不是我……我那位命中注定的美娇娘，此刻又在何方？

秦大少一杯接一杯猛灌自己，回首大学四年不禁唏嘘。蒙眬中，仿佛看见那年白洋淀芦花翻飞中，一叶小舟伴着利婵妙曼的歌声，向他驶来……

迷醉中他又看到：高大的翔哥和可人的小利，总是幸运地在校园各狭小空间偶遇，浪漫竹林旁，火热球场边，排队回呼机的澡堂边。

每一次翔哥锐利的目光总毫不掩饰地望向小利，那火辣眼神真让人窒息……秦可晕坨坨地趴在桌上，莫名怅惘。

今儿真喜庆啊，女“童鞋”（同学）们都穿上了古典旗袍，一片珠光宝气花团锦簇。以前在学校时潜伏在牛仔裤和大兵裤里的气质，统统被旗袍给挖掘出来了。

利婵像只丰硕的古典大花瓶，三围突出。捷子身着玉兰花旗袍，淡雅灵秀。“贝贝”一身淡绿旗袍更胜小家碧玉。文雨像朵大牡丹，富贵逼人。凡凡宛如一株弱质的芙蓉，亭亭玉立。

这几位佳丽作为新娘的伴娘，完成差使后方入席。

“来来来，蝎子们！蜇人的毒物都坐一起吧，省得气场不对打架。”捷子一阵游说，拉人入座。

祝杰问：“被蜇过的算吗？”

“蜇人的和被蜇的都坐一起吧！”捷子笑了。

站一边的凡凡不好意思了，祝某确实被她蜇过，蜇得还不轻。凡凡也是只不折不扣的天蝎，和捷子一样。

听了祝某那敏感的一句话，凡凡赶紧把“雷神”拉过来坐自己身边，寻求庇护。

“‘鼠小强’咋没来呀？”捷子问。

“小蔷为了考托福，已经六亲不认啦！”有人答道。

“哎，连小蔷也不能免俗啊！‘石头’呢？”

“‘石头’不是被分到河北工艺美校去了吗？来不了吧。”

“她早跑天津去了，人现在特牛，在一进出口公司做羊毛毯设计。据说她的设计图纸必须用碎纸机粉碎，就怕被有心人偷出去卖给竞争的对家！”

“‘石头’的设计好卖到这个程度？羡慕忌妒恨哪。‘石头’就是‘石头’，杠杠的三好学生！哎，没人通知小宝吗？”

“我通知了，他不来。”“雷神”说，“最近我跟凡凡去看他，他还陪我们爬了两天太行山呢！”

许泉问道：“祝才子你跟哪儿高就呢？甭躲着掖着呀。”

“祝某我最背，分去了中国国际广播电台。听着挺唬人吧？做的却是临时工美编，干满三年才能转正。”

“忍忍就过去了嘛，好单位都这样。小不忍则乱大谋呀，祝兄！”许泉笑。

“您估摸着我在电台能干啥？主要是给一帮退休老干部做他们自个画的书画画册，一年出一本，闲得我全身上下长绿毛。跑去要活儿干，头儿把超大的黑板报交给我画。一天我不幸偷听到，领导准备把三块一百多平方米的户外牌子全发给我，纯手工，我立马果断辞职了。前后总共待了九个月，现在跟俺大姑沿街卖苹果呢！”

祝大神说什么都真真的，而且老有神事儿发生，啥事都有可能发生在他身上。

许泉摸着小板寸，说：“真的假的？你还真卖苹果啊？我咋没整明白呢！你卖的就是能吃的苹果？”

“这还能掺假？我卖你能吃的苹果，你给我钱，我拿着你给我的钱去换吃的喝的，这太好明白了！”祝某喝酒吃菜，仿佛在说别人。

“史论系的才子能沦落到这地步？不信！”许泉摇头。

“不信拉倒，爱信不信。”祝某没心没肺，继续吃菜，抿口小酒，回问道：“泉哥，你被扔哪山头了？”

“一个叫华为的民营通信公司，搞中国自己的高端手机开发，刚开始。回头，你们全得把手里的诺基亚换成我设计的华为手机啊，不换跟你们没完！”许泉慢腾腾地敬酒。

“没问题啊！哎，有没有人知道董雁飞上哪去了？”

“董妹妹最神秘，留校她占了名额又不留，毕业后一转身失踪了。谁跟她都没联系，绝对是攀上了高枝儿。”

“别这么说，她其实怪可怜的，一介弱女子。”

“嗯嗯，不择手段的弱女子。”

“为了生存嘛。”

说到这个敏感话题，女同学们颇为不自然，开始躲闪。

识时务的“贝贝”赶紧转移话题“老实交代，你们都封了多少礼钱？我封了50元。”

“这玩意能老实吗？其实封19块最吉利，要久，长长久久！可我没敢带头当周扒皮，而且就算每人封50，翔子肯定也亏大发啦！”捷子哈哈大笑。

大家借酒装疯卖傻，趁着这喜庆劲儿，一醉方休。

花好月圆

笑着笑着，祝杰说道：“咱年级其实成双成对的人特多，我数数啊——小利、翔子，晖峥，雷凡，‘蚊子’‘松鞭’，‘小赖子’‘于大虾’，张晶莹、‘羊过剩’。”

“‘小赖子’‘于大虾’双双东渡扶桑留洋去啦！张晶莹和杨国胜这一对儿跑哪儿去了？”

“‘奇男’老可惜啦，为晶妹妹放弃了去香港工作的机会！当时装潢系只有一个到香港华润集团的名额，系领导几经讨论才把名额给了‘奇男’。1996 年香港还没回归，去香港工作可不简单，千载难逢的机会呀。没想到这小子死活不肯去，真是脑子进水了！”

“这事儿我也听说了，后来连华润的老总都特地从香港飞来，想看看这造反的小子到底是谁，搞得系里领导都很搓火。不过这晶妹妹也真够轴的，竟然跟着“奇男”回云南建设边疆去了！”

“没错，很多人都笑这一对儿傻，不是一家人不进一家门嘛。听说他俩在云南很苦，但绝对咬紧牙关，坚持到底。瞅瞅，你们谁做得到？”

“说句高大上的大实话哈，俺们‘70 后’是中国最后一拨有伟大理想的青年了，每个人都在追求论斤约的价值和理想——我能为社会贡献点儿啥？但所有人都很迷惘，何去何从，完全看个人价值观的取舍。”

“我加盟了香港凯撒皮衣，做首席设计。一天到晚累死了，脚不沾地，挣的钱都是别人的。”“疯子”说。

“不错不错，是个发财的地儿！‘蚊子’你呢？”许泉转向文雨。

文雨优雅地抿了一小口红酒，答道：“别提了！毕业后去应聘第一个工作，刚面试完，老总就慷慨请吃饭，开始狂灌酒。还说，以后要经常这么喝，吓得我和另一女生饭没吃完就落荒而逃，再也没敢去那公司！现在正上法语强化班，想去法国留学。”

这时正好新娘子撇下新郎官，先跑来敬酒，大家纷纷站起来祝贺。

“来，婵妹妹！我祝你和炮哥哥白头到老，干啦！对了，妹妹你给分到哪儿高就了？”许泉刚敬完酒说完祝福的话，马上好奇人家的分配单位。

新娘子牙尖嘴利：“还高就呢，咱学校把我分回山西小村的羽绒服厂，你说我能去吗？还不被鸡绒鸭毛呛死才怪！”

“去了你就成村里的小芳，永远留在了被遗忘的角落，俺们炮哥肯定悲剧了。”许泉哈哈笑道。

邻桌突然传来一阵爆笑，原来是晖哥变着各种花式怪招给新郎官灌酒。

众人侧耳细听，只听晖哥说：“翔哥你还别不信，真有姓别的。那天我在美术馆看见一系列牛气国画，全是长着羽毛的虫子，游在水里，屁股上插玫瑰花。一看底下标签，画家名字：别叫。”

晖哥的小广播又引来一阵哄堂大笑。

“现在画家真多，画什么的都有。”

“俺们晖哥一喝酒，马上成仙了！”“雷神”呵呵乐。

“蚊子”边捂嘴乐，边低头说：“一会儿大家趁晖哥不留神，给他扔水里啊，助助兴！他水性好，当鞭炮给他扔出去听响儿！”

大家伙连连点头赞同，这帮人爱耍宝，唯恐世界不乱。

“小宝要在就好了，让他再次落水。”祝杰念叨。

“还是晖哥合适，体量大、声儿响、水花高！”捷子不怀好意地笑。

祝杰连连摇头：“可怜的晖哥！你说人晖哥咋得罪你们了？盘丝洞的妖精们一个个要合谋整治他。”

“你再同情，连你一起给扔水里，哈哈哈！”

“嘘——搞阴谋哪有这么大声的。这要是宫斗，你们这种斗法早死翘翘了！咱得背着峥峥，她肯定护着她家男人。”

“没事儿，大伙看我眼色行事。”“蚊子”眨眼。

酒过三巡，果然等来了绝好时机。

趁着晖哥和“牛屎哥”靠在湖边廊柱上互相调侃，“蚊子”领着姑娘们上去敬酒打招呼，一不小心都撞到晖哥身上。可没想到人家晖哥体量大，一下子没进水。

“蚊子”急了，临时猛拽一把“牛屎哥”，把刚被撞得一个踉跄没站稳的晖哥生生给挤进了水里。

晖哥落水大叫一声“哇——！”后面的字没喊出口，上半身已经栽进了水里。

“牛屎哥”一看，又内疚又童心大发，一个猛子扎进水里，去拉晖哥，可晖哥那体量哪是他小小“牛屎哥”拉得动的？“牛屎哥”只好过把瘾就急急爬上了岸，等晖哥自己一站起来，水才到胸围线。

那边厢，峥峥听说爱郎失足入水，赶紧急赤白脸跑过来，一看晖哥的狼狈样就疯笑：“哈哈哈，我都看见你的咪咪啦！”

夜色如水，星朗月明。闹婚宴以新娘子高歌一曲《花好月圆》完满结束，醉鬼们真是听得裤子都要陶醉掉了。

这一天是 1997 年 7 月 1 日，党的生日，也正好是香港回归日。电视里每个频道都在播放回归盛况，唱颂党的丰功伟绩，民心大慰。想当年，老蒋也曾开口向丘吉尔讨要香港，问题是光凭那时候的国力和声望，谁理他？

慧眼独到

鼓楼大街上，雪花妙曼地盘旋飞舞，洋洋洒洒、落地即化。满街秃树被雪花沾染，犹如挂了糖霜，很可口的样子，看起来有滋有味。

周旻和捷子沿街走来，俩人都穿着要风度不要温度的大衣。

“秦大少怎么不肯一起出来？”捷子问。

“他是南蛮子，怕冷。”周旻缩缩脖子。

“怕冷他还定居北京！你没说实话。奉劝你少玩花招，我是女版福尔摩斯。”捷子哈着气，嘴边的白气瞬间被风雪吹散。

“嗨，我不是为了维护秦大少嘛，他又失恋了，多么不幸的大帅哥！”周旻叹完又做注解：“主要是他很痴情，拿得起放不下。嗯，很多帅哥美女都是情场失意的，天妒英才，莫（没）办法。”捷子光竖着耳朵听，不吱声。

两人走过一间灯光灰暗的小卖部，捷子突然说：“我要喝酸奶，北京的冻酸奶最棒啦，厚重瓷实！”

“不如来串糖葫芦吧，北京特色，都多少年没吃了？”周旻搓着冻僵的手。

“我最不感冒的就是所谓冰糖葫芦了，有啥好吃的？不就是一堆破山楂嘛，酸得直掉牙！”捷子皱眉。

“小声点儿，大小姐！小心店主听见了，连酸奶都不肯卖给你。”周旻低喊。

“不卖拉倒，我还不想喝了呢，我改吃别的。北京那种大肚子酸奶，喝到最后那个声儿咕咚咕咚的，活像拉肚子。”

得，想到一出是一出，而且什么都说得出口。周帅真是服了这朵“菜花”，随口来了一句：“你可真独。”

捷子还嘴：“我还就喜欢独。”

“嗯，看出来了。不是毒药的毒吧？是独到的独？”

“你猜。”

“慧眼独到，独来独往！”

“我不喜欢被猜中。”捷子嘟嘴。

周旻得意：“虽然我尽力配合彰显你，但也扛不住本人智商高啊！猜中了，也绝非有意藐视您。”

“别吹，咱俩玩个游戏，你赢了我服你。来，双方只许说一个字。要根据这字去猜对方的本意，或是能顺着对方给的字往下说，总之上下句要形成对话，而且最后还要达成对方字里流露出来的愿望。”

“玩就玩，谁怕谁呀。”周帅摩拳擦掌。

两人彼此点头示意开始，捷子先说：“你。”

“饿。”周旻指向自己。

“我。”捷子也指自己。

“吃。”周旻猜。

“啥？”捷子侧头。

“肉。”周旻做左撕右咬的野兽状。

“烫。”捷子说。

“烫嘴的涮羊肉！”周旻把二人的愿望加到了一起，又说：“看来一个字还真能解决问题，以后能省掉好多废话，就是被憋坏了！”他觉得好玩，大声笑了起来。

“刚才玩得过于简单了，弱智也能猜对，你胜之不武我也只好卖个顺水人情，因为实在是饿疯啦！”捷子眉开眼笑。“我要吃正宗的涮锅，必须是铜锅，我要看见羊肉迅速在汤里头变色，然后飞快捞出来蘸上韭菜花和麻酱，扔进嘴里。”

“真是个吃货，其实我跟你想的一模一样，嘻嘻！”

“难怪你没猜烤肉，哈哈，鸡贼！”捷子也大笑起来。

雪越下越大，这俩已经坐进了火锅店。

花心萝卜

鼓楼的百年涮锅店里，旻捷俩人吃得热火朝天。

“最近在跟谁约会呢？”周旻边擦汗边问。

“这么多肉还没堵住你的嘴。没谁，有人约会我还用找你吗？”

“不用说得这么明显吧？”周旻摇头，“之前你不是一直叨叨某位叫崔健的哥们儿？又被你休掉啦？”

“哦，早休掉啦！你说话也不用这么难听吧？”捷子伸舌头。

“彼此彼此。你跟我说他，我就跟你说某人。”

“某人？听着咋这么绕啊，是很多人还是一个人？”捷子面露疑色。

“反正是你想知道的料，真的。咱俩自打重逢以来，什么都说了，唯独没有分享情史，哈哈！”

“说得真够那啥……猥琐的！”捷子抿一口手里的热露露，笑了。

“你咋认识崔健的？刚听这名时，吓了我一小跳。”

“我也是，其实还是装绘系李永安介绍的。某天我正赖宿舍里躺着，她跑来问我，说有个叫崔健的暗暗仰慕我许久，问我愿不愿意交往。我一听叫崔健特激动，结果这个崔健不是那个崔健，是中央美院雕塑系的！”

“那后来你咋爱上假崔健的？”周旻喝了一大口啤酒后，问道。

“看在人家经常跑来咱校，坐等半天只为看我路过的执着份儿上，我答应了。

再后来约了一起逛琉璃厂，人家鉴赏古董还真有两下子，还一起喝茶聊天来着，人不错哦。”捷子像是在说别人的故事，一看就不上心。

“既然人好，你干吗要休掉人家？”周旻停住吃喝。

“开玩笑的，完全不是我要休掉人家，就是过一段时间大家都觉得无法深入，无聊了呗！如此而已，干吗要纠缠？”捷子耸耸肩，喝酒。

周旻摇头叹息：“我发现你真够没心没肺的，不知要让多少中国好男儿泪如雨下，唉，我开始可怜他们！”

“你不也一样，还敢说我？行，轮到你自我揭发啦！”

“我吧，毕业后跟‘石头’和小蔷一块儿到青岛玩了一趟。那会子你都离校了，所以没法儿叫上你。”

捷子瞪大眼怒斥道：“好啊，你居然敢一男二女玩 3P？”

“冤枉啊！我们跟‘毛孩’回的家，他不是山东青岛人嘛，所以其实一共是两男两女。”

“反正不正常，肯定有猫腻。”捷子撇嘴。

“没错，这猫腻我一直想跟你叨叨，因为其实每次想起来，我都比较内疚。”

“说出来你就不内疚了。赶紧的，别腻腻歪歪、偷奸耍滑！”

“当夜大家海边闲聊嘛，都盖着衣服。我正好躺在‘石头’和小蔷中间，无意间我一手拉着一个。”

“无意间？你是罪恶滔天啊！难怪小蔷都不理我了，原来如此！”捷子怒目相向。

“我没觉着自己罪恶，倒是有小小负罪感，对小蔷。”

“那对‘石头’是真心喜欢喽？”捷子追问，她也搞不清楚自己干啥这么气愤，恐怕是为好姐们儿小蔷抱不平吧。

“嗯，怎么说呢，当时一起玩的时候是喜欢，但没有坏心的那种喜欢。只是纯纯地喜欢，就像小时候男娃女娃一起手拉手唱歌分果果，那样子，明白吧？”

“所以去青岛玩了一趟，你算跟她俩都玩完了？”

“对啊。”周帅一脸无辜。

“唉，你这种花心男，无语。你知不知道拉了女孩纸（子）的手，是给了人家期待？有人还觉着你拉了手就要负责一辈子的呢！”捷子看起来很不爽。

“不会吧？拉个手仅仅表示喜欢和友好嘛！当时拉个手，也是对浪漫时刻的应景，哪就能和恋爱搭钩了？”周帅替自己辩解，他还真是那么想的。

“唉，你真是个非常人，我都说不过你！”捷子摇头。

周帅好奇地问：“她俩都没跟你说？居然没人告状？”

“多新鲜呐！”捷子给了个大白眼。

其实，“石头”倒是跟捷子说过，事实上她和周帅之间真的啥事也没发生，不过沙滩拉手之事确实没说。毕业时，“石头”和周帅在小松林有张合照纯属偶然。当时旁边好多人，要离校了嘛，大家逮住谁都瞎照一通。

他俩熟悉，早从十三陵写生就开始了。那之前，“石头”一直认定周帅是花心大萝卜，不是她的菜。那次十三陵写生也很偶然，当时大家都到处逛，找地方写生。

碰巧遇到了，周帅说：你也一个人画，那咱们搭个伴儿吧。后来连续两天，两人都坐在一处画画，大致如此。周石二人确实边画边聊，可实在不记得聊啥了。

不过从那以后，“石头”对周帅有了新认识，觉着他其实是个实在人，跟传说中的贾宝玉很不一样。然后根本就没然后了，两人既没聊深入也没擦出什么火花，连火星都不够。

至于青岛沙滩拉手之事，“石头”知道纯属是应景而已，她怕这事说出来会引起很多没必要的误会，所以没说，倒不是故意隐瞒。

毕业后，周帅和“石头”互留了电话，只是随着时间的推移联系越来越少。心里一直把彼此当朋友，仅此而已。

雷凡之喜

好一场鹅毛大雪。

雷鸣从方庄的宿舍楼走出来，把嘴里的暖气呵到手上，再戴上棉手套。

破自行车早冻僵了，“雷神”一边猛踹着车轴一边大叫三声，终于使用武力征服了自行车，一蹦跳上了座子。他把手里的铁篮子“哐”往车前把一拍，挂上了，这样特省事儿，能装好多菜。

天寒地冻，但给媳妇儿补身子要紧，她有喜啦！嘻嘻……想到这一点，老雷止不住眉开眼笑。

大雪很快就把他变成了喜庆的圣诞老人，头发眉毛都挂白霜了，可“雷神”光顾着欢喜了，不戴帽子不挡脸，傻得要紧。

他这会子早起去赶早市，只为了抢到最新鲜的大肉排和嫩玉米，好给媳妇儿炖汤。凡凡最爱吃肉排炖新鲜玉米，顺便看看有没有乌鸡，也给炖上。能找着新鲜的白参更好，再搁点儿枣，那玩意儿补气。

“雷神”边顶风冒雪用力蹬着自行车，边美美地盘算着。

其实还早着呢，凡凡刚发现怀孕，趁她肚子没起来之前得把婚礼办了，这也是双方家长的意思。

但媳妇儿身体不太好，可能是考研那阵子劲儿使过了头，又遭受被取消资格的打击，凡凡的小身子骨一时半会儿没调整过来。其实人的健康状态多半连着心，心事多身子骨自然发虚。

“雷神”心里想着马上要当爹了这事儿，单位领导的丑恶嘴脸就变得不那么讨厌了，昨儿刚跟他干完一仗。这领导死活跟自己气场不对，俩人怎么看对方怎么不顺眼。

正儿八经的毕业分配，把雷鸣分到了中国最大的海洋运输集团，简称中洋。

中洋，除了名号听起来仿佛跟他的工业设计专业有两毛钱关系以外，其实没啥正事派给他干。“雷神”充其量算是中洋集团下属报社里的一名美编。所谓美编，一周画 4 个插图，平常嘛事没有，闲得额头长野草！

你说你都用不上我，再说画画这活儿，坐哪儿不是画？活儿好就行了呗，跟家里画我工具还齐全呢，画得更好，带着这些想法，老雷爱跟家里画单位的插图。

再说单位里那些破笔早过时了，就那么一台破电脑，申请半年也不买新的，存张图都吭哧吭哧老半天，就别提排版啦！

可跟家干活，领导又不爽，看不见你的艰辛，以为你天天睡大觉。他也不睁眼看看，这活儿都谁干的，天天跟家睡大觉他能完成那么些活儿吗？

“雷神”心想，好多人坐单位里喝茶看报纸吹大牛皮，吹拉弹唱，就是不干活，坐那儿又顶什么用啊？不过跟领导说不清楚这些。没法子，都啥年代了，还光讲形式主义！

他昨儿刚跟领导提，今儿跟家干活，顺便给媳妇炖个汤，她身体不好，要保胎，这完全是大实话嘛！

结果领导特不开眼，听完就不干了，当着单位同事给他吃冰雹子：“小雷子啊，不是我说你哈，在座的各位都没媳妇吗？人人都回家给媳妇炖汤，活儿谁干啊？这社会主义谁来建设呀？”

“雷神”听得真憋气，心想：傻子，本来说的是个人，好好的，咋又扯到社会主义建设了？我跟社会主义建设没仇哇，在家把活儿干好，伺候好媳妇，媳妇好我高兴，干劲还更足了呢。呸！拎不清！会当领导吗？

要不是看在留京的份上，又是大单位，“雷神”才不情愿去伺候这种领导。

他一路东想西想，拎着一筐子菜回到家，棉服都湿了，他把衣服脱下来丢到暖气片上烤。还好，这屋里暖气还行。单位实力雄厚，分的房子不错，和媳妇儿也算在北京安了家，其实小日子挺和美的。

“雷神”跑到里屋看一眼媳妇，她正靠床头看书呢。

凡凡见老雷进来，赶紧边穿衣服边爬起来，说：“哟，外面特冷吧？我起来做早饭。”

“别，别，躺着吧，今儿你就给我好好养着，我给炖汤。早餐甭做了，我买了小笼包子，热腾腾的！给你整到床上来？”

“别介，我起来咱一块儿吃。还炖汤呢，你不上班啦？下班炖好了晚上喝，不行吗？”凡凡穿上棉拖鞋。

“不行，非要早上炖，汤一好你就开喝，喝一天补一天。给咱小崽儿也补补，哈哈！”一说到自己的小崽儿，“雷神”喜形于色，开心得合不拢嘴。

“瞅瞅您这点儿私心！您的狼崽儿成没成型呢，就要给人家灌汤，这科学吗？难怪你们领导不高兴。”凡凡乜眼盯着老雷乐，其实心里挺美，老公真能疼人。

“少废话，在家我就是领导！”“雷神”拍拍手，到客厅去摆早餐。

其实昨天顶不住领导那一堆包脓带血的讽刺挖苦，老雷已经答应今天坐班去。

等把小笼包子和枸杞红枣粥摆上桌，衡量片刻，他又改了主意：去你的，是媳妇儿重要还是领导重要？反正这领导我早晚得换，媳妇儿我可没想换，大不了跳槽，豁出去啦。

疯魔巴黎

同样是上班的钟点，雪越下越大，张晖坐着电车去上班。幸亏旁边还有峥峥做伴，不然更扫兴。

“这一大早的，真是心不甘情不愿哪！困死姑奶奶我啦！”峥峥一手拎着包一手抱着电车上的杆子，人直往下出溜。

晖哥被顺顺利利分到了建筑设计院，其实他不甘于上班族的安逸，但他是个孝子，碍于老爹的威严，只得乖乖每天屁颠屁颠准点儿去上班。

班里的弟兄们都各奔西东了，那个弟兄们集资开的饭馆“满堂红”只有一条出路：关张，分钱。照着晖哥的本事和脾气，自个儿开一设计事务所得了，可偏偏老爹不同意啊！

老爹说，堂堂国家建筑设计院，那才叫正经单位。下海摸鱼捞虾？那是根本没谱的事儿！万一政策一变，你弄个鱼死网破，我这把老骨头跟着你瞎折腾，就老无所依了呀！

张晖想想，也是。老爹的话能有错吗？

李峥嵘被分到了京郊一个制衣公司，也是轻工部门底下一个半死不活的地方。单位里那些大妈制版工和大婶样衣工，个个都是不好惹的货，一天到晚得看这帮老娘们的脸色。

刚来的大学生就活该当牛做马呗，傻不拉叽地听喝儿，谁让你只会画图呢！

日日穿梭于样衣间和仓库，被大妈老娘们差来喝去，峥峥觉着自己简直完全失去了做人的尊严，明明自己这张脸都趴到尘埃里了，别人还嫌不够低姿态。

忙碌在制衣车间和跻身人流中，峥峥老看见巴黎的繁华街头。

她忍不住想：上次在法国驻北京大使馆时，看那叫啥名的法国文艺片给忘了，但巴黎浪漫多情的倩影从此刻在了脑壳里，可惜自己的现实离巴黎何止十万八千里？

既然不甘心，既然自己对现状不满，那就主动改变吧！

等峥峥好不容易跳槽到了号称“中国阿玛尼”的私营时装集团，又被部分先富起来的人剥削得体无完肤。加上 13 位美女设计师之间的各种猫抓竞争，在老板面前的相互排挤争宠，能给人活活整死，比宫斗还惨烈。

不行，我要撤离这个鬼地方，时装之都巴黎在召唤我，我等不及啦！峥峥再也妥协不下去了，她拧不过自己。

下定决心后，峥峥每晚跟晖哥吹枕头风，巴黎自然是最主吹的浪漫欧陆风，简直疯魔了。

可她吹了半天，晖哥还是那句话：“亲，我支持你！”

“支持得讲行动的，晖哥同志。”峥峥赖叽叽腻在他身上撒娇。

“咱这样中不？哥哥我掏钱送你去法语口语班，你得把人巴黎口语学得像模像样的。然后咱找人，从那边把学校的申请资料邮寄过来，看看申请条件咋回事，咱就往那边努力。中不中？”

“太中啦！晖哥万岁！”峥峥乐开了花，在床上蹦跶。

“你这货，光知道哄我，中就赶紧做饭去，哥哥我饿劈啦！”他推她。

“不才刚吃完嘛，又饿啦？”峥峥扑闪着圆圆的眼睛，像个瓷娃娃。

“我这会还长个儿呢！再接着长横，我要赶上鲁智深了。”晖哥把手指头搁肚皮上给自己丈量。

“没事儿，成了鲁智深也是最酷的那一版本。要不，咱下楼吃烤串儿得了，方便面多没营养啊！”

“唉，还是我媳妇会说话！小甜嘴哄得人团团转，你掏了腰包还止不住地欣赏她，只好一根筋送上门挨宰，没辙。”

“嘻嘻，宰你没商量。”峥峥偷乐，露出兔儿爷门牙。

隔离病房

北京西城区一处简陋的五人宿舍内，林胜煌正在追打一只小老鼠。

灰色的小家伙灵活地蹿来蹿去，专找犄角旮旯，把煌煌逗得满屋来来回回乱跑一气。

这只狡猾的小老鼠特可恶，净跑来偷吃他储备的干粮。各种饼干方便面栗子花生，来者不拒。自己偷吃就算了吧，老鼠也贪心也搞腐败，天天把它三姑六婆和表舅小姨子招来大吃大嚼。为此，煌煌在这儿蛰伏已久。

跑得满头大汗，头晕眼花，人鼠大战还是以人的失败告终。

煌煌沮丧地瘫坐在地上一堆脏衣服上，揪起屁股底下一只脏袖子擦汗。擦着擦着突然又想起什么来，面露恐慌地冲出房间，跑进楼道里的水房狂洗手，不停搓肥皂不停地冲刷两只手，恨不得把指甲都抠下来了。

一缕阳光如烟，斜照进这灰暗的楼道。微尘飘荡里走动着几个身穿医院病服的人，楼道尽头传来老人一阵阵咳嗽和小孩撕心裂肺的号啕大哭。

这是某医院的隔离病房，主要居住传染病人，除了塞在角落里头的三间房。这三个另类的房间，是北京服装学院的临时教员宿舍，安置新来的老师，林胜煌就住在其中一个屋子里。

刚住进来，就陆续跑了三位老师。三好学生的分配也不总是幸运的，和传染病人住一块儿，你还能三好多久？

由于雕塑系没有分配指标，系里恩师便把三好学生林胜煌推荐给了强烈要人的北京服装学院，因为他们想建立金工工作室，雕塑跟金属工艺正好对口。

班里另一名三好学生李先飞被推荐去了北京某工艺技校，北京服装学院好歹还是个小有名气的大学。

考研失败后，林胜煌也没别的地方可去，在中工宿舍一直挨到被赶出来，才乖乖收拾包袱来了北服。

当时他递交完材料就直接签了合同，稀里糊涂地，煌煌被塞进了传染病房，然后住进来的各名校研究生都一个个慌张地跑掉了。谁没事愿意住传染病房呀？除非脑子进水了，等好人给住出毛病来还不都晚了？

当时北服的院长是中工染织系毕业的，他曾经去过福建莆田，对煌煌的家乡印象深刻。当下很热情地欢迎了煌煌的到来，安排他教金属工艺课程，还兼任首饰设计与制作工艺的讲师。

那时，林胜煌对未来是迷惘的，不知道自己到底要什么，每天按部就班地教课，然后回到隔离病房去睡觉。

周末时，他爱跑到清华园去串门，美其名曰看望发小，其实是蹭饭。清华食堂的靓菜好饭那叫一个美味，各种营养到位，这才是真正培养国家栋梁的地方啊！

其实大一的时候，他倒想过可能将来要出国，因为当时家族里有堂哥堂姐留学欧美。而且他一向亲近的伯父在法国巴黎，总劝他出国深造。伯父热情地给他介绍美丽的巴黎和文化艺术，说得他心动了。

于是大四时，煌煌自费去上法语班，可惜时间不够用，只草草上了几节课。接着系主任让他考研，为了考研，他交了另一份学费去北大补习英语。可等考研失败后再联系去法国留学，法语又不过关！真是进退维谷，自毁前程，只好老老实实去北服当教书匠。

但是，煌煌人生的转折点就发生在近半年间。

任教的学校里，有一位标致的女学生对这位中工来的福建富二代林老师很热情。师生恋是禁忌，好歹等了半年，直到女学生毕业后，煌煌才敢答应跟人交往。

当时，福建为考上北京重点大学的几名学生建立了一个奖学金组织，偶尔搞些活动意思一下。所以煌煌总跑去清华园找他那发小一起参加活动。她家和林家是世交，两人从小节假日常见面，彼此熟络，成了半个亲戚。

正因如此，当某天父母突然捅破那层窗户纸，想让煌煌和发小订婚时，他惊得下巴都要掉下来了，一整天像只呆眼鸡，饭都没法好好吃。连女学生都开始担心，林老师到底咋了？

其实煌煌那位清华园的发小特优秀，她在清华以跳西班牙那个啥甩头舞出名，超帅超酷超高挑，绝对是清华土木系的系花。

问题是，煌煌感觉自己跟发小一直都当亲戚那样交往的， 没敢乱想。现在让他乱想了吧，又乱不起来了。而且自己都已经开始跟女学生交往了，还怎么好辜负人家的满腔热情呢……好为难。

发小那边看煌煌迟迟不答复，非常想不通。

因为她如此出色，自己主动送上门，对方居然还不喜极而泣，搞什么搞？多少清华高才生追她追得屁股都少了半截，还追不到她呢！林家小子你算老几？

她耐心地等了又等，眼看林胜煌依然无动于衷，她有点恼羞成怒起来。

煌煌也没法子，纠结呀……违背哪一方，都会惹翻另一方，咋办？

柳暗花明又一村

咋办？看来只能凉拌啦。

煌煌清华园发小的老妈特意来京，在清华园安排了一场“鸿门宴”。很多竞争对手都参加了，让煌煌充分见识到，自己绝不是对方唯一的选择，也不是最有竞争力的选手，煌煌有点儿如坐针毡。

宴会后，发小的老妈对煌煌善意劝说，格外慈祥万分温和，说的话有肉有骨头。并许诺，只要煌煌跟她女儿订婚，之后小两口双双飞日本深造，一切手续由她家负责操办。

说完，还毫不犹豫地往煌煌手腕上套了一块金灿灿的手表。多年后，每次看到这块金表，煌煌心头总难免涌上一股愧疚之情。

去日本深造，这提议太有诱惑力了！因为煌煌早就对日本“以人为本”的设计感兴趣。上学时只要清华有相关主题的讲座，他总跑来听，当时被日本著名建筑师的现代设计和理念深深吸引了。

由于日本本土的地震问题，日本人想设计那种地震时不崩塌，而是从中间裂开的建筑，多牛哇！一道创意裂缝，能挽救多少生灵啊！

但这边厢，北京服装学院那位女学生的老妈更绝，只问煌煌一句话：买房不？结婚不？不结婚的恋爱就是耍流氓！趁早吹灯拔蜡，甭浪费我们时间，女人的青春太短暂，别把我的宝贝女儿给耽误喽，你负责不起。

完了完了，煌煌觉得只要自己走错一步将遗臭万年！他谁也不敢得罪，只好觍着脸夹在二女和她俩精明的母亲之间打太极。

这让清华的高才发小非常郁闷，她扛不住了，先发制人来了一句：“谁稀罕陪你上日本？我要上美国哈佛大学，一个人去！”

心高气傲的她，说干就干。签证很快就下来了，她和煌煌在五道口酒吧里最后一别，几乎吵了起来，气氛尴尬，双方难堪。煌煌的清华发小就这样去了哈佛，不挥衣袖，更不带云彩。

那时煌煌也搞不懂自己。有可能硬塞进怀的东西你发自本能要往外推，尤其像他这种一根筋又坐怀不乱的家伙，无疑是茅坑里的一块石头，又臭又硬、不识好歹。

也有可能是当时他人太幼稚，思想不到位，既不知道自己要什么，也没有一个既定的方向。连如何正确向女孩子表达自己的感情都不懂，因为实在缺乏练习。

从小到大，林胜煌都是天天在学校里读死书，死读书，读成个杠杠的三好学生。好了，最后被塞进传染病房里，面对两段好姻缘而束手无策，无法解决这样的问题。

不管怎样，煌煌和清华发小那段当时在所有人眼里都美满得不能再美满的姻缘，就此和煌煌擦肩而过。

多年后想起来，煌煌才明白父母那辈人的良苦用心。

因为这两位福建高才生同为父母的心尖尖独生子女，双方父母盼儿子闺女既实现自己的人生梦想，同时也希望他俩因青梅竹马而同根同心。不管飞得多远，日后都能夫妻双双把家还，多回去探望父老乡亲。

但往往人在年少轻狂时脑袋里没长这根筋，希望自己走得越远越好。

发小远走美国后，煌煌想：那我就跟北服这位女学生同甘共苦，好好过日子吧。

但事情没那么简单，女学生的老妈死活不松口，一天到晚追着煌煌问同一句话：买房不？结婚不？少一样都要吹灯，非诚勿扰。

对煌煌来说，这是一夜之间要做的事，而且会决定和影响他的后半生，可他缺乏一夜间完成这些事情的狂热。他的狂热很可能在远方……

结果很干脆，后果很严重——煌煌马上被休掉，没有感情可讲。感情才多少钱一斤？恍如做了一场春梦，煌煌睡醒一觉，便是竹篮打水一场空。

在一片凄凄惨惨戚戚中，北服来了一位东瀛七宝烧教授。由于这位教授和煌煌两人志趣相投，常常把酒切磋，成为知音，于是教授回国后频频邀请煌煌赴日讲学。

在讲学过程中，煌煌偶遇了当年来中工授课的日本恩师，是他，最终改变了煌煌的命运，促成了他留日深造。

在日本东京艺术大学留学短短数年间，林胜煌的雕塑作品《芸芸众生》被日本天皇赐予日本“国花苑”收藏，成为日本森林美术馆的标志性雕塑。

之后，他又一次次地在各雕塑大赛中荣获大奖，渐渐声名鹊起。

虽然当年巴黎梦碎，但他的作品替他本人落座在巴黎，翘首仰望东方。林胜煌的众多作品更是踏足欧亚，他本人拥有好几个雕塑工作室和园林建筑设计公司。

从日本东京艺术大学研究生到留校讲师，再到日本著名雕塑家，煌煌还是煌煌。工作时他就像个民工，还经常亲自到太平洋荒野小岛上挖采雕塑石材。

煌煌当年错过的那位清华发小，如今早成了当代知名建筑师，作品以抽象和突破传统而著称。

人生果然奇妙。有意栽花花不开，无心插柳柳成荫，山重水复疑无路，柳暗花明又一村。

第二十一章
条条大路通巴黎

机关算尽

在利婵和翔子举行世纪婚宴时，董雁飞其实就在离北海公园不远处，伊人独憔悴。

她把窗帘放下来，空调开到最大，打开一瓶法国葡萄酒，跳到床上仰起脖子猛灌。

她讨厌看到外面的艳阳天，炫目的阳光在某种程度上有刺激作用，似乎在提醒她的不合法，这让她很不爽。

为了不让万老板的正妻发现，她已挪了好几个地方，一处不如一处。她很明白，得在自己的宠爱一日不如一日时，及早想办法脱身了。但必须是更上一层楼的全身而退，自己绝不能栖栖惶惶，落得人财两空。

董雁飞虽然机关算尽，但留校没能成功，不留也罢，毕竟太敏感了。自己既非三好学生也没考研究生，光是师生们看她的异样目光，便有如无数小鞭子在抽她，这种留校太难消受。

幸好最后系里为免尴尬，干脆宣布今年服装系没有留校名额，她反倒大松了一口气，如愿以偿留在了飞龙集团下属的制服公司。但情况越来越不妙，万老板的正妻常到楼里视察，每次她来，雁飞都得躲藏起来。

据说万老板的正妻是香港某财团大老爷的千金，为人凶悍，嗅觉灵敏，万老板绝对惹不起她。而且像万老板这种人，身边的莺歌燕舞还能少吗？时间一长，他对自己也会腻味，所以趁他还没完全腻烦自己之前，还能有一丁点儿价值，去榨取自己一个光明未来。

这个出路是什么呢？董雁飞绞尽脑汁。在学校在单位，自己都已经是身败名裂的狐狸精、臭小三。

看来除了出国，没别的退路了。出国后钓个正儿八经的老外金龟婿，再把父母接出去，一家子过人上人的生活，方为上策。

这已经不是雁飞第一次为自己的人生做出重大选择。她决策有力，打定主意后，便开始按部就班地去实施。

第一步很简单，她对老万说，自己不能这样无所事事，得学点儿新东西跟上时代的节奏，想学外语。

于是，她就顺顺利利进了外语学院由老外亲自执教的培训班，强化练习英文口语，针对在国外生活和交际。

有准备总是好的，经过三个月时间，董雁飞已经能开口讲比较流利的英语。

她有意和那位加拿大英文老师结交，经常邀约她参加老万这边的派对。还借花献佛，时常送给这位老师一些名贵香水和中国传统工艺品，借机打听加拿大和美国的移民情况。

正好加拿大女老师在使馆区有朋友，作为回报，时常带她去使馆区参加派对。

一来二往，董雁飞增加了对外国风俗文化的了解，口语也大大得到了提高。这种与国外文化人交际的场合，把她淬炼成了貌似纯情又带国际范儿的高级交际花。

一天晚上，在某使馆庆贺圣诞的派对上，她偶然结识了法国人让－雅克。

雅克是位 40 岁的法国驻京记者，风度翩翩，自称热爱中国。他还连连跟雁飞吹嘘自己的名字来自于让－雅克・卢梭，那是 18 世纪法国“启蒙运动的三剑侠”之一，著名的思想家、哲学家和政治家。

好嘛，他还真敢吹！雁飞暗笑，她也不是省油的灯。

于是双方各自怀着不可告人的目的，向目标进发，两人频频相约于浪漫的使馆区高档场所，共享午后咖啡下午茶。雅克借机显摆自己的伟大祖国法兰西和故乡巴黎的奢华，法国男人非常绅士浪漫，又自带文艺范儿。

抵挡不住对方的热情，也因为自己内心深处的渴望和好奇，在一个阴雨霏霏的午后，董雁飞被雅克带回家喝下午茶，顺便喝到了法国人的香榻上。

但歪果仁（外国人）就是歪果仁，他们表面傻内里鸡贼，尤其是自带悠久历史，又被古都里的纸醉金迷浸染后的外国人。

即便有了深层关系，外国人也没觉着自己欠了你什么，这种越轨的风流完全是你情我愿、两情相悦嘛。

像让－雅克那样的外国人不需要养着一中国情人浪费钱，中国毕竟地大物博，投怀送抱的美女不要太多了！而他在法国是有老婆孩子的，他老婆孩子每年都要来中国。

董雁飞想正式从万老板那儿过渡到法国情人雅克的家里，并不像她想象中那么容易。中外文化的差异和对垒，一下子便浮出了水面，接下去的事情就没那么浪漫了。

英语有了口语基础后，这时候雁飞忽然有了新的打算，应该再上一门外语：法语。自己的美好将来，应该定位在雅克所描述的世界之都——巴黎。只要是我想要的东西，一定能要到，北京是过去时了，要走向世界。董雁飞这样对自己说，她从不对自己食言。

的确，世间多少像万老板那样财大气粗的英雄都当然气短，扛不住董雁飞年轻美好的撒娇耍痴，钞票大把大把地花在美人身上以便彰显自己。他是她的供养人，她的状态自然是他身价的象征，他不能失身份丢面子。作为董美人，她更明白这一点，尽情享受，加以发挥利用。

而法国人让－雅克呢，在中国玫瑰一次次娇艳地为他绽放后，他帮她搞到了随团去法国的机会和签证，他只能做这么多，已经很够意思了。

打好如意算盘后，雁飞再跟老万敲了一笔在法国的生活费和奢侈品购物费用，她离目的地越来越近了。

奔赴巴黎

法国巴黎一处简陋的公寓内，李峥嵘在房间里巡视着，用手轻轻地抚摸每个角落。

她眼前是个只有 18 平方米大的房间，墙壁凹凸不平，正是法国人所喜欢的历史质感。屋里只有一张简陋单人床一个写字台两把椅子，外加一巴掌大的小柜子，没了。

这是中介给她租的房间，月租要三千多法郎。巴黎的私立大学都没有校舍，只好让留学中介吃这笔回扣。

峥峥拖着疲惫的身子关上门，把自己扔到床上，耳朵里除了飞机的轰鸣还是轰鸣，然后就是窒息眩晕的浪潮，一浪比一浪高，冲她扑头盖脸地涌过来。

老爹老妈，晖哥，闺密，甚至单位里曾经招她烦的老娘们……现在都离她那么遥远而不真实！意识到这一点，峥峥突然想哭喊。北京的热闹，仿佛是上辈子的事了。

不敢相信，自己此刻真的置身巴黎！巴黎！巴黎！那个梦里追寻了一千遍一万遍的世界花都。巴黎，这真是你吗？

峥峥试图让自己的灵魂飘上巴黎的屋顶，从上俯瞰自己的身体。不行，空间太小，干脆让灵魂飘入太空算了。

她试想自己飘到卫星上观看，先进到欧洲版图找到法国进入巴黎，再进入这个该死的小房间，看见自己干枯的躯体躺在可怜的小床上，像个等待救援的外星人。

这才是抵达巴黎的头一夜！这样撕心裂肺的很多个夜晚被重复翻篇后，峥峥想北京想家想晖哥已经想入了骨髓。

天天看着屋里冰冷的墙和屋外外国人们酷酷的面孔，李峥嵘简直想抄起裁衣剪自我了断算了，这种孤零零的日子可怎么过下去哟？我咋把自个儿送来这么一破地儿啊？她发狠地捶打着枕头。这真是巴黎吗？

夜夜跟摊黄菜一样摊在这孤枕难眠的小破床上，再回想自己奔赴巴黎的各种迫不及待，峥峥这才清醒地意识到，当初自己并没有预想到这一刻。

在拿到机票，身处巴黎之前，她曾经那么不管不顾地欢呼雀跃，那么激动狂喜。但如今，当她和梦想终于零距离地面对面时，它却和她原来的想象太不同，她其实并不认识它，或真正了解它。这是人生的最大讽刺吗？

半年前，按照晖哥的计划，峥峥奔向巴黎的道路畅通无阻，当时让她大大感叹：真是条条大路通巴黎呀！

峥峥上了三个月法语培训班，加上大学四年学的法语垫底，反正够应付留学生考试的了。还好，没有口试只有笔试，不然肯定屁滚尿流，她暗暗庆幸。

毫不迟疑，峥峥申请了一直梦寐以求的巴黎 ESMOD 高等时装学院，就是那个晖哥嘴里的“爱斯魔夺”，她托付了后半生的全部梦想。

幸好当时“蚊了”同学早在几个月前去了巴黎，帮峥峥从法国邮寄来了 ESMOD 的留学申请表格和一应文件。

再然后是按照要求，往法国银行存了生活和学习四年的生活费学杂费，把这笔钱冻结在法国银行。钱都是老妈辛苦一辈子攒下的，加上晖哥给的，总算凑够了数，真是不小的一笔数目呢！峥峥拍着胸口惊叹。

最后是考试，等签证，上上下下狠狠地折腾了一番，签证才惊险地签了下来。

不幸的是，“蚊子”后来从法国跳去了德国。因为和足球迷李松月到德国旅行结婚爱上了那儿，双双定居德国了。所以等李峥嵘终于到达巴黎时，完全人生地不熟，两眼一抹黑。

她刚开口讲法语法国人都听不懂，一个词儿都听不懂，简直太过分啦！法国人民讲的正宗法语她也听不懂，生活简直没指望了。

在刚到法国的日子里，峥峥是喝凉水都塞牙缝，路上逮住个中国人就是她的救命稻草，真是人间悲喜剧！

来之前她憧憬着，进了学校住的可是国际学生公寓呀，跟各国帅哥美女混在一起住，那得多么多么的棒……

可现实跟想象的距离何止十万八千里？本公寓里有的是英法帅哥，有啥用？人家不理你啊，跟你咕叽咕叽讲一堆土生土长的法语英语，你个北京土鳖也听不懂啊！

而且商店里卖的东西，都死贵死贵的。随便去超市逛一圈下来，连个袖珍西红柿都不敢买，太贵了！

就这个小蜗居，每个月房租也得三千多法郎呐，看来不打工是不行了。峥峥哀叹道，感觉自己坐吃山空。

她穷得连给晖哥打电话都得省着，奶奶的国际长途啊。早知道这么麻烦，来之前把一辈子的话全都哇哇吐出来得了！两人终于第一次通话时，话还没说出来呢，峥峥的眼泪先啪哒啪哒掉了一地，自己还以为下雨了呢。

“亲，你乖乖忍着点儿啊，我争取下个月去看你。单位有个行业视察团的机会，我正死命把自己申请进去哪！”晖哥在电话里极尽安慰之能事。

峥峥信了，于是艰苦地坐等。等到下个月，再下个月，再到了圣诞节，晖哥还是来不了。等他？太不现实了！

一天，峥峥把学生证给丢了，补办学生证需要到警局盖一个章。进去的时候，从警局里匆匆出来一个人，跟她擦肩而过。

她一愣，这不是自己大学的同班同学董雁飞吗？

峥峥马上回头大声喊道：“雁飞！董雁飞！”

对方没反应，反倒加快了脚步。

峥峥犹豫片刻，觉着机会实在难得，怕自己回头后悔。他乡遇故知，多好多亲呀！就算认错了人，又不罚款，于是她紧着快跑几步，追了上去。

追上了，面对面，董雁飞有点愕然。然后她尴尬地笑笑，轻描淡写说道：“是你，这么巧。”

“对啊，是我，李峥嵘啊！”峥峥圆睁双眼，目不转睛地看着董雁飞，等着对方尖叫惊喜。

片刻后，她一厢情愿的激动慢慢平息了下来，意识到自己的热情和对方的冷淡，已经形成了某种明显的反差。

由于双方的热度不对等，所以尴尬得没话可聊。

当下为了掩饰难耐的气氛，两人都佯作热情洋溢地留了对方的电话号码，假笑下互道一声“拜拜”就此别过，各自没入了巴黎的攘攘人流中。

迪奥的碎催

迪奥巴黎总部工作室的走廊上，李峥嵘气喘吁吁地跑着。

“咚咚咚”，她听着自己越来越沉重的脚步，抱着十几斤重的大裙子在同一个走廊上来回地跑。

这已经是第八百遍了，大裙子有十几斤重，真是中国古人说的“穿金戴银”啊！可惜穿金戴银的人不是她。

她跑过几条走廊到达打版房，放下裙子，再把里面十几斤重的牛皮纸版型抱到复印间，一片一片地进行复印。

这是峥峥每天要做的苦力，美其名曰“助理”，其实就是打杂的碎催呗。就这种碎催，还有好多人哭爹喊娘要抢着做呢！

毕竟这是大名鼎鼎的迪奥博览会走秀。全世界学服装设计的，还不得为任何打进迪奥博览会设计后台的机会争得头破血流吗？

迪奥、香奈儿和圣罗兰，可是巴黎乃至全世界时装圈的三座珠穆朗玛峰啊！能撞上其中的任何一座，您这辈子就算是见世面长见识啦！

这是巴黎“爱斯魔夺”（ESMOD）时装学院给学生找的机会，每年巴黎各名牌做时装秀时，让学生去见世面。

三周之内，峥峥便对迪奥工作室复印间里所有的大型复印机了如指掌，愣没干别的，人家只要你干这个。

这些傻瓜都能干的活儿，跟时装设计有一毛钱关系吗？没有，简直风马牛不相及。但你可以亲手摸摸刚出炉的 迪奥裙子和版样呀，还热乎着哪！

别的同学更惨，同样挤进迪奥设计室来当所谓的助理，可惜只能端端咖啡、擦擦桌子。你有那么多不平衡吗？峥峥喝问自己，你好歹还能抱一下迪奥的衣服呢！

她抱着一堆华美艳服时，心里充满对这些高尚质量的向往，都快流哈喇子了。

抱着迪奥的服装她边跑边想：哎哟喂，这些衣服的面料真的不要太好了，质地简直像金子！摸着货真价实、美得不可方物的英法意贵重面料，峥峥真想舔它几下。

她又想：搁从前，自己只能在杂志上看见这些华服的照片，今天它们却被自己亲亲切切抱在了怀里亲密接触！能亲手摸一下下，真的特满足特惊喜了，别无他求。

峥峥不喜欢抱那些牛皮纸版型，枯燥乏味，而且沉得要命，一件女装礼服恨不得有五十多片版型，甚至更多。从专业人士的角度她也想嚷嚷一句：真不容易，光鲜的半个小时秀后面，凝聚了太多太多的辛苦！

搬了好几个星期迪奥的华服跑来跑去，峥峥也没学到什么制作秘诀。因为迪奥很鸡贼，设计和制作分工到法国和意大利。当时她英语法语都不咋地，整个一睁眼瞎。所以即使自己打进了迪奥总部，也搞不清楚人家服装制作的细节。

更悲惨的是，这些狗屁助理都不能领工资，只发一些限额餐票作为报酬。可是倒霉的助理们每天忙得跟孙子似的，也不可能领到一千法郎餐票啊，能给你十张就不错了，想什么呢，可别得寸进尺！

这就是资本主义国家呀，喝的是人血，吐出来的是甜滋滋的牛奶和香艳的华服。

终于有一天，等来了迪奥号称“鬼才设计师”的头牌大腕伽利亚诺先生，他要确认所有的版型是否吻合设计图，再检查已完成四分之三的成衣是否妥当。

像伽利亚诺这种世界顶尖的大师们，他们把握的是品牌大的主线，真正替他干活儿的是手底下那一大批人。

团团围住伽利亚诺的各类设计师简直不要太多了！峥峥看傻了——他手下到底一共几拨人哪？很多人分管不同流程，包括品牌摄影和视觉广告等等，整个一小王国。

而峥峥这帮临时工是被甩来甩去的小尾巴，压根儿够不着跟大师搭话，连跟大师的设计总监搭话也没可能。没办法，碎催就这水准。

不过呢，算是逮着机会亲眼一睹世界大师的风采了吧！伽利亚诺有两位贴身得不能再贴的设计总监，都是男人。据说其中一位总监后来被活活累死了，成为服装界的一大传奇。

因为迪奥分为男女时装、男女成衣和高级定制，还有童装。每个部门分别有两场大秀，那么多的秀，作为设计总监什么都得监制，没日没夜车轮战，哪有时间休息？

可各位总监们累死累活，纯属众星拱月，迪奥品牌只有一位大师伽里亚诺，他才是头牌。他只需要来各部门视察，只需要在巡查时伸出一只手指头说一个词：Perfect（真棒）。

他说这个词的时候，优雅得一塌糊涂。反正你跟他说不上话，他也犯不着理任何人，他人倒随和，碰面就说“波嚅（你好）”。峥峥闹不清迪奥这帮大师底下的“垫脚石”拿什么来平衡自己，反正她是被严重刺激到了。

峥峥等到黄花菜都凉了，心也凉了，晖哥才终于在巴黎现身。飞奔到他的怀里，峥峥觉着踏实了好多，向他一股脑儿大倒苦水。

晖哥很愤慨，也很心疼：“这啥狗屁学校，让我媳妇儿当童工啊，忒不地道啦！”

峥峥倒完苦水开始自嘲：“甭说不给工钱，不给饭票也玩命削尖脑袋自个儿往里钻呀，对吧？能闻闻世界名牌时装车间的味儿就不枉此生了，真是！”

接着俩人就甜蜜蜜地儿女情长，在风骚的巴黎狠狠地浪漫了一把。

巴黎也有玉兰花，这是唯一能让峥峥把巴黎和北京联系起来的元素。即便春寒料峭，巴黎的玉兰花也恬淡雅致，风情万种，和北京玉兰花那种风骨，略有不同。

记得在中工时，校园里每年盛开美丽的玉兰花，虽然花期不长，但总让人过目难忘。那种沁人心脾的香气，伴着春天的气息，总来入梦。

每逢此时，峥峥甚至想穿越回到当年的校园，那时候如果中工能直接和巴黎接轨，该有多好哇！至少她能为今天早早准备好，不至于被巴黎的残酷现实吓得尿裙里。

但是对校园对北京再留恋，襁褓中的婴儿也必须长大。

在巴黎，峥峥很快便意识到，她只有自己，只能靠自己。虽然自己来巴黎寻找时装大梦，但每日睁开眼，生存，即是最主要的课题。晖哥给的钱也要慢慢花，但就算她再小心翼翼，也花不了很久，真是上街找活儿的时候了。

峥峥感觉自己玉兰花下一觉成长，完全由少女变成了妇人。美丽的巴黎，正是让峥峥真正变成小妇人的地方，从心理上和生理上。

命运判决书

雷鸣坐在医院的长凳上，手里拿着医生最后的诊断，就像握着一纸判决书，心里七上八下，很不是滋味。

病历上写得明明白白：肝脏肿瘤。肿瘤！他越看越像一记重锤，迎面砸在脑门上，猝不及防。肿瘤，这玩意，回家咋跟媳妇交代呢？幸亏她今儿没跟着来。

“雷神”心里惦记着凡凡，想想这纸判决书对凡凡的打击，他真想瘫坐到地上去，从此不用再起来。

这不会是老天爷惩罚我跟单位领导干架吧？都说人在做，天在看。我老雷做过啥亏心事？除了跟单位某头儿不对付，我也不是个糟人呐，凭啥得肿瘤？

由于身体不适，最近他越来越不想去单位坐班，去了也是跟头儿犯犟。这领导和下属吧，气场不对真是忒不得劲儿！人跟人之间是得讲气场，气场不对干啥都不灵。

在跟领导搅糨糊的当口上，“雷神”发现身体出了状况，刚开始时麻痹大意，拖了一阵没见好，才去医院检查。几轮检查结果一出来，乖乖，就这天打雷劈的效果！

犹豫了好几天，老雷都没敢跟凡凡说真话。直到接连又做了好几个检查，确诊为良性肿瘤，他才敢开口跟媳妇儿坦白交代。

凡凡一听就急了：“以后这种事儿你不能瞒我，听见没有？爸妈那儿可以先瞒着。下次上医院我要跟你一起去，你被妻管了。”

“这么快我就被妻管了？好歹也得先领了结婚证，走马上任才能妻管我吧？”老雷打哈哈。

“明天去王府井买被子，买完被子，咱去领结婚证！”凡凡叉着腰，摆出领导的架势。

本来说好是要春节结婚的，毕竟双喜临门嘛。但眼下自己却得了该死的肿瘤！两个月能治好肿瘤吗？

这天晚上，老雷失眠了。

如果自己明明有肿瘤，又没治好，非硬拉着媳妇儿结婚，还要她生孩子，这么干是不是有点忒不是东西了？这破肿瘤，你说你真会挑时候！

第二天，小两口真的上王府井买了新的丝棉被，谁都没提领结婚证的事儿，然后手拉手上菜市场买了一堆菜。

傍晚，凡凡做了地三鲜和小鸡炖蘑菇，老雷的家乡菜。凡凡这姑娘特灵，想学啥，只要瞅一眼都能学会。可媳妇儿的家乡菜老雷一样都不会做，光知道给她买天津狗不理包子。

这种细水长流小日子多滋润啊，但愿有福气一直过下去，下辈子让我做牛做马也心甘情愿哪！“雷神”默默在心里起愿。

事与愿违，他的病情一天天发展到了要做化疗的地步。

这可不敢让单位知道！即使人被分配进单位了，照样能被无情地原封不动退回原学校。这是20世纪90年代三令五申的大学生毕业分配原则，谁敢违反？再说了，“雷神”和单位领导闹得那么僵，领导正愁没理由整治他呐，可不能白白把这么好的理由给人送上门去。

化疗只能偷偷摸摸地去做，不能惊动单位的任何人。

寒夜里，老雷躺在病床上，凡凡不时帮他掖被子。

“雷神”每次进方庄宿舍的楼道，最先看见的是腹部微微隆起、正在忙着给他做可口饭菜的凡凡。

炖鸡、炖排骨、炖肘子……一系列营养品，凡凡换着花样给老雷做。但由于化疗的副作用，甭管多好的饭菜，老雷闻到饭味就恶心，闻到葱姜蒜就干呕。

方庄宿舍那昏暗的楼道里还总飘散着中药味儿，进进出出是凡凡在熬药的影子。

每天凡凡都要给老雷熬中药，早晚各一次，然后跟哄孩子似的哄他喝下去。这些汤药很珍贵，是找当时京城最有名的中医开的保肝药。

往日爱贫嘴的“雷忽悠”，变得不爱说话，整天很烦躁，浑身肌无力。住在三楼，治疗回来，人爬到二楼已然爬不动了，要靠怀孕的凡凡扛着他的胳肢窝半拖着，再上一层楼。

这样过了一段时间后，只能在家治疗了。小两口找了个护士长，按时到家里来打点滴。老雷虚弱得，看到门要走过去，就直接撞门框上了。

人到了这种地步，“雷神”还得装着跟没事人一样去坐几天班，全靠吃西洋参顶着。亏得单位这阵子活儿不多，不然肯定死菜了。他苦苦地硬撑着，凡凡既心疼又担忧。

有时护士长有事先走了，点滴打完了，就得凡凡来拔针头。由于连续打针，老雷的手部血管变脆，每天打完针，凡凡都得用热水袋给他热敷。

痛苦的三个月化疗结束后，医生复诊确认：病情控制在良性肿瘤范畴内，没恶化。但谁也不能保证不会恶化。

——恶化？恶化不就是肝癌吗？那我活不成了吧？

医生这最后一句话，直接把“雷神”打入了无底深渊。人生的变数，真是太诡异，根本毫无预兆，既没有分界线，更没道理可讲。

后会无期

“引产吧……”老雷吐出这句话后，赶紧把老脸埋进了被窝里，那条两人手拉手上王府井买的丝棉被。

隔着棉被他也能看见自己，十足像条挺着大肚子浮上水面的死金鱼。

凡凡坐在老雷床边，脸色苍白，咬着下唇，一言不发。

从化疗的第三天开始，老雷的手就因为药物的作用，自主神经紊乱，不自觉地抖动，这会子藏在被子底下抖得更厉害了。凡凡刚转身走出卧室，他就浑身筛糠，根本抑制不住。

思前想后，分手是唯一理智的选择，连孩子也得放弃。不然，万一自己的肿瘤恶化成肝癌，媳妇儿怎么办？不管怎样，他堂堂九尺男儿“雷神爷”，不愿成为任何人的负担，尤其是凡凡的。

他开始劝说凡凡放手，每天劝一点，一开始她还言语激烈。慢慢地，她不再说话，肚子也一天天庞大起来。

北京的玉兰花再次盛开的时候，中洋集团进行改组，直接把雷鸣调去了下面的中洋广告公司。终于，领导找机会摆脱了这个脾气耿直、不擅长乖乖听话的“雷神”。

这样一来，老雷的职业生涯终于盼来了曙光！他撸上袖子打算大干一场。可是乐极生悲，因为广告策划和文案做得太认真太劳神，他又一轮进了医院。

这一次，他被医生要求再进行为期三个月的住院化疗，“雷神”的健康和事业正式遭遇滑铁卢。单位那边没法子顶了，他只好申请下岗。这回他发现凡凡偷偷在夜里躲起来哭，但还是拒绝引产。

他劝急了，她给顶上一句：“想都甭想。要把我的孩子拿掉？你得先干掉我！”

“雷神”只想放对方走，心一横，恶狠狠地来了一句：“你咋这么贱哪？人都不要你了，你还跟这儿赖着！”

凡凡智商高，压根不理他这一招激将法。看来她真要咬牙把这孩子生下来，估计也是体谅雷鸣是家里独苗苗的缘故。

雷老爹雷老妈早把凡凡当作儿媳妇了，有什么都给她，凡凡于是觉着自己义不容辞。也行，她的心意咱就领了吧，毕竟是自己的亲骨肉啊，哪能挥刀随便往下砍？

“雷神”长叹了一口气，只好让步，把爹妈叫来伺候凡凡。她倒很有预见，没通知自己的爹妈，估计怕他们跑来节外生枝。

凡凡生的那天，“雷神”自己也是躺在同一家医院里，窝在病床上的他心急如焚，好几回偷偷溜去产房，半道上让护士给拦截回来。医生死活不让他去产房，说去了只能添乱，对新生婴儿也不好。

他等到简直快要崩溃了，雷老爷子才把新生婴儿抱来给他看，是个娇美粉嫩的女婴！“雷神”激动得语无伦次。

几天后，凡凡要被“雷神”爹妈接回方庄宿舍去坐月子。出院前，她来看他，小两口就这样匆匆见了短短的一面。产后的凡凡乖乖听了医生的话，戴着口罩，捂得严严实实，离着“雷神”好一段距离，她人显得很虚弱。

正当“雷神”充满感恩地幻想着，出院后全家团圆时，凡凡却突然失踪了，正好是他们的女儿满月那一天。

雷老爷子把孙女再次抱来医院，顺便递过来一张便条。“雷神”一看，还真是凡凡的笔迹，纸条上面只有一句话：把她带好，后会有期。

这绝对是凡凡的口吻，凡凡的风格！白纸黑字，写得清清楚楚。

看着儿子暗淡的脸色，雷老爷子迟疑半晌，才道出实情：“她走前的那天晚上，可能自己灌了整整一瓶二锅头，早上我见她床前一片吐的印儿。凡凡是个好孩子，我和你妈都喜欢得紧，只可惜……唉，造化弄人呐！儿呀，她说了后会有期，你就放下心来吧，她会回来的。”

“雷神”默默地把字条收好，抱紧闺女，心里却沟壑纵横，涕泪交加。后会有期，这生冷的几个字给他的感觉简直太糟糕了，毕竟他自问最了解凡凡。

出院后，老雷马上去了一趟天津。凡凡的爹妈却说，她还在北京，等待单位派她去法国巴黎考察的签证。动用了大量智慧和人脉，老雷才拿到了凡凡在京新租房子的地址，他天天跑去那儿拦截她。

为了等到凡凡，他好几次在她租房的楼道里等到睡着，甚至一觉睡到天亮，但老天爷愣是没开眼。肯定是老天爷在使坏，雷鸣死活没等着赵亦凡。

难道医院那匆匆一别，竟然是两人此生最后一面？那天她还戴着口罩，坐得那么远……每次想到这一点，“雷神”便心头大痛，像是被谁生生剜掉了一块肉，万分不甘！

天下的有情人啊，不管过去你们有多好，缘分到头时，多一分钟一秒钟老天爷也不肯再给你们。

那以后，赵亦凡似人间蒸发，音信全无。

多少次，雷鸣点着蜡烛，拿起笔在画布上摸索着，也不知道自己在摸什么。他身后黑暗的角落里，传来窦唯惨淡无奈的歌声——

“感觉总会有这么一天，看着你无话可说。再也不想让你太疲惫，我知我面临着分手。不用说goodbye，让我在黑暗中回味，没有权利挽留这份爱，不用说goodbye，我会珍重那未来，和你那带不走的圣爱。”

“雷神”给闺女起名雷思帆。他时常心疼地默默凝视着她的小脸，从上面寻找凡凡的影子，曾经的凡凡，他心中永远的凡凡。

帆是凡凡的幼苗，即便缺乏生母的呵护，她仍会在父亲的庇护下长成参天大树。凡凡是独一无二的，没有人能取代她。

每年凡凡生日的时候，雷鸣习惯把思帆交给父母，自己出门去。

他习惯一路走去，找个街角面馆，买两碗面，自己一碗，对面一碗。什么也不用说，这么多年他都是这样。

年少轻狂

和风轻送，利婵骑在新自行车上，优哉地去上班，整个人沐浴在春风绿柳里。

婚后，利婵不愿跟个京城少奶奶一般闲在家里，她待不住。翔子也禁不住她天天磨，于是托家里关系，把她弄去了京城某工业技术学校当老师。

这是一所很不错的中专技校，各位同仁都很和气。一年三个月假期，暑假俩月，寒假一个月。利婵每天除了备课讲课，跟同事们耍耍宝，就是买菜做饭逛街，小日子过得舒心又放松。

技校里每周五天课其实很容易混。比如：老师打着看展览或泡图书馆的名义，带着学生出去溜达半天，完后等于是放羊了！利婵觉得这活儿是个人都能干，太缺乏挑战性。

多年后每每回忆起这段短暂的时光，利婵总能听到大片快乐的笑声和欢歌笑语。特别是每次她在办公室亮一嗓子或者来段相声，模仿宋丹丹，甚至《编辑部的故事》里某位奇葩人物，总能斩获一阵阵“哈哈哈”大笑和掌声，同仁们对利婵的耍宝都特给面子，很捧她的场。

可惜，人在福中往往不知福也不惜福，反爱去追寻一些不现实的梦幻。人生活在每天重复不变的幸福中，很容易慢慢麻痹，把平静的幸福视作死水微澜。自古以来，人心从不满足。如果人的贪婪如一桶水，人心就总要变着法子把水溢出去，哪怕最后自己没法子收拾。人说“年少轻狂”，不轻狂等于没有年轻过、热血沸腾过，而满身沸腾的热血，往往正是成败的催化剂。

那时在技校为人师表的利婵，生活在简单的幸福中，完全没有危机感。她没有意识到，日后自己会特别怀念这种简单的重复，这份放松又旱涝保收的工作。

但是世上没有后悔药，要发生的一切迟早要发生，但凡发生的一切，都是你要修炼的课程。

在中专里当老师，唯一的不足就是工资不高，利婵很快注意到这一点，并把它放到了放大镜下。毕竟家里的衣食住行用，一切的一切，不能全靠翔子一个人。

如今利婵长成漂亮丰满的少妇了，她有自己的小女人要求：高级护肤品啦，入时应季的衣服和精致小配件啦，如果做女人不能有这些追求，那还有什么意思呢?

正赶上这时候老炮翔子下海了，自己做事业风险大，但他还是拿祖产房屋做抵押，贷款投资开了个装潢设计工作室，专门承包产品的包装、灯箱和其他平面设计。

翔子本来是想做装雕本行的，承接各种城市装饰雕塑，但那玩意儿说起来容易做起来难。因为项目不大吧，挣不了，大的吧，肯定需要人力、物力和资金，而翔子手头缺人缺大笔的流动资金。虽然一些祖传东西很值钱，但不能当败家子呀!

折腾来折腾去，翔子最后把设计室改组成了广告公司，专门承接灯箱路牌和包装设计，拉了同届毕业的装潢系哥们于山和邹文斗加盟，毕竟他们是行业精英。

老炮比较拿手的是跟领导互动，因此平常要走高层路线批许可证和去侃活儿侃资金，都是翔子上，活儿接下来后，具体设计让于山和文斗来做。20 世纪 90 年代创业都艰苦，算是有碗饭吃吧，翔子干得很卖力，毕竟是给自己干。

如果利婵是学装潢的，肯定能帮自己老公一把，一起创业打拼。问题是她学的是根本不搭边的服装！服装的设计课程，利婵本来学着都吃力，再说她天性里缺乏对设计的兴趣和细胞，让她搞设计，不如给她来一刀算了。

翔子一看，没辙，勉强不了，人各有志。天生我才必有用，但利婵同学注定不是吃“夫妻档”这碗饭的。

种种先决条件都决定了利婵的不安分，因此当她的一位家乡姐儿们怀着不可告人之目的，来煽动她一起做 A 品牌传销时，她经不住怂恿动了心。

等她回家一跟老公汇报思想状况，老公急了。翔子好说歹说，好话坏话说了满满几箩筐，口干舌燥，当时仿佛把媳妇给说服了。可一转眼，她还是跟她老乡听课去了。

听着听着，她热血沸腾起来，这当老师的人课越旷越多，最后居然勇猛辞职，跳下海做传销啦！从今往后，利婵一天到晚走街串巷做 A 品牌传销，豪情万丈地瞎忙乎开了，十头牛也拉不回来，完全是被打了鸡血。

翔子自己忙活了一整天，晚上回家对着冷冷的灶台空叹息，媳妇真是走火入魔了。

算啦，吃方便面喝洗脚水也能活，得，随她去吧。听说干传销都特苦，看她能坚持多久，钱挣不着她自然乖乖回头了。这么一想，老炮也就不急不上火了。

可老炮分明低估了自己的媳妇儿，忽视了她心底那沉睡多年的火山，火山最终一次性喷发时的巨大能量和奔腾不息的热流，具有可怕的毁灭性。

传销女神

利婵的热情，源自于舞台的魔力。

舞台对她，有着天生不可抗拒的魔力，只要一上舞台，她会变得特别自信，变成受万人敬仰追捧的明星大腕。

在镁光灯下，她的演说越来越富有煽动性和诱惑力，跟她优美的歌声有一拼。连利婵也被她自己的舞台魅力和演说的魄力震住了，原来她真是这么一块好料。

对利婵来说，这些传销演讲比优美的歌声更富有内涵和行动力，因为它是让千万人发家致富、摆脱贫困的振臂一呼啊！

而她小利，正是引领大家致富的领导核心。这种小宇宙的能量迸发，是她无法抗拒的。

利婵想，甭管以前自己曾经多少次站在舞台上引吭高歌，接受过多少喝彩，那些全是假大空，虚幻的。现在A品牌的演讲和讲课，才确确实实、真真切切地在证明和展示她作为一个领导者的价值！

她觉着自己从没有如此高端地被需要过，所有的梦想和野心都在掌声雷动的一刹那被唤醒，如洪水猛兽一般冲出了牢笼。

这些动力驱使利婵义无反顾地，满腔热情地，全身心地，投入到了传销事业中去，引领一支A品牌的先锋队伍。她完全不知道，自己这么忘情投入的伟大事业，她认为先锋的队伍，很快就会成为人人喊打的过街老鼠会。

但还是那句话，谁能预见未来？在没见识到未来之前，你总得为自己摇旗呐喊一回吧？从来没有过冲锋陷阵的人生，叫什么人生？利婵是这么说服了自己的。

于是，她天天冲锋陷阵，风风火火地到处讲课，都是没有工资的，租场地还得自己掏钱。日复一日，等她把自己那点积蓄用完，只好伸手管老公要。翔子嘟囔几句，但也不会不给她。毕竟是夫妻嘛，是夫妻就得互相扶持，这是死理儿不是？

每次A品牌传销课都需要四五个讲师，负责不同的板块。这些人拿不到一分钱工资，做得苦哈哈，却全都咬紧牙关，勒紧裤腰带坚信“吃得苦中苦，方为人上人”。

作为领队，利婵要事先安排人员和场地，要点人数。还要掌控调配明天该谁谁讲课，这个人能不能来？那个人情绪如何？讲课内容煽动力够不够？人不够，底气不足时，她得亲自上场，动用民族美声唱法接着煽情。

每一场讲课，利婵都必须亲自去督战。每天每分钟，她都得监督指挥，做宏观微观的把控调整，这样不断地去消耗自己。等披星戴月回到家，她早已累瘫成一坨泥，只有躺下直喊“哎呀妈”的份儿了，哪还有精神去过夫妻生活？做贤妻良母？她还指望老公来嘘寒问暖呢。

其实做了两年A品牌传销后，利婵已经积累了无数烦恼，整个人从身心到精神，状态都极其不妙。“这传销，绝对不是人做的！”这种感叹她也不知发了多少遍，但每次人家号角一吹，她还得像穆桂英似的披挂上阵。

当时A品牌团队里面说有两千人，其实经常来的只有上百人。今天这家出点事啦，明天那人不满意啦，后天更有人跟外面碰钉子哭回来了，她们都得找领队利婵诉苦。

利婵自己已经苦得不行，但想想也只能认了。谁让你是领队呢？领队挑头，领队得负责。有人甚至天天跑你跟前来，不断诉苦。

那么作为领队，如果你对同事关注的程度不够深切——比如，从你吐口痰，从你脸上一个表情眼神能看出来，人家就开始怪你了，怨你一碗水端不平，凭啥当领队？是你个人魅力不够，组织停止了壮大……接下来很容易恶语相向，全是想发财的俗人嘛。

哈！这么一帮乌合之众在做A品牌，能发达吗？利婵自己慢慢开始质疑起来。

而且给乌合之众当领导，去引领他们大小不一的思想，这种情况想想也知道是不是人干的。尤其是文化素质层次不同的一堆人，你得去承受，还得去兑现组织通过你发出的承诺。你得每一分钟都充满能量，你就是一打气筒，永远有打不完的气。

花了整整两年，她总算明明白白领悟到传销不能再做了，才明白自己做到头了，可是婚姻也开始亮红灯了。

本来嘛，利婵要是甘愿当好老炮翔子的小媳妇儿，诚心满足当老师，跟自己老公过着普通平凡的小日子，天不会塌下来反而更晴朗。

翔子要的呢，是能辅佐他稳定发展的媳妇儿，正如骆驼祥子配虎妞，那是绝配。可天不遂人愿，偏偏翔子这媳妇好折腾，爱梦想，好大喜功。这种不安分，埋下了两人之间分裂的种子。

没说再见的再见

国际贸易中心的一角，如紫云汹涌的紫藤花棚下，坐着喝咖啡的人。适逢周日中午，人不多，阳光穿透团团锦绣的花影，自在地倾泻而下。

这个地段，只配坐着时髦人儿，衣着破烂、不合时宜地硬闯进去滥竽充数，便是自找怠慢。

周旻今天在附近有个展位要做，而捷子住在国贸这一片的酒店公寓，正好约出来喝咖啡。

“真好，终于可以长发飘飘啦！”捷子随意拨弄自己的发梢，似乎故意要引周帅去注意她的新发型。

“此话怎讲？”周旻晃晃脑袋看看她，低头喝咖啡。

“从前尚羽都硬性规定我留短发的，说像王靖雯。”捷子端着大号咖啡杯，往黑咖啡里兑意大利杏仁酒。她既要被唤醒又必须被迷醉，如此纠结。

“你还那么乖过？居然没反抗？”其实周旻很想说，你前男友到底是喜欢王靖雯还是喜欢你？还好，没说出来，真说了会惹来对方一阵拳打脚踢。

“我有抗争过啊！花了十块钱贿赂学校门口算命的神婆，让她跟尚羽说：你女朋友留长发脾气会更好，还能旺夫。”捷子捂着脸偷乐，古灵精怪。

周旻忍不住大笑：“还有这事儿？尚羽上当了吗？”

“他倒跟我重复了神婆的话，但说完马上来了一句：我不信，我还是喜欢你的王靖雯头！回头照样要我剪短发，没准他早知道那个神婆被我买通了，哈哈！”

“天蝎女果然腹黑啊，这种事你也干得出？真是服了你。”周旻举着咖啡杯直摇头，学着他本家周星驰的调调，其实他是老听见捷子爱说这句经典台词。

捷子两手托腮，露出满脸憧憬：“多年以来，我做梦都想着留长头发你知道吗，长发飘飘让我感觉更自信。长发还可以把一些东西藏起来，妙不可言。和尚羽分手后，就算我长发披到地上，也没人管，自由的感觉真好！”

她总有很多古怪出位的想法——周旻心里想着，嘴里却说：“我也喜欢你长发飘飘。”他说的是真话，他一直喜欢长发女孩。其实他想说：“自由的代价太巨大。”

“对了，你认识比咱高一届装潢系的何潇吧？我俩最近聊得欢！”捷子嘬着咖啡，自顾自说着。

周旻明知故问：“聊得欢是啥意思？现在不只有咱俩在聊吗？”

“聊得欢就是说，我打算让他走马上任做我的 BF。”捷子故作神秘。

周旻慢条斯理地说：“BF？牛肉啊？”

“BF 是 Boyfriend（男朋友）啊，木头人！”捷子斜眼看周帅。

“啊？这么快？你不才休掉了崔健嘛。”周旻托着头看她。

“快吗？我小时候就认识潇哥了，半个青梅竹马呢，有生以来唯一的那本《圣经》还是他送的。这速度还快？”

“嗯，我觉得你好潇洒呀梁倔，羡慕你！”

“人嘛，最不应该跟过去较劲，把过去留在后面，你才能往前走。要实际一点，不管你愿不愿意，时间一直往前走，所以不如合作一点。我觉着最快的失恋治疗就是找新男友，这样会快乐很多，旧的不去新的不来。”

“你真这么没心没肺？”周旻盯着捷子。

“再有心有肺，也要强迫自己没心没肺，适者生存。”

“你喜欢潇哥什么？你真喜欢他？还是因为你失意了，要拉他垫背？”周旻显得有点咄咄逼人，

这引起了捷子内心强烈的不满。但她想了想，装没事，答道：“他很随和啦，他不管我， 由着我性子来，还能像哥哥一样照顾人。”说完，忍不住发泄一句：“瞧你，把我说成了什么玩意儿！”

“我比较懂蝎子。若能和蝎子相处，她可以很好，但她既爱自由又喜欢独一无二地被宠，要如兄如父才能罩得住她，平起平坐绝对不行。她得有优越感，受溺爱，

但又容易被宠坏。你的男友都是这款吧？”

“是又怎样？”捷子越发不悦，只用冷冷的眼神发泄着不满。

“那我觉着尚羽是最适合人选，可你又非要跟他翻脸。一开始我以为你想要他更多关注你，现在我简直看不懂了。你下一个用潇哥来刺激他？可后来你也没找过他？”

“我干吗要找他？他选了一辈子爱他弟，又没选我。”

“你看你，又钻牛角尖。”

“我钻进牛角尖就想抽烟，等着，我去搞一包。”

“我去吧，我也想来几根，你要抽啥？”周旻站起来。

“Kent 白薄荷。”

周帅还真搞到了市面上罕见的 Kent 白薄荷，两人开始吞云吐雾。捷子吐着烟，并不太往里吸。

“你是真抽还是假抽，怎么都吐出来啦？变成我双倍抽了。”周旻挥手赶着捷子吐过来的一堆青烟。

“抽着玩，我要玩酷。”

“哎哟喂，省省吧，您老人家不玩都够酷了。”周旻双手在青烟中挥舞着。

“你说，他为什么就不能选我呢？”捷子在烟雾中低下头去，把脸藏到大咖啡杯里，过了一会儿开始揉眼睛。

“被烟熏着了。”她把烟头掐了，但眼泪开始像蹦豆子一样蹦出来。

这是周旻第二次目睹这个蝎子示弱，心里觉得过意不去，赶紧把手边的餐巾纸递给她。

“死要强，你跟他直说不行吗？”他低头嘟囔了一句，没打算让对方听见。

捷子擦干眼泪，平静地回敬道：“你是笨蛋吗？媳妇儿可以选，满天下都有，兄弟却不能！”

“既然你知道，为什么不能妥协？毕竟他对你那么好，放弃了多可惜！兄弟情是不一样的，也很难得。”

捷子刚擦干的眼睛又红起来，回敬道：“想知道吗？就因为我小气，明白了？他会碰到肚量大的，装得下他和他弟的人，一家三口快乐得不得了，他不需要我。我也会碰到对的人，我不需要他。你以为是放弃一件皮衣吗？当然不容易，但我宁愿掰了也不要分享，这就是我，我生来如此，我不要假装开心！”

她一着急，话说得又冲又语无伦次，周帅看来踩到了蝎子的尾巴。

“你能想得开当然好，我是担心你会后悔，会不甘，不甘心是最大的痛点。”周旻用勺子搅拌着新续的咖啡，只为掩饰尴尬。

捷子又点着一根烟，赌气地说：“我不甘的事情多了去了。我总是好强，总想赢，我输不起，现在你都知道啦！开心啦？我就这么任性，为所欲为，死不悔改。”

周旻叹口气，从容说道：“你可能是赢惯了。一个人总是赢，就不太习惯输，这样反而会降低承受能力。说到底，从小你就什么都有，即使你赢不了，别人也让着你。但你并非一辈子活在童话世界里，遇上挫折你就会很不爽。如果你带着这种公主的心态，跟人斗跟自己斗，会斗得很难受。”

听完这番话，捷子如同一只受惊的兔子，突然扬起脖子看着周旻。沉默良久，才低头问道：“那我该咋办？”

周旻直视她，平静地说：“拥抱大风大浪，接受挫折的锤炼。”

捷子猛抽着烟，这回真吸进肺里去了，她不再说话，也许心里大大地不爽。

但既然话已经说到这份儿上，周旻便乘胜追击，加了一句：“我只是想建议你慎重一点，别太快考虑潇哥或其他哥哥，先让自己静一静，沉淀下来再说。我们都最好搞清楚自己要什么，别一直糊糊涂涂浑浑噩噩，人生就这么短短几十年，无法从头再来。”

“我看你没安好心，你的好妹妹也不少，我都没对你说过这种话！”捷子来了一句，有点儿没好气。

说到这儿，好像空气里的味道变了，难道咖啡被烟酒发酵变味了？俩人也同时意识到了。

沉默片刻，捷子厚着脸皮开腔：“你那么多好妹妹，都没合适的？是你太挑了吧？你又慎重了吗？”

“那得看感觉，确实，我也需要时间沉淀。带着问题沉下来，答案总会浮出水面。”

“还需要时间？蜗牛都比你快吧，别浪费时间就好！”她吐着烟圈，望向顶棚团团簇簇的紫藤花。

“浪不浪费时间，都是相对的吧。说正经的，你在电视台混得还高兴？”周旻懒洋洋地嘬口咖啡，转移话题。

“我腻烦了打工，打算跳出来自己开时装屋，下礼拜到巴黎看货去。”

“梁倔你真是行动派，说干就干。到了巴黎你能看见大街上都是咱的人：我们班吴昊，贾静茹，你们班峥峥，‘蚊子’，还有‘饭饭’……好多！”

捷子摇摇头，说：“你们班吴昊真神，跟祝大神一起经历了公主坟灵异事件，还有幽灵宿舍，现在又跑去巴黎会古堡幽灵！”

“你们班更神，一个个都削尖脑袋往巴黎跑。”周旻回应道。

说起别人，两人感觉放松了许多，气氛也轻快起来。

“其实，‘蚊子’早已经离开法国和松月去德国旅行结婚了。‘饭饭’据说失踪了，吴昊、贾静茹都是你们班的‘雕爷’侠女，我只能找峥峥帮忙看货，她还在读服装设计呢，还是全世界著名的ESMOD。”

“‘饭饭’可真绝呵，一走了之，搞得‘雷神’惨兮兮的。”

“癌症的压力，是‘饭饭’那副小肩膀扛不下来的。你跟秦大少看老雷去了吧？有什么要帮忙的吗？”捷子关切地问。

“我们去看了‘雷神’，他这趟化疗后好多了，基本排除了癌症的可能。但他们闺女那么小，发生这种变故，老雷的精神状态真是……唉，简直找不到合适的形容词。”周旻茫茫然直摇头。

“世事无常，沧海桑田。”捷子呆呆瞪着杯底的咖啡渣喃喃自语，仿佛在说给自己听。

“‘雷神’最稀罕的帮忙是打听闺女亲妈‘饭饭’的下落。晖哥前阵子去巴黎，‘雷神’把寻找‘饭饭’的艰巨任务交给了他，你有工夫也帮找找看嘛。”

“那敢情好，我去巴黎的行程紧，要不我也帮着当一把福尔摩斯。”

“蝎子确实有福尔摩斯的嗅觉，你必须试试，没准你跨界成功，成为新一代私家侦探呢。”周旻笑。

“去你的。”说完这句，捷子站起来收拾包，摆摆五个指头便掉头走人，头也不回地把周旻晾在了咖啡座。

这一对水瓶男和天蝎女时常这样，彼此感觉知根知底，没必要客套，说话要一针扎出血来，拿手摸摸就好。等互相扎完针，随便一挥手说声“撤了”，便是最好的告别。

他俩没有意识到，这一别非同寻常。以后好长一段时间里，两人都难免暗自后悔，今天紫藤花架下这场没说再见的再见。

巴黎夜奔

巴黎晨曦朦胧的街头，捷子起了个大早，自己先去游了塞纳河，下午才跟峥峥见面。

两人约了在塞纳河上一个奇形怪状的玻璃咖啡屋碰头，峥峥说了，这儿气氛足。

小巧玲珑的玻璃屋内弥漫着香浓的咖啡味道，屋内外簇拥着粉色的蔷薇和怒放的七彩绣球花。靠门的古旧木阶梯上歪着一对女“同志”，正在深情款款弹吉他，两人合唱着热情洋溢的西班牙情歌，整个儿一欧洲文艺片呀！

两位老同学见面，大老远互喊了一句：“小样儿的！”便奔向对方，紧紧拥抱，恨不得入乡随俗，像老法那样互啃。

寒暄了一会儿，捷子便直接说明了自己的来意。峥峥表示自己知道一些本地俏货的集散地，可以抽出一两天陪她逛，推荐好货色。

“陪你逛是没问题，可你真打算干服装老本行啊？这服装真不是人干的，你难道不知道？”峥峥还那样，该不吝则不吝，欢欢喜喜、笑眯眯地吐出一个个生猛的字眼。

“嚯，服装咋得罪你啦？”捷子做惊讶状，说：“我改行也烦，总得试试老本行吧，好歹读了四年大本。”

“咱读那四年真是白读了。做服装嘛，首先你得特有钱，然后呢，你还得特会做人，要八面玲珑、长袖善舞。我见过的国际大品牌的所谓首席设计师，他们一个个玲珑得成了人精，无一例外。”峥峥恨恨地喝了口咖啡。

“来到世界时装之都，你肯定看得更清楚，光会画设计图绝对不行啊。”捷子托着腮帮子，附和道。

“没错，你不能只会设计。你知道我体会最深的是什么吗？”

“是如何把自己养成大师？”

“恰恰相反，我是认识到了：甭管我这辈子怎么努怎么拱怎么奋力向上爬，也成不了大师，连混成一个露一小头的小牌设计师也不可能。”峥峥的神态不像开玩笑。

“哈，峥峥同学被巴黎吓得失去了自信？”捷子皱眉。

“咱达不到人家那人脉和人缘，那老少通吃、点石成金的境界！”峥峥叹息。

捷子对这句话有点不以为然，边用勺子搅动咖啡，边淡淡回应：“这方面要看人本身的天性，别太勉强自己，那样活着没意思。”

“有时我死死盯着那些顶尖大师，心想：他会画画吗？会使电脑吗？很可能都不会，但人就做起来了。我现在真的怀疑，咱在中工里学的那些东西，怎么能和世界接轨？中工太注重传统和绘画了，可惜这些都不是顶级时装大师的养成元素。”峥峥深深叹出一口气。

“别这么绝望好不好？你在中国学的，搁咱中国地盘还是行得通的，当时老师也不知道你非跑来巴黎用那些知识呀！”

其实捷子是在打哈哈，觉得自己没有在巴黎奋斗的经验，没资格评说太多。

“总之，我看到了我这辈子都达不到的顶峰，所以不想再做白日梦啦！至少我见识了世界顶尖名牌的出炉，面料和首饰的纯手工制作等，简直不要太牛了，看得我眼花缭乱直想拼爹啊！我还看见温州人怎么挣大钱了，他们跑进老佛爷和巴黎春天直接抄好卖的衣服款式，做好了乌泱泱批发价卖，根本不需要设计师。我给他们当过抄款扒版的苦力，月薪跟餐馆端盘子的一样！”

一下子说起累积好几年的巴黎历险记，峥峥显得有点愤世嫉俗。

“我看那是因为巴黎本地人排外的缘故，所以很容易高不成低不就，巴黎人排你了吗？”捷子问，这是她最好奇的一点。

峥峥耸耸肩：“哪儿不排外啊？北京不排吗？其实语言最关键，学好法语就能生存下去。有些人觉着被外国人歧视，那是因为自己瞧不起自己，因为语言不行。我反正属于二皮脸，脸皮厚，无所谓，好死不如赖活着！我现在法语说得顶呱呱，谁能把我怎么地？”

“学法语？饶了我吧！我来巴黎玩玩逛逛还行。哎，晖哥来看你了吗？你俩远天远地的，以后咋办哪？”

“他刚走。以后咋办我也不知道，顺其自然吧。我不想回去，说实在的如果能挣到钱，在巴黎生活还是很优雅很自在的。而且我很高兴我终于也实实在在被同化了，刚来那会儿天天恨不得跑回北京。晖哥说了，慢慢想办法往这边挪，让我先忍忍。”峥峥有些黯然，看着窗外碧绿的塞纳河。

“这边要多个亲戚朋友，还能好些，不然太孤单。”

“哎，你知道我碰到谁了吗？咱班董雁飞！”峥峥又精神起来。

“啊？董美女可真是神人，上次小利和翔子婚礼上，同学们还感叹她毕业后马上人间蒸发了，原来是消失到这儿来啦！”

“对啊。更神的是，一开始我在警察局门外碰到她，她不想搭理我，俩人留了电话可一直没联系。结果有一次特别怪异，大晚上的，她突然找我。问能不能过来跟我凑合一晚上，说她第二天就走。”

捷子问：“她不会混得连住的地儿都没有吧？”

“谁知道啊，特神秘！就冲她跟你说话那劲儿，你根本不可能问她的私事。但特奇怪，那天晚上她拖着一个小行李箱来的，说要去美国。瞎聊的时候，她不小心说漏嘴，要去美国跟她一小学同学结婚，怪吧？其他我就不知道了哈。”峥峥耸耸肩，露出无所谓的样子。

“那后来呢？”捷子直皱眉头。

“没后来了，第二天睡醒一觉她走啦！来无影去无踪。”峥峥的表情很夸张。

“真够神的，听这样子，她也不像传说中的傍上了大款呀。”捷子满脸困惑。

峥峥双手轻轻拍着桌子，说：“在巴黎傍大款？她没事儿吧？当红电影明星都没戏，想什么呢！我看她转美国很明智，那边暴发户多。”

“哈哈哈！”俩人肆无忌惮地在巴黎大街上放声大笑。

当天晚上，捷子做东，这俩去河边的海鲜馆吃了一堆生蚝和小龙虾。又窜酒吧喝香槟和鸡尾酒，把陈芝麻烂谷子的事儿都挖出来说一说。

回到酒店已经很晚了，捷子没看时间，把自己胡乱在澡缸里泡了泡便爬上豪华大床呼呼睡着了。睡得正香，手机却“丁零零”一直固执地聒噪个没完，愣把她给吵醒了，不接都不行。

拿起手机，捷子没好气地嚷嚷了一句“谁啊”，那边传来异常沉静的声音，是人在美国华盛顿的老姐！

“怎么是你？你不知道我在法国吗？”捷子很意外。

“亏得你在法国……咱爸那边出了点事，还有……妈和舅舅伯伯被带走了。”

电话里，老姐的声音阴沉沉的，如冷风刮过光光的脊梁骨，嗖嗖的。

“啊？……你不是开玩笑吧？愚人节早过了。”这一切听来太荒唐，捷子有点怀疑，一时无所适从。

“你听着：赶紧走，去咱俩一直想去的那地方，入住咱俩说过那怪地方。嘘，别出声！别联系任何人，包括我。马上换电话卡，到了目的地会有人找你。好，保重——拜拜！”

老姐的声音有些生硬，像蹦豆子一样匆匆说完，戛然挂线，似乎争取电话在被人追踪前赶紧把话说完。真会有人窃听追查？这也太离谱了吧？

捷子的酒醒了大半，爬起来打开冰箱，拿了瓶冰凉的矿泉水，仰头“咕咚咕咚”连连灌下几口。

她脑海里重复老姐刚才说的话，心脏被昨晚的酒精浸泡得有点儿麻木，但手上蹦起了一层鸡皮疙瘩。兵贵神速，这种时候哪还有心情睡大觉？

以前，姐妹俩确实争论过理想的度假胜地，一个想去却至今没去成的地方，那儿天高皇帝远。可那怪地方？但愿真存在吧，但愿自己真能找到吧。

捷子马上用手提电脑上网订票，法国有法国的方便。然后把手机卡抠了出来，仔细放进钱夹子的内层。

她木木然地，匆匆收拾完衣物，拨打内线电话，让酒店给叫来出租车。一切如行云流水，跟早计划好的一样。

幸亏她行李不多，三下两下就搞定了。终于，捷子清醒地意识到，这绝对是逃亡的节奏啊！

熬到登机前，她才用机场的公用电话通知峥峥，取消逛街看货，并说自己有急事要匆匆离开，来不及告别。没等峥峥反应，她就挂了电话。

北欧航空的波音 737 展开巨大的银翅，呼啸着，直插云霄。

捷子把座位旁的小舷窗拉开，看清晨橘红的太阳一点点挣脱云层，心中一片茫然，正如窗外翻卷的云雾，变幻不定。

巨变

大石桥胡同内，阳光白花花地洒了一地，葡萄架上的叶子被照成透亮的黄绿色，周旻眯着眼睛在架下看报纸。

突然，一个标题震了他一下，他冲屋里大喊一声：“秦大少，大少！快出来！”

“杀人放火了？”秦可从厨房跑出来，满手面粉。胡同里的小吃都吃腻了，他正打算下手弄几张羊肉烙饼。

“你看这段——看看。”周旻把报纸递到他面前，手指着一黑粗标题。

秦可伸着脖子读标题：“啊什么什么……特区一把手梁锦波受贿巨款终落马……”没读完赶紧抬头问：“这不会说的是捷子她爹吧？”

“绝对是啊！我说呢，前几天我拨她手机，怎么打都打不通。”周旻说着，把放一边的手机拨了几次才放下，耸耸肩说：“随便怎么拨，都是一句话：您拨叫的用户暂时无法接通。”

“她没准正跟天上飞哪，手机肯定打不通，或者在巴黎换了当地的电话卡。”

“不可能连飞好几天的，而且她该回来了。我往她酒店打电话，人说她早就走了。”

“她爹的事，应该跟她没关系啊！”秦可使劲拍拍满是面粉的手，阳光下顿时飘扬一片白色粉尘。

“谁说的？一抓就连锅端的，有事没事，人先带走才能调查呀！覆巢之下，安有完卵？”周帅搓着俩手，原地转圈儿。

“真倒霉，大厦将倾，不会影响到你我吧？捷子不会也折进去吧？”秦可被煽动得有点紧张起来。

“你我安分守己，招谁惹谁了？这报纸上只写了她爹妈的名字还有叔伯舅舅，没写捷子。”

“你我的工作，多少沾了她家的光吧？没写，就证明捷子没事。”

“这点儿芝麻小事倒没人管，反正我也快干不下去了，没准儿她一看家里出事，正往家赶呢。”

“我看你是糊涂了，往家赶干吗，飞蛾扑火呀？”

“对对，那她就是藏在巴黎某古堡了。”周旻挠挠头，有点露怯。

“藏巴黎某古堡也不安全哪，签证是有期限的，巴黎和中国大使馆一合作，她也悬。”

“想起来啦，我见过她的护照，是美国护照。这就好，这就好。”周旻拎起汗衫的前襟，抖扇着凉风。

“瞧把你给急得，就跟你媳妇和岳父出了事一样！安心帮我做羊肉饼吧，你媳妇儿肯定没事，啊！”秦大少拍拍周帅肩膀。

“我俩不就熟点儿吗，至于嘛，落井下石！”周帅白了秦少一眼。

“你俩何止熟啊？你俩简直是一家人哪！”秦大少像被踩到脚趾头，夸张地大叫起来。

“没这么夸张吧！”周旻不以为然。

“你没照照镜子，你都几天没刮胡子了？成天跟个没头苍蝇似的重复一句话：小捷子到底跑哪嘎哒去了？”秦少学着周帅的口吻。

“我俩就跟好哥们儿似的，不行吗？她说了从巴黎回来给我带洋酒的，限期早过，人却无故蒸发了，我能不能问句为什么？”周旻气哼哼地抢过秦可一根烟。

“行，接着嘴硬，我都懒得理你。”秦可往竹椅后一靠，嘴上叼支“555”，给自己点烟。

两人抽了会子烟，秦可又忍不住说道：“其实我觉着你俩挺合适的。当然，如果她爹不出事更合适了，老天保佑她们家没事儿！你俩做朋友，并不妨碍做成一对儿，干吗非不肯承认？所谓谈朋友，不都得先做朋友，才能成双成对吗？”

“这我哪知道啊。嗨，不一样。一开始说好做朋友的，这个定位就定在那儿了。”

“谁跟着定位过日子啊？这不都好几年了嘛，生活在变化中。当年在学校时，可以理解，你们各自名花有主，眼下都变了好几遭了，你俩还不能变通升级一下？”

“说好了是哥们儿，就不能有非分之想，要本着这个原则去交往。是变了好几遭，可每次变动，人家也没提拔我当 BF 呀，说明还是没到那份上。”

“人家没提拔你，你可以毛遂自荐呐，你都没跟人表示吧？真轴！你以前还老说我，等轮到你自己，肉成了大肉虫子。”

“做你的肉饼去吧，大肉虫子！”周旻冲秦可猛地吐出一个大烟圈。

“要做一起做，爷今儿不伺候了！”秦大少翘起了二郎腿。

“呵，反了你！行，等抽完这根烟，我给你露一手绝活儿！哎，说实在的，我想辞职了，布展这玩意儿，干着没劲，想干摄影。”周旻把烟头掐灭，换了话题。

“毕业这几年来，我深有体会。要干就为自己干，轰轰烈烈干一场。”秦可吞云吐雾。

“说得轻巧，想干啥就干啥，为所欲为？”

“往那方面努力呗，人没目标没追求，简直太可怕，连收酒瓶子的大爷都不如哇。”秦大少的志向高远起来。

“你的追求在哪儿呢？说得这么有鼻子有眼。”

“我们单位有过几次跟老外合作的机会，下个月有家澳大利亚公司，说请我过去做技术交流，我想去看看。”

“哟，澳大利亚，多好的地儿，赶紧的！”周帅直点头。

“我琢磨着，以这种交流为支点，找找机会。”秦可似乎充满信心。对他而言，生活有了新目标总是好的。

这俩“帅锅（帅哥）”聊得起劲，一起摸进厨房合作羊肉烙饼，厨房里凉快，省得出来招苍蝇。

晚上，可能羊肉和烟酒的热量太足，也可能因为捷子老爹的骤然落马，搞得周旻翻来覆去睡不着。

这种巨变太可怕了，万一殃及池鱼，捷子可咋办哪？

周帅也闹不清为啥自己如此揪心，作为老友，这是人之常情，这是正常反应对吧？

或者……难道被秦大少不幸言中，我那啥……真掉进去了？

这一整晚，周旻既犯难又困惑，还特焦虑。梁倔音讯全无，不知她人在何方，这滋味简直太难受！难道这真是爱？可是谁了解爱情的真谛呢？

周帅瞪着天花板，一直瞪到迷迷糊糊才睡了过去，似乎还在半梦半醒中听到了隔壁院子的鸡啼声。

第二十二章
白云苍狗

波罗的海

周旻辗转反侧睡不着觉的时候，捷子正在斯德哥尔摩去往赫尔辛基的豪华游轮上。

她已经是神速了，简直马不停蹄，这要是在古代赶路，不知得累死几匹马?

一路上，映入眼帘的是斯堪的纳维亚半岛最美丽的港湾和冰蚀的湖群，蓝天白云、绿树碧湖，她却兴致不高。睡不着觉，也没有胃口。只是胡乱吃了些凉的北极冻虾，喝了一堆冰镇的这酒那酒，她想把自己浸泡在麻木中。

赫尔辛基，依傍着波罗的海，此时正值明媚的季节。天蓝得不真实，草茵绿得刺眼，波罗的海微波荡漾。芬兰，由于受到第四纪冰川的强烈作用，形成了眼前这片“千湖千岛之国”。

捷子拖过箱子，跳下船，大大吸了一口清新的空气，不知该往哪边走。正好码头出口处有免费的城市旅游指南，就随便抓了一本过来。

东张西望，怀着冒险的忐忑心情，她跳上了街边的2号有轨电车，人多让她感觉安全，但满车的金发碧眼，又使黑发黑眼的她很另类。

电车路过一处海边公园，男男女女躺在临海的山坡上晒太阳，有半裸的，也有色彩鲜艳的比基尼，好一片人肉秀。又到一站，是市区花花绿绿的店面，卖酒的商店和露天市场比比皆是，古老厚实的红砖建筑让她感到一丝亲切。

她突然做了个鲁莽的决定，车门打开时跳了下去，冲进卖酒的商店搞了一瓶德国莱茵河谷的白葡萄酒。又随手在街边自由市场买了新鲜的蓝莓、木莓，再挑了一块产于法国诺曼底的卡芒贝尔奶酪，拖着箱子步行回到刚才路过的海滩公园。

她把箱子往绿草地上一扔，从里边扒拉出睡衣垫在屁股底下，三下两下脱到只剩内衣，躺下来晒太阳。边晒边吃着浆汁淋漓的莓子，喝着葡萄酒，回味着电话里老姐说的话，尽管这些话已经在她耳边轰隆了几天几夜。

躺在金色的阳光下，闻着芳香的青草地，她突然想把所有的甜东西塞进口中。最好灌得自己熏天醉地，第二天醒来，这一切全是一场可怕的梦。

她揪了块奶酪丢进嘴里，很美好，奶香浓郁，柔滑爽口，入口即化。

卡芒贝尔奶酪像块小蛋糕，被精致包装在圆形木盒内，表面覆盖一层霉菌发酵形成的白皮儿。卡芒贝尔是个地名，这奶酪据说还是拿破仑三世的宫中贡品。

奶酪有些腻人，她咕咚咕咚灌下几大口清爽的莱茵河谷葡萄酒，闭上眼，不想再受世事的滋扰。

也许是旅途的劳顿和焦虑对精力的消耗，在把整瓶葡萄酒喝了个底朝天后，捷子居然在北欧的朗朗白日凉风艳阳下睡着了。

醒来时仍然艳阳高照，手机没开又没戴手表，捷子根本搞不清几点钟。她意识到不能再当流浪汉了，老待在外面，找她的人也会找不到。

她仔细在旅游指南上翻了起来，如果“那怪地方”真像传说中那么有名，肯定能找到。

果然，翻了两遍指南后，它猛然跳入了眼帘——监狱古堡酒店，图像不大，藏在角落里。

捷子曾在老爸带回的北欧旅游杂志上看到过它，当时还和老姐争论了一把，这就是姐妹俩都想见识的怪地方。

之前老爸曾来北欧会老友，答应带全家来玩的，却一直没时间兑现诺言。现在可好，这儿却成了她的避难所。

这地方真是面朝大海，春暖花开，一直在等着她来。

入住酒店时，捷子已经精疲力竭，等进到房间时真是哭笑不得，这果然是不折不扣的监狱古堡！大门是厚厚的栅栏，自己从里边锁住自己。

连墙面都像巴士底狱那么斑驳，窗户小得可怜。但引颈一探，外面碧水蓝天，白帆点点，海鸟盘旋……好一派加勒比海的海盗风情！只不过她眼下的处境，形似落难公主，也知道不会有王子来搭救她，像史莱克那样的青面怪也不会有。

床倒是非常舒服，软硬适中，大大的枕头让人深陷其中，难以自拔。小窗户旁边是古典的洗脸盆和毛巾，床前有张带裂纹的长凳。

窗帘是厚厚的两层，一层是白色轻纱，一层是厚重苍蓝色的粗布，遮阳很管用，一拉上便遮天蔽日。卫生间和沐浴间也隔着奶酪色的大栅栏，空间不大。整个房间古朴厚重又带种凛冽的气质，行，很符合她这位跑路公主的身份……捷子左看看右看看，不禁苦笑。

海风和海水有助于睡眠，捷子仿佛陷入了沉沙的海底，一整晚都做着和北欧海盗有关的梦。

次日清早，海风拂面，又是新的一天。

她下楼，挑个靠窗的位置，喝着苦咖啡观望海景。这里既没有海鲜粥也没有豆浆油条小笼包，只有咸肉培根，小香肠夹煎蛋和各种面包奶酪，看一眼已经饱了。

因为想着老姐电话里那一句“会有人找你”，这一天捷子把自己关在这“监狱”里，没敢乱走。她把自己关了足足三天，却根本没人找。到第四天时捷子已经失去了耐性，戴着帽子和墨镜跑到外面闲逛。

赫尔辛基的确是个美丽的海港花园城市，清新、朴素大方；古典和现代的建筑交相辉映，走街串巷还能挨个儿看看北欧人的布艺、木雕和金属工艺。

偶然看到一个妖异的驯鹿头骨时，她着迷了，一冲动想买下来，可往哪儿摆呢？逃亡路上带着驯鹿头骨？闻所未闻，她哑然失笑。

最后她挑了一片小巧的鹿骨拆信刀，一只手工木制的咖啡杯，还有一整块暖融融的羊羔皮，搞不好自己要在森林里过冬呢。

整个下午，捷子在街心公园的浓荫下徜徉，喂喂一堆“咕咕咕”围着她转的鸽子，看看街边的杂耍。饿了喝黑咖啡吃牛角包，再吃腻人的奶油蛋糕，总之专吃甜的。这时候特别需要甜腻腻软绵绵的东西配着烫嘴的饮料，很温暖很熨帖很有安全感。

她在的老式咖啡馆正对着街心公园的青铜雕像，理想的位置，香浓的咖啡，真棒！

咖啡桌对面坐着一位北欧帅哥，他在阳光下边喝咖啡边皱着眉头看报纸，好眼熟啊，他喝咖啡的姿态像极了谁？——周帅！没错，不同民族的人是可以神似的。

周帅肯定觉着我逃跑了，为了躲避他让我买洋酒的艰巨任务，哈，她不由得笑出来。他会找我吗？他会着急吗？好像很少看到周帅慌乱着急，他总是很淡定。

想到周帅，她从咖啡屋里挑了一张明信片，想了想，在后边胡乱画了几笔，再盯着自己的涂鸦出神。也许某一天，他会收到这张明信片？

她笑自己，很想随手把明信片丢进垃圾筐，但还是忍住了。等某天风波过后，再看这张明信片，心境会不同，留作纪念品吧。

捷子野游了整整一天，刚回到酒店房间躺下，前台便来电话："梁小姐，你有留言，请来前台领取。"

留言是一封信，里面只短短一行字：请明天下午3时在酒店等候，任。

日用之道

方庄宿舍里，雷老爷子和老伴正乐呵呵地抱着孙女上街遛弯。

老两口有意走开，让儿子和他的哥们儿好好说说话，听说人家刚从巴黎回来，没准儿有凡凡的消息呢。

屋里，张晖拿出从法国带回来的礼物，一件件分开介绍："那，这是咱闺女的，这是你们仨大人享用的。"

"真有孝心。我媳妇儿呢？没把我媳妇儿给带回来？"

"我按照您给的线索找到她文物所跟巴黎联系的人了，人说她到巴黎后开始跟考古队。考古队经常行踪不定，失去了联系。我又按照他给的线索，找到了考古队的一位兄弟。那兄弟说，凡凡后来跟了一队志愿者，大部分是外国人的那种，去了非洲。"

"好，有志气，我媳妇儿支持非洲人民去啦。"看来"雷神"今天心情不赖。

"你得派人深入非洲了。唉，无底洞啊你这是！"

"是命。她人没走时，我找了她那么多次都没找着。"

"天蝎女都很决绝又很矛盾，她怕自己见到你崩溃。" 这年头，男男女女都喜欢拿星座说事儿，晖哥也跟风。

看来话题过于沉重，两人同时选择了沉默。

临出门了，张晖腻腻歪歪地靠在门边，磨磨叽叽说了一句：“还有一事儿，不知当讲不当讲……”

“讲。”

“那啥，据不可靠消息说，凡凡后来嫁给了一叫黄东强的臭小子。”

“陶瓷的黄东强？咱樱桃帮的阿黄同学？”雷鸣挑起一只眉毛，眉心拧成疙瘩。难怪，当年樱桃沟说红楼时，阿黄和凡凡争辩得那么欢……“雷神”有点纠结。

“名字一样，人我没见着，也是蒸发得无影无踪。”张晖如实回答。

“打死我也不信哪。”“雷神”盯着地面，有点儿蔫，像片干枯的老叶子。

“不用打死，我死活都不信。不过当年踏春樱桃沟，记得吗？阿黄和凡凡争论红楼，那啥，好像有点火星子溅出来那感觉？”张晖也和雷鸣想到了一处。

“好你个阿黄，演变成黄老邪啦，敢挖我的墙脚？让我逮住你，绝对抽筋扒皮，让你躺着进博物馆！”“雷神”咬牙切齿，口不择言，只为了过干瘾。

晖哥噤若寒蝉，拍拍屁股赶紧溜了。

接下来的日子里，雷鸣和张晖两人一直互相作用，相互影响。

本来雷鸣被调到中洋广告集团后，一直负责集团 VI 部分，分管企业视觉识别方面的设计。前一段时间因为化疗申请下岗了，后来病治得差不多时，便寻思着自己开广告公司。

事有凑巧，张晖正好负责中洋集团新办公楼的装修。老跟中洋的领导吹，“我那中工同届兄弟就在你们中洋，人那么能干，品学兼优，你们咋不知道用啊？”

中洋领导当面被挤对，一急，立马让人事部查，人事部说，“对，雷鸣，确实有这人，正跟家下岗呢。”

领导不干了，命令雷鸣火急上岗，以方便单位和张晖配合，于是“雷神”又重新被拎了上来！

结果等中洋大厦装修完工了，领导一看，乖乖，整得不错！立马把老雷提拔为中洋广告国际部的总经理，不但派他去美国做了六西格玛的正经培训，还批准他去清华带薪读 MBA 国际商业管理。

看来老天爷无情带走一些东西，又能回馈你一些东西。即使关上门，也给你打开小气窗，总之天无绝人之路。

中洋广告国际部是个比较牛的地方，牛就牛在经费足。

有一回集团搞涉外活动，由雷鸣的部门负责，上头还委托了一家外资公关公司来指导工作。那公司名气大派头足，里头的人动不动狂踐英文。

那次外事活动总共 15 个人，一晚上务必花掉 70 万元！

20 世纪 90 年代啊，这么多白花花的银子都不知道该咋花。于是那个公关公司派了总经理助理过来，负责教导雷鸣他们怎么花钱。

那位总经理助理是新时代的时髦人儿，一高挑的美女，洋名叫 Grace，即是“优雅”，够直截了当，够露骨。那意思是说“我没姓，直接叫我优雅吧。”

优雅小姐说话不好好说，老爱蹦一堆英文单词。一次把“雷神”给听急了，犯浑来了一句：“英文是吧？我只听得懂 Go to bed（上床）！”

不得了，整得优雅小姐脸涨得从通红到酱紫。又有一次，她给老雷介绍自己的总经理，一副趾高气扬的样子：“我司的 President（老总）是早稻田大学毕业的”云云。

“雷神”看不惯，马上插嘴打岔：“你们公司够专业吗？总经理咋是个学农业的捏（呢）？难怪如今土豪多。”

从此，优雅小姐一见雷鸣就各种躲。“雷神”才不怕，反正他是彻底不信狗屁爱情了。除了厚颜无耻四处勾搭姑娘，还经常出言不逊，见一损一，优雅小姐成了明显的受害者。

本来雷鸣好不容易定下心来，一直在中洋广告国际部待得好好的，中洋集团却突然通知改成股份制。他一看，嗅到了危险的气息，拿着自己那股份撤退了。

主要是，他看到股东结构比较乱，背景一个比一个吓人，所以干脆跑回母校读研去了。可光自己读又不甘心，干脆拉上晖哥垫背。所以张晖一直跟人说，自己冷不丁儿被“雷忽悠”给忽悠成了研究生。

这之后，虽然老雷的感情之路依旧不顺，但事业上，好歹一步步走上了白手起家的道路。

读研期间，他爱把理论和实践摆到桌面上来回对比。有一天突发奇想，设计了一堆“以人为本”的家具。研究生毕业后，就一手一脚做起了自己的家具公司。

到 2012 年，读研的同学拉他一起做中国的无印良品。于是雷鸣接触了无印良品生活研究所的人，从此开辟了路径，开始创建自己的家居品牌“日用之道”。

这品牌的名字，灵感源于明代思想家王艮提出的“百姓日用即道”。

雷鸣认为，越是日用品，越平凡，也越不凡。正如阳光、空气和水一样自然，不引人注意，却无法缺少，无时不在支撑着我们每日的生活。

由此，“雷神”的“日用之道”要致力于挖掘物品本身的实用价值，关注人们的内心和需要。

“日用之道”的宗旨是做出朴素自然又高品质的产品，为人们提供实用、贴心的家居用品，并符合现代的生活趋势和潮流。

雷鸣找机会经常到欧洲和日本进行专业考察，信心满满地把他的“日用之道”一步步小心翼翼地推上航道。

巴黎剧变

法国巴黎的春天，要多凄美就有多凄美，也可以要多浪漫便有多浪漫，全在你的个人心态。

境由心生，你用什么样的眼看世界，世界就是什么样。

在巴黎各个小巷子内来去匆匆的峥峥，开始还很享受这种雨雾霏霏的浪漫，现在却有点儿不耐烦了。

她心怀不满：你说你要下，就给姑奶奶来个痛快，这么成天搞得腻腻歪歪、湿了吧唧的，叫啥事儿嘛！她心里正莫名烦躁，看什么都不顺眼。

春雨绵绵细如发丝，不用打伞。可毛乎乎的雨像绵密的松针，稍不留神就钻进衣服去了，防不胜防。

几番冒雨奔走后，峥峥终于在一家温州餐馆找了份临时工，讨起了苦营生。既然给温州人做抄款的跟端盘子一样，还不如正儿八经干“累脖”，至少对得起设计师那颗良心。

边打工边上学的日子很充实，她一般都是下了课赶到餐馆，然后一猛子扎进去埋头苦干。

峥峥看得很明白，ESMOD 时装学院能把设计师打造成高级裁缝，安排很多实习机会，让人充分练手，恰好是中国国内服装高校的深造和补缺。

至于找工作，怎样往人尖尖儿上走，那完完全全是你自个儿的事了。

她也深深感叹，实习虽然能更广泛地接触社会，但干多了也烦，主要是它不能解决温饱问题。不给钱的实习太不是东西啦，还想把你给用死。

凡是长了脑子的，你想一想就头皮发麻、苦大仇深，这也是她最后甘愿去餐馆打工的主要原因。一分劳动一分收获嘛，干活不给钱那叫啥事儿嘛，简直猪狗不如哇！

在中餐馆打工，至少能到手白花花的银子，还不用上税，正是传说中的打黑工。当然，上班时绝对得夹着尾巴做人，端盘子洗碗擦桌子扫地，不在话下。峥峥唯独最怕老板娘叫她收钱。

因为晚饭那个钟点餐馆特别忙，手忙脚乱指不定会找错钱。一开始老板娘不情愿让峥峥这个生手去收钱，但忙起来也顾不了那么多啦，是个人就能收钱。

一次，老板娘让峥峥去收钱，她一摸钱就特紧张，生怕弄错被扣工资。正好顾客是位高大的意大利人，法语夹杂着一股意大利调调，她听得直迷糊，简直找不着北。

加上那人嗓音又磁性有余清脆不足，还歪戴个巴拿马帽，一片神秘，弄得她更慌。

人一慌手一抖，峥峥找给人的钢镚就撒了一地。

她满脸涨红，连忙弯腰去捡，没想到意大利人也伸手帮她，钱捡起来后交到她手里，还说："收着吧，这是您的小费。"自始至终，她也没胆子细瞅那位意大利叔叔的脸。

这意大利人定期来餐馆吃饭，给小费总是特大方，可能把她当灰姑娘了吧。唉，可惜他不是王子，王子才不会跑来华人街吃饭呢，峥峥想。

有一次，那神秘又好心的意大利人前脚刚走，峥峥就听到老板夫妇躲进厨房里一阵瞎嘀咕。

老板说："这家伙好像是帮派的一哥呢，每次来都是约人吃饭，他不会是利用咱餐馆谈不法买卖吧？"

"管他呢，掏钱都是咱的客人，哪听说过餐馆要为客人行为负责的？"老板娘给老板来了个大白眼，很不屑。

"就怕万一有个麻烦事，人家以为咱给他提供场所，要不他光来咱家吃呀？"老板冲老婆瞪眼，他不是妻管严。

"你又钻牛角尖！天底下的餐馆回头客多了去啦，个个都在谋划不法营生啊？

快炒你的菜去吧！”

老板娘一阵凶巴巴的呵斥，把老板给骂了回去。

在这餐馆打工管饭，而且不限量，只是不能往回带。有可能是东家管饱的原因，这儿的伙计都是饭量不多的丰满型，峥峥算是最瘦最健美的了。

她刚来时还吃嘛嘛香，最近有点儿吃不动了，有可能老闻着厨房的油烟，伤了胃口。

总之一进厨房闻着油烟就想吐，直到有一天真的干呕了半天，她才猛然惊觉：我的妈妈呀，例假已经好久没来，大事不好啦！

好不容易熬到下班了，想给晖哥打电话吧，时间也不对。再说自己最好确定了再说，别一惊一乍的，招人烦。

她跑去街边药店买来试纸，很快答案便浮出了水面。“两条杠！”她嘴里骂骂咧咧，心里又想：不行，这玩意儿万一不准，最好正儿八经上医院查去。

医院的结果也很快出来了，已经有孕俩月啦！

峥峥请了一天假，坐在花园里发呆，狠狠地骂自己：你是死人呐，两个月不来例假，死活没发现？而且头俩月食量完全跟母猪一样……你这头猪！

想了半天，她才想起来，可能是自己前一段有点水土不服，喝牛奶开始过敏，例假也一片混乱，根本不准时，所以……而且上学上班忙成一锅粥，巴不得这讨厌的大姨妈不来呢！

这下可好，大姨妈不来，来了小兔崽子……主要是来得实在太不是时候，自己孤家寡人在异乡挣扎的……

这可咋办哪，老妈要是知道了，还不得打断我的腿？得赶紧跟晖哥说，好歹他这个当爹的，得负责任。

在邮局排了半天队，人都站不稳了才轮到峥峥打电话，可是晖哥死活不接电话。正是吃饭的点儿，没准他又跟领导们出去应付饭局了呢，算了，过会儿再打吧。

她又等了老半天再拨号，电话终于打通了。

没想到痛苦漫长的等候后，等来晖哥在电话里大剌剌的笑声：“你知道我今儿干啥去了吗？相亲去了，哈！”

“怎么回事儿？”虽然平时两人爱打闹，但峥峥听了这种话多少有点不爽，尤其是在这个时候。

“这不老爷子让去的嘛，我就去了。结果很意外，姑娘居然还不错，哈哈！”晖哥又笑，估计是喝了几盅。

“比正妻我还强？”峥峥想开玩笑，但喉咙发干。

“确实比你白嫩，还舞蹈学院毕业的，神吧？是我家老爷子一同事的侄女，愣说我俩小时候跟大院宿舍里一起玩泥巴，手拉手光屁股游泳，哈哈，肯定是忽悠我呢！”晖哥爽朗地大笑，真觉得这事是胡说八道，特可乐。

“哟，你俩还是半个青梅竹马哪！”她有点儿泛酸了，但还在开玩笑，嘴硬逞强。

“可不是嘛！”他完全没听出来，以为媳妇儿还是从前的女汉子，什么玩笑都能开。

“要是没我这个正妻，您保不齐就给人娶回家了吧？”

“那就给她领回家当二房吧，现在都特兴包二奶，前两天同事还开玩笑说，二奶要合法了呢！”晖哥完全闻不到巴黎那边空气里的幽怨和不安，继续开玩笑，他不知道这一特殊时刻非常不适合开玩笑。

电话这一头，晖哥的玩笑却打翻了李峥嵘的醋坛子。

峥峥其实并不知道，原来自己吃起醋来，是可以整罐子醋吞下肚，然后吐出来呛死人的，连带呛坏了她自己。这能怪她吗？自打抵达梦想终点站巴黎的头一天开始，她一直在忍，除了忍还是忍，一忍再忍，忍无可忍。

她想：奶奶的，什么东西呀，我跟这儿受苦受累受委屈，他在那边风流快活？……

她心里一激愤，电话便悄悄地从手中滑落。

一瞥眼，她看见一枯瘦干瘪的法国老太在门后颤颤巍巍地等着，峥峥决定把机会让给她。于是果断挂上电话，走出了国际长途电话间，往繁华的大街上走去。

那边的张晖在电话里喂喂了几声，耳边却剩一片忙音了，他以为是媳妇儿硬币不够，电话自动挂线了。

恋恋风尘的巴黎之夜，多么迷人……峥峥两手插兜，独自走在灯火璀璨的奥斯曼大道上，心中滑过老狼沧桑的歌声。

她也不知道自己要去哪儿，只是漫无目的地沿街乱走。边走，她边用力发狠地踩着地面，似乎这样能泄私愤。

巴黎市中心的奥斯曼大道永远繁华，总是挤满旅游购物团，尤其是来自中国二三线城市的大妈大姨团。老佛爷和巴黎春天这俩超级百货都在奥斯曼大街上，里边各种大牌云集。

商店里还带有退税系统，可以快速扫货并马上退税。而旅游团的导游们趁买客退税时，正好到商家那儿领取自己的佣金。现在大家都学会了玩这套游戏。

峥峥每次走进老佛爷和巴黎春天，总会以为回到了北京，一切说明和导购都是中文，乖乖。

眼下几个酒鬼从身边走过，飘来一股放肆的烟酒味道。

峥峥脑子里却还是乱哄哄的。是啊，晖哥做任何事都得看他家老爷子的脸色，他肯定来不了巴黎。自己也不想回国，那么答案可想而知，必须把孩子打掉。

“打掉”这字眼像大马蜂使劲蜇了她一下，峥峥浑身一阵刺痛。可还有别的辙吗？真的没有了。

没啥大不了的，哪个女性一辈子不“打掉”一次半次？没有准备，不能尽到责任就必须放弃，不然对孩子大人都不公平。

既然如此，这“打掉”的残酷决定，一定要贯彻到底，为了贯彻到底，干脆从酒吧开始吧？省得自己回头又后悔，产生了恻隐之心，麻烦更多——峥峥劝说自己。

下定决心，不怕牺牲，她一直向前拐进意大利大道，找了一处酒吧。

这儿没那么乱，还算合意。这是巴黎第二区，在塞纳河的右岸。巴黎第二区以巴黎歌剧院为中心，和第八区第九区一起构成巴黎的繁华商业区。

进了意大利酒吧后，峥峥先来了一杯爱尔兰咖啡热身，再来一杯雪梨酒。酒温热着她有点酸苦的胃，慢慢地，酒入愁肠愁更愁。望着窗外，她长长地吁出一口气——灯红酒绿的大街并不会因为我的沉沦而失色，这万家灯火的巴黎，竟没有一盏灯属于我。

悲凉，这时从后脊梁爬上来。她觉得冷，冷得就像光着身子走进冬雨里，冰冷刺骨，冷到她浑身发颤，她只想坐到地上大哭。

正憋得难受哭不出来时，一个高大的影子横在她面前，柔声问道：“我可以坐你旁边吗？你今天没上班？”

峥峥本来想躲避生人的骚扰，可对方刚才那句问话挑起了她的讶异——陌生人怎会知道她没上班？

“我……你是谁？我认识你吗？”她抬眼看对方。

“算是认识吧，你经常在上班时被我叨扰。不好意思，我开个玩笑！你要喝点什么？我请你。”对方一口意大利腔法语，还挺自来熟。

——哦，是他，那位老来餐馆用餐的意大利叔叔！

原来他不戴巴拿马帽时，是这个样子，他把胡子刮掉了，居然有几分德尼罗大叔的味道……

峥峥顿时很愿意让眼前的酷哥坐在自己身边，胡扯也行啊。有可能是她实在需要朋友的安慰，也实在需要分散心神，不想再把注意力集中在让她担忧烦恼又有点害怕的那件事上。既然没有朋友，来张熟面孔也好啊！

她要了一杯 Apple Martini（苹果马丁尼），酸酸甜甜，正对胃口。

“这里是酒吧，不用太严肃。”意大利叔叔压低声音说道，把酒递给她。还顺便酷酷地用手在嘴部画了个笑脸的动作。他笑起来时，唇角的笑纹在荡漾，高鼻子有点儿歪。

“认识一下，你叫什么名字？我是安东尼奥。”他大大方方地伸出蒲扇一样的大手。

喔，名如其人。

“峥峥。”她有点拘束。

“峥峥？这声音像吉他弹奏，很好听，有什么特别意思吗？”安东尼奥是个好奇的家伙，还自带音乐细胞。

“啊？没有吧。如果有，即是高峻突兀的意思。”她的法语可能没表达到位，酷哥还是脸带问号，黑眼迷离。

“哎呀，总之就是很麻烦的意思啦！”峥峥做个巫婆变法术的手势，两手往空中一阵乱抓。他含蓄隽永地笑起来，黑眼眸里的迷离沉淀下来，成了一团深沉和气。可能是看她动作夸张，他终于懂了她的幽默。

很奇怪，这种眼神让她产生一种莫名其妙的安全感，似乎他能洞察一切真相，这可是个不折不扣的路人甲呀，保持清醒和戒备状态！峥峥暗自警告自己。可接下来，他俩这路人甲和路人乙啥都聊，天南地北，海阔天空。

安东尼奥说他没去过中国，但神往已久。他还强力推荐她喝 Bloody Mary（血腥玛丽），果然，平时难喝的血腥玛丽在这儿却很好喝。

几大杯血红的血腥玛丽下肚后，峥峥像打了鸡血，她开始哈哈大笑起来，而且满嘴跑火车，尽显英雄本色。

他们喝了一宿，酒吧打烊时，她翻江倒海地在门口大吐特吐。

在最后一刻的清醒中，峥峥眼里是转来转去的石头路，一只扶着她的毛乎乎大手和自己放大变形的脚趾头。

镜中月，水中花

北京城内，东四一处住房内，传出刺耳的争吵声。

“您瞅瞅您自个儿，好好检讨检讨，啊！”老炮翔子嘶嘶的嗓音里透着几分哀怨。

“我有啥可检讨的？我不也是为了争一口气嘛！”小利似有满腔委屈。

“你争气？你那是贪，知道不？人性最贪婪，贪婪是大戒！所以贪婪、永不知足的人注定贫苦，江湖上就叫作阿宝，懂不？人家来骗你们这帮阿宝，一骗一个准儿。换句话就是——活该！”

“不清楚事实，就甭乱说话，啊！本来别人都做得好好的，可轮到我头上，偏偏就成了过街老鼠人人喊打，你说我怎么办？”

“你还好意思嚷嚷？政府部门打你肯定理由充分，老百姓受你们坑害还浅哪？就这么打，你们还天天跟街上窜，没皮没脸，比老鼠还不如！”

翔子骂得兴起，把小白瓷酒杯“啪”往桌上一顿。

“坑人？我都坑谁啦？我又没坑你！”利婵被说得急赤白脸，也不甘落后。

“没错，你坑的还真就是我。”翔子一个劲儿点头，接着喝，好像有声音在命令他。

“你就玩命儿给自个儿灌‘猫尿’吧！你除了灌‘猫尿’还知道啥？我坑你？呸，你个败家子！女人撸起袖子出门混，还不是家里男人不争气？你还有脸说我？哼！”

媳妇这句话太伤人，老炮被气得鼻子都歪了，大声回敬道：“说什么哪你！别狗嘴里吐不出象牙！”

“你才满嘴喷粪！”利婵的嘴皮子被演讲磨炼得越来越锋利了。

……

夫妻俩好一阵唇枪舌剑，这是少见的，翔子一般不爱说太多。今儿是灌下了二两老白干，指着媳妇的鼻子，狠狠发泄了一通不满。

老炮翔子从小受教育，一直不敢喝白酒，喝两口就觉着过头，可又管不住嘴。他心里郁闷得慌——唉！最近忒不顺，媳妇做的这一档子臭狗屎传销要被禁。自己那一摊子，顶梁柱于山又辞职走人了，处处不顺心哪！

婚姻让男人迅速成熟，何况是磕磕碰碰的居家过日子，能让你一夜之间脑洞大开，迅速长成绿脸大叔。

老炮实在想不通，结婚快两年了，这媳妇，不老让你省心，成天爱折腾，要成功要出人头地。为啥别人家的媳妇都可以跟家养个大胖小子，安安心心过日子，可自个儿这媳妇非不干呢？我要得多吗我？翔子就是气不过。

说到生娃，夫妻俩每次都互相推卸责任，谁都不愿正儿八经到医院好好查一查。翔子知道媳妇之前得过卵巢囊肿，很惧看妇科，除非麻烦自己找上门来。

说白了，这日子眼看过不下去了。平日里一忍二忍再忍，不知不觉，夫妻俩同床异梦，日渐生疏，积怨已久，终于爆发了“内战”。

大礼拜六的，既然家庭气氛如此不欢，利婵也不想跟家里窝着。索性骑着自行车出了门，沿着小街和胡同瞎溜达一气。

本来想去找家乡的姐们儿，可人家要不在工作蹲点儿，要不老公孩子热炕头的，谁有工夫理她？算了，前面就是鼓楼了，要不到大石桥胡同瞅瞅，要是两位大少在家，还能找个知根知底的人说说话，讨碗水喝，利婵想。

正好秦大少在院子里，看小利来了赶紧招呼她进去坐。她把自行车推进门洞，靠墙支好。秦可马上过去，帮她把车挪到另一面背阳的墙边，这样她回去时不至于被晒热的车座子烫屁股。

他的细心她看在眼里，她没说话，光冲他乐。

婚后两年里，翔子小两口没少来串门，大大小小的聚会也让秦大少和小利混成了老熟人，彼此之间谈得来，有某种默契。最关键的是，一个愿说，一个愿听，在校园时那种羞涩感和后来的尴尬感都没有了。

早这样多好，秦大少有时难免这样想。没办法，在校园时没谈过恋爱，现在已经是恋过的人，成熟多了。

“坐里屋还是葡萄架下？”秦可体贴地问。

“葡萄底下纳凉多好，小风吹着倍儿爽，我就喜欢北京这种热度。”利婵以手代扇。

“正好有冰镇的沙瓤西瓜，等着，我给你切去。”秦可里里外外开始张罗。

“就你一人，周帅呢？”她坐到葡萄架下，从桌上拿起蒲扇扇风。

“他今儿创作热情高涨，一大早挎个相机出去拍照啦。”秦可放下西瓜，把屋里的风扇拉出来。

“唉，我看你们一个个都比我有追求。”利婵大早上被老公骂了一通，多少有些沮丧。

“哟，怎么啦？你也志向高远哪，你不是A品牌传销做得热火朝天吗？”

“嗨，啥热火朝天，光四脚朝天了，没火！那玩意儿光成天乱吆喝，一分钱没挣着。”

“我仿佛听说传销要被禁啊，有没有影响到你？”秦可把一大片红瓤西瓜递给利婵，俩人边吃瓜边聊。

“没看我已经变成了群众？马上要失业了，正失落彷徨中。”说完，小利埋头吃瓜。

“不至于，你就跟翔哥一起干呗，夫妻档，最佳拍档。”秦可微微一笑，说道。

利婵吃完瓜，从牙缝里哼哼了一句：“我只能帮倒忙，再说人家他也瞧不上俺。”

秦可安慰她：“你把做A品牌传销的热情放到夫妻档经营上，肯定行。”

小利眉头紧皱，好一顿吐槽：“做了这么久A品牌传销，我筋疲力尽，一直到最近病倒了，才能喘口气儿。躺在病床上都跟梦游似的，梦见很多手从底下一个劲儿拽我，嚷嚷说——哎该你讲课了，赶紧讲课！老是这重复的噩梦，你知道吗，烦都烦死了！”

“这么走火入魔？那看来你是做过了劲儿，得好好歇歇，养精蓄锐。”

利婵难掩沮丧：“唉，你说我怎么做啥都一事无成呢？我也觉着自己很没用。”

“没这么绝对吧，你歌就唱得很好啊，有没想过往那方面发展？”秦可说的是真心话。

“现在起步真的晚了，那玩意儿要有名师指导，还得有专业团队打造。我早就错失良机，不做那个梦了。”

秦可又柔声问道：“轻工学校那个教师职位呢？还能回去吗？”

“回不去了，再说怪丢人的，回去干吗？”

“那你对啥最有兴趣？”

利婵垂下眼帘说：“我目前对啥都没兴趣，真是奄奄待毙……”

“这种状态可不妙，翔哥怎么说？”

“简直太不妙啦。甭提了，最看不上我的人就是他。今儿睡醒一觉，灌点儿黄汤就冲我发泄不满。”

“啊，不会吧？没准他工作不顺心，广告现在不好做，竞争太激烈。”

“可能吧，自打我做A品牌传销开始，我俩就越来越不对劲。他不容易，难道我就容易？这两年承受的真不是一般人的压力，完全是逆水行舟，都快得抑郁症了。”利婵满脸疲惫。

秦可关心地问：“传销这么大的压力呀？照我理解，传销是上层剥削下层，搭一个金字塔结构，叫你不停地发展下线，拼人头多。靠每人交的入会费或销售利润，进行层层盘剥，对吧？”

“可不呗！传销嘛，一般都是借上线的力。如果你上线做得好，够牛，就能把你也带上去。你讲课时，带着上线的成功人士来作秀，你尽可以吹，听的人才会信服，掏钱加入你的战线。”

秦可笑道：“那你们找最牛的上线，借他们的力呀！”

利婵边掏纸巾擦手边回答：“我们的上线不行，根本借不上力。我从不名一文的无名小卒开始给人家拼命讲，光凭着一腔傻热情。没工资不说，租会场都自己掏钱，全靠着唾沫星子把人一个个讲到入会。”利婵像见了娘家人，好一阵倾诉。

“听着真不是人干的，难怪被禁，那你正好摆脱苦海。苦海无边，回头是岸。”秦大少觉得自己这话说得有点不伦不类，但确实是心里话。

“可每次我那些老乡一来叫我，我就抹不下脸，而且很不想认输。关键是吧，我这人有野心，老贼心不死地想成功，想发财。当时一看，确实有人借上线的力嗖嗖升上去了！我幼稚加天真加头脑发热，觉着机会难得，一个猛子扎了进去 。”

利婵想不吐槽都不行，在秦可面前，她忍不住，秦可是那个让她能原形毕露的人。

“既然意识到了，赶紧收手呗，其实你都不如去做产品直销了。”秦可实话实说。

“你知道，我这人其实特理想主义，又不甘心平庸。不怕你见笑，我是一特爱做梦的人，容易被假大空的东西吸引。遥远的目标那么美好，那么高大上，我情愿目前吃一点儿苦，去得到它。可遥远的东西往往是镜中月水中花，很可能压根儿就是一不存在的东西，对吧？你说我该怎么办呢？”

秦可的善于倾听，使利婵敞开心扉，做起了自我检讨。

“人有理想有目标是好事，但得找到一个合适又实际的载体，我不太相信传销会是一个好途径。不过这怨不得你，很多人都这样，满腔热情想大干一场。比如说我吧，单位里干得好好的，又想出国交流。”秦可说。

利婵一听，反应热切：“有这种机会太好了，啥时候去呀？”

“下个星期，签证和机票全都办妥了。”

“你不会一走了之不回来了吧？”小利似乎有点紧张。

“哪能呢？出去看一眼，见见世面而已。”秦可淡定地说。

“换了我是你，如果外国真有说的那么好，我就猫那儿赖着不走啦。”

“我先看看再说，不过猫下去算非法，被逮住要坐牢的，得不偿失。”

“没准人家国外的监狱比咱这儿的普通房子还强呢！”

“不会，肯定没有翔哥这四合院好！”秦可笑。

“哎对了，‘菜花’一直没消息吗？”

“没有，搞得周帅寝食难安，可也无法可想。”

“你说‘菜花’到底有事没事呢？”小利问。

“反正她家是出事了，我和周帅天天翻报纸，‘菜花’有事应该能看到。”

利婵撇撇嘴，说：“‘菜花’又不是政治人物，有事也不会登出来，你真以为报纸什么都能登？”

“现在一点消息没有证明她很安全。”

“也对，希望‘菜花’没事。反正瘦死的骆驼比马强。”

“对。可怜苦了周帅，一天到晚跟这儿猜：小捷子到底怎么啦？”秦可学着周帅的口吻。

“哎，他俩还挺逗的哈……可惜啊，随着时间的无情流逝，他会忘记她，面对现实。”

唠着唠着，两人之间最初的那种亲切的感觉又回来了……说话投机时间过得最快，一眨眼到了晚饭的时间。

“饿了吗？来点儿茴香饺子？西芹拌豆腐干？”秦可问。

“我都跟这儿贫半天了，不好再叨扰，我得走啦。”

“不碍事。反正周帅没回来，我孤家寡人，吃着没劲。你吃点再给翔哥带点回去，跟他再吃一顿。昨晚我俩没事干，发神经包了一大堆饺子，还有西葫芦馅儿的呢！”

秦可说着就去煮饺子，生怕对方走人。

“你俩发神经发得可真好，那我真不客气啦！”其实想到家里气氛那么紧张，利婵真是有点儿逃避回家。

晚餐虽然简单，但气氛祥和。苦水倒完了，利婵心头舒畅了不少。

等她回到家时，翔子已经歪在红木躺椅上直打呼噜。估计他后来又喝了不少，桌上胡乱摊着二锅头、鸭脖子和酱猪肘等，乱糟糟的一堆。

利婵无力地靠在门框上，叹了口气，去洗澡。

洗澡时，透过清凉的水幕，她看到的是自己一路上骑车的轻快。

而骑车时，她满脑子回放的是和秦可相处一下午的愉快时光。那美好怡人的片段，此刻又一幕幕在面前重播。

她喜欢那种祥和，那种贴心。秦大少一点儿没变，总给人那种温文可亲的感觉，自己是怎么错过他的？

这一晚上，在翔子有节奏的呼噜声中，利婵又患得患失起来。

她知道患得患失是心魔，可惜人只是人，怎能斗得过魔呢？

远走彼岸

夜幕降临，老炮拖着疲惫的身躯回到家，又是形单影只。其实他也打心眼儿里明白，自己不该期待什么惊喜。

他本来可以传呼媳妇，至少找找她。不过他实在没劲儿了，公司里那一摊就够他忙活的。于山一走，好些设计的活儿他得自己干，一天下来钻研得脑仁都在疼。

最近夫妻俩就算双双待家里，也没什么话说，冷战分明打响了。

但是当老公的越不表示对老婆的理解，老婆就越不想承认错误，有人来找她，她还是跑去给 A 品牌传销讲课。利婵也明白自己在垂死挣扎，但愣是不服气，不愿妥协。

政府要查禁，那等禁到家门口再说。国家那么大，要挨家挨户禁，得花老长时间呐。

这天，秦可刚从澳大利亚回来，反正闲着没事，就呼了利婵。他主要是好奇，自打上次吐槽后，她到底还干传销吗？

利婵正好在中场休息时接到秦可的传呼，抓紧时间回了他，还对他说，“你要真好奇，可以来看看哪！”

不说不要紧，说了，还真把秦大少给招来了。他坐下来，特有耐心地听了大半天利婵的讲课。“真够可以的，他心好。我要拉老公来听我讲课，他还不得跳起来。”利婵暗想。她知道不能把男人比来比去，但能不比吗？

“你在台上煽动力一流哈，你在上面说话跟唱歌似的，好听！”秦大少说完有点脸红。

小利厚着脸皮抢功：“你这话我爱听。俗话说，说得比唱得还好听，原来夸的就是我呀！”

“上次光听你那么一说，我想象不出来传销到底咋回事，这一看就明白了。”

“看出咋回事来了？”

“完全是在扰乱社会秩序。”秦可笑得温文尔雅。

“讨厌，你这个城管大叔！哎，澳大利亚好吗？”

“嗯，不错。动物凶猛，人民热情。”秦可简短有力。

“说真的，有机会往那边走吗？”

“这次交流会，人家对我的专家讲座反映还不错，已经预定了下次到悉尼大学讲中国陶瓷制作工艺。”

“太棒了！快请我吃饭，庆贺一下！”

两人最后在她家附近的朝鲜凉面馆坐了下来，这儿空调足，凉面又爽口，那牛肉也是特有的香嫩。

“听你这么说，出国好像挺容易的！”利婵说得喜庆。

“主要是上次我突然心血来潮，做了个叫‘绽放’的陶艺，一不小心拿了个所谓的国际大奖。而且我实习去的是景德镇，毕业后我也到景德镇待过。悉尼大学的人对这些很感兴趣，想成立一个陶瓷工作室做研究也授课。说实话，主要是运气好，在对的地点和时间遇见了对的人 。”秦可说。

“光靠运气不行，得有料才行，恭喜！说实在的，我真想替你去啊！”利婵露出了艳羡之色。

“嗨，没准我去那待俩月就开始想北京啦！”

“也没准你去那儿勾搭上了洋妞开枝散叶，从此成了爱国华侨哪！”她逗他。

“想不了那么长远，走一步是一步吧。哎，这都快到你家门口了，把翔哥也叫来吧？他不是有手机嘛，拨个电话就是啦！”秦可建议道。

“别叫，真的，我俩最近老不对付的，叫来了尴尬。”

“尴尬啥？我给你们撮合撮合！”

“真的不用叫，没准他正加班呢，叫他反倒添乱。”

利婵这么一说，秦可只好打住了。可接下来发生的一幕，让他吃后悔药也来不及了。

翔子在家闷得慌，一看都七点多了，懒得做饭了，出去吃吧。

他晃晃荡荡逛出门，想吃点儿好的吧，一摸兜，忘了带钱包！兜里只有一张整十块，得，往前再腿两步路，吃凉面得了！拐角那家朝鲜凉面还不错。

就这样，三位老同学在面馆里不期而遇，世界偏偏这么小，生活往往这么狭隘。换作是和平日子，倒没啥，都是老同学嘛。可这会子，小两口的冷战进入了旷日持久的阶段，已经不同往日。

当下秦可站起来招呼翔子，三人虽坐到一处了，但场面多少有些尴尬。尤其是翔子，在家等了半天媳妇没等着，原来媳妇是跟她大学时眉来眼去的秦大帅哥单独吃去了。好嘛，俩人还背着他欢颜笑语！

这时秦可真有点后悔跟翔子他媳妇来了这家面馆，本来也是想着离她家近，叫上翔子一起的，可没想到自己撞到了枪口上……当着老同学的面不好发作，等回到家，夫妻俩又犟上了。

“我还当你有多忙呢，原来是跟小蜜吃喝玩乐去了！”翔子没好气，想都没想，话里带怨带刺出了嘴。

“话别说得这么难听啊，大家都是老同学！”

“你可以做，别人为什么不能说？为啥怕别人说？”

“你有那工夫干吗不检讨检讨自己？你现在脾气是越来越差了，天天给我一张狗脸看。结婚前你那好脾气都上哪儿去啦？简直货不对版！”小利一张利嘴不饶人。

“说谁货不对版呢？你以为你就对版了？你每次总挑别人毛病，都是别人的错。家里有问题不主动解决，倒有工夫出去泡，最该检讨的人是你！”

“我为啥出去泡，你想过没有？我愿意跟他说，那是因为他理解我！”利婵觉着憋屈，大实话不能不说。

“对，没错，他肯定特理解你！不然你改嫁他得了，本来你就特后悔，所以没好好跟我过日子！”

俩人继续你一句我一句展开了拉锯战，吵得越来越得心应手，这是第几次内战已然算不清了。夫妻俩越吵越过激，最后彻底翻脸，各睡一屋。

其实不用任何人说，利婵也知道，在这种风雨飘摇之时，不应该把失落寄托在曾经心仪的男同学身上，但她就是控制不住，说是心魔也好，贪心也好。

人心有时很喜欢作怪，变成一块疯狂的石头。你让它向东，它偏向西；明知山有虎，它偏向虎山行，完全是作死的节奏。

小两口吵架分床睡的事情，不用多久秦可就知道了，这方面利婵藏不住事。他内心很歉疚，觉得自己不应该去蹚这浑水，最有效的方法是离开。即使利婵再三传呼他，他也不敢回了。

很快，秦可便第二次应邀去了澳大利亚。而且因为工作签证，随后续约在悉尼暂时待了下来。

生活原本可以很简单。你尽可以选择一处新的地方，面朝大海，春暖花开，忘记前尘往事，让一切重新开始。

至少秦大少爷是这样决定的。

他走的那天，送他的人只有周帅。因为秦少不想再掀波浪，兴风作浪是他最讨厌的品行。

有极光的明信片

送走了秦可，回到空落落的四合院，刚进门，周旻便发现门下有信件。

地上躺着他订阅的摄影杂志，底下还有一张明信片，他俯身捡了起来。

怎么秦大少前脚刚走，这明信片就到家啦？他苦笑，随手拿起明信片瞅了一眼。

咦，冰天雪地里一缕惊艳的北极光。极光？咱家有亲戚在北极吗？

他把明信片翻过来一看，背面是画得乱七八糟的漫画。赫然是一位洋鲁智深，酒糟鼻，歪戴牛角帽。洋鲁智深旁边，是大大的惊叹号和问号。这啥玩意儿？除了收信人地址，竟然没有任何留言，怪哉。

周旻举着明信片在阳光下仔细查看，邮戳隐约有"Finland"字样，芬兰？北欧海盗？再细细辨认写地址的笔迹，苍天大老爷，这笔屉屉字不是梁某人的吗？难道真是失踪了好几个月的梁倔？周旻半信半疑。

他赶紧跑进屋，躺床上，举着古怪明信片翻来覆去仔细琢磨：这"梁菜花"，她到底想说什么？

第一句显然是"我人在芬兰。"然后呢？大大的惊叹号下面那个点被画成心形，心尖朝下；而旁边大问号那圆点也被画成心形，心尖却朝上。这鬼画符的，啥意思？

突然，电光火石间，这句话跳进了脑海："要来当北欧海盗吗？"还伴着捷子惯常的诡笑。

联想到男性女性的代表符号是一个朝上一个朝下，那么心尖朝下的惊叹号，应该代表她在说：我很赞！ 这心尖朝上的问号，即在问：他会觉得怎样呢？

正确！她装神弄鬼，从北极圈寄来神秘明信片，实际就在说："我人在芬兰。你要不要来做北欧海盗？我觉着很赞！你说呢？"

哈哈，北欧海盗？尽管我愿意，可咋去啊？这一晚上他又失眠了，幻想了半天海盗的生活。那个地方至少有很多可以拍摄的迷人风光吧？ 生活得凛冽又恣意妄为？

第二天，他仍然洋溢在兴奋中，至少捷子有下落了，她很安全，这比什么都强。至于当不当北欧海盗，肯定是自己分析过度了。

数天后，有一封厚厚的挂号信等着他拿。

周旻把信拿回来拆开后，是一堆介绍和申请表。还有一封信，自称是留学担保人，如果他周某人愿留学芬兰，那么这位落款任先生的委托人即会办妥一切。当然，使馆他得自己跑，外语也得自己搞定。

啊哈，原来是这么一条走向北欧海盗的路？

他仔细看了看留学介绍，是芬兰南部某大学，其影视媒体和摄影艺术专业，跟他给自己设想的未来紧密相连。

虽然整封信没有一处提及捷子，但她的影子从这儿透了出来，她知道他一直想跨界做摄影师。

经过慎重考虑，并和父母商量后，周旻从容填了申请表，并放入一些自己的摄影精品，写了回信，发往芬兰。

接下来，他得为留学北欧发力，为人生的第二轮追梦拼搏。于是，英语培训，专业考试，申请签证等一系列相关的手续，都紧锣密鼓而按部就班地进行。

由于任先生那边提供了雅思考试的试题范围，所以经过一通紧张的准备，周旻顺利考过了关。和任先生通过电话后，知道十拿九稳，他才大大松了一口气。心领神会，两人在信件和电话里从不提捷子和她的家事家人。

报纸上登过，捷子的父母和涉案家人仍在羁押审讯中。

在等待签证的过程中，周旻为大石桥胡同房子的交接，去拜会翔子。他很惊讶地发现，利婵已经搬了出去，老炮翔子变得越来越沉默，对周旻的留学说了些祝福的话，但显然情绪不佳。

老炮这时候的确满头包，内外溃疡流汤。自打他公司里的顶梁柱于山辞职后，另一员大将邹文斗也流露出要走的意思——西班牙皇家美术学院在向他亲切召唤。

对周旻说完祝福的话，翔子顿觉周身一阵酸疼，心中愤愤不平：好嘛，你们一个个的，翅膀长硬了都往外飞，似乎国外有金山银山等着你们这帮孙子去挖。国内改革开放如火如荼，有啥不好？党和国家咋对不起你们这群白眼狼啦？培养一个人才容易吗？苦心吧啦把你们培养好了，又都一个个胳膊肘往外拐？

从翔子那儿出来后，周旻心里止不住感慨：真没想到老炮和小利会如此草草收场，但仔细一想也不是没缘由。毕竟那是在校园的温室里培植起来的恋爱种子，没跟社会上的大风雨搏击过，结出的花朵根系不深，又不好好施肥呵护，那么昙花一现便无法避免了。看来就算到了北欧国家，可以为所欲为，自己和梁倔之间也要慎重。

等到这一天周旻终于要离开中国时，他并不想太高调，但觉得应该看一眼利婵，不然总放心不下。

刚走进利婵新租的公寓，周旻就觉得不妙。这是个很旧的筒子楼，楼道非常昏暗，有股烂菜叶子的味道，各家厨房和垃圾筐都在楼道里。还能看到蟑螂老鼠窸窸窣窣在楼道爬来爬去，如入无人之境。

利婵热情地欢迎了周帅，知道他要远赴北欧，更难免感叹一番。

当然，周帅对谁也没有解释为什么是芬兰，那儿有什么在等着他，他没有对任何人提起捷子。

“这两天总有惊喜，不少老友来慰问我。”利婵把泡好的茉莉花茶递给他。

“把你给烦坏了吧？”周旻把拎给小利的一些营养品顺手放在茶几上。

“最烦的是，我眼巴巴看着每个人都在往前走，只有我在后退。”她说，垂下的眼帘跳得像颤动的蜜蜂翅膀。

“我觉着吧，你跟翔子先各自冷静一下，然后再好好谈谈，万事好商量，别冲动。”说完，周旻轻轻吹着杯子里的茶叶。

“谈不拢了，我们正式离婚了。”她听起来还算淡定。

周旻却很震惊，一时不好说什么。愣神了一会儿才说：“不用悲观，挫折总是难免的，熬过这一阵就好了。”

“算了，就这样吧，人的命天注定。再争，又能改变什么？”利婵似乎是认命了。

“还是要争一下的。你现在做些什么呢？有工作吗？”

“我那山西老乡给介绍了一份临时工，让我给些戏班子做戏服，都是针头线脑的活儿。因为他们量不大，所以服装厂也不接。反正先混着呗，再找找正经工作，我都不知道自己到底想干啥、能干啥。绣绣花做个衣服啥的，已经成了吃老本。”她一副死猪不怕开水烫的调调。

“最好看看各位老同学能不能帮帮忙。你经济上有问题吗？ 我可以负责出面，征集粮饷。”周旻自告奋勇。

“谢了，还是周帅贴心啊。经济上我凑合，昨儿还有人给送抚恤金上门了呢。”利婵露出一丝疲倦的笑容。

“抚恤金？”周旻有点摸不着头脑。

“对啊，我也没想到。居然是我那前男友战彬，你记得咱那位战师兄？他听山西老乡说我离婚了，要了地址巴巴跑过来，硬塞给我2万块钱。说是对我的青春赔偿费，还一个劲儿道歉，说自己当年不懂事，弄得我挺感动，真的。”

周旻露出困惑：“哦，他想重修旧好？”

“没有，人家现在过得挺好，娇妻乳儿的。”利婵仿佛在说城南旧事，眼底的一丝苍凉投向了窗外。

“你对今后有什么打算？有什么可以帮到的，你一定要吱声。茫茫人海中，大家做了四年同学，即是缘分。”

利婵低头抠着指甲，幽幽吐出一句：“你们都有奔头，我是瞎活着……说句大实话，我这个人呢，之所以混得这么惨，有我自己的原因。对于一些个本来挺好的好人好事，并不知道珍惜，丝毫没认识到那人那事的好。错过了，知道可惜时也晚了，我已经失去了追求的资格。”

周旻很清楚小利的话里有所指，后来瞅准机会，把这句话捎给了大洋彼岸的秦可。

告别利婵出来，周旻走在萧条的长街上，感慨良多。回想考大学上大学，仿如就在昨天，但一抬头，已经往事枉然人蹉跎。哎，真是自己离开北京的时候了。

三天后，周旻便带着简单的行李，踏上了两眼一抹黑的北欧之旅，无人相送。

时间太无情，转眼到了 1999 年。每个世纪之末，总会自带一点凄凉，一个时代的终结嘛，总有些东西阴魂不散。又有些形状不明、寄予了厚望的新东西在诞生，带血带水。

1999 年 11 月 20 日是个终结日，中央工艺美术学院并入清华大学。

曾经玉兰娇俏、潇湘竹摇曳的美丽校园被推土机推平，浓缩为大北窑路边一块小小的石碑，一缕香魂随风飘散。中央工艺美术学院搬进了清华园，正式成为清华美术学院。

只有当年大北窑滋生出来的悲欢离合，依旧在世界各地悄然前行。

整个中工校园被推平那天，雷鸣和张晖聚集众人，去小石碑前合影，这时在国内的樱桃帮已经剩不下几人了。老炮翔子望着那块终结石碑，突然想起了那个梦——《红楼梦》的惨淡更鼓声中，王晓飞老师冲校园那扇雕花大红门缓缓走去，转身赠言大家“好自为之”，当年南柯一梦，今日竟成真。

利婵孤寂惨淡又深刻反省的单身女子生活，直到有一天秦可从澳大利亚探亲路过北京，才宣告结束。那段凄苦的单身生活让她学会了很多事情，也自立自强起来，苦难真能让人迅速成长。

生活总给你机会，让你学习原本欠缺的东西。所谓“出来混，迟早要还的。”

也可以说，每个人的阅历和挣扎，正是一种修炼的过程。至于成精成佛，全看你的个人修为和悟性。

巴黎桎梏

峥峥从酒醉中醒来，头疼欲裂，全身骨头酥软，感觉自己随时能像巧克力一样，整块地融化掉。

她勉强睁眼一看，眼前完全是个陌生的环境——奶黄色墙纸上飘满顶着小伞的蒲公英，床边小桌上有电话，床单被罩都很整洁。窗户是那种老式的狭长百叶窗，一看就是老房子。

她晕乎乎地闭上眼，在脑海里翻箱倒柜一番，终于想起那位形似德尼罗大叔的意大利酷哥来。“野男人？！”她脑袋一激灵，人便“腾”地自动跳下床，跑去客厅里厨房里浴室里，她搜遍了整个公寓，空空如也，没人。

峥峥无心久留，赶紧飞快地穿好衣服，关门走人。

把门关好跑下楼梯，她推开一扇白色的小门，门外面还套着小天井，然后又有拱形的门洞出去，一切小细节都非常南欧化，原来这是个独门独户的小楼房。

峥峥走出门洞后回头一望，见墙角垂吊下一大片蓬勃冒火的红色爬山虎，其艳色和繁茂的程度都很扎眼。

也许就在她走出那个拱形门洞时，已经看见了某种轨迹和暗示——火红色的爬山虎，即是顽强生命的象征。

人们总说，女人是有预感的，而女人的预感往往很准。

匆匆跑到路边跳上街车，峥峥逛了几圈才回到自己的小屋，她补了一觉，中午得爬起床往餐馆赶。幸亏是周末，不然为酗酒而旷课旷工简直太不值当了。

又是忙乱的一天，快收工时，晖哥居然把电话打到餐馆来了。

老板娘正好在她旁边记账，峥峥根本没法子跟晖哥好好说话。只得匆匆敷衍两句，然后正式问他能不能来法国，是定居的那种。

果然，电话里晖哥很踌躇，完全没有了之前的信誓旦旦，搞得她火大，生猛地扔出一句：“我给你生一堆小崽子，你也不会来，对吧？”

对方愣了一下，答道：“孩子可不能乱生……我那意思吧，千万要想好了再生。”

“近期你能来一趟吗？越快越好，有正经事儿要跟你商量。”她跟他下最后通牒，不管他明不明白，话说到了这份儿上，他不明白也得明白，峥峥拼命地独自狂想。

“近期啊？我争取吧。啥事儿不能跟电话里说啊？难道是嫁娶之事？”晖哥有点半开玩笑。

“对，就是嫁娶，你想赖都赖不掉啦。”这样说已经够直白的了，峥峥想。

“那我得来，领导开除我也得来，放心啊乖乖！”得，他又开始贫。

其实，这俩人之间早潜伏着一些不良因素。其中之一，就是说话老一点儿正经没有，好话也能给听成坏话。

放下电话后，她觉得紧巴巴的心稍稍放松了一些。但不知为啥，脑子和支气管还是塞着一团乱麻。也怪不得她，能不乱吗？肚子里那玩意儿可等不了太久，要现形的。而且怀孕的妇女本来激素就超常，行为上难免超常发挥。

那位意大利酷哥倒是没再出现，峥峥一点儿也不意外。静静等着晖哥的到来吧，他才是宿主，她安慰自己。

可等啊等，还是老样子，而且终于等来了晖哥的电话：“我去不了，你能不能回来？”

“为啥？”峥峥在电话的这头干瞪眼睛竖眉毛。

“最近建筑院里事儿特多，我根本走不开，快要评职称了，大家都在咬牙顶着，再说老爷子身体有点不妙。”晖哥的理由总是很多，并且充足得让人无法反驳。

“是，我李峥嵘算老几？永远轮不到我，对吧？你去死吧你！”热血直往头上蹿，峥峥眼都充血了。

“啪”一声，她断然挂掉了电话，心想：说那么多废话有用吗？没用就不要浪费口水！

她没有眼泪，更不想回到自己的小窝。正好餐馆人手不够，她便干脆留下来加班，把自己折腾死了干净。

她开始偏激，走向极端，这样也是一种发泄，发泄是不理智，可是解气呀。

峥峥正站在柜台前，低头查对单子，就听到一个磁性的声音说：“波嚅——你好！”

“波嚅！咦，你从哪儿学的中国话？”她抬头，露出职业性的微笑。

“你教我说的，忘了？”来人脱下巴拿马帽，眯眼看着峥峥，正是那位让她羞惭的安东尼奥。那晚她真是糗大发了，而且出酒吧后的事情她得了失忆症，指不定发生了啥呢……她有点忐忑。

她迅速在记忆库里好一阵翻箱倒柜，可没搜到这个片段，他肯定是在耍贫，不跟他计较。于是，她开门见山问道："要吃什么？我给您下单子。"

"不用，我是来找你的。"他倒直接。这是要干吗？峥峥不安起来，也很困惑，毕竟自己是那个醉后失忆的人，人家有什么非法之事要讹上她，不是没有可能。

"啊？为啥？我欠了您二百刀（美元）？"她突然想起来，有一次他想用美元结饭费被拒的画面，赶紧抓出来当灭火的干粉剂。

"我有事找你谈，重要的事。"他没笑，还挺严肃。

坏了坏了，我到底醉倒后都干了些啥伤天害理的糟事儿？峥峥的小心脏又是一阵狂跳，有点儿兜不住，觉得自己真丢不起人了。

"哦，不是要雇我当私人保镖吧？"每次悲凄绝望，峥峥都能冒出些变态的幽默感来，一般人乐极生悲，她是悲极生乐。

安东尼奥终于笑了，露出了洁白坚忍的牙齿。转手摸出一张钞票送给老板娘，说："你们的姑娘我带走了。"

老板娘狐疑地望着他，再看看钞票，眨巴着小眼睛说："哦，好，记得还。"

老天，给她钱，就什么都好，幸亏她不是老鸨！峥峥在心里暗暗开骂。

反正她也累得差不多了，走就走。她转身去摘下围裙，拿好自己的双肩包，跟着意大利叔叔走出了门。

"安东尼奥，是吧？"峥峥明媚地侧脸冲他一笑，试图友好一点，万一无意中真有冒犯，也好让他大人不记小人过。

"你不会不记得我的名字，你故意的，不过我喜欢你的顽皮和幽默。"他含义深远地笑，黑眼眸闪着睿智。

"咱这是要上哪儿去呀？"峥峥谦虚地问，尽量夹紧尾巴。

"去个好地方。"他掏出手机，约出租车过来。

"能不能提供点儿线索呢？"她龇出萌萌的小兔牙。

"带你去一个地方，顺便收服你。"他双手交叉在胸前，回看了她一眼。

这个姿态让人觉得他在卖关子，而且胜券在握。

"哈，我有啥好收服的？我又不是白骨精，你收个屁呀！"她继续玩她的小伎俩，希望借萌态博取宽大。

“你有。”他漆黑的眼睛神秘地瞟了她一眼。

干吗非得装大爷，想吓死谁？

峥峥心里很不服，但也只好满脸堆笑，跟着这位意国大爷往前走。

鲁昂血鸭

来到门口时，峥峥才恍然大悟，这个地方，原来是著名的某咖啡馆。

这地方蛮有意思。传说由于它正处于歌剧院门口大道上，所以19世纪时，那些马车夫和家仆都跟这儿吃饭喝小酒，等待自家的老爷太太。

后来不少演员图近也来光顾，逐渐声名鹊起。

“你得点 Canetons à la rouennaise（鲁昂血鸭），回味当年盛宴！”

“血鸭？吃得我满嘴血沫沫呀？不成野人了吗？”峥峥龇牙。

“这是诺曼底名菜，可以吃得很斯文，尽管做法残忍。要用没成年的仔鸭，不放血掐死，烤片刻，用榨血器把鸭血榨出。加入波尔多红酒、干邑、鸭肝、小牛肉高汤等烹制成鲁昂酱汁，最后淋到鸭肉上。”

“哈，看来你是个美食家，听你的准没错！”她笑着放下手里的菜单，反正看着也眼晕。

要点酒时，他却制止了她，暗示性地望了望她的腹部；他还擅自做主，嘱咐侍者，她的那份血鸭不要放酒。

峥峥大吃一惊，他是怎么知道的？难道酒后大吐特吐，顺便吐出了秘密？太大嘴巴了……她下意识地捂嘴。

果然，鲁昂血鸭不负盛望，味道浓郁，满嘴留香。生蚝和鹅肝也非常不错，可惜无酒不欢哪！

“你说有事要跟我谈？但愿是……赐我一份好工作。”峥峥正襟危坐，摆好洗耳恭听的架势。

“其实，你不再适合那份餐馆的跑堂。你要保养，等待孩子的出生。”他正色说道，直视她。

“孩子？谁跟你说了什么孩子？”还真是自己这张大嘴巴！她忍不住吃惊，怎么这记忆没存档？岂有此理！

“你亲口告诉我的，还说孩子的父亲不能来，你已经放弃等待。”他很平静。

“我……我不记得说过呀。”她脸在发烧，糗大了。

“我想你是酒后吐真言，忘了，你连教我说中国话的事都给忘了，醉酒容易造成记忆短路。”

“真是我教的？你还会哪句中国话？”峥峥暗暗称奇。

“不多，就两句：你好和谢谢。”他很从容。

“一晚上你就学会了两句，还能记住，你这个学生我收了！这顿饭只当是学费好啦，稍微贵了一点！”

他笑了，顿一顿，很严肃地说：“说到孩子，你有什么打算？”

“我能有什么打算？我一穷学生，孩儿他爸又不管。”

“如果有人管呢？比如说我。”安东尼奥的黑眼深如潭水，不像在开国际玩笑。

“你？我……你，我们不熟啊。”她张大嘴巴，又有点难堪地捂上嘴。

“正在熟悉起来。”他友善地笑着说。

“那晚，我们……那啥，没咋地吧？”峥峥有点紧张地指指自己，又指指对方。

“因为你喝了很多，说不出自己住哪儿，我只好把你带回蒙马特公寓。第二天早上，趁我下去买早餐和早报时，你逃跑了。后来我有急事回了趟意大利，这就是全部经过。”

“哦！”她往后靠到沙发椅背上，松了口气。

“真的，我是说真的。如果信不过，我们可以签合同，白纸黑字。”他双手交叠在桌上，一副谈判的姿态。

“啥合同？你想——让我把孩子生下来，卖给你？”峥峥瞪大眼睛。

他直摇头：“不是，我的故事说起来太长，以后慢慢跟你说。我建议这样：你可以用我在蒙马特那套公寓，如果你觉着身体还允许你去上课你就去，我记得你是时装学院的学生，对吧？”

“对，我想把学上完，我一定要拿到毕业证，这是我来巴黎的目的。”她答得有点儿迫切。

“这个没问题。等你身体不方便时，你要静养，把孩子生下来，之后你还可以接着把学上完。”安东尼奥的声音还是那么柔和飘忽，像在催眠。

确实，好在这儿是学分制，而且大着肚子上课的人也不是一个两个，私事根本没人管你。只要在学籍保留期间拿到足够的学分，你就能拿到毕业证。

在这里，你要不要努力拿够学分毕业，完全是你自个儿的事。读书本来是个人的事，自己不着急，谁还能替你急？

安东尼奥继续说道：“孩子呢，我会负责，出生证明上可以把我填写为孩子的爸爸。如果在这过程中我们继续相处愉快，那么可以考虑结婚，至少从开始到现在，我感觉很愉快，我喜欢你。我十几岁出来闯荡，自问有一双识人的慧眼，你是个好女子。”

“可我连你是做什么的，都不知道。”她盯着他，有点愤恨他的直接。

他慢条斯理地说：“我是个生意人，珠宝期货股票，什么挣钱做什么。我是土生土长的意大利人，为生意奔走于法国和意大利之间。我在意大利乡下还有个葡萄酒庄，你在法国住腻了，可以上那儿去。短时间出差你不用跟着我，长期出差嘛，你和孩子最好跟着我，你忙不过来时，我会请保姆。”

“你不会是西西里岛的黑手党吧？可是你的动机是什么？你我根本素不相识，我觉着说服力不够。”她耸耸肩，双手反扣胸前，袖手旁观。

“我看着这么像黑手党吗？”他大笑，说，“很简单，今天是我49岁的最后一天，马上要跨入50岁门槛。

“从15岁打工开始，我经历过太多，很想闲暇时有一些天伦之乐，无奈天不遂人愿，我一直孤家寡人。”

“嗯，说服力还是不够。”峥峥望向夜色斑斓的窗外。

“我真的特别想要中国血统的小公主小王子，我希望你这第一胎能带来好运。据说我曾祖母是中国人，这总让我有寻根的冲动，一直没机会去完成这个愿望，但我寻到了你。我是祖母带大的，从没得到过父母的关爱，没有兄弟姐妹，所以我尤其喜欢孩子。我祖母长得也蛮像中国人，一见你，我就觉着亲切。”他解释道。

“哦……那多半是你一时半会儿的冲动。巴黎大街上中国人乌泱乌泱的，你都亲切？都像你的祖母？”

“其实你的幽默就很像我祖母。别担心，也别一时冲动嫁给我，你和我相处后，想好后，再做决定。合同可以归纳为：我为孩子负责，提供你的学宿费用。但你至少给我生一个孩子，未婚生婚后生，都行。”他说得干净利索，完全像在谈一笔划算的生意。

“现在这第一胎还没生出来呢！而且我那天喝了那么多酒，这……生出来不会是个弱智吧？”

“可以到医院检查，而且你要注意，不能再喝酒抽烟。这些都会作为条款，写进合同里。”安东尼奥很鸡贼，还是个一板一眼的家伙。

“那万一我跟你死活生不出孩子来，咋办哪？”峥峥面露难色。

“如果你尽力了，责任不在你。而且注意，合同一旦签订，你我同是合法监护人，孩子的生父永远不得过问，他无权做任何决定甚至知晓真相，你要切断和他的一切联系。”他双手合并，托着下巴注视她。

“这合同的提议，有效期多长时间？就是说，我有多长时间考虑？”她终于还是问出了口，眼盯着桌面。

“孩子出生之前吧，出生前你就必须有决定了，因为出生证明要填写孩子的父母。我非常不赞同打胎，孩子是无辜的生命，生命是宝贵的。你孕育了这个生命，不想看他一眼，关爱他吗？”安东尼奥眼神很犀利。

这简直是匪夷所思的一顿饭，林子大了真是什么鸟都有。茫茫然，峥峥回到自己小小的蜗居，仍然惊愕不定。一整晚，安东尼奥最后的那句话在重重地敲击她的脑壳，拷问她这颗心。

两周后，她约安东尼奥去见了律师，经过讨论推敲细节后，她在那所谓合同上签下了自己的大名。

自打鲁昂血鸭后，峥峥开始严格戒酒和一切含酒的法餐，并搬入安东尼奥在蒙马特高地那幢舒适的公寓。

她慢慢爱上了蒙马特区域的卓尔不群，生活方式的自由和多样化。天气晴朗时，从这儿还能看到埃菲尔铁塔。

蒙马特高地，其实是巴黎市北约 130 米处的一小山丘，巴黎市内的制高点。

18 世纪时，这里曾是一片波澜壮阔的葡萄园，外加磨坊风车的乡间村落，直到 1860 年才被归入巴黎 18 区。著名的红磨坊和黑猫，便发迹于此。

并入市区后，蒙马特残留的乡野气息，仍吸引着来自世界各地的艺术家们。如雷诺阿、凡·高、毕加索、达利、大小仲马等人，均与此地结下不解之缘。甚至连卢梭，也跑来这里采集植物标本。

后来法国的文艺大片《天使爱美丽》等，更是给这里添上了浓重的文艺色彩。

时装大师之梦眼看破灭，能跟大师们沾点儿边也好啊。峥峥时常临窗远眺，思绪万千。

蒙马特地区要什么有什么，浪漫的法国乡土气息隐匿在空气中，加上国际文化融合的多姿多彩，连建筑也和塞纳河沿岸、中轴线风格完全不同。从俯瞰全巴黎美景的圣心堂到红灯区和幼稚园，应有尽有。蒙马特的生活，会把峥峥淬炼成真正的巴黎女郎。

穿着宽松的裙装走在校园中，峥峥骄傲地挺起肚皮来。凭什么我有生以来第一个娃不能见天日？我偏要让他堂堂正正，光明正大。

她把手放在肚脐上，感应到了腹中的小生命，他们母子已经建立默契。

多年后，李峥嵘仍不时窥见有火红色爬山虎的那天早晨，第一次走出蒙马特拱形门的自己，她的脸上写着一个词：年少气盛。

魔幻拉普兰德

木柴噼里啪啦在燃烧，捷子默默凝视着火光，心情有点紧张。

今天即是见面的日子，掐指一算，她和周帅已经分别了将近一年。分别后，她越来越明白，最佳损友，原可是最佳伴侣。

其实自打他入学南部的图尔库大学，便可以见面，但为了慎重起见，她还是等到他现在圣诞节放假。反正一切有任叔料理妥当，没什么不放心的。

她早就听说家里有个世交远在芬兰，只是一直没见过。

以前跟老姐约定要远游芬兰，却没想到有朝一日会因为家庭的巨变，她自己终于到了这人生的驿站。

自从上次在古堡监狱酒店和任叔见面后，他便安排她来了 Lapland（拉普兰德），她在这木屋里住了有一段时间了。

整个拉普兰德地区都在北极圈以内，涵盖挪威、瑞典和芬兰北部，向东延伸至俄罗斯的科拉半岛。捷子住的木屋位于拉普兰德北部，在小镇 Inari（伊纳里）边上。这里仅住着 500 位萨米族人，这是个被联合国认定为濒危的民族。

萨米人原为渔猎部族，依 Inari 湖居住，鱼产丰富，但现在基本上都改放驯鹿了，他们很擅长养驯鹿。

这是一片神奇的土地。刚来到 Inari 时，第一场雪就打动了捷子。

从小到大，她没见过如此晶莹洁白的雪花，轻盈、与世无争，通体透亮。每朵雪花仿如一个小生命，翩翩然降落人间。

最幸运的是，第二天晚上，她在林间散步，偶然邂逅了北极光，惊艳！

当时，树梢尖上先是惊雷一样闪过几缕蓝绿色轻纱，慢慢向天边飘逸滚动。然后变成深绿色，再渐变成荧光绿色，又慢慢变成玫红色和紫色……她呆立在林边，盯着那妖异瑰丽的神秘光束游弋变换，叹为观止！

当晚回到木屋，她立刻翻出带来的画布和颜料，画了起来。画了半天不过瘾，又开始写。她的极地日记，便这样一天天记了下来。

萨米人的生活，她密切关注，和他们谈话，看他们唱歌跳舞，也记下来，图文并茂。边画边写，这是她目前野趣生活的重要组成部分。

刚来时，她想念人群和都市，对黑麻麻的树林有着一种莫名的恐惧感。但习惯后，便感到树林其实是最安全的地方，附近的森林都没有猛兽出没。

被自然陶冶了近一年后的今天，她已经如闲云野鹤般自得其乐。有时跑去花点钱，坐上哈士奇狗拉的雪橇，漫步于雪原和森林。也乐于跟本地人到森林里追逐麋鹿和兔子，累了找个雪窝生一堆火，煮咖啡，烤香肠，听萨米人说他们的历险故事。

在这里，捷子发现了生活的质朴和简单，很开心。生活原来可以如此纯粹和宁静，每天只是充实的你自己和大自然。她站在松林里深呼吸，享受空气的清冽芳香，天永远那么蓝，还有极昼和极夜的交替变换，妙不可言。

这片土地让她慢慢沉静下来，充分反思回顾，生活的轨道出现变异，人才喜欢反思。反思可以使一颗紊乱的心慢慢趋于平静，幸福是一种感受，往往连着平静的心。

家里的巨变已经不可逆转，只能默默为父母家人祈福。至于自己，远离都市的一切是非纷扰让她感到很安全，在大自然中重获平和，不失为一种幸福。

幸福，原来可以很简单，能重获这样一种平静，是幸运的。

平静中，对故友的想念，也是一种默默注入的原动力。

任叔定期来看她，带来一些外界的消息和奢侈品。但奢侈品在这儿基本用不上，送给萨米人他们也不用。

她交了个本地朋友赛亚，赛亚倒挺喜欢她送的中国丝巾和法国口红，节日庆典时拿出来用一用。

今天不同，她必须盛装打扮，迎接风尘仆仆的故人。

窗外传来了车声，她跑去躲在门后——哇啦！等她跳出来的时候，是任叔那张风霜老脸，周帅跟在后面腼腆地笑。

“我防着你哪，你突然人间蒸发已经吓到我啦！”周旻笑对突然从门后蹿出来吓人的捷子。他穿得很厚，人显得更大块头，背着大大的相机包，显然是有备而来。

“讨厌，你也不配合着点儿，装一下完全可以嘛！”捷子大笑，“带相机很明智啊，这儿拍出来全是梦幻大片。”

“你俩先聊着，我上阿河老爹那儿搞点儿鹿肉，晚上我负责烤。饿了别等我，先牛奶面包垫巴垫巴哈！”任叔不愿打搅这俩人久别重逢，找个理由出门去了。

“捷子你变了，真是一年不见刮目相看，你彻底变成了少数民族！”周旻望着她，似乎看不够。

“你也变了，好像又长大了一点，长个儿啦！”捷子笑道。

“天天土豆牛肉加牛奶面包，再不长条儿岂不浪费芬国的大好粮食？”

“喂，我用新鲜咖啡豆给你来杯鲜榨咖啡？喝得惯吗？我再给你整点儿异国美食，等着啊！”她开始忙乎。

不一会儿，她端过来几片黑面包和白色的肉棍子，还有奶酪和鳄梨。

“这都啥玩意儿？”周帅确实没尝过这种直接吃的白色腊肠干。

“本地人自己做的麦包，有点发酵的酸甜味道。肉棍子嘛，就是18世纪开始热卖的西班牙香肠，白色肠衣可以吃。”

“这上面的白粉是霉菌，有益菌？会上瘾吗？”

“土包子，这是香肠发酵的酵素，吃不死你。”

捷子先把白香肠和鳄梨切成薄片，在面包上抹上法国布里奶酪，然后把香肠和鳄梨一片片叠在面包上，最后把一杯新鲜黑咖啡递到周帅手里，是手工的木制杯子，咖啡烫嘴不烫手。

“吃吧，当鳄梨的香糯遇上肉肠的咸香，你就飘飘欲仙啦！黑咖啡又会把你拽回到地上来！”她满脸自信，看着他吃。

“哇，滋味在民间哪！这黑咖啡浓香解腻，天天这么吃，你会成俄罗斯胖妞的！”

“我运动啊！正打算搞条哈士奇狗陪我，每天带它去跑步。不，是哈士奇训练我跑步，我真跑不过这些狗。”

“你这极地生活真滋润，住木屋里吃着这些，想起在北京的生活，恍如隔世吧？记得上次咱俩是咋告别的吗？”

“仿佛记得是某处咖啡屋？咱多酷啊，从来不正经告别。”捷子眨眼。

“是啊，后来你人间蒸发后，我还很后悔，打算以后每次都跟你好好告别，正式一点。”周旻微笑，酒窝在嘴角荡漾。

“什么样子才叫好好告别呀？握手？拥抱？啃脸？都不合适吧？”捷子的提问似乎带着某种启发性、建设性。

“反正都比随随便便转身走人强啦！哎，我发现老芬也不互相亲脸哈。我刚来时还等着人家亲我，结果都不亲，只拉手。”周帅又错失了拥抱和啃脸的良机。估计他不是不懂，是一时没转过弯来。

“美得你，舔一脸口水，恶心！”

俩人哈哈大笑，心中大感安慰，有多少人能重拾往日的欢笑呢?

“你天天跟野地里待着，不寂寞吗？”周旻难免好奇。

“天天都可以找不同的节目啊。比如说劈柴，自己动手烧桑拿。这木屋里是传统烧柴的桑拿，把人蒸得赛龙虾，跑到雪地上滚雪浸冰湖，再跑回来接着蒸，超爽！”捷子边说边熟练地往壁炉里添加木柴。

“你自己劈柴？”周帅多少有点惊愕，这和他认识的捷子可不一样。

“多新鲜哪，我不自己动手，谁伺候我呀？我不但自己劈柴自己做饭，还学会徒手生火，野外生存打猎。更学会了游泳，高山滑雪，越野滑雪。”

看着她火光映照的脸，周帅心里很感恩，改头换面的梁倔真好！变得自立自强，更丰富更朴素。“你还会什么？”他问。

“还会在冰湖上打窟窿钓鱼，还会跟萨米人一起放驯鹿，唱歌跳舞。哎，我要带你去听萨米人著名的喉头歌，还要带你去坐雪橇和雪地摩托，看极光……夏天那才叫美呢！可以挎着篮子像小红帽一样去采莓子摘蘑菇，喂兔子喂松鼠！”

捷子还在兴奋地说着，黑眼发光。她似乎完全没有凡尘俗世里那些重重的心事，简单又快乐，她已经不是那个娇贵的都市女孩。

自然可以改造人，处境更可以打磨人，人也可以改变自己，只要她马达够力。

波士顿险情

“铃——铃——！”早晨的闹钟像急救车一样尖叫不停。

徐小蔷伸手摁了几下才给摁灭，她随手拉开窗帘，太阳刺眼的光晕唰一下晃进来，让她睁不开眼。

小蔷匆匆跳进沐浴间洗了个澡，急急奔下楼梯，跳上破旧的老别克，摇摇晃晃地上路了。

这老别克可是徐小蔷有生以来的第一辆小汽车，她花掉自己所有的钱买下来，主要是为了打工方便。买完了车，真没钱上驾驶课了，比较糗。小蔷只能抓来某位在学生会认识的师兄，带着她在校园里开了两圈，算是学过开车了。

驾照考试前后考了两次才勉强通过，教练一边给她签署“Pass”（过关）一边摇头笑。

那时小汽车里还没有导航，又是小蔷第一次正式开车上路，还得抱着地图，难免鸡手鸭脚。

打工的餐馆离学校有约两小时的车程，高速公路上的车辆渐渐多起来。她狠踩了一下油门，换到快车道，车在柏油路面和烈日中飞奔。

太阳放肆地射进来，反光镜一片白炽光，根本看不清。波士顿的夏天，让人闷热得烦躁。

要命的是，小蔷哪里舍得开空调，只好把车窗摇下来一点。风却很不识趣地从窗缝冲进来，把驾驶座上的地图“哗啦”一下吹到了副驾驶的座位下面。

该死！小蔷弯身去勾地图。

突然车轮发出一阵刮擦声，车身有点儿发颤，咋回事？没经验的小蔷，不知那是路边的减速带与车轮摩擦发出的声音。

她人一慌，手里的方向盘就偏了方向，一抬头，发现车已冲向路面外的草地。车速太快，车子失控，小蔷慌忙往左边猛打方向盘。

于是车子又猛地转回了公路的左边。突然间，小蔷清楚地看到，一辆巨大的 18 轮货车的轮子，在眼前飞速地旋转。

只在一瞬间，自己的别克便直直地从侧面插进了货车的下面！

一道白光过后，小蔷眼前闪过一幕幕小电影，是自己短暂而美丽的一生，此刻在车窗的挡风玻璃上飞速播放。

完了完了，今天要见阎王爷了。对不起啊爹妈，不管你俩多伤心，我都来不及告别了。在死神面前，小蔷没有一丝畏惧，或者根本就已经来不及怕。没有电影里演的尖叫声，没有恐惧，只有白光和小电影在无声播放。

别克的四个车轮顿时爆裂，车顶倾轧了下来，所有的车窗玻璃在瞬间“砰”一声全部粉碎，巨大的黑色胶皮轮子，肆无忌惮地把尘土和沙子甩在了小蔷脸上。

她人被卡在了别克车里，而别克车又被死死卡在大货车的巨轮下，被大货车的强烈惯性拖着往前走，好比一只正在一点点被压扁的罐头盒。

货车下强烈的热气流令人窒息，巨大的噪声把小蔷的呼喊声淹没，她感到胸腔和耳膜都要爆炸了。被压在车座里的小蔷感觉自己就像坠落深渊的玻璃人，等待下一秒的粉身碎骨。

不知过了多久，大货车才慢慢地在高速路上停下。小蔷用力踹开车门，费力地爬出已扭曲变形的别克残壳。黑太阳让人目眩耳鸣，身上的血和汗粘在一起。

但奇怪，满脸是血的小蔷没有感到疼痛。

她注意到路上黑影重重的所有车都远远停了下来，日夜轰鸣的高速路突然安静得像无人的火葬场，远处隐约传来救护车和警车的鸣笛。

整个世界突然嗡嗡嗡地成了一片鸣叫，她看什么都是黑色的。

眼前这一切忙乱，都因为我徐小蔷吗？一个从中国刚爬上波士顿岸边的留学生？

大难不死必有后福，一年后，小蔷拿到了丰厚的全额奖学金，日子才舒坦起来，生活进入了新的篇章。

她由衷地热爱美利坚合众国这片土地，自由自在的日子，灿烂的笑容，热情单纯的老美。在这无修饰的大自然里，一切都是干净的、透明的。而那次死里逃生，使她更珍惜身边的每个人和每一天。

毕业后，小蔷被麻省艺术学院聘去做工艺美术系教授，继续研究和教授艺术课目。她有过很多成功的展览，也有不少作品被本地大学和私人收藏，前后几次获得美国最佳现代艺术家的殊荣。

在这片土地上，徐小蔷更有幸邂逅了很多优秀的男人，最后与其中一位优秀的美国公民坠入爱河并结婚生子。

闲暇时，小蔷会想起在中国的那些日子。多少放不下的人和事如同背了多年的沉重包袱，也终于像美国湛蓝天空上那朵朵皱巴巴的云，在不经意中淡淡散去。

其实大四毕业后考研失败，徐小蔷便开始有出国留学的打算了，那么考托福便成为一座不可逾越的大山。

考大学时，英语只有 51 分的她，喜剧性地被分到了英语班。除了懵懵懂懂的大一大二，后两年的英语课都在偷偷瞟着周帅哥秦帅哥的后脑勺，在焦躁的白日梦中度过了。

那时每次考试都有捷子或者“石头”慷慨分享答案。“石头”总是在开考的那一分钟匆匆步入考场，坐进全班给她留的唯一中心空位。从她胳膊留出的空间和手指头的暗示，小蔷会准确判断出“石头”考卷上的答案，并负责把答案传给下个人。

这下可好，托福？“石头”不能再替自己当枪手了，可恶的托福！硬着头皮，小蔷模拟了以前的托福试题，结果一道题也不会，不折不扣的零分。这让她陷入退缩和迷惘的蟹壳里，缩紧了脑袋。

然而，寄居蟹的日子过不了多久，对现实生活的不满与对外面世界的无限向往，逼迫徐小蔷从蟹壳里伸出脑袋来。这一次出壳，她已下定决心，誓要攻克英语。

于是，她在清华园附近租了间狭小阴暗的民房。白天在清华大学出版社做设计，晚上骑车去新东方上英语课或在家背英语。

那时很多好心人都劝她放弃，说：别异想天开了，托福是你不可能攻克的大山。搞得她学英语学到六亲不认，以前的朋友同学一概不再来往，没工夫浪费那时间。

两年半后，小蔷终于在第五次考试时考过了托福的录取线，拿到了麻省州立大学的奖学金。经历连续两次难耐的拒签后，终于在厚脸皮的第三轮拿到了美国签证。徐小蔷愚公移山的精神，终于搬动了托福大山。她自己也很惊讶，心中感叹，原来人的意志力完全可以榨出来，跟甘蔗一样。

在美国留学的第一年万分艰苦，小蔷在清华大学出版社那点工资的存款，换成了美钞只得可怜巴巴的几张。虽然全额奖学金免掉了学费，但奖学金本身每月只有500美元，而她住的学生宿舍每月租金就得付去480美元。

没办法，像很多留学生一样，徐小蔷也去餐馆端盘子，去商店做收银员打黑工。所有打工妹都住在老板家，简陋的上下铺，早晨10点到午夜，无工资，只有小费。所以出车祸那日，她是急着回校上完课，好赶去打工。

回首前尘往事，小蔷会偶尔感叹："鼠小强"啊"鼠小强"，你是幸运儿，知足吧。那些留在故土或者奔赴其他战场的哥们儿姐们儿，他们肯定有更多的沉重和挣扎。

这是2010年普普通通的一天，小蔷打开电视，看见新闻在播：某亚裔女子由于不堪丈夫家暴，防卫过当，错手杀死其夫。后经警方调查，该女子被其夫藏在家中数年，有偷渡之嫌疑。经查核，该女子全身伤痕累累……

报道播放了审查采访的片段，该女子的名字还不断出现在电视屏幕上，小蔷定睛一看，分明是Yanfei Dong——燕飞董？她是董雁飞？！

徐小蔷瞪大眼，不敢相信自己的眼睛。

一瞬间，当年的一幕幕闪现在小蔷面前：大北窑，光华路，中央工艺美术学院的校园，含苞欲放的玉兰花……董雁飞的明媚笑颜……同学们沉淀在岁月里的欢笑。

豆大的泪珠如水银，扑簌扑簌地，自小蔷眼中滚落下来。

第二十三章
大北谣

相见不如怀念

对李峥嵘的突然失踪，晖哥从摸不着头脑到心急如焚，跑去准丈母娘家，人家并不配合。话里话外，只有一个意思：如果峥峥愿意，她会找你。

等了又等，峥峥却从此没再找他，晖哥打了一圈又一圈的电话也找不到她。无奈老父病重，自己于情于理都走不开，这仿佛是命数，是天意。

在老父亲弥留之际，张晖这个孝子干脆一孝到底，顺应老人家的遗愿娶了他钦定的儿媳妇，老爷子才含笑撒手人寰。

婚后的生活变得非常现实，几度评职称争上游，打拼养家。但晖哥始终百思不得其解，自己到底做错了什么？她李峥嵘凭什么一丝情面不留，说消失就消失？

即使他一时半会儿去不了巴黎定居，也可以慢慢商量啊，峥峥何必搞突然失踪？这成了张晖胸口那道朱砂痣。

终于等到一个理所当然的公派机会，张晖亲赴巴黎，马不停蹄地里里外外找了好几圈，可是一丁点儿李峥嵘的影儿也没有。她已经毕业，租住的蜗居早退了。

几经挫折，晖哥才找到那家挪了地方的温州人餐馆，人家甩给他一句特别莫名其妙的话："你不是意大利人派来的吧？那女学生李峥嵘早被意大利人带走了。"

——意大利人？

时间真不是东西，贼快贼快地又过了三年，晖哥还是放不下心里那块石头，朱砂痣已被时间打造成了花岗岩。

这次他有备而来，惊动了巴黎警署，大海捞针足足捞了一个星期，最后他终于亲自联络到了李峥嵘。电话里，峥峥一口纯熟的法语，听得晖哥一阵踌躇。

“我没有任何怨言，也不想追究缘由，知道你过得好我才能放心。如果你能赏脸一起喝个咖啡，即是莫大的荣幸。”晖哥把姿态放低到了尘埃里。

很明显，峥峥在电话里犹豫了，之后掉头跟别人叽里咕噜了一会儿，才答应见面。

这个体验，把张晖跟记忆中的峥峥“唰”一下子拉出了很大一段距离，一时之间他有点反应不过来。是啊，自己不早已经为人夫为人父了吗？今时早已经不同往日！

横跨了数年，昔日恋人终于见面了。巴黎咖啡馆里，一对老情人已然生疏。

面对面，往事涌上心头，欲说还休，但从何说起？不问津不告别造成的心理落差，和几年来各自生活里的沟沟壑壑，已经让恋人相对无言。世间又有多少情事可以重来？连动这念头，都是多余。

“这是你儿子？”张晖问道。孩子是最好的调合剂，尤其是在这种尴尬时分。

“对，他叫李奥。Leo，叫叔叔好。”峥峥跟儿子说中文。

“竹竹熬（叔叔好）！”李奥有着浓重的老外口音。他明眸皓齿，还带着可人的深酒窝。

“你好啊！你几岁啦？”望着孩子天真无邪的小嫩脸，张晖心头一阵激荡。

“偶四。”李奥伸出四根小指头，害羞地抿紧红红的小嘴，嘟着一脸婴儿肥，非常招人喜欢。

“他中文说得一塌糊涂。”峥峥不好意思。

“能说就是好样儿的！一个娃？这儿没有计划生育吧？”

“呐——后面还藏着一个。”峥峥努努嘴，把身后墙角里的婴儿车打开，里边熟睡着一个洋娃娃，正在吮手指。黑卷的小头发衬着白得可见血管的小脸，轮廓硬朗，一看就是个混血儿。

李奥跑到弟弟旁边，伸手去摸弟弟的小脸。这俩娃搁一块儿，对比鲜明，李奥分明是纯种中国娃。

“别把弟弟给摸醒了呵。”峥峥柔声说道，把李奥抱过来。

“你生活得挺好？现在……工作吗？”

“小儿子才刚一岁，暂时不做，但计划要帮忙家族生意。平时我们全家老在法国和意大利两边跑，我倒挺喜欢勤换地儿，有新鲜感，等李奥上小学再安定下来。”她说这话时的某种跳跃感，对他而言，多么似曾相识！

当年那个不惜一切代价，非要到巴黎追梦的女孩，仿佛就在眼前，可惜已经物是人非。

“哦，那肯定不错。”张晖答得有点敷衍，其实很想壮起胆子多问一句：你老公是做什么的？但想到温州餐馆老板的那句话，没问出口。

一大杯咖啡没喝完，峥峥的电话便响个不停，她是用意大利语接的，好一阵叽里咕噜，张晖完全听不懂。再一次，张晖感到鸿沟横在俩人当中，这样的见面，真正不如怀念。

“对不起，司机要接我们啦……”峥峥确实满脸歉意。

他只能大方地挥一挥手，一声“保重”从此别过，眼睁睁看着峥峥母子远去，瞬间消失在人潮涌动的巴黎街头。

公事私事都办完了，张晖对巴黎不再有任何留恋。但这剩余的时间里，李奥那稚嫩的小脸，总不经意地闯进晖哥的心房。

想了又想，算了又算，坐上法航的飞机时，他终于认识到，李峥嵘当年失踪的缘由。

那年那月，电话里那些个对白，逐渐像拼图，晖哥自己拼完整了这个故事。叫李奥的小男孩，分明跟自己小时候长得一模一样，连嘴角的笑纹也和自己如出一辙！张晖望着舷窗外翻腾如蛟龙的云雾，心脏阵阵绞痛。

回到地面接通地气时，张晖变了，从此不敢再对人百分百地掏心掏肺。他胸口那块花岗岩，渐渐消退成了一颗朱砂痣。

北欧“海盗”

深蓝的夜空，繁星点点，白雪皑皑的苍莽松林里，是此起彼伏的玻璃圆顶屋，像一座座透明的UFO。

玻璃圆顶下，是旻捷两张仰望天空的脸。

“看，翘尖尾巴那个是你，毒蝎子！”周旻手指天穹。

“杵着倒水的是你，傻瓶子！”捷子回敬道。

邃远缥缈的星辰间，突然乍现一缕闪亮，闪亮处裂开轻盈飘荡的淡绿，如魅影如水彩般晕染开来。散开后渐变成多层次的黄色，横跨天际，瑰丽无比。

强光在黄绿色变幻中被掠过的一抹橘红侵扰，小撮红色狐尾顺着残留的淡绿蜿蜒流转，像被微风吹拂的裙摆。

诡异的北极光盘踞在宁静寒冷的夜空中，有令人窒息般的美丽妖艳。

驯鹿的身影跃于林间，雪狐留下了斑斑足迹。

圣诞老人的铃声，回荡在耳畔。哈士奇狗拉着雪橇，迎着风雪急驰在冰原上……好一幅荒蛮绝美的极地风光。

“没想到，我这北欧‘海盗’被发来掌管雪海。”周旻坐在雪橇上，用相机扫瞄四野。

“不乐意？给你原形打包，发回鼓楼大石桥胡同算了。”捷子挤对他。

“别介，我决定听从命运的召唤，驰骋林海雪原。”

“驰骋？你当吃撑的座山雕吧。”

“总比做‘海盗’强，咱水性没那么好，一头栽到雪堆里比较安全。”

“请随便在雪地上撒野！”

“说真的，到现在我还特感激你，把我拯救出了水深火热的小胡同。当时秦大少跑去澳大利亚不带我，利婵和翔子分道扬镳，你想想我那处境那心情……”

“可怜的娃，终于找到了组织。”捷子抓把雪，丢到周帅头上，周帅扔回去更大的雪块。

俩人光打雪仗，没留意前面横过来的松枝，被粗大的松枝一把扫落到路边。狗狗拉着雪橇径自跑了，清朗的雪地上传来阵阵笑声。

北欧的生活不总是浪漫的童话，公主变成了灰姑娘。家败以后，银行的固定存款不是永远不变的，而且那些钱毕竟来路不明，用着不放心。于是，公主终于脱掉水晶鞋，奔走求学深造。

为了在经济上独立，援助自己深造，曾经的公主只能去打工，卖各种苦力。

日复一日，捷子清扫狗屎狗尿，跪在地上擦地板，洗玻璃，卖花，做发廊的洗头小妹，挨家挨户送报纸……这些钱才是实实在在的，用得放心。

她也终于彻心彻肺地号啕大哭过，努力挣扎求生存，一天天洗心革面，成长起来。

2001 年夏，捷子披上白色婚纱头戴花环，和周帅站在花架下。太阳穿透他们皎洁的脸，碧空如洗。

2002 年春，赫尔辛基街边樱花烂漫，头戴白帽的大学生们在狂欢，热烈欢迎姹紫嫣红的春天。

欢乐的海洋中，“贝贝”戴着白帽，身穿贴满各种标签的赛车服，和身边打扮如出一辙的同学们有说有笑。她刚入读赫尔辛基大学工业产品设计系，一切充满新鲜元素。

一大丛蓝色气球飘上天，白帽子下，“贝贝”的脸仰望蓝天，拍手欢笑。她身后人流穿梭，旻捷二人手拉手和“贝贝”擦肩而过，迅速消失在人山人海中。

2003 年，飘雪的赫尔辛基火车站，旻捷二人登上北去拉普兰德的火车。“贝贝”拖着小行李箱，从他俩身后走过，她在寻找往东去的站台。他们仨又一次擦肩而过。

2015 年，郁金花盛开的阿姆斯特丹，旻捷二人背着行囊，从小桥流水的民居走过。隔着一堵矮矮的篱笆墙，“贝贝”正在花园里埋头种花。

这三位“樱桃帮”的故人，再次擦肩而过。

竹园夜话

时光荏苒，“樱桃帮”的聚会一年不如一年，人一个个少了下去。

最后只剩下雷鸣和张晖，每逢腊月二十九两家拼坐一块儿，乐和乐和。

2016 年元旦，鼓楼大街小石桥胡同的竹园内，竹叶婆娑，古园生辉。这里曾是洋务运动功臣盛宣怀的家，今晚成了“樱桃帮”和“八百乘”两拨人的私家花园。

“干杯！”数只酒杯高高举起，有雷鸣、张晖和“毒舌郎君”秦昊，有巴黎归来的“鼓手”吴昊，还有不知从哪儿冒出来的“阿黄”黄东强，这俩都是一毕业就消失的失踪人员。

连小宝也闻讯从石头城赶来了。

当年中工的“遗老遗少”们，今日竹园把酒言欢，少不得又是一番咏叹调。

想起当年张晖从巴黎带回的旧绯闻，“雷神”可不肯放过阿黄，当下揪住他就问：“‘黄老邪’，你快老实交代，你跟我媳妇到底咋回事儿？”

阿黄连连给他作揖：“小的冤枉啊！那年你家凡凡流落巴黎，签证到期，找到我头上。就为了那一纸居留许可，我才江湖救急啊！”

“雷神”咂舌：“假结婚？好家伙！她明知是火坑，也要拉你下来？不过幸亏你下来了。那后来呢？”

阿黄不停地眨眼，回道：“后来？后来你媳妇拿了绿卡赶紧一脚踹开我，跑去跟考古队风餐露宿！再后来，她跟国际探险队去了非洲，下落不明。从头到尾，我真的是冰清玉洁啊，‘雷神’爷爷！”

“咋的啦？‘黄老邪’，你来句完整的人话行不？”“雷神”发威。

“黄老邪”被逼迫，突然语出惊人：“赵亦凡同学后来变得判若两人，拼命报名去荒无人烟的鬼三角，拼命劳其筋骨，饿其体肤，空乏其身……考古考到走火入魔！”

小宝插话：“依我看呐，她那是拼命觉着对不起‘雷神’您老人家啦！”说罢，突然又话锋一转，直奔阿黄：“算了，有大实话你就说出来吧，别折腾老雷了，没希望就不要给他留念想，那样更不人道。”

虐心瞅了老雷半晌，“黄老邪”只好垂头再长吐出一句：“凡凡确实说过一些话，比如，那些年，她原先的三观被彻底颠覆，后来离开老雷更让她觉着自己是个坏人。有些事无法倒退重来，失去的永远失去，无法再修补，再见，再也不见——这就是她的原话，我今天带到了。”

听着这席话，“雷神”怔怔望着桌前的灯笼，不说话。天边掠过无雷声无雨点的蓝色闪电，一瞬间划过夜空。

小宝忙转话题，给“雷神”解围：“阿黄，历史问题要交代彻底，这几年你都猫哪儿去啦？”

阿黄一撸袖子，恨恨道：“巴黎待了好几年，不适合老夫。后来邂逅一温柔的客家女，我跟她回到了广东。海归后，我从这槽跳到那槽，简直要进化成兔子！先是承接了广州新白云机场的园林设计，接着是京珠高速的绿化设计，再接着，被卷进了股市风云！”

“毒舌郎君”秦昊大笑：“‘黄老邪’一次能跳十米，好好的楼梯他不用，非要从十层楼往下跳，哈哈！”

阿黄舔舔舌头，意犹未尽：“本来有一吓死人的大单子，信誓旦旦说非我不可，苦等了几年没了下文。我爱死了搞大型园林这种东西，搞起来心潮澎湃，激动得整宿睡不着觉！我还做过东莞两条街的旧城改造，可惜最后都是拿点可怜巴巴的设计费走人，沦落为打工仔。气不过，索性又跳走。”

毒舌秦昊打趣道：“‘黄老邪’只要不跳去卧轨就行，放过他吧！”

今日重提赵亦凡之神秘去向，昔日“柴火妞儿”董雁飞的下场，还有梁捷家的巨变。这几位大老爷儿们全都怜香惜玉起来，感叹命运里那只看不见的翻云覆雨之手。

“据说捷子老爹进了秦城监狱，老妈得了精神病兼冠心病，现在保外就医。”

“估计她不打算回来了，周帅陪着她，有失必有得。”

“这些事咱们不明真相，少议论为佳。”

小宝一杯接一杯，遥想当年：“‘雷神’‘饭饭’热恋时，我带他俩足足爬了两天太行山。那次我充分领略到，老雷绝对是个暖男！表面糙，但粗中有细。对自己的女人那个细心，啧啧！”

“我当年绝对是奔着结婚去的，不为结婚而谈的恋爱全都是耍流氓！”雷鸣回过神来，边自嘲，边自斟自饮。

小宝不由得一阵慨叹：“您是奔着结婚去的，可对方不是啊。凭着人家‘饭饭’的才情和颜值，不甘心早早嫁人，她特立独行，志在远方。”

“那你说我咋办？背上闺女去非洲寻她娘？这些年，我过得好苦哇！”“雷神”仰头又是一杯，明显想不开。

几位爷都停杯看着雷鸣，不知该如何摆平他。

小宝赶紧劝他：“不如就地放下，认了吧！凡凡我行我素，以自我为中心。老雷你早已透支了自己去迎合她，不人性。不过呢，咱中国臭男人臭毛病，将女人当成私有财产，无视妇女早已经解放，有的女同学就不干了。”

张晖也劝：“老雷你毕竟轰轰烈烈真爱过一场，大多数人都是懵懵懂懂、糊里糊涂的，你够本儿啦！

今儿翔子和利婵都不在座，大家谈起了老同学的离婚，自然把他俩当作热门话题。但也都认定 20 世纪 90 年代的校园恋情以离婚告终太普遍，纯属必然，多想是枉然。

阿黄更是发动脑力，开始酷评："那是 90 年代呀，闪电结婚是流行狂热病，是新旧观念直接对撞出的火花。接受传统教育的大学生遇上改革开放的洪流，只为打破传统去闪电结婚的人太多了！从校园走出来马上闪电结婚，本身就是悲剧……"

"毒舌郎君"也有看法："精神自由受制于物质不自由，最后人人都想早摆脱束缚，给未来一点希望。所以成了现在这样子，离婚恐婚出走远嫁……应有尽有。"

"我琢磨着，俩人厮守，考验的不是相爱而是相处。校园恋都是匆匆那年的模式，根本承受不住大把青春荷尔蒙的躁动，要跑去外边看世界很正常，分手很正常。至于'不为结婚而谈的恋爱都是耍流氓'，纯粹扯淡！"

小宝也分享自己的看法，他一向是总结生活的大师。

"你知道现在的小孩咋搞对象吗？当着你对象的面给你送花送早餐——亲，你胃不好，别忘了吃早餐……心理素质好到爆，不服就打。想想我们大学那会儿左闪右避，多么蠢蠢纯纯的爱呀！"小宝自己边说边以筷击碗，大笑起来。

阿黄这厮确实具有一定的素质，他叭叭咂嘴，说道："我今年要是才 18 岁该多好！年轻那会子有贼心没贼胆，如今贼心贼胆都有，贼又没了。"

小宝不接茬，继续深入分析："你的真爱，就是一面镜子摆在你面前，与对方的交往是你深入认识自己并改变自己的机会。认真去爱的人，自然会在爱中重新认识自己，愿意把自己变得更成熟更懂爱更有爱。"

"这虽然是个由毛毛虫变成蝴蝶的痛苦过程，但经历了蜕变，必是一笔人生财富，获得能量。若把人生设作旅途，那么精彩的片段不在于对过往念念不忘，而在于走向未知下一站的信心和力量。所以说，雷鸣同学，振作起来，从昨天的乌云中钻出来，走向明天的车站吧！"

谁说不是呢？关于感情，自古以来众说纷纭，各显神通。爱情是一碗蒙汗药加迷魂汤，喝进去没有解药，后果自负。

恋爱这件事，不光是你和某人谈，说白了就是你和你自己谈。至于谈成什么样，是你个人修为的结果。

艺术人生

谈起感情，大家觉得伤肝裂肺，不如改谈事业理想吧。

小宝先站起来劝酒："来，哥几个——擦一把眼泪，为重逢，干了！"

众人纷纷站起来干杯。竹园内的大小灯笼明明灭灭，侍应生袅袅婷婷陆续走来上菜加酒。

"雷神"把一瓶矮炮啤酒递到吴昊嘴边，当麦克风，问道："'鼓手'，据说你如今把自个儿给造成了著名旅法画家，还爱整点儿古典抽象绘画，给哥几个转一转？"

吴昊淡淡一笑，说："为古典与抽象，我跑去北大上了四年哲学系！最后悟了，古典和抽象这俩词都有点扯，古典太泛泛而论，抽象根本不存在。哪个绘画不是基于视觉经验？只有盲人复明时，他的头一张画算是抽象，第二张马上不是了，因为他看见了人间。"

小宝哈哈一笑，忍不住质疑道："这说法，有点儿太形而上了吧？"

"鼓手"继续儒雅道："古典名画不管喜怒哀乐，都得让人赏心悦目。这个舒坦感，即是我之追求。否则画半天，让人看了想吐，吐得再痛快也不是玩意儿，对吧？蛋糕做得像大便是娱乐，但直接吃屎就算了。"

大家顿时笑喷，"鼓手"就是"鼓手"，骨子里是生猛的摇滚！

小宝却开始较真："这不自相矛盾吗？你说抽象不存在，可你自己画的东西恰恰是抽象啊！"

吴昊解释："其实不然！我住塞纳河边，天天观察水中倒影与天光的变化，不想画出来？鬼都不信。可看画的人说，你画得太抽象！因为画面上根本没有水中影和天光的具体形象。"

"说得对啊！"好几人同时附和。

吴昊正式道："我每天吃喝拉撒，都在琢磨这点子事！我绝对画了水中影和天光，只是它变成了我个人感知的再现。我把看见的一天天攒起来，用脑子嚼烂了再画。画出来是蜜还是屎？主观看教养，客观还得看运气！”

毒舌秦昊嬉笑应对：“明白了！鼓手是摇滚派加野兽派，创造了新画风——滚兽派。”

小宝则点头称是：“境界高啊！你现如今都不屑于重现客观景物了，你先感知，再反刍，只用色彩重现自己的感知。来，我敬你，一不小心让你成了大师！”

吴昊接过酒，直挠头：“你知道吗，我 1998 年入读巴黎美院，成天都是技法技法再技法……后来突然有一天，我脑洞大开，心想技法和对客观事实的照相机重现，就是我最大的障碍！我们这拨人，一直以来接受的正是用画笔重现客观的教育和审美，为了技法而技法，可是技法那是工匠钻研的。作为艺术家，我们对人本身感知的捕捉呢？对心灵感受的沟通呢？对意象的灵动表达呢？我忍不住一遍遍拷问自己。”

听完这番话，张晖也来了兴致：“此话怎讲？”

吴昊侃侃而谈：“中华文化讲——有所为有所不为，画画同样！”

“谬论也是高论，吴大师志向高远！”雷神举杯。

吴大师却继续辩驳道：“不信？看一眼好莱坞大片的动静，大爱大恨、大杀大伐、大富大贵、大奢大靡等，这些我们想得出来，用绘画来满足是最直接的手段。”

小宝止不住好奇，又问：“那你认为，除去这些，绘画还能干点儿什么呢？”

吴大师面露不羁，答曰：“中国有种文人画，即是画自己，自画自赏。这路子够装的！但别无选择，实在太想与众不同呗！最悲惨的是，明知自己与众不同了，还要拼命向众人证明这一点，真是以伪证伪！”

“‘五号’‘五号’，你真够犀利！来，咱俩‘五号’‘七号’干杯！今天‘六号’（陆浩）缺席，回头罚他。”秦昊劝酒。

吴昊干完杯，接着侃：“但说回头——从文人画里头，我看中了‘写性’这点子事儿，把它用到了我的画里。不论真伪，把灵光乍现捕捉下来，留存于画中。1998 年的今天我初到法国，一晃 18 年，我第一次辩证自己的绘画，也是笑话一桩！”

“‘七号’，你呢？有所为有所不为？”吴昊转向秦昊。

秦昊答道：“鄙人想做影视合作，明天约见咱大师兄郝军。他本是画家，后来跨界雕塑和影视圈，成了大腕。电影《港囧》和《过年好》里头都有他的大手笔，郝师兄还自导自演电影。”

小宝接过话茬：“郝军最近很火，成老炮儿啦！他可是俺们燕国汉子，燕赵自古出刺客，如今出艺术家。他的作品早就拍卖到上百万了，参与过人民大会堂、中国美术馆、世界公园和国贸的艺术设计，牛大发了！”

晖哥说：“郝师兄赶上了好时代。轮到咱那会儿，中美关系从蜜月降到冰点，苏联解体后惨不忍睹，中国何去何从？我们既学东又学西，要放开视野，又缚住手脚。我们是无知觉的试验田，能力不足还肩负变革的使命！”

啥都瞒不过晖哥的金睛火眼，他对时局比较有洞察力。

回望二十年来学以致用，众人纷纷感叹：设计真不是人干的，是个人都可以跑来指导你。你敢不听？饭碗不要了？妻儿老小不要养了？还得老老实实混饭吃。

想想吧，四十不惑，如果你还不能做点儿自己喜欢做的事，那这辈子确实悲哀了。

做自己想做的事，即是幸福了，幸福真的跟赚多少钱无关。其实人这一辈子在满足了吃喝拉撒睡之后，钱多钱少有多大意义？挣太多花不掉，绝对是个麻烦事儿。

不只吴昊，当年的中工 92 级，许多同学都从设计回归到了纯艺术。

“虚穷儿”许泉，早早从华为辞了职，一波三折后开始专画油画。他的画作有些被私人收藏。

周海广，则成为现代中国画的中流砥柱，尝试各种材料，喊出了“永不重复自己和别人”的口号。

邹文斗留学西班牙回国后，成了装置艺术大师，享有国际声望。他已早早挣脱了“绘画讲究技巧”的层面，用装置艺术来表达自己的价值观和世界观，勇猛追寻艺术创作的极度自由化。

仍有坚持老本行、越战越勇的一些代表人物。例如：

最令人意外的是老熊同学，从当年服装班不开窍的假小子，成长为垄断大妈针织服装的大鳄，北京二环三环的房子买了一套又一套，全现金交付。一年有十个月在世界各地旅游，滑翔滑雪滑水，全不在话下。

赖亚楠“于大虾”夫妇和林胜煌，这几位都留学日本，都在大学当教授并拥有超过三家以上的私人设计工作室。

当年的“小赖子”如今身兼数职，成为超级女强人。而晖哥几十年如一日待在国家单位。

“男宝”杜宝南坚守阵营，终于炼成中国现代汽车设计大师。虎子成立了自己的潘虎工作室，屡屡获包装行业的国际大奖。

雷鸣成为中国无印良品“日用之道”的品牌创始人，产品“以人为本”，追求纯朴、简洁和环保。

92级跨界的同学，倒也有不少。例如：

马珂和张剑兵成了影视圈的重量级制片人，作品家喻户晓。周旻成为多次获奖的极地摄影师，捷子成为作家。

小宝成了抢手的平面设计师兼喻古讽今的著名连环画家。“疯子”看破了艳装门的装相腐朽堕落，当了水彩画家。甚至于，还有人成了投资银行家。

更有一夜间打入全球华人富豪榜，又一夜间沦为阶下囚的“祝大神”祝杰。祝某叫人不省心，总令人大跌眼镜。

大起大落

竹园夜话，大家聊感情聊理想，最后改聊祝大神的传奇人生。因为巨富和囚徒，他一人全占了。

2015年冬，上海市区寒风萧索，坐在温暖如春的豪华小车内，祝杰悠然自得。

当祝杰的豪车通过海底隧道时，被等在那儿的几辆警车拦截。随即，祝杰安安静静被警方带走，他没有反应过激，看来早已经有心理准备。

这看似干脆利落的一幕，有着波澜起伏的过程。时间拉回到1997年，祝杰参加完利婵和翔子的婚礼后。

翔子小利结婚那年，祝才子借卖苹果韬光养晦，后来跑去华为混了一圈，没待住，2003年非典时避往重庆。

没想到重庆把祝某迷住了，从此不思归。

迷住他的不仅仅是山城的活色生香，还有神奇的机遇。起初，他只是初生牛犊不怕虎跃跃欲试，之后胆子越来越大，一发不可收拾。

这次玩什么呢？玩股票，玩的就是心跳。从小玩到大，玩到操纵玩弄股票市场。

祝某有个发小叫伦少，伦少广结人缘，成年后更是道儿越来越深，据说和干部子弟交往甚密。而伦少交往最密的人，即是祝某，所谓人脉的滚雪球，有其必然性和偶然性。

伦少是富二代，在很多人不知电脑为何物时，他已经拥有好几台，祝某上大学时玩的电脑都是借伦少的。发小嘛，是可以共享资源共同发财的一些人，大家一起穿着开裆裤长大，知根知底，互相信任提携是必需的。

那阵子在重庆躲非典时无所事事，祝杰便用伦少赞助的几万块钱玩起股票来。

最初两年，他学习操盘的方法是看书、参加股票培训、留心牛人们的分析。多年后，祝杰曾分享他的成功秘诀："靠一点点运气灵气，大量勤奋和冲刺。"

一把把玩下去，祝杰越玩越大，根本收不住闸。因为太刺激了，太适合他了，股票真是为他祝某创造的呀！

玩到 2007 年时，祝某在重庆一带已经玩出了名，人称"大神"。其实他早已经是大神了，只不过此大神非彼大神；以前是灵异大神，现在是股票大神。

祝大神那时候天不怕地不怕，年少轻狂，常给大叔大婶们指点乾坤，赚了钱也不收提成，大受叔婶街坊们欢迎，火火地赚了一把名气。

2007 年，他突然玩了一把失踪，因为输大发了。但牛市期间，他又强壮起来，经常出现在多只股票的十大流通股东中。估计这时候伦少开始染指操控，动用力量从幕后力撑他。

祝某开始和固定成员一起做短线，投资风格彪悍，只要他认准的股，就敢大进大出，也经得住大起大落。

祝某对股票市场越来越痴迷，他对数字的细微变动特灵敏，这很可能跟他的脑洞大开有关。发家了，但他物质生活低调，没买车没买房。晨曦晚风中，经常见他逆风步行，从来都是衬衫仔裤或者大兵裤，一双简便球鞋。

在重庆潜伏数年后，2010 年祝杰搬到上海，这里舞台更大。果然，经历了 A 股的一波大牛市后，祝大神坐拥几千万，迅速脱胎换骨。之后，他成立了自己的私募投资公司"红花资产"，仍在股票市场上强悍地拼杀。成名后，祝某被封为红花会的"总舵主"。"红花资产"主做信托投资基金，路子野，无所不能但低调。

据红花资产的人说，"总舵主"不但人灵，悟性高，而且特勤奋，每天研究金融和股市得花上十多个小时。最关键的一点，他有野心有抱负，爱看伟人传记，学习伟人的成功经验和独到之处，且交友广泛。

自我养成，加上机遇再加上强力后盾，2015 年，祝杰一次龙门跃，跳进了全球华人富豪榜，总资产过百亿元。

从 2010 年到 2015 年，祝大神和其亲朋好友成立并经营各大资产管理和信托公司。他本人多次对暴跌的股票逆势抄底，有如神助，这就引起了质疑。

到底是祝大神手法高超？还是内幕交易？“涉嫌内幕交易”的传闻开始如影随形，一直跟随祝杰。风言风语都说，他迟早要栽进去。枪打出头鸟，鹤立鸡群也是危险的，人人看不得你一个人好。花无百日红，“红花会”又岂能例外？

更明显的是，祝大神投资重点是定向增发概念股。操作手法是套路，即在定向增发消息公布前买入，等有关公司高送转的消息出炉后，立刻抛出。

祝大神何以如此神奇地每次踩准步点？ 资深人士揭露，上市公司要定向增发，必须讲故事。若有人想知道故事如何结局，不过是花点成本而已。

有渠道有人脉的神人，更是成本都不用花。吃顿饭，饭桌上谈好互用互惠条件，有利同享，风险共担。

问题是，这后面也藏有玄机。是谁，有这么大的权利？是谁，给了你免死金牌？

2015 年春，祝大神再次涉嫌操纵股价，并在股灾时拒绝政府的救市要求。更多的内幕在一层层反刍出来——涉嫌帮贪官管理财产，涉嫌洗黑钱，涉嫌非法集资……

但据说其幕后真正的“操盘手”，正是祝杰那位叫伦少的发小，伦少背后自然更有高人。

交友不慎，使祝某大富大贵后一夜间锒铛入狱。这多少也和他当年大学毕业实习时，看到的勾结黑幕有关系；那是他第一次认识到各种力量勾结的司空见惯和便利，对他影响深远。

祝某一夜之间消失，被捕后下落成谜。

后据记者爆料，在山城一处监房里，祝某对牢狱之灾的反应只是摇头苦笑，吐出五个字：“欲速则不达”。

尘埃未定

茫茫人海中，每个人都找到了属于自己的一角天空。

夕阳西下，晚风中，雷鸣悠然垂钓。雷思帆在他身旁画晚霞中的红蜻蜓，面容无疑是当年赵亦凡的翻版。

张晖带着幼女“哪吒”游巴黎，访欧洲列国。“哪吒”连珠炮发问的十万个为什么，令老爹应接不暇。

翔子终于找到了自己的虎妞，勤勤恳恳组成分工合作的强力夫妻档，共同经营自己的平面设计工作室。

隔着大洋，秦可和利婵在悉尼歌剧院旁一边吹海风，一边大吃天津煎饼果子。

历尽沧桑，这两人经过时间和空间的考验，终于走到了一起。

太平洋的彼岸，徐小蔷搂着一儿一女睡得正香，地上玩具狼藉。

不远处，高墙监狱内的董雁飞辗转反侧，难以入眠。明天她将重见天日，外面的世界早已沧海桑田了吧？新生活要从零开始，这使她忐忑不安。

地中海海岸，意大利的葡萄酒庄里驶出一辆房车，李峥嵘端坐在后座。今天她代表安东尼奥，去西西里岛为家族生意谈判，她身旁是两座小山一样的保镖。过去的峥峥，已经磨砺成从容精干的铮铮铁娘子。

波罗的海金光闪烁，森林木屋沐浴在清晨的阳光里，屋里传来狗吠声和女孩男孩的笑闹声。

突然，三条大白狗如箭般从屋里向湖边蹿去，后面跑来一对孪生儿女。当爹的迅速包抄上来，将一双儿女抱起，跃入湖水中。

捷子在林间采蘑菇，循声向湖边望去，喜笑颜开。

这是一幢古朴的木屋，坐落在波光粼粼的湖边，屋子被苍翠繁密的白杨和松柏包围，只有一面通向陆地，隐秘而得天独厚。

这个家有周帅和捷子，还有他们可爱的龙凤胎和六条狗，全家正好凑够十口。

岁月悠悠，在世界的各个角落，都有“中工人”专注的耕耘，一如他们年少时在大北窑的痴狂。

那些年，那群人在大北窑谱写的那一曲大北谣，仍随岁月流淌，荡气回肠。

风雨沧桑，尘埃未定，潮起潮落，随时有翻身的机会，永远不会太迟。

后记

我不爱啰嗦，但写就写吧。

首先，每个人都有属于自己的独特故事，我也不例外，为此我很骄傲。

我愿意相信人的意志力，任何苦难都是你来世间走一遭的风景和历练，尽情享受吧。

一、这是一部比较私人感情的书，是我对母校、对同学们的情谊。真人提供了一些真线索，在这基础上进行创作。人物真实，情节虚构。喜不喜欢，决定权在读者手里，感谢大家的阅读和懂得。

二、感谢同学们的参与和支持，感谢有微信让我们重新认识彼此。从 2016 年 2 月 2 日到 5 月 15 日，有你们陪伴我完成本书的初稿，我很开心。

2016 年 5 月 15 日完稿

雪人于赫尔辛基 翠松阁

以下摘录大北窑的人们如何看《大北谣》：

“《大北谣》我看了，感同身受，很有时代感，还有小小反叛。92级同学个个鲜活，好有画面感！文笔幽默调侃，又能看出90年代大学生的那股子执着劲儿。”

——中工96级装饰绘画设计　史水竟

“文笔精练，内容丰富，极富时代特色，赞！同时代的大学生就算不读美院，但时代特征和气息也是一样，还有校园的氛围和教育，应该能有很深感触，写的就是一代人，俺们‘70后’。”

——中工92级史论　张珺（书中“张晶莹”生活原型）

“《大北谣》虽然是小说，但写的也是历史！历史长河由无数水珠汇聚，‘菜花’您的文字就是一滴小水珠。文字比绘画更强大更有穿透力，你终于让我看到了，正如你当年向我许下的誓言。”

——中工92级染织设计　谢光伟（书中“鼠小强”生活原型之一）

“读《大北谣》感觉穿越回大学四年，这里记录了我们无悔的青春，灿烂无敌的美院生活，了解鲜为人知的青春萌动……有厚重的感觉，虽然一边看一边笑得不行！我想说，我爱你们——我的大学同学，老师，我爱学院的一花一木，这是人生中最初的灿烂！感谢你亲爱的‘梁菜花’，重现了我们激情燃烧的岁月！”

——中工92级染织设计　石静杰（书中“石头”生活原型）

“书中的校园生活仿佛就发生在昨天，搞笑甚至荒唐，却又那么真切！是的，我们最美的青春年华留在了工艺美院，留在了大北窑。在青涩的岁月里，大家一起哭，一起笑。宿舍、操场、食堂、教室，共同的生活让我们从陌生到熟悉，再到成为兄弟姐妹。这情谊是世上最珍贵的，我将视为珍宝永藏于心，一辈子！特别感谢雪人把这些珍贵的记忆碎片重拾并创作成故事，让我们曾经火热的青春岁月再现眼前。”

——中工92级家具设计　聂艳（书中“鼠小强”生活原型之二）

“《大北谣》里有我们记忆中母校的故事，可大家都说这些故事是编的！是的，也许我们的回忆太过一厢情愿，也许我们不太清楚回忆与想象的区别。因为轻狂的少年时光里，太多冲动和无奈，让我们多少迷失和混淆了梦想和现实的差距。无论如何，那段青涩的时光之后，我们无悔自己的选择！”

——中工 92 级环境艺术设计　张晖（书中“晖哥”生活原型）

“《大北谣》带我重返母校，我还回得去吗？若能重新选择，人生会否变得更美好？幸运的是我们回不去了。些许伤感、不甘与缅怀成为我们一路行走的印记，碾磨成真正的人生财富。我永远记得青葱的校园时光，那是一段没有雾霾的日子……”

——中工 92 级史论　祝捷（书中“祝杰”生活原型）

“这场大学我算是辜负了它太多：最美好的学院，我却没有一个个追着先生们请教；最美好的岁月，我没有和最爱的女同学们好好交往；最美好的都市，我却没有去那个陵那个城；最美好的同学们，我还是来得及和你们倾诉衷肠！一部《大北谣》把光华路上的光辉岁月带回来，我一分一秒都记得！我们这一百位即将影响中国和世界的艺术者们，是强大的记忆体。我们母校像一位慈祥被曲解的母亲，她微笑注视着我们一路走来，并以远瞻的身影呼唤我们回归，往成功的彼岸进发。”

——中工 92 级装饰雕塑设计　周旻（书中“周帅”生活原型）

“毕业时班里一位同学喃喃自语：毕业 20 年我若没干出一番事业来，将何颜见同学？他这句话像小李飞刀扎到我心头，让我喘不过气来。这一年来了，我也终于无颜以对……20 年，分离的日子超过了我们相识的年龄。20 年前，三分之一的人生，是我们最伟岸的岁月。我们生在‘文革’尾，长在改革头，充斥着散养的智慧，执拗的不屈，不灭的单纯。这世界变化快，万没想到散落在天涯的故人被微信重新聚拢，当年不善互动的我们彼此贴出记忆的马赛克，努力拼凑那些失落的真相和情怀……来，开卷有益！透过《大北谣》里蒙太奇化的字字句句，看你能不能懂得我们这代人的坚强和执着。”

——中工 92 级装潢设计　吴建功（书中“小宝”生活原型）

致谢

（按姓名拼音排序）

陈 翔　陈君峰　楚 天　崔笑声　邓 宇　邓欣南　董 哲　高 嵩
高 瑕　高一强　何颂飞　黄东强　贾静茹　金 辰　景怀宇　李 路
李 倩　李 铮　李东海　李松月　李毅崴　李永安　李鹏程　林君达
林胜煌　刘 伟　刘剑春　刘皓中　柳和勋　南春红　聂 艳　牛 毅
潘 虎　秦 昊　秦 珂　邱建钢　任 姗　石静杰　时向东　史水竞
史文莉　涂 悦　王德利　王海晨　王乐耕　王丽婵　王丽霞　吴 昊
吴建功　谢光伟　谢伊雯　熊 怡　宿利群　徐光宇　徐乙加　许 泉
许凌涵　杨 奇　于洪权　于历战　张 晖　张 晶　张 珺　张 萌
周 旻　周洲舟　祝 捷